HEYNE

Das Buch

Zu Beginn der 30er-Jahre entwarf Robert E. Howard mit Conan von Cimmerien den Ur-Helden der Heroischen Fantasy. Doch auch jenseits von Genre-Erwartungen entwickelte sich die Figur zur kulturellen Ikone unserer Zeit. Howard schuf literarische Meisterwerke, die an uralte Mythen anknüpfen und doch zeitlos wirken. In den hier versammelten, vollständig wiederhergestellten Erzählungen Howards aus den Jahren 1934 und 1935 treffen die Leser auf Conan, wie ihn der Autor ursprünglich entwarf: Vor der Kulisse des faszinierenden Hyborischen Zeitalters besteht der wortkarge und schlagkräftige Held Abenteuer, die noch heute durch ihre epische Kraft begeistern.

Nach den ersten beiden Bänden – den Original-Erzählungen aus den Jahren 1932 bis 1934 – liegt nun der dritte und abschließende Teil der einzigartigen Conan-Edition vor. Die reich illustrierte Ausgabe beinhaltet drei der besten Conan-Erzählungen sowie erstmals in deutscher Übersetzung einen Brief und die letzten Anmerkungen und Worte des Autors über seinen größten Helden.

Der Autor

Robert E. Howard, 1906 in Texas geboren, begann bereits in jungen Jahren mit dem Schreiben von Krimi-, Abenteuer-, Western-, Horror- und Fantasy-Geschichten für einschlägige Unterhaltungsmagazine – insbesondere für *Weird Tales*, wo zwischen 1932 und 1935 auch die Erzählungen um Conan den Barbaren erschienen. Im Juni 1936 beging Howard – der zeit seines Lebens seinen texanischen Heimatort nicht verließ – Selbstmord und konnte so den großen Erfolg seiner Figur nicht mehr erleben. Heute gilt er als einer der bedeutendsten Fantasy-Autoren des 20. Jahrhunderts.

Der Illustrator

Gregory Manchess ist seit 1979 als freier Illustrator tätig. Neben der Gestaltung mehrerer Titelseiten, unter anderem für *Time*, arbeitet er für verschiedene Zeitschriften und illustriert Kinderbücher. Heute zählt der mehrfach ausgezeichnete Künstler, der regelmäßig an Universitäten lehrt, zu den renommiertesten Illustratoren Amerikas. Manchess lebt und arbeitet in Beaverton, Oregon.

ROBERT E. HOWARD

CONAN

DRITTER BAND

*Die Original-Erzählungen
aus den Jahren 1934 und 1935*

Mit Illustrationen
und Farbtafeln von
GREGORY MANCHESS

Deutsche Erstausgabe

WILHELM HEYNE VERLAG
MÜNCHEN

Titel der amerikanischen Originalausgabe
THE CONQUERING SWORD OF CONAN
Deutsche Übersetzung der Erzählungen von Lore Strassl
Deutsche Übersetzung der Vorbemerkung, der Einführung,
der Vermischten Schriften und des Anhangs
von Andreas Decker
Das Umschlagbild schuf Charles Keegan

FSC
Mix
Produktgruppe aus vorbildlich
bewirtschafteten Wäldern und
anderen kontrollierten Herkünften
Zert.-Nr. SGS-COC-1940
www.fsc.org
© 1996 Forest Stewardship Council

Verlagsgruppe Random House FSC-DEU-0100
Das für dieses Buch verwendete FSC-zertifizierte Papier
München Super liefert Mochenwangen.

Redaktion: Rainer Michael Rahn
Deutsche Erstausgabe 04/2007
Copyright © 2005 by Conan Properties International, LLC
CONAN® is a registered Trademark
of Conan Properties International, LLC
All Rights Reserved.
Copyright © 2005 aller Innenillustrationen und Farbtafeln
by Gregory Manchess
Copyright © 2007 der deutschsprachigen Ausgabe
by Wilhelm Heyne Verlag, München
in der Verlagsgruppe Random House GmbH
Printed in Germany 2007
Umschlaggestaltung: Nele Schütz Design, München
Karte: Erhard Ringer
Satz: C. Schaber Datentechnik, Wels
Druck und Bindung: GGP Media GmbH, Pößneck

ISBN 978-3-453-52073-8

www.heyne.de

*Brodie Goheen und Cody Goheen gewidmet,
meinen Modellen für Conan und seine Welt.
Eure Begeisterung für dieses Buch
und euer Enthusiasmus für meine Arbeit
inspirieren mich auch weiterhin.*

GREGORY MANCHESS

Inhalt

Vorbemerkung des Illustrators 9
Einführung 13

**Die Original-Conan-Erzählungen
aus den Jahren 1934 und 1935** 23

Die Diener von Bît-Yakin 25
Jenseits des Schwarzen Flusses 95
Der Schwarze Fremde 193
Die Menschenfresser von Zamboula 321
Aus den Katakomben 373

Vermischte Schriften 507

Notizen ohne Titel 509
Wölfe jenseits der Grenze – Fassung A 512
Wölfe jenseits der Grenze – Fassung B 531
Der Schwarze Fremde – Exposé A 562
Der Schwarze Fremde – Exposé B 567
Die Menschenfresser von Zamboula – Exposé 569
Aus den Katakomben – Entwurf 572
Brief an P. Schuyler Miller 637

Anhang 643

Hyborische Genesis, Teil III 645
Veröffentlichungsnachweise 679
Karten des hyborischen Zeitalters 683
Abbildungsnachweis der Farbtafeln 688

Vorbemerkung

des Illustrators

ICH HABE CONAN NIE RICHTIG GEKANNT. Sicher, ich habe die Filme gesehen und die Bilder studiert und war der festen Überzeugung, alles über Conans Charakter zu wissen. Dann las ich die Geschichten, die hier präsentiert werden. Und erkannte, dass ich in Wirklichkeit so gut wie nichts gewusst hatte. Denn das tut keiner, der Howard nicht gelesen hat. Der wahre Kern dieser Figur, die ein so großes Kinopublikum in ihren Bann gezogen hat, steckt in diesen wilden Geschichten, diesen tief verwurzelten, ungebändigten männlichen Phantasien.

Und jetzt war ich an der Reihe, und ich stürzte mich förmlich auf diese Chance. Ich war der festen Überzeugung, dass Conans wahrer Charakter auf eine ganz neue Art und Weise in meiner Vorstellungskraft zum Leben erwachen würde. Ich wusste intuitiv, dass ich diesen Charakter bislang nicht in seinem vollen Umfang verstanden hatte.

Ich fing an zu lesen und sah mich der überwältigenden Aufgabe gegenüber, Conan so zu sehen, wie er sich mir ganz allein erschloss. Dabei schlug mich Howards Art der Wortmalerei in ihren Bann. Die Worte, für die er sich entschied, um bestimmte Passagen zu beschreiben, waren sowohl anschaulich wie auch visuell geprägt. Sie ließen mich häufig zum Wörterbuch greifen.

Je mehr ich las, desto mehr wurde mir bewusst, dass diese Geschichten zu Klassikern geworden sind, die weit über das Genre der Heft-Romane hinausgehen. Ich las sie nun auf eine Weise, so wie N. C. Wyeth vielleicht *Die Schatzinsel* betrachtet hat oder Mead Schaeffer *Lorna Doone (Das Tal der Verfemten)* von R. D. Blackmore visualisierte. Als ein großes Abenteuer mit dem ganzen Ernst, mit dem die Illustratoren des Goldenen Zeitalters ihre Bilder gestaltet hatten. Als ein auf klassische Weise illustriertes Abenteuerbuch. Ich wollte mir Conan auf die Weise aneignen, wie diese Leute sich den von ihnen dargestellten Charakteren genähert hatten.

Da gab es so viel, aus dem man auswählen konnte. Die Bilder stürmten auf mich ein und überlagerten sich. Als ich bis tief in die Nacht hinein Skizzen anfertigte, entstand der Conan, der durch ein Bachbett stürmte – und der dann auf dem Schuber der amerikanischen Hardcover-Ausgabe abgebildet war: aufmerksam, selbstbewusst und einsam.

Ich wollte ein breites Spektrum seiner Emotionen wiedergeben. Das nächste Bild, das sich ergab, entstammte meinem Wunsch, die pantherähnliche Seite des Cimmeriers darzustellen. Und so schleicht er in der Nacht auf der Mauer in *Die Menschenfresser von Zamboula*, unterwegs, um deutlich zu machen, wie die Welt wirklich funktioniert. Ich fügte eine weitere Nachtszene hinzu, weil ich die Straßen von Zamboula sehen wollte – und wie Conan Nafertari rettet, umherschleicht, immer auf der Hut vor gefährlichen Kannibalen.

Dann die Piratengeschichte. So abenteuerlich und mythisch wie Sabatinis *Captain Blood* tritt Conan in der Geschichte *Der Schwarze Fremde* in voller Piratenmontur auf. Ich musste ihn so zeigen, wie ihn vermutlich noch niemand in einer Illustration gesehen hat. Im prächtigsten Piratenkostüm, so als hätte Howard gerade auf dem staubigen Dachboden eine alte Truhe seines Großvaters gefunden. Das Porträt des Schwarzen Zarono ist in der Art des Goldenen Zeitalters gehalten, mit wenigen Farben: rot, schwarz und weiß, und im gleichen Geist ausgeführt. Jede Schwarz-Weiß-Illustration dieser Story bot mir die Möglichkeit, eine alte Piratengeschichte bebildern zu können. Und ich schwelgte darin.

Mir war klar, dass ich Conan auch als den Berserkerkrieger präsentieren musste, der einem sofort in den Sinn kommt, wenn man an die Geschichten denkt. Ich hatte nichts dagegen, ihn auf diese Weise zu zeigen, bestimmt nicht, aber ich musste meinen ureigenen Blickpunkt für die Kampfeswut finden. Diesen Blickpunkt brachte ich in zwei Bildern zum Ausdruck. Das eine zeigt Conan im Zweikampf mit einem gleichermaßen muskulösen Pikten. Das wurde der Schutzumschlag. Ich wollte eine gewisse Spannung in der Auseinandersetzung demonstrieren, nicht die klare Darstellung eines siegreichen Conan. Und ich musste seine dynamische Physis zeigen. Dies führte zur zweiten Schlachtszene, in der Conan umzingelt ist und zur Tötungsmaschine explodiert. Die Körper strömen auf Conan zu, der vom Licht eines außerhalb des Bildes niedergehenden Blitzes angestrahlt wird. Ich fügte dann den Blitz im Hintergrund dazu, um die Szene und den Ernst des Kampfes weiter mit Energie aufzuladen. Eine weitere Gelegenheit, Conans gewaltige Muskulatur einzufangen, bot sich in *Die Diener von Bît-Yakin*. Ich konnte ihn vor mir sehen, wie er diese Stufen für Muriela hinaufstürmt, wie das Licht von seinem schweißüberströmten Rücken reflektiert wird, und überall Torbögen, von denen nur einer der richtige sein kann.

Jenseits des Schwarzen Flusses war auf eine klassische Conan-Weise besonders visuell, aber wieder wählte ich eine Nachtszene mit sich anschleichenden Kriegern. Ich war auf dem Hügel, als diese Söldner wie schwarz gekleidete Elitesoldaten von heute das Ufer erklommen, um ihre Mission zu erfüllen. Als Kontrast wählte ich einen hellen und sonnigen Tag, um zu zeigen, wie die Pikten mit allem beschossen wurden, womit man ein Katapult beladen konnte. Welch eine ironische Tragödie, an einem so schönen Tag getötet zu werden!

Aus den Katakomben könnte man immer wieder malen. (Und ich hoffe, dass das noch viele andere tun!) Aber obwohl ich es vermied, zu viele Ungeheuer zu zeigen – aus der Befürchtung heraus, dass ich damit die Vorstellungskraft des Lesers schmälern könnte –, musste man den hinfälligen alten Mann und sein bizarres Mordinstrument einfach sehen. Davon abgesehen war es ein Vorwand, die wunderschöne Tascela zu malen.

Das letzte Stück verwahrte ich für die Titelseite. Ich wollte, dass es eine Conan-Ikone wurde: Abenteurer, Krieger und Erforscher der seltsamen Dinge von Hyperborea. Mehrere meiner Vorbilder meldeten sich lautstark zu Wort, aber ich hörte insbesondere auf die Stimme von Leyendecker und fuhr damit fort, mit seiner Effizienz im Hinterkopf zu entwerfen. Es war eine passende und vergnügliche Weise für mich, meinen Helden zu frönen und mein eigenes Abenteuer in Howards Welt zu beenden.

GREGORY MANCHESS

Einführung

Dieser Band bildet den Abschluss der Gesamtausgabe von Robert E. Howards Erzählungen über Conan von Cimmerien. Jede Geschichte, jedes Fragment, jedes Exposé und jede Notiz, die Robert E. Howard jemals über den Cimmerier zu Papier brachte (einschließlich einiger früherer Fassungen der Geschichten), hier ist es zu finden, auf den Seiten der drei Bände, die diese Gesamtausgabe bilden. Und zwar nur die Erzählungen, die Howard selbst geschrieben hat. So unglaublich das auch erscheinen mag: Das hier ist eine Weltpremiere. Howards Conan-Geschichten sind nie zuvor in kompletter Form ohne Überarbeitungen, Umstellungen und zusätzliches Material von anderen Autoren in einer kompletten Sammlung erschienen. Zum ersten Mal kann man Howards Conan-Serie nach ihrem ursprünglichen Inhalt beurteilen.

Es ist ebenfalls das erste Mal, dass diese Geschichten nicht nach der »Biografie« des Helden zusammengestellt sind, sondern in der Reihenfolge, in der Howard sie schrieb, wie es auch seine Absicht gewesen zu sein scheint: »Darum lassen sie so viel aus, ohne einer regulären Chronologie zu folgen. Der übliche Abenteurer, der zufällig ausgewählte Geschichten eines wilden Lebens erzählt, folgt nur selten einem ausgeklügelten Plan, sondern berichtet die Episoden durch Jahre und Raum getrennt, so wie sie ihm gerade einfallen.«

In der Vergangenheit konnte jeder Versuch, den literarischen Wert von Howards Conan-Serie beurteilen zu wollen, nur auf einer Präsentation basieren, die nicht nur Howards Entwicklung als Schriftsteller ignorierte, sondern die Erzählungen entsprechend Conans »Karriere« präsentierte, und das auf eine Weise, die meiner Ansicht nach eine Interpretation dieser Karriere untermauern sollte, die Howards ursprünglicher Konzeption völlig fremd war. Das nachträgliche Einfügen von Conan-Material in die Serie, das nicht von Howard verfasst wurde, die Änderungen bestimmter Passagen in Howards Texten (insbesondere in *Der Schwarze Fremde*), das Hinzufügen einleitender Absätze vor jeder Erzählung und auch die Änderung des Romantitels von *Die Stunde des Drachen* in *Conan der Eroberer*, das alles zielte darauf ab, die ganze Serie nicht als das Leben eines »üblichen Abenteurers« zu präsentieren, so wie Howard es beabsichtigt hatte, sondern als zusammenhängende Saga, mit einem Anfang, einer Mitte und einem Ende, eine Art Tolkienscher Suche, in der jede Geschichte die nächste Sprosse einer Leiter darstellt – vom mittellosen Dieb (in *Der Turm des Elefanten* dargestellt) zum mächtigen Monarchen eines zivilisierten Imperiums *(Die Stunde des Drachen)*.

Conans zufälliges und sorgloses Leben wurde auf willkürliche Weise in eine »Karriere« verwandelt. Was die Serie so wunderbar machte – das intensive Gefühl von Freiheit, das aus der völligen Unabhängigkeit einer jeden Erzählung von ihrem Vorgänger und ihrem Nachfolger entsteht (abgesehen von Conan selbst gibt es in diesen Geschichten so gut wie keine wiederkehrenden Charaktere!) –, wurde ruiniert, und Conans abenteuerliches Leben wurde sozusagen einer »schicksalhaften Bestimmung« unterworfen. So fiel es sehr leicht, in Conan nur den Supermann zu sehen, der durch seine Körperkraft (wie in der Hollywoodversion des Cimmeriers deutlich wurde) vom Bettler zum König aufstieg.

Daran, dass Conan schließlich König von Aquilonien wurde, besteht ja von Anfang an kein Zweifel: In der ersten Geschichte, die Howard über ihn schrieb, war er bereits dieser König. Aber nirgendwo in den von Howard verfassten Erzählungen lässt sich auch nur ein Hinweis darauf entdecken, dass es einen Plan gab, nach dem er eines Tages zum König werden sollte. In *Jenseits des Schwarzen Flusses* bemerkt Conan: »Ich war schon Söldnerhauptmann, Freibeuter, Kozak, Vagabund mit leerem Säckel, General – eigentlich war ich schon alles, außer König eines zivilisierten Landes, aber vielleicht werde ich sogar noch auf einem Thron sitzen, ehe ich sterbe.« In *Aus den Katakomben* ist er alles andere als präzise: »Ich war nie der König eines hyborischen Königreiches ... Aber selbst davon habe ich schon geträumt. Eines Tages könnte ich es ja werden. Warum auch nicht?« Conan wurde zum König, weil sich ihm in einem bestimmten Augenblick seines Leben die passende Gelegenheit bot, und nicht, weil es einen vorherbestimmten Plan gab.

Was Howards Vorstellung des Königtums angeht, hing er keinesfalls imperialistischem Gedankengut an, sondern stellte sich ein Reich im Sinne von König Arthur vor, in dem der König an erster Stelle seinem Volk dient und nicht umgekehrt, und zwar so aufopfernd, dass König Conan manchmal den Wunsch hat, nicht länger König sein zu müssen. »Prospero ... diese Staatsgeschäfte ermüden mich – und das ist ein Gefühl, das ich nie kannte, auch wenn ich von Morgen bis Abend auf dem Schlachtfeld kämpfte ... Ich wollte, ich könnte mit dir nach Nemedien reiten ... Mir scheint es eine Ewigkeit her zu sein, seit ich das letzte Mal auf einem Pferd saß. Aber

Publius behauptet, dass einige Angelegenheiten in der Stadt meine Anwesenheit hier erfordern ... Nur träumte ich nicht weit genug, Prospero. Als König Numedides tot zu meinen Füßen lag und ich ihm die Krone entriss, um sie selbst aufzusetzen, hatte ich die absolute Grenze meiner Träume erreicht. Ich war nur darauf vorbereitet gewesen, die Krone zu nehmen, nicht aber, sie zu halten. In der alten Zeit meiner persönlichen Freiheit brauchte ich nichts anderes als ein gutes Schwert und den geraden Weg zu meinen Feinden. Jetzt scheint es überhaupt keinen direkten Weg mehr zu geben, und mein Schwert ist nutzlos.« Als seine Gefolgsleute ihm vorschlagen, ein anderes Königreich zu erobern, nachdem er Aquilonien verloren hat, ist Conans Antwort in *Die Stunde des Drachen* unmissverständlich: »Sollen andere von einem gewaltigen Reich träumen! Ich habe nur den Wunsch, meines zu halten, nicht über ein Imperium zu herrschen, das durch Blut und Feuer zusammengefügt wurde. Es ist ein Unterschied, ob man einen Thron mit der Hilfe der Untertanen des Landes an sich bringt und das Land mit ihrer Zustimmung regiert, oder ob man ein fremdes Reich in die Knie zwingt und durch Furcht und Unterdrückung darüber herrscht. Ich möchte kein zweiter Valerius sein. Nein, Trocero, ich will über ganz Aquilonien oder überhaupt nicht mehr herrschen.«

Wir sind hier weit von dem Bild entfernt, das sich das allgemeine Publikum von Conan gemacht hat, nämlich das des in Felle gekleideten, kaum zu einem vernünftigen Satz fähigen Schlägers, der nur auf Töten, Vergewaltigen und Erobern aus ist. (Conan hat in den Medien das gleiche Schicksal wie Burroughs Tarzan erlitten: Beide haben auf mysteriöse Weise die Fähigkeit verloren, sich artikuliert ausdrücken zu können.) Die Geschichten von Conan als König sollten daher in keiner Weise als die Erfüllung einer Saga betrachtet werden, die damit endet, dass er der mächtigste Herrscher des hyborischen Zeitalters wird. Schließlich wurden diese Erzählungen über König Conan ziemlich früh in der Geschichte der Serie verfasst. (*Im Zeichen des Phönix* und *Die scharlachrote Zitadelle* gehörten zu den ersten Erzählungen, die Howard 1932 schrieb, und *Die Stunde des Drachen* aus dem Jahre 1934 war teilweise aus den Elementen früherer Geschichten zusammengesetzt.)

Sämtliche Geschichten dieses dritten Bandes wurden alle nach *Die Stunde des Drachen* verfasst. Darum findet man hier Howards letzte Worte über Conan, den Abschluss seiner vierjährigen Beschäftigung mit der Figur, die ihn berühmt gemacht hat. Sie bringen keinesfalls das Leben des Charakters zu einem wie auch immer gearteten Abschluss. (Wie könnten sie das auch, wo doch Howard sein Unwissen eingestand: »Was Conans endgültiges Schicksal angeht – ehrlich gesagt kenne ich es nicht. Bei der Niederschrift dieser Geschichten hatte ich immer das Gefühl, sie weniger zu erschaffen als vielmehr seine Abenteuer zu Papier zu bringen, so wie er sie mir erzählte.«) Vielmehr stellen sie nur den Abschluss der Serie dar: *Aus den Katakomben* wurde im Juli 1935 vollendet, elf Monate vor Howards Selbstmord. Es gibt nicht den geringsten Beweis, dass Howard nach diesem Datum auch nur noch eine Zeile über diesen Charakter schrieb.

Vermutlich spielte das Unvermögen von *Weird Tales*, Howard pünktlich zu bezahlen, eine große Rolle dabei, und man könnte sagen, dass die Umstände Howard zwangen, diese Figur aufzugeben. Die Tatsache, dass er nach *Aus den Katakomben* nur noch eine Geschichte an *Weird Tales* schickte, unterstützt diese These. Andererseits schien es Howard gegen Ende 1934 offensichtlich auch auf anderen Schaffensgebieten als der Fantasy versuchen zu wollen. Er interessierte sich immer mehr für die Geschichte und die Geschichten seiner Heimat, des amerikanischen Südwesten, und für das Potenzial, das diese Region als Stoff für Erzählungen bot. Diese wachsende Leidenschaft zeigt sich in den letzten Conan-Geschichten: Zum ersten Mal in seinem Leben interessierte sich Howard für etwas, mit dem er jeden Tag in seinem Alltag konfrontiert wurde. Sein Wissen über die Kelten, das viele der frühen Conan-Abenteuer durchdrungen hatte, stammte allein aus Nachschlagewerken. Die letzten Erzählungen – die in diesem Band enthalten sind – waren Geschichten, in denen Howard auch weiterhin wie in allen zuvor geschriebenen Erzählungen sein Thema »Barbarentum gegen Zivilisation« erforschte, aber zum ersten Mal war er in einer Position, viel mehr Authentizität und Wissen aus erster Hand über sein Thema einfließen zu lassen.

Drei der hier enthaltenen Geschichten gehören zu Howards besten Conan-Erzählungen: *Jenseits des Schwarzen Flusses*, *Aus den Katakomben* und *Der Schwarze Fremde*. Die ersten beiden werden sowohl von Howard-Forschern wie auch von seinen Kennern zu den besten Geschichten seines ganzen literarischen Werkes gezählt. Hier war ein Autor auf dem Höhepunkt seines Talentes, der Erzählungen produzierte, die ihn schließlich über den Status eines hervorragenden Geschichtenerzählers hinaus zu einem Autor machte, der etwas auszusagen hatte. Mit diesen letzten Conan-Geschichten bewies Howard, dass er tatsächlich einer kritischen Bestandsaufnahme wert war.

In diesem Sinne können wir die letzten Conan-Erzählungen als einen Abschluss der Serie betrachten, aber zusätzlich auch als eine Art literarisches Testament. Die in *Jenseits des Schwarzen Flusses* dargestellten Ereignisse waren nicht unbedingt etwas Neues in Howards Werk, in dem es von Geschichten wimmelte, in denen Wilde erfolgreich zivilisierte Siedlungen und Städte angriffen, die zu schwach geworden waren, um sich selbst zu verteidigen. In *Jenseits des Schwarzen Flusses* ist es wie auch in anderen Geschichten die unweigerliche Zerstrittenheit der Angehörigen der Zivilisation und die Schwächung, die damit einherging, die ihnen den Untergang bringen. Diese Erzählung unterscheidet sich aber dadurch von den anderen, dass Hintergrund und Charaktere echt klingen, weil sie alle Quellen entstammten, die Howard wesentlich näher standen als seine üblichen pseudokeltischen oder pseudoassyrischen Vorbilder. Die Siedler, Bauern und Arbeiter, die diese besondere Erzählung bevölkern, sind keine eindimensionalen Pappcharaktere, sondern so lebendig und kraftvoll wie Conan selbst. Es gibt nur wenige Schriftsteller von Fantasy-Geschichten, denen es gelungen ist, mit einer solchen Meisterschaft Fantasy und Realismus zu vermengen. Die Geschichte ist ein Meisterstück, weil Howard hier kein Mädchen in Gefahr dazwischenkommen ließ, weil er die fantastischeren Elemente der Geschichte abschwächte und sich weigerte, den Konventionen der Pulp-Magazine zu folgen: Er führte die schreckliche Ausgangssituation bis zu ihrem bitteren Ende und ließ das Melodram nicht zum Hindernis werden. Die letzten Conan-Erzählungen legen mehr Wert auf Realismus als auf Phantastik, und es ist dieser Realismus, der sie aus der Masse hervorhebt. Howard war sich dessen durchaus bewusst. Direkt nach dem Verkauf von *Aus den Katakomben* bemerkte er Clark Ashton Smith gegenüber: »Vielleicht etwas zu rau, aber ich habe nur das dargestellt, was meiner ehrlichen Überzeugung nach die Reaktion bestimmter Arten von Leuten in den Situationen wäre, die den Plot der Geschichte bestimmen. Es mag sich fantastisch anhören, den Begriff ›Realismus‹ mit Conan in Verbindung zu bringen; aber tatsächlich ist er, mal abgesehen von den übernatürlichen Abenteuern, der realistischste Charakter, den ich je entwickelt habe.«

Wenn *Jenseits des Schwarzen Flusses* Howards definitive Aussage zu seinen Ansichten über das Barbarentum ist, entschied er sich in *Aus den Katakomben*, dem anderen Conan-Meisterstück, die andere Seite der Münze zu erforschen: verfallende Zivilisationen. Auch das war definitiv kein neues Thema für den Texaner. Zum Beispiel war Conans Vorgänger Kull von Atlantis der König des dekadenten Königreichs von Valusien, und zahllose Erzählungen spielen an Örtlichkeiten, die irgendwo zwischen dekadent und verfallen anzusiedeln sind. Die Situation führte unweigerlich zur endgültigen Vernichtung, für gewöhnlich durch die Barbaren, die praktischerweise immer vor den Toren standen und auf diesen Augenblick warteten. In *Aus den Katakomben* verzichtete Howard auf die Barbaren und sorgte dafür, dass seine Stadt völlig isoliert war. *Aus den Katakomben* wurde so zur Geschichte eines Verfallsprozesses, der zu seinem logischen Ende geführt wurde. Geschrieben zu einem Zeitpunkt, an dem sich die Gesundheit von Howards Mutter in alarmierendem Tempo verschlechterte, verfiel ihr Körper langsam unter den Augen ihres Sohnes, und das zu erwartende Ende war so offensichtlich wie unausweichlich. Die letzte Conan-Erzählung ist daher eine Geschichte, in der die schrecklichen Geschehnisse in Howards Leben zu dem Zeitpunkt, zu dem er diese Story entwickelte, einen besonders starken Nachhall finden. (Der genaue Hintergrund der Geschichten wird am Ende dieses Bandes in »Hyborische Genesis, Teil III« ausführlich erläutert.)

Mit den Geschichten von Conan hat sich Howard sein literarisches Vermächtnis gesichert. Sein Selbstmord im Alter von dreißig Jahren beendete jäh eine vielversprechende Karriere, die außergewöhnlich hätte werden können. Weniger als einen Monat vor seinem Tod schrieb er an Lovecraft: »Mir fällt es zusehends schwerer, etwas anderes als Western zu schreiben ... Ich hatte immer schon den Eindruck, dass, sollte ich jemals etwas Vernünftiges auf literarischem Gebiet schaffen, es sich um Geschichten über den Westen und seine Grenze handeln müsste.« Möglicherweise wäre Howard auf diesem Gebiet ein wichtiger Autor geworden, aber das Schicksal entschied anders. Doch die Conan-Erzählungen transzendieren durch ihre ureigene Natur das Genre, aus dem sie abgeleitet sind, ob es nun der Western, der historische Roman oder der Abenteuerroman ist. Indem Howard ihren historischen Kontext fallen ließ und sie in den hyborischen Rahmen stellte, verlieh er diesen Geschichten eine Allgemeingültigkeit, die sie in anderer Form nicht gehabt hätten. Sie wurden zeitlos, sind heute noch so wahrhaftig wie vor siebzig Jahren.

»Wenn Sie den Lack abkratzen wollen, dann tun Sie dies auf eigene Gefahr«, schrieb ich über die Geschichten im ersten Band. Sie werden entdecken, dass es diesen Lack in den meisten Geschichten dieses letzten Opus nicht einmal gibt.

Das ist der unverfälschte Howard.

Wie er am besten ist.

PATRICE LOUINET

DIE ORIGINAL-CONAN-ERZÄHLUNGEN
AUS DEN JAHREN 1934 UND 1935

DIE DIENER VON BÎT-YAKIN

I

Intrigen

DIE FELSWAND ERHOB SICH STEIL aus dem Dschungel, einem Schutzwall gleich, ihr Stein glühte in der aufgehenden Sonne grünblau und tiefrot. In einem weiten Bogen zog sie sich gen Osten und Westen über dem wogenden grünen Meer aus Blättern und Wedeln dahin. Unbezwingbar sah sie aus, diese gigantische Mauer mit ihren Steilwänden, deren Felsgestein mit glitzerndem Quarz durchzogen war. Aber der Mann, der sich mühsam hocharbeitete, hatte sie schon bis zu halber Höhe erklommen.

Er entstammte einer Rasse, die in den Bergen zu Hause und der kein Felsen zu schroff war, und dazu verfügte er über ungewöhnliche Kraft und Behendigkeit. Als einziges Kleidungsstück trug er eine knielange Hose aus roter Seide. Die Sandalen hatte er sich um die Schultern geschlungen, damit sie ihn nicht behinderten, genau wie sein Schwert und seinen Dolch.

Der Mann war von mächtigem Körperbau und doch geschmeidig wie ein Panther. Die Sonne hatte seine Haut tief bronzefarben gebrannt. Ein silbernes Stirnband hielt die gerade geschnittene Mähne schwarzen Haares. Seine eisernen Muskeln, die flinken scharfen Augen und die sicheren Füße kamen ihm hier sehr zustatten, denn das Erklimmen dieser Felswand forderte das Äußerste. Hundertfünfzig Fuß unter ihm wogte der Dschungel, und genauso weit entfernt hob sich der Felsrand vom Morgenhimmel ab.

Er kämpfte sich hoch, als wäre er in größter Eile, und doch kam er nur im Schneckentempo weiter, während er wie eine Fliege an der Wand klebte. Seine tastenden Hände und Füße fanden winzige Simse, Spalten und unbedeutende Vorsprünge, die kaum Halt gewährten, und manchmal hing er nur an seinen Fingernägeln. Trotzdem kam er immer höher, auch wenn er sich nur um Handbreiten hochziehen konnte. Hin und wieder legte er eine kurze Pause ein, um seinen schmerzenden Muskeln Ruhe zu gönnen. Dann schüttelte er sich den Schweiß aus den Augen und drehte den Kopf, um suchend über den Dschungel zu spähen und Ausschau nach irgendwelchen Spuren oder Bewegungen zu halten, die auf die Anwesenheit von Menschen schließen ließen.

Das Ende der Felswand war nahe, als er wenige Fuß

über seinem Kopf eine Öffnung in der Wand entdeckte. Gleich darauf hatte er sie erreicht. Vor ihm lag eine kleine Höhle unmittelbar unter dem Rand der Felswand. Als er den Kopf in gleicher Höhe mit dem Boden hatte, blinzelte er erstaunt und stemmte sich noch ein Stück höher. Auf die Ellbogen gestützt, sah er sich genauer um. Die Höhle war nicht viel mehr als eine Nische – aber sie war nicht leer. Eine verschrumpelte braune Mumie saß mit überkreuzten Beinen und auf der Brust verschränkten Armen darin. Der Kopf war auf die Brust gesackt. In dieser Stellung wurde sie durch Lederschnüre gehalten, die jedoch schon sehr morsch aussahen. Falls die Mumie nicht nackt hierhergeschafft worden war, musste ihre Kleidung völlig zu Staub zerfallen sein, denn von ihr gab es nicht die geringste Spur mehr. Wohl aber steckte etwas zwischen den verschränkten Armen und der eingefallenen Brust – eine vergilbte Pergamentrolle.

Der Mann streckte einen langen Arm aus und schnappte sich diese Schriftrolle. Ohne sie zu betrachten, schob er sie in seinen Gürtel, dann zog er sich hoch, bis er in der Nischenöffnung stand. Von hier aus sprang er empor, erreichte das Ende der Felswand mit den Händen, und schon stand er oben.

Keuchend schaute er auf der anderen Seite in die Tiefe.

Es war, als blickte er in eine gewaltige Schale, die von einer kreisrunden Steinwand eingeschlossen war. Bäume und andere Pflanzen bedeckten den Boden dieser Schale, doch war der Bewuchs bei Weitem nicht so dicht wie der äußere Dschungel. Die Schalenwand war nirgendwo durchbrochen und rundum gleich hoch. Es war eine Laune der Natur, etwas, was vielleicht nirgendwo sonst auf der Welt zu finden sein mochte: ein riesiges, natürliches Amphitheater, ein kreisrundes Stück bewaldeter Ebene, etwa drei oder vier Meilen im Durchmesser, vom Rest der Welt völlig abgeschlossen und gefangen im Ring der steilen Felswand.

Doch der Mann oben auf dem Rand widmete diesem Naturwunder keinen Gedanken. Angespannt wanderte sein Blick über die Baumwipfel unter ihm. Er atmete tief durch, als er das Schimmern von Marmorkuppeln zwischen dem saftigen Grün entdeckte. Also war es nicht nur eine Legende gewesen: Der fabelhafte, verlassene Palast von Alkmeenon lag hier unter ihm.

Conan, der Cimmerier, der in seinem abenteuerlichen Leben bereits die halbe Welt durchstreift hatte, war auf der Fährte eines sagenhaften Schatzes, der den der turanischen Könige weit übertraf, ins Königreich Keshan gekommen.

Keshan war ein barbarisches Königreich im östlichen Hinterland von Kush, wo der breite Streifen Weideland sich mit den Wäldern aus dem Süden verband. In dem Volk hatten sich verschiedene Rassen vermischt: Eine dunkelhäutige Oberschicht von edler Geburt regierte über fast ausschließlich negroide Untertanen. Die Herrscher – Fürsten und Hohe Priester – behaupteten, von einer weißen Rasse abzustammen, die vor undenkbarer Zeit über ein Königreich geherrscht hatte, dessen Hauptstadt Alkmeenon gewesen war. Einander widersprechende Legenden versuchten, den Untergang dieser Rasse und die Aufgabe der Stadt durch die Überlebenden zu erklären. Genauso nebulös waren die Geschichten über die Zähne von Gwahlur, den Schatz von Alkmeenon. Doch für Conan hatten diese vagen Legenden genügt, um ihn aus weiter Ferne, über Ebenen, flussdurchzogenen Dschungel und hohe Berge nach Keshan zu führen.

Er hatte das Königreich gefunden, das man in vielen nördlichen und westlichen Nationen selbst für legendär hielt. Und dort hatte er so manches erfahren, das seine Überzeugung bestätigt hatte. Ja, er glaubte sicher, dass es diesen Schatz, der die Zähne von Gwahlur genannt wurde, tatsächlich gab. Nur wo er versteckt war, konnte er nicht herausfinden. Bald sah er sich der Notwendigkeit gegenüber, den Grund seines Aufenthalts in Keshan zu erklären. Ungebetene Fremde waren dort nicht willkommen.

Aber das brachte ihn nicht in Verlegenheit. Mit gleichmütigem Selbstbewusstsein bot er den argwöhnischen Edlen des auf barbarische Weise prächtigen Hofes seine Dienste an. Er war Söldner, der angeblich auf der Suche nach einer Anstellung nach Keshan gekommen war. Für gutes Gold war er bereit, die keshanischen Truppen auszubilden und sie gegen Punt – den Erzfeind Keshans – zu führen. Punts kürzliche Erfolge auf dem Schlachtfeld hatten den Grimm des reizbaren Königs von Keshan noch gesteigert.

Dieses Angebot war gar nicht so abwegig, wie es den Anschein haben mochte. Conans Ruf war ihm sogar ins ferne Keshan vorausgeeilt. Seine Abenteuer als Kapitän der schwarzen Korsaren, der Wölfe der südlichen Küsten, hatten seinen Namen in den gesamten Schwarzen Königreichen bekannt gemacht, und er wurde dort bewundert und gefürchtet. Er ließ es sich gefallen, dass die dunkelhäutigen Edlen ihn auf die Probe stellten. In den ständigen Scharmützeln entlang den Grenzen bekam der Cimmerier genügend Gelegenheit, seine Geschicklichkeit im Handgemenge zu beweisen. Seine tollkühne

Wildheit beeindruckte die Herren von Keshan, denen sein Ruf als Heerführer durchaus bekannt war. Die Aussichten schienen also recht günstig zu sein. In Wirklichkeit brauchte Conan die Anstellung nur als plausiblen Grund, um lange genug in Keshan bleiben zu können, bis er das Versteck der Zähne von Gwahlur entdeckt hatte. Doch dann geschah etwas Unvorhergesehenes. Thutmekri kam als Führer einer Abordnung von Zembabwei nach Keshan.

Thutmekri war Stygier – ein Abenteurer und Halunke, der sich durch seine Schläue bei den Doppelmonarchen des großen Handelsreichs, viele Tagesmärsche östlich gelegen, beliebt gemacht hatte. Er und der Cimmerier kannten einander schon seit Langem, waren einander jedoch alles andere als wohlgesinnt. Auch Thutmekri wollte dem König von Keshan ein Angebot machen, das die Eroberung Punts zum Ziel hatte – dieses Königreich östlich von Keshan hatte erst vor Kurzem alle zembabweischen Handelsstationen niedergebrannt.

Sein Angebot wog schwerer als Conans Ruf. Er erbot sich, Punt aus dem Osten mit einer Armee schwarzer Speerträger, shemitischer Bogenschützen und Söldnerschwertkämpfer anzugreifen und dem König von Keshan zu helfen, das feindliche Königreich zu annektieren. Die wohlmeinenden Könige von Zembabwei erbaten sich für ihre Hilfe lediglich das Monopol auf den Handel in Keshan und den ihm angeschlossenen Gebieten – und als Zeichen ihrer guten Beziehungen einige der Zähne von Gwahlur. Diese würden keineswegs für irgendwelche weltlichen Zwecke benutzt werden, beeilte sich Thutmekri, den misstrauischen Edlen zu versichern. Nein, sie sollten ihren Ehrenplatz im Tempel von Zembabwei erhalten, neben den kauernden goldenen Götterbildern von Dagon und Derketo, um das Bündnis zwischen Keshan und Zembabwei zu besiegeln. Diese Behauptung veranlasste Conan zu einem abfälligen Grinsen.

Der Cimmerier machte keine Anstalten, sich mit gleicher Schläue ins rechte Licht zu setzen oder wie Thutmekri und sein shemitischer Partner Zargheba zu intrigieren. Er wusste, wenn Thutmekri den Auftrag bekam, würde er auf die sofortige Verbannung seines Rivalen drängen. Conan blieb nur eine Möglichkeit: die Juwelen zu finden und mit ihnen zu fliehen, ehe der König von Keshan seine Entscheidung traf. Inzwischen war er sicher, dass sie nicht in Keshia, der Königsstadt, verborgen waren, die aus nicht viel mehr als ein paar strohgedeckten Hütten bestand, welche sich an die Lehmmauer rings um den Palast aus Stein, Lehm und Bambus kauerten.

Während seine Ungeduld wuchs, erklärte der Hohe Priester Gorulga, dass vor einer Entscheidung die Götter über das beabsichtigte Bündnis mit Zembabwei befragt werden mussten – und auch darüber, ob einige der Steine aufgegeben werden durften, die seit Langem als heilig und unberührbar galten. Zu diesem Zweck sollte das Orakel von Alkmeenon befragt werden.

Das war schon lange nicht mehr geschehen. Überall, im Palast und in den armseligen Hütten, unterhielt man sich aufgeregt darüber. Seit einem ganzen Jahrhundert hatten die Priester die Stadt des Schweigens nicht mehr besucht. Bei dem Orakel, so erzählte man sich, handelte es sich um Prinzessin Yelaya, die letzte Herrscherin von Alkmeenon, die in der Blüte ihrer Jugend und Schönheit den Tod gefunden hatte und deren Körper auf gar wundersame Weise die undenkbar lange Zeit hindurch makellos erhalten geblieben war. Früher waren immer Priester in die verlassene Stadt gepilgert, und Yelaya hatte sie die Wege der Weisheit gelehrt. Der letzte Priester, der das Orakel aufgesucht hatte, war von Grund auf verderbt gewesen und hatte versucht, jene eigenartig geschliffenen Edelsteine zu stehlen, die man die Zähne von Gwahlur nannte. Doch ein grauenvolles Geschick hatte ihn in dem verlassenen Palast ereilt. Die Akolythen, die ihn begleitet hatten, flohen und erzählten Schreckliches darüber. Daraufhin hatte sich seit hundert Jahren keiner der Priester mehr in die Stadt und zum Orakel gewagt.

Doch Gorulga, der gegenwärtige Hohe Priester, dem seine Integrität den Mut gab, erklärte, dass er mit einer Handvoll Begleiter die alte Sitte wieder aufnehmen würde. In der Aufregung saßen die Zungen etwas locker, und Conan kam zu dem Hinweis, auf den er seit Wochen gehofft hatte – er belauschte das Gespräch eines Unterpriesters. Die Priester beabsichtigten, im Morgengrauen des nächsten Tages nach Alkmeenon aufzubrechen, also musste er ihnen zuvorkommen. Deshalb verließ er Keshia klammheimlich in finsterer Nacht.

Eine Nacht, einen Tag und noch eine Nacht ritt er so schnell, wie er es nur wagen konnte, und erreichte schließlich im frühen Morgengrauen die schützende Felswand um Alkmeenon, das sich in der Südwestecke des Königreichs befand, mitten im wilden Dschungel, der tabu für den einfachen Mann war. Nur Priester durften sich dem Tal nähern, und nicht einmal ein Priester hatte seit hundert Jahren Alkmeenon besucht.

Der Legende nach hatte nie ein Mensch diese Felswände erklommen, und nur die Priester kannten den geheimen Durchgang ins Tal. Conan vergeudete keine

Zeit mit der Suche nach ihm. Schroffe Abgründe und Steilwände, an die diese Schwarzen – das Reitervolk und die Menschen der Ebenen und Wälder – sich nicht wagten, waren kein Hindernis für jemanden, der in den rauen Bergen Cimmeriens geboren war.

Während er nun hinunter in das kreisrunde Tal blickte, fragte er sich, was es gewesen sein mochte – Seuche, Krieg oder Aberglaube –, das diese alte weiße Rasse aus ihrer natürlichen Festung vertrieben und dazu gebracht hatte, sich mit den schwarzen Stämmen ringsum zu vermischen.

Dieses Tal war ihre Zitadelle gewesen. Dort prangte ihr Palast, wo lediglich die königliche Familie und ihre Höflinge gelebt hatten. Die eigentliche Stadt lag außerhalb der Felswände. Der wogende Dschungel verbarg ihre Ruinen. Doch die unter dem Laubdach glitzernden Kuppeln waren so unbeschädigt wie der ganze Palast, der dem Zahn der Zeit getrotzt hatte.

Conan schwang ein Bein über den Rand und kletterte eilig hinunter. Die Innenseite der Felswand war weit weniger glatt und steil als die Außenseite. Er brauchte nicht halb so lange, die Talsohle zu erreichen, wie zum Aufstieg.

Mit einer Hand am Schwertgriff blickte er sich wachsam um. Es gab keinen Grund zur Annahme, dass die Behauptung der Keshani, die Stadt sei leer und verlassen und nur der Hauch der Vergangenheit hafte ihr an, nicht stimmte. Aber Conan war von Natur aus misstrauisch und wachsam. Die Stille war vollkommen. Nicht einmal die Blätter an den Zweigen wisperten. Als er sich bückte, um durch die geraden Reihen der Bäume hindurchzuspähen, sah er nichts als ihre mächtigen Stämme, die sich in der blauen Düsternis der Waldestiefe verloren.

Trotzdem schlich er wachsam voran, das Schwert in der Hand. Unentwegt spähte er von einer Seite zur anderen. Seine geschmeidigen Schritte verursachten keinen Laut auf dem Grasboden. Ringsum erblickte er die Zeichen einer uralten Zivilisation. Mamorspringbrunnen standen stumm und zerfallend zwischen Bäumen, die so exakt im Kreis angeordnet waren, dass die Natur sie so nicht gesetzt haben konnte. Wild wachsende Bäume und Unterholz waren in die säuberlich symmetrisch angeordneten Haine gedrungen, trotzdem war ihre ursprüngliche Form noch gut zu erkennen. Breite Pflasterwege führten durch sie hindurch, aber die Steine wiesen breite Risse auf, in denen Gras und Unkraut wucherten. Conan sah Mauern mit reich verzierten Kronen und kunstvoll durchbrochene Steinwände, vermutlich von Pavillons.

Durch die Bäume vor ihm schimmerten die Kuppeln, und die Bauwerke, die sie trugen, wurden beim Näherkommen deutlicher erkennbar. Als er sich einen Weg durch rankenüberwucherte Zweige gebahnt hatte, gelangte er an eine etwas lichtere Stelle, wo die Bäume weiter auseinanderstanden und kein Unterholz sich zwischen sie drängte. Und dort sah er den Portikus des Palasts vor sich.

Beim Betreten der breiten Marmorstufen des Treppenaufgangs sah er, dass dieses Bauwerk weit besser erhalten war, als die unbedeutenderen, die ihm bisher aufgefallen waren. Die mächtigen Mauern und gewaltigen Säulen schienen zu massiv zu sein, als dass Zeit und Elemente ihnen viel hätten anhaben können. Überall herrschte die gleiche, wie verzauberte Stille, sodass seine katzensanften Schritte geradezu laut wirkten.

Irgendwo in diesem Palast befand sich das Bildnis,

das in früherer Zeit den Priestern von Keshan als Orakel gedient hatte. Und wenn es stimmte, was er erlauscht hatte, so musste hier auch der verborgene Schatz der vergessenen Könige von Alkmeenon zu finden sein.

Conan trat in eine breite, hohe Halle mit einer Säulenreihe zu beiden Längsseiten, zwischen denen Torbögen gähnten, deren Türen dem Zahn der Zeit zum Opfer gefallen waren. Er schritt durch die Düsternis dieser Halle und an ihrem anderen Ende durch eine gewaltige Bronzeflügeltür, die halb offen stand – vielleicht bereits seit Jahrhunderten. Er kam in einen riesigen Saal mit Kuppeldecke, der den Königen von Alkmeenon wahrscheinlich als Audienzhalle gedient hatte.

Er war achteckig, und die gewaltige Kuppel musste geschickt angelegte Belüftungsschlitze haben, denn dieser Saal war weit heller als die Halle, die zu ihm geführt hatte. Am hinteren Ende erhob sich ein Podest mit breiten Lapislazulistufen, auf dem ein massiver Thron mit kunstvoll verzierten Armlehnen und hoher Rückenlehne stand, über den sich früher sicher ein Baldachin aus goldenem Stoff gewölbt hatte.

Conan brummte anerkennend. Das also war der goldene Thron Alkmeenons, von dem die Legenden berichteten. Mit geübtem Auge betrachtete er ihn abschätzend. Er war ein Vermögen für sich, nur wäre es sehr schwierig, ihn fortzuschaffen. Aber sein Wert spornte seine Phantasie an: Wie ungeheuerlich musste da erst der sagenhafte Schatz sein! Er fieberte vor Aufregung und konnte es kaum erwarten, die Juwelen durch seine Finger gleiten zu lassen – die Edelsteine, die die Märchenerzähler auf den Marktplätzen von Keshia so beschrieben, wie sie es selbst gehört hatten und wie es seit Jahrhunderten überliefert wurde. Edelsteine, die es so angeblich kein zweites Mal auf der Welt gab, was ihre Schönheit und Makellosigkeit und Größe betraf: Rubine, Smaragde, Brillanten, Blutsteine, Opale, Saphire.

Er hatte erwartet, das Orakel auf dem Thron vorzufinden. Da es dort nicht war, musste es sich in einem anderen Teil des Palasts befinden – wenn es dieses Bildnis überhaupt gab! Doch seit er in Keshan war, hatten sich so viele Mythen als Wirklichkeit erwiesen, dass er gar nicht bezweifelte, tatsächlich auf ein Götterbild zu stoßen.

Hinter dem Thron klaffte ein schmaler Türbogen, der früher bestimmt hinter Wandbehängen verborgen gewesen war. Er warf einen Blick hindurch und sah einen Alkoven, von dem in rechtem Winkel ein Korridor wegführte. Er wandte sich davon ab und entdeckte einen zweiten Türbogen links vom Thronpodest. Dessen Tür war, im Gegensatz zu allen bisherigen, noch erhalten. Doch dies kam gewiss daher, dass es sich hier um keine gewöhnliche Tür handelte: Sie bestand aus demselben Edelmetall wie der Thron und war mit seltsamen Arabesken verziert.

Sie schwang bei seiner Berührung so leicht auf, als wären ihre Angeln erst vor Kurzem geölt worden. Mit großen Augen schaute er sich um.

Vor ihm lag ein rechteckiges, nicht sehr großes Gemach, dessen Marmorwände von einer kunstvoll mit Gold verzierten Decke gekrönt wurden. Goldene Friese zierten den unteren und oberen Rand der Wände, und außer der Tür, durch die er eingetreten war, gab es keine weitere. Doch all das bemerkte er nur nebenbei, denn seine Aufmerksamkeit war auf etwas gerichtet, das auf einem Elfenbeinpodest vor ihm lag.

Er hatte ein kunstvolles Bildnis erwartet, von begnadeten Bildhauern einer längst vergessenen Zeit gemeißelt, doch das, was er hier vor sich sah, war von einer Vollendung und Schönheit, wie selbst der größte Künstler es nicht hätte erschaffen können.

Es war auch keine Statue aus Stein, Metall oder Elfenbein. Es war der natürlich gewachsene Körper einer Frau, den die ungeahnten Kräfte der alten Rasse durch all die Jahrhunderte makellos erhalten hatten, und selbst der Kleidung sah man ihr Alter nicht an. Als ihm das bewusst wurde, runzelte der Cimmerier die Stirn. Ein vages Unbehagen erfüllte ihn. Die Kräfte, die imstande waren, den Körper zu erhalten, hätten doch eigentlich keinen Einfluss auf die Gewandung haben dürfen, dachte er, und betrachtete die goldenen Brustschalen näher, die mit kleinen Edelsteinen in konzentrischen Kreisen verziert waren, und den kurzen, von einem juwelenbesetzten Gürtel gehaltenen Seidenrock. Sowohl Stoff als auch Metall sahen aus wie neu.

Selbst im Tod war Yelaya von kalter Schönheit. Ihr Körper wirkte wie Alabaster, er war schlank und doch wohlgerundet. Ein roter Edelstein blitzte in der dunklen Fülle des Haares.

Stirnrunzelnd blickte Conan auf sie hinab, dann klopfte er mit dem Schwert das Podest nach einem Hohlraum ab, in dem der Schatz versteckt sein mochte, doch zu seiner Enttäuschung hörte der Stein sich massiv an. Überlegend stapfte er in dem Gemach hin und her. Wo sollte er, bei der kurzen Zeit, die ihm blieb, zuerst suchen? Der Priester, den er belauscht hatte, hatte in seiner Verliebtheit einer Kurtisane erzählt, der Schatz sei im Palast verborgen. Nur war der Palast von beachtlicher Größe. Er fragte sich, ob er sich nicht vielleicht verstecken sollte, bis die Priester gekommen und wieder gegangen waren.

Aber es war durchaus möglich, dass sie die Juwelen mit sich nach Keshia nahmen, denn er war überzeugt davon, dass Thutmekri Gorulga bestochen hatte.

So gut kannte Conan Thutmekri, dass er dessen Pläne erraten konnte. Ohne alle Zweifel hatte er den Königen von Zembabwei die Eroberung Punts vorgeschlagen, die im Grunde nur ein Schritt auf ihr tatsächliches Ziel zu war: die Aneignung der Zähne von Gwahlur! Ehe die vorsichtigen Könige sich zu drastischeren Schritten entschlossen, wollten sie sich vergewissern, dass es den Schatz auch tatsächlich gab. Die Steine, um die Thutmekri als Zeichen des guten Willens gebeten hatte, sollten der Beweis sein.

Hatten sie sich von dem Vorhandensein des Schatzes überzeugt, würden die Könige von Zembabwei ihren Plan durchführen. Punt sollte gleichzeitig von Osten und Westen angegriffen werden, aber die Zembabwer würden es so arrangieren, dass der Kampf hauptsächlich von den Keshani bestritten wurde. Waren sowohl Punt als auch Keshan dann geschwächt, würden die Zembabwer beide Rassen zu Boden zwingen, Keshan ausplündern und sich die Zähne von Gwahlur mit Waffengewalt holen, selbst wenn sie dazu das Land dem Boden gleichmachen und jeden Einzelnen in diesem Königreich foltern oder gar töten mussten.

Doch gab es natürlich immer noch eine weitere Möglichkeit: Wenn es Thutmekri gelang, den Schatz in die Hand zu bekommen, würde er seine Auftraggeber hintergehen. Er würde den Schatz für sich behalten, sich damit davonstehlen und den Gesandten aus Zembabwei die Sache ausbaden lassen.

Conan hielt die Befragung des Orakels für nichts weiter als eine List, um den König von Keshan dazu zu bringen, auf Thutmekris Wünsche einzugehen. Conan zweifelte nicht einen Augenblick daran, dass Gorulga genauso verschlagen und gerissen war wie alle anderen Beteiligten an diesem gewaltigen Schwindel. Der Cimmerier hatte sich nicht selbst an den Hohen Priester gewandt, da er wusste, dass er, was Erpressung und Intrigen betraf, nicht gegen Thutmekri ankam. Versuchte er es, würde er dem Stygier nur in die Hände spielen. Gorulga könnte ihn dem Volk gegenüber als den Verräter hinstellen und so seine scheinbare Integrität beweisen – und dadurch hätte sich Thutmekri seines Rivalen entledigt. Er fragte sich, womit Thutmekri den Priester bestochen hatte, der, wenn er wollte, jederzeit das größte Vermögen der Welt in seinen Besitz bringen konnte.

Auf jeden Fall war er sicher, dass das Orakel dazu gebracht werden würde zu verkünden, es sei der Wille der Götter, auf Thutmekris Vorschläge einzugehen – und zweifellos würde es auch ein paar Bemerkungen über Conan fallen lassen, die ihm gefährlich werden konnten. Danach würde der Boden in Keshia zu heiß für ihn werden. Ganz abgesehen davon, hatte er auch gar nicht die Absicht gehabt zurückzukehren, als er sich des Nachts davonstahl.

Das Gemach des Orakels bot ihm keine Hinweise. Er ging in den Thronsaal und machte sich am Thron zu schaffen. Er war schwer, doch gelang es ihm, zwei Beine hochzustemmen. Aber der Marmorboden darunter war massiv. Er wandte sich nun dem Alkoven zu. Irgendwie war er überzeugt, dass es in der Nähe des Orakels eine Geheimkammer geben musste. Sorgfältig klopfte er die Wände ab – tatsächlich klang eine Stelle unmittelbar gegenüber der schmalen Einmündung des Korridors hohl.

Ganz genau betrachtete er an dieser Stelle die Fuge zwischen den Marmorblöcken und stellte fest, dass sie etwas breiter als die üblichen war. Er klemmte die Dolchspitze hinein.

Lautlos schwang eine Marmorplatte zurück und offenbarte eine Nische in der Wand – doch das war auch alles. Conan fluchte herzhaft. Die winzige Geheimkammer war leer und sah auch durchaus nicht so aus, als hätte sie jemals als Versteck eines Schatzes gedient. Nun schaute er sich in der Nische näher um. Etwa in Kopfhöhe entdeckte er eine Anordnung winziger Löcher in der Wand. Er spähte hindurch und nickte. Es war eine Trennwand zwischen der Geheimkammer und dem Orakelgemach. Von dem Gemach aus waren die Löcher nicht zu sehen gewesen. Er grinste. Das erklärte das Geheimnis des Orakels; es war primitiver, als er erwartet hatte. Gorulga würde sich entweder selbst in der Nische verstecken oder einen Vertrauten beauftragen, durch die Löcher zu sprechen – und die gläubigen Akolythen, ohne Ausnahme Schwarze, würden die Stimme für die Yelayas halten.

Plötzlich erinnerte der Cimmerier sich an die Pergamentrolle, die er der Mumie abgenommen hatte. Er rollte sie vorsichtig auf, denn sie war so morsch, dass er befürchtete, sie würde unter seinen Fingern zerfallen. Stirnrunzelnd studierte er die verblassten Schriftzeichen. Auf seinen abenteuerlichen Streifzügen quer durch die Welt hatte er sich ein weites, wenn auch oberflächliches Wissen angeeignet, vor allem, was Sprachen und Schriften anbelangte. So mancher Gelehrte hätte über des Cimmeriers linguistische Fähigkeiten gestaunt, den die Erfahrung gelehrt hatte, dass die Kenntnis einer fremden Sprache über Leben oder Tod entscheiden mochte.

Die Zeichen verwirrten ihn ein wenig, denn sie erschienen ihm gleichzeitig vertraut und unleserlich. Schließlich verstand er, wieso. Es waren die Schriftzeichen des alten Pelishtisch, die sich in mancher Hinsicht von der modernen Schrift unterschieden, die er beherrschte. Sie war vor drei Jahrhunderten nach der Eroberung Pelishtiens durch einen Nomadenstamm aus der alten Schrift entwickelt worden. Obwohl diese ältere Version einfacher war, gab sie ihm Rätsel auf. Eine öfter wiederkehrende Verbindung erkannte er schließlich als Eigennamen: Bît-Yakin. Conan nahm an, dass es sich dabei um den Namen des Verfassers handelte.

Unwillkürlich bewegten sich seine Lippen, während er sich mit der Entzifferung plagte. Das meiste stellte sich als unübersetzbar heraus, und der Rest war auch nicht recht klar.

Aus dem Ganzen schloss er, dass der mysteriöse Bît-Yakin von weither mit seinen Dienern gekommen war und im Tal Alkmeenon gelebt hatte. Das meiste des Folgenden sagte ihm nichts, da es darin von ihm unbekannten Schriftzeichen wimmelte. Aber der Name Yelaya kam häufig vor, und gegen Ende des Schriftstücks wurde es offensichtlich, dass Bît-Yakin von seinem bevorstehenden Tod gewusst hatte. Irgendwie zuckte Conan zusammen, als ihm klar wurde, dass die Mumie in der kleinen Höhle der Verfasser des Schriftstücks, dieser geheimnisvolle Bît-Yakin, gewesen sein musste. Der Mann war gestorben, wie er es vorhergesagt hatte, und seine Diener hatten ihn – genau nach seinen Anweisungen kurz vor seinem Tod – in diese Höhle geschafft.

Es war merkwürdig, dass Bît-Yakin in keiner der Legenden über Alkmeenon erwähnt wurde. Offenbar war er erst ins Tal gekommen, nachdem die eigentlichen Bewohner es verlassen hatten – das deutete auch das Schriftstück an –, trotzdem war es recht merkwürdig, dass die Priester, die in alter Zeit zum Orakel gekommen waren, den Mann und seine Diener nicht gesehen hatten. Conan war ziemlich sicher, dass die Mumie und das Pergament älter als hundert Jahre waren. Bît-Yakin hatte im Tal gelebt, als die Priester noch kamen, um die tote Yelaya zu verehren. Und doch sprach keine Legende von ihm, bloß von einer verlassenen Stadt, in der es nur die Geister der Toten gab.

Weshalb hatte Bît-Yakin an diesem trostlosen Ort gehaust, und wohin hatten seine Diener sich zurückgezogen, nachdem sie die Leiche ihres Herrn in die Höhle gebracht hatten?

Conan zuckte die Schulter und schob die Schriftrolle in seinen Gürtel zurück. Plötzlich zuckte er heftig zusammen, und die Haut auf seinen Handrücken prickelte. In der unendlichen Stille hatte ein mächtiger Gong gedröhnt!

Er wirbelte herum wie eine Raubkatze, das Schwert in der Hand, und spähte den schmalen Gang entlang, aus dem der Gongschlag offenbar gekommen war. Waren die Priester von Keshia bereits eingetroffen? Er wusste, dass das unmöglich war, dazu war noch nicht genug Zeit vergangen. Aber dieser Gong verriet ohne Zweifel die Anwesenheit eines Menschen.

Conan war von Natur aus ein Tatmensch, der instinktiv und ohne langes Überlegen handelte. Alle Vorsicht und Feinheiten hatte er sich erst im Lauf der Zeit durch seinen Kontakt mit den verschiedenen Rassen angeeignet. Doch wenn er von etwas völlig Unerwartetem überrascht wurde, handelte er wieder, wie es seiner barbarischen Natur entsprach. Statt sich nun zu verstecken oder sich in die entgegengesetzte Richtung zurückzuziehen, wie ein anderer es üblicherweise getan hätte, rannte er geradewegs den Gang hoch, aus dem der Gongschlag gekommen zu sein schien. Seine Sandalen waren nicht lauter als die weichen Ballen eines Panthers. Die Augen hatte er zu Schlitzen zusammengekniffen und die Lippen zu einem Fletschen verzerrt. Ganz flüchtig hatte die Panik seine Seele bei dem Schock durch das Unerwartete berührt, und so war die rote Wut des Urwüchsigen, die immer in dem Cimmerier lauerte, erwacht, wie bei allen Wilden, wenn sie sich bedroht fühlen.

Aus dem gewundenen Korridor kam er in einen kleinen, offenen Hof. Sein Blick fiel auf etwas in der Sonne Glitzerndes. Es war der Gong, eine große, goldene Scheibe, die von einer goldenen Strebe an der zerfallenen Mauer hing. Ein Messingklopfer lag daneben, doch von Lebenden gab es keine Spur. Die Torbögen ringsum waren alle leer. Conan blieb, wie ihm schien, lange an der Korridortür stehen. Im ganzen Palast war nicht der geringste Laut zu hören. Als seine Geduld schließlich erschöpft war, schlich er von Torbogen zu Torbogen und spähte hindurch, jederzeit bereit, wie ein Blitz zur Seite zu springen oder wie eine Kobra zuzuschlagen.

Er erreichte den Gong und blickte durch den nächsten Torbogen. Das Gemach dahinter lag im Zwielicht. Auf dem Fußboden lagen Trümmer der halb eingefallenen Wände. Unter dem Gong selbst wiesen die glänzenden Marmorfliesen keinerlei Fußabdrücke auf, aber ein schwach modriger Geruch, auf den er sich keinen Reim machen konnte, hing hier in der Luft. Seine Nasenflügel weiteten sich wie die eines wilden Tieres, in seiner Bemühung, sich über diesen Geruch klar zu werden.

Er wandte sich dem Torbogen zu – da zersplitterten die scheinbar festen Marmorfliesen unter seinen Füßen. Im Fallen streckte er die Arme aus und bekam den Rand des Loches, in das er stürzte, zu fassen. Doch auch der Rand zerbröckelte unter seinen Fingern. Er stürzte in absolute Schwärze, in eisiges Wasser, das ihn mit atemberaubender Geschwindigkeit mit sich riss.

II

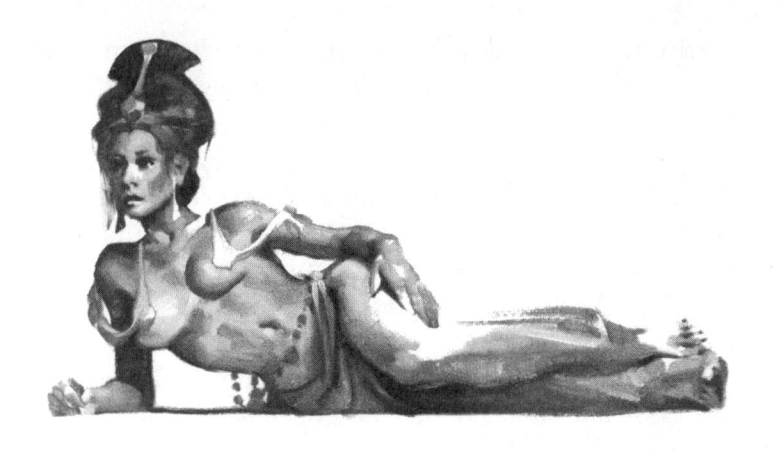

Eine Göttin erwacht

Der Cimmerier machte anfangs keine Anstalten, sich gegen die Strömung zu wehren, die ihn durch die lichtlose Nacht riss. Er bemühte sich, den Kopf über Wasser zu halten. Das Schwert, das er auch im Stürzen nicht losgelassen hatte, hielt er mit den Zähnen. Er dachte gar nicht darüber nach, was ihn wohl erwarten würde, doch plötzlich durchbrach ein Lichtstrahl die Dunkelheit vor ihm. Er sah die wirbelnde schwarze Oberfläche des Wassers, das aussah, als würde es von einem gewaltigen Ungeheuer in der Tiefe aufgewühlt, und bemerkte, dass die senkrechten Steinwände des Tunnels sich oben in einer Wölbung trafen. An jeder Seite verlief, etwas unterhalb der Wölbung, ein schmaler Sims, das jedoch zu hoch war, als dass er es hätte erreichen können. An einer Stelle war die Decke eingebrochen – hier schien das Licht hindurch. Jenseits davon war es jedoch wieder pechschwarz. Panik ergriff den Cimmerier, als er erkannte, dass er an dem Licht vorbei wieder in die tiefe Schwärze getragen werden würde.

Da entdeckte er noch etwas anderes: Von den Simsen führten in regelmäßigen Abständen Bronzeleitern bis zur Wasseroberfläche – eine lag fast unmittelbar vor ihm. Sofort schwamm er darauf zu und kämpfte gegen die Strömung an, die ihn in der Mitte des Flusses gehalten hatte. Wie mit Fingern, die eigenes Leben hatten, zerrte sie an ihm, doch mit der Kraft der Verzweiflung wehrte er sich gegen sie und kam Zoll um Zoll der Wand näher, bis er sich auf Höhe der Leiter befand. Mit einem letzten wilden Sprung bekam er die unterste Sprosse zu fassen und hielt sich atemlos an ihr fest.

Ein paar Herzschläge später zog er sich an den verrottenden Sprossen hoch. Sie bogen sich unter seinem Gewicht, aber sie brachen glücklicherweise nicht, und es gelang ihm, den schmalen Sims zu erreichen, das kaum eine Mannshöhe unter der gewölbten Decke verlief. Der hochgewachsene Cimmerier musste den Kopf einziehen, als er sich aufrichtete. Am Kopfende der Leiter befand sich eine Bronzetür, aber sie ließ sich nicht öffnen, so sehr Conan sich auch plagte. Blutspuckend – denn die scharfe Klinge hatte ihm bei seinem heftigen Kampf mit dem Fluss die Lippen zerschnitten – nahm er das Schwert aus den Zähnen und schob es in seine Scheide zurück, ehe er sich der eingefallenen Decke widmete.

Er konnte die Arme durch das Loch stecken und sich an dessen Rand festhalten. Das tat er auch, nachdem er sich vergewissert hatte, dass er sein Gewicht tragen würde. Einen Augenblick später hatte er sich durch das Loch hochgezogen und stand in einem breiten Gemach, das sich in einem schlimmen Zustand befand. Der größte Teil der Decke war eingebrochen, genau wie ein großes Stück des Bodens. Halb zerfallene Torbogen öffneten sich zu weiteren Gemächern und Korridoren, und so war Conan ziemlich sicher, dass er sich immer noch im Palast befand. Er fragte sich voll Unbehagen, wie viele Gemächer diesen Fluss direkt unter sich hatten und wann wieder Fliesen nachgeben und ihn erneut in die Strömung stürzen lassen würden, aus der er sich gerade erst befreit hatte.

Ebenso fragte er sich, ob es nur ein Zufall gewesen war, dass er unter dem Gong eingebrochen war, oder ob jemand irgendwie nachgeholfen hatte. Etwas zumindest stand fest: Er war nicht der einzige Lebende in dem Palast. Der Gong hatte nicht von allein geschlagen – ob er nun damit in den Tod gelockt werden sollte oder nicht. Die Stille des Palasts erschien ihm nun mit einem Mal unheimlich, voll verborgener Bedrohung.

Konnte es sein, dass jemand aus demselben Grund hier war wie er? Ein plötzlicher Gedanke kam ihm bei der Erinnerung an den mysteriösen Bît-Yakin. War es möglich, dass dieser Mann – während er so lange hier gehaust hatte – die Zähne von Gwahlur gefunden und seine Diener sie mit sich genommen hatten, als sie Alkmeenon verlassen hatten? Die Möglichkeit, dass er völlig umsonst hier herumsuchte, weckte Wut in dem Cimmerier.

Er wählte einen Korridor, von dem er glaubte, dass er in den Teil des Palasts zurückführte, durch den er ursprünglich gekommen war. So leichtfüßig wie nur möglich rannte er ihn entlang, denn er dachte immer daran, dass unter ihm der schwarze Fluss dahinbrauste.

Doch auch mit dem Orakelgemach beschäftigten sich seine Gedanken, und mit der so vollkommen erhaltenen Toten. Irgendwo dort musste es einen Hinweis auf das

Versteck des Schatzes geben, wenn dieser sich überhaupt noch im Palast befand.

Nur seine leisen Schritte brachen die immer noch herrschende Stille. Die Räume, durch die er zuerst lief, waren halb zerfallen, doch je weiter er zurückkam, desto besser erhalten wirkten sie. Kurz fragte er sich, aus welchem Grund von den Simsen Leitern zu dem unterirdischen Fluss hinunterführten, doch dann beschäftigte er sich wieder mit anderen Dingen.

Er war nicht ganz sicher, wo das Orakelgemach von dieser Richtung aus lag, aber schließlich kam er in einen Korridor, der durch einen der Torbogen in den Thronsaal mündete. Er hatte inzwischen einen Entschluss gefasst. Es war sinnlos, ohne Ziel durch den Palast zu laufen, um den Schatz zu suchen. Er würde sich stattdessen irgendwo hier verstecken und warten, bis die Priester aus Keshani kamen.

Wenn sie das Theater mit der Orakelbefragung hinter sich hatten, würde er ihnen zum Versteck der Juwelen folgen, denn er war sicher, dass sie beabsichtigten sie zu holen. Vielleicht würden sie nur ein paar der Steine mit sich nehmen – der Rest genügte ihm.

Er wusste selbst nicht, wieso, aber er fühlte sich auf unheimliche Weise vom Orakelgemach angezogen. Er betrat es und blickte hinab auf die reglose Prinzessin, die als Göttin verehrt wurde. Ihre kalte Schönheit beeindruckte ihn. Welche Geheimnisse die Tote wohl bergen mochte?

Plötzlich zuckte er heftig zusammen. Er hielt den Atem an, und die Härchen in seinem Nacken stellten sich auf. Der Leichnam lag, wie er ihn beim ersten Mal gesehen hatte: reglos, mit edelsteinbesetzten goldenen Brustschalen, goldenen Sandalen und Seidenrock – und doch gab es einen sichtbaren Unterschied. Die geschmeidigen Gliedmaßen waren nicht starr, ein Hauch von Rot färbte die Wangen, und die Lippen waren von tieferem Rot ...

Mit einem panikartigen Fluch riss Conan sein Schwert aus der Hülle.

»*Crom! Sie lebt!*«

Bei seinen Worten hoben sich die langen, dunklen Wimpern, die Augen öffneten sich und blickten ihn rätselhaft an. Dunkle Augen waren es, voll tiefer Geheimnisse. Wie erstarrt blickte er sie an.

Grazil setzte sie sich auf, ohne den Blick von ihm zu lassen.

Er benetzte die trockenen Lippen und krächzte: »Seid ... seid Ihr ... Yelaya?«

»Ich bin Yelaya!« Die Stimme war angenehm und klangvoll. Sein Staunen wuchs. »Fürchte dich nicht. Ich werde dir kein Leid zufügen, wenn du tust, was ich dir sage.«

»Wie kann eine Tote nach all den Jahrhunderten ins Leben zurückkehren?«, fragte Conan, als zweifle er an dem, was seine Sinne ihm bewiesen. Seine Augen glommen auf seltsame Weise.

In mystischer Gebärde hob sie die Arme.

»Ich bin eine Göttin. Vor tausend Jahren verhängten die größeren Götter, die Götter der Finsternis jenseits der Grenzen des Lichtes, einen Fluch über mich. Die Sterbliche in mir erlag ihm, die Göttin in mir war jedoch unsterblich. Und so lag ich hier all diese Jahrhunderte und erwachte jeden Abend bei Sonnenuntergang, um Hof zu halten wie einst – mit aus den Schatten der Vergangenheit herbeigerufenen Geistern. Mensch, wenn du nicht erblicken willst, was deine Seele für immer in Verdammnis führt, so hebe dich schnell hinfort! Ich befehle es dir! Geh!« Ihre Stimme klang hart, und ihr Arm deutete in eine Richtung.

Conan hatte die Augen zu funkelnden Schlitzen zusammengekniffen. Er schob das Schwert in die Scheide zurück, achtete jedoch nicht auf ihren Befehl. Er trat näher, wie unter einem Zwang – und dann, ohne die geringste Vorwarnung, hob er sie hoch wie ein Bär. Sie stieß einen Schrei aus, der gar nichts Göttinnenhaftes an sich hatte, dann riss er ihr mit einem Handgriff den Seidenrock auf.

»Göttin! Ha!«, schnaubte er voll Verachtung und kümmerte sich nicht darum, dass seine Gefangene sich verzweifelt in seinem Griff wand. »Es kam mir doch gleich merkwürdig vor, dass eine Prinzessin von Alkmeenon mit corinthischem Akzent spricht! Als ich mich wieder gefasst hatte, erinnerte ich mich, dass ich dich schon irgendwo gesehen habe. Du bist Muriela, Zarghebas corinthische Tänzerin. Das sichelförmige Muttermal an deiner Hüfte beweist es. Ich sah es, als Zargheba dich einmal auspeitschte. Göttin! Pah!« Er versetzte der verräterischen Hüfte einen klatschenden Klaps, und das Mädchen heulte mitleiderregend auf.

Vergessen war ihre majestätische Haltung. Sie war keine mystische Prinzessin aus alter Zeit mehr, sondern eine furchterfüllte gedemütigte Tänzerin, wie man sie fast auf jedem shemitischen Marktplatz kaufen kann. Sie weinte herzzerbrechend. Conan blickte mit grimmigem Triumph auf sie hinab.

»Göttin! Ha! Du warst eine der verschleierten Frauen, die Zargheba mit nach Keshia brachte. Hast du dir eingebildet, du könntest mich zum Narren halten, kleine Törin? Vor einem Jahr sah ich dich in Akbitana mit diesem Halunken Zargheba – und ich vergesse keine Gesichter, genauso wenig wie die Figur einer Frau. Ich glaube, ich werde …«

Sie wand sich weiter in seinem Griff und wusste sich

schließlich nicht mehr zu helfen, als ihre Arme um seinen Hals zu schlingen. Tränen strömten über ihre Wangen, und ihr Schluchzen war nicht ganz ohne Hysterie.

»Oh bitte, tu mir nichts! Bitte! Ich musste doch gehorchen! Zargheba brachte mich hierher, damit ich das Orakel spiele!«

»Du gotteslästerliches kleines Weibsstück!«, polterte Conan. »Hast du denn überhaupt keine Ehrfurcht vor den Göttern? Crom! Gibt es gar keine Ehrlichkeit mehr?«

»Bitte!«, flehte sie ihn zitternd vor grauenvoller Furcht an. »Ich musste doch Zarghebas Befehl gehorchen. Oh, was soll ich tun? Diese heidnischen Götter werden mich verdammen!«

»Was glaubst du, werden die Priester erst mit dir tun, wenn sie entdecken, dass du eine Betrügerin bist?«, fragte er.

Bei dem Gedanken daran gaben ihre Beine nach, und sie sackte erschaudernd zusammen. Mit einem kaum verständlichen Wimmern um Gnade, um seinen Schutz und der Versicherung, dass sie keine bösen Absichten hatte, umklammerte sie Conans Knie. Es war ein beachtlicher Wandel von ihrer majestätischen Pose als Prinzessin aus alter Zeit, aber durchaus nicht überraschend. Die Furcht, die ihr zuvor Mut gegeben hatte, überwältigte sie jetzt.

»Wo ist Zargheba?«, fragte Conan barsch. »Verdammt, hör endlich auf zu wimmern und antworte!«

»Draußen vor dem Palast«, schluchzte sie. »Er hält Ausschau nach den Priestern.«

»Wie viele Männer hat er bei sich?«

»Keine. Wir kamen allein.«

»Ha!« Es klang wie das zufriedene Brummen eines jagenden Löwen. »Ihr müsst Keshia bald nach mir verlassen haben. Seid ihr die Felswand hochgeklettert?«

Sie schüttelte den Kopf. Zu sehr würgten die unterdrückten Tränen sie noch, als dass sie hätte verständlich sprechen können. Ungeduldig schüttelte er ihre Schultern, bis sie heftig nach Luft keuchte.

»Hörst du vielleicht endlich auf zu japsen und antwortest? Wie seid ihr ins Tal gelangt?«

»Zargheba kannte den Geheimgang«, wimmerte Muriela. »Der Priester Gwarunga beschrieb ihn ihm und Thutmekri. An der Südseite des Tales liegt ein Teich direkt an den Felsen. Unter der Wasseroberfläche befindet sich ein Höhleneingang, der von oben nicht so ohne Weiteres zu sehen ist. Wir tauchten in das Wasser und in die Höhle, die schräg aufwärts und aus dem Wasser führt. Die Öffnung im Tal ist hinter scheinbar undurchdringlichem Dickicht verborgen.«

»Ich bin die Felsen an der Ostwand hochgeklettert«, brummte Conan. »Was dann?«

»Wir kamen zum Palast. Zargheba versteckte mich zwischen den Bäumen, während er das Orakelgemach suchte. Ich glaube, er traut Gwarunga nicht so ganz. Während er weg war, glaubte ich, einen Gong schlagen zu hören, aber so ganz sicher war ich nicht. Schließlich kehrte Zargheba zurück und brachte mich in den Palast und in dieses Gemach, wo die Göttin Yelaya auf dem Podest lag. Er zog sie aus, und ich musste in ihre Kleidung schlüpfen. Dann versteckte er die Leiche und ging hinaus, um auf die Priester zu warten. Ich hatte solche Angst. Als du hereingekommen bist, wollte ich aufspringen und dich bitten, mich von hier fortzubringen, aber die Angst vor Zargheba hielt mich zurück. Und dann bemerktest du, dass ich lebte, da fiel mir nichts anderes ein, denn zu versuchen, dir Furcht einzujagen, damit du von hier verschwinden würdest.«

»Und was solltest du als Orakel sagen!«, fragte Conan.

»Ich sollte den Priestern raten, Thutmekri ein paar der Zähne von Gwahlur als Unterpfand zu überlassen und den Rest nach Keshia in den Palast mitzunehmen. Ich sollte sie warnen, dass eine schreckliche Gefahr über Keshan hereinbrechen würde, wenn sie nicht auf Thutmekris Vorschlag eingingen. Oh ja, dann sollte ich auch noch sagen, dass du sofort bei lebendigem Leib gehäutet werden müsstest, wollte man die Gefahr vollends abwehren.«

»Thutmekri wollte den Schatz also dort haben, wo er – oder die Zembabwer – mit Leichtigkeit an ihn herankommen konnten«, überlegte Conan laut, ohne auf die Bemerkung einzugehen, die ihn selbst betraf. »Ich werde noch mit ihm abrechnen. Gorulga ist natürlich auch an dem Schwindel beteiligt?«

»Oh nein! Er glaubt an seine Götter und ist unbestechlich. Er hat absolut keine Ahnung, was vorgeht. Er wird dem Orakel gehorchen. Es war ganz allein Thutmekris Plan. Er war sicher, dass die Keshani das Orakel befragen würden, und so veranlasste er Zargheba, mich mit der Abordnung aus Zembabwei einzuschleusen, verschleiert, selbstverständlich.«

»Na, so was!«, staunte Conan. »Ein Priester, der wahrhaftig an sein Orakel glaubt und sich nicht bestechen lässt! Crom! Ich frage mich, ob es Zargheba gewesen war, der auf den Gong geschlagen hat. Wusste er, dass ich hier war? War ihm bekannt, dass die Fliesen dort einbrechen würden? Wo ist er jetzt, Mädchen?«

»Er hat sich zwischen dicht stehenden Lotusbäumen versteckt, ganz in der Nähe der alten Prunkstraße, die von der Felswand im Süden zum Palast führt«, antwortete sie. Da entsann sie sich ihrer misslichen Lage. »Oh Conan, hab Erbarmen mit mir! Ich fürchte mich so in dieser unheilträchtigen, uralten Stadt. Ich habe mich ganz bestimmt nicht getäuscht, als ich verstohlene Schritte hörte! Bitte, Conan, nimm mich mit dir! Zargheba wird mich umbringen, wenn ich meinen Zweck hier erfüllt habe – das weiß ich genau. Und falls die Priester von der Täuschung erfahren, habe ich erst recht keine Gnade zu erwarten!

Zargheba ist ein Teufel. Er kaufte mich von einem Sklavenhändler, der mich aus einer nach Südkush reisenden Karawane raubte. Er hat mich von Anfang an zum Werkzeug seiner Intrigen gemacht. Lass nicht zu, dass ich wieder in seine Hände falle! Du kannst gar nicht so grausam sein, wie er es ist! Ich würde hier nicht mehr lebend herauskommen. Oh bitte! Bitte!«

Sie kniete vor dem Cimmerier und umklammerte seine Beine. Ihr verweintes und trotzdem noch wunderschönes Gesicht blickte zu ihm hoch. Das dunkle Seidenhaar hing zerzaust über die weißen Schultern.

Conan hob sie auf und nahm sie auf die Knie. »Hör mir zu. Ich beschütze dich vor Zargheba. Die Priester werden nichts von deiner Täuschung erfahren. Aber du musst tun, was ich dir sage.«

Stammelnd versprach sie ihm, aufs Wort zu gehorchen, und legte die Arme um seinen mächtigen Hals, als gäbe die Berührung ihr Sicherheit.

»Schön. Wenn die Priester kommen, spielst du Yelayas Rolle, genau wie Zargheba es geplant hat – es ist düster im Thronsaal und im Fackellicht würden die Priester dich nicht erkennen, selbst wenn sie dich schon einmal gesehen hätten oder wüssten, wie Yelaya aussah. Folgendes wirst du zu ihnen sagen: ›Es ist der Wille der Götter, dass der Stygier und seine shemitischen Hunde aus Keshan vertrieben werden. Sie sind Diebe und Betrüger, die die Götter berauben wollen. Vertraut die Zähne von Gwahlur

General Conan an und ernennt ihn zum Befehlshaber der gesamten Streitmacht von Keshan. Die Götter sind ihm wohlgesinnt.‹«

Muriela erschauderte und blickte Conan verzweifelt an, doch sie nickte.

»Aber was ist mit Zargheba?«, rief sie verstört. »Er wird mich töten!«

»Mach dir Zarghebas wegen keine Sorgen«, brummte Conan. »Ich kümmere mich schon um diesen Hundesohn. Tu du, was ich von dir erwarte. So, steck dein Haar wieder hoch, es ist dir ja ganz über die Schultern gefallen, und der Edelstein hat sich gelöst!«

Er steckte das Juwel wieder fest und nickte anerkennend.

»Dieser Stein allein ist schon ein Gemach voll Sklaven wert! Und rück deinen Rock zurecht. Er ist an der Seite aufgerissen, aber das werden die Priester nicht bemerken. Wisch dir auch das Gesicht ab. Eine Göttin heult nicht wie ein geprügeltes Schulmädchen. Bei Crom, du siehst Yelaya tatsächlich sehr ähnlich, das Gesicht, das Haar, die Figur, alles! Wenn du den Priestern die Rolle der Göttin vorspielst, wie du es bei mir getan hast, wirst du keine Schwierigkeiten haben, sie zu täuschen.«

»Ich werde mein Bestes tun«, versprach sie zitternd.

»Gut, und ich werde zusehen, dass ich Zargheba jetzt finde.«

Sie brach wieder in Panik aus.

»Nein! Bitte lass mich nicht allein! Hier treiben Geister ihr Unwesen!«

»Es gibt nichts hier, was dir ein Leid zufügen könnte!«, versicherte er ihr ungeduldig. »Nichts oder vielmehr niemand außer Zargheba, und um ihn kümmere ich mich schon. Ich bin bald wieder zurück und passe ganz in der

Nähe auf. Falls während der Zeremonie etwas schiefgeht, greife ich ein. Aber wenn du deine Rolle richtig spielst, wird schon alles gut laufen.«

Er drehte sich um und verließ eilig das Orakelgemach, ohne auf Murielas Jammern zu achten.

Dämmerung hatte sich herabgesenkt. Die Räume des Palasts lagen in tiefen Schatten, durch die die Kupferfriese schimmerten. Wie ein Phantom huschte Conan durch die mächtigen Hallen. Er verstand jetzt, wieso das Mädchen sich in dieser Umgebung fürchtete, denn selbst ihn beschlich nun das Gefühl, von unsichtbaren Geistern der Vergangenheit beobachtet zu werden.

Lautlos wie ein jagender Panther rannte er, das Schwert in der Hand, die Marmorstufen hinunter. Stille herrschte im Tal, und über dem Rand der Felswände funkelten die ersten Sterne. Wenn die Priester von Keshia das Tal inzwischen betreten hatten, verriet zumindest nicht der geringste Laut und keinerlei Bewegung zwischen Bäumen oder Büschen ihre Anwesenheit. Er fand die uralte Prunkstraße, deren Pflastersteine nun mit Unkraut überwuchert waren und die zwischen gewaltigen Farnwedeln und dichtem Buschwerk südwärts verlief. Er folgte ihr wachsam und hielt sich an ihrem Rand, wo die Schatten der Sträucher ihn verbargen. Schließlich hoben sich, dunkel gegen die Düsternis, die Lotusbäume ab, wie sie so typisch für die schwarzen Länder von Kush waren. In diesem Hain hielt sich, wenn das Mädchen recht hatte, Zargheba versteckt. Wie ein Schatten schien Conan nun mit dem Dickicht zu verschmelzen.

Er näherte sich dem Lotushain von der Seite. Kaum ein Zweig raschelte, als er sich durch das Dickicht zwängte.

Am Rand der Bäume hielt er abrupt an und kauerte sprungbereit wie ein Panther zwischen dem Buschwerk.

Ein bleiches Oval zeigte sich ihm zwischen dem dichten Laub. Es war in der Düsternis nicht genau zu erkennen und hätte eine der riesigen weißen Blüten sein können, die die Lotusbäume schmückten. Aber Conan wusste, dass es das Gesicht eines Mannes war – und es war ihm zugewandt! Tiefer wich er in die Schatten zurück. Hatte Zargheba ihn erspäht? Der Mann blickte genau in seine Richtung. Ein paar Herzschläge verstrichen. Das bleiche Gesicht hatte sich nicht bewegt. Conan konnte nun sogar den kurzen, schwarzen Bart erkennen.

Plötzlich wurde Conan sich bewusst, dass etwas nicht stimmte. Zargheba, erinnerte er sich, war kein sehr großer Mann. Aufrecht stehend reichte sein Kopf knapp bis zu des Cimmeriers Schulter, doch dieses Gesicht war in gleicher Höhe mit Conans. Stand der Mann auf irgendetwas? Conan bückte sich und spähte zum Boden der Stelle. Aber das Unterholz und die dicken Stämme verweigerten ihm die Sicht. Doch etwas anderes sah er, das ihn zusammenzucken ließ. Durch eine Lücke im Unterholz sah er den Stamm des Baumes, unter dem Zargheba, dem Gesicht nach zu schließen, stehen musste. Allerdings hätte er von Rechts wegen nicht den Stamm sehen dürfen, sondern Zarghebas Körper – aber es gab dort keinen Körper!

Angespannter als ein Tiger, der sich an sein Opfer anschleicht, glitt Conan tiefer in das Dickicht. Einen Moment später zog er einen dicht belaubten Zweig zur Seite und starrte in das Gesicht, das sich nicht bewegt hatte. Und das würde es auch nie wieder, jedenfalls nicht ohne fremde Hilfe. Vor ihm hing, mit dem langen, schwarzen Haar an einen Ast geknüpft, Zarghebas abgetrennter Kopf!

III

Die Wiederkehr des Orakels

Conan drehte sich geschmeidig, und seine scharfen Augen durchforschten die Schatten ringsum. Nirgendwo in der Nähe entdeckte er den Leib des Ermordeten, wohl aber war das üppige Gras neben dem Baum zertrampelt und nass und dunkler als das restliche. Conan atmete kaum, während er mit angespannten Ohren lauschte. Finster, still und geheimnisvoll hoben die großen, blassen Blüten sich gegen die immer tiefere Düsternis ab.

Atavistische Angst kroch dem Cimmerier in den Nacken. Steckten die Priester Keshans hinter diesem Mord? Wenn ja, wo waren sie? War es Zargheba gewesen, der den Gong geschlagen hatte? Wieder drängte sich Conan die Erinnerung an Bît-Yakin und seine mysteriösen Diener auf. Bît-Yakin war tot, zur Mumie verschrumpelt und in seiner Höhle festgebunden, um für immer und alle Zeit die aufgehende Sonne zu begrüßen. Doch was aus seinen Dienern geworden war, wusste er nicht. *Es gab keine Hinweise, dass sie das Tal je verlassen hatten!*

Conan dachte an das Mädchen Muriela, das er allein und schutzlos in dem riesigen, unheimlichen Palast zurückgelassen hatte. Er drehte sich um und rannte die schattenüberzogene Straße zurück. Wie ein argwöhnischer Panther rannte er, bereit, selbst mitten im Sprung nach links oder rechts herumzuwirbeln und zuzuschlagen.

Bald war der Palast bereits durch die Bäume zu sehen – und noch etwas anderes: Feuer, das sich rot auf dem polierten Marmor spiegelte. Er huschte in die Büsche entlang der Straße, glitt fast lautlos durch sie hindurch und erreichte schließlich den Rand des offenen Platzes vor dem Portikus. Stimmen drangen zu ihm, Fackeln flackerten weiter vorne, und ihr Schein fiel auf glänzend schwarze Schultern. Die Priester von Keshan waren eingetroffen.

Sie waren nicht über die überwucherte ehemalige Prunkstraße gekommen, wie Zargheba erwartet hatte. Offenbar gab es mehr als einen geheimen Eingang ins Tal von Alkmeenon.

Sie stiegen gerade den breiten Marmoraufgang empor und hielten die Fackeln hoch. Erster war Gorulga, dessen Profil im Fackelschein wie aus Kupfer gehämmert schien. Die anderen waren Akolythen – riesenhafte Schwarze, auf deren glänzender Haut sich das Licht spiegelte. Den Abschluss machte ein besonders großer, kräftiger Neger mit auffallend verschlagenem Gesicht, bei dessen Anblick Conans Miene sich verfinsterte. Das war Gwarunga, der Zargheba den Teicheingang verraten hatte. Conan fragte sich, wie weit der Mann in die Intrigen des Stygiers verwickelt war.

Im Schatten am Rand des freien Platzes rannte er auf

leisen Sohlen zum Portikus. Der kleine Zug hatte keine Wachen zurückgelassen. Der Fackelschein verlor sich allmählich in der langen Halle. Ehe der Trupp die mächtige Bronzeflügeltür erreichte, befand Conan sich bereits in der Halle. An der Wand hinter den Säulenreihen schlich er den Priestern hinterher. Sie blickten kein einziges Mal zurück. Im Gänsemarsch schritten sie durch den weiten Saal. Die Straußenfedern ihres Kopfschmucks wippten, und ihre Tuniken aus Leopardenfell bildeten einen auffallenden Kontrast zu dem Marmor und den metallenen Arabesken des alten Palasts. Vor der goldenen Tür links vom Thronpodest blieben sie kurz stehen.

Gorulgas Stimme dröhnte gespenstisch und hohl in dem großen, leeren Raum, doch die Worte konnte Conan nicht verstehen. Dann öffnete der Hohe Priester die goldene Tür. Beim Eintreten verbeugte er sich mehrmals tief. Hinter ihm senkten und hoben sich die Fackeln und sprühten Funken, als die Akolythen es ihrem Herrn gleichtaten. Die goldene Tür schloss sich hinter ihnen, sodass Conan sie jetzt weder sehen noch hören konnte. Er eilte durch den Thronsaal in den Alkoven hinter dem Thron und war dabei leiser als der Wind, wenn er durch ein Gemach streicht.

Lichtschein strahlte durch die Öffnungen in der Wand, als er den Marmorstein zur Seite schob. Er spähte hindurch. Muriela saß hochaufgerichtet auf dem Elfenbeinpodest. Die Arme hatte sie über der Brust verschränkt und den Kopf nur wenige Zoll von ihm an die Wand gelehnt. Der Duft ihres Haares stieg ihm in die Nase. Er konnte natürlich ihr Gesicht nicht sehen, aber ihrer Haltung nach schien sie ruhig über die geschorenen Köpfe der vor ihr knienden Schwarzen hinweg in unermessliche Fernen zu blicken. Conan grinste zufrieden. Das Mädchen ist keine schlechte Schauspielerin, dachte er. Er wusste, dass sie insgeheim vor Angst fast verging, aber anzumerken war es ihr nicht. Im Flackern der Fackeln sah sie tatsächlich genauso aus wie die Göttin, die er zuvor auf dem Podest hatte liegen sehen – wenn man sich eine Göttin so voller Leben vorstellen konnte.

Gorulga betete mit tiefer Stimme in einer Sprache, die Conan fremd war – vermutlich die des alten Alkmeenon, die von einer Priestergeneration auf die andere weitergegeben worden war. Conan hatte das Gefühl, dass er endlos vor sich hinleierte, und er wurde ungeduldig. Je länger die Sache dauerte, desto schlimmer wurde die innere Anspannung Murielas. Wenn sie durchdrehte ... Er legte die Hand um den Schwertgriff und schob den Dolch zurecht. Er würde nicht zulassen, dass das Mädchen von den Schwarzen gefoltert und getötet wurde.

Aber das fast bedrohlich wirkende Gebet kam schließlich zu einem Ende, in das die Akolythen lautstark einfielen.

Gorulga schaute auf und richtete die erhobenen Arme auf die stumme Gestalt auf dem Podest. Mit tiefer, tönender Stimme, wie sie den Priestern der Keshani gegeben war, rief er: »Oh große Göttin, die du vertraut mit dem Mächtigen der Finsternis bist, öffne dein Herz und deine Lippen dem Sklaven, der sich in den Staub vor deinen Füßen beugt. Sprich, oh große Göttin des heiligen Tales! Dir sind die Pfade vor uns offenbart, die Dunkelheit, die sie uns verhüllt, ist für dich dem Licht der Mittagssonne gleich. Erhelle die Pfade deiner Diener mit dem Strahlen deiner Weisheit! Verkünde uns den Willen der Götter: Was halten sie von dem Vorschlag Thutmekris, des Stygiers?«

Die hochgetürmte Fülle dunklen Haares glitzerte im Fackelschein und bewegte sich ganz leicht. Die Schwarzen vermochten einen tiefen Seufzer der Ehrfurcht und Furcht nicht zu unterdrücken. In der einsetzenden Stille konnte

Conan Murielas Stimme ganz deutlich hören. Sie klang kühl und unbeteiligt, doch unwillkürlich zuckte er bei ihrem corinthischen Akzent zusammen.

»Es ist der Wille der Götter, dass der Stygier und seine shemitischen Hunde aus Keshan vertrieben werden!« Sie wiederholte genau die ihr aufgetragenen Worte. »Sie sind Diebe und Betrüger, die die Götter berauben wollen. Vertraut die Zähne von Gwahlur General Conan an und ernennt ihn zum Befehlshaber der gesamten Streitmacht von Keshan. Die Götter sind ihm wohlgesinnt.«

Gegen Ende ihrer Botschaft zitterte ihre Stimme. Conan spürte, wie ihm die Hände feucht wurden. Er befürchtete, dass sie am Rand eines hysterischen Zusammenbruchs war. Doch den Schwarzen fiel das Zittern ihrer Stimme genauso wenig auf wie ihr corinthischer Akzent. Sanft schlugen sie die Hände zusammen, und sie murmelten staunend und ehrfurchtsvoll. Gorulgas Augen glitzerten im Fackelschein fanatisch.

»Yelaya hat gesprochen!«, rief er mit verzückter Stimme. »Es ist der Wille der Götter. Vor langer Zeit, in den Tagen unserer Vorfahren, wurden die Zähne von Gwahlur, die am Anfang der Welt den Königen der Finsternis entrissen worden waren, als heilig anerkannt und auf Befehl der Götter verborgen. Auf ihren neuen Befehl sollen sie nun ihrem Versteck entnommen werden. Oh sternengeborene Göttin, erlaube uns, uns zurückzuziehen, um die Zähne zu holen und sie ihm zu geben, den die Götter lieben!«

»Eure Bitte sei euch gewährt!«, antwortete die falsche Göttin mit majestätischer Geste der Verabschiedung, die Conan ein Grinsen entlockte. Mit zahllosen tiefen Verbeugungen, bei denen ihre Straußenfedern erneut wippten, verließen die Priester rückwärts gehend das Gemach.

Die goldene Tür schloss sich hinter ihnen. Mit einem

tiefen Seufzer sank die vermeintliche Göttin schwach auf das Elfenbeinpodest zurück. »Conan!«, wisperte sie zitternd. »Oh Conan!«

»Psst!«, warnte er sie durch die Öffnungen. Er drehte sich um, trat aus der Nische und ließ die Marmorplatte zurückgleiten. Ein Blick durch den Türspalt zeigte ihm die Fackeln, die sich immer weiter entfernten. Gleichzeitig wurde er sich eines Leuchtens bewusst, das nicht von den Fackeln kam. Nur flüchtig erschrak er, doch dann sah er, was es verursachte. Der Mond war aufgegangen, und sein Schein fiel schräg durch die Schlitze in der Kuppel, die geschickt so gearbeitet waren, dass sie das Licht verstärkten. Die leuchtende Kuppel von Alkmeenon war also keine Fabel! Vielleicht bestanden ihre Innenwände aus dem seltsamen, weiß glühenden Kristall, das nur in den Bergen der schwarzen Länder zu finden war? Das Licht überflutete den Thronsaal und drang auch in die unmittelbar anschließenden Gemächer.

Als Conan auf die Tür zum Thronsaal zutrat, ließ ihn ein plötzliches Geräusch herumwirbeln, das aus dem vom Alkoven weiterführenden Gang zu kommen schien. Zum Sprung geduckt, blickte er ihn entlang und erinnerte sich an den Gongschlag, den er ebenfalls durch diesen Korridor gehört und der ihn in eine Falle gelockt hatte. Das Leuchten aus dem Thronsaal drang nicht weit in diesen schmalen Gang und erhellte nur ein kurzes, leeres Stück. Doch weiter in ihm glaubte er verstohlene Schritte zu vernehmen.

Während er zögerte, ließ ihn der würgende Schrei einer Frau herumwirbeln. Er schoss durch die Tür hinter dem Thron. Ein unerwarteter Anblick bot sich ihm im Leuchten des Kristalls.

Die Fackeln der Priester waren inzwischen aus der großen Halle verschwunden – doch ein Priester war im Palast zurückgeblieben: Gwarunga. Seine verschlagenen Züge waren wutverzerrt. Er hatte die vor Angst zitternde Muriela am Hals gepackt und würgte sie, um zu verhindern, dass sie weiterschrie, und dazu schüttelte er sie heftig.

»Verräterin!«, zischte er wie eine Kobra durch die wulstigen roten Lippen. »Welches Spiel treibst du mit uns? Hat Zargheba dir nicht genau befohlen, was du sagen solltest? Ich weiß es von Thutmekri. Betrügst du deinen Herrn, oder betrügt *er* seine Freunde durch dich? Schlampe! Ich drehe dir den Hals um, doch zuerst ...«

Das Aufleuchten der schönen Augen des Mädchens, die über seine Schulter sahen, warnten den riesenhaften Schwarzen. Er ließ Muriela los und wirbelte herum, gerade als Conans Schwert herabsauste. Die Wucht des Hiebes warf ihn rückwärts auf den Marmorboden, wo er zuckend liegen blieb und sein Blut einer klaffenden Schädelwunde entquoll. Conan wollte auf ihn zu, um ein Ende mit ihm zu machen – er wusste, dass seine Klinge den Neger nicht ganz wie beabsichtigt getroffen hatte, da er sich noch bewegte –, aber Muriela schlang hysterisch die Arme um seinen Hals.

»Ich habe getan, was du mir befohlen hast!«, wimmerte sie. »Bring mich jetzt fort von hier. Oh bitte, bring mich fort!«

»Noch nicht«, brummte Conan. »Ich muss erst den Priestern folgen, um festzustellen, wo sie die Juwelen holen. Vielleicht sind dort noch weitere Schätze verborgen. Aber du kannst mich begleiten, wenn du möchtest. Wo ist der Edelstein, den du ins Haar gesteckt hattest?«

»Er muss mir auf dem Podest hinuntergefallen sein.« Sie tastete vergebens danach. »Ich hatte ja solche Angst! Als die Priester das Gemach verlassen hatten, rannte ich hinaus, um dich zu suchen, aber dieser Halunke war zurückgeblieben und packte mich ...«

»Na gut, such den Stein, während ich mich dieses Kadavers entledige«, forderte er Muriela auf. »Geh schon, das Juwel ist allein ein Vermögen wert!«

Sie zögerte, als scheute sie sich, in das ihr unheimliche Gemach zurückzukehren. Doch dann, als Conan Gwarunga am Gürtel packte und in den Alkoven schleifte, drehte sie sich um und kehrte ins Orakelgemach zurück.

Der Cimmerier ließ den Schwarzen auf den Boden fallen und hob sein Schwert. Zu lange hatte er in Ländern gelebt, wo Erbarmen eine Tugend war, die man sich nicht leisten konnte, wollte man überleben. Nur ein toter Feind war keine Gefahr mehr! Doch ehe er die Klinge herabsausen lassen konnte, schreckte ihn ein gellender Schrei auf. Er kam aus dem Orakelgemach.

»Conan! Conan! *Sie ist zurück!*« Der Schrei endete in würgendem Gurgeln und dem Scharren von Füßen.

Fluchend schoss Conan aus dem Alkoven, quer über das Thronpodest und hinein in das Orakelgemach, noch ehe die Geräusche verstummt waren. Verwirrt blieb er stehen.

Allem Anschein nach lag Muriela friedlich auf dem Elfenbeinpodest und hatte die Augen wie im Schlaf geschlossen.

»Was, zum Donner, bildest du dir ein!«, brüllte er aufgebracht. »Jetzt ist wahrhaftig nicht die Zeit für irgendwelche Spielchen ...«

Abrupt verstummte er. Sein Blick war über die sanft geschwungenen Hüften gewandert, die der Seidenrock eng einhüllte. Dieser Rock hätte vom Gürtel bis zum Saum aufklaffen müssen, schließlich hatte er selbst ihn aufgerissen, als er nach dem Muttermal Ausschau hielt. Aber der Rock war unversehrt! Mit einem Satz war er am Podest und legte eine Hand auf den Körper mit der elfenbeinfarbenen

Haut. Doch sofort zog er sie zurück, als hätte er glühendes Eisen berührt, nicht die kalte Reglosigkeit des Todes.

»Crom!«, fluchte er, und die Augen funkelten wild aus den halb zusammengekniffenen Lidern. »Das ist nicht Muriela! Es ist Yelaya!«

Jetzt verstand er den verzweifelten Schrei Murielas beim Betreten des Gemachs. Die Göttin war zurückgekehrt! Zargheba hatte ihr die Kleidung abgenommen, um sie seiner Sklavin zu geben. Doch nun trug die echte Göttin wieder Seide, Gold und Juwelen, genau wie Conan sie gesehen hatte, als er das Gemach zum ersten Mal betrat. Des Cimmeriers Haut prickelte.

»Muriela!«, schrie er plötzlich. »*Muriela!* Wo zum Teufel bist du?«

Höhnisch warfen die Wände seine Stimme zurück. Es gab keinen Zugang zu diesem Gemach als durch die goldene Tür – und durch sie hätte niemand kommen oder gehen können, ohne dass er es gesehen hätte. Doch eines stand fest: Yelaya war in der kurzen Zeit, nachdem Muriela das Gemach verlassen und von Gwarunga überwältigt worden war, wieder auf das Podest gelegt worden. Immer noch hallte der Schrei des Mädchens in Conans Ohren wider – aber Muriela war verschwunden, als hätte sie sich in Luft aufgelöst. Es gab nur eine Erklärung, wenn er das Übernatürliche ausschloss: Irgendwo in diesem Gemach musste sich ebenfalls eine Geheimtür befinden. Noch während er sich mit diesem Gedanken beschäftigte, sah er sie.

In der Wand, in der er zuvor keine Öffnung vermutet hatte, entdeckte er etwas wie einen senkrechten Riss, und aus ihm ragte ein winziger Fetzen Seide. Sofort beugte er sich darüber. Das Seidenstück stammte von Murielas zerrissenem Rock. Zweifellos hatte er sich in der schließenden Tür verfangen, als das Mädchen, von wem auch immer, davongeschleppt worden war; das Stück hatte sich losgerissen und verhindert, dass die Tür sich wieder unsichtbar in die Wand fügte.

Conan zwängte die Dolchspitze in den dünnen Spalt, um sie als Hebel zu benutzen. Die Klinge bog sich, doch sie war aus unzerbrechlichem, akbitanischem Stahl. Die Marmortür schwang auf. Mit erhobenem Schwert spähte Conan durch die Öffnung, aber er sah nichts Bedrohliches. Das ins Orakelgemach filternde Licht offenbarte eine kurze Marmortreppe. Er öffnete die Tür so weit es ging und steckte den Dolch in einen Bodenspalt, damit sie sich nicht schließen konnte. Dann stieg er ohne Zögern die Stufen hinunter. Er sah und hörte nichts. Nach etwa einem Dutzend Stufen endete die Treppe an einem schmalen Gang, der sich in der Finsternis verlor.

Abrupt blieb er am Fuß der Treppe stehen und betrachtete die Fresken an den Wänden, die im von oben herabsickernden Licht schwach zu erkennen waren. Sie waren zweifellos in pelishtischem Stil gehalten – ähnliche hatte er in Asgalun gesehen. Doch die abgebildeten Szenen hatten keinerlei Bezug zu etwas Pelishtischem, mit Ausnahme der menschlichen Gestalt, die vielmals abgebildet war: ein hagerer, weißbärtiger Greis, dessen Rassenmerkmale unverkennbar waren. Die Bilder stellten verschiedene Teile des oberen Palasts dar. Mehrere Szenen zeigten das Orakelgemach. Yelaya lag ausgestreckt auf dem Elfenbeinpodest, und riesenhafte Schwarze knieten davor. Und hinter der Wand, in der Nische, hielt sich der greise Pelishtier verborgen. Auch andere Gestalten waren zu sehen, die sich in dem verlassenen Palast bewegten, den Pelishtier bedienten und auf sein Geheiß Unnennbares aus dem unterirdischen Fluss fischten. In dem kurzen Augenblick, da Conan starr wie eine Statue stand, wurden ihm bisher unverständliche Sätze auf der Schriftrolle auf erschreckende Weise klar. Die losen Teile des Musters fügten sich an den richtigen Stellen zusammen. Das Geheimnis um Bît-Yakin war für ihn nun keines mehr, genauso wenig wie das seiner Diener.

Conan drehte sich um und spähte in die Dunkelheit, während ein eisiger Schauder über seinen Rücken lief. Trotzdem schlich er mit leisen Sohlen unaufhaltsam tiefer und tiefer in die Finsternis des Korridors. Der gleiche Modergeruch, nur noch stärker, der ihm im Hof mit dem Gong in die Nase gestiegen war, hing hier dick in der Luft.

In der absoluten Schwärze hörte er plötzlich ein Geräusch vor sich – das Schlurfen von bloßen Füßen oder das Rascheln eines über den Boden streifenden Gewandes. Was es genau war, vermochte er nicht zu sagen. Einen Augenblick später stießen seine ausgestreckten Hände auf eine Barriere: eine Tür aus verziertem Metall. Vergebens versuchte er, sie zu öffnen, und auch seine Schwertspitze tastete vergeblich nach einem Spalt. Die Tür war wie an die Schwellen und Seitenwände geschweißt. Conan strengte all seine Kraft an und stemmte die Füße gegen den Boden. Die Schläfenadern schwollen ihm an, doch es nutzte nichts. Der Ansturm einer Elefantenherde hätte diese Tür vermutlich nicht einzubrechen vermocht.

Während er noch überlegend davorstand, vernahm er auf ihrer anderen Seite ein Geräusch, das er sofort erkannte: Es war das Krächzen rostigen Eisens. Instinktiv handelte er. Ein gewaltiger Satz brachte ihn ein gutes Stück zurück, und schon war das Scharren eines gewaltigen Gewichts an der Decke zu hören. Ein donnerndes Krachen füllte den Gang mit ohrenbetäubender Lautstärke. Splitter flogen an ihm vorbei, und einige trafen ihn auch, als ein schwerer Steinblock – das entnahm er dem Krachen des

Aufschlags – dort auf dem Boden landete, wo er soeben noch gestanden hatte. Hätte er nur um einen Herzschlag langsamer reagiert, wäre er jetzt wie eine Ameise zerquetscht worden.

Conan wich noch ein Stück zurück. Irgendwo hinter dieser Tür wurde Muriela gefangen gehalten, falls sie noch lebte. Aber er konnte nicht hindurch. Blieb er in diesem Tunnel, mochte noch ein Block herunterfallen, und dann hatte er vielleicht nicht so viel Glück. Dem Mädchen würde es nichts helfen, wenn er zu rotem Brei zermalmt wurde. In dieser Richtung seine Suche weiter fortzusetzen, war also sinnlos. Er musste an die Oberfläche zurückkehren und einen anderen Weg finden. Also drehte er sich um und rannte zur Treppe zurück. Erleichtert atmete er auf, als es wieder einigermaßen hell um ihn wurde. Doch gerade als er den Fuß auf die unterste Stufe setzte, schwand das Licht, und über ihm fiel die Marmortür knallend zu.

Es fehlte nicht viel, und Panik hätte den Cimmerier erfasst, als er sich hier in dem schwarzen Tunnel gefangen sah. Er wirbelte herum, hob sein Schwert und spähte mit funkelnden Augen in die Finsternis hinter ihm, denn er erwartete geradezu einen Ansturm ghulischer Angreifer. Doch nicht das leiseste Geräusch war in diesem Gang zu hören. Glaubten die Männer – *wenn* es Männer waren –, der Steinblock, den zweifellos eine Maschinerie in Bewegung gesetzt hatte, hätte ihm ein Ende bereitet?

Aber wenn ja, warum war dann die Tür über ihm geschlossen worden? Sinnlos, diesen Gedanken nachzuhängen! Conan tastete sich die Stufen hoch. Bei jedem Schritt prickelte seine Haut in Erwartung eines Dolchstoßes in den Rücken. Er ersehnte sich jetzt nichts mehr als einen blutigen Kampf, der ihm helfen würde, seine Panik zu überwinden.

Er drückte gegen die Marmortür und fluchte heftig, weil sie nicht aufsprang. Doch als er mit der Rechten das Schwert hob, um auf den Marmor einzuschlagen, berührte seine tastende Linke einen metallenen Riegel, der offenbar beim Schließen der Tür von oben einrastete. In Herzschlagschnelle hatte er ihn zurückgezogen, und sofort ließ die Tür sich öffnen. Mit zu Schlitzen verkniffenen Augen stürmte er ins Gemach und knurrte vor Wut. Er wollte sich endlich auf den Feind stürzen können, der ihn hier zum Narren hielt.

Der Dolch steckte nicht mehr im Bodenspalt. Das Gemach war leer, genau wie das Elfenbeinpodest. Yelaya war erneut verschwunden.

»Bei Crom!«, fluchte der Cimmerier. »Ist sie vielleicht tatsächlich nicht tot?«

Verwirrt schritt er hinaus in den Thronsaal. Plötzlich fiel ihm etwas ein. Er trat hinter den Thron und blickte in den Alkoven. Der Marmorboden war an der Stelle blutig, wo er den bewusstlosen Gwarunga zurückgelassen hatte, doch das war auch alles. Der Schwarze war ebenso verschwunden wie Yelaya.

IV

Die Zähne von Gwahlur

Wut und Verwirrung quälten den Cimmerier. Er wusste weder, wo er Muriela suchen sollte, noch was er tun sollte, um die Zähne von Gwahlur zu finden. Nur ein Gedanke kam ihm: den Priestern zu folgen. Vielleicht entdeckte er im Versteck des Schatzes einen Hinweis, wie er zu Muriela gelangen konnte. Es war zwar nur eine geringe Chance, aber doch besser, als ziellos herumzuirren.

Während er durch die düstere Halle zum Portikus rannte, erwartete er fast, dass die lauernden Schatten an den Wänden und in den Ecken zum Leben erwachten und sich mit Fängen und Klauen über ihn stürzen würden. Doch nur der laute Schlag seines Herzens begleitete ihn im Mondschein, der den Marmor stellenweise verzauberte.

Am Fuß des breiten Treppenaufgangs schaute er sich im hellen Mondlicht nach einer Spur um, die ihm verraten konnte, in welche Richtung er sich wenden musste. Und er fand eine: Im Gras verstreute Blütenblätter sagten ihm, wo ein Arm oder Gewand gegen einen blütenüberladenen Zweig gestoßen war. Und er sah auch, wo das Gras niedergetreten war. Conan, der in seinen heimatlichen Bergen den Fährten der Wölfe gefolgt war, hatte keine Schwierigkeiten, auf der Spur der Keshani-Priester zu bleiben.

Sie führte fort vom Palast durch exotisch duftende Sträucher, an denen bleiche Blüten ihre schimmernden Kelche öffneten, durch Dickicht, aus dem es bei der kleinsten Berührung Blüten regnete, bis er schließlich zu einem Felsenwirrwarr kam, das sich wie die Burg eines Riesen vor der Felswand erhob, und zwar an der Stelle, wo die Felswand dem Palast am nächsten und zum großen Teil hinter rankenüberwucherten Bäumen verborgen lag. Offenbar hatte der gesprächige Priester in Keshan sich getäuscht, als er behauptete, die Zähne seien im Palast versteckt. Die Fährte hatte Conan von der Stelle fortgeführt, an der Muriela verschwunden war, doch irgendwie war er inzwischen überzeugt, dass jeder Teil des Tales durch unterirdische Gänge mit dem Palast verbunden war.

Der Cimmerier kauerte sich in die tiefen Schatten der Büsche und studierte die Felsenmasse, die sich scharf im Mondschein abhob. Und nun sah er, dass es behauene

Steine waren, mit Reliefs verziert, die Menschen und Tiere darstellten und tierähnliche Kreaturen, die Götter oder Teufel sein mochten. Der Kunststil unterschied sich so krass von dem im Rest des Tales, dass Conan sich fragte, ob er nicht aus einem anderen Zeitalter und von einer anderen Rasse stammte und nicht schon damals ein Relikt alter Zeit gewesen war, als die Alkmeenoner in dieses verwunschene Tal gekommen waren.

Eine große Tür stand in der Felswand offen. Über ihr war ein gewaltiger Drachenschädel aus dem Stein gehauen, in dem die Tür den klaffenden Rachen bildete. Die Tür selbst war aus gehämmerter Bronze und sah aus, als wäre sie mehrere Tonnen schwer. Sie hatte kein Schloss, da sie aber offen stand, waren innen eine Reihe von Riegeln zu erkennen – ein Schließmechanismus, wie er zweifellos nur den Priestern von Keshan bekannt war.

Die Spur verriet, dass Gorulga und sein Gefolge durch die Tür ins Innere verschwunden waren. Conan zögerte. Zu warten, bis sie zurückkehrten, würde vermutlich bedeuten, dass sie ihm die Tür vor der Nase verschlossen und er nicht imstande sein würde, sie zu öffnen. Folgte er ihnen andererseits ins Innere, schlossen sie ihn möglicherweise ein.

Aber übertriebene Vorsicht brachte ihn nicht weiter. Er schlich durch die Tür. Irgendwo in dieser ausgebauten Höhle befanden sich die Priester, die Zähne von Gwahlur und, wenn er Glück hatte, auch ein Hinweis, der ihn zu Muriela führen mochte. Persönliche Risiken hatten Conan noch nie von irgendetwas abgehalten.

Mondschein fiel noch viele Fuß weit in den breiten Gang hinter der Tür. Irgendwo weiter vorne bemerkte der Cimmerier ein schwaches Glühen, und er hörte die Echos eines dumpfen Geleieres. Die Priester waren ihm gar nicht so weit voraus, wie er angenommen hatte. Der Gang weitete sich zu einem breiten Raum. Dieser Höhlenraum hatte eine hohe, gewölbte Decke mit einer leuchtenden Außenschicht – ein Phänomen, das in diesem Teil der Welt, wie Conan wusste, häufig vorkam. Sie verlieh der Höhle ein gespenstisches Halblicht, in dem er auf einem Altar ein Götzenbild in Tiergestalt erkennen konnte, aber auch die Mündung von sechs oder sieben Tunnels, die von diesem Höhlenraum abzweigten. Durch den breitesten Tunnel unmittelbar hinter dem kauernden Idol, das Richtung Außentür starrte, sah er das Flackern von Fackeln, das sich im Gegensatz zu dem Leuchten der Decke bewegte, außerdem wurde das Geleiere lauter.

Er folgte kühn diesem Tunnel und blickte schon bald in eine größere Höhle als die, die er gerade verlassen hatte. Hier leuchtete die Decke nicht, dafür fiel Fackelschein auf einen größeren Altar und ein hässlicheres und abstoßenderes Götzenbild, das darauf kauerte. Vor dieser ekelerregenden Gottheit knieten Gorulga und seine zehn Akolythen. Während sie vor sich hinleierten, verbeugten sie sich in regelmäßigen Abständen immer so tief, dass ihre Stirn den Boden berührte. Conan verstand jetzt, warum sie so langsam vorangekommen waren. Ganz offensichtlich mussten sie, ehe sie sich den verborgenen Zähnen von Gwahlur näherten, ein zeitraubendes Ritual durchführen.

Seine Ungeduld wuchs. Endlich verstummten die Priester. Sie erhoben sich und schritten in den Tunnel unmittelbar hinter dem Götzenbild. Ihre Fackeln zogen in einer unregelmäßigen Reihe durch das finstere Gewölbe. Er folgte ihnen dichtauf. Die Gefahr, entdeckt zu werden, bestand kaum. Wie ein Nachtgeschöpf rannte er dahin. Selbst wenn seine Schritte laut gewesen wären, hätten die Priester ihn nicht gehört, so vertieft waren sie in ihre rituellen Gebete. Offenbar war ihnen nicht einmal Gwarungas Fehlen aufgefallen.

Sie gelangten in einen gewaltigen Höhlenraum. In Reihen übereinander zogen sich galerieähnliche Simse entlang ihrer sich hoch oben zu einem Gewölbe zusammenschließenden Wände. Auch hier stand ein Altar, der größer war als die bisherigen, und darauf ein Götzenbild, das noch abscheulicher war als die anderen. Hier setzten die Priester ihre Anbetung fort.

Conan kauerte sich in den dunklen Eingang und betrachtete die Wände, auf denen sich der Fackelschein spiegelte. Er sah eine in den Stein gehauene Treppe, die sich von einer Reihe der Simsgalerie zur anderen wand. Die gewölbte Decke selbst verlor sich in der Finsternis.

Er schrak zusammen, als das Geleiere plötzlich abbrach und die knienden Schwarzen ihre Köpfe zurückwarfen, um hochzuschauen. Eine nicht menschliche Stimme erdröhnte weit über ihnen. Die Priester erstarrten. Ihre dunklen Gesichter nahmen in einem unheimlichen Licht, das mit einem Mal von der Decke herabstrahlte und dann mit pulsierendem Glühen weiterbrannte, einen fahlblauen Ton an. Gedämpft fiel das Licht auf eine Galerie.

Der Hohe Priester schrie auf, und die Akolythen stöhnten erschaudernd. Das erste Strahlen hatte dort oben flüchtig eine schlanke weiße Gestalt offenbart, die hoch aufgerichtet in kurzem Seidenrock und funkelndem, juwelenverziertem Gold dastand. Doch nachdem das Strahlen zum pulsierenden Glühen geworden war, war nicht mehr als ein verschwommenes, elfenbeinfarbenes Schimmern zu sehen.

»*Yelaya!*«, rief Gorulga verstört. Sein braunes Gesicht war aschfahl. »Weshalb bist du uns gefolgt? Was ist dein Geheiß?«

Die gespenstische, nicht menschliche Stimme hallte donnernd von der Gewölbedecke, die sie um ein Vielfaches verstärkte und veränderte.

»Wehe den Ungläubigen! Wehe den falschen Kindern Keshias! Verderben jenen, die ihre Gottheit verleugnen!«

Ein Schreckensschrei entrang sich den Kehlen der Priester. Gorulga wirkte im Fackellicht wie ein verstörter Geier.

»Ich ... ich verstehe nicht!«, stammelte er. »Wir sind wahre Gläubige. Im Orakelgemach hast du uns befohlen ...«

»Achtet nicht auf das, was ihr dort gehört habt!«, grollte die schreckliche Stimme, und das Echo vervielfältigte sie, sodass diese Warnung etliche Male wiederholt wurde. »Hütet euch vor falschen Propheten und falschen Göttern! Eine Dämonin nahm meine Gestalt an und sprach zu euch im Palast, doch nicht im Sinne der Götter. Hört nun auf mich und gehorcht, denn ich bin die wahre Göttin. Eine Chance gebe ich euch, dem Unheil zu entgehen.

Nehmt die Zähne von Gwahlur aus ihrem Versteck, in das sie vor so langer Zeit gegeben wurden. Alkmeenon ist nicht länger ein heiliger Ort, da er von Gotteslästerern geschändet wurde. Übergebt die Zähne von Gwahlur dem Stygier Thutmekri, damit er sie im Tempel von Dagon und Derketo in Sicherheit bringt. Das allein kann Keshan vor dem Untergang retten, den die Dämonen der Finsternis für das Land planen. Nehmt nun die Zähne von Gwahlur und kehrt sofort nach Keshia zurück. Übergebt sie dort Thutmekri. Dann nehmt den fremden Teufel Conan fest und zieht ihm öffentlich am Hauptplatz die Haut bei lebendigem Leib ab!«

Es gab keinen Zweifel, dass die Priester diesen Befehl befolgen würden. Zähneklappernd vor Angst erhoben sich die Schwarzen schwankend und eilten zur Tür hinter dem greulichen Tiergötzen. Gorulga rannte allen voraus. In ihrer Hast kamen sie sich am Eingang in die Quere und wimmerten, wenn die Fackeln ihre schwarzen Leiber berührten. Doch dann waren sie hindurch, und ihre hastigen Schritte verhallten im Tunnel.

Conan folgte ihnen nicht. Das Verlangen, die Wahrheit herauszufinden, wütete in ihm. War das wahrhaftig Yelaya gewesen, oder Muriela, die ihn verraten hatte? Wenn …

Ehe die letzte Fackel im schwarzen Tunnel verschwunden war, stürmte er rachsüchtig die Treppe hoch. Das pulsierende blaue Glühen erlosch allmählich, doch noch vermochte er die elfenbeinfarbene Gestalt reglos auf der Galerie stehen sehen. Sein Blut drohte zu stocken, als er sich ihr näherte, aber er zögerte nicht. Mit erhobenem Schwert stürzte er auf sie zu.

»Yelaya!«, knurrte er. »Tot, wie schon seit tausend Jahren! *Ha!*«

Aus dem dunklen Eingang eines Seitengangs hinter ihm sprang eine finstere Gestalt. Doch das schwache Klatschen der nackten Füße verriet sie dem Cimmerier. Wie eine Katze wirbelte er herum und wich dem mörderischen Hieb aus, der seinem Rücken gegolten hatte. Als der blitzende Stahl in der Dunkelheit an ihm vorbeizischte, schlug er mit der Wut eines gereizten Pythons zurück. Seine lange gerade Klinge drang durch seinen Angreifer und ragte eineinhalb Fuß aus dessen Rücken.

Conan riss sein Schwert zurück, als sein Opfer zusammenbrach und röchelnd auf den Boden sackte. Der Mann krümmte sich noch kurz, dann erstarrte er. Im erlöschenden Licht sah der Cimmerier einen schwarzen Körper und ein dunkles Gesicht, das in dem blauen Glühen noch hässlicher als sonst war. Es gehörte Gwarunga!

Conan wandte sich von der Leiche ab und der Göttin

zu. Lederbänder um ihre Knie und den Busen hielten sie aufrecht an einer Steinsäule, und das dichte Haar war ebenfalls um die Säule geknüpft, um den Kopf zu halten. In dem unsicheren Licht waren die Bande schon aus kurzer Entfernung nicht mehr zu erkennen.

Er muss zu sich gekommen sein, als ich zu dem Tunnel hinunterstieg, dachte Conan. Und dann vermutet haben, dass ich unten war, also zog er den Dolch heraus. Der Cimmerier bückte sich, nahm ebenjene Waffe aus den toten Fingern, betrachtete sie und schob sie in seinen eigenen Gürtel zurück. Und dann, überlegte er weiter, knallte er die Tür zu und hob Yelaya auf, um seine leichtgläubigen Brüder hereinzulegen. Er war es, der gebrüllt hat. In diesem widerhallenden Gewölbe war seine Stimme natürlich nicht erkennbar. Und diese blendende und schließlich pulsierende blaue Flamme – sie kam mir gleich bekannt vor. Das ist ein Trick der stygischen Priester. Thutmekri muss Gwarunga etwas von dem Pulver gegeben haben.

Der Bursche konnte die Höhle mit Leichtigkeit vor den anderen erreicht haben. Er hatte offenbar durch Karten oder durch mündliche Überlieferung erfahren, wo sie war, hatte sie mit der Göttin auf den Armen nach den anderen betreten und war auf Umwegen durch Tunnels und Höhlenräume vorausgeeilt. Er hatte sich mit seiner Last auf der Galerie eingerichtet, während Gorulga und die Akolythen mit ihrem endlosen Ritual beschäftigt waren.

Das blaue Glühen war nun ganz erloschen, doch jetzt wurde Conan sich eines anderen Glühens aus dem Eingang eines weiteren Tunnels bewusst, der sich auf den Sims öffnete. Irgendwo in diesem Korridor musste sich ebenfalls eine dieser leuchtenden Schichten an der Decke befinden. Dieser Tunnel verlief in die Richtung, die die Priester genommen hatten. Er entschloss sich, ihm zu folgen, statt in die Dunkelheit der großen Höhle hinunterzusteigen. Sicher führte er zu einer Galerie in einem anderen Höhlenraum, der möglicherweise sogar das Ziel der Priester war. Er rannte los. Das Leuchten wurde stärker, bis er Boden und Wände des Tunnels erkennen konnte. Vor ihm hörte er die Priester erneut bei ihrem leiernden Beten.

Plötzlich öffnete sich in der linken Wand ein Eingang, und an seine Ohren drang ein schwaches hysterisches Schluchzen. Er wirbelte herum und blickte durch die Öffnung.

Vor ihm lag ein aus dem Fels gehauenes Gemach, keine natürliche Höhle wie die anderen. Das Leuchten kam von der gewölbten Decke. Die Wände waren fast völlig mit goldenen Arabesken verziert.

An der Wand gleich neben dem Eingang erhob sich ein Granitthron, der Bogentür zugewandt. Auf ihm saß der monströse Pteor, der Gott der Pelishtier, ganz aus Messing, mit seinen übertrieben dargestellten männlichen Attributen, wie sein Kult es verlangte. Auf seinem Schoss lag eine schlaffe weiße Gestalt.

»Na so was!«, knurrte Conan. Er schaute sich misstrauisch um. Eine zweite Tür war in diesem Gemach nicht zu sehen, auch befand sich sonst niemand hier. Lautlos schritt er auf den Thron zu und blickte hinunter auf das Mädchen, deren schmale Schultern unter dem herzzerreißenden Schluchzen heftig zuckten. Ihre Arme verbargen das Gesicht, doch ihre Handgelenke waren mit dünnen Goldketten an die Arme des Götzenbilds gefesselt. Conan legte eine Hand auf ihre nackte Schulter. Sie zuckte vor Angst noch heftiger, bis sie endlich wagte, ihr tränenverschmiertes Gesicht zu heben.

»*Conan!*« Sie wollte die Arme um seinen Hals schlingen, aber die Ketten ließen es nicht zu. Mit dem Dolch durchschnitt er das weiche Gold so dicht an ihren Handgelenken wie nur möglich und brummte: »Du wirst diese Armbänder tragen müssen, bis ich einen Meißel oder eine Feile finde. Lass mich los, verdammt! Ihr Schauspielerinnen seid zu verdammt gefühlsduselig. Was ist überhaupt passiert?«

»Als ich ins Orakelgemach zurückgegangen bin«, wimmerte Muriela, »sah ich die Göttin auf dem Podest liegen, wie beim ersten Mal, als ich mit Zargheba dorthin kam. Ich rief dir und wollte zur Tür rennen – da packte mich jemand von hinten. Er drückte die Hände auf meine Lippen und schleppte mich durch eine Geheimtür in der Wand, dann eine Treppe abwärts und durch einen dunklen Korridor. Erst als wir durch eine schwere Metalltür in einen Gang gekommen waren, der wie dieses Gemach beleuchtet war, sah ich, wer mich entführt hatte.

Es fehlte nicht viel, und ich wäre in Ohnmacht gefallen. Es war kein wirklich menschliches Wesen, Conan. Er und seine Gesellen sind graue, haarige Teufel, die aufrecht wie Menschen gehen und deren Gebrabbel kein Mensch verstehen kann. Sie standen nur wartend da, und nach einer Weile glaubte ich, dass jemand an der anderen Seite die Tür zu öffnen versuchte. Da zog eines der Wesen an einem metallenen Hebel in der Wand, und auf der anderen Seite der Tür stürzte etwas mit erschreckendem Krachen auf den Boden.

Danach trugen sie mich immer weiter durch verschlungene Tunnels und mehrere Steintreppen hoch, bis wir diesen Raum erreichten. Sie fesselten mich an diesen grässlichen Götzen und verließen mich. Oh Conan, wer sind diese Kreaturen?«

»Die Diener Bît-Yakins«, antwortete er. »Ich fand eine

Schriftrolle, die mir so allerlei verriet. Und dann fand ich auch noch Fresken, denen ich den Rest entnahm. Bît-Yakin war ein Pelishtier, der mit seinen Dienern nach Alkmeenon kam, nachdem die ursprünglichen Bewohner das Tal verlassen hatten. Er entdeckte den Leichnam der Prinzessin Yelaya und stellte fest, dass die Priester hin und wieder in das Tal zurückkehrten, um ihr Opfer darzubringen, denn schon damals wurde sie als Göttin verehrt.

Er war es, der sie zum Orakel machte und ihr seine Stimme verlieh, indem er aus einer Nische sprach, die er in die Wand hinter dem Elfenbeinpodest hauen ließ. Die Priester argwöhnten nichts, denn nie sahen sie ihn oder seine Diener, da diese sich immer verbargen, wenn jemand ins Tal kam. Bît-Yakin lebte und starb hier, ohne je von den Priestern entdeckt zu werden. Nur Crom mag wissen, wie lange er hier lebte, aber es dürften Jahrhunderte gewesen sein. Die Weisen von Pelishtien wissen, wie sie ihre Lebensdauer um Hunderte von Jahren verlängern können. Einige von ihnen lernte ich selbst kennen. Ich habe keine Ahnung, warum Bît-Yakin so einsam hier hauste und weshalb er das Orakel spielte. Obwohl, Letzteres kann ich mir sehr wohl erklären. Er tat es, damit die Stadt unberührt und heilig blieb und er so nicht gestört würde. Er aß die Nahrungsmittel, die die Priester Yelaya als Opfergabe brachten, und seine Diener verzehrten etwas anderes. Ich weiß, dass ein unterirdischer Fluss von dem See wegführt, in den die Menschen des puntischen Hochlands ihre Toten werfen. Dieser Fluss strömt unter dem Palast hindurch. Es führen Leitern zum Wasser, an denen die Diener sich festhalten, wenn sie die Leichen herausfischen, die die Strömung mit sich trägt. Bît-Yakin legte all das in der Schriftrolle und den Wandmalereien nieder.

Aber schließlich starb auch er. Seine Diener mumifizierten ihn nach den Anweisungen, die er ihnen vor seinem Tod erteilt hatte, und brachten ihn in eine kleine Höhle in der Felswand. Der Rest ist nur Vermutung. Seine Diener, deren Lebensdauer noch weit länger als seine war, blieben weiter im Tal. Als das nächste Mal ein Hoher Priester kam, um das Orakel zu befragen, rissen sie ihn in Stücke, denn sie hatten ja keinen Herrn mehr, der sie hätte zurückhalten können. Also kam seither – bis heute – niemand mehr zu dem Orakel.

Ganz offensichtlich erneuerten sie immer wieder die Kleidung der Göttin, wie sie Bît-Yakin es hatten tun sehen. Zweifellos gibt es irgendwo eine verborgene Kammer, in dem die Seidenröcke vor der Verrottung geschützt aufbewahrt werden. Sie bekleideten die Göttin und brachten sie ins Orakelgemach zurück, nachdem Zargheba sie versteckt hatte. Und sie trennten Zarghebas Kopf ab und hängten ihn an einen Lotusbaum.«

Sie erschauderte, atmete jedoch gleichzeitig erleichtert auf.

»Er wird mich nie wieder auspeitschen«, murmelte sie.

»Nicht in diesem Leben«, bestätigte Conan. »So, aber jetzt komm. Gwarunga hat mithilfe der gestohlenen Göttin meine Chancen zunichtegemacht. Jetzt werde ich den Priestern folgen und zusehen, ob ich ihnen die Beute nicht abnehmen kann, nachdem sie sie geholt haben. Und bleib du dicht bei mir, ich kann nicht die ganze Zeit damit zubringen, nach dir zu suchen!«

»Aber die Diener Bît-Yakins!«, wisperte sie verängstigt.

»Das Risiko müssen wir eingehen«, knurrte er. »Ich weiß nicht, was sie vorhaben, aber bisher sah es nicht so aus, als hätten sie die Absicht, sich sehen zu lassen und offen zu kämpfen. Komm endlich!«

Er nahm sie bei der Hand, führte sie aus dem Gemach

und durch den Korridor. Nach einer Weile hörten sie das Geleiere der Priester und im Hintergrund das gedämpfte Rauschen von Wasser. Es wurde heller, als sie zu der Galerie über einer riesigen Höhle kamen. Sie starrten hinunter auf eine unheimliche, phantastische Szene.

Über ihnen leuchtete die Decke, etwa hundert Fuß unter ihnen erstreckte sich der glatte Höhlenboden. Auf der Seite gegenüber der Galerie wurde der Boden von einem schmalen Fluss durchbrochen, der in seinem Bett schäumte. Aus undurchdringlicher Schwärze kam sein Schwall und verlor sich am anderen Höhlenende auch wieder in Dunkelheit. Das Stück sichtbarer Oberfläche spiegelte das Leuchten von der Decke wider, und so glitzerte das dunkle Wildwasser, als zierten lebende Juwelen es in frostigem Blau, glimmendem Rot, schimmerndem Grün und in wundersamem Schillern.

Conan und Muriela standen auf dem galerieähnlichen Sims, das sich die hohe Wand entlangzog. Von diesem Sims führte eine natürliche Brücke, die sich in atemberaubendem Bogen über die weite Kluft der Höhle spannte, zu einem weit kleineren Sims auf der anderen Höhlenseite, jenseits des Flusses. Zehn Fuß tiefer überbrückte ein weiterer Bogen die Höhle. An jedem Ende führten in den Stein gehauene Stufen zu diesem Brückenbogen.

Conans Blick folgte der Brücke, die an ihrem Sims begann, und bemerkte einen Lichtschimmer, der nicht von der leuchtenden Decke herrührte. Auf dem schmalen Sims der anderen Seite befand sich eine Öffnung, durch die Sterne funkelten.

Doch seine hauptsächliche Aufmerksamkeit galt der Szene unter ihnen. Die Priester hatten ihr Ziel erreicht. In einer Einbuchtung der Höhlenwand stand ein steinerner Altar, doch auf ihm befand sich kein Götzenbild.

Die Priester hatten ihre Fackeln in Löcher im Steinboden gesteckt. Sie bildeten nun einen feurigen Halbkreis, etwa zwölf Fuß vor dem Altar. Dann formten auch die Priester einen Halbkreis, innerhalb dieser Fackelsichel. Gorulga hob seine Arme im Gebet, dann bückte er sich zum Altar hinab und drückte mit den Händen dagegen. Der Altar kippte nach hinten, wie der Deckel einer Truhe, und offenbarte einen Hohlraum.

Gorulga streckte seinen langen Arm aus. Er griff hinein und brachte eine kleine Messingtruhe zum Vorschein. Dann brachte er den Altar wieder in Position, stellte die Truhe darauf und öffnete sie. Den aufgeregten Zuschauern auf der hohen Galerie schien es, als hätte die Handlung des Priesters ein Feuer ausgelöst, das wie ein lebendes Wesen um die offene Truhe pulsierte. Conans Herz schlug heftiger, und seine Hand legte sich unwillkürlich um den Schwertgriff. Ah, endlich die Zähne von Gwahlur! Der Schatz, der seinen Besitzer zum reichsten Mann der Welt machen würde! Er atmete schwer durch die zusammengepressten Zähne.

Da wurde ihm plötzlich bewusst, dass etwas mit dem Licht nicht stimmte. Irgendetwas dämpfte das Leuchten von der Decke und den Schein der Fackeln, schien sie fast zum Erlöschen zu bringen. Finsternis stahl sich um den Altar. Nur das Glühen, das von den Juwelen ausging blieb, ja verstärkte sich noch. Die Schwarzen erstarrten zu Basaltstatuen, und ihre Schatten, die sich vor und hinter ihnen ausdehnten, wirkten grotesk und gigantisch.

Der ganze Altar war nun in das Glühen getaucht. Gorulgas völlig verwirrtes Gesicht hob sich scharf ab. Das Glühen breitete sich jetzt auch hinter dem Altar aus. Während es sich Schritt um Schritt vorwärtszutasten schien, wuchsen Gestalten aus der stillen Finsternis.

Zuerst sahen sie aus wie Statuen aus grauem Stein – diese reglosen Gestalten, die behaart und auf abscheuliche Weise menschenähnlich waren. Aber ihre Augen lebten, waren wie kalte Funken grauen, eisigen Feuers. Während das gespenstische Glühen ihre tierischen Züge erhellte, schrie Gorulga gellend auf. Er fiel nach hinten und warf die Arme in einer Geste unerträglichen Grauens hoch.

Da schnellte ein langer Arm über den Altar, und eine unförmige Hand schloss sich um seine Kehle. Der Priester wehrte sich und brüllte, doch es half ihm nichts, er wurde über den Altar gezerrt. Dann sauste eine hammergleiche Faust herab, und Gorulga verstummte für immer. Schlaff und zerbrochen lag er quer über dem Altar. Und schon stürzten die Diener Bît-Yakins wie eine Flut aus der Hölle auf die schwarzen Priester los, die vor Grauen wie gelähmt waren.

Was folgte, war ein Gemetzel, wie es nicht hätte schlimmer sein können.

Gegen die unmenschlichen Kräfte der Angreifer kamen die Dolche und Krummsäbel der Priester nicht an. Conan sah, wie die Haarigen die Schwarzen mühelos in die Luft hoben und ihre Schädel auf dem Altar zerschmetterten. Er sah, wie eine brennende Fackel in einer missgeformten Hand unerbittlich die Kehle eines Verzweifelten hinuntergestoßen wurde, der sich vergebens gegen den Arm wehrte, der ihn hielt. Er sah, wie ein Priester einem Brathuhn ähnlich zerrissen und seine blutigen Teile quer durch die Höhle geschleudert wurden. Das Massaker war kurz, doch verheerend wie ein Orkan. Nur ein Akolyth war ihm entgangen. Er floh schreiend den Weg zurück, den die Priester gekommen waren. Die blutbesudelten Schreckensgestalten verfolgten ihn und verschwanden bald in der Finsternis des Korridors. Nur noch die Schreie des Schwarzen waren, durch die Entfernung gedämpft, zu hören.

Muriela hatte sich auf die Knie geworfen und umklammerte Conans Beine. Ihr Gesicht presste sie mit zusammengekniffenen Augen an seine Schenkel. Sie war vor Angst und Grauen außer sich. Doch Conan war wie besessen. Er warf erst einen Blick auf die Öffnung in der gegenüberliegenden Wand, durch die die Sterne funkelten, dann einen auf die Truhe, die noch offen auf dem blutigen Altar stand.

»Ich hole mir die Truhe!«, knirschte er zwischen zusammengepressten Zähnen. »Bleib du hier!«

»Oh Mitra! Nein!« In ihrer ungeheuren Furcht warf sie sich ganz auf den Boden und griff nach Conans Sandalen. »Nein! Nein! Verlass mich nicht!«

»Rühr dich nicht und halt den Mund!«, schnaubte er und befreite sich aus ihrer verzweifelten Umklammerung.

Er dachte gar nicht daran, die Treppen zu benutzen, sondern sprang verwegen von Sims zu Sims. Von den Ungeheuern war nichts zu sehen, als er den Höhlenboden erreicht hatte. Ein paar der Fackeln brannten noch, die Decke leuchtete wieder, und erneut spiegelte sich ihr Schein in dem rauschenden Fluss. Das Glühen, das das Erscheinen der Diener angekündigt hatte, war mit ihnen verschwunden. Nur das Funkeln der Juwelen in der Messingtruhe war geblieben.

Conan packte sie und warf einen schnellen Blick auf ihren Inhalt. Seltsame, ungewöhnlich geformte Steine waren es, die in einem eisigen, unirdischen Feuer glühten. Er knallte den Deckel zu, klemmte sich die Truhe unter den Arm und rannte die Stufen hoch. Er hatte absolut kein Verlangen danach, den teuflischen Dienern Bît-Yakins in die Arme zu laufen. Er hatte sie kämpfen sehen, das genügte ihm. Er verstand nur nicht, weshalb sie so lange gewartet hatten, ehe sie sich auf die Eindringlinge stürzten. Aber welcher Mensch könnte die Gedanken und Motive dieser Monstren auch nur ahnen? Dass sie über menschenähnliche Intelligenz und Schläue verfügten, hatten sie bewiesen. Und der blutige Beweis ihrer bestialischen Wildheit lag auf dem Höhlenboden verstreut.

Die Corinthierin wartete zusammengekauert auf dem Sims, wo Conan sie verlassen hatte. Er fasste sie am Handgelenk und riss sie auf die Füße. »Wir verschwinden besser!«, brummte er.

Sie war vor Furcht und Grauen noch so benommen, dass sie gar nicht richtig begriff, was vorging, und so ließ sie sich willenlos über die schmale, steile Brücke ziehen. Erst als sie sich über dem rauschenden Fluss befanden, blickte sie hinunter. Sie japste erschrocken und wäre hinuntergestürzt, hätte Conans kräftiger Arm um ihre Taille sie nicht gehalten. Leise fluchend klemmte er sie sich unter den freien Arm und schleppte sie mit schlaff herabhängenden Gliedern über die natürliche Brücke und durch die Öffnung an ihrem Ende. Ohne sie abzusetzen, rannte er durch den schmalen Tunnel hinter dieser Öffnung und erreichte kurz darauf einen schmalen Sims an der äußeren Felswand des Tales. Weniger als hundert Fuß unter ihnen wogte der Dschungel im Sternenlicht.

Conan blickte hinunter und stieß einen tiefen Seufzer der Erleichterung aus. Er war überzeugt, dass er den Abstieg schaffen würde, selbst wenn er sowohl das Mädchen als auch die Truhe mit den Steinen tragen musste. Aber er bezweifelte, dass ihm hier der Aufstieg geglückt wäre. Er stellte die Truhe, die noch mit Gorulgas Blut befleckt war, auf den Sims und wollte gerade seinen Gürtel abnehmen, um sie sich auf den Rücken zu binden, als ihn ein unverkennbarer Laut hinter ihm fast lähmte.

»Bleib hier!«, befahl er dem verwirrten Mädchen. »Rühr dich nicht vom Fleck!« Er zog sein Schwert, hastete in den Tunnel zurück und blickte mit wild funkelnden Augen in die Höhle.

Etwa in der Mitte der oberen Brücke sah er eine graue, unförmige Gestalt. Einer von Bît-Yakins Dienern war hinter ihnen her. Das Ungeheuer musste sie gesehen und sich gleich daran gemacht haben, sie zu verfolgen. Conan zögerte nicht. Es würde zwar einfacher sein, den Tunneleingang zu verteidigen, aber diesen Kampf musste er schnell hinter sich bringen, ehe die anderen Diener zurückkehrten.

Er rannte hinaus auf die Brücke, auf das herbeieilende Monstrum zu. Es war weder Affe noch Mensch. Es war eine der grauenerregenden Kreaturen, die die geheimnisvollen, unbekannten Dschungel des Südens hervorbrachten, in denen es in der stinkenden Fäulnis von Leben wimmelte, das den Menschen nicht kannte, und wo Trommeln in Tempeln schlugen, von denen die Menschen nichts wussten. Wie es dem greisen Pelishtier gelungen war, sich zum Herrn über sie zu erheben, war dem Cimmerier ein Rätsel, das er gar nicht lösen wollte, selbst wenn er die Zeit dazu gehabt hätte. Aber höchstwahrscheinlich waren diese tierischen Diener der Grund, dass der Pelishtier sich von den Menschen zurückgezogen und die Einsamkeit hier gewählt hatte.

Mensch und Ungeheuer trafen sich am obersten Punkt der Bogenbrücke, wo hundert Fuß unter ihnen das schwarze Wildwasser tobte. Als die monströse Gestalt mit dem aussätzigen, grauen Körper und den Zügen eines aus Stein gehauenen, nicht menschlichen Götzen sich unmittelbar vor ihm erhob, schlug Conan zu wie ein verwundeter Tiger, und alle Kraft seiner mächtigen Muskeln steckte in diesem Hieb. Er hätte einen Menschen getötet, doch Knochen und

Muskeln des Ungeheuers waren wie aus Stahl. Aber selbst der beste Stahl hätte diesem wütenden Hieb nicht ganz widerstehen können. Rippen und Schulterbein zersprangen, und Blut quoll aus der klaffenden Wunde.

Für einen zweiten Hieb blieb keine Zeit. Ehe der Cimmerier seine Klinge erneut zu heben oder zurückzuspringen vermochte, wischte ihn ein gewaltiger Arm wie eine Fliege von der Brücke. Im Hinabstürzen hörte sich das Rauschen des Flusses wie Todesgesang in seinen Ohren ab. Aber glücklicherweise drehte er sich so, dass er noch mit dem Oberkörper auf der unteren Brücke landete. Einen gefährlichen Augenblick lang, bis er sich mit den Fingern festkrallen konnte, drohte er abzurutschen. Doch schließlich gelang es ihm, sich ganz hinauf und in Sicherheit zu ziehen, ohne dabei sein Schwert in der anderen Hand loszulassen.

Als er aufsprang, sah er das Ungeheuer bluttriefend zum Brückenende rasen, höchstwahrscheinlich, um die Stufen hinunterzurennen, die die beiden Brücken verbanden, und den Kampf fortzusetzen. Am Sims hielt der Graue jedoch mitten im Satz an. Er hatte Muriela entdeckt, die mit der Schatztruhe unter einem Arm und weit aufgerissenen Augen aus dem Tunnel starrte.

Mit einem Triumphgebrüll packte das Ungeheuer sie. Als sie die Truhe fallen ließ, griff der Graue auch danach. Das Mädchen und die Truhe unter die Arme geklemmt, drehte er sich um und rannte über die Brücke zurück. Conan fluchte wild und eilte nun ebenfalls zur anderen Brückenseite, obwohl er bezweifelte, dass es ihm gelingen würde, rasch genug die Stufen hochzuklettern, um den Burschen noch zu erwischen, ehe er in dem Tunnellabyrinth auf dieser Seite verschwand.

Doch das Ungeheuer wurde langsamer wie ein ablaufendes Uhrwerk. Blut quoll aus der klaffenden Wunde in seiner Brust, und es schwankte wie betrunken von einer Seite zur anderen. Plötzlich stolperte es und taumelte seitwärts. Kopfüber kippte es von der Brücke und stürzte in die Tiefe. Mädchen und Schatztruhe entglitten seinen Armen, und Murielas Schreie durchschnitten die Luft über dem Rauschen des Flusses.

Conan befand sich fast unterhalb der Stelle, von der der Graue gekippt war. Das Ungeheuer prallte gegen die Seite des unteren Brückenbogens und stürzte weiter in die Tiefe. Aber das sich windende Mädchen schlug auf der Brücke auf und klammerte sich fest. Die Truhe krachte gegen den Rand, dicht neben ihr. Muriela war an Conans rechter Seite aufgeprallt, die Truhe an seiner linken. Beide befanden sich in Armlänge neben ihm. Einen Herzschlag lang lag die Truhe schräg über dem Rand, während Muriela sich mit einer Hand festhielt, ihr Gesicht verzweifelt Conan zugewandt. Ihre Augen waren vor Todesangst geweitet, und ihren Lippen entrang sich ein grauenvoller Schrei.

Conan zögerte nicht. Nicht einmal einen Blick widmete er der Truhe mit dem kostbarsten Schatz der Welt. Flinker als ein hungriger Jaguar bückte er sich und packte den Arm des Mädchens, gerade als ihre Finger von dem glatten Stein abglitten, und hob sie auf die Brücke. Die Truhe kippte nun ganz über den Rand und stürzte neunzig Fuß tiefer in das schäumende Wasser, in dem Bît-Yakins Diener bereits versunken war. Ein Aufspritzen des Wassers verriet, wo die Zähne von Gwahlur nun für immer verschwunden waren.

Conan schaute kaum in die Tiefe. Leichtfüßig wie eine Katze rannte er über die Brücke zurück und die Stufen zu dem nach außen führenden Tunnel hoch. Das Mädchen trug er, als wäre sie ein Baby. Ein grauenvolles Heulen veranlasste ihn, über die Schulter zu blicken, als er in der Höhe der oberen Brücke war. Er sah die restlichen Diener auf die Höhle unten zurückkehren. Blut tropfte von ihren gefletschten Fängen. Sie rasten die Treppe hoch, die sich von Simsreihe zu Simsreihe schlängelte, und brüllten dabei wuterfüllt. Hastig warf er sich das Mädchen über die Schulter, rannte durch den Tunnel und klomm behende wie ein Affe die Felswand hinunter. Von Halt zu Halt sprang er mit halsbrecherischer Verwegenheit. Als die wilden Fratzen der Grauen über den Sims am Tunnelende in die Tiefe starrten, verschwand der Cimmerier mit dem Mädchen gerade in dem Dschungel, der bis an den Fuß der Felswand reichte.

Im Schutz eines dichten Laubdachs stellte Conan Muriela auf die Füße. »Jetzt können wir uns Zeit lassen«, sagte er zu ihr. »Ich glaube nicht, dass diese Bestien das Tal verlassen werden, um uns zu verfolgen. Und selbst wenn, mein Pferd ist ganz in der Nähe an einem Wasserloch angebunden – wenn die Löwen es nicht gewittert und zerrissen haben. Crom! Weshalb heulst du denn *jetzt*!«

Sie schlug die Hände vor ihr tränenüberströmtes Gesicht, und ihr Schluchzen schüttelte die schmalen Schultern.

»Ich habe dich um die Juwelen gebracht!«, wimmerte sie. »Es war meine Schuld. Hätte ich dir gehorcht und wäre draußen auf dem Sims geblieben, hätte das Ungeheuer mich überhaupt nicht gesehen. Du hättest nach der Truhe greifen und mich ertrinken lassen sollen!«

»Ja, das hätte ich vielleicht«, pflichtete er ihr bei. »Aber ich habe es nicht getan, also vergiss es. Vorbei ist vorbei! Und hör auf zu heulen. Ja, so ist es schon besser. Komm jetzt!«

»Heißt das, dass du mich bei dir behalten willst? Dass du mich mitnimmst?«, fragte sie, und ihre Augen leuchteten hoffnungsvoll.

»Glaubst du vielleicht, ich würde dich hier deinem Schicksal überlassen?« Er musterte sie durchaus nicht abfällig, und als sein Blick über ihren zerrissenen Rock wanderte, der großzügig eine wohlgeformte Rundung offenbarte, grinste er. »Ich kann eine Schauspielerin wie dich brauchen. Wir werden auch nicht nach Keshia zurückkehren. Es gibt dort nichts mehr, was mich interessiert. Wir machen uns auf den Weg nach Punt. Die Puntier verehren eine Elfenbeingöttin und waschen mit Weidenkörben Gold aus den Flüssen. Ich werde ihnen sagen, dass Keshan und Thutmekri eine Intrige gesponnen haben, um sie zu versklaven – das stimmt sogar –, und dass die Götter mich geschickt haben, sie – für ein Haus voll Gold – zu beschützen. Wenn es mir gelingt, dich in ihren Tempel zu schmuggeln, damit du die Stelle ihrer Elfenbeingöttin einnimmst, werden wir ihnen das Fell über die Ohren ziehen!«

JENSEITS DES SCHWARZEN FLUSSES

I

Conan verliert seine Axt

Die Stille auf dem Waldpfad war so vollkommen, dass der leise Schritt weicher Stiefel sich erschreckend laut anhörte. So jedenfalls empfand es der Mann, der mit größter Vorsicht dahinschlich – einer Vorsicht, die jeder walten lassen musste, der sich jenseits des Donnerflusses wagte. Er war noch sehr jung, dieser Mann von mittlerer Größe, mit dem offenen Gesicht und dem dichten Schopf zerzausten hellbraunen Haares, das weder Mütze noch Helm bändigte. Er trug die in diesem Land übliche Kleidung: einen Kittel aus grobem Stoff, den ein Gürtel zusammenhielt, darunter eine lederne Kniehose und weiche Wildlederstiefel, die bis dicht unter die Knie reichten. Aus einem Schaft ragte ein Dolchgriff. Am breiten Ledergürtel hingen ein kurzes, schweres Schwert und ein Wildlederbeutel. Die scharfen Augen, die das Dickicht links und rechts des Weges zu durchdringen suchten, verrieten keine Besorgnis. Obgleich er nicht groß war, war er doch gut gewachsen, und die Arme, die die kurzen, weiten Ärmel des Kittels nur teilweise bedeckten, wiesen kräftige Muskeln auf.

Ungerührt marschierte er dahin, obwohl die Blockhütte des letzten Siedlers schon Meilen hinter ihm lag und jeder Schritt ihn der grimmigen Bedrohung näher brachte, die wie ein brütender Schatten über dem alten Wald hing.

Wie ihm schien, verhielt er sich sehr leise, doch er wusste sehr wohl, dass seine weichen Schritte scharfen Ohren, die möglicherweise in der trügerischen grünen Wildnis lauschten, wie eine Sturmglocke erscheinen mochten. Seine sorglose Haltung war nur vorgetäuscht. Seine Sinne waren angespannt, vor allem die Ohren, auf die er sich verlassen musste, da die Augen das Dickicht zu beiden Seiten des Pfades kaum durchdringen konnten.

Doch es war mehr ein sechster Sinn als eine Warnung durch die Wahrnehmung seiner Augen oder Ohren, der ihn abrupt, mit der Hand am Schwertgriff, anhalten ließ. Mitten auf dem Pfad blieb er reglos stehen. Unbewusst hielt er den Atem an und fragte sich, was er gehört hatte, wenn es überhaupt ein Laut gewesen war, der ihn gewarnt hatte. Die Stille hätte kaum absoluter sein können. Kein Eichhörnchen keckerte, kein Vogel zwitscherte. Da fiel sein Blick auf dichtes Buschwerk gleich neben dem Pfad, mehrere Fuß weiter vorn. Kein Luftzug war zu spüren, und doch hatte er ganz deutlich gesehen, wie ein Zweig sich leicht bewegte. Seine Nackenhärchen stellten sich auf. Einen Herzschlag lang war er unentschlossen, denn ein Schritt, gleichgültig in welche Richtung, mochte ihm den sofortigen Tod aus dem Buschwerk bringen.

Ein schweres Krachen erklang hinter dem Laub. Die Büsche kamen in heftige Bewegung, und gleichzeitig mit dem Krachen schoss ein Pfeil heraus und verlor sich in den Bäumen entlang dem Pfad. Der junge Mann sah seine Flugbahn genau, als er hastig in Deckung sprang.

Hinter einem Stamm verborgen, das Kurzschwert in der aufgeregten Hand, beobachtete er, wie das Dickicht sich teilte und ein großer Mann gemächlich auf den Pfad trat.

Der junge Mann betrachtete ihn überrascht. Der Fremde trug wie er weiche Stiefel und eine Kniehose, doch nicht aus Leder, sondern aus festem Seidenstoff, aber statt des Kittels ein ärmelloses Kettenhemd, und seine schwarze, gerade geschnittene Mähne hing teilweise aus dem schützenden Helm. Dieser Helm war es, der den jungen Mann so verblüffte, denn er hatte keinen Kamm wie die Helme, die er kannte, sondern zwei kurze Stierhörner. Bestimmt hatte nicht die Hand eines Zivilisierten diesen Helm geschmiedet, und auch das Gesicht darunter sah nicht aus, als stamme es aus zivilisierten Landen. Es war sonnengebräunt, narbig, mit sprühenden blauen Augen, so ungezähmt wie dieser Urwald, der den Hintergrund bildete. Der Fremde hielt ein blutbeschmiertes Breitschwert in der Rechten.

»Komm hervor«, rief er mit einem Akzent, der dem jungen Mann fremd war. »Die Gefahr ist vorüber. Es war nur einer dieser Hundesöhne. Du hast nichts mehr zu befürchten.«

Misstrauisch trat der junge Mann hinter dem Stamm hervor und starrte den Fremden an. Er fühlte sich seltsam klein und hilflos gegenüber diesem mächtig gebauten Mann, dessen mächtige Brust das Kettenhemd zu sprengen drohte und dessen muskelstrotzender Arm das blutige Schwert hielt. Trotz der gewaltigen Statur hatte er sich leicht und geschmeidig wie ein Panther bewegt. Nein, dieser Mann war von keiner Zivilisation verweichlicht, und er war auch nicht hier am Rand der Zivilisation zu Hause, an der Grenze zur Wildnis.

Der Barbar drehte sich um und teilte erneut das Dickicht. Der junge Mann aus dem Osten, der sich immer noch nicht so recht klar war, was eigentlich geschehen war, kam näher und blickte ins Buschwerk. Ein Toter lag darin, ein kleiner, dunkler Mann mit dicken Muskeln, der außer einem Lendentuch, einem Halsschmuck aus Menschenzähnen und einem Armreifen aus Messing nichts trug. Am Gürtel des Lendenschurzes hing ein Kurzschwert, und in einer Hand hielt er immer noch einen schweren, schwarzen Bogen. Der Kleine hatte langes schwarzes Haar, mehr konnte man von seinem Kopf nicht mehr erkennen, denn er war bis zu den Zähnen gespalten, und das Gesicht war eine blutige Maske.

»Ein Pikte, bei den Göttern!«, entfuhr es dem jungen Mann.

Die sprühenden blauen Augen wandten sich ihm zu. »Überrascht dich das?«

»Nun, man sagte mir in Velitrium und auch in den Blockhütten der Siedler unterwegs, dass diese Teufel sich manchmal über die Grenze schlichen, aber ich erwartete nicht, auf einen so weit im Landesinnern zu stoßen.«

»Du bist hier nur vier Meilen ostwärts vom Schwarzen Fluss«, erklärte ihm der Fremde. »Sie wagen sich hin und wieder sogar bis dicht an Velitrium heran. Kein Siedler zwischen dem Donnerfluss und Fort Tuscelan ist wirklich sicher. Ich nahm die Fährte dieses Hundes heute Morgen drei Meilen südlich des Forts auf und verfolgte ihn seither. Ich erreichte ihn gerade, als er einen Pfeil auf dich anlegte. Einen Herzschlag später, und du hättest dich in der Hölle wiedergefunden.«

Der junge Mann starrte den Größeren mit riesigen Augen an. Er hätte nie gedacht, dass jemand diese Waldteufel aufspüren und tatsächlich unbemerkt an sie herankommen konnte. Dieser Mann musste ein Waldläufer sein, wie selbst Conajohara sie nicht hervorbrachte.

»Seid Ihr einer der Soldaten des Forts?«, erkundigte er sich respektvoll.

»Ich bin kein Soldat. Zwar bekomme ich Sold und Verpflegung eines Frontoffiziers, aber mein Einsatz ist im Wald. Valannus weiß, dass ich ihm mehr helfen kann, wenn ich den Fluss entlang umherstreife, als wenn ich im Fort eingesperrt Dienst leiste.«

Gleichmütig stieß der große Mann die Leiche mit dem Fuß tiefer ins Dickicht, schob die Zweige wieder davor und ging den Pfad weiter. Der Jüngere folgte ihm.

»Ich bin Balthus«, sagte er zu ihm. »Ich war vergangene Nacht in Velitrium. Ich konnte mich bisher noch nicht entscheiden, ob ich ein Stück Land erstehen oder mich im Fort anwerben lassen soll.«

»Das beste Land am Donnerfluss ist bereits in festen Händen«, brummte der Große. »Natürlich gibt es auch gutes zwischen dem Schädelbach – du bist vor ein paar Meilen daran vorbeigekommen – und dem Fort, aber das ist dem Schwarzen Fluss zu verdammt nah. Die Pikten fallen immer wieder dort ein, brandschatzen und morden. Und sie kommen durchaus nicht jedes Mal allein, wie der dort. Eines Tages werden sie zweifellos versuchen, die Siedler aus Conajohara zu verjagen. Wer weiß, ob es ihnen nicht gelingt. Diese Kolonisierung hier ist reiner Wahnsinn. Dabei gibt es wahrhaftig genug fruchtbares Land östlich der Bossonischen Marschen. Wenn die Aquilonier etwas von den Riesenbesitztümern ihrer Barone abzwackten und dort Getreide anbauten, wo die hohen Herren jetzt nur ihrer Jagdleidenschaft frönen, brauchten sie nicht die Grenze zu überschreiten und den Pikten das Land wegzunehmen.«

»Eine erstaunliche Einstellung für einen, der im Dienst des Statthalters von Conajohara steht«, bemerkte Balthus.

»Was schert es mich«, brummte der andere. »Ich bin Söldner, und mein Schwert leihe ich dem, der mir am meisten dafür bietet. Ich habe nie Getreide angebaut und werde es auch gewiss nie, solange ich mit dem Schwert anderes ernten kann. Aber ihr Hyborier habt euch so weit ausgebreitet, wie man euch gerade noch ließ. Ihr habt die Marschen überquert, ein paar Dörfer niedergebrannt, mehrere Clans ausgerottet und die Grenze bis zum Schwarzen Fluss vorverlagert. Ich bezweifle jedoch, dass ihr imstande sein werdet, auch zu halten, was ihr da erobert habt. Und ganz sicher wird es euch nie gelingen, die Grenze noch weiter nach Westen zu verlegen. Euer uneinsichtiger König kennt die Verhältnisse hier nicht. Er wird euch nicht genug Verstärkung schicken, und es gibt nicht genug Siedler, um einem geschlossenen Angriff von der anderen Flussseite standzuhalten.«

»Aber die Pikten sind doch in kleine Clans zersplittert«, sagte Balthus. »Sie werden sich nie vereinigen. Und einen einzelnen Stamm können wir immer noch zurückwerfen.«

»Vermutlich sogar drei oder vier Stämme«, gestand der andere ihm zu. »Doch eines Tages wird sich unter ihnen ein Mann erheben und dreißig oder vierzig Clans um sich sammeln, so wie es bei den Cimmeriern geschah, als die Gundermänner vor vielen Jahren versuchten, ihre Grenze nach Norden zu verschieben. Sie wollten die Marschen im Süden von Cimmerien kolonisieren. Auch sie rotteten ein paar kleinere Clans aus und errichteten das Grenzfort Venarium – nun, dir ist die Geschichte sicher bekannt.«

»Das ist sie allerdings«, antwortete Balthus sichtlich unangenehm berührt. Die Erinnerung an diese Niederlage blieb für immer ein wunder Punkt in der Geschichte seines stolzen, kriegerischen Volkes. »Mein Onkel hielt sich in Venarium auf, als die Cimmerier die Mauern stürmten. Er war einer der wenigen, die dem Gemetzel entgingen. Oft habe ich ihn davon erzählen hören. Die Barbaren fegten als rasende Horde von den Bergen herbei und überfielen Venarium ohne Warnung mit einer Wildheit, der keiner widerstehen konnte. Männer, Frauen und Kinder wurden ohne Ausnahme niedergemetzelt und Venarium dem Erdboden gleichgemacht; und jetzt ist es nur noch eine verkohlte Ruine. Die Aquilonier wurden über die Marschen zurückgetrieben und haben nie wieder versucht, cimmerisches Gebiet zu besiedeln. Ihr sprecht, als wüsstet Ihr gut Bescheid über Venarium. Wart Ihr vielleicht selbst dort?«

»Ja«, brummte der riesenhafte Mann. »Ich gehörte zu der Horde, die die Mauern stürmte. Ich zählte damals noch keine fünfzehn Winter, trotzdem hatte mein Name am Ratsfeuer bereits einen guten Ruf.«

Unwillkürlich wich Balthus vor ihm zurück. Es erschien ihm unglaublich, dass dieser Mann, der so friedlich an seiner Seite schritt, einer dieser brüllenden, blutdurstigen Teufel gewesen sein sollte, die vor mehr als zwei Jahrzehnten die Straßen Venariums in Blut gebadet hatten.

»Dann seid Ihr ja ein Barbar!«, entfuhr es ihm.

Der andere nickte, ohne sich gekränkt zu fühlen.

»Ich bin Conan, ein Cimmerier.«

»Ich habe von Euch gehört.« Sein Blick verriet neues Interesse. Kein Wunder, dass der Pikte mit seinen eigenen Waffen geschlagen worden war. Die Cimmerier waren nicht weniger wilde Barbaren als die Pikten, doch weit intelligenter. Offenbar hatte Conan viel Zeit in der Zivilisation zugebracht, aber das hatte ihn ganz augenscheinlich weder verweichlicht, noch hatte es seine urtümlichen Instinkte geschwächt. Balthus' heimliche Furcht vor ihm verwandelte sich in Bewunderung, als ihm die geschmeidigen, raubkatzengleichen Bewegungen und die selbstverständliche Ruhe auffielen, mit denen der Cimmerier dahinglitt. Die geölten Kettenglieder seines Harnischs klickten nicht im Geringsten, und zweifellos vermochte Conan selbst das verschlungenste Dickicht lautloser zu durchdringen als jeder Pikte, der je gelebt hatte.

»Du bist kein Gundermann?« Es war weniger eine Frage als eine Feststellung.

Balthus schüttelte den Kopf. »Ich bin von Tauran.«

»Ich habe unter den Tauranern gute Waldläufer kennengelernt. Aber die Bossonier haben die Aquilonier zu viele Jahrhunderte vor der äußeren Wildnis geschützt, dadurch sind sie verweichlicht.«

Das stimmte. Die Bossonischen Marschen mit ihren befestigten Ortschaften voll entschlossener Bogenschützen hatten Aquilonien lange als Puffer gegen die Barbaren gedient. Unter den Siedlern jenseits des Donnerflusses erwuchsen neue Waldläufer, die nicht weniger hart als die Barbaren waren und ihnen in nichts nachstanden, doch noch waren sie zu wenige. Die meisten Grenzbewohner waren von Balthus' Art, eher der Siedler- als der Waldläufertyp.

Die Sonne war noch nicht untergegangen, doch außer Sicht hinter dem dichten Baumwall verborgen. Die Schatten wurden länger und der Wald düsterer, während die beiden Männer dahinschritten.

»Es wird dunkel sein, ehe wir das Fort erreichen«, sagte Conan beiläufig. Und plötzlich: »Horch!«

Abrupt blieb er halb geduckt stehen und hatte auch schon das Schwert in der Hand. Wie eine Misstrauen und Drohung symbolisierende Statue stand er da, doch jederzeit bereit, wie ein Raubtier zu springen und zuzuschlagen. Auch Balthus hatte den schrillen Schrei gehört, der wie abgewürgt verstummt war. Es war der Schrei eines Mannes in Todesangst oder mit unerträglichen Schmerzen.

Schon raste Conan den Pfad aufwärts, und mit jedem Laufschritt wuchs der Abstand zwischen ihm und seinem keuchenden Begleiter. Balthus fluchte krächzend. In den Siedlungen der Turaner war er als guter Läufer bekannt, doch Conan ließ ihn mühelos hinter sich. Aber Balthus vergaß seinen Ärger, als der grauenvollste Schrei an seine Ohren drang, den er je gehört hatte. Dieser Schrei hörte sich nicht an, als käme er aus einem Menschenmund. Es war ein dämonisches Geheul grässlichen Triumphes, das sein Echo in den schwarzen Klüften jenseits jeder Menschlichkeit zu finden schien.

Balthus stolperte vor Schrecken, und kalter Schweiß brach ihm auf der Stirn aus. Aber Conan zauderte keinen Herzschlag. Er schoss um eine Biegung des Pfades und war verschwunden. Balthus erfüllte Panik, als er sich plötzlich allein gelassen sah, während die Echos dieses grauenvollen Geheuls immer noch in seinen Ohren widerhallten. Er bemühte sich, noch schneller zu laufen.

Der Aquilonier rutschte fast aus, als er abrupt abbremsen musste, wollte er nicht gegen den Cimmerier prallen, der sich über einen verkrümmt auf dem Pfad liegenden Toten beugte. Doch Conan betrachtete nicht die Leiche im blutgetränkten Staub, sondern spähte in den dunklen Wald zu beiden Seiten des Pfades.

Balthus stieß erschrocken eine Verwünschung aus. Die Leiche war die eines kleinen, dicken Mannes mit den goldbestickten Stiefeln und dem – trotz der Hitze – hermelinverbrämtem Wams eines reichen Kaufmanns. Sein feistes, bleiches Gesicht war zu einer Maske des Entsetzens erstarrt. Sein dicker Hals war von einem Ohr zum anderen aufgeschlitzt. Dass das Kurzschwert noch in seiner Scheide steckte, deutete darauf hin, dass er ohne Chance, sich zu wehren, niedergemacht worden war.

»Ein Pikte?«, wisperte Balthus, als er sich umdrehte, um ebenfalls in den Wald zu spähen.

Conan schüttelte den Kopf. Er richtete sich auf und blickte finster auf den Toten hinab.

»Ein Waldteufel. Das ist der fünfte, bei Crom!«

»Was meint Ihr damit?«

»Hast du je von einem piktischen Zauberer namens Zogar Sag gehört?«

Balthus schüttelte beunruhigt den Kopf.

»Er haust in Gwawela, der nächsten Ortschaft jenseits des Flusses. Vor drei Monaten lauerte er hier einem Versorgungszug zum Fort auf und stahl ein paar beladene Maultiere. Ihre Treiber betäubte er irgendwie. Jedenfalls gehörten die Maultiere diesem Mann.« Conan deutete mit den Zehenspitzen auf den Toten. »Es ist Tiberias, ein Kaufmann aus Velitrium. Die Tiere waren mit Bierfässern beladen. Der alte Zogar nahm sich Zeit, sich volllaufen zu lassen, ehe er über den Fluss zurückkehrte. Ein Waldläufer namens Soractus nahm seine Fährte auf und führte Valannus und drei Soldaten zu dem Dickicht, in dem er stockbesoffen lag. Auf Tiberias' Verlangen steckte Valannus Zogar Sag in eine Zelle – das ist die schlimmste Schmach, die man einem Pikten antun kann.

Es gelang ihm, seinen Wächter umzubringen und zu entkommen. Als er in Sicherheit war, schickte er die Botschaft, dass er Tiberias und die fünf Männer, die ihn gefangen genommen hatten, auf eine Weise töten würde, die die Aquilonier noch jahrhundertelang werde erschaudern lassen.

Nun, Soractus und die Soldaten sind tot. Soractus wurde am Fluss ermordet, die Soldaten direkt am Fort. Und nun hat auch Tiberias sein Ende gefunden. Doch kein Einziger wurde von einem Pikten getötet. Jedem Opfer – außer Tiberias, wie du siehst – fehlte der Kopf. Zweifellos schmücken die Schädel jetzt den Altar von Zogar Sags Gott.«

»Woher wisst Ihr, dass nicht Pikten sie getötet haben?«, fragte Balthus.

Conan deutete auf die Leiche des Kaufmanns.

»Glaubst du, ihm wurde die Kehle mit einem Dolch oder einem Schwert durchschnitten? Schau es dir mal genauer an, dann wirst du sehen, dass nur eine Kralle eine solche Wunde schlagen kann. Das Fleisch ist aufgerissen, nicht geschnitten.«

»Vielleicht von einem Panther ...«, meinte Balthus ohne Überzeugung.

Conan schüttelte ungeduldig den Kopf.

»Ein Mann aus Tauran müsste wahrhaftig wissen, wie ein Panther zuschlägt! Nein, es war einer der Waldteufel, die Zogar Sag gerufen hat, um Rache für ihn zu üben. Tiberias war ein Narr, sich allein in der Dämmerung herumzutreiben. Doch jedes der Opfer bisher schien vom Wahnsinn besessen zu sein, ehe sein Schicksal es ereilte. Sieh her, diese Spuren sind deutlich genug. Tiberias kam auf einem Maultier angeritten, vielleicht mit einem Bündel Otterfelle hinter dem Sattel, die er in Velitrium verkaufen wollte, und das Ungeheuer sprang ihn vom dichten Gestrüpp dieses Busches aus an. Schau, hier sind die Zweige zerbrochen.

Tiberias kam nur noch dazu, einen Schrei auszustoßen, dann wurde ihm bereits die Kehle zerrissen, und er musste seine Otterfelle in der Hölle feilbieten. Das Maultier brannte in den Wald durch. Horch! Selbst jetzt kann man es noch im Unterholz hören. Der Dämon kam nicht mehr dazu, sich Tiberias' Schädel zu nehmen. Wir erschreckten ihn durch unser Kommen.«

»Euer Kommen«, berichtigte Balthus. »Er scheint nicht sehr mutig zu sein, wenn er sich von einem einzelnen Mann vertreiben lässt. Aber wie wollt Ihr wissen, dass es nicht vielleicht doch ein Pikte mit einer Art Haken war, der reißt, statt zu schneiden. Habt Ihr ihn denn gesehen?«

»Tiberias war bewaffnet«, brummte Conan. »Wenn Zogar Sag vermag, Dämonen zu Hilfe zu rufen, kann er ihnen auch sagen, wen sie töten und wen sie in Ruhe lassen sollen. Nein, ich habe ihn nicht gesehen. Ich sah nur das Schütteln der Büsche, als er vom Pfad verschwand. Doch wenn du weitere Beweise willst, dann sieh hierher!«

Der Mörder war in das Blut des Toten getreten und hatte am Rand des Pfades auf hartem Lehm einen Fußabdruck hinterlassen.

»Kann das von einem Menschen stammen?«, fragte Conan.

Balthus spürte kalten Schauder den Rücken hinabrinnen. Weder ein Mensch noch ein Tier, das er je gesehen hatte, konnte diesen ungewöhnlichen, monströsen, dreizehigen Abdruck hinterlassen haben. Er ähnelte in etwa dem eines gewaltigen Vogels oder auch eines Reptils, doch eben nur entfernt. Er spreizte die Finger über dem Abdruck, aber vorsichtig, um ihn nicht zu berühren. Dann fluchte er wild. Er war weit größer als die Spanne seiner Hand.

»Was mag es sein?«, flüsterte er. »Ich kenne kein Tier, das solche Spuren hinterlässt.«

»Da bist du nicht der Einzige, der noch seinen klaren Verstand hat«, antwortete Conan grimmig. »Es ist ein Sumpfdämon. Es wimmelt von ihnen in den Mooren jenseits des Schwarzen Flusses. Wenn in heißen Nächten ein starker Südwind weht, kann man sie wie die Seelen Verdammter heulen hören.«

»Was sollen wir tun?«, erkundigte sich der Aquilonier und spähte unsicher in die dunklen Schatten. Das erstarrte Entsetzen auf den Zügen des Toten machte ihm zu schaffen. Er fragte sich, welch grässliche Fratze der Bedauernswerte vor seinem Tod noch erblickt hatte.

»Es hat keinen Sinn, dem Dämon zu folgen«, brummte Conan und zog eine kurze Waldläuferaxt aus dem Gürtel. »Ich versuchte ihn aufzuspüren, nachdem er Soractus getötet hatte, verlor jedoch seine Spur schon nach etwa zwölf Schritten. Vielleicht wären ihm Flügel gewachsen, und er hat sich in die Lüfte geschwungen, oder aber er ist durch die Erde zur Hölle zurückgetaucht. Ich weiß es nicht. Ich werde auch dem Maultier nicht nachlaufen. Es wird entweder zum Fort zurückkehren oder sich bei irgendeinem Siedler sehen lassen.«

Während er sprach, beschäftigte der Cimmerier sich am Rand des Pfades mit seiner Axt. Mit ein paar Hieben fällte er zwei neun bis zehn Fuß lange Schößlinge und schnitt ihre Zweige ab. Dann riss er eine schlangenähnliche Schlingpflanze ab, die sich um die Büsche rankte. Er band sie etwa zwei Fuß über dem Ende an einem der kahlen Schößlinge fest und schlang sie über den anderen und wieder über den ersten in einer Art Geflecht, bis er eine primitive, aber kräftige Tragbahre hatte.

»Der Dämon wird Tiberias' Schädel nicht bekommen, wenn ich es verhindern kann«, knurrte er. »Wir bringen die Leiche ins Fort. Mehr als drei Meilen sind es nicht von hier. Ich mochte den aufgeblasenen Burschen nie, aber wir können schließlich nicht zulassen, dass die piktischen Teufel sich eine Schädelsammlung von Weißen zulegen.«

Zwar gehörten auch die Pikten, obgleich sie dunkelhäutig waren, zur weißen Rasse, aber das erkannten die Menschen an der Grenze nicht an.

Balthus griff nach dem hinteren Ende der Bahre, auf die Conan den Toten ohne großes Aufheben gelegt hatte, und sie machten sich so schnell wie möglich wieder auf den Weg. Selbst mit dieser Last bewegte der Cimmerier sich lautlos wie eine Raubkatze. Den Gürtel des Kaufmanns hatte er um die Enden der Schößlingstangen geschlungen. An diesem Griff trug er sein Ende der Bahre und konnte so in der anderen Hand das blanke Breitschwert halten, während seine scharfen Augen wachsam um sich blickten. Die Schatten wurden nun immer dichter, und dunkler Dunst ließ die Umrisse der Bäume verschwimmen. So wurde der Wald zum dunklen Versteck ungeahnter Kreaturen.

Sie waren etwa eine Meile weit gekommen, und die Muskeln von Balthus' kräftigen Armen begannen allmählich zu schmerzen, als ein gellender Schrei aus dem Wald erklang.

Conan zuckte zusammen, und Balthus ließ fast die Bahre fallen.

»Eine Frau!«, rief er. »Großer Mitra, das war der Schrei einer Frau!«

»Vermutlich eine Siedlerin, die im Wald herumirrt«,

knurrte Conan und setzte sein Ende der Bahre ab. »Vielleicht sucht sie nach einer entlaufenen Kuh und ... Bleib hier!«

Wie ein jagender Wolf tauchte er in das Buschwerk. Balthus' Nackenhärchen stellten sich auf.

»Ich soll hier allein mit einer Leiche bleiben, während ein Teufel im Wald lauert?«, japste er. »Ich komme mit!«

Seinen Worten folgte die Tat. Er stürzte dem Cimmerier hinterher. Conan blickte über die Schulter zurück, protestierte jedoch nicht, obgleich er sein Tempo nicht dem langsameren seines Begleiters anpasste. Balthus vergeudete den Atem mit herzhaften Verwünschungen, als der Cimmerier bald wieder weit vorauseilte und sich wie ein Phantom durch die Bäume stahl. Als er eine düstere Lichtung erreicht hatte, hielt er in geduckter Stellung an, fletschte die Zähne und hob das Schwert.

»Warum bleibt Ihr hier stehen?«, keuchte Balthus, als er endlich neben ihm war. Er wischte sich den Schweiß aus den Augen und umklammerte mit der anderen Hand das Kurzschwert.

»Der Schrei kam von dieser Lichtung oder ganz aus der Nähe«, erklärte ihm Conan. »Selbst im Wald täusche ich mich selten, wenn es darum geht zu bestimmen, woher ein Laut kam. Aber wo ...«

Abrupt war erneut in gellender Schrei zu vernehmen, hinter ihnen aus der Richtung des Pfades, von dem sie soeben gekommen waren. Noch schriller wurde er – der Schrei einer Frau in grauenvollem Entsetzen. Und dann wandelte er sich plötzlich zum höhnischen Gelächter, das aus dem Mund eines Teufels der tiefsten Hölle kommen mochte.

»Was, bei Mitra ...« Balthus' Gesicht war ein blasses, verschwommenes Oval in der Düsternis.

Mit einer wilden Verwünschung wirbelte Conan herum und raste den Weg zurück, den er gekommen war. Verwirrt rannte der Aquilonier hinter ihm her. Er prallte gegen ihn, als der Cimmerier abrupt anhielt. So heftig hatte er sich an dessen Schulter gestoßen, dass er schwer nach Luft schnappte, trotzdem hörte er, wie Conan zischend durch die Zähne atmete.

Balthus blickte über die Schulter des wie erstarrt stehenden Cimmeriers – und es stellten sich ihm die Haare auf. Etwas bewegte sich durch die dichten Büsche am Rand des Pfades – etwas, das weder auf Füßen stapfte noch flog, sondern dahinzugleiten schien wie eine Schlange, doch es war keine Schlange! Die Umrisse waren nicht genau zu erkennen, es war jedoch größer als ein Mensch und nicht sehr massig. Es schimmerte gespenstisch, als strahlte es ein schwaches bläuliches Licht aus. Tatsächlich schien dieses unheimliche Feuer das einzig Wirkliche an ihm zu sein – ja, es hätte eine vernunftbegabte Flamme sein können, die hier in dem dunklen Wald einem bestimmten Zweck nachging.

Conan fluchte wild und schleuderte seine Axt. Aber das Wesen glitt weiter, ohne seine Richtung zu ändern. Nur ein flüchtiger Blick war ihnen auf diese große, schattenhafte Flamme vergönnt gewesen, die durch das Dickicht schwebte, und schon war sie verschwunden, während der Wald den Atem anzuhalten schien.

Mit knurrend gefletschten Zähnen brach Conan sich einen Weg durch das hindernde Buschwerk zum Pfad. Seine Flüche waren ungemein eindrucksvoll und nichts für sanfte Gemüter, als er sich über die Bahre beugte, auf der die Leiche Tiberias' lag – die Leiche, die nun keinen Kopf mehr aufwies.

»Er hat uns mit seinem Geschrei ganz schön hereingelegt!« Wütend wirbelte Conan sein mächtiges Schwert über dem Kopf. »Ich hätte es mir denken können! Ich hätte auf eine solche List vorbereitet sein müssen! Jetzt hat Zogar fünf Schädel, um seinen Altar zu schmücken!«

»Aber was ist das für ein Wesen, das wie eine Frau schreien und wie ein Teufel lachen kann und wie ein Irrlicht leuchtend durch die Bäume gleitet?«, keuchte Balthus und wischte sich den Schweiß vom bleichen Gesicht.

»Ein Sumpfteufel«, antwortete Conan mürrisch. »Fass die Bahre wieder an. Wir schaffen die Leiche auf jeden Fall ins Fort. Nun, zumindest ist unsere Last nun eine Spur leichter.«

Als er diesen makabren Scherz von sich gegeben hatte, fasste er den Ledergriff und machte sich wieder auf den Weg.

II

Der Zauberer von Gwawela

Fort Tuscelan befand sich am Ostufer des Schwarzen Flusses, dessen Flut gegen den Fuß der Palisaden spülte. Sie bestanden aus dicken Baumstämmen, aus denen auch alle Unterkünfte errichtet waren, selbst das Haus des Statthalters, das über den Palisadenzaun und den dunklen Fluss schaute. Jenseits dieses Flusses erhob sich ein gewaltiger Wald, der entlang dem sumpfigen Ufer dicht wie ein Dschungel war. Tag und Nacht patrouillierten Posten auf dem Wehrgang der Palisaden und beobachteten diesen kaum zu durchdringenden, grünen Wall. Nur selten zeigte sich dort eine drohende Gestalt, aber die Posten wussten sehr wohl, dass auch sie beobachtet wurden: wild, gierig und mit der Erbarmungslosigkeit uralter Erzfeindschaft. Dem ungeübten Auge mochte der Wald jenseits des Flusses trostlos und von allem Leben verlassen erscheinen, doch tatsächlich wimmelte es dort nur so von Lebewesen, und nicht nur von Vögeln und Säugetieren und Reptilien, sondern auch von Menschen, den wildesten aller Raubtiere.

Am Fort endete die Zivilisation. Fort Tuscelan war der äußerste Vorposten der zivilisierten Welt, der westlichste Vorstoß der herrschenden hyborischen Rassen. Jenseits des Flusses war die Ursprünglichkeit in den düsteren Wäldern zu Hause, in den mit Zweigen und Laub bedeckten Hütten, in denen grinsende Totenschädel hingen, hinter den Lehmwällen, wo Feuer flackerten und Trommeln grollten, wo Speere von den Händen dunkler, schweigsamer Männer mit verfilztem schwarzen Haar und Schlangenaugen gewetzt wurden. Diese Augen spähten häufig durch das Unterholz auf das Fort über dem Fluss. Früher hatten dunkelhäutige Menschen dort, wo jetzt das Fort stand, ihre Hütten gehabt und auch da, wo sich das Getreide der weißen Siedler wiegte und wo sie ihre Blockhäuser hatten. Ja, früher hatte das Land diesen dunklen Menschen gehört, weiter noch als bis nach Velitrium, der Grenzstadt an den Ufern des Donnerflusses, bis zu den Ufern jenes anderen Flusses an den Bossonischen Marschen war es ihr Land gewesen. Zuerst waren Händler gekommen und Mitra-Priester mit bloßen Füßen und leeren Händen, und die meisten von ihnen hatten ein grauenvolles Ende genommen. Doch ihnen waren Soldaten gefolgt, und dann Männer mit Äxten in den Händen, die Frauen und Kinder in ochsengezogenen Wagen mit sich brachten. Zurück über den Donnerfluss waren die Eingeborenen gedrängt worden und mit Mord und Totschlag weiter bis über den Schwarzen Fluss. Aber die dunkelhäutigen Menschen vergaßen nicht, dass Conajohara einst ihnen gehört hatte.

Der Posten hinter dem Osttor stieß sein »Wer da?« hervor.

Fackelschein flackerte durch ein vergittertes Fenster und glimmte auf einem stählernen Helm und den misstrauischen Augen darunter.

»Mach schon das Tor auf!«, knurrte Conan. »Du siehst doch, dass ich es bin, oder nicht?« Übertriebene militärische Disziplin reizte ihn jedes Mal aufs Neue.

Das Tor schwang nach innen auf. Conan und sein Begleiter schritten hindurch. Balthus bemerkte die Wachttürme links und rechts, die sich über die Palisaden mit dem Wehrgang erhoben und Schießscharten aufwiesen.

Die Wachen zuckten zusammen, als sie den Toten auf der Bahre zwischen den beiden Ankömmlingen sahen. Nicht so sonderlich militärisch schlugen ihre Lanzenspitzen zusammen, während sie hastig das Tor schlossen. Spöttisch fragte Conan: »Ihr habt wohl noch nie eine kopflose Leiche gesehen?«

Die Gesichter der Soldaten wirkten fahl.

»Das ist Tiberias!«, platzte einer heraus. »Ich kenne das hermelinbesetzte Wams. Valerius schuldet mir fünf Lunas. Ich sagte ihm, Tiberias muss den Lockruf gehört haben, der ihm den Verstand raubte, sonst wäre er doch nicht mit so glasigem Blick allein auf seinem Maultier aus dem Tor geritten. Ich wettete mit Valerius, dass er ohne Kopf zurückkehren würde.«

Conan brummte etwas Unverständliches und bedeutete Balthus, die Bahre abzusetzen. Dann schritt er mit dem Aquilonier zum Haus des Statthalters. Der junge Mann blickte sich unterwegs neugierig um. Er sah die lang gestreckten Unterkünfte der Soldaten entlang den Palisaden, die Stallungen, die Verkaufsstände der Händler, das hohe Blockhaus und die anderen Bauten um den Exerzierplatz, auf dem jetzt Feuer flackerten und Männer auf Freiwache herumsaßen. Einige sprangen allerdings bereits auf und rannten zum Tor, um sich der neugierigen Menge um die Bahre anzuschließen. Die großen schlanken aquilonischen Lanzer und Waldläufer hoben sich unverkennbar von den untersetzteren bossonischen Bogenschützen ab.

Balthus wunderte sich nicht sehr, dass der Statthalter sie höchstpersönlich empfing. Die autokratische Gesellschaft mit ihrem starren Kastenwesen endete östlich der Marschen. Valannus war ein noch junger Mann, gut gebaut, mit fein geschnittenen Zügen, die schwere Arbeit und Verantwortung gehärtet hatten.

»Ich hörte, dass Ihr das Fort schon vor Tagesanbruch verlassen habt«, sagte er zu Conan. »Ich befürchtete bereits, die Pikten hätten Euch schließlich doch erwischt.«

»Wenn sie meinen Kopf räuchern, wird es den ganzen Fluss entlang bekannt sein«, brummte Conan. »Bis Velitrium wird man piktische Frauen ihre Totenklagen leiern hören. Ich ging auf Erkundung, weil ich nicht schlafen konnte. Ständig hörte ich die Trommeln über dem Fluss.«

»Sie trommeln doch jede Nacht«, sagte der Statthalter und blickte Conan nachdenklich an. Die Erfahrung hatte ihn gelehrt, die Instinkte von Barbaren nicht zu unterschätzen.

»Aber der Unterschied gestern Nacht war unüberhörbar«, erklärte Conan. »Ihr Trommeln ist anders, seit Zogar Sag über den Fluss zurückgekehrt ist.«

»Wir hätten ihn entweder mit Geschenken nach Hause schicken oder hängen sollen«, sagte der Statthalter seufzend. »Ihr hattet es uns geraten, aber ...«

»Aber es fällt euch Hyboriern schwer, euch in einen Barbaren hineinzuversetzen«, führte Conan den Satz für ihn zu Ende. »Doch nun lässt sich nichts mehr daran ändern. Solange Zogar lebt und sich an die Zelle erinnert, in der er schwitzte, wird es keinen Frieden mehr geben an der Grenze. Ich folgte einem Krieger, der sich herüberstahl, um ein paar weiße Kerben in seinen Bogen schnitzen zu können.

Nachdem ich ihm den Schädel gespalten hatte, traf ich diesen jungen Mann hier. Balthus heißt er. Er ist gekommen, um mitzuhelfen, die Grenze zu schützen.«

Valannus musterte wohlwollend das offene Gesicht Balthus' und seine kräftige Statur.

»Willkommen, junger Herr. Ich wünschte, mehr Eurer Sorte würden sich uns hier anschließen. Wir brauchen Männer, die mit dem Wald vertraut sind. Viele unserer Soldaten und auch der Siedler stammen aus den Ostprovinzen. Sie finden sich im Wald nicht zurecht und verstehen zum Teil auch nicht allzu viel von Landwirtschaft.«

»Auf dieser Seite von Velitrium gibt es davon glücklicherweise nicht viele«, warf Conan ein. »Aber die Stadt ist voll von ihnen. Noch etwas, Valannus. Wir fanden Tiberias tot auf dem Weg im Wald.« Mit wenigen Worten schilderte er, was sie erlebt hatten.

Valannus erbleichte. »Ich wusste nicht, dass er das Fort verlassen hatte. Er muss vom Wahnsinn besessen gewesen sein!«

»Das war er auch«, versicherte ihm Conan. »Genau wie die anderen vier. Als seine Zeit kam, packte ihn der Wahn, und er eilte hinaus in den Wald, seinem Tod entgegen, wie ein Hase zum Python. Etwas oder jemand *rief* die Männer. Es war ein Lockruf, den nur sie allein hören konnten. Gegen Zogar Sags Magie kommt die aquilonische Zivilisation nicht an.«

Valannus schwieg. Mit zitternder Hand fuhr er sich über die Stirn. Schließlich fragte er: »Wissen die Soldaten davon?«

»Wir ließen die Leiche am Osttor zurück.«

»Ihr hättet sie irgendwo im Wald verstecken und nichts darüber verlauten lassen sollen. Die Soldaten sind ohnedies schon viel zu beunruhigt.«

»Sie hätten es auch so herausgefunden. Und den Toten zu verstecken, wäre sinnlos gewesen. Die Leiche wäre genau wie Soractus' Leichnam vor das Tor gelegt worden, damit die Soldaten sie am Morgen finden.«

Valannus erschauderte. Er drehte sich um, trat ans Fenster und blickte stumm über den Fluss, dessen dunkles Wasser im Sternenschein glitzerte. Jenseits davon erhob der Dschungel sich wie eine schwarze Mauer. Das ferne Fauchen eines Panthers durchbrach die Stille. Die Nacht dämpfte die Stimmen der Soldaten vor dem Blockhaus und die Feuer auf dem Platz. Der Wind säuselte durch die schwarzen Zweige und kräuselte das dunkle Wasser. Er brachte ein rhythmisches Pochen mit sich, so unheildrohend wie ein schleichender Leopard.

»Aber was wissen wir schon«, murmelte Valannus, als spreche er lediglich seine Gedanken aus, »was weiß überhaupt jemand von dem, was der Dschungel verbirgt? Nur aus Gerüchten hörten wir von gewaltigen Sümpfen und Flüssen und einem Wald, der sich weit über Ebenen und Hügel bis zur Küste des Westlichen Ozeans erstreckt. Doch was zwischen diesem Fluss und dem Ozean kreucht und fleucht, können wir höchstens vermuten. Kein Weißer wagte sich je tief in diese ungeheure Weite – zumindest kehrte nie einer zurück, der darüber hätte berichten können. Wir kennen uns in den zivilisierten Ländern aus und verfügen über ein großes Wissen – doch es reicht nicht über diesen alten Fluss hinaus. Wer kann auch nur ahnen, welche irdischen und unterirdischen Geschöpfe jenseits des schwachen Lichtkreises lauern, in den unser Wissen uns hüllt?

Wer weiß schon, welche Götter unter den Schatten jenes heidnischen Waldes angebetet werden, oder welche Teufel aus dem schwarzen Schlamm der Sümpfe kriechen? Wer kann sicher sein, dass alles Leben in jenem schwarzen Land natürlichen Ursprungs ist? Die Gelehrten der Städte im Osten würden voll Verachtung auf Zogar Sags primitive Zauber herabsehen und sie als Mummenschanz abtun – und doch hat er fünf Menschen in den Wahnsinn getrieben und auf unerklärliche Weise getötet. Ich frage mich, ob er selbst überhaupt ein richtiger Mensch ist.«

»Wenn ich in Wurfweite meiner Axt an ihn herankommen kann«, knurrte Conan, »werde ich diese Frage klären.« Er schenkte sich vom Wein des Statthalters ein und schob auch Balthus ein Glas zu. Nur zögernd und mit verlegenem Blick auf Valannus nahm es der junge Mann.

Der Statthalter drehte sich zu Conan um und blickte ihn nachdenklich an.

»Die Soldaten, die nicht an Geister oder Teufel glauben, quält panische Furcht. Ihr dagegen, die Ihr Geister, Ghuls, Gnomen und alles mögliche Übernatürliche als gegeben hinnehmt, scheint Euch nicht vor ihnen zu fürchten.«

»Es gibt wenig auf der Welt, gegen das kalter Stahl nichts auszurichten vermöchte«, antwortete Conan. »Ich habe meine Axt auf den Dämon geschleudert, ohne dass es ihm etwas auszumachen schien. Aber vielleicht verfehlte ich ihn im Dämmerlicht, möglicherweise lenkte ein Zweig sie ab. Ich würde nicht grundlos Teufel jagen, aber ich würde auch keinem ausweichen, wenn mir einer begegnete.«

Valannus hob den Kopf und blickte den Cimmerier an.

»Conan, von Euch hängt mehr ab, als Ihr Euch vorstellen könnt. Ihr kennt die Schwächen dieser Provinz, die nicht mehr als ein schmaler Keil in ungezähmter Wildnis ist. Ihr wisst, dass das Leben aller Menschen westlich der Marschen von diesem Fort abhängt. Fiele es, würden blutige Äxte die Tore von Velitrium zersplittern, ehe ein Reiter die Marschen überqueren könnte. Seine Majestät, oder die Ratgeber Seiner Majestät, gaben meiner Bitte nicht statt, mehr Truppen hierherzuschicken, damit die Grenze gehalten werden kann. Sie wissen nichts von den Zuständen hier und scheuen vor weiteren Ausgaben zurück. Das Geschick des Grenzlands ruht in den Händen jener, die es jetzt halten.

Ihr wisst, dass der größte Teil der Truppen, die Conajohara eroberten, zurückgezogen wurde. Ihr wisst, dass das mir unterstellte Kontingent ungenügend ist, und erst recht, seit es diesem Teufel Zogar Sag gelang, unsere Wasservorräte zu vergiften, und vierzig Mann deshalb an einem Tag starben. Viele der anderen sind krank, wurden von Schlangen gebissen oder von Raubtieren zerrissen, die sich in letzter Zeit in immer größerer Zahl um das Fort herumzutreiben scheinen. Die Soldaten glauben an Zogar Sags Behauptung, dass er den Tieren befehlen kann, seine Feinde zu töten.

Ich habe dreihundert Lanzer, vierhundert bossonische Bogenschützen und etwa fünfzig Mann, die wie Ihr erfahrene Waldläufer sind. Sie sind hier von zehnmal so großem Nutzen wie die Soldaten, aber bedauerlicherweise ist ihre Zahl viel zu gering. Um ehrlich zu sein, Conan, meine Lage hier wird bedenklich. Die Soldaten flüstern über Fahnenflucht, ihre Moral ist gesunken, seit Zogar Sag uns bedroht. Sie fürchten sich vor der schwarzen Seuche, die er auf uns herabschicken will – den schrecklichen schwarzen Tod der Sümpfe. Jedes Mal, wenn ich einen kranken Soldaten sehe, bricht mir der Schweiß aus, weil ich befürchte, er könnte vor meinen Augen schwarz werden, verschrumpeln und sterben.

Conan, wenn die Seuche wirklich ausbricht, werden die Soldaten geschlossen desertieren! Dann ist die Grenze ungeschützt, und nichts wird diese dunkelhäutigen Teufel vor Velitrium aufhalten – und vermutlich nicht einmal dort. Denn wenn wir das Fort nicht zu halten imstande sind, wie sollen die in Velitrium dann erst die Stadt halten?

Conan, Zogar Sag muss sterben, wenn wir Conajohara nicht verlieren wollen. Ihr seid tiefer als jeder andere im Fort in die Wildnis eingedrungen. Ihr wisst, wo Gwawela liegt, und Ihr kennt einige der Pfade auf der anderen Flussseite.

Würdet Ihr es auf Euch nehmen, noch heute Nacht mit einem kleinen Trupp nach Gwawela vorzustoßen und den Zauberer zu töten oder sonstwie unschädlich zu machen? Oh, ich weiß, es ist Wahnsinn! Die Chancen, dass auch nur einer zurückkommt, stehen eins zu tausend. Aber wenn wir ihm nicht das Handwerk legen, ist es unser aller Tod. Ihr könnt so viele Männer mitnehmen, wie Ihr nur wollt.«

»Ein Dutzend ist dafür geeigneter als ein Regiment«, antwortete Conan. »Selbst für fünfhundert Mann wäre es unmöglich, sich nach Gwawela und zurück durchzukämpfen, aber ein Dutzend schafft es vielleicht unbemerkt. Lasst mich die Männer auswählen, aber Soldaten nehme ich lieber keine mit.«

»Dürfte ich Euch begleiten?«, bat Balthus eifrig. »Ich habe mein Leben lang in Tauran Wild gejagt.«

»Ich habe nichts dagegen. Valannus, wir werden mit den Waldläufern zu Abend essen, dann suche ich mir gleich meine Männer aus. In einer Stunde etwa brechen wir mit einem Boot auf. Wir lassen uns bis unterhalb des Dorfes treiben und schleichen uns dann durch den Wald an. Wenn wir es überleben, müssten wir gegen Morgengrauen zurück sein.«

III

WESEN DER FINSTERNIS

DER FLUSS WAR NICHT VIEL MEHR als ein dunkles Band zwischen den schwarzen Wällen. Das lange Boot hielt sich in den dichten Schatten des Ostufers. Die Paddel tauchten leise ins Wasser, sie verursachten kein lauteres Geräusch als der Schnabel eines Fischreihers. Balthus sah die breiten Schultern des Mannes vor sich nur als tiefere Schwärze vor der Dunkelheit. Er wusste, dass selbst die scharfen Augen des Mannes, der im Bug kniete, die Finsternis nicht viel weiter als ein paar Fuß durchdringen konnten. Sein Instinkt und seine Vertrautheit mit dem Fluss lenkten Conan.

Keiner gab auch nur einen Laut von sich. Balthus hatte sich seine neuen Kameraden im Fort gut angesehen, ehe sie das Ufer hinunter zum bereitstehenden Kanu huschten. Sie gehörten einem neuen Schlag an. Die grimmige Notwendigkeit hatte sie zu dem gemacht, was sie jetzt waren. Alle stammten aus den westlichen Provinzen Aquiloniens, und sie hatten vieles gemein. Gekleidet waren sie gleich: Sie trugen Wildlederstiefel, lederne Kniehose, Wildlederhemd und einen breiten Ledergürtel, in dem eine Axt und ein Kurzschwert steckten. Und ohne Ausnahme waren sie hager, narbenübersät, sehnig, wortkarg und hatten harte Augen.

Auf gewisse Weise waren sie wilde Männer, und doch bestand zwischen ihnen und dem Cimmerier ein gewaltiger Unterschied. Sie waren Söhne der Zivilisation, die zu Halbbarbaren geworden waren. Conan dagegen war ein echter Barbar aus tausend Generationen von Barbaren. Sie hatten sich alles angeeignet, was ein Waldläufer brauchte, während er damit geboren worden war. Er übertraf sie sogar in der Sparsamkeit und Geschmeidigkeit der Bewegungen. Sie waren Wölfe, er ein Tiger.

Balthus bewunderte sie und ihren Führer, und er war stolz darauf, dass sie ihn in ihrer Mitte aufgenommen hatten. Stolz war er auch, dass sein Paddel so leise war wie die ihren. In dieser Beziehung zumindest stand er ihnen nicht nach, auch wenn seine Fähigkeiten als Waldläufer, die er sich in Tauran erworben hatte, jenen der Männer im Grenzgebiet nicht gleichkamen.

Unterhalb des Forts beschrieb der Fluss einen weiten Bogen. Die Lichter des Vorpostens waren bald nicht mehr zu sehen, doch das Kanu hielt seinen Kurs noch fast eine Meile lang. Mit fast unheimlicher Sicherheit wich es unter Conans Führung im Fluss treibenden entwurzelten Bäumen und anderen Hindernissen aus.

Auf ein leises Kommando des Cimmeriers hin schwang

der Bug herum, und das Boot begann den Fluss zu überqueren. Doch selbst als es aus den Schatten des Ufers tauchte, war es kaum zu erkennen. Der Sternenschein war nur schwach, und Balthus wusste, dass es selbst dem schärfsten Auge fast unmöglich sein musste, die schattenhafte Form des Bootes auszumachen, außer es wartete darauf und wusste genau, wo es war.

Unter dem überhängenden Buschwerk des Westufers tastete Balthus nach einer herausragenden Wurzel. Nicht ein Wort fiel. Alle Anweisungen waren erteilt worden, ehe der Trupp das Fort verließ. So lautlos wie ein Panther glitt Conan ins Dickicht und verschwand. Genauso lautlos folgten ihm neun der Männer. Balthus, der mit dem Paddel über dem Knie die Wurzel festhielt, erschien es fast unglaublich, dass zehn Männer, ohne das geringste Geräusch zu verursachen, durch dichtes Buschwerk schleichen konnten.

Er machte es sich im Boot so bequem wie möglich, denn es würde eine geraume Zeit vergehen, ehe die anderen zurückkamen. Außer ihm war noch ein Aquilonier zurückgeblieben, aber sie befolgten Conans Anweisung und wechselten kein Wort. Irgendwo, etwa eine Meile nordwestwärts, stand Zogar Sags von Wald umsäumtes Dorf. Balthus dachte über Conans weitere Anordnung nach. Wenn der Cimmerier und sein Trupp nicht beim ersten Grau des neuen Morgens zurück waren, sollten er und sein Kamerad so schnell wie möglich den Fluss hochpaddeln und im Fort melden, dass der Wald erneut seinen Tribut von der Rasse der Eindringlinge gefordert hatte. Das Schweigen wirkte bedrückend auf den jungen Tauraner. Kein Laut drang aus dem finsteren Wald, der hinter der schwarzen Wand des überhängenden Buschwerks nicht zu sehen war. Die Trommeln waren schon lange verstummt. Unbewusst blinzelte Balthus immer wieder bei dem Versuch, die Finsternis mit den Augen zu durchdringen. Er fand den leicht fauligen Geruch des Flusses hier am Ufer unangenehm, und auch den des feuchten Waldes. Irgendwo in der Nähe war ein leichtes Plätschern wie von einem großen Fisch zu hören, der hochgesprungen und wieder eingetaucht war – offenbar sogar ganz dicht am Kanu, das er gestreift haben musste, denn es schaukelte nun ganz schwach. Das Heck begann sich vom Ufer zu lösen. Der Waldläufer musste seine Wurzel losgelassen haben. Balthus drehte den Kopf und zischte ihm eine Warnung zu. Er konnte seinen Kameraden nur als dunkleres Schwarz vor der Finsternis sehen.

Der Mann antwortete nicht und machte auch keine Anstalten, das Heck wieder ans Ufer heranzuziehen. Balthus streckte die Hand aus und stupste ihn an der Schulter. Zu seinem Erstaunen sackte der Waldläufer bei dem schwachen Stoß zusammen. Balthus verrenkte sich fast den Rumpf, als er sich halb umdrehte, um ihn mit heftig pochendem Herzen zu berühren. Seine tastenden Finger erreichten die Kehle des Aquiloniers. Nur durch hastiges Zusammenpressen der Zähne gelang es Balthus, einen Entsetzensschrei zu unterdrücken. Seine Fingerspitzen waren in eine klaffende blutende Wunde gedrungen! Die Kehle seines Kameraden war von einem Ohr zum anderen aufgeschlitzt. In diesem furchtbaren Augenblick des Grauens und der Panik richtete sich Balthus auf – da legte sich aus der Dunkelheit ein muskulöser Arm um seinen Hals und verhinderte seinen Aufschrei. Das Kanu schaukelte heftig. Der Dolch war in Balthus' Hand, obgleich er sich nicht erinnerte, ihn aus dem Stiefelschaft gezogen zu haben. Blindlings stieß er wild zu. Er spürte, wie die Klinge tief eindrang, und ein gellender Schrei betäubte fast sein Gehör. Plötzlich schien die Dunkelheit ringsum zum Leben zu erwachen, und viele Stimmen brüllten, während andere Arme sich um ihn legten. Das Boot kippte, doch ehe Balthus unterging, schmetterte etwas gegen seinen Schädel. Sterne funkelten vor seinen Augen, dann griff die absolute Schwärze nach ihm.

IV

DIE BESTIEN DES ZOGAR SAG

FEUER BLENDETEN BALTHUS, als er allmählich wieder zu sich kam. Er schüttelte blinzelnd den Kopf. Ihr Schein schmerzte seine Augen. Ein lautes Stimmengewirr herrschte um ihn. Er hob den Kopf und schaute sich benommen um. Dunkle Gestalten umringten ihn, die sich von den roten Flammenzungen abhoben.

Auf einen Schlag kehrte die Erinnerung zurück und damit die Erkenntnis seiner Lage. Er war auf einem offenen Platz aufrecht stehend an einen Pfahl gebunden und von grauenerregenden Wilden umringt. Hinter ihnen brannten Feuer, die von nackten dunkelhäutigen Frauen geschürt wurden. Jenseits der Feuer standen Hütten aus Flechtwerk und Lehm mit Reisigdächern, und hinter diesen erhob sich ein Palisadenzaun mit einem breiten Tor.

Doch selbst die dunklen Frauen mit ihrer ungewöhnlichen Haartracht beachtete er nicht weiter. Seine ganze Aufmerksamkeit galt den Männern, die ihn mit brennenden Blicken bewachten.

Klein gewachsene Männer waren es, mit breiten Schultern, muskulösen Oberkörpern und schmalen Hüften. Von schmalen Lendentüchern abgesehen waren sie nackt. Der Widerschein der Flammen brachte das Spiel ihrer schwellenden Muskeln gut zur Geltung. Die dunklen Gesichter waren unbewegt, doch in ihren schmalen Augen glitzerte das gleiche Feuer wie in denen eines jagenden Tigers. Kupferreifen bändigten ihr wirres Haar. Ihre Hände hielten Schwerter und Äxte. Einige trugen primitive Verbände, und bei manchen verkrustete Blut auf der dunklen Haut. Es bestand kein Zweifel, dass erst vor Kurzem ein mörderischer Kampf stattgefunden hatte.

Als er den Blick von den Pikten nahm, fiel er auf etwas, das ihn zutiefst erschütterte. Nur wenige Fuß entfernt erhob sich eine niedrige, grauenvolle Pyramide aus blutigen Menschenköpfen. Tote Augen stierten glasig vor sich hin. Er erkannte die ihm zugewandten starren Gesichter. Sie gehörten den Männern, die Conan in den Wald gefolgt waren. Er konnte nicht erkennen, ob das des Cimmeriers darunter war, denn manche lagen im Dunkeln. Aber es waren etwa zehn oder elf Köpfe. Übelkeit würgte ihn. Er unterdrückte den Drang sich zu übergeben. Hinter der Schädelpyramide lagen die Leichen eines halben Dutzend Pikten. Er empfand wilde Genugtuung bei diesem Anblick. Zumindest hatten auch die Waldläufer ihren Tribut gefordert.

Als er den Blick von der grauenvollen Pyramide abwandte, wurde ihm bewusst, dass ein weiterer Pfosten ganz in seiner Nähe stand: ein Pfahl, der genauso schwarz gestrichen war wie seiner. Ein Mann mit nacktem Oberkörper und lederner Kniehose war daran festgebunden. Hätten die Stricke ihn nicht aufrechtgehalten, wäre er zusammengesackt, zumindest sah es so aus. Balthus erkannte ihn als einen von Conans Waldläufern. Blut sickerte aus seinem Mund und einer Wunde an der Seite. Er hob den Kopf, fuhr mit der Zunge über die blutigen Lippen und murmelte gerade laut genug, dass Balthus es durch den Lärm der Pikten noch mit Mühe verstehen konnte: »Haben sie dich also auch erwischt!«

»Sie schlichen sich durchs Wasser an und schnitten dem anderen die Kehle durch«, antwortete Balthus und stöhnte. »Wir hörten sie überhaupt nicht, bis es zu spät war. Mitra, wie können sie sich nur so lautlos bewegen!«

»Sie sind Teufel«, brummte der Waldläufer. »Sie müssen uns beobachtet haben, seit wir den Fluss überqueren. Wir sind in ihre Falle gegangen. Von allen Seiten hagelte es Pfeile. Die meisten fielen schon beim ersten Beschuss. Drei oder vier brachen durch die Büsche und stürzten sich auf die Pikten, aber ihrer waren zu viele. Conan könnte entkommen sein, seinen Schädel habe ich nicht gesehen. Es wäre besser für dich und mich gewesen, wenn sie uns auch gleich getötet hätten. Conan trifft keine Schuld. Normalerweise hätten wir das Dorf erreichen müssen, ohne entdeckt zu werden. Sie haben keine Wachen oder Späher so weit unten am Fluss, wo wir landeten. Offenbar kam gerade ein größerer Trupp aus dem Süden des Weges. Es tut sich etwas – irgendeine Teufelei. Es sind viel zu viele Pikten hier. Die Burschen hier sind nicht alle Gwawelis, es sind auch etliche von den westlichen Stämmen dabei.«

Balthus betrachtete die wilden Gestalten näher. Er verstand nicht viel von den Pikten, aber es war ganz offensichtlich, dass die wenigen Hütten hier bei Weitem nicht all die Personen aufnehmen konnten, die sich allein hier auf dem Platz herumtrieben. Und dann fiel ihm auch der Unterschied in der Stammes- oder Kriegsbemalung auf Gesicht und Brust auf.

»Ja, irgendeine Teufelei«, wiederholte der Waldläufer. »Vielleicht sind sie hier zusammengekommen, um an einer von Zogar Sags Beschwörungen größeren Stils teilzunehmen. Vermutlich hat er vor, mit unseren Kadavern einen besonderen Zauber zu wirken. Na ja, ein Waldläufer kann nicht erwarten, im Bett zu sterben. Aber ich wollte wirklich, wir hätten einen schnellen Tod mit den anderen gefunden.«

Das wölfische Geheul der Pikten wurde lauter und klang jetzt begeistert. Aus ihrem Benehmen – sie schauten nun alle in eine Richtung und stellten sich sogar auf die Zehenspitzen – schloss Balthus, dass eine für sie bedeutende Persönlichkeit ankam. Er verdrehte den Kopf und bemerkte, dass von der Dachkante einer größeren Hütte, die sich hinter den Pfählen befand, Menschenschädel baumelten. Aus der Tür dieser Hütte hopste eine phantastische Gestalt.

»Zogar!«, murmelte der Waldläufer, das blutige Gesicht wild verzerrt, während er unwillkürlich an seinen Fesseln zerrte. Balthus sah eine hagere Gestalt von mittlerer Größe, die fast völlig von Straußenfedern auf einem Harnisch aus Leder und Kupfer verborgen war. Zwischen den wippenden Federn spähte ein hässliches, boshaftes Gesicht heraus. Unwillkürlich fragte sich Balthus, woher der Zauberer diese Federn hatte, denn er wusste, dass es Strauße normalerweise nur im Süden gab, eine halbe Weltreise entfernt. Sie raschelten und wiegten sich, als der Schamane wie ein Irrer herumhüpfte.

Mit hohen Hopsern und Verrenkungen sprang er in den Kreis der atemlosen Pikten und wirbelte vor den Gefangenen herum. Bei jedem anderen hätte es lächerlich ausgesehen: ein verrückter Mummenschanz. Doch das wilde Gesicht mit den funkelnden Augen, das aus der wippende Federgewandung hervorstarrte, verlieh der Szene eine unheilvolle Bedeutung. Niemand mit einem Gesicht wie diesem könnte von irgendjemandem als lächerlich erachtet werden, sondern nur als der Teufel, der er war.

Plötzlich erstarrte er zur Statue. Die Federn wippten noch ganz leicht, dann senkten sie sich. Die vor Begeisterung brüllenden Krieger verstummten. Zogar Sag schien zu wachsen, sowohl an Höhe als auch an Breite. Balthus hatte plötzlich das gespenstische Gefühl, dass der Schamane von großer Höhe verächtlich auf ihn herabblickte, obgleich er wusste, dass der Pikte nicht einmal so groß wie er war. Nur mit Mühe vermochte er sich dieser Illusion zu entziehen.

Der Zauberer sprach nun mit rauer, kehliger Stimme, die an das Zischen einer Kobra erinnerte. Er stieß den Kopf auf dem langen Hals zu dem Verwundeten am Pfahl vor. Im Feuerschein glühten seine Augen blutrot. Der Waldläufer spuckte ihm voll ins Gesicht.

Mit einem teuflischen Aufheulen hüpfte Zogar hoch in die Luft, und die Krieger stießen schrille Schreie aus. Sie wollten sich auf den Mann am Pfahl stürzen, doch der Schamane hielt sie zurück. Mit gefletschten Zähnen knurrte er einen Befehl. Ein paar Männer rannten zum Tor und rissen es auf, dann liefen sie zurück. Der Kreis um die Gefangenen teilte sich, die Krieger sprangen eilig nach links und rechts. Balthus bemerkte, dass die Frauen und Kinder zu den Hütten liefen und durch Türspalten und Fenster herausspähten. Ein offener breiter Weg führte nun von den Pfählen direkt zum offenen Tor, hinter dem unmittelbar der dunkle Wald begann, bis zu dem der Feuerschein nicht reichte.

Ein angespanntes Schweigen setzte ein, als Zogar Sag sich auf Zehenspitzen dem Wald zuwandte und einen gespenstischen Ruf erschallen ließ. Irgendwo, tief im schwarzen Wald, antwortete ihm ein gedämpftes Brüllen. Balthus erschauderte. Er erinnerte sich, was Valannus gesagt hatte: dass Zogar Sag behauptete, er könne wilden Tieren seinen Willen aufzwingen. Des Waldläufers Gesicht unter dem verkrusteten Blut war fahl. Er fuhr sich zuckend mit der Zunge über die Lippen.

Das ganze Dorf hielt den Atem an. Zogar Sag stand reglos wie eine Statue, nur die Straußenfedern zitterten schwach.

Plötzlich erschien etwas am Tor.

Ein Stöhnen ging durch die Menge. Die Krieger wichen hastig zurück und drängten sich zwischen die Hütten. Balthus spürte, wie er eine Gänsehaut bekam. Die Kreatur am Tor war die Verkörperung einer albtraumhaften Legende. Sie war seltsam bleich, sodass sie in dem schwachen Licht gespenstisch und unwirklich aussah. Aber an dem tief sitzenden, wilden Schädel mit den gewaltigen, krummen Fängen war nichts unwirklich. Auf leisen Ballen näherte sich die Bestie wie ein Phantom aus der Vergangenheit, in die sie eigentlich gehörte. Sie war das Ungeheuer vieler alter Legenden: ein Säbelzahntiger! Seit vielen Jahrhunderten hatte kein hyborischer Jäger ein solches Urtier mehr gesehen. Alte Mythen verliehen diesen Bestien einen Hauch des Übernatürlichen, das möglicherweise ihrer fahlen Farbe und teuflischen Wildheit zuzuschreiben war.

Das auf die Männer an den Pfählen zukommende Tier war länger und schwerer als der normale gestreifte Tiger. Es war fast so massig wie ein Bär. Schultern und Vorderbeine waren so breit und muskulös, dass es seltsam vorderlastig wirkte, obwohl seine Hinterbeine immer noch weit kräftiger als die eines Löwen waren. Der Kopf schien zum größten Teil aus Rachen zu bestehen. Die Stirnpartie war so winzig, dass es aussah, als könnte dieses Tier gar nicht viel Gehirn entwickelt haben, und seine Instinkte galten zweifellos nur dem Reißen und Verschlingen. Es war eine abscheuliche Laune der Natur, die hier hauptsächlich Fänge und Pranken weiterentwickelt hatte.

Das also war die Bestie, die Zogar Sag aus dem Wald herbeigerufen hatte. Balthus zweifelte nicht mehr an der Wirksamkeit des Schamanen Zauberkraft. Nur die Schwarzen Künste vermochten ein Tier mit so kleinem Gehirn und so ungeheuren Vernichtungskräften zu beherrschen. Am Rand seines Bewusstseins erwachte eine vage Erinnerung an den Namen eines alten Gottes der Finsternis, vor dem sich einst Mensch und Tier gebeugt hatten und dessen Kinder immer noch in den dunklen Winkeln der Welt lauerten. Mit Grauen ruhte sein verzweifelter Blick auf Zogar Sag.

Die Bestie stapfte vorbei an den Leichen und der grässlichen Pyramide, ohne darauf zu achten. Sie war kein Aasfresser. Sie jagte lediglich die Lebenden. Ein grauenvoller Hunger brannte in den starr wirkenden grünen Augen. Nicht nur der Hunger eines leeren Bauches, sondern auch der zu töten. Geifer sickerte aus den klaffenden Kiefern. Der Schamane trat zurück. Seine ausgestreckte Hand deutete auf den Waldläufer.

Die Raubkatze duckte sich zum Sprung. Benommen

erinnerte sich Balthus an Geschichten über ihre mörderische Wildheit: wie sie einen Elefanten ansprang und ihre Säbelzähne so tief in seinen Schädel schlug, dass sie sie nicht mehr zurückzuziehen vermochte und verhungernd mit ihrem Opfer starb. Schrill schrie der Schamane, und das Tier sprang mit einem ohrenbetäubenden Brüllen.

Dergleichen hatte Balthus noch nie gesehen: einen solchen Sprung fleischgewordener Vernichtung in diesem gewaltigen Körper aus eisernen Muskeln, Sehnen und reißenden Krallen. Voll traf die Bestie den Waldläufer an der Brust. Der Pfahl zersplitterte und brach am Boden unter diesem ungeheuren Aufprall ab. Und schon huschte der Säbelzahntiger zum Tor zurück, in seinem Rachen die blutige Masse, die nur noch schwache Ähnlichkeit mit einem Menschen hatte. Balthus stierte ihr wie gelähmt nach. Sein Gehirn weigerte sich zu glauben, was seine Augen gesehen hatten.

Mit einem Satz hatte die Bestie nicht nur den Pfahl zerbrochen, sondern auch den blutigen Körper losgerissen. Für sie waren die dicken Lederbänder nicht mehr als Stroh gewesen, und dort, wo sie gehalten hatten, hatten dafür Fleisch und Knochen nachgegeben. Balthus übergab sich. Er hatte Bären und Panther gejagt, doch nie hätte er sich träumen lassen, dass es ein Raubtier gab, das in Herzschlagschnelle einen Menschen so zerfleischen konnte.

Der Säbelzahntiger verschwand durch das Tor. Kurz darauf erschallte sein mächtiges Gebrüll noch einmal und verlor sich in der Ferne. Die Pikten kauerten immer noch zwischen den Hütten, und der Schamane blickte weiter auf das Tor, das sich in die Nacht hinaus öffnete.

Kalter Schweiß brach Balthus aus. Welch neues Grauen

würde als Nächstes durch das Tor kommen, um sich *ihn* zum Fraß zu holen? Hilflose Panik packte ihn, und er zerrte vergebens an seinen Fesseln. Die Nacht außerhalb des Feuerscheins erschien ihm wie ein gefräßiges Ungeheuer und die Flammen wie das Feuer der Hölle. Er fühlte die Augen der Pikten auf sich – Hunderte hungriger, grausamer Augen, die Seelen ohne jede Menschlichkeit, wie er sie kannte, widerspiegelten. Für ihn waren sie auch keine Menschen. Sie waren die Teufel dieses schwarzen Dschungels, so unmenschlich wie die Bestien, die dieses Ungeheuer im wippenden Federgewand herbeirief.

Einen zweiten schauderhaften Schrei schickte Zogar Sag durch die Finsternis. Er klang völlig anders als der erste – eher wie ein Zeichen denn ein Ruf. Balthus überlief es kalt. Wenn eine Schlange fähig wäre, so laut zu zischen, würde es sich gewiss genauso anhören.

Diesmal kam keine Antwort. Atemlose Stille herrschte auf dem offenen Platz. So laut klopfte Balthus' Herz, dass er glaubte, es müsste zerspringen. Und dann war ein Rascheln am Tor zu hören, ein Gleiten, das den jungen Tauraner erschaudern ließ. Wieder war etwas im Feuerschein am Tor zu sehen.

Auch dieses Ungeheuer kannte Balthus aus den alten Legenden. Eine titanische Schlange war es, mit einem keilförmigen Schädel, größer als der eines Pferdes, und sie hielt ihn so, dass er sich auf gleicher Höhe wie der Kopf eines großen Mannes befand. Der bierfassdicke, fahl schimmernde Leib schlängelte sich bereits durch das Tor. Die gespaltene Zunge schnellte vor und zurück, und die entblößten Fänge glänzten im Feuerschein.

Balthus war keiner Regung mehr fähig. Das Grauen seines Geschicks lähmte ihn. Dieses Reptil hier war das

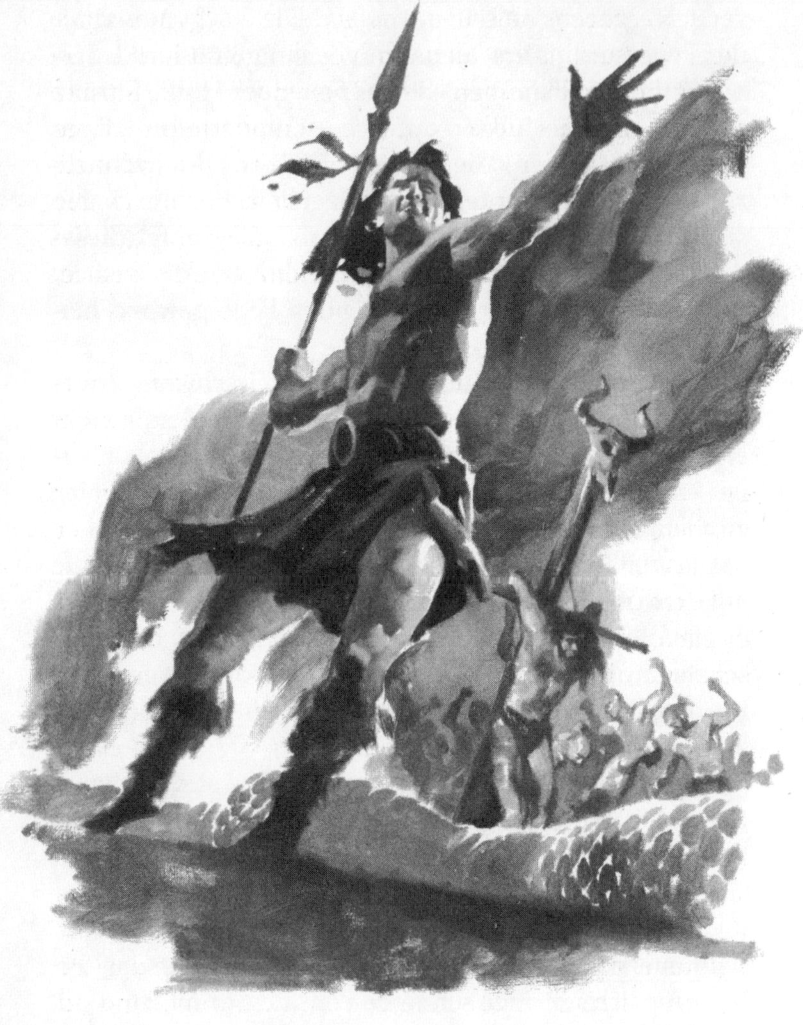

Ungeheuer, das die Alten Geisterschlange genannt hatten: die bleiche, abscheuliche Bestie, die in früheren Zeiten bei Nacht in die Behausungen der Menschen geschlichen war und ganze Familien verschlungen hatte. Wie der Python zerdrückte sie ihre Opfer, doch im Gegensatz zu allen anderen Riesenschlangen sonderten ihre Fänge auch noch Gift ab, das entweder sofort den Tod oder zum Tod führenden Wahnsinn verursachte. Auch die Geisterschlange galt schon lange als ausgestorben. Valannus hatte leider recht gehabt: Kein Weißer wusste, welche Kreaturen der Wald jenseits des Schwarzen Flusses beherbergte.

Fast lautlos glitt sie über den Boden. Ihr Kopf war etwas höher als der von Balthus. Sie hatte ihn zum Stoß ausholend ein wenig zurückgezogen. Mit glasigen Augen starrte der Tauraner in den klaffenden Schlund, der ihn bald aufnehmen würde. Seltsamerweise empfand er nichts weiter als eine vage Übelkeit.

Plötzlich schoss etwas, das im Feuerschein glitzerte, aus den Schatten der Hütte herbei. Das gigantische Reptil peitschte herum und wand sich in Zuckungen. Wie im Traum sah Balthus einen kurzen Wurfspeer aus dem gewaltigen Hals ragen, unmittelbar unter den klaffenden Kiefern.

Die Schlange rollte den vorderen Teil ihres Körpers ein und peitschte mit dem Schwanz um sich, sodass die Pikten hastig die Flucht ergriffen. Der Speer hatte nicht das Rückgrat verletzt, sondern lediglich die kräftigen Halsmuskeln aufgespießt. Der immer wilder peitschende Schwanz schmetterte ein Dutzend Männer nieder, und aus den krampfhaft schnappenden Fängen bespritzte sie andere mit ihrem Gift, das wie flüssiges Feuer brannte. Heulend, fluchend und schreiend rannten die Pikten davon, stießen andere in ihrer Hast nieder, trampelten über die Gefallenen und suchten Zuflucht in und hinter den Hütten.

Die Riesenschlange rollte in ein Feuer. Funken stoben, Brennholz flog durch die Luft. Die Schmerzen ließen die Schlange noch heftiger um sich peitschen. Der Schwanz brachte eine Hütte zum Einsturz und schleuderte heulende Menschen durch die Luft.

In blinder Flucht rannten die Pikten durch die Feuer, sodass die brennenden Scheite in alle Richtungen flogen. Die Flammen loderten auf und sanken zusammen. Ein düsteres Glühen beleuchtete diese Albtraumszene, in der das titanische Reptil um sich peitschte und sich herumrollte. Die Menschen kreischten wie Wahnsinnige und trampelten einander in ihrer Panik nieder.

Balthus spürte einen Ruck an seinen Handgelenken, und dann – oh Wunder – war er frei, und eine starke Hand zog ihn hinter den Pfosten. Benommen erkannte er Conan und spürte seinen eisernen Griff um den Arm.

Blut klebte an des Cimmeriers Kettenhemd, und das Schwert in seiner Rechten wies rotbraune Flecken auf. Er wirkte riesig im Schattenspiel der erlöschenden Feuer.

»Komm!«, drängte er. »Ehe sie ihre Panik überwunden haben!«

Balthus spürte, wie ihm ein Axtschaft in die Hand gedrückt wurde. Zogar Sag war verschwunden. Conan zerrte Balthus hinter sich her, bis der seine Benommenheit endlich überwand und ihm die Beine wieder gehorchten. Da ließ der Cimmerier ihn los und rannte in die Hütte, von der die Menschenschädel hingen. Balthus folgte ihm. Er sah einen steinernen Altar, der von den erlöschenden Feuern im Freien noch schwach beleuchtet wurde. Fünf Menschenköpfe standen auf dem Altar, und die Züge des frischesten Kopfes waren ihm nur allzu vertraut – sie waren die des Kaufmanns Tiberias. Hinter dem Altar befand sich ein Götzenbild, düster, undeutlich und tierisch, aber doch entfernt menschenähnlich. Neues Grauen würgte Balthus, als diese Gestalt sich plötzlich kettenrasselnd erhob und lange missgestaltete Arme ausstreckte.

Conans Schwert sauste hinab, drang durch Fleisch und Knochen. Dann zog der Cimmerier Balthus um den Altar herum, vorbei an der zusammengesackten, zotteligen Gestalt, zu einer Tür am hinteren Ende der langen Hütte und wieder hinaus ins Freie. Nur wenige Fuß vor ihnen ragte der Palisadenzaun empor.

Es war dunkel hinter der Altarhütte. Die wilde Flucht hatte die Pikten nicht hierhergebracht. Am Zaun blieb Conan stehen, packte Balthus mit einer Hand und hob ihn hoch wie ein Kind. Balthus griff nach den zugespitzten Stämmen des Palisadenzauns und zog sich hoch, ohne darauf zu achten, dass er sich dabei die Haut aufschürfte. Er streckte gerade dem Cimmerier eine Hand entgegen, da bog ein fliehender Pikte um die Ecke der Altarhütte. Er blieb abrupt stehen, als er im schwelenden Feuer den Mann auf dem Zaun entdeckte. Mit tödlicher Sicherheit schleuderte Conan seine Axt, doch der Krieger hatte bereits den Mund geöffnet, und sein Warnschrei übertönte schrill den allgemeinen Lärm, ehe er mit zerschmettertem Schädel verstummte.

Die Panik hatte nicht alle angeborenen Instinkte der Pikten unterdrückt. Als der gellende Schrei den Lärm durchdrang, herrschte einen Herzschlag lang absolute Stille, dann brüllten die Krieger wild auf und rasten herbei, um den Angriff abzuwehren, den der Warnruf angekündigt hatte.

Conan sprang hoch. Er fasste jedoch nicht nach Balthus' Hand, sondern nach seinem Arm in Schulternähe, und schwang sich hoch. Der Tauraner biss bei dem plötzlichen Schmerz die Zähne zusammen. Doch schon war der Cimmerier oben, und die beiden ließen sich auf der anderen Palisadenseite hinunterfallen.

V

DIE KINDER DES JHEBBAL SAG

»IN WELCHER RICHTUNG LIEGT DER FLUSS?«, erkundigte sich Balthus verwirrt.
»Wir versuchen jetzt besser gar nicht, zum Fluss zu kommen«, antwortete Conan. »Im Wald zwischen Dorf und Fluss wimmelt es nur so von Kriegern. Komm! Wir machen uns in die Richtung auf den Weg, in der sie uns am wenigsten vermuten – nach Westen.«
Aus dem Unterholz blickte Balthus zurück. Der Palisadenzaun sah aus, als wäre er mit schwarzen Köpfen gespickt, so dicht gedrängt spähten die Pikten darüber. Sie waren verwirrt. Sie hatten den Zaun nicht rechtzeitig genug erreicht, um die Flüchtigen noch zu sehen, und waren zu den Palisaden geeilt, weil sie einen größeren

Angriff erwartet hatten. Doch sie hatten nur den toten Krieger gefunden, keinen Feind.

Balthus wurde klar, dass sie die Flucht ihres Gefangenen bisher noch nicht bemerkt hatten. Aufgrund der Rufe vom Platz her schloss er, dass die Krieger, von der schrillen Stimme Zogar Sags geleitet, mit Pfeilen auf die verwundete Schlange schossen. Der Schamane hatte die Kontrolle über das Ungeheuer verloren. Kurze Zeit später erschallte statt der bisherigen Befehle ein wütender Schrei.

Conan lachte grimmig. Er ging Balthus voraus über einen, sich unter einem dichten Blätterdach dahinschlängelnden Pfad, der westwärts führte, und sein Schritt war so sicher, als eilte er auf einer breiten, hell beleuchteten Straße dahin. Balthus stolperte dicht hinter ihm her.

»Sie werden sich gleich an die Verfolgung machen«, brummte der Cimmerier. »Zogar hat offenbar gerade entdeckt, dass du nicht mehr am Pfahl hängst, und er weiß, dass mein Kopf nicht auf dem Haufen vor der Altarhütte war. Dieser Hund! Wenn ich einen zweiten Speer gehabt hätte, hätte ich ihn noch vor der Schlange aufgespießt. Halt dich an den Weg. Im Fackellicht können sie unsere Spur nicht aufnehmen, und aufs Geratewohl müssten sie sich zu sehr aufteilen, denn es führen Dutzende von Pfaden vom Dorf weg. Ich nehme an, dass sie erst einmal auf den Wegen zum Fluss suchen und eine meilenlange Postenkette am Ufer aufstellen werden, denn sicher glauben sie, dass wir irgendwo dort durchzubrechen versuchen. Wir bleiben auf dem Pfad, weil wir so schneller vorankommen, und ziehen uns erst in den Wald zurück, wenn es unbedingt sein muss. So, und jetzt streng dich ein wenig an und lauf, wie du noch nie in deinem Leben gelaufen bist.«

»Sie haben ihre Panik verdammt schnell überwunden!«, keuchte Balthus, der Conans Rat befolgte und seinen Füßen Flügeln verlieh.

»Sie fürchten sich vor nichts sehr lange«, knurrte Conan.

Eine Weile wechselten sie keine weiteren Worte, sondern taten ihr Möglichstes, so schnell es ging weiterzukommen. Immer tiefer drangen sie in die Wildnis ein und ließen die Zivilisation mit jedem Schritt weiter zurück, aber Balthus zweifelte nicht daran, dass Conan wusste, was er tat. Schließlich nahm der Cimmerier sich Zeit für Erklärungen: »Wenn wir weit genug vom Dorf entfernt sind, kehren wir in einem großen Bogen zum Fluss zurück. Meilenweit um Gwawela gibt es kein anderes Dorf. Alle Pikten sammelten sich hier in der Gegend. Auch um sie machen wir einen großen Bogen. Vor Tagesanbruch können sie unsere Spur nicht aufnehmen, doch dann werden sie unsere Fährte schnell entdecken. Aber vor Morgengrauen verlassen wir den Pfad und ziehen uns in den Wald zurück.«

Immer weiter rannten sie. Die Schreie hinter ihnen waren schon nicht mehr zu hören. Balthus' Atem kam bereits pfeifend. Er hatte Seitenstechen, und das Laufen wurde zur Qual. Conan blieb plötzlich stehen und spähte den dunklen Pfad zurück.

Der Mond ging auf, und sein Silberschein drang gefiltert durch die Wirrnis der Zweige über ihren Köpfen.

»Verlassen wir jetzt den Pfad?«, erkundigte sich Balthus krächzend.

»Gib mir deine Axt«, flüsterte Conan. »Etwas ist dicht hinter uns.«

»Dann sollten wir uns aber im Wald verstecken!«, wisperte Balthus erschrocken.

Conan schüttelte den Kopf und zog seinen Begleiter ins

dichte Unterholz. Der Mond stieg höher und erhellte den Pfad ein wenig.

»Wir können doch nicht gegen den ganzen Stamm kämpfen!«, flüsterte Balthus jetzt.

»Kein Mensch hätte unsere Spur so schnell aufnehmen und uns so flink folgen können«, murmelte Conan. »Sei still!«

Ein angespanntes Schweigen folgte. Balthus Herz pochte so heftig, dass er glaubte, es müsste meilenweit zu hören sein. Mit einem Mal, ohne das geringste Geräusch als Vorwarnung, tauchte ein Kopf auf dem jetzt dämmerigen Pfad auf. Beim ersten Blick glaubte Balthus den schreckenerregenden Schädel des Säbelzahntigers zu sehen. Doch dieser Kopf war kleiner, schmaler. Er gehörte einem Leoparden, der leise knurrend den Pfad entlangspähte. Glücklicherweise wehte der Wind in Richtung der Männer und verhinderte so, dass die Raubkatze sie witterte. Sie senkte den Kopf und schnupperte am Boden, dann tapste sie unsicher weiter. Balthus lief es kalt den Rücken hinunter. Es bestand kein Zweifel, das Tier war ihrer Spur gefolgt.

Und es war misstrauisch. Es hob den Kopf. Die Augen glühten wie Kohlen, und es knurrte tief in der Kehle. In diesem Moment schleuderte Conan die Axt.

Die ganze Kraft des Armes und der Schulter steckte in diesem Wurf. Die Axt war ein silberner Blitz im Mondschein. Fast noch ehe ihm klar wurde, was geschehen war, sah Balthus den Leoparden sich in seinen Todeszuckungen auf dem Boden wälzen. Der Axtschaft hob sich aus dem Kopf. Die Klinge hatte den schmalen Schädel gespalten.

Conan sprang aus dem Unterholz, löste die Axt und zerrte den schlaffen Kadaver zwischen die Bäume, wo er vom Weg aus nicht gesehen werden konnte.

»Und jetzt weiter, aber schnell!«, mahnte er und tauchte südwärts vom Pfad in den Wald. »Krieger werden der Katze folgen. Sobald Zogar Sag sich wieder gefasst hatte, schickte er uns den Leoparden hinterher. Bestimmt sind die Pikten gleichzeitig mit ihm aufgebrochen, aber er ist ja viel schneller. Er wird um den Palisadenzaun herumgelaufen sein, bis er unsere Spur aufgenommen hatte, und ist uns dann wie der Blitz nachgerannt. Sie konnten natürlich sein Tempo nicht mithalten, aber sie kennen jetzt unsere ungefähre Richtung. Auf jeden Fall folgten sie ihm und warten jetzt auf sein Brüllen. Na ja, das werden sie nun nicht mehr hören, aber sie werden das Blut auf dem Pfad entdecken, sich umsehen und den Kadaver im Gebüsch finden. Von da an werden sie unsere Spur selbst aufnehmen, wenn sie es können. Also sei vorsichtig, dass du keine allzu verräterische Fährte hinterlässt.«

Mühelos wich Conan Dornbüschen und tief hängenden Ästen aus und glitt zwischen den Stämmen dahin, ohne sie zu berühren. Auch setzte er die Füße immer so, dass sie möglichst keinen Abdruck hinterließen. Und all das mühelos, während Balthus sich plagte, es ihm gleichzutun, und es doch nicht schaffte.

Hinter ihnen war nichts mehr zu hören. Als sie etwa eine weitere Meile zurückgelegt hatten, fragte Balthus: »Fängt Zogar Sag junge Leoparden ein und bildet sie dazu aus, eine Spur zu verfolgen?«

Conan schüttelte den Kopf. »Das war ein Leopard, den er aus dem Wald gerufen hat.«

»Dann verstehe ich nicht«, fuhr Balthus fort, »weshalb er nicht alle Tiere im Wald auf uns hetzt – wenn er sie doch dazu bringen kann, ihm zu gehorchen. Bestimmt gibt es hier viele Leoparden, warum hat er uns nur einen nachgeschickt?«

Conan antwortete nicht sofort. Als er es nach einer Weile schließlich doch tat, klang es seltsam unwillig.

»Es hören nicht alle auf ihn – nur die, die sich an Jhebbal Sag erinnern.«

»Jhebbal Sag?«, wiederholte Balthus zögernd. Er hatte diesen uralten Namen höchstens drei- oder viermal in seinem Leben gehört.

»Einst verehrte alles Lebende ihn. Das war vor langer, langer Zeit, als Tiere und Menschen sich der gleichen Sprache bedienten. Die Menschen haben ihn vergessen, selbst die meisten Tiere. Nur einige erinnern sich. Die Menschen und Tiere, die sich seiner erinnern, sind Brüder und sprechen dieselbe Sprache.«

Balthus antwortete nicht. Am Marterpfahl hatte er mit eigenen Augen gesehen, wie der nächtliche Dschungel auf des Schamanen Ruf seine mörderischen Schrecken geschickt hatte.

»Zivilisierte Menschen lachen darüber«, sagte Conan. »Doch niemand kann mir sagen, wie Zogar Sag es fertigbringt, Pythons und Tiger und Leoparden aus der Wildnis zu rufen und ihnen seinen Willen aufzuzwingen. Man behauptet sogar, das sei alles gelogen oder Einbildung. Denn so sind die Zivilisierten. Was sie mit ihrer halb garen Wissenschaft nicht erklären können, weigern sie sich zu glauben.«

Die Menschen von Tauran waren dem Wesen nach der Primitivität näher als die restlichen Aquilonier. Der tief in der Vergangenheit verwurzelte Aberglaube war bei ihnen längst nicht ausgerottet. Balthus schauderte jetzt noch, wenn er daran dachte, was er vor Kurzem alles erlebt hatte. Wie sollte er das leugnen, was Conans Worte andeuteten?

»Es gibt in diesem Wald einen Hain mit einer Lichtung,

der Jhebbal Sag geweiht ist«, sagte Conan. »Als junger Mann suchte ich dort einmal mit einem Freund die Hilfe der Priesterin. Vielleicht *erinnern* sich des Haines wegen so viele Tiere hier in dieser Gegend.«

»Dann werden noch weitere unsere Spur verfolgen?«

»Sie tun es schon jetzt«, war Conans beunruhigende Antwort. »Zogar würde sich nie auf ein Tier allein verlassen.«

»Was sollen wir denn tun?«, fragte Balthus unsicher. Er blickte zu dem düsteren Laubdach hoch, und seine Finger umklammerten den Axtschaft noch fester. Jeden Augenblick erwartete er, dass reißende Klauen und spitze Fänge sich aus den Schatten auf ihn stürzten.

»Warte!«

Conan drehte sich um, kauerte sich nieder und kratzte mit dem Dolch ein merkwürdiges Zeichen in den Waldboden. Balthus, der ihm über die Schulter zusah, spürte, wie es ihm kalt über den Rücken lief, ohne zu wissen, weshalb. Kein Lüftchen war zu spüren, und trotzdem raschelten die Blätter über ihnen, und es hörte sich an, als stöhnten die Zweige. Conan blickte nach oben, dann stand er auf und starrte ernst auf das Symbol, das er gezeichnet hatte.

»Was ist das?«, wisperte Balthus. Das Zeichen sah altertümlich aus, aber es sagte ihm nichts. Vermutlich lag es daran, dass er von fremden Schriften nichts verstand, denn wahrscheinlich war es ein völlig alltägliches Zeichen eines anderen Volkes. Doch selbst als Schriftgelehrter wäre er der Lösung hier nicht nahe gekommen.

»Ich sah es in die Felswand einer Höhle gehauen, die seit bestimmt einer Million Jahre von keinem Menschen besucht worden war«, erklärte Conan. »Die Höhle befindet sich in den öden Bergen, wohin sich kaum jemand je verirrt, jenseits der Vilayetsee, fast am anderen Ende der Welt. Zu einem späteren Zeitpunkt sah ich einen schwarzen Hexenjäger aus Kush das Zeichen in den Sand eines namenlosen Flusses kritzeln. Er erklärte mir einen Teil der Bedeutung – es ist Jhebbal Sag heilig und den Tieren, die ihn verehren. Pass auf!«

Sie zogen sich ein paar Fuß weit in dichtes Buschwerk zurück und warteten in angespanntem Schweigen. Im Osten dröhnten dumpf Trommeln, und irgendwo im Norden und Westen antworteten ihnen andere. Balthus zitterte unwillkürlich, obgleich er wusste, dass lange Meilen schwarzen Waldes ihn von diesen Trommeln trennten, deren Grollen als finstere Ouvertüre zu einem blutigen Drama gedacht war.

Der Tauraner hielt den Atem an. Mit einem leichten Schütteln teilte sich das Gebüsch, und ein prächtiger Panther kam heraus. Der Mondschein, der gefiltert durch das Blätterdach einfiel, spiegelte sich auf dem glänzenden Fell, unter dem die Muskeln spielten.

Den Kopf tief gesenkt, näherte er sich ihnen. Er witterte ihre Spur. Und dann, wie erstarrt, mit der Schnauze unmittelbar über dem Symbol, hielt er an. Lange Zeit rührte er sich nicht, dann streckte er sich auf dem Boden aus und legte den Kopf vor das Symbol. Balthus erschauderte. Die Haltung der großen Raubkatze war die der Ehrfurcht und Verehrung.

Dann erhob sich der Panther und zog sich geduckt zurück, sodass der Bauch noch über den Boden glitt. Als seine Hinterbeine das Gebüsch berührten, wirbelte er wie in plötzlicher Panik herum und raste davon wie der Blitz.

Balthus strich mit bebender Hand über die Stirn und blickte Conan an.

In den Augen des Cimmeriers schwelten Feuer, wie sie

Menschen der Zivilisation fremd waren. In diesem Moment war er der reine Barbar, und er hatte den Mann an seiner Seite vergessen. In seinem brennenden Blick sah und erkannte Balthus undeutlich uralte Bilder, tief eingeprägte Erinnerung, Schatten aus dem Morgengrauen des Lebens, die die zivilisierten Rassen ablehnten, ja vergessen hatten – schemenhafte und namenlose Fantasmen waren es.

Und dann schob sich etwas wie ein Schleier über das Feuer dieser Augen, und Conan schritt stumm tiefer in den Wald hinein.

»Von den Tieren haben wir nichts mehr zu befürchten«, sagte er nach einer Weile. »Aber wir ließen ein Zeichen zurück, das auch Menschen finden werden. Es wird ihnen nicht leichtfallen, unserer Fährte zu folgen, und bis sie das Symbol entdeckt haben, können sie auch nicht sicher sein, dass wir uns tatsächlich südwärts halten. Selbst wenn sie Gewissheit haben, wird es nicht einfach für sie sein, uns ohne die scharfe Nase witternder Tiere auf der Spur zu bleiben. Doch der Wald südlich des Pfades dürfte von Kriegern wimmeln, die uns suchen. Wenn wir im Tageslicht weiterziehen, werden wir zweifellos früher oder später gesehen werden. Also werden wir jetzt nach einem guten Versteck Ausschau halten und bis zum Einbruch der Nacht warten, ehe wir zum Fluss zurückkehren. Wir müssen Valannus warnen, also dürfen wir uns nicht umbringen lassen.«

»Valannus warnen?«

»Natürlich! Im Wald gibt es mehr Pikten als Bäume. Deshalb haben sie uns auch erwischt. Zogar braut an einem Kriegszauber. Es steht mehr als ein kleiner Raubzug bevor. Er hat etwas fertiggebracht, was, soviel ich weiß, noch kein Pikte geschafft hat: Er hat fünfzehn oder sechzehn Clans vereint. Das verdankt er seinen Zauberkräften, denn die Pikten folgen eher einem Schamanen als einem Kriegshäuptling. Du hast doch die Menge im Dorf gesehen – und am Fluss entlang waren noch Hunderte versteckt, die du nicht gesehen hast. Er kann mindestens dreitausend Krieger um sich scharen. Ich lag in einem Busch und hörte, worüber sie sich unterhielten, als sie vorbeikamen. Sie beabsichtigen, das Fort anzugreifen. Wann, weiß ich nicht, aber Zogar wird es nicht wagen, sie allzu lange hinzuhalten. Er hat sie gesammelt und aufgepeitscht. Wenn er sie nicht bald in den Kampf führt, werden sie übereinander herfallen. Sie sind jetzt blutdurstige Tiger.

Ich weiß nicht, ob es ihnen gelingen kann, das Fort einzunehmen. Aber auf jeden Fall müssen wir über den Fluss zurück und zusehen, dass alle gewarnt werden. Die Siedler zwischen dem Fort und Velitrium sollen sich ins Fort oder nach Velitrium zurückziehen. Denn während die Pikten das Fort belagern, werden Kriegertrupps im Land umherstreifen. Möglicherweise überqueren sie sogar den Donnerfluss und treiben ihr Unwesen in dem dichter besiedelten Landstrich jenseits von Velitrium.«

Während der Cimmerier sprach, tauchte er immer tiefer in die uralte Wildnis ein. Plötzlich brummte er zufrieden. Sie hatten eine Stelle erreicht, wo das Unterholz lichter war und eine niedrige Felserhebung südwärts verlief. Balthus fühlte sich sicherer, als sie ihr folgten. Selbst ein Pikte konnte auf kahlem Fels keine Spuren finden.

»Wie seid Ihr eigentlich entkommen?«, fragte er Conan nach längerem Schweigen.

Conan tupfte auf Kettenhemd und Helm.

»Wenn die Grenzer Harnische trügen, hingen weniger Schädel an den Altarhütten. Aber die meisten Männer verraten sich durch ihre Kettenhemden, weil sie nicht verhindern können, dass sie klirren. Nun, jedenfalls warteten die Pikten zu beiden Seiten des Pfades auf uns, ohne sich zu rühren. Und wenn ein Pikte reglos steht, bemerken nicht einmal die Tiere des Waldes ihn, selbst wenn sie dicht an ihm vorbeikommen. Sie hatten uns entdeckt, als wir den Fluss überquerten, und gleich ihre Posten bezogen. Wenn sie uns erst einen Hinterhalt gestellt hätten, nachdem wir das Ufer verließen, wäre es mir nicht entgangen. Aber sie warteten bereits, und nicht ein Blatt zitterte auch nur.

Selbst der Teufel hätte keinen Argwohn geschöpft. Ich wurde erst auf sie aufmerksam, als ich einen Pfeil von der Sehne sirren hörte. Ich ließ mich sofort fallen und rief meinen Leuten hinter mir zu, das Gleiche zu tun, aber sie waren zu langsam, weil sie so plötzlich überrascht wurden.

Die meisten fielen unter dem ersten Beschuss von beiden Seiten. Einige der Pfeile schwirrten quer über den Pfad und trafen Pikten auf der anderen Seite. Ich hörte sie aufheulen.« Er grinste mit wilder Befriedigung. »Meine überlebenden Männer stürzten sich ins Handgemenge. Als ich bemerkte, dass die anderen alle niedergemacht oder gefangen waren, riskierte ich den Durchbruch und raste schneller durch die Dunkelheit als die schwarzen Teufel. Sie waren rings um mich. Ich rannte und kroch durch die Büsche, und manchmal lag ich auf dem Bauch unter Gestrüpp, während sie zu allen Seiten an mir vorbeiliefen.

Ich wandte mich dem Ufer zu, stellte jedoch fest, dass sie nur darauf warteten. Dicht an dicht standen sie dort. Aber ich hätte mir schon einen Weg hindurchgekämpft und wäre über den Fluss geschwommen, wenn ich nicht die Trommeln im Dorf gehört hätte, die mir verrieten, dass zumindest noch ein Gefangener lebte.

So sehr lenkte Zogars Zauber sie ab, dass ich unbemerkt über den Palisadenzaun hinter der Altarhütte klettern konnte. Ein Krieger sollte dort Wache halten, aber er kauerte hinter der Hütte und sah um die Ecke herum dem Schauspiel zu. Ich war hinter ihm und brach ihm den Hals mit den Händen, ehe er wusste, was geschah. Sein Speer war es, den ich auf die Schlange schleuderte, und die Axt, die du hältst, gehörte ebenfalls ihm.«

»Aber was war die ... die Kreatur hinter dem Altar, die Ihr getötet habt?«, fragte Balthus und erschauderte in Erinnerung an das Wesen, das er nur verschwommen zu Gesicht bekommen hatte.

»Einer von Zogars Göttern. Ein Kind Jhebbals, das sich nicht erinnerte und mit Ketten am Altar festgehalten werden musste – ein Gorilla. Die Pikten glauben, diese Menschenaffen seien dem Haarigen geweiht, der auf dem Mond lebt – der Gorillagott von Gullah.

Es wird hell. Hier ist ein guter Platz, uns zu verbergen, bis wir wissen, wie dicht sie uns auf den Fersen sind. Vermutlich müssen wir auf den Einbruch der Dunkelheit warten, bis wir uns zum Fluss durchschlagen können.«

Conan stieg einen niedrigen, von dicht stehenden Bäumen und wirrem Buschwerk umgürteten und bedeckten Hügel hoch. Nahe der Kuppe schlüpfte er in ein Labyrinth hoher Felsbrocken, die mit Büschen bewachsen waren. Wenn man sich dazwischen ausstreckte, konnte man den Wald unten sehen, ohne selbst bemerkt zu werden. Ja, es war ein guter Ort, sich zu verbergen und zu verteidigen. Balthus war sicher, dass nicht einmal ein Pikte ihnen über den steinigen Boden der letzten vier oder fünf Meilen nachspüren konnte, aber er fürchtete sich vor den

Tieren, die Zogar Sag gehorchten. Sein Vertrauen in das ungewöhnliche Symbol begann ein wenig zu wanken. Aber Conan glaubte nicht an die Möglichkeit, dass sie weiter von Raubtieren verfolgt würden. Eine gespenstische Helligkeit breitete sich durch die dichten Zweige aus und veränderte zusehends die Farbe, wurde von Rosa zu Blau. Balthus verspürte nagenden Hunger. Glücklicherweise hatte er wenigstens den Durst an einem Bach gestillt, an dem sie vorbeigekommen waren. Es herrschte nun absolute Stille, wenn man von ein paar Vogellauten da und dort absah. Die Trommeln waren nicht mehr zu hören. Balthus' Gedanken beschäftigten sich wieder mit der grauenvollen Szene vor der Altarhütte.

»Es waren Straußenfedern, die Zogar Sag trug«, sagte er plötzlich. »Ich kenne sie von den Helmen der Ritter aus dem Osten, die die Barone der Marschen besuchten. Es gibt doch in diesem Wald keine Strauße, oder?«

»Die Federn kamen aus Kush«, antwortete Conan. »Westlich von hier, viele Tagesmärsche entfernt, liegt das Meer. Hin und wieder legen Schiffe von Zingara an der Küste an und treiben Tauschhandel mit den Pikten: Waffen, Zierrat und Wein gegen Felle, Kupfererz und Goldstaub. Manchmal bringen sie auch Straußenfedern mit, die sie von den Stygiern haben. Und diese wiederum bekommen sie von den schwarzen Stämmen Kushs, das südlich von Stygien liegt. Die piktischen Schamanen sind ganz versessen darauf, offenbar halten sie sie für zauberkräftig. Aber ein solcher Handel ist für die Zingarier ziemlich riskant, denn die Pikten haben nicht nur einmal versucht, einen dieser Kauffahrer auszurauben. Außerdem ist es eine für Schiffe gefährliche Küste. Ich kenne sie aus eigener Erfahrung als Pirat der Barachan-Inseln, die sich südwestlich von Zingara befinden.«

Balthus' Blick ruhte bewundernd auf seinem Gefährten. »Wusste ich doch, dass Ihr nicht Euer ganzes Leben in diesem Grenzgebiet zugebracht habt! Ihr nanntet mehrere ferne Orte. Seid Ihr schon sehr weit gereist?«

»Ich bin viel herumgekommen, weiter als je einer meiner Rasse. Ich kenne all die großen Städte der Hyborier, der Shemiten, der Stygier und der Hyrkanier. Ich streifte durch die hier unbekannten Lande südlich der schwarzen Königreiche und durch die östlich der Vilayetsee. Ich war schon Söldnerhauptmann, Freibeuter, Kozak, Vagabund mit leerem Säckel, General – eigentlich war ich schon alles, außer König eines zivilisierten Landes, aber vielleicht werde ich sogar noch auf einem Thron sitzen, ehe ich sterbe.« Die Vorstellung gefiel ihm, und er grinste breit. Dann zuckte er die Schultern und streckte sich auf dem Felsboden aus. »Das Leben hier ist so gut wie jedes andere. Ich weiß nicht, wie lange ich an der Grenze bleiben werde. Vielleicht noch eine Woche, einen Monat oder gar ein Jahr, dann zieht es mich wieder weiter. Es hält mich nirgendwo lange. Aber wie gesagt, hier an der Grenze ist es so gut wie anderswo.«

Balthus setzte sich auf, um den Wald unter ihnen im Auge zu behalten. Jeden Augenblick befürchtete er, eine wilde Fratze mit Kriegsbemalung durch die Blätter spähen zu sehen. Aber der Tag verging, und kein schleichender Schritt störte die brütende Stille. Balthus war nun überzeugt, dass die Pikten ihre Fährte verloren und die Verfolgung aufgegeben hatten. Conan wurde unruhig.

»Wir hätten zumindest ein paar Trupps sehen müssen, die den Wald nach uns absuchen. Wenn sie die Verfolgung tatsächlich aufgegeben haben, dann nur, weil sie hinter etwas Größerem her sind. Möglicherweise sind sie bereits dabei, sich am Fluss zu sammeln, um ihn zu überqueren und das Fort zu stürmen.«

»Würden sie überhaupt so weit südwärts kommen, wenn sie unsere Spur verloren haben?«

»Verloren haben sie sie ganz sicher, sonst wären sie schon längst hier. Unter normalen Umständen würden sie den Wald viele Meilen in jeder Richtung durchkämmen. Einige hätten zumindest in Sichtweite dieses Hügels vorbeikommen müssen. Ja, ich kann es mir nicht anders denken, als dass sie tatsächlich schon am Fluss sind. Wir müssen das Risiko eingehen und versuchen, ihn zu erreichen.«

Während er zwischen den Felsblöcken hindurchkroch, spürte Balthus die Haut zwischen den Schulterblättern prickeln. Schon im nächsten Augenblick mochten Pfeile aus dem grünen Gestrüpp über ihren Köpfen schwirren. Er befürchtete, dass die Pikten sie entdeckt hatten und ihnen nun auflauerten. Conan dagegen war überzeugt, dass keine Feinde sich in der Nähe befanden – und er sollte recht behalten.

»Wir sind viele Meilen südwärts des Dorfes«, brummte er. »Ich glaube nicht, dass wir noch einen weiten Bogen zum Fluss zu schlagen brauchen. Ich weiß natürlich nicht, wie weit sie sich am Ufer verteilt haben, aber ich hoffe, wir kommen unterhalb von ihnen heraus.«

Mit einer Eile, die Balthus geradezu verwegen erschien, rannten sie ostwärts. Der Wald war ganz offensichtlich menschenleer. Conan glaubte, dass die Pikten sich alle um Gwawela gesammelt hatten, wenn sie nicht bereits dabei waren, über den Fluss zu setzen, aber er konnte sich eigentlich nicht vorstellen, dass sie das bei Tageslicht tun würden.

»Irgendein Waldläufer würde sie ganz sicher bemerken

und Alarm schlagen. Sie werden den Fluss oberhalb des Forts überqueren, und unterhalb ebenfalls – außer Sichtweite der Posten, natürlich. Wenn sie unbemerkt drüben angekommen sind, werden die anderen direkt mit Kanus übersetzen und das Fort vom Fluss aus angreifen. Sobald es so weit ist, stürmen die Ersteren, die sich inzwischen im Wald versteckt haben, das Fort von den anderen Seiten. Das haben sie schon mal versucht und wurden blutig in die Flucht geschlagen. Doch diesmal sind sie zahlreich genug für einen erfolgreichen Sturm.«

Ohne sich eine Rast zu gönnen, rannten sie immer weiter, obwohl Balthus des Öfteren voll Verlangen zu den Eichhörnchen hochsah, die von Zweig zu Zweig huschten. Wie leicht hätte er eines mit einem Axtwurf erlegen können. Seufzend schnallte er seinen Gürtel ein wenig enger. Die brütende Stille und die Düsternis des uralten Waldes begannen sich ihm aufs Gemüt zu legen. Er hing sehnsuchtsvoll seinen Gedanken an zu Hause nach. Er sah die lichten Gehölze und sonnigen Wiesen Taurans vor sich, das heimelige Haus seines Vaters mit dem steilen, strohgedeckten Giebeldach und den freundlichen Kristallfenstern, die fetten Kühe, die das saftige Gras wiederkäuten, und er dachte an die von Herzen kommende Freundlichkeit der stämmigen Bauern und Hirten.

Trotz seines Begleiters fühlte er sich einsam. Conan war ein Teil der Wildnis, die Balthus fremd war. Gewiss, der Cimmerier mochte viele Jahre in den großen Städten der Welt zugebracht haben, mochte an der Tafel der Herrscher großer Königreiche gesessen haben, ja, vielleicht würde er tatsächlich einmal selbst Monarch einer zivilisierten Nation werden – es war alles möglich. Aber trotzdem war er immer noch von Grund auf ein Barbar. Für ihn war nur das absolut Lebensnotwendige wichtig. Die kleinen Dinge, die das Leben verschönten, das Gefühl menschlicher Wärme, angenehme Nichtigkeiten, die einem Menschen der Zivilisation das Leben erst lebenswert machten, bedeuteten ihm nichts. Ein Wolf blieb ein Wolf, auch wenn eine Laune des Schicksals ihn zwischen Wachhunde verschlug. Blutvergießen, Gewalttätigkeit und Wildheit waren die natürlichen Elemente in Conans Leben. Er konnte und würde auch nie verstehen, dass unbedeutende Kleinigkeiten den Menschen der Zivilisation so teuer sein konnten.

Die Schatten wurden länger, als sie den Fluss erreichten und durch das schützende Buschwerk spähten. Sie konnten etwa je eine Meile flussauf und -abwärts sehen. Nichts tat sich auf dem trägen Fluss. Keine Menschenseele war zu sehen. Conan blickte stirnrunzelnd zum anderen Ufer.

»Wir müssen ein weiteres Risiko eingehen und über den Fluss schwimmen. Wir wissen nicht, ob sie ihn bereits überquert haben oder nicht. Möglicherweise haben sie sich schon im Wald drüben versteckt. Aber etwas anderes können wir nicht tun. Wir sind jetzt etwa sechs Meilen südlich von Gwawela.«

Er wirbelte herum und duckte sich, als eine Sehne sirrte. Etwas schoss wie ein Blitz durch die Büsche. Balthus wusste, dass es ein Pfeil war. Schon war Conan mit einem Satz durch den Busch. Während Balthus seine Axt hob, sah er das Glitzern von Stahl und hörte einen Todesschrei. Im nächsten Moment war auch er hinter dem Cimmerier her durch das Gebüsch gesprungen.

Ein Pikte lag mit zerschmettertem Schädel auf dem Bauch. Krampfhaft krallten sich seine Finger in ein Grasbüschel. Ein halbes Dutzend weiterer Pikten hüpften mit erhobenen Schwertern und Äxten um Conan herum. Ihre

Bogen, die im Handgemenge nur hinderlich waren, hatten sie von sich geworfen. Ihr Kinn war weiß bemalt und hob sich grotesk vom Rest des dunklen Gesichts ab. Die Bemalung ihrer Brust unterschied sich von allem, was Balthus bisher gesehen hatte.

Einer schleuderte seine Axt auf Balthus und rannte mit dem Dolch in der Rechten auf ihn zu. Balthus duckte sich und bekam die Hand zu fassen, die ihm die Klinge in den Hals stoßen wollte. Ineinander verschlungen gingen sie zu Boden, und jeder versuchte, die Oberhand zu bekommen. Der Pikte war wie ein wildes Tier, und seine Muskeln schienen hart wie Eisen zu sein.

Balthus bemühte sich, das Handgelenk des anderen festzuhalten und gleichzeitig mit der Axt zuzuschlagen. Aber dem Pikten gelang es immer wieder sie zu blockieren, und nun versuchte er auch noch, sie Balthus zu entreißen, während er ihm die Knie zwischen die Beine stieß und sich bemühte, die Rechte aus Balthus' Griff zu lösen. Als er sich darauf konzentrierte, den Dolch in die freie Hand zu wechseln, kämpfte Balthus sich auf ein Knie und spaltete den bemalten Schädel mit einem verzweifelten Axthieb.

Sofort sprang der Tauraner hoch und blickte sich wild nach seinem Kameraden um. Er erwartete, ihn von der Übermacht arg bedrängt zu sehen. In diesem Augenblick wurde ihm die Kraft und Wildheit des Cimmeriers erst richtig bewusst. Conan stand breitbeinig über zweien der Angreifer, die sein schweres Breitschwert fast halbiert hatte. Während Balthus' Blick noch auf ihm ruhte, schlug der Cimmerier einem weiteren Angreifer das Kurzschwert aus der Hand und wich dem Hieb einer Axt mit einer katzengleichen Drehung zur Seite aus, die ihn in Reichweite eines gedrungenen Pikten brachte, der sich gerade nach seinem Bogen bückte. Ehe der Pikte sich aufrichten konnte, war das Breitschwert durch die Schulter bis zum Brustbein gedrungen, wo die Klinge stecken blieb. Die restlichen zwei Krieger stürmten herbei, einer von jeder Seite. Balthus' zielsicher geworfene Axt streckte einen nieder.

Conan gab es auf, sein Schwert aus der Leiche ziehen zu wollen, und stellte sich dem letzten Überlebenden mit bloßen Händen. Der untersetzte Krieger, der einen Kopf kleiner als sein Gegner war, sprang ihn die Axt schwingend an und stieß gleichzeitig mit dem Dolch zu. Die Klinge des Dolches zerbrach am Kettenhemd des Cimmeriers, und die Axt blieb mitten in der Luft stecken, als Conans Finger sich wie eiserne Klammern um den herabsausenden Arm legten. Ein Knochen barst laut. Balthus sah den Pikten zusammenzucken, ehe der von den Füßen gerissen und hoch über des Cimmeriers Kopf gehoben wurde. Einen Augenblick wand er sich mit Händen und Füßen um sich schlagend in der Luft, dann knallte er mit solcher Wucht auf den Boden, dass sein Rückgrat brach und Knochen zersplitterten.

»Komm!«, brummte Conan. Er befreite mit einem Ruck sein Schwert und griff nach einer Axt. »Nimm einen Bogen und eine Handvoll Pfeile und beeil dich. Wir müssen uns wieder auf unsere Schnelligkeit verlassen. Zweifellos ist der Schrei gehört worden. Sie werden jeden Moment hier sein. Wenn wir jetzt den Fluss zu überqueren versuchten, würden sie uns mit Pfeilen gespickt haben, ehe wir die Mitte erreichten.«

VI

Blutige Äxte an der Grenze

Conan tauchte nicht sehr tief in den Wald ein. Ein paar hundert Fuß vom Fluss entfernt änderte er den Kurs und rannte parallel zum Ufer weiter. Balthus erkannte seine grimmige Entschlossenheit, sich nicht weit vom Fluss verjagen zu lassen, den sie unbedingt überqueren mussten, wenn die Männer im Fort gewarnt werden sollten. Das Gebrüll der Pikten hinter ihnen wurde lauter. Balthus nahm an, dass ein Trupp die Lichtung erreicht hatte, auf der die Gefallenen lagen. Weitere Schreie schienen anzudeuten, dass die Wilden jetzt die Verfolgung aufnahmen. Sie hatten eine Spur hinterlassen, der jeder Pikte folgen konnte.

Conan lief noch schneller. Balthus biss die Zähne zusammen und bemühte sich, ihm dichtauf zu folgen, obgleich er befürchtete, jeden Augenblick zusammenzubrechen. Ihm war, als hätte er seit einer Ewigkeit nichts mehr gegessen. Nur die Willenskraft hielt ihn auf den Beinen. Das Blut pochte so heftig in seinen Ohren, dass es ihm nicht einmal bewusst wurde, als die Schreie hinter ihm verstummten.

Conan blieb abrupt stehen. Balthus lehnte sich keuchend an einen Baum.

»Sie haben aufgegeben!«, knurrte der Cimmerier und runzelte die Stirn.

»Sie ... schleichen ... sich ... an!«, keuchte Balthus.

Conan schüttelte den Kopf.

»Bei einer so kurzen Strecke wie dieser würden sie jeden Schritt des Weges brüllen. Nein, sie sind umgekehrt. Mir war, als hätte ich jemand hinter ihnen schreien hören, kurz ehe ihr Gebrüll verstummte. Man hat sie zurückgerufen. Das ist zwar gut für uns persönlich, aber schlecht für die Männer im Fort. Es kann nur bedeuten, dass die Pikten sich jetzt zum Angriff sammeln. Die Burschen, auf die wir gestoßen sind, kamen von einem Stamm flussabwärts. Zweifellos waren sie unterwegs nach Gwawela, um sich den anderen anzuschließen. Verdammt, wir müssen über den Fluss!«

Er wandte sich ostwärts und brach sich einen Weg durch das Dickicht, ohne zu versuchen, ihre Spur oder sich selbst zu verbergen. Balthus folgte ihm. Zum ersten Mal spürte er die oberflächlichen Wunden, die die scharfen Zähne des Pikten an Brust und Schulter verursacht hatten. Er zwängte sich durch die Büsche am Ufer, als Conan ihn barsch zurückschob. Und jetzt hörte er ein rhythmisches Platschen. Er spähte durch die Blätter und sah einen Einbaum den Fluss hochkommen. Er war nur mit einem Mann besetzt, der schwer gegen die Strömung paddelte. Er war ein kräftiger Pikte mit einer weißen Reiherfeder in einem kupfernen Stirnband um seine gerade geschnittene Mähne.

»Das ist einer von Gwawela«, murmelte Conan. »Ein Unterhändler Zogars – das verrät die weiße Feder. Er war zweifellos bei den Stämmen am unteren Fluss und versucht nun, rechtzeitig zum Angriff auf das Fort zurückzukehren.«

Der Einbaum war jetzt etwa in gleicher Höhe mit ihrem Versteck. Vor Schrecken wäre Balthus fast hochgesprungen, als er unmittelbar neben sich die rauen Kehllaute eines Pikten hörte, doch dann wurde ihm klar, dass Conan dem Paddler in seiner Sprache zugerufen hatte. Der Mann horchte auf, versuchte, mit dem Auge das Buschwerk zu durchdringen, und rief etwas zurück, ehe er erstaunt über den Fluss blickte, sich tief duckte und den Einbaum zum Westufer ruderte. Verständnislos sah Balthus zu, als Conan ihm den Bogen aus der Hand nahm und einen Pfeil an die Sehne legte.

Der Pikte war nun dicht am Ufer. Er starrte zu den Büschen hoch und rief erneut etwas. Als Antwort sirrte die Sehne, und der Pfeil bohrte sich bis zu den Federn in die breite Brust. Mit einem würgenden Krächzen kippte er zur Seite und rollte in das seichte Wasser. Sofort rannte Conan das Ufer hinunter und watete in den Fluss, um den davontreibenden Einbaum aufzuhalten. Balthus stolperte ihm nach und kletterte leicht benommen in das kleine Wasserfahrzeug. Conan setzte sich ebenfalls, griff nach dem Paddel, und schon schoss der Einbaum dem Ostufer entgegen. Bewundernd, aber nicht ganz ohne Neid, beobachtete Balthus das geschmeidige Muskelspiel unter der sonnengebräunten Haut. Der Cimmerier schien einfach keine Erschöpfung zu kennen.

»Was habt Ihr zu dem Pikten gesagt?«, fragte der Tauraner.

»Dass er Schutz am Ufer suchen sollte, weil ein weißer Waldläufer einen Pfeil auf ihn angelegt hat.«

»Das war unfair!«, entrüstete sich Balthus. »Er glaubte, ein Freund warnte ihn. Ihr habt einen Pikten nachgeahmt ...«

»Wir brauchten sein Kanu«, brummte Conan, ohne im Paddeln innezuhalten. »Nur so konnte ich ihn ans Ufer locken. Was glaubst du, ist schlimmer: einen Pikten hereinzulegen, der uns mit Freuden lebendigen Leibes die Haut abgezogen hätte, oder die Männer drüber am Ostufer im Stich zu lassen, deren Leben davon abhängt, dass wir den Fluss überqueren?«

Balthus dachte eine Weile über diese Gewissensfrage nach, dann zuckte er die Schultern und murmelte nur: »Wie weit ist es bis zum Fort?«

Conan deutete auf einen Bach, der etwa eine Viertelmeile weiter unten in den Schwarzen Fluss mündete.

»Das ist der Südbach. Von seiner Mündung sind es zehn Meilen zum Fort. Er bildet die Südgrenze von Conajohara und fließt meilenweit durch Marschgebiet, von dem aus kein Überfall zu befürchten ist. Neun Meilen oberhalb des Forts bildet der Nordbach die andere Grenze. Auch um ihn herum liegen fast unpassierbare Sümpfe. Deshalb kann ein Angriff nur vom Westen, über den Schwarzen Fluss kommen. Conajohara ist wie ein Speer, dessen neunzehn Meilen breite Spitze in die Piktische Wildnis hineinragt.«

»Warum bleiben wir nicht im Einbaum und fahren auf dem Wasser zum Fort?«

»Weil wir zu Fuß schneller vorankommen, wenn wir die Strömung bedenken, gegen die wir ankämpfen müssten. Außerdem liegt Gwawela südlich des Forts – wenn die Pikten den Fluss überqueren, würden wir geradewegs auf sie stoßen.«

Es begann zu dämmern, als sie das Ostufer hochkletterten. Ohne Rast eilte Conan mit einem Tempo nordwärts weiter, das Balthus kaum mitzuhalten vermochte.

»Valannus wollte, dass auch an der Mündung des Nord- und Südbachs Forts errichtet würden«, sagte der Cimmerier. »Dann hätte der Fluss ständig überwacht werden können. Aber die Regierung war dagegen.« Er knurrte wild.

»Dickbäuchige Toren allesamt, die auf weichen Samtkissen herumsitzen und sich von nackten Mädchen gekühlten Wein servieren und sich auch sonst bedienen lassen – ich kenne ihresgleichen. Sie sehen nicht weiter als bis zur Palastmauer. Zur Hölle mit der Diplomatie! Mit Theorien über Gebietserweiterung lässt sich nicht gegen die Pikten kämpfen. Aber Valannus und Männer wie er müssen den Befehlen dieser Meute hirnverbrannter Narren gehorchen. So wie sie vorgehen, werden sie keinen weiteren Fuß piktischen Bodens mehr einnehmen, genauso wenig, wie sie je Venarium wieder aufbauen werden. Allerdings mag bald die Zeit kommen, in der Barbaren die Mauern der Städte im Osten stürmen!«

Noch vor einer Woche hätte Balthus über eine solch irrsinnige Prophezeiung gelacht. Doch nun schwieg er. Er hatte inzwischen die unbezähmbare Wildheit der Männer kennengelernt, die jenseits der Grenze zu Hause waren.

Er erschauderte und schaute immer wieder auf den dunklen Fluss, der durch das Gebüsch nur stellenweise zu sehen war, und hoch zum Laubdach der Bäume, die sich bis fast ans Ufer drängten. Er erinnerte sich, dass die Pikten möglicherweise den Fluss bereits überquert hatten und vielleicht irgendwo im Wald vor dem Fort auf der Lauer lagen. Es wurde bereits dunkel.

Ein leises Geräusch vor ihnen ließ sein Herz bis zum Hals schlagen. Schon glitzerte Conans Schwert erhoben in der Luft. Aber er ließ es schnell sinken, als ein hagerer, narbenübersäter Hund aus dem Gestrüpp kam und sie anstarrte.

»Er gehörte einem Siedler, der sich eine Hütte an einem Fluss ein paar Meilen südlich des Forts bauen wollte«, brummte Conan. »Natürlich haben die Pikten ihn umgebracht und die noch nicht einmal ganz fertige Hütte niedergebrannt. Den Siedler fanden wir tot zwischen drei Pikten, die er getötet hatte – an ihm war fast keine heile Stelle mehr. Wir schafften ihn ins Fort und versorgten seine Wunden, aber als er sich wieder erholt hatte, rannte er in den Wald, wo er sich seither allein durchschlägt. Na, Reißer, jagst du die Männer, die deinen Herrn getötet haben?«

Der kräftige Kopf schien zu nicken, und die grünen Augen zu glühen. Er bellte weder, noch knurrte er. Lautlos wie ein Phantom schlich er hinter den beiden Männern her.

»Soll er uns ruhig begleiten«, murmelte Conan. »Er wittert die Teufel, ehe wir sie sehen können.«

Balthus lächelte und legte die Hand sanft auf den Kopf des Hundes. Unwillkürlich fletschte das Tier die blitzenden Zähne, doch dann senkte es den Kopf und wedelte unsicher mit dem Schwanz, als hätte es das schon lange nicht mehr getan. Balthus verglich das große hagere Tier mit den wohlgenährten Jagdhunden seines Vaters, die übermütig in ihrem Zwinger herumtollten. Das Grenzgebiet war für Tiere nicht weniger hart als für Menschen. Der Hund hatte fast vergessen, was Güte und Freundlichkeit waren.

Reißer rannte voraus, und Conan ließ zu, dass er sie führte. Das letzte Grau der Dämmerung wich tiefer Dunkelheit. Meilen hatten sie inzwischen bereits zurückgelegt. Reißer hatte bisher noch keinen Laut von sich gegeben. Plötzlich blieb er angespannt stehen und spitzte die Ohren. Einen Augenblick später hörten auch die Männer etwas: ein dämonisches Heulen flussaufwärts, das jedoch noch so weit entfernt war, dass es schwach wie ein Wispern klang.

Conan fluchte heftig.

»Sie greifen das Fort bereits an! Wir kommen zu spät! Schnell, weiter!«

Er beschleunigte das Tempo und verließ sich auf den Hund, mögliche Hinterhalte zu wittern. In seiner Aufregung vergaß Balthus sogar seinen Hunger und seine Erschöpfung. Das Heulen klang beim Näherkommen lauter, und über die teuflisch schrillen Laute der Pikten hörten sie nun auch die Rufe und Schreie der Soldaten. Als Balthus schon befürchtete, sie würden geradewegs auf die Wilden zulaufen, die nun unmittelbar vor ihnen sein mussten, bog der Cimmerier vom Fluss ab und eilte zu einer niedrigen Erhebung, von der aus sie über den Wald blicken konnten. Der Schein von Fackeln, die an Stangen über die Palisaden hinausragten, beleuchtete das Fort. Sie warfen ihren flackernden Schein auch auf die Lichtung. So sahen die beiden eine wimmelnde Horde nackter, bemalter Gestalten am Rand der Lichtung. Am Fluss schaukelten Kanus dicht an dicht. Die Pikten hatten das Fort völlig umzingelt.

Ein pausenloser Pfeilbeschuss aus dem Wald und vom

Fluss ging auf die Palisaden nieder. Das ständige Sirren der Sehnen übertönte sogar das Heulen. Kreischend rannten mehrere Hundert nackte Krieger mit Äxten in der Hand aus dem Wald zum Osttor. Sie waren noch etwa fünfhundert Fuß davon entfernt, als eine Pfeilsalve von der Brustwehr der Palisaden ungeheure Lücken in den Reihen der Pikten schlug und die Überlebenden in die Flucht jagte. Die Männer in den Kanus paddelten hastig zur Flusspalisade, aber auch sie traf ein Hagel der drei Fuß langen Pfeile und eine Salve aus den kleinen Wurfmaschinen auf den Türmen an dieser Palisadenseite. Steine und größere Baumstammstücke flogen durch die Luft. Sie zersplitterten und versenkten sechs Kanus und alle Mann, die darin gesessen hatten. Ein vielstimmiger Triumphschrei erhob sich von den Palisaden und wurde von einem wilden Geheul der Pikten aus allen Richtungen beantwortet.

»Sollen wir versuchen durchzubrechen?«, fragte Balthus und zitterte vor Eifer.

Conan schüttelte den Kopf. Er bot ein düsteres Bild mit den über der Brust verschränkten Armen und dem gesenkten Kopf.

»Das Fort ist nicht mehr zu retten. Die Pikten sind vom Blutrausch besessen und werden keine Ruhe geben, bis alle im Fort tot sind. Und es sind ihrer zu viele, als dass die Soldaten sie alle töten könnten. Selbst wenn es uns gelingen würde, uns zum Fort durchzukämpfen, könnten wir nichts anderes tun, als mit Valannus zu sterben.«

»Soll das heißen, dass wir gar nichts unternehmen können, als unsere eigene Haut zu retten?«

»Das soll es nicht. Wir müssen sogar etwas tun, nämlich die Siedler warnen! Weißt du, weshalb die Pikten nicht versuchen, das Fort mit brennenden Pfeilen in Brand zu stecken? Weil sie nicht möchten, dass die Flammen die Leute im Osten warnen. Sie beabsichtigen, alle im Fort niederzumachen und dann weiter gegen Osten vorzudringen, ehe jemand erfahren hat, dass das Fort gefallen ist. Wenn wir nichts dagegen unternehmen, gelingt es ihnen möglicherweise, den Donnerfluss zu überqueren und Velitrium einzunehmen, ehe jemand auch nur etwas ahnt. Zumindest aber werden sie alle zwischen dem Fort und dem Donnerfluss niedermetzeln.

Wir konnten das Fort nicht mehr warnen, und ich sehe jetzt, dass es auch nichts genutzt hätte, denn es ist nicht ausreichend bemannt. Noch ein paar Sturmangriffe, und die Pikten sind über die Palisaden und brechen das Tor auf. Aber wir können dafür sorgen, dass die Siedler sich nach Velitrium auf den Weg machen. Komm! Wir sind glücklicherweise außerhalb des Kordons, den sie um das Fort gezogen haben, und wir werden ihm auch nicht zu nahe kommen.«

Sie machten sich in einem weiten Bogen um das Fort auf den Weg. Das An- und Abschwellen der wilden Schreie, die den Angriff begleiteten, hörten sie noch lange. Die Männer im Fort gaben ihr Bestes, aber das Heulen und Kreischen der Pikten ließ an Wildheit nicht nach. Offenbar waren sie von ihrem endgültigen Sieg überzeugt.

Ehe Balthus überhaupt wusste, dass sie ihr nahe waren, kamen sie schon auf die Straße gen Osten.

»Und jetzt lauf!«, brummte Conan. Balthus biss die Zähne zusammen. Bis Velitrium waren es neunzehn Meilen und zum Schädelbach, hinter dem das besiedelte Gebiet begann, gute fünf. Der Tauraner hatte das Gefühl, als kämpften und liefen sie schon seit endlosen Tagen. Aber die Aufregung, die sein Blut wallen ließ, verlieh ihm ungeahnte Ausdauer und neue Kraft.

Reißer rannte mit der Nase dicht am Boden vor ihnen her. Plötzlich knurrte er leise. Es war der erste Laut, den er von sich gab.

»Vor uns sind Pikten!«, zischte Conan und ließ sich auf ein Knie fallen. Er studierte den Boden im Sternenlicht. Dann schüttelte er den Kopf. »Unmöglich zu erkennen, wie viele es sind, aber vermutlich ist es nur ein kleiner Trupp. Ein paar Hundesöhne, die nicht warten konnten, bis das Fort eingenommen ist. Sie sind vorausgelaufen, um die Siedler in ihren Betten niederzumetzeln. Komm!«

Kurz darauf sahen sie ein Feuer durch die Bäume und hörten wildes Triumphgeschrei. Die Straße machte hier eine Biegung. Sie verließen sie und rannten durch das Dickicht, um den Weg abzukürzen. Nur ein paar Herzschläge später bot sich ihnen ein gräulicher Anblick. Mitten auf der Straße stand ein brennender Ochsenkarren, der mit kümmerlichem Hausrat beladen war. Die Zugtiere lagen mit durchgeschnittenen Kehlen davor, und daneben, ihrer Kleidung beraubt und verstümmelt, ein Mann und eine Frau. Fünf Pikten tanzten um sie herum und schwenkten blutige Äxte, und einer obendrein das blutverschmierte Gewand der Frau.

Bei diesem Bild schoben sich rote Schleier vor Balthus' Augen. Er hob den Bogen und zielte auf den hüpfenden Pikten mit dem Gewand, der sich schwarz gegen das Feuer abhob. Mitten im Siegestanz stürzte der Bursche mit dem Pfeil durchs Herz tot zu Boden. Und dann hatten die beiden Weißen und der Hund die überraschten Pikten erreicht. Conan regte lediglich seine übliche Kampfeslust an und die alte Erbfeindschaft zwischen seiner Rasse und den Pikten, während Balthus vor grimmiger Wut raste.

Dem ersten Pikten spaltete er mit einem wilden Hieb

der Streitaxt den bemalten Schädel, dann sprang er über die gefallene Leiche, um sich auf die anderen zu stürzen. Aber Conan hatte bereits einen der beiden getötet, auf die er es abgesehen gehabt hatte. Während der Tauraner noch sprang und die Axt erneut hob, fiel auch der zweite unter der Breitaxt des Cimmeriers. Balthus wollte sich dem letzten Pikten zuwenden, doch von dem erhob sich bereits Reißer, nachdem er ihm die Kehle durchgebissen hatte.

Balthus schwieg, als er auf das Siedlerpaar neben dem brennenden Wagen hinabschaute. Beide waren noch sehr jung gewesen. Das mädchenhafte Gesicht der jungen Frau, das die Pikten absichtlich oder zufällig nicht verunstaltet hatten, war trotz der grauenvollen Schmerzen, die es noch im Tode zeichneten, von anmutiger Schönheit. Aber ihr graziler junger Körper wies unzählige Dolchstiche auf. Balthus schluckte. Die Tragödie drohte ihn zu übermannen. Er hätte sich am liebsten auf den Boden geworfen und mit den Fäusten darauf eingeschlagen.

»Ein junges Paar, das hier sein Glück suchte«, brummte Conan, während er ohne Gefühlsregung sein Schwert abwischte. »Sie waren auf dem Weg zum Fort, als die Pikten sie überfielen. Vielleicht wollte der Junge dort Soldat werden, oder sich irgendwo hier ansiedeln. So wird es zweifellos jedem auf dieser Seite des Donnerflusses ergehen, wenn wir nicht dafür sorgen, dass alle sich sofort in Sicherheit bringen.«

Balthus' Knie zitterten, als er Conan folgte. Die langen Schritte des Cimmeriers dagegen verrieten keine Schwäche. Es war eine Artverwandtschaft zwischen ihm und dem großen grauen Hund, der neben ihm herlief. Reißer hatte den Kopf nun erhoben und knurrte nicht mehr. Der Weg vor ihnen war frei. Das Gebrüll vom Fluss klang nur noch schwach an ihr Ohr, aber Balthus war ziemlich sicher, dass das Fort noch nicht gefallen war. Plötzlich blieb Conan fluchend stehen.

Er deutete auf einen Pfad, der von der Straße in Richtung Norden führte. Es war ein alter, teilweise überwucherter Pfad. Aber dieser neue Pflanzenbewuchs war niedergedrückt. Das sagte Balthus mehr sein Gefühl als seine Augen. Conan schien jedoch Katzenaugen zu haben, denn er sah die Spur ganz deutlich. Er zeigte dem Tauraner, wo Wagenräder von der Straße abgebogen und auf dem Waldboden des Pfades tief eingesunken waren.

»Siedler, die sich Salz holen wollen!«, brummte er. »Die Lagerstätten sind am Rand der Marschen, etwa neun Meilen von hier. Verdammt! Die Pikten werden ihnen den Weg abschneiden und sie bis auf den letzten Mann niedermetzeln. Hör zu! Einer genügt, um die Siedler entlang der Straße zu warnen. Lauf du voraus, weck sie auf und sorg dafür, dass sie sogleich nach Velitrium aufbrechen. Ich kümmere mich um die Männer, die Salz holen. Zweifellos übernachten sie bei den Lagerstätten. Wir werden nicht auf der Straße zurückkehren, sondern uns quer durch den Wald schlagen.«

Ohne ein weiteres Wort bog Conan von der Straße ab und folgte den Radspuren. Balthus blickte ihm noch kurz hinterher, dann rannte er auf der Straße weiter. Der Hund war bei ihm geblieben und lief neben ihm her. Er war noch nicht weit gekommen, als Reißer plötzlich wild knurrte. Balthus wirbelte herum und blickte den Weg zurück, den er gekommen war. Erschrocken sah er ein gespenstisches Glühen im Wald verschwinden, etwa dort, wo Conan jetzt sein musste. Reißer knurrte noch drohender, seine Nackenhaare stellten sich auf, und seine Augen brannten wie grüne Feuer. Balthus erinnerte sich an die schreckliche Erscheinung, die sich den Kopf des Kaufmanns Tiberias geholt hatte, und er zögerte. Das schreckliche Wesen musste hinter Conan her sein. Aber der riesenhafte Cimmerier hatte mehr als einmal bewiesen, dass er sehr wohl auf sich selbst aufpassen konnte, und Balthus fühlte sich auch den Siedlern gegenüber verpflichtet, die ahnungslos schliefen. Die Erinnerung an die verstümmelten Leichen am Ochsenkarren bewegte ihn mehr als das Grauen vor dem feurigen Phantom.

Er rannte weiter, überquerte den Schädelbach und sah die erste Blockhütte vor sich. Er hämmerte an die Tür. Eine schläfrige Stimme erkundigte sich, was er wollte.

»Steht auf!«, brüllte er. »Die Pikten sind über dem Fluss!«

Mehr brauchte es nicht. Ein Aufschrei beantwortete seine Warnung und schon wurde die Tür von einer Frau in knappem Nachthemd aufgerissen. Ihr Haar hing zerzaust über die Schultern. In einer Hand hielt sie eine Kerze, in der anderen eine Axt. Die Augen in dem bleichen Gesicht waren weit aufgerissen.

»Kommt herein!«, bat sie ihn. »Wir verteidigen die Hütte.«

»Nein. Wir müssen sofort nach Velitrium aufbrechen. Das Fort wird die Pikten nicht aufhalten können. Möglicherweise ist es sogar schon gefallen. Vergeudet keine Zeit, Euch anzuziehen. Holt Eure Kinder und kommt!«

»Aber mein Mann ist mit den anderen fort, um Salz zu holen!«, wimmerte sie händeringend. Drei verschlafene Kinder drängten sich verwirrt hinter ihr.

»Conan ist ihnen hinterhergerannt. Er wird sie sicher nach Velitrium bringen. Wir müssen schnell weiter und die anderen warnen!«

»Mitra sei Dank!«, rief die Frau. »Wenn der Cimmerier

sich um sie kümmert, sind sie sicher, wenn überhaupt ein Sterblicher sie retten kann.«

Nun war sie nicht mehr zu halten. Sie nahm das kleinste Kind auf den Arm und drängte die beiden anderen durch die Tür vor sich. Balthus nahm ihr die Kerze ab und blies sie aus. Kurz lauschte er. Auf der dunklen Straße war nichts zu hören.

»Habt Ihr ein Pferd?«

»Im Stall! Oh schnell, beeilt Euch!«

Er schob sie zur Seite, als sie mit zitternden Fingern die Schließbalken hob. Er führte das Pferd heraus, setzte die Kinder auf seinen Rücken und sagte ihnen, sie sollten sich an der Mähne und aneinander festhalten. Ohne zu weinen blickten sie ihn nur ernst an. Die Frau nahm den Gaul am Zügel und führte ihn auf die Straße. Die Axt hielt sie fest in der Hand. Balthus wusste, wenn sie bedroht wurde, würde sie mit dem Mut der Verzweiflung wie eine Löwin kämpfen.

Er schritt lauschend hinter dem Pferd her. Der Gedanke quälte ihn, dass das Fort inzwischen bereits eingenommen war und die dunkelhäutigen Teufel bluttrunken auf die Straße nach Velitrium stürmten. Mit der Flinkheit hungriger Wölfe würden sie kommen.

Sie erreichten eine weitere Hütte. Die Frau wollte rufen, aber Balthus hielt sie zurück. Er hastete zur Tür und klopfte. Eine Frauenstimme antwortete. Er erklärte die Lage, und gleich kamen die Bewohner heraus: eine Greisin, zwei junge Frauen und vier Kinder. Auch die Männer der beiden jungen Frauen waren an der Salzlagerstätte. Eine der jungen Frauen schien wie gelähmt vor Angst zu sein, und die andere hysterisch. Aber die alte Frau, die das Leben in der Wildnis gehärtet hatte, beruhigte beide barsch. Sie half Balthus, die beiden Pferde aus dem Gatter hinter der Blockhütte zu holen und die Kinder daraufzuheben. Balthus wollte, dass sie sich zu ihnen setzte, aber sie wehrte ab und bestand darauf, dass eine der jüngeren Frauen ritt.

»Sie ist schwanger«, brummte die Greisin. »Ich bin noch gut zu Fuß – und kämpfen kann ich auch, wenn es sein muss.«

Als sie aufbrachen, sagte eine der Frauen: »Ein junges Paar kam in der Dämmerung vorbei. Wir rieten den beiden, die Nacht über bei uns zu bleiben, aber sie wollten unbedingt das Fort noch erreichen. Sind sie …«

»Sie sind von Pikten überfallen worden«, antwortete Balthus kurz, und die Frau fing zu schluchzen an.

Sie waren kaum außer Blickweite der Hütte, als hinter ihnen ein lang gezogenes Heulen erklang.

»Ein Wolf!«, rief eine der Frauen.

»Ja«, brummte Balthus. »Ein Wolf mit Kriegsbemalung und einer Axt in der Hand. Seht zu, dass ihr weiterkommt. Weckt die restlichen Siedler entlang der Straße und nehmt sie mit. Ich werde mich ein wenig umsehen.«

Wortlos trieb die alte Frau ihre Schützlinge vor sich her. Als sie in der Dunkelheit verschwanden, konnte Balthus noch die bleichen Ovale der Kindergesichter sehen, die über die Schulter zu ihm zurückstarrten. Er dachte an seine eigene Familie in Tauran, und einen Moment überwältigte ihn eine ungeheure Schwäche. Stöhnend sank er auf die Straße. Er legte den Arm um Reißers kräftigen Hals, und das Tier fuhr ihm mit warmer, nasser Zunge übers Gesicht.

Er hob den Kopf und grinste mühsam.

»Komm, Junge«, murmelte er und erhob sich. »Wir haben noch etwas zu tun.«

Plötzlich wurde ein roter Schein durch die Bäume

sichtbar. Die Pikten hatten die erste Hütte angezündet. Nun grinste er breit. Zogar Sag würde vor Zorn schäumen, wenn er wüsste, dass seine unbeherrschten Krieger in ihrer Zerstörungswut die Siedler warnten. Die weiter aufwärts an der Straße würden schon wach und aufbruchsbereit sein, wenn die Flüchtlinge sie erreichten. Aber sein Gesicht verzog sich grimmig. Die Frauen kamen zu Fuß und mit den überladenen Pferden zu langsam voran. Die flinken Pikten würden sie in Kürze eingeholt haben, außer ... Er bezog Posten hinter einem wirren Haufen gefällter Bäume neben der Straße. Westwärts von ihm war die Straße durch die brennende Hütte beleuchtet, und so sah er die Pikten, als sie kamen, schon von Weitem.

Er legte einen Pfeil an, schoss, und eine der dunklen, lautlosen Gestalten ging zu Boden. Der Rest zog sich zu beiden Seiten der Straße in den Wald zurück. Reißer winselte vor Kampfeslust. Plötzlich tauchte eine Gestalt unter den Bäumen am Straßenrand auf und schlich auf die liegenden Baumstämme zu. Erneut schwirrte ein Pfeil. Der Pikte japste, stolperte und fiel mit dem aus seiner Hüfte ragenden Schaft in das Unterholz. Reißer sprang mit einem Satz über die Stämme und verschwand im Gebüsch, das gleich darauf heftig durchgerüttelt wurde. Als er zu Balthus zurückkehrte, troff Blut aus seinen Lefzen.

Kein Pikte kam mehr auf die Straße. Balthus begann zu befürchten, dass sie sich in einem Bogen an ihm vorbeischlichen. Bei einem schwachen Geräusch zu seiner Linken schoss er blindlings und fluchte wild, als er hörte, wie der Pfeil an einem Stamm zersplitterte. Doch Reißer glitt lautlos wie ein Phantom davon, und gleich darauf hörte Balthus das Rascheln von Zweigen und ein Röcheln. Nach einer Weile kam Reißer wie ein Geist durch die Büsche zurück. Er schmiegte seinen blutbespritzten Kopf an Balthus' Arm. Da bemerkte der Tauraner die klaffende Wunde in seiner Schulter – aber die Geräusche im Unterholz waren verstummt.

Die Pikten am Straßenrand ahnten das Geschick ihres Kameraden offenbar und entschieden, dass ein offener Angriff besser war, als in der Dunkelheit von einer teuflischen Bestie gerissen zu werden, die sie weder sehen noch hören konnten. Vielleicht war ihnen auch klar geworden, dass nur ein einziger Mann hinter den Baumstämmen lag. In einem plötzlichen Sturm rasten sie aus ihrer Deckung zu beiden Seiten der Straße. Drei fielen mit Pfeilen im Leib, und die übrigen zwei zögerten. Einer drehte sich um und rannte die Straße zurück, aber der andere sprang über die Stämme. Seine Augen und Zähne glitzerten in dem schwachen Licht, die Axt hatte er hoch erhoben. Balthus rutschte aus, als er aufsprang, und das rettete ihm das Leben. Die herabzischende Axt schnitt ihm nur eine Strähne vom Kopf. Durch die Wucht des danebengegangenen Hiebes fiel der Angreifer die Stämme hinunter. Ehe er wieder auf die Beine kam, zerfleischte ihm Reißer die Kehle.

Dann folgte eine Zeit angespannten Wartens. Balthus fragte sich, ob der Geflohene der letzte Überlebende der Meute gewesen war. Zweifellos hatte es sich nur um einen kleinen Trupp gehandelt, der entweder den Kampf ums Fort vorzeitig verlassen hatte oder als Spähtrupp vorausgeschickt worden war. Jedenfalls erhöhte jeder Moment die Chance der Siedlerfrauen und ihrer Kinder, Velitrium zu erreichen.

Und da schwirrte ohne Vorwarnung ein dichter Pfeilhagel über seine Deckung. Ein wildes Heulen schrillte aus dem Wald zu beiden Seiten der schmalen Lehmstraße.

Entweder hatte der Überlebende Verstärkung geholt, oder ein zweiter Piktentrupp hatte diese Richtung genommen. Die brennende Blockhütte warf immer noch ein schwaches Licht bis fast hierher. Und nun waren sie hinter ihm her. Drei Pfeile schoss Balthus noch ab, dann war der Köcher leer, und er warf den Bogen von sich. Als ahnten sie seine Lage, näherten sie sich ihm nun von allen Seiten, doch nicht heulend wie zuvor, sondern in tödlicher Stille, die nur durch ihre leisen Schritte unterbrochen wurde.

Balthus legte den Arm um den Nacken des knurrenden Hundes und drückte ihn kurz an sich. »Heiz ihnen ein, Junge!«, murmelte er noch, dann sprang er auf und zog seine Axt. Da setzten die dunklen Gestalten über die Stämme, und der Kampf begann, mit Äxten, Dolchen und reißenden Zähnen.

VII

Der flammenumhüllte Dämon

Als Conan von der Strasse nach Velitrium abbog, erwartete er, neun Meilen vor sich zu haben, aber schon nach vier Meilen hörte er Geräusche vor sich, die auf einen kleinen Trupp schließen ließen. Es mussten Weiße sein, denn Pikten wären viel leiser gewesen. Er rief ihnen zu.

»Wer da?«, brüllte eine raue Stimme. »Bleibt stehen, bis wir uns ein Bild von Euch gemacht haben, oder Ihr bekommt einen Pfeil ab!«

»Ihr würdet in dieser Finsternis nicht einmal einen Elefanten treffen!«, antwortete Conan ungeduldig. »Kommt schon, ich bin es, Conan. Die Pikten sind über dem Fluss!«

»Das hatten wir befürchtet«, antwortete der Führer der Männer, als sie herankamen. Große, hagere Burschen waren es allesamt, mit grimmigen Gesichtern, und jeder hielt einen Bogen in der Hand. »Einer unserer Gruppe verwundete eine Antilope und verfolgte sie bis fast zum Schwarzen Fluss. Er hörte die Pikten dort wie die Teufel heulen, und so rannte er hastig zu unserem Lager zurück. Wir ließen Salz und Wagen stehen, spannten die Ochsen aus, und machten uns sofort auf den Rückweg. Wenn die Pikten das Fort belagern, werden vereinzelte Trupps auch die Straße zu unseren Hütten hochkommen.«

»Eure Familien sind in Sicherheit«, beruhigte Conan sie. »Mein Kamerad lief voraus, um sie nach Velitrium zu bringen. Wenn wir zur Straße zurückkehren, laufen wir vielleicht der ganzen Horde in die Arme. Wir versuchen es südostwärts quer durch den Wald. Na, setzt euch schon in Bewegung. Ich halte mich hinter euch und passe auf.«

Wenige Augenblicke später eilte die ganze Gruppe südostwärts. Conan folgte ein wenig langsamer, bis er gerade noch in Hörweite war. Heimlich fluchte er über den Krach, den sie machten. Pikten oder Cimmerier wären nicht lauter gewesen als der Wind in den Zweigen. Er hatte gerade eine kleine Lichtung überquert, als ihm ein Instinkt sagte, dass er verfolgt wurde. Er wirbelte herum, sah sich kurz um und suchte Deckung in einem Gebüsch. Die Geräusche der hastenden Siedler verloren sich in der Ferne. Da rief eine Stimme schwach aus der Richtung, von der er gekommen war: »Conan! Conan! Wartet auf mich, Conan!«

»Balthus!«, fluchte der Cimmerier verwirrt. Gedämpft rief er: »Hier bin ich!«

»Wartet auf mich, Conan!« Die Stimme klang bereits deutlicher.

Conan trat aus dem Gebüsch und fragte stirnrunzelnd: »Was, zum Teufel, machst du hier? *Crom!*«

Er duckte sich, und die Härchen in seinem Nacken richteten sich auf. Es war gar nicht Balthus, der auf die Lichtung herauskam! Ein gespenstisches Glühen zeichnete sich vor den Bäumen ab und wurde zum grünlichen Glimmen, als es sich ihm zielsicher näherte.

Das Wesen hielt ein paar Fuß vor dem Cimmerier an, der sich bemühte, die verschwommenen Umrisse zu erkennen. Die schwach flackernde Flamme hatte einen festen Kern, sie war offenbar nichts weiter als eine Art Gewand, das ein bösartiges Lebewesen verhüllte, doch war es unmöglich, durch dieses Schimmern hindurch die wahre Form oder ein Gesicht zu erkennen. Und da erklang eine Stimme aus der Flammensäule.

»Weshalb stehst du da wie ein Schaf vor der Schlachtbank, Conan?«

Es war eine menschliche Stimme, doch durchdrungen von einem Vibrieren, das nicht menschlich war.

»Schaf?« Seine Wut half Conan, das unwillkürliche Staunen zu überwinden. »Du bildest dir doch wohl nicht ein, dass ich mich vor einem verdammten piktischen Sumpfteufel fürchte? Ein Freund rief nach mir!«

»Ich rief mit seiner Stimme«, antwortete das Flammenwesen. »Die Männer, denen du folgst, gehören meinem Bruder. Ich will ihr Blut seinem Messer nicht vorenthalten. *Du* jedoch gehörst mir! Narr, der du aus den fernen grauen Bergen Cimmeriens gekommen bist, um dein Ende in den Wäldern von Conajohara zu finden!«

»Du hättest schon öfter Gelegenheit gehabt, mich zu töten«, sagte Conan spöttisch. »Warum hast du es da nicht getan?«

»Mein Bruder hatte zu der Zeit noch keinen Schädel

für dich bemalt und in das Feuer geworfen, das für immer auf Gullahs schwarzem Altar brennt. Er hatte den schwarzen Geistern deinen Namen noch nicht zugeflüstert – den Geistern, die im Hochland des Schwarzen Reiches ihren Schabernack treiben. Doch eine Fledermaus flatterte über die Berge der Toten und zeichnete dein Bild mit Blut auf das Fell des weißen Tigers, das vor der langen Hütte hängt, in der die Vier Brüder der Nacht schlummern. Die großen Schlangen ringeln sich zu ihren Füßen, und die Sterne glitzern wie Glühwürmchen in ihrem Haar.«

»Weshalb haben die Götter der Finsternis mich zum Tod verdammt?«, brummte Conan.

Etwas – eine Hand, ein Fuß oder eine Klaue, es war unmöglich zu erkennen, was es wirklich war – stieß aus dem Feuergewand heraus und zeichnete blitzschnell etwas auf den Waldboden. Flammend hob sich ein Symbol dort ab und verschwand wieder, doch nicht, ehe Conan es erkannt hatte.

»Du hast gewagt, das Zeichen zu benutzen, dessen sich nur ein Priester von Jhebbal Sag bedienen darf. Donner grollte durch den schwarzen Berg der Toten, und ein Sturm aus den Klüften der Geister riss die Altarhütte Gullahs mit sich. Der Lockrufer, der der Bote der Vier Brüder der Nacht ist, flog schnell und flüsterte mir deinen Namen zu. Dein Leben liegt hinter dir, du bist bereits so gut wie tot. Dein Schädel wird an der Altarhütte meines Bruders baumeln, und dein Leib wird ein Festmahl für die schwarz geflügelten, scharfschnäbeligen Kinder Jhils.«

»Wer zum Teufel ist dein Bruder?«, knurrte Conan. Er hielt das blanke Schwert in der Hand und löste unauffällig die Axt in seinem Gürtel.

»Zogar Sag. Er ist ein Kind von Jhebbal Sag, der hin

und wieder immer noch seine ihm geweihten Haine aufsucht. Ein Weib aus Gwawela schlief in einem der heiligen Haine Jhebbal Sags. Zogar Sag ist ihr Sohn. Auch ich bin Jhebbal Sags Sohn aus seiner Verbindung mit dem Feuerwesen eines fernen Reiches. Zogar Sag rief mich aus den Brodemlanden. Mit Zauber und Beschwörungen und seinem eigenen Blut verlieh er mir fleischliches Leben auf seinem eigenen Planeten. Wir sind eins durch unsichtbare Bande. Seine Gedanken sind meine Gedanken. Fügt man ihm körperlichen Schmerz zu, spüre ich es, trifft mich ein Hieb, blutet er. Doch genug der Worte. Bald wird dein Geist sich mit den Geistern des Finsteren Landes unterhalten, und sie werden dir von den alten Göttern erzählen, die durchaus nicht tot sind, sondern in den Klüften zwischen den Sternen schlafen – und ab und zu erwachen.«

»Ich möchte gern wissen, wie du aussiehst«, brummte Conan, der inzwischen auch die Axt in der Hand hielt. »Du, der du Abdrücke wie ein Vogel hinterlässt, wie eine Flamme brennst und doch mit menschlicher Stimme sprichst.«

»Du sollst mich sehen«, antwortete die Stimme aus der Flamme. »Ja, du sollst mich sehen und das Wissen mit dir in das Finstere Land nehmen.«

Die Flamme züngelte empor und fiel in sich zusammen. Ein Gesicht nahm schattenhaft Form an. Zuerst dachte Conan, es sei Zogar Sag selbst, der vor ihm stand. Doch das Gesicht hatte ausgesprochen dämonische Züge. An Zogar Sags Fratze waren ihm schon verschiedene Abnormalitäten aufgefallen: die extrem schrägen Augen, die spitzen Ohren und der fast lippenlose Mund. All diese Eigenarten waren bei diesem Wesen noch stärker betont, und seine Augen waren wie glühende Kohlen.

Weitere Einzelheiten wurden sichtbar: ein schmaler Rumpf mit Schuppenhaut wie die einer Schlange, und doch von menschlicher Form, mit festen Armen. Doch die Beine erinnerten an die eines Kranichs, sie waren lang und dünn und hatten dreikrallige Füße. Das Feuer flackerte an den Beinen entlang. Conan sah sie wie durch einen glitzernden Dunst.

Und plötzlich erhob die Kreatur sich über ihn, obgleich er nicht bemerkt hatte, dass sie sich auf ihn zubewegte. Jetzt erst, als ein Arm hochschwang, fiel Conan auf, dass sie statt einer Hand sichelgleiche, gewaltige Krallen hatte, die nun nach seinem Hals schlugen. Mit einem wilden Schrei brach er den Bann. Er sprang zur Seite und schleuderte die Axt. Der Dämon wich ihr mit einer unglaublich schnellen Bewegung des schmalen Kopfes aus, und schon sprang er mit züngelnder Flamme wieder auf ihn zu.

Doch als er seine früheren Opfer geschlagen hatte, war die Furcht sein Verbündeter gewesen, Conan dagegen hatte keine Angst vor ihm, denn er wusste, dass jedes Wesen aus lebendem Fleisch, so ungewöhnlich es auch aussah, getötet werden konnte.

Ein schwingender Klauenarm schlug ihm den Helm vom Kopf. Ein wenig tiefer und der Hieb hätte ihn geköpft. Aber schon drang sein Breitschwert in den Leib des Monstrums, und er jubelte insgeheim auf. Sofort sprang er zurück, um einem weit ausholenden Schlag auszuweichen, gleichzeitig riss er sein Schwert zurück. Die Krallen kratzten über seine Brust und zerrissen das Kettenhemd, als wäre es aus Stoff.

Während der Klauenarm erneut ausholte, sprang Conan wie ein hungriger Wolf vorwärts und stieß sein Schwert tief in den Bauch des Ungeheuers. Er spürte, wie die

Arme sich um ihn schlossen und die Krallen ihm das Kettenhemd vom Rücken rissen. Eine blaue Flamme, die sich wie Eis anfühlte, leckte nach ihm und blendete ihn. Aber es gelang ihm, sich aus den schwächer werdenden Armen zu befreien und das Schwert mit aller Kraft zu schwingen.

Der Dämon taumelte und fiel auf die Seite. Sein Schädel hing nur noch an einem Fetzen Fleisch. Das Feuer, das ihn eingehüllt hatte, loderte nun rot wie in Fontänen spritzendes Blut empor und verbarg die Gestalt jetzt völlig. Ein Geruch wie von verbrennendem Fleisch stieg in Conans Nase. Er schüttelte Blut und Schweiß aus den Augen, wirbelte herum und rannte taumelnd durch den Wald. Blut sickerte seine Arme hinunter. Mehrere Meilen im Süden sah er durch die Entfernung gedämpften Feuerschein, der von einer brennenden Siedlerhütte kommen mochte. Hinter ihm, vermutlich auf der Straße, hörte er wildes Triumphgeheul, das ihn noch schneller weitertrieb.

VIII

Das Ende von Conajohara

Es war auch am Donnerfluss zum Kampf gekommen, zu einem heftigen Kampf vor den Mauern von Velitrium, und entlang dem Ufer hatten Axt und Feuer gewütet – viele der Siedlerblockhütten waren den Flammen zum Opfer gefallen.

Eine gespenstische Stille folgte dem Sturm. Wo die Menschen zusammenkamen, unterhielten sie sich in gedämpftem Ton, und Männer mit blutigen Verbänden tranken stumm ihr Bier in den Schenken am Fluss.

Auch Conan saß in einer Schenke und trank mit düsterer Miene aus einem Weinbecher. Ein hagerer Waldläufer mit verbundenem Kopf und einem Arm in der Schlinge setzte sich zu ihm. Er war der einzige Überlebende von Fort Tuscelan.

»Ich hab gehört, dass du mit den Soldaten in der Ruine des Forts warst«, sagte er.

Conan nickte nur.

»Ich hätte mitkommen sollen, aber ich konnte nicht«, brummte der Waldläufer. »Es kam zu keinen Kämpfen mehr?«

»Die Pikten haben sich über den Schwarzen Fluss zurückgezogen. Etwas muss ihnen den Mut geraubt haben. Doch was, weiß bestimmt nur der Teufel, der sie erschaffen hat.«

Der Mann warf einen kurzen Blick auf seinen Arm in der Schlinge und seufzte.

»Es soll nicht einmal mehr Leichen zum Wegschaffen gegeben haben.«

»Viel mehr als Asche war von ihnen nicht übrig geblieben«, sagte Conan dumpf. »Die Pikten hatten alle Toten im Fort zusammengetragen und es angezündet, ehe sie über den Fluss zurückkehrten – ihre Toten und Valannus' Männer.«

»Valannus fiel als einer der Letzten – im Handgemenge, als sie die Palisaden gestürmt hatten. Sie versuchten ihn lebend zu bekommen, aber er sorgte dafür, dass sie ihn töten mussten. Zehn von uns nahmen sie gefangen, als wir so erschöpft waren, dass wir nicht mehr kämpfen konnten. Neun metzelten sie gleich dort nieder. Meine Chance zu fliehen kam, als Zogar Sag starb.«

»Zogar Sag ist tot?«, rief Conan überrascht.

»Ja, ich habe ihn selbst sterben sehen. Deshalb kämpften die Pikten vor Velitrium auch nicht mehr so wild und entschlossen wie am Fort. Es war äußerst merkwürdig. Er hatte keine einzige Wunde abbekommen. Er tanzte wie ein Besessener triumphierend zwischen den Gemordeten und fuchtelte mit der Axt um sich, mit der er gerade den letzten meiner Kameraden getötet hatte. Und dann kam er heulend wie ein Wolf auf mich zu – doch mitten im

Schritt taumelte er. Er ließ die Axt fallen und drehte sich wie von Schmerzen gepeinigt im Kreis, und dabei schrie er gellend, wie ich noch nie Mensch oder Tier je habe schreien hören. Er sank vor mir und dem Feuer, das sie angezündet hatten, um mich schön langsam zu braten, auf den Boden, wälzte sich und würgte mit schaumbedecktem Mund. Plötzlich erstarrte er, und die Pikten brüllten: ›Er ist tot!‹ Während sie noch aufgeregt um ihn herumstanden, gelang es mir, meine Bande zu lösen, und ich rannte, was ich konnte, zum Wald. Glaub mir, Conan, es war gespenstisch! Ich sah ihn im Feuerschein ganz deutlich, und ich weiß, dass ihn keine Waffe berührt hatte. Doch da lag er, und er hatte wie von einem Schwert geschlagene Wunden im Leib, am Bauch und am Hals – und die Letztere sah aus, als hätte man ihn fast geköpft. Ich verstehe es einfach nicht! Was hältst du davon, Conan?«

Conan schwieg. Der Waldläufer, der sich der Unwilligkeit der Barbaren erinnerte, über manche Dinge zu reden, fuhr ohne gekränkt zu sein fort: »Er lebte durch Zauber, und irgendwie starb er auch durch Zauber. Die Unerklärlichkeit seines Todes raubte den Pikten den Kampfgeist. Kein Einziger, der ihn sterben sah, nahm am Kampf um Velitrium teil. Sie flohen wie vom Teufel gehetzt über den Fluss zurück. Die am Donnerfluss waren die Krieger, die weitergezogen waren, ehe Zogar Sag starb. Und sie waren nicht genug, die Stadt allein einzunehmen.

Ich folgte der Straße hinter ihrer Hauptstreitmacht. Ich weiß, dass mir keiner aus dem Fort gefolgt war. Ich stahl mich durch ihre Linien und gelangte in die Stadt. Du hast die Siedler noch rechtzeitig durchgebracht, aber ihre Frauen und Kinder erreichten die Stadt nur knapp vor diesen bemalten Teufeln. Wenn dieser junge Bursche Balthus und der alte Reißer sie nicht eine Weile aufgehalten hätten, lebte von den Siedlerfrauen und -kindern niemand mehr. Ich bin an der Stelle vorbeigekommen, an der Balthus und der Hund ihr Leben gaben. Sie lagen zwischen einem Haufen toter Pikten. Sieben zählte ich, denen Balthus' Axt oder die Fänge Reißers ein Ende gemacht hatten, und weitere lagen von Pfeilen durchbohrt auf der Straße. Ihr Götter, muss das ein Kampf gewesen sein!«

»Er war ein Mann!«, sagte Conan. »Ich trinke auf seinen Schatten und auf den Schatten des Hundes, der keine Furcht kannte.« Er nahm einen Schluck Wein und leerte den Rest mit seltsam heidnischer Geste auf den Boden, ehe er den Becher zerschmetterte. »Die Pikten werden mit zehn Schädeln für Balthus und mit sieben für den Hund bezahlen, der ein besserer Krieger war als so mancher Mann.«

Der Waldläufer, der in die wie Gletscher funkelnden eisblauen Augen blickte, wusste, dass Conan diesen barbarischen Schwur halten würde.

»Sie werden das Fort nicht wieder aufbauen?«

»Nein. Conajohara ist für Aquilonien verloren. Die Grenze wurde wieder zurückverlegt. Der Donnerfluss wird die neue Grenze sein.«

Der Waldläufer seufzte und betrachtete seine Hände, die schwielig von Axtschaft und Schwertgriff waren. Conan nahm einen Schluck aus der Weinkanne. Der Waldläufer musterte ihn und verglich ihn mit den Männern ringsum, mit denen, die am verlorenen Fluss gefallen waren, und mit den wilden Dunkelhäutigen jenseits des Flusses. Conan schien sich seines nachdenklichen Blickes nicht bewusst zu sein.

»Für die Menschheit ist Barbarei der natürliche Zustand«, murmelte der Waldläufer und blickte dem Cimmerier ernst in die Augen. »Zivilisation ist unnatürlich. Sie ist eine Laune des Zufalls. Aber Barbarei wird schließlich immer die Oberhand behalten.«

DER SCHWARZE FREMDE

I

DIE BEMALTEN

EBEN WAR DIE LICHTUNG noch leer gewesen, jetzt stand ein Mann mit angespannten Sinnen am Rand der Büsche. Kein Laut hatte die Eichhörnchen vor seinem Kommen gewarnt, aber die Vögel, die sich im Sonnenschein vergnügt hatten, erschraken über die plötzliche Erscheinung und flatterten in einem aufgeregt zeternden Schwarm hoch. Der Mann runzelte die Stirn und schaute hastig den Weg zurück, den er gekommen war, in der Befürchtung, die Vögel könnten seine Anwesenheit verraten haben. Dann machte er sich daran, mit vorsichtigen Schritten die Lichtung zu überqueren. Trotz seiner riesenhaften kräftigen Gestalt bewegte der Mann sich mit der sicheren Geschmeidigkeit eines Leoparden. Von einem Stofffetzen um seine

Lenden abgesehen war er nackt, seine Haut von Dornen zerkratzt und schmutzbedeckt. Um seinen muskulösen linken Arm war ein braun verkrusteter Verband gewickelt. Das Gesicht unter der zerzausten schwarzen Mähne war angespannt und ausgezehrt, und seine Augen brannten wie die eines verwundeten Wolfes. Er hinkte ein wenig, als er den schmalen Pfad quer über die Lichtung hastete.

Etwa auf halbem Weg hielt er abrupt an und wirbelte katzengleich herum, als er den lang gezogenen Schrei aus dem Wald hinter sich vernahm. Es hörte sich fast wie das Heulen eines Wolfes an, aber er wusste, dass es kein Wolf war. Ein Cimmerier kannte die Stimmen der Wildnis, wie ein Mensch der Zivilisation die Stimmen seiner Freunde kennt.

Grimm funkelte in seinen blutunterlaufenen Augen, als er sich wieder umdrehte und den Pfad weiterlief, der hinter der Lichtung am Rand eines dichten, sich lückenlos unter den Bäumen dahinziehenden Gestrüpps entlangführte. Ein massiver, tief in die grasüberwucherte Erde eingebetteter Stamm lag parallel zum Rand des Gestrüpps zwischen ihm und dem Pfad. Als der Cimmerier ihn sah, hielt er an und schaute über die Lichtung zurück. Einem ungeübten Auge verrieten keine Spuren, dass er diesen Weg gekommen war. Für seinen mit der Wildnis vertrauten Blick jedoch war seine Fährte deutlich erkennbar. Und er wusste, dass auch seine Verfolger sie mühelos lesen konnten. Er knurrte lautlos, die Wut in seinem Blick stieg – die Berserkerwut eines gejagten Tieres, das bereit ist, sich dem Kampf auf Leben und Tod zu stellen.

Schnell und mit vorgetäuschter Sorglosigkeit schritt er den Pfad hinunter und zerdrückte, ebenfalls mit voller Absicht, hier und da das Gras. Doch als er das hintere Ende des Stammes erreicht hatte, sprang er darauf, drehte sich um und rannte leichtfüßig zurück. Die Rinde war längst von Wind und Wetter abgenagt, und auf dem kahlen Holz hinterließ er keine Spuren. Nicht einmal die schärfsten Augen hätten zu erkennen vermocht, dass er umgekehrt war. Als er die dichteste Stelle des Buschwerks erreicht hatte, verschwand er darin wie ein Schatten; kaum ein Blättchen regte sich dabei.

Die Zeit zog sich schleppend dahin. Die grauen Eichhörnchen beschäftigten sich wieder sorglos auf den Bäumen – und drückten sich plötzlich stumm gegen die Äste. Wieder kam jemand auf die Lichtung. So lautlos wie der Cimmerier, tauchten drei Männer am Ostrand der Lichtung auf. Dunkelhäutig waren sie, von gedrungener Statur mit muskelschwellender Brust und kräftigen Armen. Sie trugen perlenverzierte lederne Lendentücher und Adlerfedern im schwarzen Haar. Ihre Körper waren in einem abscheulichen Muster bemalt, und sie waren schwer bewaffnet.

Sie hatten vorsichtig auf die Lichtung hinausgespäht, ehe sie nun, dicht hintereinander zum Sprung gekauert wie Leoparden, hinaustraten und sich über den Pfad beugten. Sie folgten der Spur des Cimmeriers – und das war selbst für diese menschlichen Bluthunde nicht einfach. Langsam schlichen sie über die Lichtung. Da hielt der Vorderste wie erstarrt an, brummte etwas und deutete mit seinem breitklingigen Speer auf einen zerdrückten Grashalm, wo der Pfad wieder in den Wald mündete. Sofort blieben auch die anderen stehen, und ihre schwarzen Perlenaugen suchten die dichte Mauer des Waldes ab. Aber ihr Opfer war gut verborgen. Schließlich schritten sie weiter, schneller jetzt. Sie folgten den schwachen Spuren, die scheinbar verrieten, dass ihre Beute aus Erschöpfung oder Verzweiflung unvorsichtig geworden war.

Kaum hatten sie die Stelle passiert, wo der alte Pfad dem Dickicht am nächsten kam, als der Cimmerier hinter sie sprang und seinen Dolch zwischen die Schulterblätter des letzten Pikten stieß. Der Angriff kam so schnell und unerwartet, dass die Klinge in seinem Herzen steckte, ehe er überhaupt ahnte, dass er sich in Gefahr befand.

Die beiden anderen wirbelten mit der Geschwindigkeit einer zuschnappenden Falle herum, doch noch während der Cimmerier den Dolch aus dem Rücken seines ersten Opfers zog, schwang er die schwere Streitaxt in seiner Rechten. Der zweite Pikte war dabei sich umzudrehen, als die Axt herabsauste und seinen Schädel spaltete.

Der letzte Pikte, ein Häuptling, nach der scharlachroten Spitze seiner Adlerfeder zu schließen, griff mit ungeheurer Wildheit an. Er stach nach der Brust des Cimmeriers, als der die Axt aus dem Kopf des Toten riss. Der Cimmerier stieß die Leiche gegen den Häuptling und griff so wild und verzweifelt wie ein verwundeter Tiger an. Der Pikte taumelte unter dem Gewicht des Toten und machte keinerlei Anstalten, die vor Blut tropfende Axt abzuwehren; der Instinkt zu töten übertraf sogar den Selbsterhaltungstrieb, und er rammte den Speer wuchtig gegen die Brust des Feindes. Der Cimmerier hatte die Vorteile einer höheren Intelligenz und einer Waffe in jeder Hand. Die herabsausende Axt schlug den Speer des Gegners zur Seite, während der Dolch in der Linken den bemalten Bauch von unten nach oben aufschlitzte.

Ein grauenvoller Schrei entrang sich dem Pikten, als er blutüberströmt zusammenbrach. Es war kein Schrei aus Angst oder Schmerz, sondern aus Überraschung und tierischer Wut. Ein wildes Geheul vieler Kehlen antwortete aus einiger Entfernung östlich der Lichtung. Der Cimmerier wirbelte herum, duckte sich wie ein gestellter Wolf mit gefletschten Zähnen und schüttelte sich den Schweiß vom Gesicht. Aus dem Verband um seinen linken Arm sickerte Blut.

Mit einer gekeuchten, unverständlichen Verwünschung drehte er sich um und floh westwärts. Er gab sich jetzt keine Mühe mehr, Spuren zu vermeiden, sondern rannte mit aller Flinkheit seiner langen Beine und zehrte von dem tiefen und fast unerschöpflichen Reservoir seiner Ausdauer, das die Natur einem Barbaren schenkt. Eine Weile blieb es still in dem Wald hinter ihm, doch dann kam ein dämonisches Heulen von der Stelle, die er gerade verlassen hatte. Seine Verfolger hatten also die Toten gefunden. Der Cimmerier hatte nicht genügend Atem übrig, um über das Blut zu fluchen, das aus seiner aufgebrochenen Wunde tropfte und eine Spur zurückließ, der selbst ein Kind folgen konnte. Er hatte gehofft, die drei Pikten wären die letzten des Kriegertrupps gewesen, der ihn schon seit über hundert Meilen verfolgte. Dabei hätte er wissen müssen, dass diese menschlichen Wölfe nie eine blutige Spur aufgaben.

Es war nun wieder still. Das bedeutete, dass sie hinter ihm herrasten, und er konnte das Blut nicht stillen, das seinen Weg verriet. Der Westwind wehte ihm ins Gesicht. Er trug salzige Feuchtigkeit mit sich. Er wunderte sich etwas. Wenn er sich dem Meer so nahe befand, musste die Verfolgung schon länger gedauert haben, als ihm bewusst geworden war. Doch jetzt würde sie bald zu Ende sein. Selbst seine wölfische Vitalität schwand unter der ungeheuren Anstrengung. Er rang nach Atem, und seine Seite stach. Seine Beine zitterten vor Erschöpfung, und das hinkende Bein schmerzte bei jedem Aufsetzen des Fußes, als steche ein Messer in die Sehnen. Er war bisher dem Instinkt der Wildnis gefolgt, die sein Lehrmeister war, und hatte jeden Nerv, jeden Muskel angespannt und jeden Trick angewandt, um zu überleben. Doch jetzt, in seiner Bedrängnis, folgte er einem anderen Instinkt: Er suchte eine Stelle, wo er mit gedecktem Rücken sein Leben so teuer wie möglich verkaufen konnte.

Er verließ den Pfad nicht, um in das Dickicht links oder rechts einzutauchen. Er wusste, wie hoffnungslos es wäre, sich jetzt noch vor seinen Verfolgern verkriechen zu wollen. Weiter rannte er, während das Blut immer lauter in seinen Ohren pochte und jeder Atemzug trockenen Schmerz in seiner Kehle hervorrief. Ein wildes Geheul brach hinter ihm aus. Es bedeutete, dass sie ihm schon dicht auf den Fersen waren und damit rechneten, ihn in Kürze einzuholen. Wie ausgehungerte Wölfe würden sie jetzt kommen, jeder Sprung von einem Heulen begleitet.

Plötzlich waren die Bäume zu Ende. Vor ihm stieg der Boden an, und der uralte Pfad schlängelte sich zwischen verwitterten Felsblöcken über Steinsimse in die Höhe. Alles verschwamm wie von rotem Nebel verhüllt, aber er war zu einem Berg gekommen, einer zerklüffteten Felswand, die sich steil aus dem Boden und dem Wald an ihrem Fuß erhob. Und der kaum vorhandene Weg führte zu einem breiten Sims nahe dem Gipfel.

Dieser Sims wäre kein schlechterer Ort zu sterben als ein anderer. Er hinkte den Pfad hoch, auf allen vieren an den steileren Stellen, den Dolch zwischen den Zähnen. Er hatte den vorspringenden Sims noch nicht erreicht, als etwa vierzig bemalte Wilde, wie die Wölfe heulend, aus dem Wald stürmten. Ihr Gebrüll erhob sich zu einem teuflischen Crescendo, als sie ihn entdeckten. Sie rannten auf den Fuß des Felsens zu und schossen im Laufen ihre Pfeile ab. Die Schäfte schwirrten um den Mann, der verbissen weiter hochkletterte. Ein Pfeil drang in seine Wade. Ohne anzuhalten, zog er ihn heraus und warf ihn von sich. Auf die schlecht gezielten Geschosse achtete er überhaupt nicht, die an den Felsen um ihn herum zersplitterten. Grimmig zog er sich über den Rand des Simses und drehte sich um. Er nahm Streitaxt und Dolch in die Hände und starrte im Liegen über den Simsrand hinunter auf seine Verfolger. Nur seine schwarze Mähne und die funkelnden Augen waren zu sehen. Die mächtige Brust hob und senkte sich heftig, als er in gewaltigen Zügen die Luft einsog, doch dann musste er die Zähne zusammenbeißen, um gegen eine aufsteigende Übelkeit anzukämpfen.

Nur noch wenige Pfeile schwirrten zu ihm hoch. Der Trupp wusste, dass die Beute gestellt war. Die Krieger kamen heulend näher. Leichtfüßig sprangen sie über die Steine am Fuß des Felsens. Der Erste, der den steilen Teil der Wand erreichte, war ein kräftiger Krieger, dessen Adlerfeder als Zeichen seiner Häuptlingswürde gefärbt war. Er verharrte kurz, einen Fuß auf dem schrägen Serpentinenpfad, den Pfeil an die Sehne gelegt und sie halb gezogen. Jetzt warf er den Kopf zurück und öffnete die Lippen zu einem wilden Triumphschrei. Aber der Pfeil wurde nie abgeschossen. Der Häuptling erstarrte zur Reglosigkeit einer Statue, und der Blutdurst in seinen schwarzen Augen machte erschrockener Überraschung Platz. Mit einem Aufheulen wich er zurück und schwang die Arme weit, um seine herbeistürmenden Kameraden aufzuhalten. Zwar verstand der Cimmerier auf dem Sims ihre Sprache, aber er befand sich viel zu hoch über ihnen, um sich der Bedeutung der hervorgestoßenen Befehle des Häuptlings klar zu werden.

Jedenfalls verstummte das allgemeine Kriegsgeheul,

und alle starrten hoch – nicht zu dem Mann auf dem Sims, sondern zum Felsen. Ohne weiteres Zögern lösten sie die Sehnen ihrer Bogen und schoben diese in ihre Wildlederhüllen an ihren Gürteln. Dann drehten sie sich um, trotteten den Pfad zurück, den sie gekommen waren, und verschwanden, ohne sich noch einmal umzusehen, im Wald.

Der Cimmerier starrte ihnen verblüfft nach. Er kannte die Pikten gut genug, um zu wissen, dass sie die Verfolgung endgültig aufgegeben hatten und nicht zurückkommen würden. Sie befanden sich zweifellos bereits auf dem Heimweg zu ihren Dörfern, etwa hundert Meilen entfernt im Osten.

Aber es war ihm unerklärlich. Was hatte es mit seiner Zuflucht auf sich, das einen piktischen Kriegstrupp dazu bringen konnte, seine Beute aufzugeben, die er so lange mit der Hartnäckigkeit ausgehungerter Wölfe verfolgt hatte? Er wusste, dass es geheiligte Orte gab, die von den verschiedenen Clans als Zuflucht errichtet worden waren, und dass ein Flüchtling, der dort Asyl suchte, von dem Clan, dem er gehörte, nichts zu befürchten hatte. Aber andere Stämme hatten zu diesen Zufluchtsorten nicht die gleiche Einstellung. Und die Männer, die ihn so weit verfolgt hatten, besaßen hier, weitab ihrer Heimat, bestimmt keine geheiligte Zuflucht. Sie waren Männer des Adlers, dessen Dörfer im Osten lagen, unmittelbar an der Grenze der Wolfpikten.

Die Wölfe waren es gewesen, die den Cimmerier gefangen genommen hatten, bei einem Vorstoß auf die aquilonischen Siedlungen am Donnerfluss, und sie hatten ihn den Adlern übergeben, im Austausch für einen gefangenen Wolfhäuptling. Die Adlerpikten hatten eine blutige Rechnung mit dem riesenhaften Cimmerier zu begleichen. Eine Rechnung, die inzwischen noch blutiger geworden war, denn seine Flucht hatte einen berühmten Kriegshäuptling das Leben gekostet. Deshalb hatten sie ihn so unermüdlich verfolgt: über breite Flüsse und zerklüftete Berge, durch schier endlose Meilen düsteren Waldes, ohne darauf zu achten, dass das die Jagdgründe befeindeter Stämme waren. Und nun hatten die Überlebenden dieser langen Verfolgung einfach kehrtgemacht, ausgerechnet in dem Augenblick, als ihr Feind gestellt war und es keinen Ausweg mehr für ihn gab. Er schüttelte den Kopf. Nein, er konnte es sich nicht erklären.

Vorsichtig erhob er sich, schwindelig von der grenzenlosen Anstrengung, und er war kaum in der Lage zu begreifen, dass die Hetzjagd tatsächlich zu Ende war. Seine Glieder waren steif, seine Wunden schmerzten. Er spuckte trockenen Staub und wischte sich fluchend mit dem Handrücken die blutunterlaufenen Augen. Blinzelnd schaute er sich um. Unter ihm erstreckte sich die grüne Wildnis in weiten, ununterbrochenen Wellen, und über ihrem Westrand erhob sich ein stahlblauer Dunst, der, wie er wusste, nur über dem Meer hängen konnte. Der Wind spielte mit seiner schwarzen Mähne, und die salzige Luft erfrischte ihn. In tiefen, belebenden Atemzügen sog er sie mit geschwellter Brust ein.

Dann drehte er sich steif um, fluchte über den Schmerz in seiner blutenden Wade und betrachtete den Sims, auf dem er stand, näher. Dahinter erhob sich eine steile Felswand bis zum etwa dreißig Fuß höheren Kamm. Einkerbungen für Hände und Füße, einer schmalen Leiter ähnlich, führten nach oben. Und ein paar Schritte entfernt befand sich ein Spalt in der Wand, der gerade breit genug war, einem Menschen Einlass zu gewähren.

Er hinkte dorthin, spähte hinein und fluchte heftig. Die Sonne, die hoch über dem westlichen Wald stand, fiel schräg in den Spalt; sie offenbarte eine tunnelähnliche Höhle und an ihrem Ende eine ziemlich große eisenbeschlagene Tür.

Ungläubig kniff er die Augen zusammen. Dieses Land war eine absolute Wildnis. Der Cimmerier wusste, dass diese Westküste tausend Meilen weit unbewohnt war, wenn man von den Dörfern der wilden Küstenstämme absah, die noch weniger zivilisiert waren als ihre in den Wäldern hausenden Verwandten.

Die nächsten Vorposten der Zivilisation waren die Grenzsiedlungen entlang dem Donnerfluss, Hunderte von Meilen im Osten. Und noch etwas wusste der Cimmerier mit ziemlicher Sicherheit: dass er der einzige Weiße war, der je die Wildnis durchquert hatte, die zwischen dem Fluss und der Küste lag. Doch ganz zweifellos hatten nicht Pikten diese Tür hergestellt.

Da er sie sich nicht erklären konnte, erregte sie sein Misstrauen, und so näherte er sich ihr voll Argwohn, mit Axt und Dolch in den Händen. Als seine blutunterlaufenen Augen sich an die sanfte Dämmerung hinter den leuchtenden Sonnenstrahlen gewöhnt hatten, die hier wie durch einen Lichtschacht herabfielen, bemerkte er noch etwas anderes. Der Tunnel weitete sich vor der Tür, und entlang den Wänden reihten sich an beiden Seiten große eisenbeschlagene Truhen aneinander. Jetzt glaubte er zu verstehen. Er beugte sich über eine, aber der Deckel ließ sich nicht öffnen. Als er bereits die Axt erhoben hatte, um das alte Schloss zu zerschmettern, überlegte er es sich und hinkte stattdessen zu der Bogentür. Jetzt wurde seine Haltung zuversichtlicher, und seine Waffen hingen an seiner Seite. Er drückte gegen das mit kunstvollen Schnitzereien verzierte Holz. Widerstandslos schwang die schwere Tür auf.

Nun änderte sich seine Haltung erneut. Mit einem Fluch auf den Lippen zuckte er blitzartig zurück. Er riss Streitaxt und Dolch hoch. Einen Augenblick blieb er drohend, reglos wie eine Statue stehen und streckte den Hals vor, um durch die Tür zu spähen.

Er blickte in eine Höhle, in der es etwas dunkler als im Tunnel war. Nur ein schwaches Leuchten ging von einem großen Edelstein auf einem kleinen Elfenbeinständer aus, der in der Mitte eines großen Ebenholztisches stand. Um ihn saßen die schweigenden Gestalten, deren Anwesenheit ihn so überrascht hatte.

Sie rührten sich nicht, wandten sich ihm nicht zu.

»Na«, knurrte er. »Seid ihr denn alle betrunken?«

Keine Antwort folgte. Der Cimmerier war nicht leicht aus der Fassung zu bringen, aber diese Missachtung erboste ihn.

»Ihr könntet mir zumindest ein wenig von eurem Wein anbieten«, sagte er barsch. »Bei Crom! Man sollte meinen, ihr würdet einen, der zu eurer Bruderschaft gehört, ein wenig freundlicher aufnehmen. Wollt ihr ...« Er verstummte und starrte eine Weile schweigend auf diese Gestalten, die so ungewöhnlich still um den großen Ebenholztisch saßen.

»Sie sind nicht betrunken«, murmelte er schließlich. »Sie trinken ja überhaupt nicht. Was, bei Crom, bedeutet das?«

Er trat über die Schwelle. Und im nächsten Augenblick musste er um sein Leben kämpfen, als sich unsichtbare Finger in mörderischem Griff um seine Kehle legten.

II

Piraten

Mit ihrer Sandalenspitze stupste Belesa eine Muschel an. Deren rosiger Rand erinnerte sie an das erste Rot des neuen Morgens über der dunstigen Küste. Zwar lag die Morgendämmerung schon eine Weile zurück, aber die frühe Sonne hatte den perlgrauen Dunst, der westwärts über das Wasser trieb, noch nicht aufgelöst.

Belesa hob das fein geschnittene Gesicht und blickte auf die fremdartige Umgebung, die sie abstoßend fand und die ihr doch auf ermüdende Weise in jeder Einzelheit vertraut war. Vor ihren kleinen Füßen erstreckte sich der braune Sand bis zu den sanften Wellen, die sich westwärts im blauen Dunst des Horizonts verloren. Sie stand am südlichen Bogen einer breiten Bucht; hinter ihr stieg das Land zu dem niedrigen Kamm an, der ein Horn der Bucht bildete. Von diesem Kamm konnte man südwärts über die trostlose Weite des Wassers blicken, bis in unendliche Ferne, genau wie westwärts und nordwärts.

Als sie sich landeinwärts wandte, schaute sie abwesend über das Fort, das seit eineinhalb Jahren ihr Zuhause war. Gegen den verschwommen blau und perlweißen Himmel hob sich flatternd das gold- und scharlachfarbene Banner ihres Hauses ab – ein Banner, das keine Begeisterung in ihrer jugendlichen Brust erweckte, obgleich es siegreich über so manche Schlacht im Süden geblickt hatte. Sie sah Menschen in den Gärten und Feldern um das Fort arbeiten, das seinerseits vor dem düsteren Wall des Waldes zurückzuschrecken schien, der sich nord- und südwärts erstreckte, so weit sie sehen konnte. Sie fürchtete diesen Wald, und jeder in der winzigen Siedlung teilte diese Furcht mit ihr. Es war keine grundlose Angst. Der Tod lauerte in seinen wispernden Tiefen – ein schrecklicher Tod, ein Tod, langsam und grauenvoll –, versteckt, unablässig und gnadenlos.

Sie seufzte und schlenderte lustlos zum Rand des Wassers. Jeder der sich eintönig dahinschleppenden Tage war von der gleichen Farbe, und die Welt der Städte und Höfe voller Fröhlichkeit schien sich nicht nur Tausende von Meilen entfernt zu befinden, sondern auch in unendlicher Vergangenheit. Wieder grübelte sie vergebens darüber nach, was einen Grafen von Zingara veranlasst haben mochte, mit seinem Gefolge und Gesinde an diese wilde Küste zu fliehen, Tausende von Meilen entfernt von dem Land, das ihn hervorgebracht hatte, um den Palast seiner Vorfahren gegen ein Blockhaus einzutauschen.

Belesas Augen wurden weicher, als sie die leisen Schritte auf dem Sand hörte. Ein Mädchen, ein Kind noch, kam völlig nackt über den niedrigen, sandigen Kamm gerannt. Das flachsfarbene Haar klebte nass an dem schmalen Kopf. Die blauen Augen waren vor Aufregung weit aufgerissen.

»Lady Belesa!«, rief es und verlieh dem zingaranischen Wort einen weichen ophireanischen Akzent. »Oh Lady Belesa!«

Atemlos von ihrem Lauf machte die Kleine unverständliche Gesten. Belesa legte lächelnd einen Arm um sie, ohne darauf zu achten, dass ihr feines Seidengewand dadurch feucht wurde. In ihrem einsamen Leben schenkte Belesa alle Zärtlichkeit ihres liebevollen Wesens der armen Waisen, die sie auf der langen Seereise von der südlichen Küste ihrem brutalen Herrn weggenommen hatte.

»Was gibt es denn, Tina? Hol erst mal tief Luft, Kind!«

»Ein Schiff!«, rief das Mädchen und deutete südwärts. »Ich schwamm im Teich, den die Flut im Sand zurückgelassen hat – auf der anderen Seite des Kamms –, da habe ich es gesehen! Ein Schiff, das aus dem Süden herbeisegelt!«

Am ganzen Körper vor Aufregung zitternd, zog sie an Belesas Hand. Auch das Herz der jungen Frau schlug bei dem Gedanken an einen Besucher schneller. Seit sie zu dieser öden Küste gekommen waren, hatten sie noch kein Segel gesehen.

Tina flitzte vor ihr her über den gelben Sand und wich den tiefen Pfützen aus, die die Flut zurückgelassen hatte. Sie rannte den niedrigen gewellten Kamm hoch und blieb dort abwartend stehen – eine schmale weiße Gestalt, die sich mit flatterndem Haar und einem ausgestreckten Arm vom heller werdenden Himmel abhob.

»Seht doch, Mylady!«

Belesa hatte es bereits gesehen: ein weißes, vom Wind geblähtes Segel, das sich strandaufwärts, nur wenige Meilen entfernt, der Buchtspitze näherte. Ihr Herz setzte einen Schlag lang aus. Selbst ein unbedeutendes Ereignis kann Farbe und Aufregung in ein eintöniges Leben bringen, aber Belesa hatte das ungute Gefühl, dass dieses Schiff nichts Gutes brachte und dass es nicht durch Zufall hierherkam. Es gab keine Häfen weiter im Norden, obwohl man natürlich zu den eisigen Küsten segeln konnte, und der nächste Hafen im Süden dürfte etwa tausend Meilen entfernt sein. Was brachte diesen Fremden zu der einsamen Korvela-Bucht?

Tina schmiegte sich an ihre Herrin. Angst sprach aus ihren schmalen Zügen.

»Wer kann es sein, Mylady?«, stammelte sie, und der Wind peitschte Farbe in ihre bleichen Wangen. »Ist es der Mann, den der Graf fürchtet?«

Belesa blickte mit gerunzelter Stirn auf sie hinab.

»Weshalb sagst du das, Kind? Woher weißt du, dass mein Oheim jemanden fürchtet?«

»Es muss so sein«, antwortete Tina naiv, »weshalb würde er sich sonst an diesem einsamen Ort verstecken? Seht, wie schnell das Schiff ist!«

»Wir müssen meinen Oheim darauf aufmerksam machen«, murmelte Belesa. »Die Fischerboote sind noch nicht ausgelaufen, deshalb hat noch keiner der Männer das Segel gesehen. Hol deine Sachen, Tina. Beeil dich!«

Das Kind rannte den Hang zum Teich hinunter, in dem sie geschwommen war, als sie das Schiff entdeckte. Sie griff nach ihren Sandalen, der Tunika und dem Gürtel, die sie auf dem Sand ausgezogen hatte. Sie rannte zum Kamm zurück und kleidete sich im Laufen an.

Belesa, die besorgt das näher kommende Schiff im Auge behielt, griff nach ihrer Hand, und zusammen hasteten sie zum Fort. Kurz nachdem sie durch das Tor der Palisadenfestung gekommen waren, rief schriller Hörnerschall sowohl die erschrockenen Arbeiter in den Gärten und Feldern zurück, als auch die Männer, die gerade die Bootshaustüren geöffnet hatten, um die Fischerkähne zum Wasser hinunterzuschieben.

Jeder außerhalb des Forts ließ alles liegen und stehen, ohne sich Zeit zu nehmen, Ausschau nach der Ursache des Alarms zu halten, und rannte zur Festung zurück. Erst als sie am Tor angekommen waren, blickten alle ohne Ausnahme über die Schulter zum dunklen Rand des Waldes im Osten. Kein Einziger schaute seewärts.

Sie drängten durch das Tor und erkundigten sich bei den Wachen auf den Wehrgängen unterhalb der Palisadenspitzen: »Warum hat man uns zurückgerufen?« – »Was ist los?« – »Kommen die Pikten?«

Als Antwort deutete ein wortkarger Bewaffneter südwärts. Von seiner erhöhten Position aus war das Segel bereits zu sehen. Männer kletterten zu dem Wehrgang hoch und spähten auf das Meer hinaus. Von einem kleinen Aussichtsturm am Dach des Herrenhauses, das wie die anderen Gebäude innerhalb des Palisadenzauns aus Holzstämmen erbaut war, beobachtete Graf Valenso von Korzetta das näher kommende Segel, während es um die Spitze des südlichen Horns bog. Der Graf war ein hagerer, drahtiger Mann, gegen Ende vierzig, mit finsterem Gesicht. Sein enges Beinkleid und sein Wams waren aus schwarzer Seide. Das Einzige, was ihm ein wenig Farbe verlieh, waren die funkelnden Juwelen an seinem Schwertgriff und das Weinrot des Umhangs, der von einer Schulter hing. Er zwirbelte nervös den dünnen schwarzen Schnurrbart und wandte sich mit düsteren Blicken an seinen Majordomus – einen Mann mit ledrigem Gesicht, in Satin und Stahl gekleidet.

»Was haltet Ihr davon, Galbro?«

»Eine Karacke, Mylord«, antwortete der Majordomus. »Eine Karacke mit Takelung und Besegelung wie die Schiffe der Barachan-Piraten – seht, dort!«

Schreie unter ihnen erklangen. Das Schiff war um die Landspitze gekommen und segelte nun schräg durch die Bucht. Alle sahen die Flagge, die plötzlich vom Topp flatterte: eine schwarze Flagge mit einem scharlachroten Totenschädel leuchtete in der Sonne. Die Menschen im Fort starrten wild auf dieses gefürchtete Banner. Aller Augen wandten sich jetzt dem Turm zu, auf dem der Herr der Festung düster im flatternden Umhang stand.

»Ja, es ist ein Barachanier!«, brummte Galbro. »Und wenn ich mich nicht irre, Stroms *Rote Hand*. Was sucht er hier an dieser trostlosen Küste?«

»Für uns bedeutet es zweifellos nichts Gutes!«, knurrte der Graf. Ein Blick nach unten zeigte ihm, dass das schwere Tor inzwischen geschlossen worden war und der Hauptmann seiner Wache, in glänzenden Stahl gerüstet, seinen Männern die Posten auf dem Wehrgang und an den niedrigeren Schießscharten zuwies. Seine Hauptmacht teilte er entlang der Westpalisaden ein, in deren Mitte sich das Tor befand.

Hundert Mann – Soldaten, Vasallen und Leibeigene – und ihre Familien waren Valenso ins Exil gefolgt. Von ihnen waren vierzig erfahrene Krieger, die bereits in ihre Rüstungen geschlüpft waren, die Helme aufgesetzt und sich mit Schwertern, Streitäxten und Armbrüsten bewaffnet hatten. Die restlichen waren Arbeiter ohne Kettenhemden, dafür jedoch mit festen Lederwämsern. Aber auch sie waren kräftige, tapfere Männer, die sehr wohl mit ihren Jagdbogen, Holzfälleräxten und Jagdspeeren umzugehen vermochten. Sie alle bezogen Posten und blickten finster auf ihre Erzfeinde – denn seit mehr als einem Jahrhundert hatten die Piraten der Barachan-Inseln – einer kleinen Inselgruppe im Südwesten der zingaranischen Küste – die Gestade unsicher gemacht.

Die Männer auf dem Wehrgang griffen ihre Bögen oder Sauspieße fester und beobachteten die Karacke, deren Messingteile in der Sonne blitzten. Sie sahen die Piraten auf dem Deck und hörten ihr Gebrüll. Entlang der Reling glitzerte Stahl.

Der Graf hatte den Turm verlassen und seine Nichte und ihren Schützling ins Haus befohlen. Nachdem er Helm und Brustharnisch angezogen hatte, stieg er auf den Wehrgang, um die Leitung der Verteidigung zu übernehmen. Seine Untertanen beobachteten ihn mit düsterer Schicksalsergebenheit. Sie beabsichtigten, ihr Leben so teuer wie nur möglich zu verkaufen, hatten jedoch trotz ihrer starken Position kaum Hoffnung, die Angreifer zu besiegen. Die eineinhalb Jahre in dieser Öde, mit der ständigen Bedrohung des von Teufeln heimgesuchten Waldes im Rücken, nagten an ihnen und machten sie zu Schwarzsehern. Ihre Frauen standen stumm an den Türen ihrer Blockhütten oder versuchten die Kinder zu beruhigen.

Belesa und Tina blickten aus einem oberen Fenster des Herrenhauses, und die junge Frau spürte das Zittern des Kindes, um das sie schützend den Arm gelegt hatte.

»Sie werden beim Bootshaus Anker werfen«, murmelte Belesa. »Ja, sie lassen ihn gerade hinunter – das dürfte etwa dreihundert Fuß vom Ufer entfernt sein. Hab keine Angst, Kind. Sie können das Fort nicht einnehmen. Vielleicht wollen sie nur frisches Wasser und Fleisch. Oder ein Sturm trieb sie in dieses Gewässer.«

»Sie rudern in langen Booten an Land!«, rief das Mädchen. »Oh Mylady, ich fürchte mich so! Es sind große Männer in Rüstungen! Seht doch, wie die Sonne auf ihren Piken und Helmen blitzt. Werden sie uns fressen?«

Trotz ihrer eigenen Angst musste Belesa lachen. »Natürlich nicht! Wie kommst du denn darauf?«

»Zingelito erzählte mir, dass die Barachanier Frauen essen.«

»Er machte nur Spaß. Die Barachanier sind grausam, aber auch nicht schlimmer als die zingaranischen Renegaten, die sich Freibeuter nennen. Zingelito war einmal ein Freibeuter.«

»Er war grausam«, murmelte das Kind. »Ich bin froh, dass die Pikten ihm den Kopf abgeschlagen haben.«

»Aber Kind!« Belesa schauderte. »So darfst du nicht sprechen. Schau, die Piraten sind am Strand angelangt. Sie stellen sich dort auf – und jetzt kommt einer auf das Fort zu. Das muss Strom sein!«

»Fort, ahoi!«, erschallte eine Stimme so rau wie der Wind. »Ich komme unter weißer Flagge!«

Der behelmte Kopf des Grafen tauchte über den Palisadenspitzen auf und musterte den Piraten mit ernstem Gesicht. Strom war auf Hörweite stehen geblieben. Er war ein großer Mann, ohne Kopfbedeckung, mit goldblondem Haar, das im Wind wehte. Von allen Seeräubern war keiner so berüchtigt wie er.

»Sprich!«, befahl Valenso. »Ich lege keinen Wert darauf, mir Männer deiner Sorte anzuhören!«

Strom lachte mit den Lippen, nicht mit den Augen. »Als mir Eure Galeone voriges Jahr in dem Sturm vor Trallibes entging, hätte ich nicht gedacht, Euch an der piktischen Küste wieder zu treffen, Valenso. Aber ich machte mir schon damals Gedanken, wohin Ihr unterwegs wart. Bei Mitra, hätte ich es gewusst, wäre ich Euch gleich gefolgt. Ich war ganz schön überrascht, als ich vor einer Weile Euer scharlachrotes Falkenbanner über einem Fort flattern sah, wo ich erwartet hatte, bloß kahle Küste vorzufinden. Ihr habt ihn also gefunden!«

»Wen gefunden?«, schnaubte der Graf ungeduldig.

»Versucht nicht, es abzustreiten!« Das aufbrausende Wesen des Piraten brach flüchtig durch. »Ich weiß, weshalb Ihr hierhergekommen seid. Und ich kam aus dem gleichen Grund. Wo habt Ihr Euer Schiff?«

»Das geht dich überhaupt nichts an!«

»Ihr habt gar keines mehr!«, trumpfte der Pirat auf. »Ich sehe Teile der Galeonenmaste in Euren Palisaden. Ihr habt Schiffbruch erlitten, nachdem Ihr hier gelandet seid, sonst wärt Ihr mit der Beute schon längst von hier verschwunden!«

»Wovon sprichst du überhaupt, verdammt!«, schrie der Graf. »Beute? Bin ich vielleicht ein Barachanier, der brandschatzt? Doch selbst wenn, was könnte ich an dieser Küste schon erbeuten?«

»Das, weshalb Ihr hierhergekommen seid!«, antwortete der Pirat kalt. »Dasselbe, hinter dem auch ich her bin und das ich mir zu holen beabsichtige. Aber mit mir ist leicht auszukommen. Gebt mir den Kram, dann verschwinden wir, und Ihr habt wieder Eure Ruhe.«

»Du musst verrückt sein!«, brüllte Valenso. »Ich kam des Friedens und der Abgeschiedenheit wegen hierher, was ich beides genoss, bis du aus dem Meer gekrochen kamst, gelbschädeliger Hund. Hebe dich hinweg! Ich habe nicht um eine Unterhaltung gebeten und bin dieses sinnlosen Geredes müde. Nimm deine Halunken und verschwinde!«

»Wenn ich verschwinde, lasse ich dieses lächerliche Fort in Schutt und Asche zurück!«, brüllte der Pirat wütend. »Zum letzten Mal – wollt Ihr, um Euer Leben zu retten, mit der Beute herausrücken? Ihr seid hier meiner Gnade ausgeliefert. Ich habe hundertfünfzig Mann, die es kaum erwarten können, euch die Kehlen durchzuschneiden!«

Als Antwort gab der Graf unterhalb der Palisadenspitzen ein schnelles Zeichen. Sofort sirrte ein Pfeil durch eine Schießöffnung und prallte gegen Stroms Brustpanzer. Der Pirat schrie wütend auf und rannte zum Strand zurück, während Pfeile an ihm vorbeischwirrten. Seine Männer brüllten und drängten mit in der Sonne glitzernden Klingen näher.

»Verdammter Hund!«, wütete der Graf und hieb dem schlechten Bogenschützen die eisenbehandschuhte Rechte auf den Kopf. »Weshalb hast du nicht seine Kehle getroffen? Macht euch bereit, Männer! Sie kommen!«

Aber Strom hatte seine Männer erreicht und hielt sie auf. Die Piraten schwärmten in einer langen Linie aus, die über die Ecken der Westpalisaden hinausreichte, und kamen vorsichtig, immer wieder Pfeile abschießend, näher. Ihre Waffe war der Langbogen, und ihre Schießkünste waren denen der Zingarier überlegen. Aber ihre Gegner schützte die Palisade. Die langen Pfeile der Barachanier flogen in hohem Bogen über die Mauer und blieben zitternd im Boden innerhalb des Forts stecken. Einer drang in den Sims des Fensters, durch das Belesa den Kampf beobachtete. Tina schrie auf und blickte verstört auf den vibrierenden Schaft.

Die Zingarier beantworteten den Beschuss. Sie zielten sorgfältig und ohne unnötige Hast. Die Frauen hatten die Kinder inzwischen alle in die Hütten geholt und erwarteten ergeben das Schicksal, das die Götter ihnen zugedacht hatten.

Die Barachanier waren bekannt für ihre wilde Angriffstaktik, aber sie waren auch genauso vorsichtig wie heftig und nicht so dumm, als dass sie sich in einem Sturmangriff gegen die Palisaden verausgabt hätten. Weit ausgefächert krochen sie vorwärts und nutzten jegliche Deckung, wie Mulden und die vereinzelten Büsche – und davon gab es wirklich nicht viele, denn das Terrain rings um das Fort war zum Schutz gegen Piktenüberfälle gerodet worden.

Da und dort lagen schon Tote, deren Harnische in der Sonne glänzten. Manche waren von Armbrustbolzen durchbohrt, anderen ragten Pfeilschäfte aus den ungeschützten Hälsen oder Achselhöhlen. Aber die Piraten waren flink wie Katzen, wechselten ständig ihre Position und boten durch ihre stete Bewegung ein schlechtes Ziel, außerdem schützte sie ihre leichte Rüstung. Ihr pausenloser Beschuss war eine nervenaufreibende Bedrohung für die Männer im Fort. Trotzdem war es offensichtlich, dass der Vorteil bei den hinter ihrer Deckung geschützten Zingariern lag, solange es nur bei einem Schusswechsel blieb.

Doch unten am Bootshaus am Strand waren die Piraten mit Äxten am Werk. Der Graf fluchte grimmig, als er sah, was sie mit seinen Booten machten, die seine Leute mühsam aus zurechtgesägten Planken zusammengebaut hatten.

»Sie bauen eine bewegliche Schutzwehr!«, wütete er. »Einen Ausfall, ehe sie sie fertiggestellt haben – solange sie noch verstreut sind ...«

Galbro schüttelte den Kopf und blickte auf die rüstungslosen Arbeiter mit ihren plumpen Jagdspeeren. »Ihre Pfeile würden zu viele niedermachen, außerdem kommen wir in einem Handgemenge nicht gegen sie an. Nein, wir müssen hinter den Palisaden bleiben und auf unsere Schützen vertrauen.«

»Schön und gut«, knurrte Valenso, »aber nur so lange sie nicht ins Fort eingedrungen sind.«

Die Zeit verging, und die Schützen beider Seiten setzten ihr Duell fort. Schließlich kam ein Trupp von etwa dreißig Piraten heran, der einen riesigen, aus den Planken der Boote und dem Holz des Bootshauses errichteten Schild vor sich herschob. Sie hatten einen Ochsenkarren entdeckt und den Schild auf Rädern befestigt, die aus dicken Eichenscheiben bestanden. Als sie ihn schwerfällig vor sich herrollten, waren sie vor den Verteidigern geschützt, die nur ihre Füße sehen konnten.

Immer näher kam der Schild an das Tor heran. Die zuvor ausgeschwärmten Bogenschützen rannten auf den Karren zu und schossen im Laufen.

»Schießt!«, brüllte Valenso, der bleich geworden war. »Haltet sie auf, ehe sie das Tor erreichen!«

Pfeile schwirrten über die Palisaden und bohrten sich, ohne Schaden anzurichten, in das dicke Holz. Ein höhnisches Gebrüll beantwortete die Salve. Die Pfeile der Piraten fanden jetzt die Schießöffnungen. Ein Soldat taumelte und stürzte röchelnd, mit einem Pfeil im Hals, von der Brustwehr.

»Schießt auf ihre Füße!«, schrillte Valenso. Und dann: »Vierzig Mann mit Piken und Äxten zum Tor! Der Rest bleibt auf den Palisaden!«

Sand spritzte unter den Armbrustbolzen zu Füßen der die Schutzwehr schiebenden Piraten auf. Ein gellendes Heulen verriet, dass ein Bolzen sein Ziel gefunden hatte. Ein Mann schwankte in Sicht. Er fluchte und hüpfte auf einem Bein, als er versuchte, den Bolzen aus seinem Fuß zu ziehen. Kurz danach war er mit einem Dutzend Pfeilen gespickt.

Aber die Piraten schoben mit dröhnendem Triumphgeschrei den Schild an das Tor. Durch eine Öffnung in der Mitte des Schildes stießen sie einen Rammbalken mit Eisenspitze heraus, den sie aus dem Dachträger des Bootshauses gewonnen hatten. Muskelbepackte Arme rammten ihn von blutdürstiger Wut getrieben gegen das Tor. Es ächzte und gab ein wenig nach, während Pfeile und Bolzen in ständigem Hagel auf die Angreifer herabzischten, und so manche trafen. Doch die Seewölfe waren von wilder Kampfeslust erfüllt.

Mit lautem Brüllen schwangen sie den Rammbock, während ihre Kameraden, den bereits schwächeren Beschuss von den Wehrgängen missachtend, von allen Seiten herbeigestürmt kamen.

Der Graf zog fluchend sein Schwert, sprang von der Brustwehr und raste zum Tor. Ein Trupp seiner verzweifelten Soldaten schloss sich ihm an, die Speere fest umklammert. Jeden Augenblick würde das Tor nachgeben, dann mussten sie die Bresche mit ihren Leibern füllen.

Da drang ein neuer Laut durch den Kampflärm: schrilles Trompetengeschmetter erschallte vom Schiff. Ein Mann auf der Saling fuchtelte wild mit den Armen.

Strom hörte es, während er gerade selbst am Rammbock mit Hand anlegte. Er hatte die Beine gespreizt in den sandigen Boden gestemmt, um den Balken während seines Rückwärtsschwungs abzubremsen. Die mächtigen Muskeln an Armen und Beinen schienen die Haut sprengen zu wollen. Er lauschte. Schweiß perlte über sein Gesicht.

»Wartet!«, brüllte er. »Verdammt, haltet an! *So hört doch!*«

In der einsetzenden Stille war der Trompetenschall jetzt deutlich zu vernehmen, und eine Stimme brüllte etwas, das die Menschen innerhalb des Palisadenzauns nicht verstehen konnten.

Aber Strom verstand. Er hob die Stimme erneut in einem von Flüchen begleiteten Befehl. Die Piraten ließen den Rammbalken los, und der Schild wurde vom Tor weggezogen.

»Seht!«, rief Tina an ihrem Fenster und hopste vor Aufregung. »Sie fliehen! Alle! Sie laufen zum Strand! Seht doch, sie haben die Schutzwehr zurückgelassen! Sie springen in die Boote und rudern zum Schiff! Oh Mylady, haben wir gesiegt?«

»Ich glaube nicht.« Belesa blickte zum Meer. »Schau!«

Sie zog die Vorhänge zur Seite und lehnte sich aus dem Fenster. Ihre klare junge Stimme hob sich über den Lärm der verwirrt durcheinanderrufenden Verteidiger. Sie blickten zu ihr hoch und dann in die Richtung, in die sie deutete. Sie schrien überrascht auf, als sie ein weiteres Schiff majestätisch um die Südspitze biegen sahen. Während sie es mit großen Augen beobachteten, hisste es die königliche goldene Flagge von Zingara.

Stroms Piraten kletterten die Seiten ihrer Karacke hoch und lichteten den Anker. Ehe das neue Schiff halb durch die Bucht gesegelt war, verschwand die *Rote Hand* um die Spitze des Nordhorns.

III

DER SCHWARZE FREMDE

»SCHNELL, HINAUS!«, befahl der Graf und zerrte an den Sperrbalken des Tores. »Zerstört den Schild, ehe die Fremden landen!«

»Aber Strom ist doch geflohen«, rief Galbro. »Und das neue Schiff fährt unter zingaranischer Flagge!«

»Tut, was ich sage!«, donnerte Valenso. »Nicht nur Ausländer sind meine Feinde! Hinaus, Hunde! Dreißig von euch machen mit Äxten den Schild zu Kleinholz! Die Räder bringt ihr auf den Hof!«

Dreißig Axtträger rannten zum Strand, kräftige Männer in ärmellosen Wämsern; ihre Äxte funkelten in der Sonne. Die Haltung ihres Herrn hatte eine mögliche Gefahr vermuten lassen, die das eintreffende Schiff brachte, und in ihrer Hast lag Panik. Das Splittern von Holz unter ihren Klingen drang laut zu den Menschen im Fort herüber. Ehe das zingaranische Schiff Anker warf, liefen die Axtträger zurück über den Sand und rollten die großen Eichenräder mit sich.

Tina fragte verwundert: »Weshalb lässt der Graf das Tor wieder schließen? Befürchtet er, dass der Mann, vor dem er Angst hat, sich auf dem Schiff befindet?«

»Ich weiß nicht, was du damit meinst, Kind«, sagte Belesa verunsichert. Obwohl der Graf durchaus nicht der Mann war, der vor seinen Feinden fliehen würde, hatte er nie einen Grund für sein selbstgewähltes Exil genannt. Jedenfalls war Tinas Überzeugung beunruhigend, ja geradezu unheimlich.

Das Kind schien ihre Worte gar nicht gehört zu haben.

»Die Männer sind wieder alle im Fort«, berichtete sie. »Das Tor ist verriegelt, und alle sind auf ihre Posten zurückgekehrt. Wenn dieses neue Schiff Strom gejagt hat, warum verfolgt es ihn dann jetzt nicht weiter? Es ist keine Kriegsgaleere, sondern eine Karacke wie das andere. Seht, ein Boot kommt an Land! Im Bug sitzt ein Mann in dunklem Umhang.«

Das Beiboot scharrte über den Strand. Der Mann im dunklen Cape schritt gemächlich über den Sand, gefolgt von drei Begleitern. Er war groß, drahtig, und unter seinem Umhang glänzten schwarze Seide und Stahl.

»Halt!«, donnerte der Graf, als sie näher kamen. »Ich verhandle nur mit Eurem Führer!«

Der hochgewachsene Fremde nahm seinen Helm ab

und verbeugte sich. Seine Begleiter blieben stehen und zogen ihre weiten Umhänge enger um sich. Die Seeleute hinter ihnen stützten sich auf ihre Ruder und betrachteten die Flagge, die über den Palisaden flatterte.

Als der Fremde so nahe an das Tor herangekommen war, dass es nicht mehr nötig war zu brüllen, um sich verständlich zu machen, sagte er: »Gewiss ist Misstrauen unter Ehrenmännern fehl am Platz.«

Valenso musterte ihn argwöhnisch. Der Fremde war dunkelhäutig, hatte ein schmales Raubvogelgesicht und einen dünnen schwarzen Schnurrbart. An seinem Hals war feine Spitze zu sehen, ebenso wie an seinen Ärmelbündchen.

»Ich kenne Euch«, sagte Valenso zögernd. »Ihr seid der Freibeuter, den man den Schwarzen Zarono nennt.«

Wieder verbeugte der Fremde sich.

»Und es gibt keinen, der den Roten Falken der Korzettas nicht kennen würde.«

»Mir scheint, diese Küste ist der Treffpunkt aller Halunken der südlichen Gewässer geworden!«, knurrte Valenso. »Was wollt Ihr?«

»Aber Mylord!«, sagte Zarono mit tadelnder Stimme. »Was ist das für eine Begrüßung für einen, der Euch soeben einen großen Dienst erwiesen hat? War das nicht dieser argossanische Hund, Strom, der Euer Tor zu rammen versuchte? Und hat er nicht Fersengeld gegeben, als er mich um die Spitze biegen sah?«

»Das wohl«, gab der Graf widerwillig zu. »Obgleich ich keinen großen Unterschied zwischen einem Piraten und einem Freibeuter sehe.«

Zarono lachte, ohne sich beleidigt zu fühlen, und zwirbelte seinen Schnurrbart.

»Ihr seid sehr offen, Mylord. Glaubt mir, ich möchte

Euch nur um Erlaubnis ersuchen, in Eurer Bucht zu ankern und meine Männer auf Jagd in Eure Wälder schicken zu dürfen, damit wir uns mit Fleisch und Wasser eindecken können. Und für mich, dachte ich, hättet Ihr vielleicht ein Glas Wein an Eurer Tafel übrig.«

»Ich wüsste nicht, wie ich Euch von Ersterem abhalten könnte. Aber lasst Euch eines sagen, Zarono: Es kommt mir keiner Eurer Männer ins Fort! Wenn einer sich auch nur näher als hundert Fuß heranwagt, kriegt er einen Pfeil ab. Und ich warne Euch: Lasst die Hände von meinen Gärten und Rindern! Drei Ochsen könnt Ihr als Frischfleisch haben, aber nicht mehr! Und falls Ihr auf andere Gedanken kommt, wollte ich Euch versichern, dass wir das Fort gegen Eure Leute halten können.«

»Gegen Strom sah es nicht so aus«, erinnerte ihn der Freibeuter ein wenig spöttisch.

»Aber Ihr werdet kein Holz zum Schildbauen mehr finden, es sei denn, Ihr fällt ein paar Bäume oder nehmt es von Eurem Schiff«, sagte der Graf grimmig. »Außerdem sind Eure Männer keine barachanischen Bogenschützen und deshalb auch nicht besser als meine. Ganz abgesehen davon, dass das bisschen Beute, das Ihr im Fort finden würdet, die Mühe nicht lohnte.«

»Wer spricht von Beute und Kampf?«, entgegnete Zarono. »Nein, meine Männer möchten sich nur die Beine wieder einmal an Land vertreten, und von der eintönigen Kost an Bord sind sie von Skorbut bedroht. Erlaubt Ihr, dass sie an Land kommen? Ich verbürge mich für ihr gutes Benehmen.«

Valenso gab widerstrebend seine Einwilligung. Zarono verbeugte sich leicht spöttisch und zog sich gemessenen Schrittes würdevoll zurück, als befände er sich am Hof von Kordava – wo er tatsächlich, falls die Gerüchte nicht übertrieben, einst gern gesehen worden war.

»Lasst niemanden das Fort verlassen«, wandte Valenso sich an Galbro. »Ich traue diesem Renegaten nicht. Die Tatsache, dass er Strom von unserem Tor vertrieben hat, ist keine Garantie, dass er uns nicht die Kehlen durchschneiden würde.«

Galbro nickte. Er war sich der Gegnerschaft zwischen den Piraten und den zingaranischen Freibeutern durchaus bewusst. Die Piraten waren zum größten Teil argossanische Seeleute, die sich gegen das Gesetz gestellt hatten. Zu der uralten Erzfeindschaft zwischen Argos und Zingara kam im Fall der Freibeuter noch der Konkurrenzneid hinzu, denn sowohl die Barachanier als auch die zingaranischen Freibeuter machten die südlichen Küsten, einschließlich der Städte, unsicher und fielen mit derselben Habgier übereinander her.

Also rührte sich niemand von den Palisaden, als die Freibeuter an Land kamen. Sonnenverbrannte Burschen waren es in bunter Seidengewandung und blitzendem Stahl, mit Tüchern um den Kopf und goldenen Ringen in den Ohren. Etwa hundertundsiebzig zählten sie, die ein Lager am Strand aufschlugen. Und Valenso bemerkte, dass Zarono Ausgucke an beiden Buchtspitzen postierte. Den Gärten näherten sie sich überhaupt nicht. Sie holten nur die drei Ochsen, die Valenso ihnen zugestand, trieben sie zum Strand und schlachteten sie dort. Feuer wurden entfacht, und ein korbumflochtenes Fass Bier wurde an Land gebracht und angezapft.

Andere Fässer füllten die Freibeuter mit Wasser aus einer Quelle eine kurze Strecke südlich des Forts, und vereinzelte Männer machten sich daran, mit Armbrüsten in den Händen in den Wald einzudringen. Als Valenso das

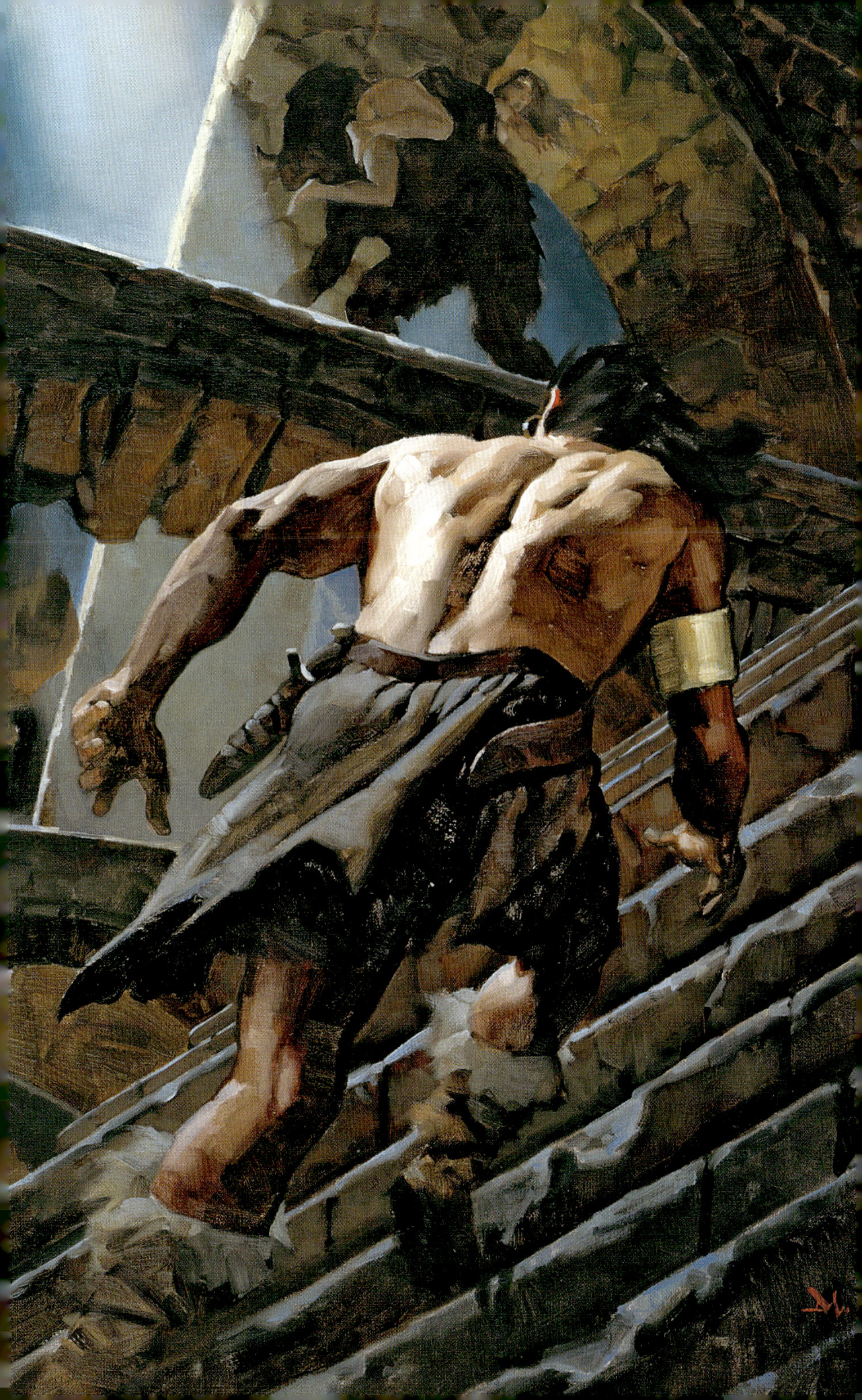

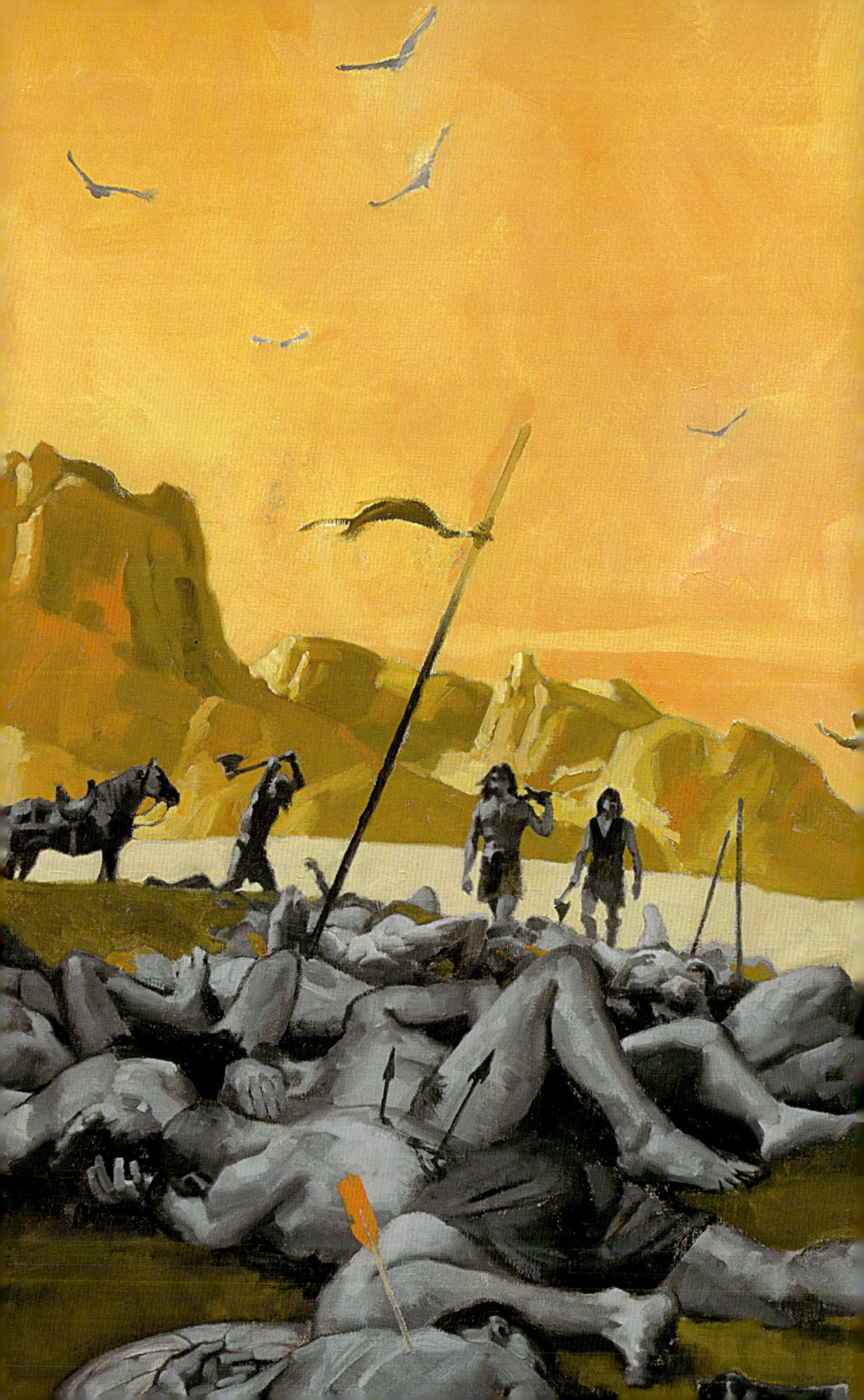

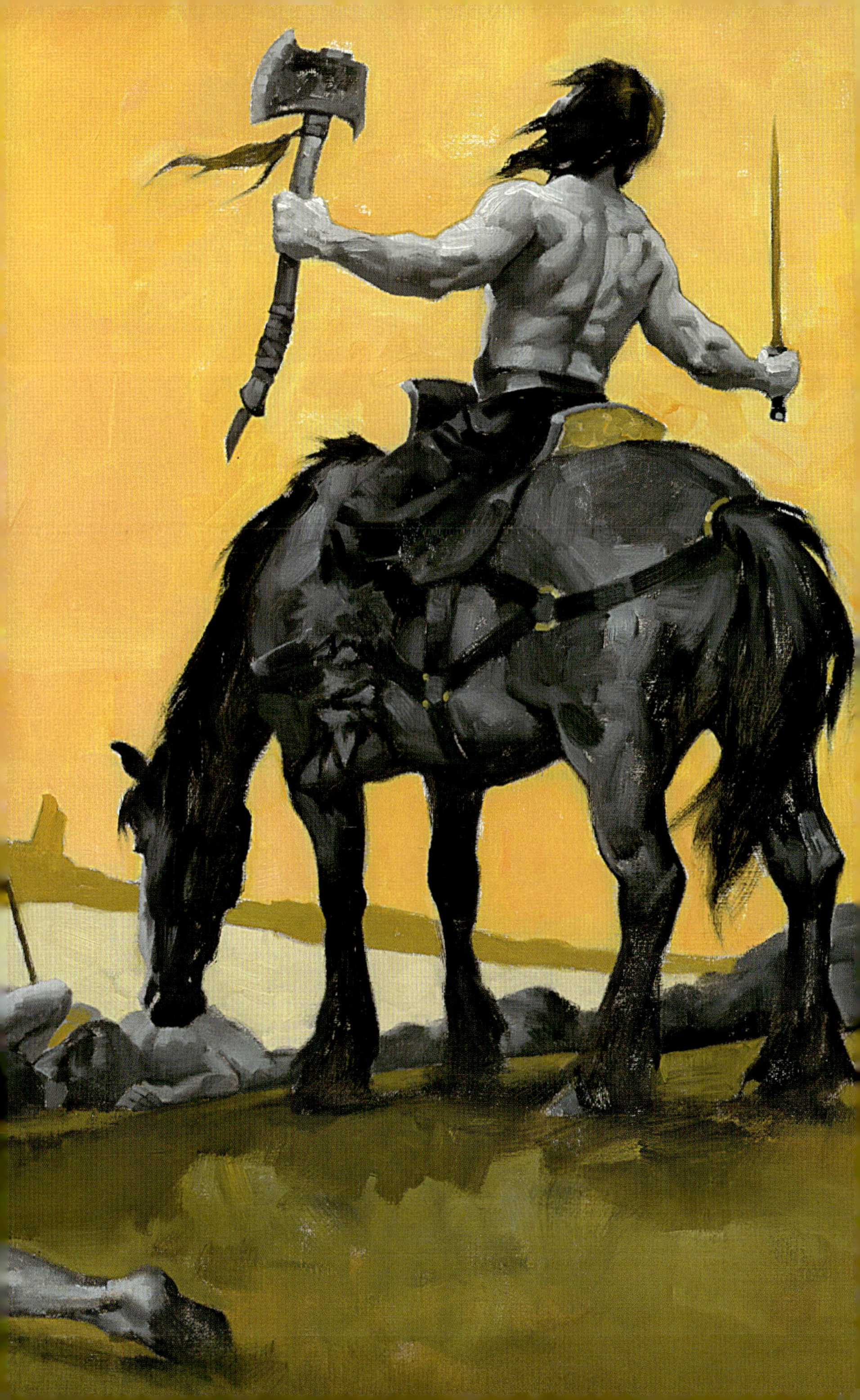

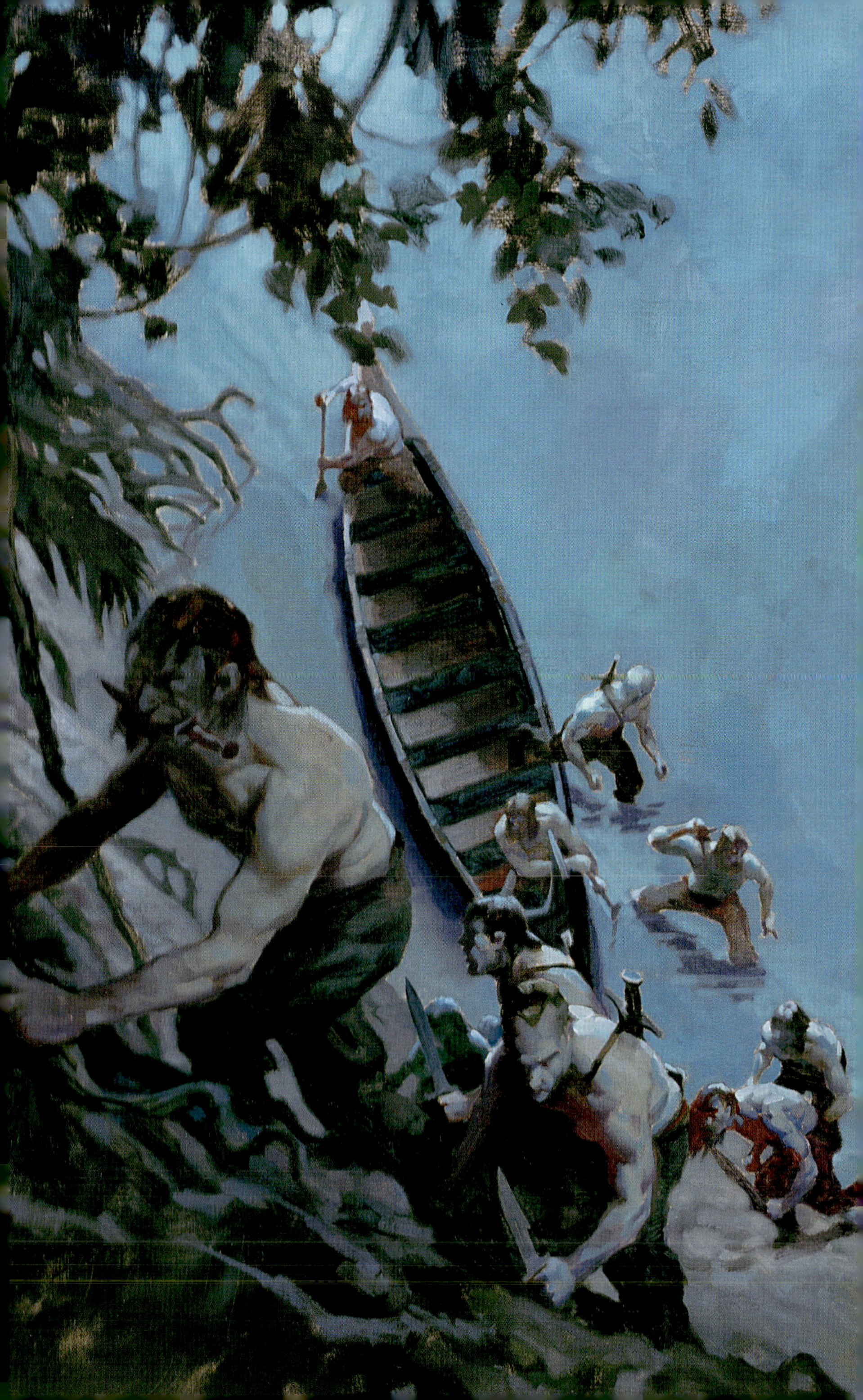

sah, fühlte er sich genötigt, zu Zarono hinunterzurufen: »Lasst Eure Männer nicht in den Wald gehen. Nehmt Euch lieber noch einen Ochsen von der Weide, falls Euch das Fleisch nicht reicht. Wenn Eure Männer sich im Wald herumtreiben, könnte es leicht dazu kommen, dass die Pikten sie überfallen. Wir schlugen, kurz nachdem wir landeten, einen Angriff zurück. Und seit wir hier sind, wurden nach und nach sechs meiner Leute von den Pikten ermordet. Doch im Augenblick herrscht Waffenstillstand zwischen uns, der allerdings an einem seidenen Faden hängt.«

Zarono warf einen sichtlich erschrockenen Blick auf den dunklen Wald, als glaubte er, die dort lauernden Horden von Wilden sehen zu können. Dann verbeugte er sich und sagte: »Ich danke Euch für die Warnung, Mylord!« Mit rauer Stimme, die einen krassen Gegensatz zu dem höfischen Ton bot, den er im Gespräch mit dem Grafen benutzte, rief er seine Männer zurück.

Hätten Zaronos Augen die Wand des Waldes durchdringen können, so wäre er gewiss über die finstere Gestalt erschrocken, die dort lauerte und die Fremden mit grimmigen schwarzen Augen beobachtete. Es war ein grässlich bemalter Krieger, der, von einem Wildleder-Lendentuch und einer Tukanfeder über dem linken Ohr abgesehen, nackt war.

Mit dem Einbruch des Abends schob sich eine dünne graue Wand vom Meer aufs Land und verdunkelte den Himmel. Die Sonne versank in tiefem Rot und betupfte mit blutigen Strahlen die Kronen der schwarzen Wellen. Der Nebel kroch immer weiter. Er wallte um den Fuß des Waldes und kräuselte sich wie Rauch um das Fort. Die Feuer am Strand brannten tiefrot durch seine Schleier, und das Singen und Grölen der Freibeuter wirkten dumpf wie aus weiter Ferne. Sie hatten altes Segeltuch vom Schiff mitgebracht und entlang des Strandes – wo immer noch Ochsenfleisch an Spießen brutzelte und das von ihrem Kapitän erlaubte Ale sparsam verteilt wurde – einfache Zelte errichtet.

Das große Tor war fest verriegelt. Soldaten hielten mit Piken auf der Schulter Wache auf dem Palisadengang. Nebeltropfen glitzerten auf ihren Helmen. Sie blickten ein wenig beunruhigt hinunter zu den Feuern am Strand, konzentrierten jedoch ihr Hauptaugenmerk auf den Wald, der nur eine undeutliche, dunkle Linie im Nebel war. Der Festungshof war menschenleer. Kerzen schimmerten schwach durch die Spalten in den Blockhütten, und Licht strahlte aus den Fenstern des Herrenhauses. Nichts war zu hören, außer den Schritten der Wachen, den tropfenden Dachrinnen und dem fernen Singen der Freibeuter.

Schwach drang Letzteres in die große Banketthalle, in der Graf Valenso mit seinem ungebetenen Gast bei einem Glas Wein saß.

»Eure Männer sind recht fröhlich«, brummte der Graf.

»Sie sind froh, wieder einmal Land unter ihren Füßen zu spüren«, erwiderte Zarono. »Es war eine lange Fahrt – ja, eine lange, harte Jagd.« Er prostete der jungen Frau galant zu, die zur Rechten seines Gastgebers saß und ihn ignorierte, und nahm einen Schluck.

Bedienstete standen reglos entlang den Wänden – Soldaten mit Piken und Helmen, Lakaien in Satinlivreen. Valensos Herrensitz in diesem wilden Land war nur ein armseliger Abklatsch seines Palastes in Kordava.

Das Herrenhaus, wie er es zu nennen beliebte, war für diesen Landstrich ohnehin ein Wunder. Hundert Männer hatten monatelang Tag und Nacht an seiner Errichtung gearbeitet. Zwar bestand die Fassade aus schmucklosen Baumstämmen, wie alle Blockhütten im Fort, aber im Innern ähnelte es dem Korzetta-Palast, soweit sich das hatte ermöglichen lassen. Die Stämme, die die Innenwände der großen Halle bildeten, waren hinter schweren Seidenbehängen mit Goldstickerei verborgen. Bearbeitete und auf Hochglanz gebrachte Schiffsbalken bildeten die hohe Decke. Dicke Teppiche bedeckten den Boden und den breiten Treppenaufgang, dessen massive Balustrade einst die Reling der Galeone gewesen war.

Ein Feuer in dem breiten, offenen Kamin vertrieb die klamme Kälte der Nacht. Kerzen in prächtigen silbernen Armleuchtern auf dem großen Mahagonitisch beleuchteten den Raum und warfen lange Schatten auf die Treppe. Graf Valenso saß am Kopfende der Tafel und hielt über die Gesellschaft Hof, die aus seiner Nichte, dem Freibeuter, Galbro und dem Hauptmann seiner Wache bestand. Die geringe Zahl ließ die Tafel, an der gut und gern fünfzig Personen Platz fanden, noch größer wirken.

»Ihr habt Strom verfolgt?«, erkundigte sich Valenso.

»So weit habt Ihr ihn gejagt?«

»Ja, ich folgte Strom.« Zarono lachte. »Aber er floh nicht vor mir. Strom ist nicht der Mann, der vor jemandem flieht. Nein, er war auf der Suche nach etwas, das auch ich begehre.«

»Was könnte einen Piraten oder Freibeuter in dieses kahle Land locken?«, murmelte Valenso und blickte auf den spritzigen Wein in seinem Pokal.

»Was könnte einen Grafen von Zingara hierherlocken?«, entgegnete Zarono, und einen Moment lang leuchtete ein Funkeln in seinem Blick.

»Die Verderbtheit eines Königshofs kann jeden Mann von Ehre vertreiben.«

»Ehrenhafte Korzettas erduldeten seine Verderbtheit seit einigen Generationen ungerührt«, sagte Zarono ungezwungen. »Mylord, stillt meine Neugier – weshalb habt Ihr Eure Ländereien verkauft, Eure Galeone mit dem Mobiliar Eures Palasts beladen und seid einfach aus den Augen des Herrschers und der Edlen von Zingara verschwunden? Und weshalb habt Ihr Euch ausgerechnet hier niedergelassen, wenn Euer Name und Euer Schwert Euch doch in jedem zivilisierten Land Besitz und Ehre verschaffen könnten?«

Valenso spielte mit der goldenen Siegelkette um seinen Hals. »Weshalb ich Zingara verließ«, sagte er, »ist ganz allein meine Angelegenheit. Doch, was mich hierher verschlug, war purer Zufall. Ich hatte meine sämtlichen Leute an Land gebracht und viel des von Euch erwähnten Mobiliars, da ich beabsichtigte, eine Zeit lang hier zu verweilen. Bedauerlicherweise aber wurde mein Schiff, das ich in der Bucht geankert hatte, gegen die Klippen der Nordspitze geworfen und durch einen unerwarteten Sturm aus dem Westen zerstört. Solche Stürme sind zu gewissen Jahreszeiten hier gang und gäbe. Danach blieb uns nichts anderes übrig, als hierzubleiben und das Beste daraus zu machen.«

»Dann würdet Ihr also in die Zivilisation zurückkehren, wenn man es Euch ermöglichte?«

»Nicht nach Kordava. Aber vielleicht in ferne Gefilde – nach Vendhya, möglicherweise, oder gar Khitai ...«

»Ist es nicht sehr eintönig hier für Euch, Mylady?« Zarono wandte sich zum ersten Mal direkt an Belesa.

Die Sehnsucht, endlich wieder einmal ein neues Gesicht zu sehen und eine neue Stimme zu hören, hatte das Mädchen in die Banketthalle getrieben, doch jetzt wünschte sie, sie wäre mit Tina in ihrem Gemach geblieben. Die

Bedeutung von Zaronos Blick war unmissverständlich. Zwar war seine Sprache gepflegt, der Ton höflich, sein Gesicht ernst und respektvoll, aber es war doch nur eine Maske, durch die sie den gewalttätigen und finsteren Charakter des Mannes las. Er konnte das ihn verzehrende Verlangen nicht verbergen, wenn er die aristokratische junge Schönheit in ihrem tief ausgeschnittenen Satingewand mit dem juwelenbesetzten Gürtel um die Taille ansah.

»Es gibt wenig Abwechslung hier«, antwortete sie leise.

»Wenn Ihr ein Schiff hättet«, fragte Zarono nun ohne Umschweife seinen Gastgeber, »würdet Ihr dann dieses Fort hier wieder aufgeben?«

»Vielleicht«, erwiderte der Graf.

»Ich habe ein Schiff«, sagte Zarono. »Wenn wir zu einer Übereinkunft kommen ...«

»Übereinkunft?« Valenso hob den Kopf und blickte seinen Gast misstrauisch an.

»Ich würde mich mit dem halben Anteil zufriedengeben«, erklärte Zarono. Er legte die Finger gespreizt auf den Tisch. Sie erinnerten auf eklige Weise an eine große Spinne. Es war nicht zu übersehen, dass sie zitterten und die Augen des Freibeuters vor Aufregung funkelten.

»Anteil, wovon?« Valenso starrte ihn sichtlich verblüfft an. »Das Gold, das ich mit mir brachte, versank mit meinem Schiff, und ganz im Gegensatz zu dem geborstenen Holz wurde es nicht an Land gespült.«

»Doch nicht das!« Zaronos Geste wirkte ungeduldig. »Wir wollen uns doch nichts vormachen, Mylord. Wollt Ihr wirklich behaupten, es sei reiner Zufall gewesen, der Euch veranlasste, ausgerechnet hier zu landen, wo Ihr Tausende von Meilen Küste zur Wahl hattet?«

»Ich habe keinen Grund, irgendetwas zu *behaupten*«,

antwortete Valenso kalt. »Mein Steuermann Zingelito war früher Freibeuter. Er kannte diese Küste und überredete mich, hier an Land zu gehen. Er habe einen Grund dafür, sagte er, den er mich später noch wissen lassen wollte. Dazu kam es jedoch nie, da er noch am Tag unserer Ankunft im Wald verschwand. Seine enthauptete Leiche wurde später von einem Jagdtrupp gefunden. Offenbar haben die Pikten ihn getötet.«

Zarono blickte den Grafen eine Weile durchdringend an. »Na, das ist was!«, sagte er schließlich. »Ich glaube Euch, Mylord. Ein Korzetta ist nicht geschickt im Lügen, welche Fähigkeiten er auch sonst haben mag. Ich mache Euch ein Angebot. Ich muss gestehen, als ich in Eurer Bucht Anker warf, hatte ich andere Pläne. Da ich annahm, Ihr hättet den Schatz bereits an Euch gebracht, hatte ich vor, durch List oder Gewalt dieses Fort einzunehmen und allen hier die Kehle durchzuschneiden. Aber die Umstände führten dazu, dass ich meine Absicht änderte ...« Er bedachte Belesa mit einem Blick, der ihr die Röte ins Gesicht trieb und sie veranlasste, ihre hochmütigste Miene aufzusetzen.

»Ich habe ein Schiff, das Euch aus Eurem Exil bringen kann«, sagte der Freibeuter, »mit Eurer Familie und noch ein paar Eurer Leute, die Ihr aussuchen könnt. Die anderen werden wohl selbst zurechtkommen müssen.«

Die Bediensteten entlang den Wänden warfen einander heimlich besorgte Blicke zu. Zarono entging das keineswegs, aber er fuhr fort und machte sich voller Zynismus nicht die geringste Mühe, seine Pläne zu verschleiern.

»Doch zuerst müsst Ihr mir helfen, den Schatz zu bergen, dessentwegen ich tausend Meilen weit segelte.«

»Welchen Schatz, in Mitras Namen?«, fragte der Graf verärgert. »Jetzt redet Ihr wie dieser Hund Strom.«

»Habt Ihr je vom Blutigen Tranicos gehört, dem größten der Barachan-Piraten?«

»Wer hat das nicht? Er war es doch, der die Inselburg des verbannten Prinzen Tothmekri von Stygien stürmte, alle in der Burg niedermachte und den Schatz raubte, den der Prinz mitgenommen hatte, als er aus Khemi floh.«

»Richtig. Und die Kunde von diesem Schatz ließ die Männer der Roten Bruderschaft – Piraten, Bukanier und sogar die wilden Korsaren aus dem Süden – wie die Aasgeier herbeieilen. Da Tranicos Verrat von seinen eigenen Leuten befürchtete, floh er nordwärts mit einem seiner Schiffe und wurde nie wieder gesehen. Das liegt nun etwa hundert Jahre zurück. Aber das Gerücht hielt sich, dass einer seiner Männer diese letzte Fahrt überlebte und zu den Barachans zurückkehrte, sein Schiff jedoch von einer zingaranischen Kriegsgaleere aufgebracht wurde. Ehe man ihn hängte, erzählte er seine Geschichte und zeichnete mit seinem eigenen Blut eine Karte auf Pergament. Und irgendjemandem gelang es, sie von Bord zu schmuggeln. Folgendes erzählte er:

Tranicos war weit über die bekannten befahrenen Gewässer hinausgesegelt, bis er zur Bucht einer einsamen Küste gelangte und dort ankerte. Er ging an Land und nahm den Schatz und elf der Männer, denen er am meisten vertraute, mit sich. Auf seinen Befehl kreuzte das Schiff an der Küste entlang, mit dem Auftrag, nach einer Woche in die Bucht zurückzukehren, um Tranicos mit seinen Hauptleuten abzuholen. Inzwischen wollte Tranicos den Schatz irgendwo in der Nähe verstecken. Das Schiff kehrte zur vereinbarten Zeit zurück, aber von Tranicos und seinen Leuten gab es nirgendwo eine Spur, wenn man von der primitiven Hütte absah, die sie am Strand errichtet hatten.

Diese Hütte war zerstört worden, und ringsum konnte man deutlich die Abdrücke nackter Sohlen erkennen, doch nichts wies darauf hin, dass ein Kampf stattgefunden hatte. Auch vom Schatz gab es keine Spur, genauso wenig von seinem Versteck. Die Piraten drangen auf der Suche nach ihrem Führer in den Wald ein, wurden aber von wilden Pikten angegriffen und zum Schiff zurückgetrieben. Notgedrungen lichteten sie den Anker und segelten los, aber bevor sie die Barachan-Inseln erreichten, zerschmetterte ein gewaltiger Sturm ihr Schiff, und nur ein Mann überlebte.

Das ist die Geschichte des Schatzes von Tranicos, der nun schon seit fast einem Jahrhundert vergeblich gesucht wird. Dass es die Karte gibt, ist bekannt, aber wo, blieb ein Geheimnis.

Mir ward einmal ein flüchtiger Blick auf sie gegönnt. Strom und Zingelito waren bei mir, und ein Nemedier, der sich den Barachaniern angeschlossen hatte. Wir bekamen sie in einem Schuppen in einem Hafen von Zingara zu Gesicht, wo wir uns in Verkleidung herumtrieben. Einer stieß die Lampe um, und jemand schrie in der Dunkelheit. Als das Licht wieder angezündet war, steckte dem alten Geizhals, dem die Karte gehört hatte, ein Messer im Herzen. Die Karte war verschwunden, und die Wächter kamen mit ihren Piken angerannt, um dem Schrei nachzugehen. Wir sahen zu, dass wir fortkamen, und jeder ging seiner eigenen Wege.

Jahrelang bespitzelten Strom und ich einander, weil jeder glaubte, der andere habe die Karte. Nun, es stellte sich heraus, dass das nicht der Fall war. Aber vor Kurzem hörte ich, dass Strom nordwärts gesegelt war, und so folgte ich ihm. Ihr habt das Ende dieser Jagd miterlebt.

Wie gesagt, ich hatte die Karte nur sehr kurz gesehen,

als sie vor dem Alten auf dem Tisch lag, aber Stroms Verhalten beweist, dass er diese Bucht für die hält, in der Tranicos anlegte. Ich glaube, sie haben den Schatz in der Nähe versteckt und wurden auf dem Rückweg von den Pikten angegriffen und getötet. Die Pikten haben den Schatz jedenfalls nicht in die Hände bekommen, denn sonst wäre zweifellos irgendetwas davon aufgetaucht. Immerhin sind schon mehrmals Händler an diese Küste gekommen, die Tauschgeschäfte mit den Küstenstämmen betrieben haben. Aber Gold oder seltene Edelsteine hatte keiner zu bieten gehabt.

Und nun mein Vorschlag: Wir wollen uns zusammentun. Strom floh, weil er befürchtete, zwischen uns in die Zange zu geraten. Aber er wird zurückkommen. Wenn wir uns verbündet haben, können wir ihn auslachen. Wir sind in der Lage, vom Fort aus zu suchen und immer noch genügend Männer zurückzulassen, die es halten können, falls er angreift. Ich bin ziemlich sicher, dass das Versteck ganz in der Nähe liegt. Wir werden es finden, den Schatz in mein Schiff laden und zu einem fernen Hafen segeln, wo ich meine Vergangenheit mit Gold vergessen machen kann. Ich bin dieses Leben leid. Ich möchte in die Zivilisation zurück und wie ein Edelmann leben, in Reichtum, mit vielen Sklaven, einem Schloss – und einer Frau von edlem Blut.«

»So?« Der Graf hob voll Argwohn die Brauen.

»Gebt mir Eure Nichte zur Gattin«, verlangte der Freibeuter ohne Umschweife.

Belesa stieß einen Schrei aus und sprang entrüstet auf. Auch Valenso erhob sich mit weißem Gesicht. Seine Finger verkrampften sich um den Pokal, als beabsichtigte er, ihn dem anderen an den Kopf zu schleudern. Zarono rührte sich nicht. Einen Arm auf dem Tisch, die Finger wie Klauen gekrümmt, saß er völlig still. Aber seine Augen funkelten leidenschaftlich und drohend.

»Wie könnt Ihr es wagen ...«, rief Graf Valenso.

»Ihr scheint zu vergessen, dass Ihr von Eurem hohen Ross gefallen seid, Graf Valenso!«, knurrte Zarono. »Wir sind hier nicht am kordavanischen Hof, Mylord. An dieser öden Küste wird Adel durch Muskelkraft und Waffen ausgewiesen – an beiden bin ich Euch überlegen. Fremde leben im Palast der Korzettas, und Euer Vermögen liegt auf dem Meeresgrund. Ihr werdet hier als Gestrandeter den Rest Eures Lebens verbringen, es sei denn, ich stelle Euch mein Schiff zur Verfügung.

Ihr werdet die Verbindung unserer Häuser nicht zu bereuen haben. Unter neuem Namen und mit neuem Reichtum wird der Schwarze Zarono seinen Weg unter den Edlen dieser Welt machen und einen Schwiegersohn abgeben, dessen sich auch ein Korzetta nicht zu schämen braucht.«

»Ihr seid wahnsinnig!«, fuhr der Graf ergrimmt auf. »Ihr ... was ist das?«

Es war das Trippeln leichter Füße. Tina kam in die Banketthalle gerannt. Sie machte verlegen einen Knicks und eilte um den Tisch, um sich an Belesas Hand zu klammern. Sie atmete heftig, ihre Pantoffeln waren feucht, und ihr flachsfarbiges Haar klebte nass am Kopf.

»Tina!«, rief Belesa besorgt. »Wo kommst du her? Ich dachte, du wärst in deinem Gemach!«

»Das war ich auch«, antwortete das Kind atemlos. »Aber ich vermisste die Korallenkette, die Ihr mir geschenkt habt ...« Sie hielt sie hoch. Es war kein Schmuckstück von großem Wert, aber sie liebte sie mehr als all ihre andere Habe, weil es ihr erstes Geschenk von Belesa war. »Ich fürchtete, Ihr würdet mich nicht danach suchen lassen, wenn Ihr es wüsstet. Die Frau eines Soldaten half mir, aus dem Fort zu kommen und auch wieder herein. Aber bitte, Mylady, verlangt nicht, dass ich ihren Namen nenne; ich versprach ihr, sie nicht zu verraten. Ich fand meine Halskette am Teich, wo ich heute früh schwamm. Bestraft mich, wenn ich etwas Schlimmes getan habe.«

»Tina!«, stöhnte Belesa und drückte das Kind an sich. »Ich werde dich doch nicht bestrafen. Aber du hättest das Fort nicht verlassen dürfen, da doch die Freibeuter am Strand lagern und immer die Gefahr besteht, dass Pikten herumschleichen. Komm, ich bringe dich in dein Gemach zurück und helfe dir aus den nassen Kleidern ...«

»Ja, Mylady«, murmelte Tina. »Doch gestattet mir zuerst, von dem schwarzen Mann zu erzählen ...«

»Was?«, entfuhr es Graf Valenso. Der Pokal entglitt seinen Fingern und landete polternd auf dem Boden. Mit beiden Händen klammerte er sich an die Tischplatte. Hätte ihn der Blitz getroffen, wäre seine Haltung nicht starrer gewesen. Sein Gesicht war totenblass, seine Augen quollen beinah aus den Höhlen.

»Was hast du gesagt?«, keuchte er. So wild und drohend funkelte er das Kind an, dass es sich verstört an Belesa drückte. »Was hast du gesagt, Mädchen?«

»Ein – ein schwarzer Mann, Mylord«, stammelte Tina, während Belesa, Zarono und die Bediensteten bestürzt den Grafen ansahen. »Als ich zum Teich lief, um meine Halskette zu holen, sah ich ihn. Der Wind blies und ächzte auf schreckliche Weise, und das Meer wimmerte, als hätte es Angst – und da war er! Ich bekam Angst und versteckte mich hinter einer kleinen Düne. In einem seltsamen schwarzen Boot kam er, um das blaue Flammen züngelten, die ganz sicher nicht von Fackeln oder irgendwelchen Lampen aufstiegen. Er zog sein Boot den Strand unterhalb der Südspitze hoch und schritt zum Wald. Wie ein Riese sah er aus im Nebel – ein großer starker Mann, schwarz wie ein Kushit ...«

Valenso taumelte, als hätte ein tödlicher Hieb ihn getroffen. Er griff nach seinem Hals, wobei die goldene Siegelkette zerbrach. Mit dem Gesicht eines Irren torkelte er um den Tisch herum und riss das schreiende Kind aus Belesas Armen.

»Du kleines Ungeheuer!«, krächzte er. »Du lügst! Du hast mich im Schlaf reden hören, und jetzt willst du mich damit quälen. Gestehe, dass du lügst, ehe ich dir die Haut vom Rücken ziehe!«

»Oheim!«, rief Belesa erschrocken und empört zugleich und versuchte, Tina aus seinem Griff zu befreien. »Seid Ihr von Sinnen? Was tut Ihr da!«

Mit einem Knurren zerrte er ihre Finger von seinem Arm, wirbelte sie herum und stieß sie von sich, sodass sie taumelnd in Galbros Arme sank, der sie mit unverhohlen lüsternen Augen auffing.

»Erbarmen, Mylord!«, schluchzte Tina. »Ich habe nicht gelogen!«

»Und ich sage, du lügst!«, donnerte Valenso. »Gebbrelo!«

Gleichmütig packte der gerufene Diener das zitternde Kind und riss ihm brutal das Kleid vom Rücken. Dann drehte er Tina herum, zog ihre schmalen Arme um seine Schultern und hob ihre strampelnden Beine vom Boden.

»Oheim!«, schrillte Belesa und wehrte sich verzweifelt gegen Galbros spürbar leidenschaftliche Umklammerung. »Ihr müsst wahnsinnig sein! Ihr könnt doch nicht – oh, Ihr könnt doch nicht ...« Der Schrei erstarb in ihrer Kehle, als Valenso nach einer Reitpeitsche mit juwelenbesetztem Griff langte und sie dem Kind mit einer Wildheit über den Rücken zog, dass eine rote Strieme zwischen den nackten Schultern aufquoll.

Tinas wimmernder Schrei ging ihr durch Mark und Bein. Ihr wurde übel. Die Welt war plötzlich aus den Fugen geraten. Wie in einem Albtraum sah sie die Mienen der Soldaten und Diener, die keinerlei Mitgefühl verrieten. Zaronos höhnisches Gesicht war Teil dieses Albtraums. Nichts hinter dem roten Schleier, der sich vor ihre Augen geschoben hatte, schien echt zu sein, außer Tinas nacktem weißem Körper, der nun von den Schultern bis zu den Kniekehlen kreuz und quer mit Striemen überzogen war, ihren herzzerreißenden Schmerzensschreien und dem Keuchen Valensos, während er mit den Augen eines Wahnsinnigen auf sie einpeitschte und brüllte: »Du lügst! Du lügst! Verflucht, du lügst! Gesteh, dass du lügst, oder ich zieh dir die Haut ab. *Er* kann mir nicht hierhergefolgt sein!«

»Gnade, Mylord! Habt Erbarmen!«, wimmerte das Kind. Es wand sich vergebens auf dem breiten Rücken des Dieners. Vor Schmerzen und Verzweiflung dachte es nicht daran, dass es sich mit einer Lüge retten könnte. Blut sickerte in roten Perlen die bebenden Schenkel hinab. »Ich habe ihn gesehen! Ich lüge nicht! Erbarmen! Bitte! Auhhh!«

»Narr! Narr!«, schrie Belesa völlig außer sich. »Seht Ihr denn nicht, dass sie die Wahrheit spricht. Oh, Ihr seid eine Bestie! Bestie!«

Ein Hauch von Vernunft schien zu Graf Valenso Korzetta zurückzukehren. Er ließ die Peitsche fallen und sank gegen den Tischrand, an dem er sich blindlings festhielt. Es war, als schüttle ein Fieber ihn. Sein Haar klebte in nassen Strähnen an der Stirn, und Schweiß perlte über sein fahles Gesicht, das zu einer Maske der Furcht erstarrt war. Gebbrelo ließ Tina fallen, und sie brach zu einem wimmernden Häufchen Elend auf dem Boden zusammen. Belesa riss sich von Galbro los. Sie rannte schluchzend zu dem Kind, kniete sich neben ihm nieder, drückte es an sich und blickte mit erzürntem Gesicht zu ihrem Oheim hoch, um ihn mit all ihrem berechtigten Zorn zu überschütten. Aber er schaute gar nicht in ihre Richtung. Er schien sowohl sie als auch sein beklagenswertes Opfer vergessen zu haben. Sie glaubte ihren Ohren nicht trauen zu können, als sie hörte, wie er zu dem Freibeuter sagte: »Ich nehme Euer Angebot an, Zarono. In Mitras Namen, lasst uns diesen verfluchten Schatz suchen und von dieser verdammten Küste verschwinden!«

Bei diesen Worten sank das Feuer ihres Zornes zu Asche zusammen. Eines weiteren Wortes unfähig, hob sie das weinende Kind auf die Arme und trug es die Treppe hoch. Bei einem Blick über die Schulter sah sie Valenso am Tisch mehr kauern als sitzen und Wein aus einem riesigen Pokal in sich hineingießen, den er mit beiden bebenden Händen hielt, während Zarono wie ein Aasgeier über ihn gebeugt stand. Offenbar war er überrascht über die unerwarteten Geschehnisse, aber auch bereit, den Gesinnungsumschwung des Grafen zu nutzen. Er redete mit leiser, aber fester Stimme auf ihn ein, und Valenso nickte nur in dumpfer Zustimmung, wie einer, der kaum hört, was gesagt wird. Galbro stand im Schatten, Daumen und Zeigefinger nachdenklich ans Kinn gedrückt, und die Bediensteten entlang den Wänden blickten einander verstohlen an, bestürzt über den Zusammenbruch ihres Herrn.

In ihrem Gemach legte Belesa das halb ohnmächtige Kind auf das Bett und machte sich daran, die blutenden Striemen auf der zarten Haut auszuwaschen und lindernde Salbe daraufzustreichen. Tina gab sich schwach wimmernd, doch vertrauensvoll den sanften Händen ihrer Herrin hin. Belesa war, als wäre die Welt um sie zusammengebrochen. Sie fühlte sich elend und zitterte unter den Nachwirkungen des brutalen Schocks. Furcht vor ihrem Onkel und Hass auf ihn erwuchsen in ihrem Herzen. Sie hatte ihn nie geliebt. Er war streng, zeigte keinerlei warme Gefühle und war obendrein habgierig und geizig. Doch zumindest hatte sie ihn bisher für gerecht und tapfer gehalten. Ekel schüttelte sie bei der Erinnerung an seine vorquellenden Augen und das verzerrte weiße Gesicht. Irgendetwas hatte eine wahnsinnige Angst in ihm entfacht. Aus dieser Angst heraus hatte er das einzige Geschöpf, das sie ins Herz geschlossen hatte, so grausam geschlagen, und aus dem gleichen Grund verkaufte er sie, seine Nichte, an diesen berüchtigten Seeräuber. Was steckte hinter seinem Wahnsinn? Wer war der schwarze Mann, den Tina gesehen hatte?

Das Kind murmelte im Halbdelirium.

»Ich habe nicht gelogen, Mylady! Ich habe wirklich nicht gelogen. Ich sah einen schwarzen Mann in einem schwarzen Boot, das wie blaues Feuer auf dem Wasser brannte. Ein sehr großer Mann war es, fast so dunkel wie ein Kushit, und er trug einen schwarzen Umhang. Ich bekam solche Angst, als ich ihn sah, und mein Blut stockte. Er ließ sein Boot, nachdem er es aus dem Wasser gezogen hatte, auf dem Strand und ging in den Wald. Warum hat der Graf mich ausgepeitscht, nur weil ich diesen Mann sah?«

»Pssst, Tina«, versuchte Belesa das Mädchen zu beruhigen. »Bleib still liegen, die Schmerzen werden bald vergehen.«

Die Tür öffnete sich hinter ihr. Sie wirbelte herum und

griff nach einem edelsteinverzierten Dolch. Der Graf stand auf der Schwelle. Bei seinem Anblick rann ihr ein Schauder über den Rücken. Er war um Jahre gealtert, sein Gesicht grau und angespannt, und seine Augen weckten Furcht in ihr. Er war ihr nie nah gewesen, doch jetzt spürte sie, welch ungeheurer Abgrund sie trennte. Der hier vor ihr stand, war nicht mehr ihr Oheim, sondern ein Fremder, der gekommen war, sie zu quälen.

Sie hob den Dolch.

»Wenn Ihr noch einmal Hand an sie legt«, flüsterte sie mit trockenen Lippen, »stoße ich Euch diese Klinge ins Herz, das schwöre ich bei Mitra!«

Er achtete überhaupt nicht auf ihre Worte.

»Ich habe Wachen um das Herrenhaus postiert«, sagte er. »Zarono wird morgen seine Leute ins Fort bringen. Er wird die Bucht nicht verlassen, ehe er den Schatz gefunden hat. Sobald er ihn hat, reisen wir ab. Wohin wir segeln, werden wir unterwegs beschließen.«

»Und Ihr wollt mich an ihn verkaufen?«, wisperte sie. »Bei Mitra ...«

Er bedachte sie mit einem düsteren Blick. Sie schrak vor ihm zurück, denn sie las in ihm die sinnlose Grausamkeit, von der dieser Mann in seiner rätselhaften Furcht besessen war.

»Du wirst tun, was ich befehle«, sagte er mit einem unmenschlichen Tonfall in der Stimme. Er drehte sich um und verließ das Gemach. Belesa sank ohnmächtig neben Tinas Bett.

IV

Eine schwarze Trommel dröhnt

Belesa wusste nicht, wie lange sie bewusstlos gewesen war. Als Erstes spürte sie Tinas Arme um sich und hörte ihr Schluchzen. Sie setzte sich auf und nahm das Kind in die Arme. Ohne Tränen in den Augen starrte sie blicklos in den flackernden Kerzenschein. Es war unsagbar still im Haus. Auch die Freibeuter am Strand sangen nicht mehr. Stumpf, fast als ginge es sie selbst nichts an, überdachte sie ihr Problem.

Ganz offensichtlich hatte die Kunde vom Erscheinen dieses mysteriösen schwarzen Mannes Valenso in den Wahnsinn getrieben. Um diesem Schwarzen zu entkommen, wollte er das Fort aufgeben und mit Zarono fliehen. Daran bestand kein Zweifel. Genauso klar war, dass er bereit war, sie für diese Fluchtmöglichkeit zu opfern. Sie sah keinerlei Lichtblick für sich. Die Bediensteten waren gefühllose, abgestumpfte Kreaturen, ihre Frauen beschränkt und gleichgültig. Sie würden weder wagen, ihr zu helfen, noch es überhaupt wollen. Sie war völlig hilflos.

Tina hob das tränenüberströmte Gesicht, als lausche sie dem Drängen einer inneren Stimme. Das Verständnis des Kindes für Belesas verzweifelte Gedanken war fast unheimlich, genau wie die Erkenntnis ihres schrecklichen Schicksals und des einzigen Ausweges, das es für die Schwachen gab.

»Wir müssen fort von hier, Mylady!«, wisperte sie. »Zarono darf Euch nicht bekommen. Lasst uns tief in den Wald hineingehen, bis wir erschöpft sind. Dann wollen wir uns niederlegen und miteinander sterben.«

Die tragische Kraft, die die letzte Zuflucht der Schwachen ist, erfüllte Belesa. Es war wirklich der einzige Ausweg aus den Schatten, die sie seit der Flucht aus Zingara immer ärger bedrängten.

»Ja, das wollen wir, Kind.«

Sie erhob sich und tastete nach einem Umhang. Auf einen leisen Ausruf Tinas hin drehte sie sich um. Das Kind stand angespannt vor ihr. Es drückte einen Finger auf die Lippen, und seine Augen waren vor Angst geweitet.

»Was ist los, Tina?« Das furchtverzerrte Gesicht des Kindes ließ Belesa unwillkürlich die Stimme zum Hauch eines Wisperns senken, und eine eisige Hand legte sich um ihr Herz.

»Jemand ist draußen auf dem Gang«, flüsterte Tina, während sie Belesas Arm umklammerte. »Er blieb vor unserer Tür stehen, dann schlich er weiter zum Gemach des Grafen am anderen Korridorende.«

»Deine Ohren sind schärfer als meine«, murmelte Belesa. »Aber es mag nichts zu bedeuten haben. Vermutlich war es der Graf selbst oder Galbro.«

Sie machte Anstalten, die Tür zu öffnen, aber Tina warf hastig die Arme um ihren Hals, und Belesa spürte das heftige Pochen des Herzens der Kleinen.

»Nein, nein, Mylady! Öffnet die Tür nicht! Ich fürchte mich so! Ich weiß nicht, warum, aber ich fühle, dass etwas ganz Böses in der Nähe ist!«

Beeindruckt legte Belesa einen Arm um Tina und streckte den anderen nach der kleinen Goldscheibe aus, die das winzige Guckloch in der Mitte der Tür verbarg.

»Er kommt zurück!«, hauchte Tina. »Ich höre ihn!«

Auch Belesa hörte jetzt etwas – seltsame schleichende Schritte. Das war niemand, den sie kannte, das wusste sie ganz genau. Konnte es sein, dass der Freibeuter sich auf nackten Sohlen durch den Korridor stahl, um seinen Gastgeber im Schlaf zu morden? Sie erinnerte sich der Soldaten, die unten Wache hielten. Falls dem Freibeuter ein Gemach im Herrenhaus zugewiesen worden war, hatte Valenso zweifellos auch vor seiner Tür einen Posten aufstellen lassen. Aber wer war es dann, der durch den Gang schlich? Außer ihr, Tina, dem Grafen und Galbro schlief niemand im ersten Stock.

Mit hastiger Bewegung drückte sie den Kerzendocht aus, damit kein Schein durch das Guckloch fallen konnte, wenn sie jetzt die Goldscheibe zur Seite zog. Kein Licht brannte mehr im Gang, obwohl er normalerweise die ganze Nacht von Kerzen erhellt wurde. Jemand bewegte sich den dunklen Korridor entlang. Sie spürte es mehr, als dass sie es sah, wie eine schattenhafte Gestalt an ihrer Tür vorüberhuschte. Zu erkennen war lediglich, dass sie menschliche Form hatte. Eisiges Grauen erfasste sie. Unwillkürlich duckte sie sich, und sie vermochte nicht einmal den Schrei auszustoßen, der ihr auf der Zunge lag. Es war nicht ein Grauen, wie sie es jetzt vor ihrem Onkel empfand, es war auch nicht wie die Angst, die sie vor Zarono hatte, genauso wenig wie die vor dem düsteren Wald. Es war ein blindes, unerklärliches Grauen, das ihr das Herz verkrampfte und die Zunge lähmte.

Die Gestalt schlich weiter zur Treppe, wo sie sich flüchtig gegen das schwache Licht abhob, das von unten kam. Beim Anblick des schwarzen Schemens vor dem roten Schimmer wäre sie beinahe ohnmächtig geworden.

Belesa hielt den Atem an und wartete auf den Wer-da-Ruf der Soldaten in der Banketthalle, die den Eindringling zweifellos sehen mussten. Aber es blieb still im Herrenhaus. In der Ferne wimmerte der Wind. Doch sonst war absolut nichts zu hören.

Belesas Hände waren feucht vor Angst, als sie nach der Kerze tastete, um sie wieder anzuzünden. Sie zitterte immer noch vor Furcht, obgleich sie selbst nicht hätte sagen können, *was* denn so grauenerregend an der schwarzen Gestalt gewesen war, die sich gegen den roten Schein des Kaminfeuers unten in der Halle abgehoben und diesen wilden Abscheu in ihrer Seele entfacht hatte. Sie war wie ein Mensch geformt, aber die Umrisse waren seltsam fremdartig gewesen, abnorm – dabei hätte sie diese Abnormität nicht in Worte zu fassen vermocht. Sie wusste nur, dass sie da keinen Menschen gesehen hatte, und sie wusste, dass der Anblick ihr jeglichen Mut und die erst kürzlich gefundene Entschlusskraft geraubt hatte. Sie war demoralisiert und zu keiner Tat fähig.

Die Kerze flackerte auf und warf ihren Schein auf Tinas weißes Gesicht.

»Es war der schwarze Mann!«, wisperte das Kind. »Ich

weiß es! Mein Blut stockte genauso wie zuvor, als ich ihn am Strand sah. Es sind doch Soldaten unten, wieso haben sie ihn nicht gesehen? Sollen wir es dem Grafen sagen?«

Belesa schüttelte den Kopf. Sie wollte keine Wiederholung der Szene heraufbeschwören, die Tinas erster Erwähnung des schwarzen Mannes gefolgt war. Ganz abgesehen davon, hätte sie sich nun auch nicht auf den Gang gewagt.

»Jetzt können wir uns nicht mehr in den Wald trauen.« Tinas Stimme zitterte. »Er lauert dort!«

Belesa fragte nicht, woher das Mädchen wusste, dass der Schwarze sich im Wald aufhielt, denn schließlich war dies das naturgegebene Versteck für alles Böse, ob nun Mensch oder Teufel. Und sie wusste, dass Tina recht hatte. Sie konnten es jetzt nicht wagen, das Fort zu verlassen. Der Gedanke, sich durch den finsteren Wald zu stehlen, in dem diese schwarze Kreatur umherging, machte ihre Entschlossenheit zunichte, die selbst bei dem Gedanken an den unausweichlichen Tod nicht geschwankt hatte. Hilflos setzte sie sich auf den Bettrand und schlug die Hände vors Gesicht.

Tina schlief endlich ein. Tränen glitzerten an ihren langen Wimpern. Unruhig wälzte sie sich in ihren Schmerzen hin und her. Gegen Morgen wurde Belesa bewusst, dass die Luft unwahrscheinlich schwül und drückend geworden war. Vom Meer hörte sie das dumpfe Grollen von Donner. Sie blies die inzwischen fast abgebrannte Kerze aus und trat ans Fenster, wo sie sowohl das Meer als auch ein Stück des Waldes sehen konnte.

Der Nebel hatte sich aufgelöst, aber draußen auf dem Meer ballte sich eine dunkle Wolkenmasse zusammen. Blitze zuckten aus ihr, und Donner dröhnte, der plötzlich überraschend in dem dunklen Wald ein Echo fand. Erschrocken wandte Belesa ihre Aufmerksamkeit dem schwarzen Wall des Waldes zu. Ein merkwürdig rhythmisches Pulsieren drang von dort an ihr Ohr – ein widerhallendes Dröhnen, das zweifellos nicht das Pochen einer Piktentrommel war.

»Eine Trommel!«, schluchzte Tina. Krampfhaft schloss und öffnete sie im Schlaf die Hände. »Der schwarze Mann ... schlägt auf eine schwarze Trommel ... im schwarzen Wald! Oh Mitra, beschütze uns!«

Belesa erschauderte. Die dunkle Wolke am Westhorizont wand sich, wallte, schwoll an, breitete sich aus. Überrascht beobachtete sie das Geschehen. Voriges Jahr, um diese Zeit, hatte es hier keine Stürme gegeben, und eine Wolke wie diese hatte sie noch nie gesehen.

Eine pulsierende schwarze Masse, von blauen Blitzen durchzogen, näherte sie sich vom Rand der Welt. Es sah aus, als blähe der Wind in ihrem Innern sie auf. Ihr Donnern ließ die Luft erzittern. Und ein anderer Laut vor mischte sich auf furchterregende Weise mit dem Donner – die Stimme des Windes, der mit ihr daherraste. Der tintige Horizont wurde von Blitzen zerrissen und verzerrt. Weit draußen auf dem Meer sah sie gischtgekrönte Wogen. Sie hörte den dröhnenden Donner, der mit dem Näherkommen immer ohrenbetäubender wurde. Doch noch regte sich kein Lüftchen auf dem Land. Die Schwüle war atemraubend. Irgendwie erschien der Unterschied zwischen dem Toben der Naturkräfte, das immer näher kam, und der drückenden Stille hier unwirklich. Unten im Haus schlug knallend ein Fensterladen zu, und eine Frauenstimme erhob sich schrill vor Angst. Doch die meisten im Fort schienen noch zu schlafen und waren sich des heranbrausenden Sturmes nicht bewusst.

Erstaunlicherweise war immer noch das geheimnisvolle Dröhnen der Trommel im Wald zu hören. Belesa schaute zu der dunklen Baumwand und spürte, wie ihr eine Gänsehaut den Rücken hinablief. Sie konnte nichts dort sehen, doch vor ihr inneres Auge schob sich eine grässliche schwarze Gestalt, die unter dunklen Ästen kauerte und einem Ding eine namenlose Beschwörung entlockte, das wie eine Trommel klang ...

Verzweifelt schüttelte sie diese unheilige Überzeugung ab und schaute wieder seewärts, wo gerade ein Blitz den Himmel spaltete. In der kurzen blendenden Helligkeit sah sie die Masten von Zaronos Schiff, die Zelte der Freibeuter am Strand, den sandigen Kamm der Südspitze, und die Felsen der Nordspitze so deutlich wie in der Mittagssonne. Immer lauter wurde das Toben des Windes, und jetzt erwachte auch das Herrenhaus. Schritte stürmten die Treppe hoch, und Zaronos laute Stimme hatte einen ängstlichen Unterton.

Türen wurden zugeschlagen, dann antwortete Valenso. Er musste brüllen, um sich verständlich zu machen.

»Weshalb habt Ihr mich nicht vor einem Sturm aus dem Westen gewarnt?«, schrie der Freibeuter ergrimmt. »Wenn die Anker sich lösen ...«

»Noch nie ist zu dieser Jahreszeit ein Sturm aus dem Westen gekommen!«, kreischte Valenso, während er im Nachthemd mit weißem Gesicht und zerzaustem Haar aus seinem Gemach gelaufen kam. »Das ist das Werk ...« Die nächsten Worte gingen im Trampeln seiner Schritte unter, als er die Leiter zum Aussichtsturm hochkletterte, dichtauf gefolgt von dem fluchenden Freibeuter.

Belesa kauerte verstört an ihrem Fenster. Immer stärker heulte der Wind, bis er jeden anderen Laut übertönte, alles außer diesem Trommelschlag des Wahnsinns, der sich jetzt zu einem unmenschlichen Triumphschrei steigerte. Der Sturm donnerte der Küste entgegen und trieb einen meilenlangen gischtigen Wellenkamm vor sich her. Und dann brach an der Küste die Hölle los. Der Regen peitschte in gewaltigen Güssen gegen den Strand, und der Wind knallte wie ein Donnerschlag gegen die Holzbauten des Forts. Die Brandung überrollte den Sand und spülte über die Lagerfeuer der Freibeuter.

Im Licht eines Blitzes sah Belesa durch den dichten Schleier peitschenden Regens, wie die Zelte der Seeleute zerfetzt und davongeschwemmt wurden und die Männer selbst sich mühsam, immer wieder von dem grauenvollen Sturm fast zu Boden geworfen, zum Fort kämpften.

Der nächste Blitz zeigte ihr Zaronos Schiff, das sich losgerissen hatte und mit ungeheuerlicher Gewalt gegen die zerklüfteten Klippen geschmettert wurde ...

V

Ein Mann aus der Wildnis

Der Sturm hatte sich ausgetobt, und die Morgensonne schien an einem klaren blauen, vom Regen gewaschenen Himmel. Bunt gefiederte Vögel stimmten auf den Zweigen ihren Morgengesang an, und auf den frischgrünen Blättern, die sanft in der frühen Brise schaukelten, glitzerten Regentropfen wie Brillanten.

An einem Bach, der sich durch den Sand dem Meer entgegenschlängelte, hinter Büschen und den letzten Bäumen des Waldrands verborgen, bückte sich ein Mann, um Gesicht und Hände in dem klaren Nass zu waschen. Er nahm seine morgendliche Säuberung auf die Art seinesgleichen mit viel Herumspritzen und gurgelnden Tönen wie ein Büffel vor. Mitten im Planschen hob er plötzlich den Kopf. Wasser rann von dem hellen Haar in kleinen Bächen über die kräftigen Schultern. Kurz lauschte er angespannt, dann hatte er sich in einer einzigen Bewegung umgedreht und hielt das Schwert in der Hand. Landeinwärts blickend erstarrte er.

Ein Mann, sogar noch größer und kräftiger als er selbst, stapfte durch den Sand direkt auf ihn zu. Die Augen des blonden Piraten weiteten sich, als er die eng anliegenden Seidenbeinkleider sah, die hohen Stiefel mit den breiten Stulpen, den wallenden Mantel und eine Kopfbedeckung, wie sie vor hundert Jahren etwa Mode gewesen war. Ein breiter Säbel lag in der Hand des zielbewusst Herankommenden.

Als er ihn erkannte, erbleichte der Pirat. »Du!«, stieß er ungläubig hervor. »Bei Mitra, *du!*«

Verwünschungen quollen zwischen seinen Lippen hervor, als er das Schwert hob. Beim Klirren der Klingen flatterten die bunt gefiederten Vögel erschrocken von ihren Ästen hoch. Blaue Funken sprühten von den Klingen, und der Sand knirschte unter den stampfenden Absätzen. Dann endete das Krachen des Stahles in einem dumpfen Aufschlag, und der Pirat sank röchelnd auf die Knie. Der Schwertgriff entglitt seiner schlaffen Hand, und er sackte auf den sich rötenden Sand. Mit letzter Anstrengung tastete er nach seinem Gürtel und zerrte etwas heraus. Er versuchte es zu den Lippen zu heben, doch da schüttelte ihn ein letztes Zucken, und er rührte sich nicht mehr.

Der Sieger beugte sich über ihn und löste die Finger von dem, was sie krampfhaft zu halten versuchten.

Zarono und Valenso standen am Strand und betrachteten düster das Treibholz, das ihre Leute einsammelten: Sparren, zersplitterte Masten und geborstene Planken. So heftig hatte der Sturm Zaronos Schiff gegen die Klippen geschmettert, dass so gut wie keine Planke mehr ganz war. Ein Stück hinter ihnen stand Belesa mit einem Arm um Tina. Sie war bleich und apathisch. Sie lauschte den Gesprächen ohne viel Interesse. Die Erkenntnis, dass sie doch nur eine hilflose Figur in diesem Spiel war, drückte sie nieder. Dabei war es gleichgültig, wie es ausging: Ob sie nun den Rest ihres Lebens an dieser trostlosen Küste zubringen musste oder – egal, wie – in die Zivilisation zurückkehren würde.

Zarono fluchte wild, während Valenso wie betäubt war.

»Es ist nicht die Jahreszeit für Stürme«, murmelte der Graf, das eingefallene Gesicht den Männern zugewandt, die die Wrackteile an Land schafften. »Es war kein Zufall, der den Sturm schickte, um das Schiff zu zerstören, das mein Entkommen hätte ermöglichen können. Entkommen? Ich sitze wie eine Ratte in der Falle, wie es gedacht war. Nein, nicht nur ich, wir alle sitzen in der Falle ...«

»Ich habe keine Ahnung, wovon Ihr sprecht«, knurrte Zarono und zupfte heftig an seinem Schnurrbart. »Es gelingt mir nicht, ein vernünftiges Wort aus Euch herauszubringen, seit Euch dieses flachshaarige Mädchen so mit ihrer Geschichte von einem schwarzen Mann erschreckte, der aus dem Meer gekommen sein soll. Aber ich weiß, dass ich nicht den Rest meines Lebens an dieser verfluchten Küste zubringen werde. Zehn meiner Männer gingen mit dem Schiff unter, aber ich habe noch hundertsechzig weitere, und Ihr habt etwa hundert. In Eurem Fort gibt es Werkzeug und im Wald mehr als genügend Bäume. Ich werde meine Leute zum Fällen ausschicken, sobald wir das Treibgut aus den Wellen gefischt haben. Wir bauen uns ein Schiff.«

»Dazu brauchen wir Monate«, murmelte Valenso.

»Gibt es eine bessere Weise, uns die Zeit zu vertreiben? Wir sind hier, und wir kommen nur wieder fort, wenn wir ein Schiff bauen. Wir werden hier eine Art Werft errichten. Wenn ich wirklich etwas wollte, habe ich es bisher noch immer geschafft. Ich hoffe, der Sturm hat diesen argossanischen Hund Strom zerschmettert! Während unsere Leute das Schiff bauen, suchen wir Tranicos' Schatz.«

»Wir werden das Schiff nie fertigstellen«, unkte Valenso.

»Ihr fürchtet die Pikten? Wir haben genug Männer, um mit ihnen fertig zu werden.«

»Ich spreche nicht von den Pikten. Ich spreche von dem schwarzen Mann.«

Zarono wandte sich ihm verärgert zu.

»Wie wär's, wenn Ihr endlich so redetet, dass ich es auch verstehe? Wer ist dieser verfluchte Schwarze?«

»Ja, wahrhaft verflucht«, murmelte Valenso und starrte auf das Meer. »Ein Schatten meiner blutigen Vergangenheit, der mich in die Hölle holen will. Seinetwegen floh ich aus Zingara und hoffte, dass er meine Fährte auf dem weiten Meer verlieren würde. Aber ich hätte es wissen müssen, dass er mich schließlich doch aufspüren könnte.«

»Wenn dieser Bursche hier an Land kam, muss er sich im Wald versteckt halten«, brummte Zarono. »Wir durchkämmen den Wald und werden ihn schon aufstöbern!«

Valenso lachte rau.

»Leichter ist es, einen Schatten zu fassen, der vor einer mondverdunkelnden Wolke schwebt, oder den Nebelschleier, der um Mitternacht aus dem Sumpf aufsteigt. Und weniger gefährlich ist es, im Dunkeln nach einer Kobra zu tasten.«

Zarono warf ihm einen seltsamen Blick zu. Offenbar zweifelte er an des Grafen Zurechnungsfähigkeit.

»Wer ist dieser Mann? Gebt endlich Eure Geheimniskrämerei auf.«

»Der Schatten meiner eigenen Grausamkeit und Habgier: ein Grauen aus alter Zeit – kein Sterblicher aus Fleisch und Blut, sondern ...«

»Segel, ahoi!«, brüllte der Ausguck an der Nordspitze.

Zarono wirbelte herum, und seine Stimme peitschte durch den Wind.

»Erkennst du das Schiff?«

»Aye!« Die Antwort war durch die Entfernung schwach zu hören. »Es ist die *Rote Hand*!«

»Strom!«, tobte Zarono. »Der Teufel hält die Hand über die Seinen! Wie konnte er diesem Sturm entgehen?« Die Stimme des Freibeuters erhob sich zum Brüllen, das über den Strand hallte: »Zurück zum Fort, Hunde!«

Ehe die *Rote Hand*, offenbar ein wenig mitgenommen, um die Spitze bog, war der Strand menschenleer; dafür drängten sich behelmte und mit Tüchern umwickelte Köpfe auf dem Palisadengang dicht an dicht. Die Freibeuter fanden sich mit ihren neuen Verbündeten mit der Anpassungsfähigkeit von Abenteurern ab, und die Leute des Grafen sich mit dem Gleichmut von Leibeigenen.

Zarono knirschte mit den Zähnen, als ein Langboot an den Strand ruderte und er den blonden Kopf seines Konkurrenten im Bug erkannte. Das Boot legte an, und Strom machte sich allein auf den Weg zum Fort.

In einiger Entfernung davon blieb er stehen und brüllte mit einer Bullenstimme, die deutlich durch den stillen Morgen zu hören war. »Fort, ahoi! Ich komme, um zu verhandeln!«

»Warum, bei den sieben Höllen, tust du es dann nicht?«, schrie Zarono finster.

»Als ich das letzte Mal unter weißer Flagge kam, zersplitterte ein Pfeil an meinem Harnisch!«, brüllte der Pirat. »Ich will das Versprechen, dass das nicht noch einmal passiert!«

»Du hast mein Wort darauf!«, rief Zarono spöttisch.

»Dein Wort sei verdammt, zingaranischer Hund! Ich verlange Valensos Wort!«

Ein gewisses Maß an Würde war dem Grafen noch verblieben. Seine Stimme klang zweifellos Respekt einflößend, als er antwortete: »Komm näher, aber sieh zu, dass deine Männer bleiben, wo sie sind. Es wird nicht auf dich geschossen werden!«

»Das genügt mir«, versicherte ihm Strom sofort. »Welche Sünden ein Korzetta auch auf dem Gewissen haben mag, auf sein Wort kann man bauen.«

Er stapfte näher heran und blieb am Tor stehen. Er lachte zu Zarono hoch, der mit hassgerötetem Gesicht zu ihm hinunterblickte.

»Na, Zarono«, höhnte er. »Jetzt hast du ein Schiff weniger als bei unserer letzten Begegnung. Aber ihr Zingarier wart ja nie besonders fähige Seeleute.«

»Wie konntest du deines retten, du messantinische Ratte?«, knurrte der Freibeuter.

»Ein paar Meilen nördlich von hier gibt es eine Bucht, die durch eine hohe Landzunge geschützt ist und die Heftigkeit des Sturmes brach«, antwortete Strom. »Ich hatte dahinter angelegt. Zwar lösten sich die Anker, aber ihr Gewicht hielt die *Rote Hand* von der Küste fern.«

Zarono runzelte finster die Stirn. Valenso schwieg. Er hatte von dieser Bucht nichts gewusst. Überhaupt hatte er sein kleines Reich wenig erforscht. Furcht vor den Pikten, mangelnde Neugier und die Notwendigkeit, seine Leute im und am Fort zur Arbeit anzutreiben, hatten ihn davon abgehalten.

»Ich bin hier, um einen Tauschhandel mit euch zu schließen«, erklärte Strom gleichmütig.

»Wir haben nichts mit dir zu tauschen, abgesehen von Schwerthieben«, knurrte Zarono.

»Da bin ich anderer Meinung.« Strom grinste mit dünnen Lippen. »Dass ihr Galacus, meinen Ersten Offizier, ermordet und beraubt habt, sagt mir genug. Bis heute Morgen glaubte ich, Valenso habe Tranicos' Schatz. Aber wenn einer von euch in seinem Besitz wäre, hättet ihr euch nicht die Mühe gemacht, mir zu folgen und Galacus umzubringen, um an die Karte zu kommen.«

»Die Karte?«, rief Zarono aus und straffte die Schultern.

»Tu nicht so!« Strom lachte, aber aus seinen blauen Augen funkelte Wut. »Ich weiß, dass ihr sie habt. Pikten tragen keine Stiefel!«

»Aber ...«, begann der Graf verblüfft, verstummte jedoch schnell, als Zarono ihn mahnend in die Seite stieß.

»Nun, wenn wir die Karte haben, was könntest du uns dann von Interesse anbieten?«

»Lasst mich ins Fort«, schlug Strom vor. »Dort können wir uns in Ruhe unterhalten.« Er ging nicht auf die Frage ein, trotzdem wussten die Männer auf dem Palisadengang, dass der Pirat auf sein Schiff anspielte. Dieser Trumpf wog schwer, sowohl bei einem Handel, als auch wenn es zum Kampf kommen sollte. Doch gleichgültig, in wessen Händen es war, es konnte nur eine gewisse Anzahl tragen. Wer immer auch damit von hier wegsegelte, es würden eine ganze Menge Leute zurückbleiben müssen. Die schweigenden Männer entlang der Palisade hingen alle diesem einen Gedanken nach.

»Deine Männer bleiben, wo sie sind!«, warnte Zarono und deutete auf das an den Strand gezogene Langboot und das Schiff, das in der Bucht vor Anker lag.

»Ist schon gut. Aber bilde dir nicht ein, dass du mich als Geisel festhalten kannst!« Strom lachte grimmig. »Ich verlange Valensos Ehrenwort, dass ich nach unserer Unterredung sofort lebend das Fort verlassen darf, ob wir nun zu einer Einigung kommen oder nicht.«

»Du hast mein Wort«, versicherte ihm der Graf.

»Na gut. Also lasst das Tor aufmachen, dann werden wir uns offen miteinander unterhalten.«

Das Tor wurde geöffnet und wieder geschlossen. Die Führer verschwanden außer Sicht, und die Männer beider Seiten behielten ihre Posten bei und beobachteten einander wachsam: die Männer auf den Palisaden, die Männer, die neben dem Langboot kauerten, und auf dem Wasser die Piraten, deren Helme entlang der Reling der Karacke glitzerten. Auf der breiten Treppe über der Banketthalle saßen Belesa und Tina geduckt und ohne von den Männern unten bemerkt zu werden, die an der langen Tafel Platz genommen hatten: Valenso, Galbro, Zarono und Strom. Außer ihnen hielt sich niemand in der großen Halle auf.

Strom goß seinen Wein in einem Zug hinunter und stellte den leeren Kelch auf den Tisch. Der Offenheit, die seine freimütige Miene vortäuschte, widersprachen die Grausamkeit und Tücke in seinen ruhelosen Augen. Er kam ohne Umschweife zur Sache.

»Wir alle sind scharf auf den Schatz, den der alte Tranicos irgendwo in der Nähe dieser Bucht versteckt hat«, sagte er. »Jeder hat etwas, das die anderen brauchen. Valenso hat Arbeiter, Ausrüstung, Vorräte und ein Fort, das uns Schutz vor den Pikten bietet. Du, Zarono, hast meine Karte. Ich habe das Schiff.«

»Ich verstehe eines nicht«, brummte Zarono. »Wenn du die Karte die ganze Zeit gehabt hast, warum hast du den Schatz dann nicht schon längst geholt?«

»Ich hatte sie nicht. Es war dieser Hund Zingelito, der den alten Geizhals in der Dunkelheit niederstach und die

Karte einsteckte. Aber er besaß weder Schiff noch Mannschaft, und er brauchte mehr als ein Jahr, bis er beides zusammenbekam. Als es dann endlich so weit war, dass er den Schatz hätte holen können, verhinderten die Pikten seine Landung, seine Männer meuterten und zwangen ihn, nach Zingara zu segeln. Einer stahl ihm die Karte und verkaufte sie vor Kurzem erst an mich.«

»Darum erkannte Zingelito also diese Bucht«, murmelte Valenso.

»Hat dieser Hund Euch hierhergeführt, Graf?«, fragte Strom. »Ich hätte es mir denken können. Wo ist er?«

»Zweifellos in der Hölle, schließlich war er früher mal Freibeuter. Die Pikten brachten ihn offenbar um, als er im Wald nach dem Schatz suchte.«

»Gut!«, brummte Strom zufrieden. »Es würde mich interessieren, woher ihr wusstet, dass mein Erster die Karte in Verwahrung hatte. Ich vertraute ihm, und die Männer trauten ihm mehr als mir, also übergab ich sie ihm zu treuen Händen. Aber heute Morgen wurde er am Strand dicht am Waldrand irgendwie von den anderen getrennt, und als wir ihn suchten, fanden wir ihn dort tot, offenbar im Zweikampf erstochen. Die Männer waren schon so weit, mich zu beschuldigen, ihn umgebracht zu haben, da fand ich glücklicherweise die Fußspuren seines Mörders, und ich bewies den Idioten, dass die Abdrücke gar nicht von meinen Stiefeln stammen konnten. Und ich sah auch gleich, dass es keiner von meiner Mannschaft gewesen sein konnte, denn niemand von uns hat Stiefel mit einer solchen Sohle. Und Pikten tragen überhaupt keine Stiefel. Demnach mussten die Abdrücke von einem Zingarier stammen!

Ihr habt also nun die Karte, doch nicht den Schatz. Denn wenn er in eurem Besitz wäre, hättet ihr mich nicht in das Fort gelassen. Ihr sitzt jetzt hier fest. Ihr könnt nicht hinaus, um nach dem Schatz zu suchen, weil wir euch im Auge behalten, und außerdem habt ihr kein Schiff, mit dem ihr ihn fortschaffen könnt.

Also hört euch meinen Vorschlag an: Zarono, du gibst mir die Karte. Und Ihr, Valenso, überlasst mir frisches Fleisch und sonstigen Proviant. Nach der langen Reise fehlt nicht mehr viel, und meine Männer kriegen Skorbut. Als Gegenleistung bringe ich euch drei und Lady Belesa mit ihrem Schützling irgendwo an Land, von wo aus ihr mit Leichtigkeit einen zingaranischen Hafen erreichen könnt. Und Zarono setze ich wohl lieber irgendwo ab, wenn ihm das lieber ist, wo sich Freibeuter treffen, denn zweifellos erwartet ihn in Zingara des Henkers Schlinge. Und obendrein gebe ich jedem von euch in meiner Großzügigkeit einen schönen Anteil am Schatz.«

Der Freibeuter zupfte überlegend an seinem Schnurrbart. Er wusste natürlich, dass Strom gar nicht daran dachte, einen solchen Pakt einzuhalten. Außerdem hatte Zarono nicht die Absicht, auf einen derartigen Vorschlag einzugehen, selbst wenn er die Karte gehabt hätte. Doch einfach abzulehnen, hätte zu einer offenen Auseinandersetzung geführt. Also dachte er nach, wie er den Piraten hereinlegen könnte, denn er war nicht weniger scharf auf Stroms Schiff als auf den verlorenen Schatz.

»Was könnte uns daran hindern, dich gefangen zu halten und deine Männer zu zwingen, uns für deine Freigabe das Schiff zu überlassen?«

Strom lachte höhnisch.

»Hältst du mich wirklich für einen solchen Dummkopf? Meine Männer haben den Befehl, beim ersten Verdacht auf Verrat – oder wenn ich nicht zur vereinbarten Zeit zurück bin – die Anker zu lichten und die Bucht zu

verlassen. Ganz abgesehen davon, dass sie euch das Schiff nicht gäben, selbst wenn ihr mir vor ihren Augen bei lebendigem Leib die Haut abziehen ließet. Außerdem habe ich Graf Valensos Wort.«
»Und ich habe mein Wort noch nie gebrochen!«, sagte Valenso finster. »Genug Eurer Drohungen, Zarono.«
Der Freibeuter schwieg. Er war ganz mit dem Problem beschäftigt, Stroms Schiff in seinen Besitz zu bringen und die Verhandlung weiterzuführen, ohne die Tatsache zu verraten, dass er die Karte gar nicht besaß. Er fragte sich, wer, in Mitras Namen, sie tatsächlich an sich gebracht hatte.
»Gestatte, dass ich meine Leute auf deinem Schiff mitnehme«, sagte er. »Ich kann meine treuen Männer nicht hier im Stich lassen ...«
Strom schnaubte verächtlich.
»Warum verlangst du nicht gleich meinen Säbel, damit du mir die Kehle damit durchschneiden kannst? Deine treuen Männer nicht im Stich lassen – pah! Du würdest deinen eigenen Bruder an den Teufel verkaufen, wenn du genügend dafür herausschlagen könntest. Nein, du darfst von deinen Männern höchstens ein paar mitbringen, auf keinen Fall aber genug, dass sie das Schiff übernehmen könnten.«
»Gib uns einen Tag, um es in Ruhe zu überlegen«, bat Zarono, um Zeit zu schinden.
Strom knallte die Faust auf den Tisch, dass der Wein in den Kelchen überschwappte.
»Nein, bei Mitra! Ich verlange eine sofortige Antwort!«
Zarono sprang auf. Seine Wut gewann die Oberhand über seine Durchtriebenheit.
»Du barachanischer Hund! Du sollst deine Antwort haben – geradewegs in deine Eingeweide ...«

Er riss seinen Umhang zur Seite und packte den Schwertgriff. Strom sprang mit einem wütenden Brüllen ebenfalls auf, so heftig, dass sein Stuhl nach hinten kippte und krachend auf dem Boden landete. Valenso schoss hoch und streckte die Arme aus, um die beiden, die sich mit bereits halb gezogenen Klingen und verzerrten Gesichtern über den Tisch hinweg anfunkelten, auseinanderzuhalten.

»Meine Herren! Ich muss doch sehr bitten! Zarono, er hat mein Wort ...«

»Der Teufel hole Euer Wort!« Der Freibeuter fletschte die Zähne.

»Haltet Euch heraus, Mylord!«, knurrte der Pirat mit vor Blutdurst heiserer Stimme. »Ihr gabt Euer Wort, dass kein Verrat an mir verübt würde. Ich betrachte es jedoch nicht als Wortbruch Eurerseits, wenn ich mit diesem Hund in fairem Kampf die Klingen kreuze.«

»Das ist die richtige Einstellung, Strom!«, warf plötzlich eine tiefe kräftige Stimme hinter ihnen ein, die auf grimmige Weise amüsiert klang. Alle wirbelten herum und sperrten unwillkürlich Mund und Augen weit auf. Nur mit Mühe konnte Belesa einen Aufschrei unterdrücken.

Ein Mann trat durch den Türvorhang aus einem Nebenraum und schritt ohne zu zögern, doch auch ohne Hast, zum Tisch. Zweifellos war er Herr der Situation. Spannung hing in der Luft.

Der Fremde war noch größer als der Freibeuter und der Pirat und von weit kräftigerer Statur. Trotzdem bewegte er sich mit pantherhafter Geschmeidigkeit. Er trug Stiefel mit weiten Stulpen, ein hautenges Beinkleid aus weißer Seide und unter einem himmelblauen wallenden Mantel ein am Hals offenes weißes Seidenhemd und eine scharlachrote Schärpe um die Taille. Der Mantel hatte eichelförmige Silberknöpfe und Satinkragen; Taschenklappen und Ärmelaufschläge waren mit kostbarer Goldstickerei verziert. Ein lackierter Lederhut vollendete das Kostüm, wie es vor etwa hundert Jahren getragen worden war. An der Seite des Fremden hing ein schwerer Säbel.

»Conan!«, riefen Pirat und Freibeuter gleichzeitig. Valenso und Galbro hielten den Atem an, als sie diesen Namen hörten.

»Jawohl, Conan!« Der Riese trat, über das Staunen der Anwesenden spöttisch lachend, an den Tisch.

»Wa-as ma-acht Ihr hier?«, stammelte der Majordomus. »Wie kommt Ihr ungeladen und unangemeldet hier herein?«

»Ich erklomm die Palisaden an der Ostseite, während ihr Narren euch am Tor herumgestritten habt«, erwiderte Conan. »Jeder im Fort renkte sich den Hals aus, um westwärts zu schauen. Ich betrat das Haus, als Strom am Tor eingelassen wurde. Seither habe ich mit viel Interesse euer Gespräch im Nebengemach mit angehört.«

»Ich habe dich für tot gehalten«, sagte Zarono gedehnt. »Vor drei Jahren wurde das Wrack deines Schiffes an einer Riffküste gesichtet, und seither hörte man nichts mehr von dir.«

»Ich bin nicht mit meiner Mannschaft ertrunken«, antwortete Conan. »Es gehört schon ein größerer Ozean dazu, mich auf seinen Grund zu ziehen.«

Oben auf der Treppe starrte Tina mit großen Augen durch die Balustrade und umklammerte vor Aufregung Belesas Handgelenk.

»Conan! Mylady, es ist Conan! Seht! Oh seht doch!«

Belesa war, als sähe sie eine fleischgewordene Legende

vor sich. Wer von all den Menschen an der Küste kannte die wilden blutigen Geschichten über Conan, den Abenteurer, nicht, der einst Kapitän der Barachan-Piraten und die schlimmste Geißel des Westlichen Ozeans gewesen war? Dutzende Balladen erzählten von seinen verwegenen Untaten. Er war hier hereingestapft und bildete ein neues, dominierendes Element in diesem schrecklichen Durcheinander. In ihrer Angst fragte Belesa sich, was wohl Conans Einstellung ihr gegenüber sein würde. Würde er sie auf die brutale Weise Stroms völlig missachten oder sie leidenschaftlich begehren wie Zarono?

Valenso erholte sich von seinem Schock über das Auftauchen eines Fremden in seinem Haus. Er wusste, dass Conan Cimmerier war, in der rauen Öde des fernen Nordens geboren und aufgewachsen, und er keine Grenzen kannte, wie die, denen sich die zivilisierten Menschen unterwarfen. Es war gar nicht so merkwürdig, dass er unbemerkt hatte ins Fort eindringen können, aber Valenso erschrak bei dem Gedanken, dass andere Barbaren es ihm nachmachen könnten – die dunklen, wortkargen Pikten beispielsweise.

»Was wollt Ihr hier?«, fragte er barsch. »Kommt Ihr vom Meer?«

»Nein, aus dem Wald.« Der Cimmerier deutete mit einer Kopfbewegung gen Osten.

»Habt Ihr unter den Pikten gelebt?«, erkundigte sich Valenso kalt.

Ärger flackerte in den eisblauen Augen des Riesen auf.

»Selbst ein Zingarier sollte wissen, dass es nie Frieden zwischen Pikten und Cimmeriern gegeben hat und wohl auch nie geben wird.« Er fluchte wild. »Seit Anbeginn der Zeit herrscht Blutfeindschaft zwischen ihnen und uns. Hättet Ihr Eure Frage an einen meiner wilderen Brüder gerichtet, wäre es leicht möglich, dass er Euch den Schädel gespalten hätte. Aber ich habe lang genug unter euch sogenannten zivilisierten Menschen gelebt, um Eure Unwissenheit zu verstehen und Euren Mangel an Höflichkeit und Gastlichkeit gegenüber einem Fremden, der aus der tausend Meilen weiten Wildnis ringsum kommt. Aber vergessen wir das.« Er wandte sich an die beiden Seeräuber, die ihn düster anstarrten. »Wenn ich recht gehört habe, gibt es einer ganz bestimmten Karte wegen eine Meinungsverschiedenheit zwischen euch.«

»Das geht dich überhaupt nichts an«, knurrte Strom.

»Ist es vielleicht diese?« Conan grinste boshaft und zog aus seiner Tasche etwas ziemlich Zerknittertes: ein Stück Pergament, auf dem etwas in Rot eingezeichnet war.

Strom zuckte erbleichend zusammen. »Meine Karte!«, rief er. »Woher hast du sie?«

»Von deinem Steuermann Galacus, nachdem ich ihn getötet hatte«, antwortete Conan grimmig grinsend.

»Du Hund!«, tobte Strom und wandte sich wieder Zarono zu. »Du hast die Karte überhaupt nicht gehabt! Du hast gelogen …«

»Ich habe nie behauptet, dass ich sie habe!«, knurrte Zarono. »Du hast bloß die falschen Schlüsse gezogen. Sei kein Narr. Conan ist allein. Hätte er eine Mannschaft, würde er uns längst die Kehlen durchgeschnitten haben. Wir nehmen ihm die Karte ab …«

»Das würde euch so passen!« Conan lachte.

Beide Männer stürmten fluchend auf ihn ein. Conan machte gleichmütig einen Schritt zurück und warf das zerknitterte Pergament auf die glühenden Scheite des Kaminfeuers. Mit einem Stiergebrüll stürzte Strom an ihm vorbei, aber ein Fausthieb unter das Ohr schleuderte ihn halb bewusstlos auf den Boden. Zarono riss sein Schwert jetzt ganz heraus, doch ehe er damit zustoßen konnte, schlug Conans Säbel es ihm aus der Hand.

Mit höllisch funkelnden Augen taumelte Zarono rückwärts gegen den Tisch. Strom stand mühsam auf. Seine Augen wirkten glasig, und Blut tropfte von seinem eingerissenen Ohr. Conan beugte sich ganz leicht über den Tisch, und sein ausgestreckter Säbel tupfte auf Graf Valensos Brust.

»Versucht nicht, Eure Soldaten zu rufen, Graf«, warnte der Cimmerier mit gefährlich sanfter Stimme. »Auch keinen Laut von Euch – und von dir ebenfalls nicht, Hundegesicht.« Letzteres galt Galbro, der ohnehin nicht daran dachte, den Zorn des Riesen auf sich zu ziehen. »Die Karte ist zu Asche verbrannt, und es ist sinnlos, Blut zu vergießen. Setzt euch, ihr alle!«

Strom zögerte, blickte auf seine Klinge, dann zuckte er die Schultern und ließ sich stumpf auf einen Stuhl fallen. Die anderen setzten sich ebenfalls. Nur Conan blieb stehen und blickte auf sie hinunter, während seine Feinde ihn mit hassfunkelnden, verbitterten Augen beobachteten.

»Ihr wart gerade dabei, etwas auszuhandeln«, sagte er. »Ich bin aus demselben Grund hier.«

»Was hättest du schon zu bieten?«, höhnte Zarono.

»*Tranicos' Schatz!*«

»Wa-as?« Alle vier Männer waren aufgesprungen und beugten sich zu ihm vor.

»Setzt euch!«, donnerte Conan und schlug mit der breiten Säbelklinge auf den Tisch. Sie gehorchten angespannt und weiß vor Aufregung.

Conan grinste. Er amüsierte sich köstlich über die Wirkung seiner Worte.

»Ja! Ich habe den Schatz gefunden, noch ehe ich die

Karte bekam. Darum verbrannte ich sie auch. Ich brauche sie nicht. Nun wird niemand je den Schatz finden, außer ich zeige ihm, wo er versteckt ist.«

Mit Mordlust in den Augen starrten sie ihn an.

»Du lügst«, sagte Zarono ohne Überzeugung. »Du hast uns bereits eine Lüge aufgetischt! Du hast behauptet, dass du aus dem Wald kommst. Und dann hast du gesagt, dass du nicht unter den Pikten gelebt hast. Jeder weiß, dass dieses Land eine Wildnis ist, in der nur Wilde hausen. Die nächsten Vorposten der Zivilisation sind die aquilonischen Siedlungen am Donnerfluss, Hunderte von Meilen ostwärts von hier.«

»Und genau von dort komme ich her«, erwiderte Conan ungerührt. »Ich glaube, ich bin der erste Weiße, der je die piktische Wildnis durchquert hat. Ich habe den Donnerfluss überschritten, um einem Stoßtrupp zu folgen, der die Grenze heimsuchte. Ich folgte ihm tief in die Wildnis hinein und tötete seinen Häuptling, aber ein Stein aus einer Schleuder traf mich während des Handgemenges, und ich verlor die Besinnung. Deshalb konnten die Wilden mich lebendig gefangen nehmen. Die Burschen waren vom Wolfsstamm gewesen. Dem Adlerclan war einer ihrer Häuptlinge in die Hände gefallen, und gegen ihn tauschten sie mich aus. Die Adler schleppten mich fast hundert Meilen westwärts, um mich im Dorf ihres Häuptlings zu verbrennen. Aber eines Nachts gelang es mir, ihren Kriegshäuptling und drei oder vier der Krieger zu töten und zu fliehen.

Umkehren konnte ich nicht, weil sie hinter mir her waren und mich westwärts trieben. Vor ein paar Tagen glückte es mir, sie abzuschütteln, und bei Crom, ich fand ausgerechnet dort Unterschlupf, wo Tranicos seinen Schatz versteckt hatte. Alles habe ich gefunden: Truhen mit Kleidungsstücken und Waffen, ganze Haufen von Münzen und Juwelen und Goldschmuck, und mittendrin die Edelsteine Tothmekris, die wie erstarrter Sternenschein funkelten! Nicht zu vergessen, den alten Tranicos mit seinen elf Hauptleuten rund um einen Ebenholztisch. Alle stierten sie auf den Schatz, wie schon seit hundert Jahren!«

»Was?«

»Ja.« Conan lachte. »Tranicos starb neben seinem Schatz, und alle anderen mit ihm! Ihre Leichen sind weder verwest noch verschrumpelt. In ihren hohen Stulpenstiefeln, den langen Wämsern und lackierten Lederhüten sitzen sie da, jeder ein Weinglas in der Hand, genau wie sie schon seit hundert Jahren dort sitzen.«

»Das ist ja unheimlich!«, murmelte Strom voll Unbehagen. Aber Zarono knurrte: »Wen schert das schon. Wir wollen schließlich den Schatz. Erzähl weiter, Conan.«

Jetzt ließ sich auch der Cimmerier am Tisch nieder, goss Wein in einen Kelch und leerte ihn.

»Der erste Wein, seit ich Conawaga verlassen habe, bei Crom!«, brummte er. »Diese verfluchten Adler waren mir so dicht auf den Fersen, dass ich kaum dazu kam, die Nüsse und Beeren zu essen, die ich unterwegs fand. Manchmal fing ich auch einen Frosch und verschlang ihn roh, weil ich es nicht wagen konnte, ein Feuer zu machen.«

Seine ungeduldigen Zuhörer erklärten ihm fluchend, dass sie nicht an seiner Ernährung interessiert seien, sondern nur am Schatz.

Er grinste spöttisch und fuhr fort: »Nun, nachdem ich so durch Zufall über den Schatz gestolpert war, ruhte ich mich ein paar Tage aus, baute und stellte Kaninchenfallen auf und ließ meine Wunden heilen. Da sah ich Rauch am

Westhimmel, aber natürlich dachte ich, er käme von einem Piktendorf an der Küste. Ich blieb in der Nähe des Schatzes, weil er zufällig an einem Ort verborgen ist, den die Pikten meiden. Falls mich tatsächlich irgendwelche der hiesigen Stämme aufgespürt hatten, zeigten sie sich zumindest nicht.

Gestern Nacht machte ich mich schließlich auf den Weg westwärts, in der Absicht, ein paar Meilen nördlich der Stelle die Küste zu erreichen, wo ich den Rauch gesehen hatte. Ich war der Küste nicht mehr fern, als der Sturm zuschlug. Ich fand Schutz unter einem Felsvorsprung und wartete ab, bis er sich ausgetobt hatte. Dann kletterte ich auf einen Baum, um nach den Pikten Ausschau zu halten; statt ihrer entdeckte ich jedoch Stroms Karacke und sah seine Männer auf den Strand zurudern. Ich machte mich zu Stroms Lager am Strand auf, da begegnete mir Galacus. Wir hatten einen alten Streit, den wir an Ort und Stelle austrugen und bei dem er den Kürzeren zog. Dass er die Karte hatte, habe ich überhaupt nicht gewusst, bis er versuchte, sie aufzuessen, ehe er starb.

Ich erkannte sie natürlich gleich und überlegte, was ich damit machen sollte, als der Rest von euch Hunden daherkam und die Leiche fand. Ich lag ganz in der Nähe in einem Dickicht versteckt, während ihr, du und deine Männer, euch herumgestritten habt. Ich hielt den Zeitpunkt noch für verfrüht, mich zu zeigen.«

Er lachte über Stroms wutverzerrtes Gesicht.

»Nun, während ich dort so lag und euch zuhörte, erfuhr ich genügend über die gegenwärtige Lage, also auch, dass Zarono und Valenso sich nur ein paar Meilen südwärts an der Küste befanden. Als ich dann hörte, wie du sagtest, dass Zarono Galacus umgebracht und die

Karte genommen haben musste und du mit ihm verhandeln und eine Möglichkeit suchen würdest, ihn kaltzumachen und die Karte zurückzuholen ...«

»Hund!«, knurrte Zarono.

Strom war zwar bleich, aber er lachte freudlos. »Glaubst du vielleicht, ich würde zu einem Hund wie dir ehrlich sein? Erzähl weiter, Conan.«

Der Cimmerier grinste. Es war offensichtlich, dass er mit voller Absicht das Feuer des Hasses zwischen den beiden Seeräubern schürte.

»Es gibt nicht mehr viel. Ich rannte durch den Wald, während du an der Küste entlanggesegelt bist, und war vor dir am Fort. Deine Vermutung, dass der Sturm Zaronos Schiff vernichtet hatte, erwies sich als richtig – aber du hast diese Bucht ja auch gekannt.

Und so sieht es nun also aus: Ich habe den Schatz, Strom hat ein Schiff, Valenso Proviant. Bei Crom, Zarono, ich weiß wirklich nicht, was du bieten könntest, aber um weiteren Streit zu vermeiden, schließe ich dich ein. Mein Vorschlag ist simpel.

Wir teilen die Beute gerecht in vier Teile. Strom und ich werden dann mit der *Roten Hand* und unseren Anteilen in See stechen. Zarono und Valenso bleiben mit ihren Anteilen hier. Ihr könnt euch zu Herren der Wildnis machen oder euch ein Schiff aus Baumstämmen bauen, wie es euch beliebt.«

Valenso erbleichte, und Zarono fluchte, während Strom grinste.

»Bist du wirklich so leichtsinnig, mit Strom an Bord seines Schiffes zu gehen?«, fragte Zarono wütend. »Er wird dir die Kehle durchschneiden, noch ehe ihr auf dem offenen Meer seid.«

Conan lachte. Erheitert sagte er: »Das ist wie das Problem mit dem Schaf, dem Wolf und dem Kohlkopf. Wie kann man sie über den Fluss bekommen, ohne dass einer das andere auffrisst.«

»Das ist wohl typisch für deinen cimmerischen Humor!«, brummte Zarono.

»Ich werde nicht hierbleiben!« Valensos dunkle Augen funkelten wild. »Schatz oder nicht, ich muss weg von hier!«

Conan blickte ihn nachdenklich an.

»Na gut, wie wär's mit diesem Plan: Wir teilen den Schatz wie vorgeschlagen. Dann segeln Strom, Zarono und Ihr, Lord Valenso, und wen Ihr von Euren Leuten mitnehmen wollt, mit der *Roten Hand*. Ich dagegen bleibe als Herr des Forts mit dem Rest Eurer und allen von Zaronos Leuten hier und baue selbst ein Schiff.«

Zaronos Gesicht wirkte fahl.

»Ich habe also die Wahl, hier im Exil zurückzubleiben oder meine Mannschaft aufzugeben und allein an Bord der *Roten Hand* zu gehen, um mir die Kehle durchschneiden zu lassen.«

Conans Gelächter hallte durch die große Halle. Er schlug Zarono kameradschaftlich auf die Schulter, ohne auf die Mordlust in den Augen des Freibeuters zu achten.

»So ist es, Zarono«, bestätigte er. »Bleib hier, während Strom und ich fortsegeln, oder reise mit Strom, und lass deine Männer bei mir zurück.«

»Mir wäre lieber, Zarono käme mit mir«, sagte Strom unverblümt. »Du würdest es so weit bringen, dass meine eigenen Männer sich gegen mich stellen, Conan, und mich umgebracht haben, ehe wir die Barachan-Inseln in der Ferne sehen.«

Schweiß perlte über Zaronos bleiches Gesicht.

»Weder ich noch der Graf noch seine Nichte würden

lebend Land erreichen, wenn wir uns Strom anvertrauen«, sagte er. »Ihr seid jetzt beide in meiner Gewalt, denn meine Männer sind im Fort. Was sollte mich davon abhalten, euch beide niederzumachen?«

»Nichts«, erwiderte Conan lächelnd. »Außer der Tatsache, dass Stroms Männer, wenn du es tätest, in See stechen und euch hier an der Küste zurücklassen würden, wo die Pikten euch bald alle niedermachen würden; und dass ich dir den Schädel bis zum Kinn spaltete, wenn du deine Männer zu rufen versuchst.«

Conan lachte, während er sprach, als wäre die Vorstellung undenkbar, aber selbst Belesa spürte, dass er sehr wohl meinte, was er sagte. Sein blanker Säbel lag über seinen Knien, während Zaronos Schwert außer Reichweite unter dem Tisch lag. Galbro war kein Kämpfer, und Valenso war offenbar nicht imstande, eine Entscheidung zu treffen.

»Ja«, knurrte Strom. »So leicht würdest du mit uns zweien nicht fertig. Ich bin mit Conans Vorschlag einverstanden. Was meint Ihr, Valenso?«

»Ich muss fort von hier!«, wisperte der Graf leeren Blickes. »Ich muss mich beeilen … muss fort … weit weg … schnell!«

Strom runzelte, verwirrt über das merkwürdige Benehmen des Grafen, die Stirn und drehte sich boshaft grinsend dem Freibeuter zu. »Und du, Zarono?«

»Was bleibt mir denn für eine Wahl?«, knurrte Zarono. »Lass mich drei Offiziere und vierzig Mann mit an Bord nehmen, dann bin ich einverstanden.«

»Die Offiziere und dreißig Mann!«

»Na gut.«

»Also, in Ordnung.«

Damit war der Pakt ohne Handschlag oder Trinkspruch

besiegelt. Die beiden Kapitäne funkelten einander wie hungrige Wölfe an. Der Graf zupfte mit zitternden Fingern an seinem Schnurrbart, er war völlig in seine eigenen düsteren Gedanken vertieft. Conan rekelte sich unbekümmert wie eine große Katze, trank Wein und grinste die Anwesenden an, aber es war das Grinsen eines lauernden Tigers.

Belesa spürte die mörderischen Absichten jedes Einzelnen. Keiner dachte daran, seinen Teil des Paktes einzuhalten, Valenso möglicherweise ausgenommen. Jeder der Seeräuber wollte sowohl das Schiff als auch den gesamten Schatz in seine Hände bekommen. Keiner würde sich mit weniger zufriedengeben.

Aber wie? Was, genau, ging im Kopf eines jeden Einzelnen vor? Die Atmosphäre aus Hass und Verrat bedrückte Belesa. Der Cimmerier war trotz all seiner ungehemmten Offenheit nicht weniger verschlagen als die anderen – und noch gefährlicher. Die Beherrschung dieser Situation verdankte er nicht nur seiner körperlichen Kraft – obgleich seine gewaltigen Schultern und die muskelschweren Glieder selbst für die große Halle zu mächtig zu sein schienen –, sondern seiner eisernen Vitalität, die sogar die Stroms und Zaronos in den Schatten stellte.

»Führ uns zum Schatz!«, verlangte Zarono.

»Warte noch«, vertröstete ihn der Cimmerier. »Wir müssen unsere Kräfte so verteilen, dass keiner den anderen übertölpeln kann. Wir werden Folgendes tun: Stroms Männer werden – von einem halben Dutzend oder so abgesehen – an Land kommen und am Strand lagern. Zaronos Leute werden das Fort verlassen und ebenfalls am Strand kampieren, und zwar so, dass beide Gruppen einander im Auge behalten und sich vergewissern können, dass keiner uns nachschleicht, wenn wir den Schatz holen, und uns möglicherweise einen Hinterhalt stellt. Die auf der *Roten Hand* zurückgebliebenen Männer werden das Schiff weiter hinaus in die Bucht segeln, außer Reichweite beider Gruppen. Valensos Männer bleiben im Fort, lassen jedoch das Tor offen. Kommt Ihr mit uns, Graf?«

»In den Wald?« Valenso schauderte und zog den Umhang enger um sich. »Nicht für Tranicos' ganzes Gold!«

»Also gut. Wir nehmen dreißig Mann als Träger für den Schatz mit, und zwar fünfzehn von jeder Mannschaft, und brechen so bald wie möglich auf.«

Belesa, die scharf aufpasste, was unter ihr vorging, sah Zarono und Strom einen verstohlenen Blick wechseln und dann schnell die Augen senken, als sie ihre Kelche hoben, um ihre mörderische Absicht zu verheimlichen. Belesa erkannte die lebensgefährliche Schwäche in Conans Plan und fragte sich verwundert, wie er sie hatte übersehen können. Vielleicht war er ganz einfach zu sehr von sich und seiner Kraft überzeugt? Aber sie wusste, dass er nicht lebend aus dem Wald zurückkehren würde. War der Schatz erst in ihren Händen, würden die beiden anderen einen Gaunerpakt schließen, bis sie sich des Mannes entledigt hatten, den beide hassten. Sie schauderte und blickte mitleidig auf den zum Tode Verurteilten. Es war ein merkwürdiges Gefühl, diesen mächtigen Kämpfer dort unten lachen und Wein trinken zu sehen, gesund und munter, und zu wissen, dass ihm bereits ein blutiger Tod bestimmt war.

Die ganze Situation war unheilschwanger. Zarono würde Strom hereinlegen und töten, wenn sich die Chance ergab. Und sie zweifelte nicht daran, dass der Pirat Zarono bereits auf die Todesliste gesetzt hatte, und sie und ihren Oheim ebenfalls. Sollte Zarono als endgültiger Sieger hervorgehen, waren zumindest ihre Leben sicher – aber wenn sie den Freibeuter so ansah, der an seinem Schnurrbart kaute und dessen Gesicht jetzt seinen wahren, grausamen Charakter verriet, wusste sie nicht, was vorzuziehen war: der Tod oder Zarono.

»Wie weit ist es?«, erkundigte sich Strom.

»Wenn wir gleich aufbrechen, können wir vor Mitternacht zurück sein«, antwortete Conan. Er leerte seinen Weinkelch, rückte seinen Waffengürtel zurecht und schaute den Grafen an.

»Valenso«, sagte er, »seid Ihr des Wahnsinns, einen Pikten in Jagdbemalung zu töten?«

Valenso blinzelte verwirrt.

»Was wollt Ihr damit sagen?«

»Soll das heißen, Ihr wisst nicht, dass Eure Leute gestern Nacht einen Pikten im Wald umbrachten?«

Der Graf schüttelte den Kopf.

»Keiner meiner Leute war vergangene Nacht im Wald.«

»Irgendjemand war jedenfalls im Wald«, brummte der Cimmerier und kramte in einer Tasche. »Ich sah den Piktenkopf an einen Baum nahe am Waldrand genagelt, und er trug keine Kriegsbemalung. Da ich keine Stiefelabdrücke fand, schloss ich, dass man ihn bereits vor dem Sturm dort hingehängt hatte. Aber es gab eine Menge anderer Spuren: Mokassinabdrücke auf dem nassen Boden. Also waren Pikten dort und haben den Kopf gesehen. Es müssen Krieger eines anderen Stammes gewesen sein, sonst hätten sie ihn heruntergeholt. Wenn sie sich zufällig im Frieden mit dem Stamm des Toten befinden, werden sie sicher zu seinem Dorf laufen und Bescheid geben.«

»Vielleicht haben sie ihn umgebracht?«, meinte Valenso.

»Nein, ganz gewiss nicht. Aber sie wissen, wer es getan hat, aus dem gleichen Grund wie ich. Diese Kette wurde um den abgehackten Halsstumpf gewunden und verknotet. Ihr müsst vom Wahnsinn besessen gewesen sein, so etwas zu tun!«

Er warf etwas auf den Tisch vor den Grafen, der würgend hochtaumelte, während seine Hand sich um seine Kehle krallte. Es war die goldene Siegelkette, die er sonst um den Hals trug.

»Ich erkannte das Korzettasiegel«, erklärte Conan. »Aber allein die Kette würde jedem Pikten verraten, dass nur ein Weißer den Mord begangen haben kann.«

Valenso schwieg. Er starrte die Kette an, als wäre sie eine Giftschlange, die jeden Augenblick zustoßen könnte.

Conan beobachtete ihn mit finsterer Miene, dann blickte er die anderen fragend an. Zarono machte eine flinke Geste, die besagte, dass der Graf nicht ganz richtig im Kopf war.

Conan schob seinen Säbel in die Scheide und setzte den Lederhut auf.

»Also gut, dann wollen wir«, sagte er.

Die Seeräuber leerten schnell noch ihre Kelche. Sie erhoben sich und schoben ebenfalls ihre Klingen in die Scheiden. Zarono legte eine Hand um Valensos Arm und schüttelte ihn leicht. Der Graf zuckte zusammen, dann folgte er den anderen benommen aus der Halle. Die Kette baumelte von seinen Fingern. Aber nicht alle verließen den Raum.

Belesa und Tina, die immer noch oben auf der Treppe saßen und durch die Balustrade spähten, sahen Galbro zurückbleiben und warten, bis die schwere Tür sich hinter den anderen schloss. Dann eilte er zum Kamin und stocherte vorsichtig in den schwelenden Holzscheiten. Schließlich kniete er sich davor nieder und betrachtete etwas sehr eingehend, ehe er sich wieder erhob, sich wachsam umblickte und durch eine andere Tür aus der Halle stahl.

»Was hat er im Feuer gefunden?«, wisperte Tina. Belesa zuckte die Schulter, dann gab sie ihrer Neugier nach und ging hinunter in die leere Halle. Einen Augenblick später kniete auch sie an derselben Stelle wie der Majordomus und sah, was er studiert hatte.

Es war der verkohlte Überrest der Karte, die Conan ins Feuer geworfen hatte. Jeden Moment würde sie zerfallen, doch noch hoben sich helle Linien und ein paar Worte darauf ab. Die Schrift vermochte sie nicht zu entziffern, aber die Linien schienen einen Berg oder eine Klippe darzustellen, und die Kreuze ringsum bedeuteten vermutlich einen Wald oder zumindest dicht beisammenstehende Bäume. Sie wusste nicht, wo dieser Berg war, aber nach Galbros Benehmen schloss sie, dass ihm die Stelle bekannt war. Er war auch als Einziger im Fort tiefer ins Landesinnere vorgestoßen.

VI

Die Plünderung der Totenhöhle

Belesa kam die Treppe herunter und blieb beim Anblick des Grafen stehen, der am Tisch saß und die zerrissene Kette in der Hand drehte. Ohne Zuneigung und mit einer gehörigen Portion Angst blickte sie ihn an. Seine Veränderung war schreckenerregend. Er schien in einer Hölle gefangen zu sein, und die Furcht, die sich in ihm breitgemacht hatte, hatte alle menschlichen Züge vertrieben.

Das Fort lag ungewöhnlich ruhig in der Mittagsglut, die dem Sturm gefolgt war. Die Stimmen der Leute hinter den Palisaden klangen gedämpft. Die gleiche müde Stille herrschte am Strand, wo die beiden rivalisierenden Mannschaften, bloß ein paar hundert Fuß voneinander getrennt, bis auf die Zähne bewaffnet, ihre Lager aufgeschlagen hatten. Weit draußen in der Bucht lag die *Rote Hand* mit nur einigen Männern an Bord, bereit, beim geringsten Anzeichen von Verrat in See zu stechen. Die Karacke war Stroms Trumpfkarte, seine sicherste Garantie gegen etwaige Tricks seiner Verbündeten.

Conan hatte sehr geschickt geplant, um die Möglichkeit eines Hinterhalts im Wald von der einen oder der anderen Gruppe auszuschalten, aber soweit Belesa erkennen konnte, hatte er völlig übersehen, sich selbst gegen die Hinterlist seiner Begleiter zu wappnen. Er war im Wald verschwunden, um die zwei Seeräuber und ihre beiden fünfzehn Mann starken Trupps zu führen. Die Zingarierin war jedenfalls sicher, dass sie ihn nicht lebend wiedersehen würde.

Schließlich öffnete sie die Lippen und erschrak über ihre eigene Stimme, die rau und angespannt in ihren Ohren klang.

»Der Barbar ist mit den Männern in den Wald gegangen. Wenn Zarono und Strom das Gold erst in Händen haben, werden sie ihn umbringen. Was dann, wenn sie mit dem Schatz zurückkehren? Sollen wir uns wirklich an Bord des Schiffes begeben? Können wir Strom trauen?«

Valenso schüttelte abwesend den Kopf.

»Strom würde uns alle töten, um unsere Anteile am Schatz zu bekommen. Aber Zarono hat mir seinen Plan zugeflüstert. Wir werden nicht als Gäste, sondern als Eigner an Bord der *Roten Hand* gehen. Zarono wird dafür sorgen, dass sie von der Nacht überrascht und gezwungen sein werden, im Wald zu kampieren. Er wird eine Möglichkeit finden, Strom und seine Leute im Schlaf zu töten. Dann werden er und seine Männer sich an den Strand schleichen. Kurz vor dem Morgengrauen werde ich einige meiner Fischer heimlich aus dem Fort schicken. Sie sollen zum Schiff schwimmen und es übernehmen. Daran dachten weder Strom noch Conan. Zarono und seine Leute werden aus dem Wald kommen und gemeinsam mit den Freibeutern am Strand im Dunkeln über die

Barachanier herfallen, während ich meine Soldaten aus dem Fort führe, um Zarono zu unterstützen. Ohne ihren Kapitän werden die Piraten leichte Beute für uns sein. Dann stechen wir mit der *Roten Hand* und dem ganzen Schatz in See.«

»Und was ist mit mir?«, fragte sie mit trockenen Lippen.

»Ich habe dich Zarono versprochen«, antwortete der Graf barsch. »Ohne diese Zusage würde er uns überhaupt nicht mitnehmen.«

»Ich werde ihn nicht heiraten«, entgegnete sie hilflos.

»Oh doch, das wirst du«, sagte er düster und ohne auch nur eine Spur von Mitleid. Er hob die Kette so, dass die schräg durch ein Fenster fallenden Sonnenstrahlen sie aufblitzen ließen. »Ich muss sie am Strand verloren haben«, murmelte er. »*Er* hat sie gefunden, als er aus dem Boot stieg …«

»Ihr habt sie nicht am Strand verloren«, widersprach Belesa mit einer Stimme, so mitleidlos wie seine. »Ihr habt sie Euch vergangene Nacht vom Hals gerissen, als Ihr Tina auspeitschtet. Ich sah die Kette auf dem Boden liegen, ehe ich die Halle verließ.«

Er blickte auf. Sein Gesicht war grau vor Angst.

Sie lachte bitter, als sie die ungestellte Frage in seinen geweiteten Augen las.

»Ja! Der Schwarze! Er war hier! In dieser Halle. Er muss die Kette auf dem Boden gefunden haben. Die Wachen haben ihn nicht gesehen, aber er war in der Nacht an Eurer Tür. Ich sah ihn durch das Guckloch, als er durch den oberen Gang schlich.«

Einen Herzschlag lang dachte sie, der Schrecken würde ihn töten. Er sank auf seinen Stuhl zurück. Die Kette entglitt seinen schlaffen Fingern und fiel auf den Tisch.

»Im Herrenhaus!«, flüsterte er. »Ich hatte mir eingebildet, die Wachen und Riegel würden sein Eindringen verhindern. Aber ich kann mich nicht gegen ihn schützen, geschweige denn ihm entkommen! An meiner Tür!« Diese Vorstellung übermannte ihn. »Weshalb trat er nicht ein!«, kreischte er und zerrte an seinem Spitzenkragen, als würge er ihn. »Warum hat er dem grausamen Spiel kein Ende gemacht? Wie oft habe ich davon geträumt, ihn in meinem dunklen Schlafgemach über mich gebeugt zu sehen, und das blaue Höllenfeuer flackerte um seinen Kopf. Warum ...«

Der Anfall verging, aber er hatte den Grafen ungeheuerlich geschwächt.

»Ich verstehe«, keuchte er. »Er spielt Katz und Maus mit mir. Mich in der Nacht zu töten, erschien ihm zu leicht, zu gnädig. Darum zerstörte er das Schiff, mit dem ich ihm vielleicht hätte entfliehen können. Und er tötete diesen armen Pikten und hängte ihm meine Kette um den Kopf, damit die Wilden dächten, ich hätte ihn gemordet. Sie haben die Kette oft genug um meinen Hals gesehen.

Aber warum? Welche Teufelei führt er im Schild? Was bezweckt er damit? Es muss so ungeheuerlich sein, dass ein menschliches Gehirn es nicht verstehen kann.«

»Wer ist dieser Schwarze?«, fragte Belesa und spürte, wie ihr ein Schauder über den Rücken rann.

»Ein Dämon, den ich durch Habgier und Verlangen freigesetzt habe, ohne zu bedenken, dass er mich bis in alle Ewigkeit quälen wird!«, wisperte er. Er spreizte die langen Finger auf der Tischplatte vor sich und blickte Belesa aus den eingefallenen und nun seltsam leuchtenden Augen an. Doch sie hatte das Gefühl, dass er sie gar nicht sah, sondern durch sie hindurchschaute, in eine finstere, qualvolle Zukunft.

»In meiner Jugend hatte ich einen Feind am Hof«, sagte er, doch mehr zu sich als zu ihr. »Ein mächtiger Mann war er, der zwischen mir und meinen Ambitionen stand. In meiner Gier nach Macht und Reichtum suchte ich die Hilfe der Schwarzen Künste und wandte mich an einen Zauberer, der auf meinen Wunsch hin einen Dämon der Finsternis in Menschengestalt herbeirief. Dieser Dämon erschlug meinen Feind, während meine Macht und mein Reichtum wuchsen und niemand es mehr mit mir aufnehmen konnte. Doch ich gedachte den Dämon um den Preis zu betrügen, den ein Sterblicher bezahlen muss, wenn er die Hilfe der schwarzen Gestalten in Anspruch nimmt.

Der Zauberer lockte den seelenlosen Ausgestoßenen der Finsternis in eine Falle und kettete ihn in einer Hölle an, wo er seine Wut vergeblich herausbrüllen konnte – ich hoffte, für alle Ewigkeit. Aber da der Zauberer dem Dämon Menschengestalt verliehen hatte, konnte er die Verbindung nicht brechen, die ihn an die materielle Welt band, konnte die kosmischen Korridore nie richtig schließen, durch die er Zugang zu dieser Welt erhalten hatte. Vor einem Jahr erhielt ich Kunde in Kordava, dass der greisenhafte Magier in seinem Schloss tot aufgefunden worden war; an seinem Hals hatten sich die Abdrücke einer Dämonenklaue eingebrannt. Da wusste ich, dass der Schwarze aus der Hölle entkommen war, in die ihn der Magier verbannt hatte, und dass er sich an mir rächen würde. Und dann sah ich eines Nachts sein Teufelsgesicht in einer dunklen Ecke der großen Halle meines Palasts lauern.

Nicht er in Person war es, sondern er hatte seinen Geist ausgeschickt, um mir das Leben zur Hölle zu machen. Seinen Geist, der mich nicht über das stürmische Meer verfolgen konnte. Bevor er Kordava in Fleisch und Blut erreichen konnte, stach ich in See. Glücklicherweise hat seine Macht auch ihre Grenzen. Um mir über das Meer zu folgen, muss der Unhold in seinem Körper bleiben. Aber sein Fleisch ist nicht das Fleisch eines Menschen. Ich glaube, er kann mit Feuer getötet werden, obwohl der Zauberer, der ihn herbeibeschworen hatte, nicht die Macht hatte, ihn zu töten – das sind die Grenzen, die der Macht der Zauberer gesetzt sind.

Aber der Schwarze ist zu gerissen, um sich in eine Falle locken oder töten zu lassen. Wenn er sich versteckt, kann niemand ihn finden. Ungesehen schleicht er durch Nacht und Nebel, und weder Schloss noch Riegel können ihm widerstehen. Die Augen der Wachen schließt er durch Schlaf. Er vermag Sturm herbeizurufen und befiehlt den Schlangen der Tiefe und den Dämonen der Finsternis. Ich hatte gehofft, meine Fährte in den blauen Wellen zu verwischen – aber er hat mich aufgespürt, um grimmige Rache zu nehmen ...«

Valensos Augen brannten, als er durch die teppichbehangene Wand in unendliche Ferne blickte.

»Aber ich werde ihn noch überlisten!«, flüsterte er. »Wenn er nur diese Nacht noch nicht zuschlägt! Morgen werde ich ein Deck unter meinen Füßen haben und wieder einen Ozean zwischen mich und seine Rache legen!«

»Verflucht!«

Conan, der hochgeblickt hatte, hielt abrupt an. Die Seeleute hinter ihm blieben in zwei dicht gedrängten Gruppen misstrauisch stehen, die Bogen schussbereit in den Händen. Sie folgten einem alten Jagdpfad der Pikten, der ostwärts führte. Obgleich sie erst einige hundert Fuß zurückgelegt hatten, war die Küste nicht mehr zu sehen.

»Was ist los?«, fragte Strom argwöhnisch. »Warum hältst du an?«

»Bist du blind? Schau doch!«

Aus den dichten Zweigen, die über dem Pfad hingen, grinste ein Schädel auf sie herab: ein dunkles bemaltes Gesicht, von üppigem Haar eingerahmt, in dem über dem linken Ohr eine Tukanfeder steckte, die traurig nach unten hing.

»Ich habe diesen Kopf selbst heruntergeholt und im Dickicht versteckt!«, knurrte Conan und spähte verkniffen in den Wald ringsum. »Welcher Hundesohn hat ihn wieder dort hinaufgehängt? Es sieht ganz so aus, als versuchte jemand mit Gewalt, die Pikten auf das Fort zu hetzen!«

Die Männer blickten einander finster an. Eine neue Teufelei war im Spiel, das auch so schon verworren und gefährlich genug war.

Conan kletterte auf den Baum, griff nach dem abgetrennten Kopf und trug ihn ins Unterholz, wo er ihn in einen vorbeirauschenden Bach warf und zusah, wie er versank.

»Die Pikten, deren Spuren um diesen Baum herum zu erkennen sind, waren nicht vom Tukanstamm«, erklärte er, als er zurückkam. »Ich bin früher oft genug mit meinem Schiff an diese Küsten gekommen, um mich ein wenig bei den Küstenstämmen auszukennen. Wenn ich die Abdrücke ihrer Mokassins richtig lese, handelt es sich um Kormorane. Ich kann nur hoffen, dass sie auf dem Kriegspfad gegen die Tukane sind. Herrscht jedoch Frieden zwischen ihnen, sind sie zweifellos geradewegs zum Tukandorf gerannt, und dann wird bald die Hölle los sein. Ich habe natürlich keine Ahnung, wie weit dieses Dorf entfernt ist, aber sobald die Teufel von dem Mord erfahren, werden sie wie ausgehungerte Wölfe durch den Wald stürmen. Für die Pikten gibt es keinen schlimmeren Frevel, als einen der ihren zu töten, wenn er keine Kriegsbemalung trägt, und seinen Kopf an einen Baum zu hängen, sodass die Aasfresser über ihn herfallen können. Verdammt Merkwürdiges geht an dieser Küste vor. Aber so ist es immer, wenn Zivilisierte in die Wildnis kommen. Sie sind dann einfach nicht mehr zurechnungsfähig. Kommt!«

Die Männer lockerten die Klingen in den Scheiden und die Pfeile in den Köchern, während sie tiefer in den Wald stapften. Als Männer, die die Weite des Meeres gewohnt waren, fühlten sie sich zwischen den ihnen unheimlichen grünen Mauern des Waldes und den Schlingpflanzen, die sie immer wieder behinderten, unbehaglich. Der Pfad verlief in Schlangenlinien, sodass die meisten ihren Orientierungssinn verloren hatten und nicht einmal mehr wussten, in welcher Richtung die Küste lag.

Conan war aus einem anderen Grund unruhig. Immer wieder studierte er den Pfad, bis er schließlich brummte: »Jemand ist erst vor Kurzem hier entlanggelaufen. Und zwar jemand, der Stiefel trägt und den Wald nicht kennt. War vielleicht er der Dummkopf, der den Piktenschädel gefunden und wieder auf den Baum gehoben hat? Nein, er kann es nicht gewesen sein, sonst hätte ich seine Abdrücke unter dem Baum entdeckt. Aber wer war es? Außer den Spuren der Pikten, die ich bereits gesehen hatte, fand ich keine. Und wer ist dieser Kerl, der vor uns hereilt? Hat vielleicht einer von euch Hundesöhnen aus irgendeinem Grund jemanden vor uns hergeschickt?«

Sowohl Strom als auch Zarono wiesen das lautstark zurück und blickten einander argwöhnisch, aber auch ungläubig an. Keiner der beiden vermochte die Zeichen zu lesen, auf die der Cimmerier deutete: die kaum sichtbaren Abdrücke auf dem graslosen, festgetretenen Pfad, die ihren Augen verborgen blieben.

Conan beschleunigte den Schritt, und sie rannten hinter ihm her. Neues Misstrauen kam auf. Als der Pfad nordwärts abbog, verließ Conan ihn und bahnte sich einen Weg durch die Bäume in südöstlicher Richtung. Strom warf Zarono einen unbehaglichen Blick zu. Das konnte ihre Pläne ändern. Nach ein paar hundert Schritten durch das Dickicht hatten beide hoffnungslos die Orientierung verloren und waren überzeugt, niemals den Rückweg finden zu können. Die Furcht überkam sie, dass der Cimmerier doch eine Streitmacht verborgen hatte und sie in einen Hinterhalt führte.

Je weiter sie liefen, desto mehr wuchs ihr Misstrauen; es war schon fast zur Panik geworden, als sie endlich aus dem dichten Wald kamen und direkt vor sich einen kahlen Felsen sahen, der sich aus dem Moosboden erhob. Ein nur schwer zu erkennender Pfad führte ostwärts aus dem Wald, wand sich zwischen einer Gruppe von Felsblöcken hindurch bis zu einem flachen Sims in Gipfelnähe.

Conan, eine bizarre Gestalt in seinem hundert Jahre alten Piratenkostüm, blieb stehen.

»Das ist der Pfad, den ich einschlug, als ich vor den Adlerpikten floh«, sagte er. »Er führt zu einer Höhle hinter dem Sims dort oben. In ihr sitzen der tote Tranicos und seine Hauptleute um den Schatz, den sie Tothmekri raubten. Doch noch ein Wort, ehe wir hinaufsteigen, um ihn uns zu holen: Wenn ihr mich hier tötet, werdet ihr den Weg zurück zum Pfad ganz sicher nicht mehr finden – ich meine den zur Küste. Ich weiß, dass ihr als Seefahrer im Wald hilflos seid. Es nutzt euch auch nichts, wenn ich euch sage, dass die Küste genau im Westen von hier liegt. Denn wenn ihr schwer beladen mit dem Schatz dahinstapft, werdet ihr – selbst wenn ihr euch wider Erwarten nicht verirrt – nicht Stunden, sondern Tage für den Rückweg brauchen. Und ich glaube nicht, dass es im Wald sehr sicher für Weiße ist, und schon gar nicht, sobald die Tukane von dem Mord an ihrem Jäger gehört haben.« Er lachte über ihr freudloses Grinsen, als sie erkannten, dass er sie durchschaut hatte. Und er wusste auch, was sie jetzt dachten: Soll der Barbar uns doch den Schatz besorgen und uns zum Küstenpfad zurückführen, dann können wir ihn immer noch umbringen.

»Außer Strom und Zarono bleiben alle hier«, wandte Conan sich an die Männer. »Wir drei genügen, den Schatz aus der Höhle herunterzuschaffen.«

Strom lachte spöttisch.

»Ich soll allein mit dir und Zarono hochklettern? Für wie dumm hältst du mich eigentlich? Ich nehme zumindest einen meiner Leute mit!« Er deutete auf seinen Bootsmann, einen muskelbepackten Riesen mit nacktem Oberkörper, baumelnden Goldringen in den Ohren und einem roten Tuch um den Kopf.

»Und ich nehme meinen Ersten mit!«, knurrte Zarono. Er winkte einen hageren Burschen mit Totenschädelgesicht herbei, der einen schweren Krummsäbel über der knochigen Schulter trug.

»Meinetwegen«, brummte Conan. »Folgt mir.«

Sie blieben ihm dicht auf den Fersen, als er den Serpentinenpfad zum Sims hochstieg.

Nachdem sie sich dann alle durch den Spalt in der Felswand gezwängt und den Zugang zur Höhle betreten hatten, machte er sie auf die eisenbeschlagenen Truhen zu beiden Seiten aufmerksam.

»Eine ziemlich wertvolle Ladung, das hier«, sagte er gleichmütig. »Seide, Spitze, Kleidungsstücke, Zierat, Waffen – Beute aus den südlichen Gewässern. Aber der wirkliche Schatz liegt hinter der Tür dort.«
Die schwere Tür stand halb offen. Conan runzelte die Stirn. Er wusste genau, dass er sie geschlossen hatte, ehe er die Höhle verließ. Aber er machte keine Andeutung zu seinen Begleitern, als er zur Seite trat, um sie vorbeizulassen.

Sie blickten in die weite Höhle. Sie war durch ein seltsames bläuliches Glühen erhellt, das durch einen irgendwie rauchigen Dunst schimmerte. Ein großer Ebenholztisch stand in der Mitte der Höhle, und in einem geschnitzten Holzsessel mit hohem Rücken und breiten Armlehnen – der vielleicht einst zum Mobiliar der Burg oder des Schlosses eines zingaranischen Barons gehört haben mochte – saß die riesenhafte, legendäre Gestalt des Blutigen Tranicos. Sein mächtiger Schädel war auf die Brust gesunken, eine Hand hielt immer noch einen edelsteinbesetzten Pokal. Er trug einen lackierten Lederhut, ein langes Wams mit Goldstickerei, dessen juwelenverzierte Knöpfe in dem blauen Glühen glitzerten, Stiefel mit weitem Schaft und Stulpen und einen Waffengürtel mit goldener Schnalle, von dem ein Schwert mit edelsteinbesetztem Griff in einer goldenen Scheide hing.

Und um den langen Tisch saßen, jeder das Kinn auf der spitzenverzierten Brust, die elf Hauptleute. Das blaue Glühen warf einen merkwürdig unruhigen Schein auf sie und ihren hünenhaften Admiral. Es strömte aus dem riesigen Edelstein auf dem Elfenbeinpiedestal auf der Tischmitte und ließ auch die ungewöhnlich geschliffenen Edelsteine aufblitzen, die in einem beachtlichen Haufen vor Tranicos' Platz lagen – die Beute des geplünderten

Kehmi, die Juwelen von Tothmekri! Die Edelsteine, deren Wert größer war als der aller bekannten Juwelen auf der Welt zusammen!

Die Gesichter Zaronos und Stroms wirkten bleich in dem blauen Glühen. Mit weit aufgerissenen Augen starrten ihnen ihre Begleiter über die Schultern.

»Geht hinein und holt euch das Zeug«, brummte Conan. Zarono und Strom zwängten sich an ihm vorbei und rempelten sich in ihrer Hast gegenseitig an. Ihre Begleiter folgten ihnen dichtauf. Zarono stieß die Tür mit einem Fußtritt ganz auf – und blieb mit einem Stiefel auf der Schwelle beim Anblick einer Gestalt stehen, die bisher hinter der Tür verborgen gewesen war. Es war ein gekrümmt am Boden liegender Mann, dessen weißes Gesicht im Todesschmerz verzerrt war und dessen krallenhafte Finger die eigene Kehle umklammert hielten.

»Galbro!«, rief Zarono verblüfft. »Tot! Was ...« Mit plötzlichem Misstrauen schob er den Kopf über die Schwelle – in den blauen Dunst hinein, der die Höhle erfüllte. »Der Tod ist im Rauch!«, schrie er und würgte.

Noch während er schrie, warf Conan sein ganzes Gewicht gegen die vier Männer, die sich in der Türöffnung drängten, sodass sie ins Stolpern kamen – aber leider nicht kopfüber in die dunstige Höhle fielen, wie er es geplant hatte. Ihr Misstrauen und der Anblick des Toten hatten sie zurückweichen lassen. So raubte der heftige Stoß Conans ihnen zwar das Gleichgewicht, brachte jedoch nicht den gewünschten Erfolg. Strom und Zarono waren halb über der Schwelle auf den Knien gelandet, der Bootsmann stürzte über ihre Füße, und der Erste Offizier prallte gegen die Wand.

So konnte Conan seine skrupellose Absicht nicht durchführen, die Männer ganz in die Höhle zu stoßen und die Tür hinter ihnen zu schließen, bis der giftige Nebel sein tödliches Werk verrichtet hatte. Jetzt musste er sich umdrehen und sich gegen den wütenden Angriff des Ersten Offiziers wehren, der sich am schnellsten gefasst hatte.

Der Freibeuter verfehlte den Cimmerier, als der sich duckte, und sein Schwert schlug funkensprühend gegen die Felswand. Im nächsten Augenblick rollte der Kopf des Ersten, von Conans Säbel abgetrennt, über den felsigen Boden.

In diesem Augenblick kam der Bootsmann wieder auf die Füße und fiel nun mit seinem Säbel über Conan her. Klinge traf Klinge mit einem in diesem engen Tunnel ohrenbetäubenden Klirren. Die beiden Kapitäne krochen keuchend und würgend über die Schwelle, mit rot angelaufenen Gesichtern und zu geschwächt, um etwas rufen zu können. Conan, im heftigen Kampf mit dem Bootsmann, verdoppelte seine Anstrengungen, sich seiner Gegner zu entledigen, bevor sie sich von dem Gift erholen konnten. Der Bootsmann, der von der wilden Attacke zurückgetrieben wurde, verlor bei jedem Schritt Blut und rief verzweifelt nach seinen Kameraden. Ehe es Conan gelang, mit ihm fertig zu werden, stürmten die beiden Kapitäne mit den Klingen in den Händen auf ihn ein. Sie rangen noch immer nach Luft und krächzten nach ihren Leuten.

Der Cimmerier sprang zurück und hinaus auf den Sims. Obgleich er die drei, von denen jeder ein ausgezeichneter Fechter war, vermutlich hätte schlagen können, zog er doch die Flucht vor, um nicht von den auf die Rufe ihrer Kapitäne herbeieilenden Männern in die Zange genommen zu werden.

Doch sie kamen nicht so schnell, wie er erwartete.

Zwar hörten sie die gedämpften Schreie aus der Höhle, doch keiner wagte den Pfad zu erklimmen, aus Furcht, eine Klinge in den Rücken zu bekommen. Beide Trupps beobachteten einander angespannt, ohne dass einer sich zu einer Entscheidung durchringen konnte. Als sie Conan auf den Sims hinausspringen sahen, zögerten sie immer noch. Während sie mit gespannten Sehnen unentschlossen herumstanden, kletterte der Cimmerier die in den Fels gehauene Leiter hoch und warf sich außer Sicht der Seeräuber lang gestreckt auf den Kamm.

Die Kapitäne stürmten mit wütendem Gebrüll hinaus auf den Sims und fuchtelten mit den Schwertern herum. Als die Männer ihre Führer sahen und feststellten, dass sie einander nicht bekämpften, hörten sie auf, einander zu bedrohen, und starrten verwirrt zu den Felsen hinauf.

»Hund!«, schrillte Zarono. »Du wolltest uns vergiften! Verräter!«

Conan höhnte von oben: »Was habt ihr denn erwartet? Ihr zwei plantet, mir die Kehle durchzuschneiden, sobald ich euch die Beute gezeigt hatte. Wäre dieser Narr Galbro nicht gewesen, hätte ich euch alle vier eingesperrt und euren Männern erklärt, dass ihr euch unüberlegt in den Tod gestürzt habt.«

»Und nach unserem Tod hättest du mein Schiff und die ganze Beute an dich gebracht!«, tobte Strom.

»Ja. Und die besten von beiden Mannschaften. Ich spiele schon eine ganze Weile mit dem Gedanken, wieder zur See zu fahren, und das wäre doch eine gute Gelegenheit gewesen.

Übrigens waren es Galbros Fußabdrücke, die ich auf dem Pfad entdeckte. Ich weiß nur nicht, wie er von dieser Höhle erfuhr, und frage mich, wie er den Schatz allein wegschaffen wollte.«

»Wenn wir seine Leiche nicht gesehen hätten, wären wir in diese Todesfalle gegangen«, murmelte Zarono mit immer noch aschfahlem Gesicht. »Dieser blaue Dunst hat mir wie unsichtbare Finger die Kehle zugedrückt.«

»Nun, was werdet ihr tun?«, rief Conan, den sie nicht sehen konnten, spöttisch hinunter.

»Ja«, wandte Zarono sich an Strom, »was werden wir tun? Die Schatzhöhle ist mit dem giftigen Nebel gefüllt, auch wenn er aus irgendeinem Grund nicht über die Schwelle dringt.«

»Stimmt«, warf Conan schadenfroh aus seiner luftigen Höhe ein. »Den Schatz bekommt ihr nicht. Der Rauch würde euch erwürgen. Er hätte mich fast erwischt, als ich die Höhle betreten wollte. Hört zu, dann erzähle ich euch eine Geschichte, die die Pikten in ihren Hütten zum Besten geben, wenn das Feuer allmählich niederbrennt:

Es waren einmal zwölf fremde Männer, die aus dem Meer kamen. Sie entdeckten eine Höhle und schafften Gold und Edelsteine hinein. Aber ein Schamane der Pikten bewirkte einen Zauber, und die Erde bebte, und Rauch trat aus dem Boden und erwürgte die Männer, die beim Wein saßen. Der Rauch, der der Rauch des Höllenfeuers ist, wurde durch die Magie des Schamanen in der Höhle eingesperrt. Diese Geschichte machte bei allen Stämmen die Runde, und seither meiden alle Clans diesen verfluchten Ort.

Als ich zur Höhle kam, um den Adlerpikten zu entgehen, wurde mir klar, dass die alte Legende der Wahrheit entsprach und sich auf Tranicos und seine Männer bezog. Ein Erdbeben spaltete den Felsboden der Höhle, während er und seine Leute dort beim Wein saßen, und der Nebel trat aus dem Erdinneren – zweifellos aus der Hölle, wie die Pikten sagen. Der Tod bewacht Tranicos' Schatz!«

»Die Männer sollen heraufkommen!«, schäumte Strom. »Wir klettern hoch und machen ihn nieder!«

»Sei kein Narr!«, knurrte Zarono. »Glaubst du wirklich, irgendjemand käme dort oben an ihn heran, solange er den Aufstieg mit seinem Säbel verteidigt? Aber wir werden die Männer trotzdem hier heraufholen und sie Posten beziehen lassen, damit sie ihn mit Pfeilen spicken, sobald er es wagen sollte, sich zu zeigen. Wir kriegen den Schatz schon noch! Er hat zweifellos einen Plan, um an das Zeug heranzukommen, sonst hätte er nicht dreißig Mann zum Tragen mitgenommen. Und wenn es ihm möglich ist, schaffen wir es auch. Wir biegen eine Säbelklinge so, dass sie als Haken dienen kann, knüpfen ein Seil daran, werfen den Haken um ein Tischbein und ziehen den Tisch mitsamt dem Schatz zur Tür.«

»Gar nicht dumm, Zarono!«, lobte Conan spöttisch von oben. »Das ist genau das, was auch ich vorhatte. Aber wie wollt ihr zurück zum Pfad finden? Es wird dunkel werden, lange ehe ihr die Küste erreicht, wenn ihr euch selbst einen Weg durch den Wald bahnen müsst. Und ich folge euch und töte euch Mann für Mann in der Dunkelheit.«

»Das ist keine leere Drohung«, murmelte Strom. »Er kann sich im Dunkeln so flink und lautlos bewegen wie ein Geist. Wenn er uns durch den Wald verfolgt, werden nur wenige von uns die Küste erreichen.«

»Dann bringen wir ihn hier um«, knirschte Zarono zwischen den Zähnen. »Einige von uns werden auf ihn schießen, während der Rest die Felswand hochklettert. Wenn er nicht von den Pfeilen getroffen wird, machen wir ihm mit den Klingen den Garaus. Horch! Warum lacht er?«

»Weil es erheiternd ist zu hören, wie Tote Pläne schmieden«, rief Conan mit hörbar amüsierter Stimme.

»Achte nicht auf ihn!«, sagte Zarono finster. Dann hob er die Stimme und brüllte den Männern unten zu, zu ihm und Strom auf den Sims zu kommen.

Die Seeleute machten sich daran, den Pfad hochzusteigen, und einer brüllte eine Frage nach oben. Gleichzeitig erklang ein Summen wie von einer erzürnten Hummel und endete mit einem dumpfen Schlag. Mitten im Wort verstummte der Freibeuter. Er röchelte, und Blut quoll aus dem offenen Mund. Er sank auf die Knie und packte den Pfeilschaft, der zitternd aus seiner Brust ragte. Ein Schreckensschrei der Seeräuber erschallte wie aus einer Kehle.

»Was ist los?«, brüllte Strom zu ihnen hinunter.

»*Pikten!*«, heulte ein Pirat. Er hob seinen Bogen und schoss blindlings. Ein Kamerad neben ihm stöhnte und sackte mit einem Pfeil im Hals zusammen.

»In Deckung, ihr Idioten!«, donnerte Zarono. Von seinem höheren Standort aus konnte er bemalte Gestalten in den Büschen sehen. Einer der Männer auf dem Serpentinenpfad rollte sterbend hinunter. Der Rest rannte hastig zurück und verteilte sich hinter den Felsbrocken am Fuß der Wand. Sie waren nicht sehr geschickt im Deckungsuchen, da sie an einen Kampf dieser Art nicht gewöhnt waren. Pfeile schwirrten aus den Büschen und zersplitterten an den Felsblöcken. Die Männer auf dem Sims hatten sich eilig zu Boden geworfen.

»Jetzt stecken wir in der Falle!« Stroms Gesicht war bleich. So mutig er auch mit einem Deck unter den Füßen war, so sehr zerrte dieser stumme Angriff der Wilden an seinen Nerven.

»Conan sagte, sie fürchten diesen Fels«, erinnerte sich Zarono. »Bei Einbruch der Dunkelheit müssen die Männer hier heraufklettern. Wir werden den Sims schon halten. Die Pikten werden ihn nicht stürmen.«

»Das stimmt«, spöttelte Conan. »Sie werden den Felsen nicht hochklettern, um an euch heranzukommen. Sie werden ihn lediglich umzingeln und euch aushungern.«

»Er hat recht«, flüsterte Zarono hilflos. »Was sollen wir tun?«

»Einen Waffenstillstand mit ihm aushandeln«, schlug Strom vor. »Wenn irgendjemand uns lebend hier herausbringen kann, dann er. Die Kehle können wir ihm später immer noch durchschneiden.« Er hob die Stimme und rief: »Conan, vergessen wir einstweilen unsere Meinungsverschiedenheit. Du steckst genauso im Schlamassel wie wir. Komm herunter und hilf uns heraus.«

»Ich sitze durchaus nicht im gleichen Boot wie ihr«, rief der Cimmerier zurück. »Ich brauche nur zu warten, bis es dunkel ist, dann kann ich auf der anderen Seite hinunterklettern und im Wald verschwinden. Durch die Piktenumzingelung zu schleichen, wird mir bestimmt nicht schwerfallen. Dann kehre ich zum Fort zurück, berichte, dass ihr alle von den Wilden niedergemetzelt wurdet – und bis dahin stimmt das dann sowieso.«

Strom und Zarono starrten einander mit fahlen Gesichtern an.

»Aber das werde ich nicht tun!«, brüllte Conan. »Nicht, weil ich etwas für euch Hunde übrig habe, sondern weil ich nicht zulassen werde, dass Weiße – auch wenn es meine Feinde sind – von den Pikten abgeschlachtet werden.«

Des Cimmeriers Kopf mit der zerzausten schwarzen Mähne schob sich über den Kammrand.

»Hört genau zu. Es ist nur ein kleiner Kriegertrupp dort unten. Ich sah die Teufel durch die Büsche schleichen, vor einer Weile, als ich lachte. Außerdem, wenn es viele wären, würde keiner von euren Leuten mehr leben. Ich glaube, die dort unten sind nur ein paar der Flinkfüßigeren einer größeren Kriegerschar, die man vorausgeschickt hat, um uns den Weg zur Küste abzuschneiden. Ja, ich bin ganz sicher, dass ein großer Trupp in unsere Richtung unterwegs ist.

Die Teufel bewachen nur die Westseite des Felsens, glaube ich, nicht die Ostseite. Ich werde dort hinunterklettern und mich durch den Wald von hinten an sie heranschleichen. Inzwischen kriecht ihr den Pfad hinunter und schließt euch euren Männern zwischen den Felsblöcken an. Sagt ihnen, sie sollen ihre Bogen einstecken und ihre Klingen ziehen. Wenn ihr mich rufen hört, dann rennt zu den Bäumen an der Westseite der Lichtung.«

»Und was ist mit dem Schatz?«

»Zur Hölle mit dem Schatz! Wir können von Glück reden, wenn es uns gelingt, unsere Köpfe zu retten!«

Der schwarzmähnige Kopf verschwand. Die beiden Kapitäne lauschten auf Geräusche, die verrieten, dass Conan zur anderen Seite, zu der fast senkrechten Steilwand, kroch und dort hinunterkletterte, aber sie hörten nicht den geringsten Laut. Auch unten im Wald war es jetzt völlig still. Keine Pfeile prallten mehr gegen die Felsen, hinter denen die Seeräuber sich versteckt hielten. Aber alle wussten, dass wilde schwarze Augen sie mit mörderischer Geduld beobachteten.

Vorsichtig stiegen Strom, Zarono und der Bootsmann den Serpentinenpfad hinunter. Sie hatten etwa die Hälfte des Weges zurückgelegt, als Pfeile auf sie zuschwirrten. Der Bootsmann ächzte und kippte schlaff den Hang hinunter. Ein Schaft ragte aus seiner Brust. Ständig prallten neue Pfeile von den Helmen und Harnischen der beiden Kapitäne ab, während sie in ihrer verzweifelten Hast den steilen Pfad mehr hinunterrutschten als liefen. Unten angekommen, warfen sie sich keuchend hinter die Felsblöcke.

»Ob Conan uns wohl wieder hereingelegt hat?«, fragte Zarono fluchend.

»In dieser Beziehung können wir ihm vertrauen«, versicherte ihm Strom. »Barbaren wie er haben ihren eigenen Ehrenkodex. Der Cimmerier würde nie Menschen seiner Rasse im Stich lassen, damit sie von Andersfarbigen niedergemetzelt werden. Er wird uns gegen die Pikten helfen, auch wenn er plant, uns eigenhändig zu ermorden – *horch!*«

Ein Schrei, der das Blut stocken ließ, durchbrach die Stille. Er kam von den Bäumen im Westen, und gleichzeitig flog etwas aus dem Wald, schlug auf dem Boden auf und rollte holpernd zu den Felsen. Es war ein abgeschlagener Schädel mit schauderhaft bemaltem, wild verzerrtem Gesicht.

»Conans Signal!«, donnerte Strom. Die verzweifelten Seeräuber erhoben sich wie eine brandende Woge hinter den Felsen und stürmten auf den Wald zu.

Pfeile sirrten aus den Büschen, aber sie waren nicht sehr gut gezielt. Nur drei Männer fielen. Dann brachen die Seewölfe durch das Unterholz und warfen sich auf die nackten bemalten Gestalten. Eine kurze Weile war heftiges Keuchen von den in das Handgemenge Verstrickten zu hören. Säbel und Schwerter schlugen gegen Streitäxte, Stiefel trampelten über nackte Leiber, und dann hasteten Barfüße in wilder Flucht durch das Dickicht, als die Überlebenden dieses kurzen Gemetzels aufgaben. Sie ließen sieben reglose bemalte Brüder auf dem blutbesudelten Laub und Moos zurück, das hier den Boden bedeckte. Tiefer im Wald waren Kampfgeräusche zu hören, und kurz nachdem sie verstummten, stapfte Conan in Sicht. Er hatte den Lederhut verloren, sein Mantel war zerfetzt, und vom Säbel in seiner Rechten tropfte Blut.

»Was nun?«, krächzte Zarono. Er wusste, dass ihr Sturmlauf nur von Erfolg gekrönt gewesen war, weil Conans unerwarteter Angriff von hinten den Pikten einen Schrecken eingejagt und verhindert hatte, dass sie sich zurückzogen. Aber er fluchte wild, als der Cimmerier einem Freibeuter, der sich mit zerschmetterter Hüfte auf dem Boden wand, den Gnadenstoß gab.

»Wir hätten ihn nicht mitschleppen können«, erklärte Conan. »Und es wäre ihm bei den Pikten schlecht ergangen, hätten wir ihn liegen lassen. Kommt jetzt!«

Sie schlossen dicht auf, als er durch die Bäume trottete. Ohne ihn wären sie stundenlang durch das Unterholz geirrt, ohne den Pfad zur Küste zu finden – wenn sie ihn überhaupt entdeckt hätten! Der Cimmerier aber führte sie so unbeirrbar, als folge er einer beleuchteten Straße. Die Seeräuber brüllten mit hysterischer Erleichterung, als der Pfad plötzlich vor ihnen lag.

»Narr!« Conan packte einen Piraten, der zu laufen anfing, an der Schulter und schleuderte ihn zu seinen Kameraden zurück. »So würdest du nicht lange durchhalten. Wir befinden uns noch Meilen von der Küste entfernt und dürfen uns nicht überanstrengen, denn es könnte leicht sein, dass wir das letzte Stück sprinten müssen. Spar dir die Puste bis dahin. Also, kommt jetzt!«

In einem gleichmäßigen Laufschritt setzte er sich in Bewegung. Die Männer folgten ihm und passten ihre Schritte seinen an.

Die Sonne berührte die Wellen des Westlichen Ozeans. Tina stand am Fenster, von dem aus Belesa den Sturm beobachtet hatte.

»Der Sonnenuntergang verwandelt das Meer in Blut«, murmelte sie. »Das Segel der Karacke ist ein weißer Fleck

auf dem roten Wasser. Über den Wald senkt sich bereits die Nacht herab.«
»Was ist mit den Seeleuten am Strand?«, fragte Belesa müde. Sie hatte sich mit geschlossenen Augen auf einem Diwan zurückgelehnt und die Hände hinter dem Kopf verschränkt.
»Beide Lager bereiten ihr Abendessen zu«, antwortete Tina. »Sie sammeln Treibholz und machen Feuer. Ich kann hören, wie sie einander zurufen ... *Was ist das?*«
Die plötzliche Anspannung im Ton des Kindes ließ Belesa hochfahren. Tina umklammerte das Fensterbrett, und ihr Gesicht wurde weiß.
»Hört! Ein Heulen in der Ferne wie von vielen Wölfen!«
»Wölfe?« Belesa sprang auf. Eine kalte Hand griff nach ihrem Herzen. »Wölfe jagen zu dieser Jahreszeit nicht in Rudeln!«
»Oh, seht!«, kreischte das Kind und deutete. »Männer laufen aus dem Wald!«
Schon war Belesa bei ihr am Fenster und starrte mit weit aufgerissenen Augen auf die in der Entfernung winzig wirkenden Gestalten, die aus dem Wald hetzten.
»Die Seeräuber!«, rief sie. »Mit leeren Händen! Ich sehe Zarono ... Strom ...«
»Wo ist Conan?«, wisperte Tina.
Belesa schüttelte den Kopf.
»Hört! Oh hört!«, wimmerte das Kind und klammerte sich an ihre Herrin. »Die Pikten!«
Alle im Fort konnten es jetzt hören: ein auf- und abschwellendes Heulen der Erwartung und wildester Blutgier drang aus den Tiefen des dunklen Waldes. Es spornte die keuchenden Männer, die taumelnd zum Fort gelaufen kamen, zu noch größerer Eile an.

»Schneller!«, krächzte Strom, dessen Gesicht eine verzerrte Fratze der Erschöpfung war. »Sie sind uns schon dicht auf den Fersen. Mein Schiff ...«

»Wir erreichen es nicht, es ist viel zu weit draußen!«, keuchte Zarono. »Wir müssen zum Fort! Die Männer am Strand haben uns bereits gesehen!«

Er winkte wild mit beiden Armen, aber die Seeräuber am Strand hatten auch so die Bedeutung des schrecklichen Geheuls im Wald erkannt. Sie ließen ihre Feuer und Kochtöpfe mit dem Abendessen im Stich und rannten zum Palisadentor. Sie drängten sich gerade hindurch, als die aus dem Wald Fliehenden um die Südecke des Forts bogen und kurz darauf ebenfalls durchs Tor schwankten. Eine verzweifelte Horde war es, halb tot vor Erschöpfung. Hastig wurde das Tor hinter ihnen zugeschlagen. Die ausgeruhten Seeleute vom Strand stiegen auf den Wehrgang, um sich den Soldaten des Grafen anzuschließen.

Belesa, die aus dem Herrenhaus gerannt kam, hielt Zarono auf. »Wo ist Conan?«

Der Freibeuter deutete mit dem Daumen auf den dunklen Wald. Seine Brust hob und senkte sich heftig. Schweiß strömte über sein Gesicht. »Ihre Späher waren uns dicht auf den Fersen, noch ehe wir an die Küste gelangten. Conan blieb zurück, um ein paar zu töten und so Zeit für uns zu gewinnen, das Fort zu erreichen.«

Er torkelte zur Palisade, um seinen Platz auf dem Wehrgang einzunehmen, zu dem Strom bereits hochgeklettert war. Valenso stand ebenfalls dort, in seinen Umhang gehüllt, wachsam und stumm. Sein Gesicht war eine starre Maske.

»Seht!«, brüllte ein Pirat über das ohrenbetäubende Heulen der noch nicht zu sehenden Horde hinweg.

Ein Mann tauchte aus dem Wald auf und raste zum Tor.

»Conan!« Zarono grinste wölfisch. »Wir sind jetzt sicher im Fort. Wir wissen, wo der Schatz ist. Also kein Grund, weshalb wir ihn nicht mit Pfeilen spicken sollten.«

»Nein!«, widersprach Strom und fasste ihn am Arm. »Wir brauchen seinen Säbel noch! Schau!«

Hinter dem spurtenden Cimmerier brach eine wilde Horde heulend aus dem Wald – Hunderte und Aberhunderte nackter Pikten. Ihre Pfeile sirrten um den Fliehenden. Nach ein paar weiteren Schritten erreichte er die Ostpalisaden, sprang hoch, griff nach den Spitzen, schwang sich empor und darüber, den Säbel zwischen den Zähnen. Pfeile schlugen tief in das Holz, wo er sich gerade noch befunden hatte. Sein prächtiger Mantel war jetzt ganz verschwunden, sein weißes Hemd zerrissen und blutig.

»Haltet sie auf!«, brüllte er, als er auf dem Wehrgang landete. »Wenn sie über die Palisaden springen wie ich, sind wir erledigt.«

Piraten, Freibeuter und Soldaten gehorchten sofort, und ein Pfeilhagel schlug der herbeistürmenden Meute entgegen.

Conan entdeckte Belesa, an deren Hand sich Tina klammerte, und sein Fluch war recht bildhaft.

»Marsch, ins Haus!«, befahl er dann. »Ihre Pfeile werden über die Palisaden regnen – na, was habe ich gesagt!« Ein schwarzer Schaft bohrte sich vor Belesas Füßen in die Erde und zitterte wie ein Schlangenkopf. Conan griff nach einem Langbogen und sprang zur Brüstung. »Bereitet Fackeln vor!«, brüllte er, den zunehmenden Kampflärm übertönend. »Im Dunkeln können wir nichts gegen sie ausrichten!«

Die Sonne ging in düsterem Rot unter. Draußen auf der Bucht hatten die Männer an Bord der Karacke die Anker gelichtet, und die *Rote Hand* segelte mit zunehmender Geschwindigkeit dem roten Horizont entgegen.

VII

DIE WILDEN AUS DEM WALD

DIE NACHT HATTE SICH HERABGESENKT, aber Fackeln tauchten die Wahnsinnsszene in fahles Licht. Bemalte Nackte strömten herbei und warfen sich wie brandende Wogen gegen die Palisaden. Ihre weißen Zähne und funkelnden Augen blitzten im Schein der über die Palisadenspitzen ragenden Fackeln. Tukanfedern wippten in schwarzen Mähnen, und auch Federn von Kormoranen und Seeadlern. Ein paar der Krieger, die wildesten und barbarischsten, hatten Haifischzähne in die zerzausten Haare geflochten. Die Küstenstämme waren aus allen Richtungen herbeigeströmt, um ihr Land von den weißhäutigen Eindringlingen zu säubern.

Dicht an dicht warfen sie sich gegen die Palisaden und schickten einen Pfeilhagel voraus, ohne auf die Pfeile und Armbrustbolzen zu achten, die viele von ihnen niederstreckten. Manchmal kamen sie so dicht heran, dass sie mit ihren Streitäxten auf das Tor einschlagen und ihre Speere durch die Schießöffnungen stoßen konnten. Aber jedes Mal wogte die Flut zurück und hinterließ zahllose Tote. In dieser Art von Kampf hatten die Seewölfe die meiste Erfahrung und das größte Geschick. Ihre Pfeile und Bolzen rissen Breschen in die heranstürmende Horde, und ihre Säbel hieben die Pikten von den Palisaden, die sie zu erklimmen suchten.

Doch immer wieder setzten die Wilden zu einem neuen Sturm an, mit der sturen Wildheit, die in ihren barbarischen Herzen entfacht worden war.

»Sie sind wie tollwütige Hunde!«, keuchte Zarono, der auf die sich um die Palisadenspitzen klammernden dunklen Hände einhackte, ohne weiter auf die bemalten Fratzen zu achten, die mit gefletschten Zähnen zu ihm hochsahen.

»Wenn wir das Fort bis zum Morgengrauen halten können, verlieren sie den Mut«, brummte Conan und traf mit der Genauigkeit der Erfahrung einen federgeschmückten Schädel. »Sie halten nichts von einer längeren Belagerung. Ah, sie fallen bereits zurück!«

Die Pikten wichen zurück. Die Männer auf den Wehrgängen schüttelten sich den Schweiß aus den Augen, zählten ihre Gefallenen und verlagerten den Griff um die schweiß- und blutnassen Knäufe ihrer Säbel und Schwerter. Wie blutdurstige Wölfe, die sich widerstrebend von einer gestellten Beute zurückziehen, wichen die Pikten bis außerhalb des Fackelscheins zurück. Nur ihre Toten blieben an den Palisaden liegen.

»Sind sie fort?« Strom strich sein schweißnasses blondes Haar aus der Stirn. Der Säbel in seiner Faust wies Scharten auf, und sein muskulöser Arm war blutbespritzt.

»Sie sind immer noch in der Nähe.« Conan deutete mit dem Kopf auf die Dunkelheit außerhalb des Fackelscheins. Er sah, wie sich dort hin und wieder etwas bewegte, außerdem das vereinzelte Glitzern von Augen und den stumpfen Glanz der Kupferwaffen.

»Immerhin haben sie sich für eine Weile zurückgezogen. Stellt Wachen auf dem Wehrgang auf und sorgt dafür, dass die anderen inzwischen zu essen und trinken bekommen. Mitternacht ist bereits vorbei. Wir haben viele Stunden pausenlos gekämpft.«

Die Anführer stiegen vom Wehrgang und riefen ihre Männer herunter. Eine Wache wurde in der Mitte einer jeden Palisade postiert, im Osten, Westen, Norden und Süden, und eine Gruppe Waffenträger stand am Tor. Um das Hindernis zu erreichen, würden die Pikten eine breite, vom Fackelschein erhellte Fläche überqueren müssen, und die Verteidiger konnten in aller Ruhe ihre Stellungen wieder einnehmen, bevor die Angreifer heran waren.

»Wo steckt Valenso?«, wollte Conan wissen und nagte an einer gewaltigen Rinderkeule, während er neben dem Feuer stand, das die Männer in der Hofmitte errichtet hatten. Piraten, Freibeuter und Gesinde standen alle zusammen und schlangen Fleisch und Ale herunter, das die Frauen brachten. Danach ließen sie ihre Wunden verbinden.

»Der ist vor einer Stunde verschwunden«, grunzte Strom. »Er kämpfte neben mir auf der Mauer. Plötzlich erstarrte er und glotzte in die Finsternis, als hätte er dort einen Geist gesehen. ›Sieh nur!‹, krächzte er. ›Der schwarze Teufel! Ich sehe ihn! Da draußen in der Nacht!‹ Nun, ich könnte schwören, da in den Schatten eine Gestalt gesehen zu haben, die zu groß für einen Pikten war. Sie war sofort wieder verschwunden. Aber Valenso sprang vom Wehrgang und taumelte wie ein Mann mit einer tödlichen Wunde ins Herrenhaus. Seitdem habe ich ihn nicht mehr gesehen.«

»Bestimmt hat er bloß einen Waldteufel gesehen«, sagte Conan gleichgültig. »Die Pikten behaupten, dass es an der Küste hier nur so davon wimmelt. Ich habe viel mehr Angst vor Brandpfeilen. Vermutlich fangen die Pikten bald damit an zu schießen. Was war das? Klang wie ein Hilfeschrei.«

Als die Kampfpause einsetzte, waren Belesa und Tina zu ihrem Fenster geschlichen, von dem sie durch die Gefahr, von Pfeilen getroffen zu werden, vertrieben worden waren. Stumm sahen sie zu, wie die Männer sich um das Feuer scharten.

»Da sind nicht genug Männer auf den Wehrgängen«, sagte Tina.

Belesa musste lachen, obwohl ihr bei dem Anblick der Leichen an der Palisade schlecht wurde.

»Glaubst du, du verstehst mehr von Kriegen und Belagerungen als die Freibeuter?«

»Es sollten mehr Wachen auf den Palisaden sein«, beharrte das Kind und zitterte. »Angenommen, der schwarze Mann kommt zurück?«

Der Gedanke ließ Belesa erschaudern.

»Ich habe Angst«, murmelte Tina. »Ich hoffe, Strom und Zarono werden getötet.«

»Conan nicht?«, fragte Belesa sie erstaunt.

»Conan würde uns bestimmt nichts tun«, antwortete

das Kind überzeugt. »Er lebt nach seinem barbarischen Ehrenkodex, während die beiden anderen ehrlos sind.«

»Du bist klug über deine Jahre hinaus, Tina«, murmelte Belesa mit der vagen Beklommenheit, die sie jedes Mal angesichts des geradezu unheimlichen Weitblicks des Kindes erfüllte.

»Seht!« Tina erstarrte. »Der Posten ist von der Südpalisade verschwunden. Gerade habe ich ihn noch auf dem Wehrgang gesehen – jetzt ist er nicht mehr da!«

Von ihrem Fenster aus waren die Palisadenspitzen der Südseite über die schrägen Dächer einer Blockhüttenreihe hinweg, die entlang dieser ganzen Seite verlief, gerade noch zu sehen. Eine Art offener Korridor, etwa zwölf Fuß breit, wurde durch die Palisadenwand und die Rückseite der Blockhütten gebildet, die in einer durchgehenden Reihe errichtet waren. Die Gesindefamilien wohnten in diesen Hütten.

»Wohin könnte der Posten gegangen sein?«, wisperte Tina beunruhigt.

Belesa schaute gerade zu einem Ende der Hüttenreihe, das sich unweit einer Seitentür des Herrenhauses befand. Sie hätte schwören können, dass eine schattenhafte Gestalt hinter den Hütten hervorhuschte und durch die Tür verschwand. War das die vermisste Wache? Weshalb hatte der Mann seinen Posten verlassen, und weshalb sollte er sich in das Haus stehlen? Nein, sie glaubte nicht, dass es der Posten gewesen war, den sie gesehen hatte. Unbeschreibliche Angst griff nach ihrem Herzen.

»Wo ist der Graf, Tina?«, fragte sie.

»In der Bankettthalle, Mylady. Er sitzt in seinen Umhang gehüllt allein am Tisch und trinkt Wein, mit einem Gesicht, das so weiß ist wie der Tod.«

»Geh und sag ihm, was wir gesehen haben. Ich werde

von diesem Fenster aus aufpassen, damit die Pikten nicht unbemerkt die unbewachte Seite hochklettern können.«

Tina rannte aus dem Gemach. Belesa hörte die leichten Füße des Kindes den Korridor entlang- und die Treppe hinuntereilen. Dann ertönte ein von einer solchen Furcht erfüllter Schrei, dass ihr Herz vor Schrecken einen Schlag übersprang. Sie stürzte aus dem Zimmer und raste den Korridor hinunter, ehe sie sich richtig bewusst wurde, dass sie es tat. Mitten auf der Treppe hielt sie wie versteinert an.

Sie schrie nicht, wie Tina geschrien hatte. Sie war keines Lautes und keiner Bewegung fähig. Sie blieb neben dem Kind stehen und spürte, wie die kleinen Hände sich verzweifelt an sie klammerten. Aber das war die einzige Wirklichkeit in diesem albtraumhaften Bild aus dunklem Irrsinn und Tod, das von dem monströsen, verwachsenen Schatten beherrscht wurde, der seine schrecklichen, vom Höllenfeuer angestrahlten Arme ausbreitete. Auf dem Hof schüttelte Strom auf Conans Frage hin den Kopf.

»Nein, ich habe nichts gehört.«

»Aber ich!« Die wilden Instinkte des Cimmeriers waren geweckt; angespannt stand er da, mit blitzenden Augen. »Es kam von der Südseite hinter den Hütten.«

Er zog seinen Säbel und schritt zu den Palisaden. Vom Hof aus waren die Südmauer und die dort postierte Wache hinter den Hütten nicht zu sehen. Beeindruckt von Conans Verhalten folgte Strom ihm.

Am Anfang der Gasse zwischen Hüttenreihe und Palisadenmauer blieb Conan wachsam stehen. Der Gang war durch die zwei Fackeln – je eine an beiden Enden dieser Fortseite – nur spärlich erhellt. Und etwa in der Mitte lag eine Gestalt zusammengekrümmt auf dem Boden.

»Bracus!«, fluchte Strom. Er rannte auf ihn zu und ließ

sich neben ihm auf ein Knie fallen.»Bei Mitra! Seine Kehle ist von einem Ohr zum anderen durchgeschnitten!«

Conan schaute sich scharf um. Außer ihm, Strom und dem Toten war die Gasse leer. Er spähte durch eine Schießöffnung. Nichts bewegte sich draußen innerhalb des von Fackeln beleuchteten Kreises.

»Wer könnte das getan haben?«, fragte er mehr sich selbst als den Piraten.

»Zarono!« Wie eine Wildkatze fauchend, sprang Strom auf. Sein Gesicht war vor Wut verzerrt.»Er hat seine Hunde angehalten, meine Männer hinterrücks zu ermorden. Er will mich durch Heimtücke fertig machen! Teufel! Ich habe Feinde vor und hinter den Palisaden!«

»Warte doch!« Conan griff nach Stroms Arm, um ihn zurückzuhalten.»Ich glaube nicht, dass Zarono ...«

Aber der erregte Pirat riss sich los und rannte fluchend durch die Gasse. Conan folgte ihm, kaum weniger fluchend. Strom eilte geradewegs zum Feuer, an dem Zarono saß und eben einen Bierkrug an die Lippen hob.

Seine Verblüffung war vollkommen, als ihm der Krug heftig aus der Hand geschlagen wurde und der Inhalt schäumend über seinen Brustpanzer rann, während ihn brutale Hände herumrissen. Er starrte in das wutverzerrte Gesicht des Piratenkapitäns.

»Du elender Hund!«, donnerte Strom.»Du lässt meine Männer hinterrücks ermorden, obwohl sie deine schmutzige Haut nicht weniger verteidigen als meine!«

Conan rannte auf sie zu. Auf dem ganzen Hof hörten die Männer zu essen und trinken auf und starrten überrascht auf die Szene.

»Was willst du damit sagen?«, fragte Zarono entrüstet.

»Dass du deine Männer angesetzt hast, meine auf ihren Posten umzubringen!«, brüllte der erboste Barachanier.

»Du lügst!« Schwelender Hass loderte zur verzehrenden Flamme auf.

Mit einem Wutschrei schwang Strom seinen Säbel und ließ ihn auf des Freibeuters Kopf sausen. Zarono fing den Schlag mit dem gepanzerten linken Arm ab, sodass Funken sprühten. Er stolperte zurück und riss seine eigene Klinge aus der Scheide.

Im nächsten Augenblick hieben die beiden wie Berserker aufeinander ein. Die Klingen klirrten und blitzten im Feuerschein. Ihre Leute reagierten umgehend. Ein mächtiges Gebrüll erhob sich, als Piraten und Freibeuter die Waffen zogen und sich aufeinander stürzten. Die restlichen Wachen auf den Wehrgängen verließen ihre Posten und sprangen mit gezückten Säbeln hinunter auf den Hof. Sofort herrschte ein furchtbares Schlachtgetümmel. Einige der Soldaten und Bediensteten des Grafen wurden in das Handgemenge hineingezogen, und die Soldaten am Tor drehten sich um. Sie rissen verblüfft die Augen auf und vergaßen den draußen lauernden Feind.

Schwelender Hass entlud sich in plötzlichem Blutvergießen. Es ging alles so schnell, dass die Männer bereits auf dem ganzen Hof aufeinander einhieben, ehe Conan die wutentbrannten Kapitäne erreicht hatte. Ohne auf ihre Klingen zu achten, riss er die beiden mit einer solchen Heftigkeit auseinander, dass sie rückwärts taumelten und Zarono sogar der Länge nach auf dem Boden landete.

»Ihr verdammten Narren, wollt ihr unser aller Leben aufs Spiel setzen?«

Strom schäumte vor Wut, und Zarono schrie um Hilfe.

Ein Freibeuter rannte herbei und schlug von hinten auf Conan ein. Der Cimmerier drehte sich halb um, packte den Arm des Angreifers und hielt ihn mitsamt Säbel hoch.

»Seht doch, ihr Idioten!«, brüllte er und deutete mit seinem Säbel.

Etwas an seinem Ton lenkte die Aufmerksamkeit der kampfbesessenen Meute auf ihn. Mitten im Hieb oder Stich hielten sie inne und verrenkten die Hälse, um zu sehen, was der Cimmerier meinte. Conan deutete auf einen Soldaten auf dem Wehrgang. Der Mann taumelte, fuchtelte verzweifelt herum und versuchte unter Würgen zu rufen, doch da stürzte er auch schon kopfüber herunter. Da erst sahen alle den schwarzen Pfeilschaft, der ihm zwischen den Schulterblättern aus dem Rücken ragte.

Erschrocken brüllten alle auf. Dem Brüllen folgten schrille Schreie, die das Blut stocken ließen, und ein heftiges Schmettern gegen das Tor. Flammende Pfeile schwirrten über die Palisaden und bohrten sich in das Holz der Hütten. Dünner blauer Rauch kräuselte sich himmelwärts. Und schon kamen hinter den Blockhütten entlang der Südseite dunkle Gestalten hervorgeschlichen.

»Die Pikten sind im Fort!«, donnerte Conan.

Die Hölle brach los. Die Seewölfe hörten auf, einander zu bekämpfen. Einige wandten sich den Wilden zu, andere sprangen auf den Wehrgang. Immer mehr Pikten strömten hinter den Hütten hervor auf den Hof, und ihre Streitäxte klirrten gegen die Säbel der Seeleute und die Schwerter der Soldaten.

Zarono versuchte auf die Füße zu kommen, als ein bemalter Wilder von hinten auf ihn zustürzte und ihm mit seiner Streitaxt den Schädel spaltete.

Conan, mit einem Trupp Seeleute hinter sich, kämpfte gegen die Pikten im Hof. Strom stieg mit dem größten Teil seiner Leute auf den Wehrgang und drosch auf die dunklen Gestalten ein, die bereits über die Palisaden kletterten. Die Pikten, die unbemerkt eingedrungen waren, während die Verteidiger des Forts sich untereinander bekämpft hatten, griffen von allen Seiten an. Valensos Soldaten hatten sich fast ausschließlich am Tor gesammelt und versuchten es gegen eine triumphierend heulende Meute Wilder zu verteidigen, die mit einem Baumstamm dagegenrammten.

Immer mehr der Pikten erklommen die ungeschützte Südmauer und kamen hinter der Hüttenreihe hervorgestürmt. Strom und seine Leute wurden von den Nord- und Westpalisaden zurückgedrängt, und gleich darauf überschwemmte die Welle der über die Palisaden brandenden nackten Wilden den ganzen Hof. Sie zerrten die Verteidiger zu Boden wie Wölfe. Die Schlacht wurde zu einem Getümmel bemalter Gestalten um kleine Gruppen verzweifelter Weißer. Pikten, Soldaten und Seeleute lagen über den ganzen Hof verstreut, und achtlose Füße stapften darüber hinweg. Blutbesudelte Wilde drangen heulend in die Hütten, und die schrillen Schreie von Frauen und Kindern, die unter den Streitäxten starben, übertönten den Kampflärm. Als die Soldaten diese herzerweichenden Schreie ihrer Angehörigen hörten, verließen sie ihre Posten am Tor, und im nächsten Augenblick drangen die Pikten auch an diesem Punkt ins Fort ein. Flammen loderten prasselnd aus so mancher Blockhütte.

»Zum Herrenhaus!«, brüllte Conan. Ein Dutzend Männer schlossen sich ihm an, als er sich einen Weg durch die zähnefletschende Meute schlug.

Strom war an seiner Seite und schwang seinen blutigen Säbel wie einen Dreschflegel.

»Wir können das Herrenhaus nicht halten«, knurrte er.

»Warum nicht?« Conan war zu beschäftigt, sich weiterzukämpfen, als dass er sich einen Blick auf den Barachanier hätte erlauben können.

»Weil – *ah!*« Das Jagdmesser eines Wilden stach tief in den Rücken des Piraten. »Der Teufel hole dich, Hund!« Strom drehte sich um und spaltete den Schädel des Pikten, ehe er selbst taumelte und auf die Knie sank. Blut sprudelte über seine Lippen.

»Weil es brennt!«, krächzte er noch und stürzte vornüber in den Staub.

Conan schaute sich schnell um. Die Männer, die sich ihm angeschlossen hatten, lagen alle in ihrem Blut. Der Pikte, der gerade vor seinen Füßen sein Leben aushauchte, war der letzte der Meute, die ihm den Weg versperrt hatte. Rings um ihn tobte die Schlacht, aber er selbst stand im Augenblick völlig allein.

Er befand sich nicht weit von der Südmauer. Mit ein paar Schritten konnte er die Palisaden erreichen, sich darüberschwingen und in der Nacht verschwinden. Aber er erinnerte sich der hilflosen Mädchen im Herrenhaus, aus dem inzwischen dichter Rauch quoll. Er rannte darauf zu.

Ein Häuptling im Federschmuck wirbelte an der Tür zu ihm herum und hob seine Streitaxt, und von hinten kamen weitere Wilde auf ihn zugestürmt. Er hielt jedoch nicht im Laufen inne. Sein herabsausender Säbel parierte die Axt und spaltete den Schädel des Häuptlings. Einen Herzschlag später war Conan bereits durch die Tür, hatte sie zugeschlagen und verriegelt. Auf die Axthiebe, die dagegenschmetterten, achtete er nicht mehr.

Rauchfahnen zogen sich durch die Bankettenhalle. Mit brennenden Augen tastete er sich hindurch. Irgendwo schluchzte eine Frau hysterisch. Er trat aus einer Rauchschwade heraus und blieb abrupt stehen.

Durch den Rauch war die Halle düster. Der silberne Armleuchter lag auf dem Boden, die Kerzen waren erloschen. Die einzige Beleuchtung kam vom Glühen aus dem Kamin und den Flammen an dieser Wand, die von dem brennenden Boden zu den rauchenden Deckenbalken leckten. Und im Schein der Glut sah Conan einen Menschen am Ende eines Strickes baumeln. Das tote Gesicht drehte sich durch die Bewegung des Seiles in seine Richtung. Es war bis zur Unkenntlichkeit verzerrt, aber Conan wusste, dass es sich um Graf Valenso handelte, der von seinem eigenen Deckenbalken baumelte.

Aber es war noch etwas anderes in der Halle. Conan sah es durch die Rauchschwaden: eine monströse schwarze Gestalt, die sich gegen die Flammen abhob. Die erkennbaren Umrisse waren annähernd menschlich, doch der Schatten, den sie auf die Wand warf, war es ganz sicher nicht.

»Crom!«, fluchte Conan erschrocken, denn ihm war sofort klar, dass er sich hier einer Kreatur gegenübersah, die sicher kein Schwert zu verwunden vermochte. Er sah auch Belesa und Tina sich eng umklammernd am Fuß der Treppe.

Das schwarze Ungeheuer richtete sich hoch auf und breitete die gewaltigen Arme aus. Ein verschwommen erkennbares Gesicht stierte durch den Rauch. Es war dämonisch, furchterregend. Conan sah die dicht beisammenstehenden Hörner, den klaffenden Rachen, die spitzen Ohren. Es kam schwerfällig auf ihn zu. Und mit seiner Verzweiflung erwachte in Conan eine alte Erinnerung.

Neben dem Cimmerier lag der umgekippte Armleuchter, einst der Stolz des Korzetta-Palasts: massives Silber, kunstvoll mit Helden- und Göttergestalten verziert. Conan griff danach und hob ihn hoch über den Kopf.

»Silber und Feuer!«, rief er mit Donnerstimme und warf den Armleuchter mit aller Kraft seiner ehernen Muskeln. Voll gegen die ungeheure schwarze Brust prallten die hundert Pfund Silber. Nicht einmal der Schwarze vermochte diesem Geschoss standzuhalten. Er wurde davon von den Füßen gerissen und in den Kamin geworfen, der jetzt ein tobender Feuerschlund war. Ein grauenvoller Schrei erschütterte die Halle: der Schrei eines unirdischen Wesens, nach dem der irdische Tod griff. Die Kamineinfassung splitterte. Steine lösten sich aus dem Rauchfang und begruben den schwarzen zuckenden Leib, den die Flammen gierig verschlangen. Brennende Balken stürzten vom Dach herab, und in kürzester Zeit war der Trümmerhaufen von Flammen eingehüllt.

Feuerzungen leckten auch nach der Treppe, als Conan sie erreichte. Er klemmte sich das ohnmächtige Kind unter einen Arm und zog Belesa auf die Füße. Durch das Prasseln der Flammen war das Krachen der Streitäxte und das Splittern der Tür zu hören.

Conan blickte sich um. Er entdeckte eine Tür gegenüber der Treppe und rannte mit Tina unter dem Arm und Belesa, die völlig benommen zu sein schien, hinter sich herzerrend darauf zu. Als sie das Gemach dahinter erreichten, verriet ein ohrenbetäubendes Krachen, dass die Decke der Halle eingestürzt war. Durch Rauchschwaden, die sie zu ersticken drohten, entdeckte Conan eine offen stehende Tür ins Freie. Als er seine Schützlinge hindurchbrachte, sah er, dass die Angeln herausgerissen und Riegel und Schloss geborsten waren.

»Der ... der Teufel kam durch diese Tür herein!«, schluchzte Belesa hysterisch. »Ich ... ich habe ihn gesehen ... aber ... aber ich wusste nicht ...«

Nur etwa ein Dutzend Fuß von der Hüttenreihe an der Südseite entfernt gelangten sie in den flammenhellen Hof. Ein Pikte rannte ihnen mit erhobener Streitaxt entgegen. Seine Augen glühten rot im Feuerschein.

Conan schob Belesa zur Seite, drehte Tina aus der Richtung des Hiebes, als die Axt herabschwang, und stieß gleichzeitig seinen Säbel durch die Brust des Angreifers. Dann klemmte er sich Belesa unter den anderen Arm und rannte mit den beiden Mädchen zur Südpalisade.

Die Rauchwolken verbargen viel des Kampfgetümmels, trotzdem wurden die Fliehenden bemerkt. Nackte Krieger, die sich schwarz gegen das rote Glühen abhoben, stürmten, ihre Äxte schwingend, aus dem Rauch. Sie waren noch etwa ein Dutzend Fuß entfernt, als Conan in die Gasse zwischen Hütten und Palisade eintauchte. An ihrem anderen Ende kamen weitere Wilde herbeigerast, um ihm den Weg abzuschneiden.

Conan blieb stehen; er warf erst Belesa mit aller Kraft auf den Wehrgang, dann Tina, und sprang hinterher. Sofort hob er Belesa über die Palisaden und ließ sie in den Sand draußen fallen, und Tina gleich nach ihr. Eine geschleuderte Streitaxt bohrte sich in einem Stamm neben seiner Schulter, doch schon war auch er über die Palisaden gesprungen und griff nach seinen hilflosen Schützlingen. Als die Pikten diese Stelle außerhalb der Palisaden erreichten, war niemand mehr zu sehen.

VIII

Ein Pirat kehrt zur See zurück

Der neue Morgen färbte das Wasser mit einem Hauch von Altrosa. Weit draußen auf dem sanft schimmernden Meer hob sich ein weißer Fleck von dem Dunst ab – ein Segel, das mitten am noch verhangenen Himmel zu hängen schien. Auf einer gebüschüberwucherten Landzunge hielt Conan einen zerfetzten Umhang über ein Feuer aus grünem Holz. Immer wenn er den Umhang wegzog, stiegen kleine Rauchwölkchen auf.

Belesa kauerte, einen Arm um Tina gelegt, in seiner Nähe.

»Glaubt Ihr, dass sie die Rauchzeichen sehen und verstehen werden?«, fragte sie.

»Das werden sie ganz bestimmt«, versicherte er ihr. »Die ganze Nacht kreuzten sie in Küstennähe, in der Hoffnung, Überlebende zu entdecken. Die Angst steckt ihnen in den Knochen. Sie sind nur etwa ein halbes Dutzend, und keiner von ihnen versteht genug von der Navigation, um zu den Barachan-Inseln zurückkehren zu können. Sie verstehen meine Signale, es ist der Kode der Seewölfe. Ich sage ihnen, dass die Kapitäne und alle Seemänner tot sind, dass sie an Land kommen und uns abholen sollen. Sie wissen, dass ich navigieren kann, und sie werden glücklich sein, wenn ich das Kommando über das Schiff übernehme, denn ich bin der einzige Kapitän, der überlebt hat.«

»Aber angenommen, die Pikten sehen die Rauchzeichen?« Belesa erschauderte. Sie warf einen Blick zurück über den dunstverhangenen Sand und die Büsche vor dem Rauch, der einige Meilen nordwärts immer noch aufstieg.

»Das ist unwahrscheinlich. Nachdem ich euch im Wald versteckt hatte, schlich ich zum Fort zurück und sah, wie sie die Weinfässer aus den Lagerhäusern rollten. Schon da torkelten die meisten. Jetzt werden sie stockbetrunken herumliegen. Mit hundert Mann könnte ich die ganze Horde ausrotten – da seht! Die *Rote Hand* schießt eine Rakete ab! Das bedeutet, dass sie uns holen!«

Conan trat das Feuer aus und gab Belesa den Umhang. Dann rekelte er sich wie eine Raubkatze. Das Mädchen beobachtete ihn staunend, ja bewundernd. Sein Gleichmut war nicht vorgetäuscht. Die Nacht des Feuers und

Blutes und danach die Flucht durch den finsteren Wald hatten ihm nichts ausgemacht. Er war so ungerührt, als hätte er die Nacht über gefeiert. Belesa fürchtete sich nicht vor ihm. Im Gegenteil, sie fühlte sich in seiner Gegenwart sicherer als jemals, seit sie an dieser wilden Küste gestrandet waren. Er war nicht zivilisiert, wie die Seeräuberkapitäne es gewesen waren, die jedoch keinerlei Ehrenkodex anerkannten und nicht ehrloser hätten sein können. Conan lebte nach dem natürlichen, ungeschriebenen Gesetz seines Volkes, das barbarisch und blutig war, das jedoch seinen eigenen seltsamen Ehrenkodex nie verletzte.

»Glaubt Ihr, dass er tot ist?«, fragte Belesa plötzlich.

Er brauchte sie nicht zu fragen, wen sie meinte.

»Ich denke schon«, antwortete er. »Silber und Feuer sind für böse Geister tödlich – und er bekam von beidem mehr als genug ab.«

Keiner erwähnte dieses Thema mehr. Belesa schreckte davor zurück, sich noch einmal das Bild vor Augen zu rufen, wie die schwarze Gestalt in die Bankettshalle eingedrungen war und eine lange hinausgeschobene Rache auf grauenvolle Weise vollzogen hatte.

»Was wollt Ihr tun, wenn Ihr wieder in Zingara seid?«, fragte Conan.

Sie schüttelte hilflos den Kopf. »Ich weiß es nicht. Ich habe weder Geld noch Freunde, und ich bin nicht dazu erzogen worden, meinen Lebensunterhalt selbst zu verdienen. Vielleicht wäre es besser gewesen, wenn einer dieser Pfeile mich ins Herz getroffen hätte.«

»Das dürft ihr nicht sagen, Mylady!«, rief Tina erschrocken. »Ich werde für uns beide arbeiten!«

Conan zog einen kleinen Lederbeutel von seinem Gürtel.

»Ich habe zwar Tothmekris Juwelen nicht bekommen«, brummte er, »aber hier sind ein paar Steine, die ich in der Truhe fand, aus der ich mir die Kleidung holte.« Er leerte ein Häufchen flammender Rubine auf seine Handfläche. »Sie sind ein nicht zu verachtendes Vermögen wert.« Er ließ sie in den Beutel zurückrieseln und drückte ihn Belesa in die Hand.

»Aber das kann ich doch nicht annehmen ...«, protestierte sie.

»Natürlich könnt Ihr das! Ihr wollt doch in Zingara nicht verhungern? Dann hätte ich Euch genauso gut gleich den Pikten zum Skalpieren überlassen können.« Er blickte sie ernst an. »Ich weiß, wie es ist, in einem hyborischen Land ohne Mittel zu sein. In meinem Land gibt es hin und wieder eine Hungersnot, aber keiner unserer Leute muss verhungern, solange es in Cimmerien noch irgendetwas Genießbares gibt. In zivilisierten Ländern dagegen habe ich erlebt, wie Menschen sich überfraßen, während andere in ihrer Nähe des Hungers starben. Oh ja, ich habe gesehen, wie Menschen vor Läden und Lagerhäusern voll Eßbarem vor Schwäche zusammenbrachen.

Auch ich hatte manchmal Hunger, doch dann nahm ich mir mit Gewalt, was ich brauchte. Aber das könnt Ihr nicht tun. Also, nehmt diese Rubine. Verkauft sie. Für ihren Erlös bekommt Ihr einen Palast, Sklaven und prächtige Kleidung. Und damit wird es Euch nicht schwerfallen, einen Gatten zu finden, denn zivilisierte Männer wollen alle Frauen, die Vermögen besitzen.«

»Aber was ist mit Euch?«

Conan grinste und deutete auf die *Rote Hand*, die sich schnell der Küste näherte.

»Ein Schiff und eine Mannschaft, das ist alles, was ich

brauche. Sobald ich einen Fuß auf dieses Deck gesetzt habe, habe ich ein Schiff, und sobald ich die Barachaner auf meiner Seite habe, habe ich eine Mannschaft. Die Männer der Roten Bruderschaft fahren gern unter mir, denn ich führe sie immer zu kostbarer Beute. Und sobald ich euch und das Mädchen an der Küste von Zingara abgesetzt habe, werde ich diesen Hunden zeigen, wie man richtig plündert! Nein, dankt mir nicht! Was ist schon eine Handvoll Edelsteine für mich, wenn die ganze Beute des Südmeers darauf wartet, von mir geraubt zu werden?«

DIE MENSCHEN-
FRESSER
VON ZAMBOULA

I
Eine Trommel schlägt

»Gefahr lauert im Hause von Aram Baksh!«

Die Stimme des Sprechers zitterte, und seine schmalen Finger mit den schwarzen Nägeln griffen nach Conans muskelschwerem Arm, als er seine Warnung krächzte. Er war ein drahtiger sonnenverbrannter Mann mit wirrem schwarzem Bart, und seine zerlumpte Kleidung wies ihn als Nomaden aus. Im Vergleich zu dem riesenhaften Cimmerier mit seinen schwarzen Brauen, der mächtigen Brust und den kraftvollen Gliedern wirkte er klein und schmächtig. Die zwei Männer standen an einer Ecke des Basars der Schwertschmiede, und auf den Straßen drängte sich eine bunte, lärmende Menge.

Conan löste unwillig den Blick von einer glutäugigen Ghanaerin, deren kurzer Rock bei jedem Schritt die braunen Schenkel offenbarte, und blickte finster auf den aufdringlichen Nomaden.

»Welcherlei Gefahr?«, fragte er barsch.

Der Mann blickte hastig über die Schulter, ehe er kaum vernehmbar antwortete: »Wer vermag das schon zu sagen? Aber es ist erwiesen, dass Nomaden und andere Reisende in Aram Baksh' Haus übernachteten und danach nie wieder gesehen wurden. Was ist mit ihnen geschehen? Aram Baksh beschwört, dass sie nach dem Erwachen das Haus wieder verließen. Und es stimmt auch, dass noch nie ein Bürger der Stadt verschwand, nachdem er ihn besucht hatte. Doch keiner sah die Reisenden wieder, während ihr Eigentum, von so manchem erkannt, später in den Basars feilgeboten wurde. Wenn Aram es nicht verkaufte, nachdem er die Besitzer aus dem Weg geschafft hatte, wie kam es dann dorthin?«

»Ich habe keine Reichtümer«, knurrte der Cimmerier und legte die Hand um den mit Pferdeleder umwickelten Griff des Breitschwerts an seiner Hüfte. »Ich musste sogar mein Pferd verkaufen.«

»Aber nicht nur reiche Fremde verschwinden des Nachts aus Aram Baksh' Haus!«, gab der Zuagir zu bedenken. »Auch viele arme Wüstenmänner suchten dort Unterkunft – Aram verlangt weniger als andere Herbergen –, und dann sah man sie nicht mehr. Ein Häuptling der Zuagir, dessen Sohn derart verschwand, tat seinen Verdacht dem Satrap Jungir Khan kund, der daraufhin das Haus von Soldaten durchsuchen ließ.«

»Und sie fanden einen Keller voller Leichen?«, fragte Conan in gutmütigem Spott.

»Nein, nichts Verdächtiges! Und der Häuptling wurde mit Schimpf und Schande aus der Stadt gejagt! Aber ...«, schaudernd drückte der Kleinere sich näher an Conan, »... etwas anderes wurde entdeckt. Am Rand der Wüste, außerhalb der Stadt, gibt es einen Palmenhain, in dem man auf eine Grube stieß – gefüllt mit verkohlten menschlichen Gebeinen!«

»Und was beweist das?«, brummte der Cimmerier.

»Aram Baksh ist ein Dämon. Diese verfluchte Stadt wurde von Stygiern erbaut und wird von Hyrkaniern beherrscht; hier vermischen sich Weiße, Braune und Schwarze, um Bastarde aller Schattierungen und Rassenmerkmale hervorzubringen – wer vermag da zu sagen, wer ein Mensch und wer ein verkappter Dämon ist? Aram Baksh ist ein Dämon in Menschengestalt! Des Nachts nimmt er seine wahre Form an und schafft seine Hausgäste in die Wüste, wo er sich mit seinen Dämonenbrüdern trifft.«

»Und weshalb beseitigt er immer nur Fremde?«, fragte Conan skeptisch.

»Die Bürger der Stadt würden nicht lange zusehen, wenn einige der Ihren aus seinem Haus verschwänden. Doch es lässt sie kalt, was mit Fremden passiert, die ihm in die Hände fallen. Du, Conan, bist aus dem Westen und kennst die Geheimnisse dieses alten Landes nicht. Seit dem Beginn der Zeit dienen die Dämonen der Wüste Yog, dem Herrn der Leere, mit Feuer, das menschliche Opfer verschlingt.

Nimm meine Warnung ernst, Conan! Viele Monde hast du in den Zelten der Zuagir gelebt und bist unser Blutsbruder. Geh nicht ins Haus von Aram Baksh!«

»Schnell, versteck dich!«, sagte Conan plötzlich. »Ein Trupp der Stadtwache biegt gerade um die Ecke dort. Wenn sie dich sehen, erinnern sie sich vielleicht an das Pferd, das aus des Satraps Stallungen gestohlen wurde ...«

Der Zuagir holte erschrocken Luft, zuckte zurück und duckte sich hastig zwischen einen Verkaufsstand und einen steinernen Pferdetrog. Ehe er sich ganz aus dem Staub machte, flüsterte er schnell noch: »Hör auf meine Warnung, Bruder! In Aram Baksh' Haus hausen die Dämonen!« Und schon war er in einer schmalen Gasse verschwunden.

Conan schob seinen breiten Schwertgürtel zurecht und erwiderte ruhig die Blicke, die ihm die vorübermarschierenden Wachmänner zuwarfen. Neugierig und misstrauisch beäugten sie ihn, denn er hob sich selbst aus einer so bunt gemischten Menge hervor, wie sie in den verschlungenen Straßen Zamboulas alltäglich war. Seine blauen Augen und die fremdartigen Züge, von seiner Statur ganz zu schweigen, unterschieden ihn von den östlichen Rassen. Auch ein Schwert mit gerader Klinge, wie das an seiner Seite, war hier kaum bekannt.

Doch die Wachleute sprachen ihn nicht an, sondern marschierten weiter durch die Gasse aus Menschenleibern. Sie waren Pelishtier, stämmig, mit Hakennasen und blauschwarzen Bärten, die über den Kettenhemden bis zur Brust herabhingen – Söldner, für eine Arbeit angeheuert, die die herrschenden Turaner für unter ihrer Würde erachteten. Doch das machte sie bei der Bevölkerung nicht beliebter.

Conan blickte zur Sonne hoch, die sich gerade daranmachte, hinter den Flachdächern westlich des Basars unterzugehen. Dann rückte er seinen Gürtel erneut zurecht und stapfte in Richtung Aram Baksh' Herberge.

Mit weit ausholenden Schritten bahnte er sich einen Weg durch das bunte Volk auf den Straßen, wo die zerlumpten Kittel winselnder Bettler die hermelinbesetzten Khalats wohlhabender Kaufleute und den perlenbestickten Satin reicher Kurtisanen streiften. Riesenhafte Schwarze schlurften daher und rempelten blaubärtige Reisende aus shemitischen Städten, zerlumpte Nomaden aus den umliegenden Wüsten sowie Händler und Abenteurer aus allen Ländern des Ostens.

Die einheimische Bevölkerung war nicht weniger gemischt. Vor vielen Jahrhunderten hatten stygische Heere hier in der östlichen Wüste ein Reich gegründet. Damals war Zamboula nur eine winzige Handelsstadt zwischen einem Ring aus Oasen gewesen, mit einer spärlichen Bevölkerung, die von den Nomaden abstammte. Die Stygier hatten sie zu einer Metropole ausgebaut und ihre eigenen Leute hier angesiedelt, die ihre shemitischen und kushitischen Sklaven mitbrachten. Der stete Strom von Karawanen aus dem Osten Richtung Westen und umgekehrt hatte der Stadt Reichtum und eine weitere Rassenvermischung gebracht. Dann kamen die kriegerischen Turaner aus dem Osten, eroberten die Stadt und drängten die Grenzen Stygiens zurück. Und nun war Zamboula seit einer Generation der westlichste Außenposten des turanischen Reiches, dessen Statthalter hier herrschte.

Ein Wirrwarr von Sprachen drang an des Cimmeriers Ohr, während er den verschlungenen Straßen folgte. Hin und wieder begegnete er einer Schwadron turanischer Leichter Reiter – hochgewachsene, geschmeidige Krieger mit dunklen Geiergesichtern, rasselnden Metallrüstungen und Krummsäbeln. Die Menge beeilte sich, ihnen Platz zu machen, denn sie waren die Herren Zamboulas. Nur die großen düsteren Stygier in den Häuserschatten funkelten sie in Erinnerung ihres einstigen Ruhmes finster an. Die übrige Bevölkerung dagegen scherte es wenig, ob der König, der über sie bestimmte, seinen Hof im dunklen Khemi hielt oder im prunkvollen Aghrapur. Jungir Khan war der Statthalter Zamboulas, doch man raunte, dass Nafertati, seine Konkubine, in Wahrheit über die Stadt herrschte. Aber auch das war den Menschen gleichgültig, die hier feilschten, diskutierten, dem Glücksspiel nachgingen, sich des Weines und der Liebe erfreuten, wie es die Bürger Zamboulas taten, seit die Türme und Minarette der Stadt hoch über den Sand der Kharamun ragten.

Bronzelaternen mit durchbrochenem Drachenmuster wurden in den Straßen angezündet, ehe Conan das Haus von Aram Baksh erreichte. Die Herberge war das letzte bewohnte Haus an einer westwärts führenden Straße. Ein großer Garten, in dem mächtige Dattelpalmen wuchsen, trennte es von den Nachbarhäusern im Osten. Westlich der Herberge stand ein Palmenhain, durch den die Straße zur Wüste verlief. Auf der anderen Straßenseite, der Herberge gegenüber, reihten sich ein paar verlassene, im Schatten vereinzelter Palmen liegende Hütten aneinander, in denen Fledermäuse und Schakale hausten. Als Conan diese Straße betrat, fragte er sich, weshalb die in Zamboula so zahlreichen Bettler nicht Unterschlupf in diesen Hütten suchten. Hier gab es keine Laternen mehr, außer der einen Lampe am Herbergstor, nur den schwachen Schein der Sterne, den weichen Straßenstaub unter den Füßen und das Rascheln der Palmen in der Wüstenbrise.

Arams Tor öffnete sich nicht zur Straße, sondern zu dem schmalen Weg zwischen der Herberge und dem Palmengarten. Conan zog kräftig an dem Klingelstrick neben der Laterne und machte sich zusätzlich noch bemerkbar, indem er mit dem Schwertgriff gegen das eisenbesetzte Teakholztor hämmerte. Eine winzige Öffnung im Tor schwang auf, und ein schwarzes Gesicht spähte heraus.

»Verdammt, macht schon auf!«, fluchte Conan. »Ich bin ein Gast. Ich habe für ein Zimmer bezahlt, und bei Crom, das will ich auch!«

Der Schwarze verrenkte sich fast den Hals, als er die sternenbeschienene Straße hinter Conan entlangsah, aber er öffnete das Tor wortlos. Hinter dem Cimmerier schloss er es wieder, versperrte und verriegelte es. Die Mauer war ungewöhnlich hoch, vermutlich der Diebe wegen, derer es viele in Zamboula gab, und sicher auch als Schutz gegen nächtliche Nomadenüberfälle – bei einem Haus so dicht am Rand der Wüste nicht weiter verwunderlich. Conan schritt durch den Garten, in dem große blasse Blüten dufteten, und betrat einen Schankraum, wo ein Stygier mit dem kahl geschabten Schädel eines Weisen an einem Tisch über wer weiß welchen Rätseln brütete und mehrere unbedeutende Männer sich bei einem Würfelspiel in einer Ecke stritten.

Leisen Schrittes kam Aram Baksh auf den Cimmerier zu. Er war ein stattlicher Mann mit brustlangem schwarzem Bart, einer langen Hakennase und unruhigen schwarzen Perlenaugen.

»Wollt Ihr etwas zu essen oder trinken?«, erkundigte er sich.

»Ich habe einen Laib Brot und eine Rinderkeule in der Stadt gegessen«, erklärte Conan. »Aber bringt mir einen Krug ghazanischen Wein. Ich habe gerade noch so viel, dass ich dafür bezahlen kann.« Er warf eine Kupfermünze auf die mit Wein befleckte Platte.

»Ihr habt also an den Spieltischen nichts gewonnen?«

»Mit nur einer Handvoll Silber als Einsatz? Ich bezahlte Euch heute Morgen das Zimmer, weil ich mir schon dachte, dass ich verlieren würde. Ich wollte sichergehen, dass ich ein Dach über dem Kopf habe. Mir fiel auf, dass in Zamboula niemand auf der Straße schläft. Selbst die Bettler suchen sich einen Winkel, den sie verbarrikadieren können, ehe es dunkel wird. Es muss wohl eine Bande besonders blutdurstiger Diebe in der Stadt geben.«

Er trank genüsslich den billigen Wein, dann folgte er Aram aus der Schankstube. Die Spieler hinter ihm hielten mit dem Würfeln inne und blickten ihm abschätzig nach. Keiner sagte ein Wort, doch der Stygier lachte höhnisch. Die anderen senkten unsicher den Blick und vermieden es, einander anzusehen.

Conan schritt hinter Aram einen mit Kupferlampen beleuchteten Korridor entlang, und irgendwie missfiel ihm das lautlose Schreiten des Wirtes. Aram trug weiche Pantoffeln, und der Flur war mit dicken turanischen Läufern belegt. Aber es war die schleichende Gangart des Zamboulaners, die ihm nicht behagte.

Am Ende des gewundenen Korridors blieb Aram vor einer Tür stehen, die mit einem schweren Eisenriegel in starken Metallhalterungen verschlossen war. Der Wirt öffnete sie und zeigte dem Cimmerier ein gut eingerichtetes Zimmer, dessen Fenster, wie Conan sofort bemerkte, ein kunstvolles, teilweise vergoldetes Schmiedeeisengitter aufwiesen. Weiche Teppiche bedeckten den Boden, eine bequeme Ottomane stand an der Wand, außerdem befanden sich kostbare geschnitzte Stühle im Raum. Es war ein besser ausgestattetes Zimmer, als er es sich für den gleichen Preis in der Stadt hätte leisten können – das war auch der Grund, weshalb er sich hier einquartiert hatte, als ihm am Morgen klar geworden war, wie schmal sein Beutel nach den ausschweifenden Tagen in der Stadt geworden war, seit er vor einer Woche aus der Wüste in die Stadt geritten kam.

Aram hatte eine Bronzelampe angezündet und deutete nun auf die zwei Türen des Zimmers, die beide mit schweren Riegeln versehen waren.

»Hier könnt Ihr sicher schlafen, Cimmerier«, sagte Aram und blinzelte von der Türschwelle aus über seinen buschigen Bart hinweg.

Conan brummte etwas Unverständliches und warf sein blankes Schwert auf die Ottomane.

»Eure Riegel mögen stark sein«, brummte er, »aber ich schlafe immer mit meiner Klinge an der Seite.«

Aram antwortete nicht. Er zupfte an seinem Bart, während er einen Augenblick lang die grimmige Waffe betrachtete. Dann zog er sich stumm zurück und schloss die Tür hinter sich.

Conan legte den Riegel vor, durchquerte das Zimmer und schaute durch die zweite Tür hinaus. Das Gemach lag an der der Straße zugewandten Hausseite. Die Tür öffnete sich zu einem kleinen Hof, der von einer eigenen Mauer umgeben war. Wo sie an die Herberge grenzte, war sie hoch und ohne Eingang, doch die Mauer entlang der Straße war niedrig, und an ihrem Tor befand sich kein Schloss.

Conan blieb eine Weile an der Tür stehen, das Licht aus der Bronzelampe in seinem Rücken, und blickte die Straße entlang bis dorthin, wo sie zwischen dichten Palmen verschwand. Die Blätter raschelten in der leichten Brise. Hinter dem Hain begann die kahle Wüste. Dann wandte der Cimmerier sich in die gegenüberliegende Richtung, der Stadt zu. In einiger Entfernung brannten Lichter, und der Lärm der Stadt drang schwach an sein Ohr. Hier dagegen gab es nur Sternenschein, das Säuseln der Palmen und jenseits der niedrigen Mauer den Staub der Straße und die verlassenen Hütten mit ihren Flachdächern unter nächtlichem Himmel. Irgendwo hinter dem Palmenhain begann eine Trommel zu schlagen.

Conan dachte an die verwirrende Warnung des Zuagir, und jetzt erschien sie ihm weit weniger phantastisch als vorhin auf der sonnenhellen Straße. Erneut wunderte er sich über die leeren Hütten. Weshalb blieben die Bettler ihnen fern?

Er kehrte in sein Zimmer zurück, schloss die Tür und verriegelte sie.

Die Lampe begann zu flackern. Er untersuchte sie und stellte fest, dass das Öl so gut wie verbraucht war. Er öffnete den Mund, um nach Aram zu brüllen, doch dann zuckte er nur die Achseln und blies das Licht ganz aus. In der weichen Dunkelheit legte er sich angekleidet auf die Ottomane und nahm instinktiv den Griff des mächtigen Breitschwerts in die Hand. Schläfrig blickte er durch das Fenstergitter auf die Sterne hinaus und schlief ein, das sanfte Flüstern der Palmen im Ohr. Nur noch unbewusst nahm er den Trommelschlag aus der Wüste wahr – das tiefe Pochen einer lederbezogenen Trommel, die rhythmisch mit der offenen Handfläche eines Schwarzen geschlagen wurde ...

II

Gefahr in der Nacht

Das verstohlene Öffnen einer Tür weckte den Cimmerier. Er erwachte nicht, wie Menschen der Zivilisation es tun, verschlafen und benommen, sondern er war sofort bei klarem Verstand und erkannte das Geräusch, das seinen leichten Schlummer gestört hatte. Angespannt blieb er in der Dunkelheit liegen und beobachtete, wie die Außentür sich langsam öffnete. In dem immer breiter werdenden Spalt sah er eine mächtige dunkle Gestalt mit hängenden Schultern und unförmigem Kopf, die sich gegen das Sternenlicht abhob.

Conan spürte ein Kribbeln zwischen den Schulterblättern. Er hatte die Tür fest verriegelt. Wie anders als durch übernatürliche Kräfte konnte sie sich jetzt öffnen? Und wie konnte ein Mensch einen so missgestalteten Kopf haben? Alle Geschichten, die er in den Zelten der Zuagir über Teufel und Kobolde gehört hatte, drängten sich in sein Gedächtnis, und der Schweiß trat ihm aus allen Poren. Das Ungeheuer glitt nun lautlos ins Zimmer. Es kam geduckt näher, und ein wohlbekannter Geruch schlug Conan entgegen, aber er beruhigte ihn nicht, denn nach den Legenden der Zuagir gab es auch Dämonen, die so rochen.

Geräuschlos zog der Cimmerier seine langen Beine an und schwang sein Schwert. Plötzlich und tödlich schlug er zu, wie ein Tiger auf Beutefang. Nicht einmal ein Dämon hätte diesem unerwarteten Angriff ausweichen können. Das Schwert drang durch Fleisch und Bein, und etwas stürzte mit würgendem Schrei schwer zu Boden. Das triefende Schwert in der Hand, beugte sich Conan hinunter. Ob Teufel, Tier oder Mensch – der Einbrecher war tot, denn der Cimmerier spürte den Tod, wie wilde Tiere es tun. Durch die nun halb geöffnete Tür spähte er auf den sternenbeschienenen Hof hinaus. Er war leer, aber das Tor stand weit offen.

Conan schloss die Tür, verriegelte sie jedoch nicht. In der Dunkelheit tastete er nach der Lampe und zündete sie an. Das restliche Öl genügte noch für eine kurze Weile. Wieder beugte er sich über die stille Gestalt, die in einer Blutlache auf dem Boden lag.

Es war ein riesenhafter Schwarzer, nackt bist auf ein Lendentuch. Mit einer Hand umklammerte er noch im Tod eine schwere Keule. Das Kraushaar des Burschen war mit Zweigstücken und trockenem Lehm zu zwei Hörnern geformt. Diese barbarische Frisur hatte dem Kopf im Dunkeln die missgestaltene Form verliehen. Nun schob Conan die wulstigen Lippen des Einbrechers zurück und knurrte etwas Unverständliches, als er auf spitz zugefeilte Zähne blickte.

Er wusste jetzt, auf welche Weise die Fremden aus

Aram Baksh' Haus verschwunden waren, und er kannte das Rätsel der Trommel jenseits des Palmenhains und das der Grube mit den angekohlten Knochen – jener Grube, in der menschliches Fleisch unter den Sternen gebraten wurde, während schwarze Bestien darauf warteten, ihren abartigen Hunger zu stillen. Der Mann vor ihm auf dem Boden war ein menschenfressender Sklave aus Darfar.

Seiner Art gab es viele in der Stadt. Zwar wurde Kannibalismus in Zamboula nicht öffentlich geduldet, aber Conan wurde jetzt klar, weshalb die Menschen sich nachts hinter verriegelten Türen verkrochen und warum Bettler offene Gassen und türlose Ruinen mieden. Er knurrte voll Abscheu, als er sich vorstellte, wie dunkle Bestien des Nachts durch die Straßen schlichen, um Opfer zu suchen, und wie Menschen wie Aram Baksh ihnen Zugang zu ihrer Beute verschafften. Der Wirt war kein Dämon, er war etwas viel Schlimmeres. Die Sklaven von Darfar waren berüchtigte Diebe, und es bestand wohl kein Zweifel, dass ein Teil ihrer Beute den Weg in Aram Baksh' Hände fand – als Bezahlung lieferte er Menschenfleisch.

Conan löschte die Lampe, trat durch die Tür und betastete die Verzierungen an der Außenseite. Eine davon war beweglich und öffnete den inneren Riegel. Das Zimmer war also eine Falle, um menschliches Wild wie Kaninchen zu fangen. Doch diesmal hatte ein Säbelzahntiger dahinter gelauert!

Conan schritt zur anderen Tür, hob den Riegel und drückte dagegen, doch sie ließ sich nicht öffnen. Da erinnerte er sich des schweren Riegels auf der Außenseite. Der Wirt ging kein Risiko bei seinen Opfern oder seinen Handelspartnern ein.

Der Cimmerier schnallte sich den Schwertgürtel um

und stapfte hinaus in den Hof, nachdem er die Tür hinter sich geschlossen hatte. Er beabsichtigte, keine Zeit verstreichen zu lassen, um mit Aram Baksh abzurechnen. Er fragte sich, wie viele arme Teufel hier im Schlaf erschlagen und hinaus auf die Straße und zur Röstgrube geschleift worden waren.

Im Hof blieb er stehen. Immer noch schlug die Trommel, und durch die Palmen sah er einen flackernden roten Lichtschein. Kannibalismus war für die Schwarzen von Darfar mehr als nur eine pervertierte Neigung, er war Bestandteil ihres grauenvollen Kultes. Die schwarzen Aasgeier hatten sich bereits erwartungsvoll versammelt. Aber was immer auch heute Nacht ihre Mägen füllen mochte, cimmerisches Fleisch war es nicht!

Um an Aram Baksh heranzukommen, musste er über die Mauer klettern, die den kleinen Hof vom großen trennte. Sie war zwar hoch, um die Menschenfresser abzuhalten, aber Conan war kein im Sumpfland aufgewachsener Schwarzer. In seiner Kindheit schon hatte er seine Muskeln an den steilen Felsen seiner heimatlichen Berge gestählt. Er stand am Fuß der Mauer, als ihn ein Schrei unter den Bäumen innehalten ließ.

Lautlos rannte er zum Tor und spähte hinaus auf die Straße. Der Schrei war aus den Schatten der Hütten auf der anderen Straßenseite gekommen. Er hörte verzweifeltes Würgen und Gurgeln, wie von dem vergeblichen Versuch zu schreien, wenn eine Hand auf den Mund gepresst wird. Eine Menschengruppe tauchte aus den Schatten auf und bewegte sich stadtauswärts. Es waren drei riesenhafte Schwarze, die eine schlanke, verzweifelt sich wehrende Gestalt trugen. Conan sah den Schimmer bleicher Arme und Beine, die sich im Sternenschein wanden, dann ein heftiges Rucken, als der Gefangene sich aus dem brutalen Griff der Schwarzen zu lösen vermochte. Und schon rannte das Opfer die Straße hoch – es war, wie nun ohne Zweifel zu erkennen, eine grazile junge Frau, splitternackt wie ein Neugeborenes. Ganz deutlich konnte Conan sie sehen, ehe sie in den Schatten zwischen den Hütten verschwand. Die Schwarzen waren ihr dicht auf den Fersen und hatten sie offenbar schnell wieder eingefangen, denn ein schriller Schrei der Verzweiflung und Angst zerriss die Luft.

Brennende Wut stieg in Conan auf, und er hetzte über die Straße.

Weder Opfer noch Entführer waren sich seiner Anwesenheit bewusst, bis das leise Tappen seiner Füße zwei der Schwarzen herumwirbeln ließ. Doch da hatte er sie schon fast erreicht und stürmte mit der Gewalt eines Orkans auf sie zu. Zwei Keulen hoben sich, aber die Burschen hatten seine Geschwindigkeit nicht richtig eingeschätzt. Einer fiel mit durchstochenem Bauch, ehe er zuschlagen konnte. Dem Hieb des anderen wich Conan flink wie eine Katze aus und schwang sein Schwert. Der Kopf des Schwarzen flog durch die Luft, der blutige Körper taumelte noch drei Schritte, ehe er in den Staub sackte.

Der letzte Kannibale stieß einen würgenden Schrei aus, wich zurück und schleuderte seine Gefangene von sich. Sie stolperte und rollte in den Staub, während der Schwarze panikerfüllt zur Stadt floh, Conan dicht hinter ihm her. Angst beflügelte seine Füße, aber ehe er die östlichste Hütte erreicht hatte, spürte er den Tod im Rücken und brüllte wie ein Ochse im Schlachthof.

»Schwarzer Höllenhund!« Mit solcher Heftigkeit stieß ihm Conan die Klinge zwischen die Schultern, dass sie auf der Vorderseite der Brust wieder zum Vorschein kam. Der

Menschenfresser stürzte der Länge nach zu Boden. Conan spreizte die Beine und zog sein Schwert aus der Leiche.

Nur eine sanfte Brise streichelte die Blätter. Conan schüttelte den Kopf wie ein Löwe seine Mähne und knurrte in ungestilltem Blutdurst. Doch keine weiteren Kannibalen stahlen sich aus den Schatten, und die sternenbeschienene Straße vor den Hütten blieb leer, bis schnelle Schritte herbeieilten und das Mädchen sich schluchzend an seine Brust warf.

»Ist ja gut, Kleines«, versuchte er sie zu beruhigen. »Alles ist wieder gut. Wie haben sie dich denn gefangen?«

Sie schluchzte irgendetwas Unverständliches. Conan vergaß Aram Baksh, als er sie im Sternenschein näher betrachtete. Sie war eine Weiße, doch mit braunem Haar – offenbar ein Mischling –, groß, schlank und grazil, wie unschwer zu erkennen war. Bewunderung brannte in des Cimmeriers eisblauen Augen, als sein Blick über ihren bezaubernden Busen und ihre geschmeidigen Beine streifte, die von Anstrengung und Angst noch zitterten. Er legte einen Arm um ihre schmale Taille und versuchte erneut, sie zu beruhigen. »Du hast nichts mehr zu befürchten, Mädchen! Hörst du? Du bist in Sicherheit.«

Seine Berührung schien sie aus dem Schock zu lösen. Sie warf ihre dichten, glänzenden Locken zurück und sah furchtsam über die Schulter, während sie sich enger an Conan schmiegte, als fände sie Sicherheit bei ihm.

»Sie fingen mich auf der Straße«, murmelte sie schaudernd. »Unter einem dunklen Torbogen lauerten sie – Schwarze, wie riesige Affen. Set habe Erbarmen mit mir! Ich werde lange davon träumen!«

»Was hattest du mitten in der Nacht auf der Straße zu suchen?«, fragte er, erregt von der sanften Haut unter seinen streichelnden Fingern.

Sie strich das Haar zurück und starrte ihn ausdruckslos an. Seiner Zärtlichkeit schien sie sich nicht bewusst zu sein.

»Mein Liebster«, murmelte sie. »Wahnsinn befiel ihn, und er versuchte, mich umzubringen. Als ich vor ihm floh, packten mich diese Bestien.«

»Schönheit wie deine mag einen Mann schon in den Wahnsinn treiben«, sagte Conan, und seine Finger spielten mit ihren seidigen Locken.

Sie schüttelte den Kopf, als löste sich plötzlich ihre Benommenheit. Sie zitterte nicht mehr, und ihre Stimme klang fest.

»Nein, die Rachsucht eines Priesters war daran schuld. Totrasmek, der Hohe Priester von Hanuman, begehrt mich für sich – dieser Hund!«

»Das darfst du ihm nicht verübeln.« Conan grinste. »Die alte Hyäne hat einen besseren Geschmack, als ich ihr zutraute.«

Sie achtete nicht auf das plumpe Kompliment und fand schnell ihre Fassung wieder.

»Mein Liebster ist ein ... ein junger turanischer Soldat. Um mir zu schaden, gab Totrasmek ihm ein Mittel, das ihn in den Wahnsinn trieb. Heute Abend griff er nach einem Säbel, um mich in seiner Besessenheit zu töten. Aber es gelang mir, vor ihm auf die Straße zu fliehen. Die Schwarzen fingen mich und brachten mich zu ... *Was war das?*«

Conan hatte sofort reagiert. Lautlos wie ein Schatten zog er sie hinter die nächste Hütte unter den Palmen. In angespannter Stille warteten sie, bis das leise Murmeln, das beide gehört hatten, lauter wurde und Stimmen zu unterscheiden waren. Etwa neun oder zehn Neger kamen die Straße aus der Stadt entlang. Das Mädchen krallte ihre Nägel in Conans Arm, und er spürte ihr Zittern, als sie sich verängstigt an ihn drückte.

Jetzt waren die gutturalen Stimmen der Schwarzen deutlich zu hören.

»Unsere Brüder haben sich bereits an der Grube versammelt«, sagte einer. »Wir hatten kein Glück. Hoffentlich fanden sie genügend, damit es auch für uns reicht.«

»Aram versprach uns einen Mann«, erklärte ein anderer, und Conan versprach Aram stumm etwas ganz anderes.

»Aram hält sein Wort«, brummte ein Dritter. »Viele Männer konnten wir aus seiner Herberge holen. Aber wir bezahlen ihn gut dafür. Ich persönlich habe ihm bereits zehn Ballen Seide gegeben, die ich von meinem Herrn stahl. Und es war wirklich kostbare Seide, bei Set!«

Die Schwarzen schlurften vorbei. Ihre Füße wirbelten den Staub der Straße auf, und ihre Stimmen verschwanden bald in dem Hain.

»Gut für uns, dass ihre toten Kameraden hinter den Hütten liegen«, brummte Conan. »Wenn sie in Arams Zimmer nachsehen, werden sie noch einen finden. Komm, wir verschwinden!«

»Ja, schnell«, flüsterte das Mädchen, fast hysterisch. »Mein Liebster wandert allein durch die Straßen, wie leicht können da die Neger ihn packen.«

»Eine schöne Sitte ist das!«, knurrte Conan, als er mit ihr hinter den Hütten zur Stadt lief. »Weshalb säubern die Bürger ihre Stadt denn nicht von diesem mörderischen Ungeziefer?«

»Sie sind wertvolle Sklaven«, antwortete das Mädchen. »Es gibt ihrer so viele, dass es vielleicht zum Aufruhr käme, wenn sie das Fleisch nicht erhielten, nach dem sie gieren. Die Zamboulaner wissen, dass sie des Nachts durch die Straßen schleichen, und bleiben deshalb hinter verschlossenen Türen zu Hause – außer es passiert etwas Unerwartetes, wie es bei mir der Fall war. Natürlich lauern die Schwarzen allen auf, aber sie erwischen gewöhnlich nur Fremde, und was mit diesen geschieht, interessiert die Bürger nicht.

Männer wie Aram Baksh verkaufen die Fremden, die bei ihm übernachten wollen, an die Schwarzen. Mit Zamboulanern würde er das nicht wagen.«

Voll Abscheu spuckte Conan aus und führte seine Begleiterin zur Straße zurück; über Seitenwege zu schleichen, lag ihm nicht. Häuser, allerdings zu dieser Nachtzeit unbeleuchtet, säumten sie nun zu beiden Seiten.

»Wohin willst du eigentlich?«, fragte er das Mädchen. Sein Arm um ihre Taille schien sie nicht zu stören.

»In mein Haus, um meine Diener zu wecken, damit sie nach meinem Liebsten suchen. Ich möchte nicht, dass die Stadt – die Priester, überhaupt irgendjemand – von seinem Wahnsinn erfährt. Er ... er ist ein junger Offizier mit großer Zukunft. Vielleicht können wir ihn wieder zur Vernunft bringen, wenn wir ihn finden.«

»Wir?«, brummte Conan. »Glaubst du vielleicht, ich habe Lust, die ganze Nacht die Straßen nach einem Verrückten abzusuchen?«

Sie warf ihm einen schnellen, verstohlenen Blick zu und deutete seinen Gesichtsausdruck richtig. Wenn sie sich geschickt anstellte, würde er ihr folgen, wohin immer sie ihn führte – für eine Weile zumindest. Aber sie ließ sich diese Erkenntnis nicht anmerken.

»Bitte«, flehte sie, und ihre Augen glänzten feucht. »Ich habe niemanden sonst, den ich um Hilfe bitten könnte – du warst so gut zu mir ...«

»Na schön!«, brummte Conan. »Wie heißt der Bursche?«

»Alafdhal. Ich bin Zabibi, eine Tänzerin. Ich zeige meine Künste häufig vor dem Statthalter Jungir Khan und seiner Konkubine Nafertati sowie vor den Edlen von Zamboula und ihren Damen. Totrasmek begehrte mich, und da ich ihn abwies, machte er mich zum unschuldigen Werkzeug seiner Rache gegen Alafdhal. Ich bat Totrasmek um einen Liebestrunk, ohne die Tiefe seines Hasses und seiner Verschlagenheit zu ahnen. Er gab mir ein Pulver, das ich in den Wein meines Liebsten mischen sollte, und er versicherte mir, dass Alafdhal mich, nachdem er ihn getrunken hatte, noch wahnsinniger lieben und mir jeden Wunsch erfüllen würde. Ich tat wie geheißen, doch nachdem mein Liebster getrunken hatte, wurde er wahrhaftig wahnsinnig – aber nicht aus Liebe. Und es kam, wie ich es dir erzählte. Totrasmek, diese Schlange, sei verflucht – ahhh!«

Hastig umklammerte sie seinen Arm, und beide blieben abrupt stehen. Sie hatten den Basar erreicht und sahen an der Ecke einer dunklen Gasse einen Mann völlig reglos und still stehen. Er hatte den Kopf gesenkt, aber Conan bemerkte die von Wahnsinn gezeichneten Augen, die sie unbewegt musterten. Seine Haut kribbelte, nicht aus Angst vor dem Säbel in der Hand des Burschen, sondern vor dem Irrsinn, den auch seine ganze Haltung verriet. Conan schob das Mädchen zur Seite und zog sein Schwert.

»Töte ihn nicht!«, rief sie. »Im Namen Sets, lass ihn am Leben! Du bist stark, überwältige ihn nur!«

»Wir werden sehen«, brummte er. Das Schwert in der Rechten, ballte er die Linke zur Faust.

Er machte einen vorsichtigen Schritt auf die Gasse zu – da stürmte der Turaner mit schrecklichem, krächzendem Gelächter auf ihn zu. Er schwang seinen Säbel und stellte sich auf die Zehenspitzen, um ihn mit aller Kraft herabsausen zu lassen. Funken sprühten, als Conan die Klinge parierte, und im nächsten Moment lag der Wahnsinnige, von des Cimmeriers Kinnhaken niedergestreckt, bewusstlos im Straßenstaub.

Das Mädchen rannte auf ihn zu.

»Er ... er ist doch nicht ...«

Conan bückte sich, drehte den Mann auf die Seite und untersuchte ihn schnell.

»Er ist nicht schlimm verletzt«, versicherte er Zabibi. »Seine Nase blutet, aber das kann nach einem so schweren Hieb auf das Kinn schon vorkommen. In einer Weile wird er wieder bei sich sein, vielleicht hat er da auch seinen Verstand wieder. Inzwischen werde ich ihm die Hände mit seinem Schwertgürtel fesseln. Wohin soll ich ihn schaffen?«

»Warte!« Sie kniete neben dem Bewusstlosen nieder, fasste seine gebundenen Hände und betrachtete sie eindringlich. Dann schüttelte sie überrascht und sichtlich enttäuscht den Kopf. Sie trat zu dem Cimmerier und drückte ihre schlanken Finger auf seine mächtige Brust. Ihre dunklen Augen, die wie glänzende schwarze Edelsteine funkelten, durchdrangen die seinen.

»Du bist ein Mann! Hilf mir. Totrasmek muss sterben! Töte ihn für mich!«

»Und ich stecke dafür meinen Hals in eine turanische Schlinge«, knurrte er.

»Nein!« Die schlanken Arme, stark wie biegsamer Stahl, legten sich um seinen Hals. Ihr geschmeidiger Körper schmiegte sich an ihn. »Die Hyrkanier sind Totrasmek nicht gewogen, und die Priester Sets fürchten ihn. Er ist ein Bastard, der sich die Furcht und den Aberglauben der Menschen zunutzemacht. Ich bete Set an, und die Turaner verehren Erlik, aber Totrasmek opfert Hanuman, dem Verfluchten. Die turanischen Lords fürchten seine Schwarze Magie und seine Macht über die gemischte Bevölkerung, und sie hassen ihn. Selbst Jungir Khan und seine Konkubine Nafertati fürchten und hassen ihn. Würde er des Nachts in seinem Tempel getötet, gäben sie sich ganz gewiss keine große Mühe, seinen Mörder zu suchen.«

»Und was ist mit seinen Zauberkräften?«, gab der Cimmerier zu bedenken.

»Du bist ein Krieger«, sagte sie. »Dein Leben einzusetzen, gehört doch zu deinem Beruf, oder nicht?«

»Nicht umsonst«, brummte er.

»Du wirst es nicht umsonst tun müssen«, hauchte sie. Sie stellte sich auf die Zehenspitzen und blickte ihm in die Augen.

Die Nähe ihres verführerischen Körpers ließ Conans Blut wallen, und der Duft ihrer Lippen stieg ihm zu Kopf. Doch als seine Arme sie an sich drücken wollten, wich sie geschmeidig aus. »Warte. Hilf mir zuerst.«

»Was soll ich deiner Meinung nach jetzt tun?« Das Reden fiel ihm schwer.

»Heb meinen Liebsten auf«, wies sie ihn an. Der Cimmerier bückte sich und legte sich den hochgewachsenen jungen Mann mühelos über die Schulter. Das Mädchen flüsterte dem Bewusstlosen Zärtlichkeiten zu. Es war ganz offensichtlich, dass sie Alafdhal ehrlich liebte. Welche Abmachungen sie auch immer mit Conan traf – sie würden nichts an ihren Beziehungen zu Alafdhal ändern. Frauen sind in diesen Dingen eben praktischer veranlagt als Männer.

»Folge mir!« Sie eilte die Straße entlang, während ihr Conan mit langen Schritten und mühelos trotz seiner Last folgte. Wachsam hielt er Ausschau nach lauernden schwarzen Gestalten in den engen Gassen und Torbogen, aber er sah nichts Verdächtiges. Zweifellos saßen alle Darfari wartend um die Röstgrube. Das Mädchen bog in eine schmale Seitenstraße ein und klopfte leise an eine Tür. Fast sofort öffnete sich ein Fensterchen, und ein schwarzes Gesicht blickte heraus. Sie beugte sich näher heran und wisperte hastig. Riegel knarrten in ihren Halterungen, und die Tür schwang auf. Ein riesenhafter Schwarzer hob sich vor dem weichen Lichtschein einer Kupferlampe ab. Ein schneller Blick verriet Conan, dass es kein Darfari war. Seine Zähne waren nicht spitz zugefeilt, und sein Kraushaar war kurz geschnitten. Er war vermutlich ein Wadai.

Auf einen Wink Zabibis übergab Conan den bewusstlosen Alafdhal den Armen des Schwarzen, der ihn auf einen Samtdiwan legte. Es sah nicht so aus, als würde er bald wieder zu sich kommen. Der Schlag, der ihn ausgeschaltet hatte, hätte einen Ochsen gefällt. Zabibi beugte sich über ihn und zupfte nervös an ihren Fingern, dann richtete sie sich auf und bedeutete dem Cimmerier, mit ihr zu kommen.

Das Tor schloss sich hinter ihnen, der Riegel wurde vorgeschoben, und das Fensterchen, das gleich darauf wieder geschlossen wurde, verbarg den Lampenschein. Auf der sternenbeschienenen Straße griff Zabibi nach Conans Hand. Ihre eigene zitterte ein wenig.

»Du wirst tun, worum ich dich bitte?«, fragte sie.

Er nickte.

»Dann wollen wir zu Hanumans Tempel gehen – mögen die Götter unseren Seelen gnädig sein!«

Wie Phantome schritten sie fast lautlos durch die stillen Straßen. Beide schwiegen. Vielleicht dachte das Mädchen an ihren Liebsten, der bewusstlos auf dem Diwan unter den Kupferlampen lag, oder sie machte sich Sorgen über das, was ihnen in Hanumans Tempel bevorstand. Der Barbar dachte nur an eines: an die Frau, die so leichtfüßig neben ihm dahinhuschte. Das Parfüm ihres Seidenhaares stieg ihm in die Nase, und seine Sinne waren von ihr erfüllt.

Einmal hörten sie das Rasseln von Waffen, die beim Marschieren gegen Rüstungen schlugen, und drückten sich in die Schatten eines Torbogens, um einen Trupp Pelishtier vorbeizulassen. Ihrer fünfzehn waren es, in eng geschlossener Formation, die Piken bereit, und die hintersten hatten Messingschilde über den Rücken gehängt, um sich gegen einen heimtückischen Messerwurf zu schützen. Die Menschenfresser stellten offenbar sogar für bewaffnete Trupps eine Bedrohung dar.

Als die Soldaten außer Sicht waren, kamen Conan und das Mädchen aus ihrem Versteck und eilten weiter. Bald darauf lag das niedrige Gebäude, das sie suchten, vor ihnen.

Hanumans Tempel stand allein in der Mitte eines breiten, menschenleeren Platzes. Eine Marmormauer mit weiter Öffnung unmittelbar vor dem Portikus umgab ihn. Diese Öffnung war weder durch eine Tür noch eine Barriere verschlossen.

»Weshalb suchen die Schwarzen hier keine Beute?«, brummte Conan. »Es hindert sie doch nichts daran, den Tempel zu betreten.«

Er spürte, wie Zabibi zitterte, als sie sich enger an ihn presste.

»Sie fürchten Totrasmek, wie alle in Zamboula ihn fürchten, selbst Jungir Khan und Nafertati. Komm! Komm schnell, ehe der Mut mich verlässt.«

Die Angst des Mädchens war unverkennbar, aber sie

zauderte nicht. Conan zog sein Schwert und schritt ihr voraus durch den Torbogen. Er kannte die entsetzlichen Überraschungen der Priester des Ostens und wusste, dass einen ungebetenen Besucher die schlimmsten Schrecken erwarten mochten, genau wie ihm durchaus klar war, dass möglicherweise weder er noch Zabibi den Tempel lebend verlassen würden. Aber viel zu oft schon hatte er sein Leben aufs Spiel gesetzt, um diesem Gedanken weiter nachzuhängen.

Sie betraten einen marmorgepflasterten Hof, der im Sternenschein weiß schimmerte. Ein breiter marmorner Treppenaufgang führte zu der Säulenhalle. Die beiden Flügel des Tempelportals standen weit offen, seit Jahrhunderten schon. Doch keine Gläubigen hielten sich im Innern auf. Während des Tages kamen vermutlich Anbeter, um ihre Opfergaben auf den schwarzen Altar des Affengottes zu legen. Aber des Nachts mieden die Menschen den Tempel wie Hasen das Nest einer Schlange.

Brennende Räucherschalen tauchten den Tempelraum in weiches, gespenstisches Glühen und vermittelten eine Illusion der Unwirklichkeit. In der Nähe der hinteren Wand, nur wenige Fuß vom Altar entfernt, saß der Gott, den Blick immerwährend auf das offene Portal gerichtet, durch das viele Jahrhunderte lang seine Opfer hereingezerrt worden waren. Eine flache Furche führte von der Schwelle des Tempels zum Altar. Als Conans Fuß sie spürte, zuckte er hastig zurück, als wäre er auf eine Schlange getreten. Die Füße einer Unzahl furchterfüllter Opfer, die schreiend auf dem schwarzen Altar ihr Leben aushauchen sollten, hatten sie geschaffen.

In dem gespenstischen Licht schien Hanuman die beiden Besucher mit seiner steinernen Maske anzustarren. Er saß nicht wie ein Affe, sondern wie ein Mensch, trotzdem wirkte er nicht weniger tierisch. Die Statue bestand aus schwarzem Marmor mit Rubinen als Augen. Rot und gierig funkelten sie, wie die Kohlen der tiefsten Hölle. Die mächtigen Pranken mit den nach oben gerichteten Handflächen ruhten in seinem Schoß, die krallenbewehrten Finger gekrümmt. Die abstoßende Betonung seiner Attribute und der gierige Hohn seiner satyrhaften Fratze verrieten den abscheulichen Zynismus des degenerierten Kultes, dessen Gottheit er war.

Das Mädchen schlich um die Statue herum zur hinteren Wand. Als sie dabei versehentlich gegen ein Marmorknie streifte, erschauderte sie wie bei der Berührung einer Schlange. Zwischen dem Rücken der Götzenfigur und der Marmorwand mit ihrem Fries aus goldenem Laub gab es einen Zwischenraum von mehreren Fuß. Links und rechts von der Statue befand sich in der Wand jeweils eine Elfenbeintür mit einem goldenen Torbogen.

»Diese beiden Türen«, erklärte Zabibi, »führen zu den zwei Enden eines Korridors in Hufeisenform. Ich war einmal im Innern des Schreines – einmal!« Unwillkürlich schüttelte sie sich bei der Erinnerung daran. »Totrasmeks Gemächer liegen im Innern dieses Hufeisens und haben Türen zu dem Korridor. Aber es gibt auch hier eine Pforte, eine Geheimtür, die direkt in einen seiner Räume führt.«

Suchend tastete sie die glatte Wand ab, die keinerlei Spalten oder Fugen aufwies. Conan stand mit dem Schwert in der Hand neben ihr und blickte sich wachsam um. Das Schweigen, die Leere des Tempels und seine Phantasie, die sich ausmalte, was hinter der Wand liegen mochte, ließen ihn sich wie ein Tier fühlen, das eine Falle beschnüffelt.

»Ah!« Das Mädchen hatte endlich den verborgenen Öffnungsmechanismus entdeckt und drückte darauf.

Gleich darauf tat sich absolute Schwärze vor ihnen auf. »Set!«, schrillte Zabibi plötzlich. Als Conan neben sie sprang, sah er, dass eine riesige missgestaltete Hand sie am Haar gepackt hatte und durch die Öffnung zog. Dem Cimmerier, der das Mädchen festhalten wollte, glitten die Finger von der nackten Gestalt ab. Gleich darauf war sie verschwunden, und die Wand war schwarz wie zuvor, doch dahinter hörte er die gedämpften Geräusche eines Kampfes, einen Schrei und ein leises Lachen, das ihm das Blut stocken ließ.

III

Schwarze Pranken

Mit einem wilden Fluch schlug der Cimmerier den Schwertknauf gegen die Wand. Marmor splitterte ab, und Risse durchzogen die Mauer. Aber die Geheimtür öffnete sich nicht. Zweifellos war sie von der anderen Seite verriegelt worden. Wütend wirbelte er herum und rannte zu einer der beiden Elfenbeintüren.

Er hob das Schwert, um die Füllungen einzuschlagen, aber vorsichtshalber versuchte er erst, sie mit der Linken zu öffnen. Tatsächlich – sie schwang mühelos auf. Er starrte auf einen langen, gebogenen Korridor, der vom gedämpften Licht ähnlicher Räucherschalen wie im Tempel nur schwach erhellt wurde. Der goldene Riegel auf der Innenseite der Tür fühlte sich warm an. Doch nur einem Mann, dessen Sinne denen eines Wolfes nahe kamen, wäre dies aufgefallen. Der Riegel war demnach vor nur wenigen Herzschlägen berührt, also geöffnet worden. Das Ganze nahm immer mehr die Form einer Falle mit frischem Köder an. Er hätte sich von vornherein denken können, dass Totrasmek sofort erführe, wenn jemand in den Tempel eindrang.

Betrat er den Korridor, würde er zweifellos geradewegs in die Falle geraten. Trotzdem zögerte Conan nicht. Irgendwo in diesen Gemächern wurde Zabibi gefangen gehalten, und nach allem, was er über die Hanumanpriester wusste, brauchte sie dringend Hilfe. Mit der Wachsamkeit und Sprungbereitschaft eine Panthers schlich Conan in den Korridor.

Zu seiner Linken befanden sich mehrere Elfenbeintüren. Er versuchte, sie der Reihe nach zu öffnen. Sie waren alle verschlossen. Nachdem er etwa fünfundsiebzig Fuß weit gekommen war, bog der Gang scharf nach links. Auch hier befand sich eine Tür, und sie ließ sich öffnen. Sie führte in ein breites quadratisches Gemach, das etwas heller als der Korridor beleuchtet war. Die Wände bestanden aus weißem Marmor, der Boden aus Elfenbein, die Decke war mit Silberfiligran überzogen. Conan sah Diwane, von kostbarem Satin bedeckt, mit Gold verzierte Elfenbeinschemel, einen runden Tisch aus schwerem metallähnlichem Material. Auf einem der Diwane lag ein Mann, die Augen der Tür zugewandt. Er lachte über den verdutzten Blick des Cimmeriers.

Von einem Lendenschurz und geschnürten Sandalen abgesehen, war der braunhäutige Mann nackt. Sein schwarzes Haar war sehr kurz geschnitten, und die dunklen Augen in dem breiten arroganten Gesicht wirkten ruhelos. Er war von titanischer Statur, mit ungeheuren Muskeln, die sich bei jeder Bewegung wie Schlangen wanden. Seine Hände waren die größten, die Conan je gesehen hatte. Und er war sichtlich von seinen Körperkräften und seiner Unschlagbarkeit überzeugt.

»Warum kommst du nicht herein, Barbar?«, erkundigte er sich spöttisch und machte eine übertrieben einladende Geste.

Conans Augen schwelten unheildrohend. Er trat wachsam in das Gemach, das blanke Schwert in der Hand.

»Wer, zum Teufel, bist du?«, fragte er.

»Ich bin Baal-pteor«, antwortete der Riese. »Vor langer Zeit, in einem anderen Land, kannte man mich unter einem anderen Namen. Aber Baal-pteor ist ein guter Name, und weshalb Totrasmek ihn mir gab, kann dir jede Tempeldienerin sagen.«

»Du bist also sein Wachhund!«, knurrte Conan. »Verflucht sei dein braunes Fell, Baal-pteor. Wo ist das Mädchen, das du durch die Wand gezogen hast?«

»Mein Herr vergnügt sich mit ihr«, erwiderte der Riese lachend. »Hörst du?«

Hinter einer zweiten Tür war ein gedämpfter Schrei – der einer Frau – zu hören.

»Verdammt!«, fluchte Conan und machte einen Schritt auf die Tür zu. Dann wirbelte er mit kribbelnder Haut herum. Baal-pteor lachte. Die Drohung, die in diesem Lachen erklang, stellte des Cimmeriers Nackenhärchen auf, und er sah rot vor Wut.

Die Knöchel seiner Schwerthand zeichneten sich weiß ab, als er auf den Riesen zustapfte. Mit einer schnellen Bewegung seiner braunen Pranke warf der Bursche ihm etwas zu – eine glänzende Kristallkugel, die in dem gespenstischen Licht glitzerte.

Instinktiv duckte sich Conan, aber wie durch ein Wunder hielt die Kugel mitten in der Luft an, ein paar Fuß von seinem Gesicht entfernt. Wie von unsichtbaren Fäden gehalten, blieb sie gut fünf Fuß über dem Boden hängen. Während der Cimmerier sie verblüfft betrachtete, begann sie sich mit wachsender Geschwindigkeit zu drehen. Und während sie sich drehte, schien sie größer und nebelhaft zu werden, bis sie scheinbar den ganzen Raum ausfüllte und ihn umhüllte. Die Zimmereinrichtung, das spöttische Gesicht Baal-pteors, die Wände – alles verschwand. Conan war in einem bläulichen Wirbel gefangen. Ein gewaltiger Sturm heulte an ihm vorbei, zerrte an ihm, versuchte ihn von den Füßen zu reißen und in einen Strudel zu ziehen.

Mit einem würgenden Schrei schwankte Conan rückwärts, taumelte, bis er die feste Wand in seinem Rücken spürte. Bei dieser Berührung hörte die Illusion auf. Die riesige wirbelnde Kugel löste sich auf wie eine Seifenblase. Conan richtete sich hoch auf, während graue Dunstschwaden sich um seine Beine kräuselten, und er sah, wie Baalpteor sich vor lautlosem Gelächter schüttelte.

»Sohn einer Hure!« Conan machte einen Satz auf ihn zu, doch da wallte der Dunst vom Boden auf und verhüllte die gigantische braune Gestalt. Während der Cimmerier in der blendenden, wallenden Wolke umhertastete, hatte er das Gefühl, an einen anderen Ort versetzt zu werden – und dann waren das quadratische Gemach, der Dunst und der braune Riese verschwunden. Er stand allein im hohen Schilf einer Marschlandschaft, und ein Büffel stürmte mit gesenktem Kopf auf ihn zu. Hastig sprang Conan aus der Gefahrenzone der säbelscharfen Hörner und stieß sein

Schwert hinter dem Vorderbein durch die Rippen ins Herz des Tieres. Und plötzlich war es nicht der Büffel, der im Schlamm sein Leben ließ, sondern der braunhäutige Baal-pteor. Mit wildem Fluch schlug ihm Conan den Kopf ab. Doch da erhob sich der Kopf vom Boden und schnappte mit mächtigen Hauern nach der Kehle des Cimmeriers. Die Zähne drangen in Conans Hals, und trotz seiner fast übermenschlichen Kraft gelang es ihm nicht, sie loszurei-ßen. Er keuchte, würgte und vernahm ein Rauschen und Brüllen; erneut war ihm, als würde er durch den Raum ge-rissen, und dann war er wiederum in dem quadratischen Gemach, wo Baal-pteor, den Kopf fest auf den Schultern, lachend auf seinem Diwan lag.

»Hypnose!«, murmelte Conan. Er duckte sich und presste die Zehen fest gegen den Marmorboden.

Seine Augen funkelten. Der braune Hund spielte mit ihm, machte sich über ihn lustig. Aber dieser Kinder-schreck, dieser Dunst, diese Illusionen konnten ihm nichts anhaben. Er brauchte nur zu springen und zuzu-schlagen, und schon war der braune Akolyth eine ver-stümmelte Leiche. Diesmal würde er sich nicht mehr von Unwirklichkeiten täuschen lassen – und trotzdem kam er nicht dagegen an.

Blutrünstiges Knurren erklang hinter ihm. Er wirbelte herum, und in der gleichen Bewegung noch hieb er auf den Panther ein, der auf dem Metalltisch kauerte, um ihn anzuspringen. Noch ehe die Klinge getroffen hatte, war die Erscheinung verschwunden, und das Schwert prallte klirrend von der harten Platte ab. Und da geschah wieder etwas Unnatürliches: Die Klinge klebte am Tisch fest. Alles Reißen half nichts, er bekam sie nicht frei. Das aller-dings war kein hypnotischer Trick. Der Tisch war ein rie-senhafter Magnet. Er packte den Griff mit beiden Händen, als ihn eine Stimme direkt hinter seiner Schulter herumwirbeln ließ. Er blickte geradewegs in das Gesicht des Braunen, der sich endlich von seinem Diwan erhoben hatte. Wie ein gigantischer Muskelprotz stand der etwas größere und bedeutend schwerere Baal-pteor nun vor Conan. Seine gewaltigen Arme waren ungewöhnlich lang, und seine Prankenhände öffneten und schlossen sich wie im Krampf. Conan ließ den Griff seines nutzlosen Schwertes los und beobachtete seinen Gegner schweigend durch verengte Augen.

»Deinen Kopf, Cimmerier!«, höhnte Baal-pteor. »Ich werde ihn mir mit bloßen Händen holen, ihn dir von den Schultern drehen wie den Kopf eines Huhnes. So bieten die Söhne Kosalas Yajur ihre Opfer dar. Barbar, sieh vor dir einen Würger von Yota-pong! In frühester Kindheit wählten mich die Priester Yajurs aus. Und von da an, bis ich erwachsen war, bildete man mich in der Kunst aus, mit bloßen Händen zu töten. Denn nur auf diese Weise werden die Opfer dargeboten. Yajur liebt Blut, und wir vergeuden nicht einen Tropfen. Als Kind gab man mir Säuglinge zum Würgen, als Knaben junge Mädchen, als jungem Burschen Frauen, alte Männer und Jungen. Erst als ich meine volle Reife erlangt hatte, gestattete man mir, starke Männer an Yota-pongs Altar zu töten.

Viele Jahre bot ich Yajur Opfer dar. Hunderte von Hälsen habe ich mit diesen meinen Fingern gebrochen.« Er fuchtelte mit ihnen vor Conans wütenden Augen herum. »Weshalb ich von Yota-pong floh, um Totrasmeks Diener zu werden, dürfte dich nicht interessieren. Bald wirst du ohnedies keine Neugier mehr verspüren. Die Priester Kosalas, die Würger von Yajur, sind über alle Maßen stark – und ich war stärker als jeder von ihnen. Mit meinen Händen, Barbar, werde ich dir den Kopf abdrehen!«

Und wie zuschnellende Zwillings-Kobras schlossen sich die gewaltigen Pranken um Conans Hals. Der Cimmerier machte keine Anstalten, ihnen auszuweichen oder sie abzuwehren. Stattdessen schossen seine eigenen Hände zu des Kosalers Stiernacken. Baal-pteors Augen weiteten sich, als er die mächtigen Muskelstränge spürte, die des Barbaren Kehle schützten. Mit einem wilden Knurren nahm er seine ganze übermenschliche Kraft zu Hilfe, sodass die Sehnen und Muskeln seiner Arme schier aus der Haut quollen. Und dann entrang sich ihm ein würgendes Keuchen, als Conans Finger sich um seine Kehle schlossen. Einen Augenblick standen beide Männer wie Statuen, die Gesichter zu starren Masken angespannt, und ihre Schläfenadern sprangen blau hervor. Conan zog die Lippen in einem fletschenden Grinsen von den Zähnen zurück. Baal-pteors Augen quollen aus den Höhlen, sie verrieten Staunen und den ersten Anflug von Angst. Immer noch standen beide wie aus Stein gemeißelt, nur die Muskeln an den starren Armen und gespreizten Beinen schwollen weiter an. Aber unter der fast reglosen Haltung kämpften Kräfte jenseits jeder Vorstellung – Kräfte, die Bäume entwurzeln und Ochsenschädel einschlagen konnten.

Der Atem schoss pfeifend durch Baal-pteors leicht geöffnete Lippen. Sein Gesicht lief bereits blau an. Die Furcht in seinen Augen wurde stärker. Die Muskeln und Sehnen seiner Arme drohten zu bersten, aber Conans Halsmuskeln gaben nicht nach. Sie fühlten sich unter den Fingern des Tempeldieners wie eine Masse geflochtener Eisenstricke an. Doch sein eigenes Fleisch gab unter den unerbittlichen Fingern des Cimmeriers nach, sie drangen immer tiefer in die nachgiebigen Halsmuskeln und drückten sie gegen Luftröhre und Halsschlagader.

Plötzlich endete die statuenhafte Unbeweglichkeit, als der Kosaler sich wand und sich zu lösen versuchte. Er gab Conans Kehle frei und griff nach dessen Handgelenken, um die unerbittlichen Finger loszureißen.

Da stieß der Cimmerier ihn zurück, sodass Baal-pteors Nacken auf den Metalltisch schlug, und drückte den Kopf über die Tischkante – tiefer, immer tiefer.

Jetzt war es Conan, der lachte – erbarmungslos, höhnisch, wie zuvor der andere.

»Du Narr«, sagte er leise. »Ich glaube, du bist bisher nie einem Mann aus dem Westen begegnet. Hieltst du dich für stark, weil du imstande warst, Stadtmenschen den Hals umzudrehen, bedauernswerten Schwächlingen mit Muskeln wie verrottende Stricke? Brich erst einem wilden cimmerischen Stier den Hals, ehe du dich stark nennst. Ich habe es fertig gebracht, noch ehe ich erwachsen war – so!«

Mit heftigem Ruck drehte er Baal-pteors Kopf, bis das Gesicht auf grauenvolle Weise über die linke Schulter blickte und die Wirbelsäule wie ein morscher Ast brach.

Conan warf die Leiche auf den Boden und wandte sich wieder seinem Schwert zu. Erneut packte er den Griff mit beiden Händen und stemmte die Füße gespreizt auf den Boden. Blut sickerte ihm über die breite Brust, aus den leichten Wunden, die des Kosalers Nägel in seinen Hals gebohrt hatten. Sein schwarzes Haar klebte am Kopf, Schweiß rann ihm übers Gesicht, und seine Brust hob und senkte sich heftig, denn trotz seiner spöttischen Worte über Baal-pteors Kraft hatte er in dem riesenhaften Kosaler einen fast ebenbürtigen Gegner gefunden. Doch ohne sich Zeit zum Verschnaufen zu nehmen, legte er seine ganze Kraft in die Hände und entriss dem Magneten das Schwert.

Einen Herzschlag später hatte er die Tür aufgerissen, hinter der der Schrei zu hören gewesen war. Er sah einen langen Korridor mit einer Reihe von Elfenbeintüren vor sich. Ein dicker Samtvorhang bildete das Ende des Ganges, und durch ihn drangen die teuflischen Klänge einer Musik, wie Conan sie noch nie zuvor gehört hatte, nicht einmal in Albträumen. Seine Nackenhaare sträubten sich. Vermischt mit der Musik war das keuchende, hysterische Schluchzen einer Frau zu vernehmen. Das blanke Schwert in der Rechten, eilte Conan auf leisen Sohlen den Gang entlang.

IV

TANZ, MÄDCHEN! TANZ!

ALS ZABIBI DURCH DIE ÖFFNUNG in der Wand hinter dem Götzenbild gerissen worden war, hatte sie sich schon tot gewähnt. Instinktiv schloss sie die Augen und wartete auf den vernichtenden Schlag, doch er kam nicht. Stattdessen fiel sie unsanft auf den Marmorboden, der ihr Knie und Hüfte aufschürfte. Als sie die Augen hob, sah sie einen braunhäutigen Riesen mit Lendentuch über sich stehen, und an einer Seite des Gemachs saß ein Mann auf einem Diwan, den Rücken einem dicken schwarzen

Samtvorhang zugewandt. Es war ein beleibter Mann mit feisten weißen Händen und Schlangenaugen. Ein Schauder rann ihr über den Rücken, denn es war Totrasmek, der Priester Hanumans, der seit Jahren sein widerliches Netz spann, um seine Macht zu erweitern.

»Der Barbar versucht sich seinen Weg durch die Wand zu schlagen«, bemerkte Totrasmek höhnisch, »aber der Riegel wird halten.«

Das Mädchen sah, dass ein schwerer Riegel vor die Geheimtür geschoben war, die von dieser Seite gut zu erkennen war. Riegel und Halterung sahen aus, als würden sie selbst dem Ansturm eines Elefanten standhalten.

»Geh, mach eine der Türen für ihn auf, Baal-pteor!«, befahl Totrasmek. »Töte ihn im quadratischen Raum am Ende des Korridors.«

Der Kosaler verbeugte sich und verließ das Gemach durch eine Tür in der Längswand. Zabibi erhob sich und blickte furchterfüllt auf den Priester, dessen Augen ihre liebreizende Figur zu verschlingen schienen. Dies störte sie nicht – eine zamboulinische Tänzerin war es gewohnt, ihre Nacktheit zu Markte zu tragen. Doch die Grausamkeit seiner Miene ließ sie erzittern.

»Wieder einmal lässt du dich in meinem Domizil sehen, meine Schöne«, sagte er zynisch. »Es ist mir eine unerwartete Ehre. Dabei schien mir, als hätte dich dein letzter Besuch nicht so recht erbaut, sodass ich gar nicht auf eine Wiederholung zu hoffen wagte. Dabei tat ich alles in meiner Macht Stehende, um dir ein interessantes Experiment zu bieten.«

Eine zamboulinische Tänzerin errötete nicht, wohl aber vermischte sich Wut mit Furcht in Zabibis geweiteten Augen.

»Fettes Schwein! Nicht aus Liebe zu dir kam ich hierher.«

»Nein!« Totrasmek lachte. »Wie eine Närrin kamst du durch die Nacht geschlichen, um mir von einem dummen Barbaren die Kehle durchschneiden zu lassen. Weshalb bist du auf mein Leben aus?«

»Das weißt du genau!«, rief sie, denn ihr war klar, dass es keinen Sinn hatte, sich zu verstellen.

»Du denkst an deinen Liebsten!« Wieder lachte er spöttisch. »Allein, dass du hier bist, um mich zu töten, beweist mir, dass er das Mittel zu sich nahm, das ich dir gab. Batest du denn nicht darum? Und sandte ich dir denn nicht das Gewünschte – aus reiner Liebe zu dir?«

»Ich ersuchte dich um ein Mittel, das ihn für ein paar Stunden in sanften Schlummer wiegt, ohne ihm zu schaden«, erwiderte sie bitter. »Und du ... du hast mir einen Diener mit einem Gift geschickt, das ihn in den Wahnsinn trieb! Ja, ich war eine Törin, weil ich dir traute. Ich hätte dich durchschauen, hätte wissen müssen, dass deine Freundschaftsbeteuerungen Lüge und nichts als eine Tarnung für deinen Hass und Groll waren.«

»Weshalb wolltest du überhaupt, dass dein Liebster so tief schläft?«, entgegnete er. »Doch nur, damit du ihm das Einzige stehlen könntest, was er dir nie freiwillig gäbe – den Ring mit dem Stein, den man den Stern von Khorala nennt. Er wurde der Königin von Ophir gestohlen, und sie würde für seine Rückgabe eine ganze Kammer voll Gold zahlen. Und du kennst ja den Grund, weshalb dein Liebster ihn dir als Einziges versagt. Er weiß, dass dieser Stein einen Zauber ausübt, der, richtig angewandt, das Herz eines jedweden des anderen Geschlechts zu versklaven vermag. Du wolltest ihm den Ring stehlen, weil du befürchtetest, seine Magier könnten den Schlüssel zu dem Zauber entdecken, und er vergäße dich schließlich über seinen Eroberungen aller Königinnen dieser Welt.

Du möchtest den Ring an die Königin von Ophir verkaufen, die ihn zu benutzen weiß und mich damit wieder versklaven würde, wie sie es getan hatte, ehe ihr das Kleinod gestohlen wurde.«

»Und weshalb wolltest *du* ihn?«, fragte sie bedrückt.

»Ich verstehe mit seinen Kräften umzugehen, sie würden meine Macht verstärken.«

»Nun hast du ihn ja!«, fauchte sie.

»*Ich* soll den Stern von Khorala haben? Du irrst dich!«

»Weshalb machst du dir noch die Mühe, mich zu belügen?«, fragte sie bitter. »Mein Liebster trug den Ring am Finger, als er mich auf der Straße verfolgte, doch er hatte ihn nicht mehr, als ich ihn wiedersah. Dein Diener muss das Haus bewacht und ihm den Ring abgenommen haben, nachdem ich weg war. Zum Teufel damit, behalt ihn ruhig! Ich möchte nur meinen Liebsten gesund und mit klarem Verstand zurück. Du hast uns beide genug bestraft. Befreie ihn von seinem Wahnsinn. Das kannst du doch!«

»Ich könnte es«, antwortete er. Er genoss ihre Verzweiflung sichtlich. Überlegend holte er ein Fläschchen aus seinem wallenden Gewand. »Dies hier enthält den Saft des goldenen Lotus. Bekäme dein Liebster ihn zu trinken, würde er wieder er selbst werden. Ja, ich will gnädig sein. Du und dein Liebster, ihr habt euch gegen mich gewandt, mich verächtlich gemacht, und das nicht nur einmal. Ständig widersetzte er sich meinen Wünschen. Aber ich werde trotzdem gnädig sein. Komm, hol dir das Fläschchen aus meiner Hand!«

Zitternd vor Verlangen starrte sie Totrasmek an, aber sie befürchtete, er triebe nur seinen grausamen Scherz mit ihr. Wachsam näherte sie sich ihm, streckte eine Hand aus. Da lachte er herzlos und brachte das Fläschchen hinter seinem Rücken in Sicherheit. Während ihre Lippen sich öffneten, um ihn zu verfluchen, richtete sie aus einem Instinkt heraus ihre Augen nach oben. Von der vergoldeten Zimmerdecke fielen vier jadefarbene Gefäße herab. Rasch wich sie ihnen aus, aber sie hätten sie nicht getroffen. Sie schlugen auf dem Boden auf und bildeten die vier Ecken eines Quadrats. Sie schrie gellend, als sie sah, dass aus jedem der zerschmetterten Gefäße eine Kobra den Kopf hob. Die Schlange, der sie am nächsten stand, ringelte sich auf ihre nackten Beine zu. Zabibi sprang zur Seite, doch brachte sie das in bedrohliche Nähe der zweiten Kobra. Und wieder musste sie weghüpfen, um den zustoßenden Giftzähnen zu entgehen.

Sie war in einer schrecklichen Falle gefangen. Alle vier Kobras wiegten sich und stießen nach ihren Füßen, Knöcheln, Waden, Knien, Oberschenkeln und Hüften, was immer ihnen am nächsten war. Und es war unmöglich, über die Schlangen zu springen oder zwischen ihnen hindurchzuschlüpfen, um sich in Sicherheit zu bringen. So konnte sie sich nur drehen und zur Seite hüpfen. Sie verrenkte sich fast die Glieder, um ihnen zu entgehen. Doch jedes Mal, wenn sie einer auswich, kam sie einer anderen zu nahe, sodass sie sich mit unvorstellbarer Flinkheit bewegen musste, und dazu blieb ihr in jeder Richtung nur wenig Raum. Ständig bedrohten sie die keilförmigen Schlangenschädel. Nur eine Tänzerin von Zamboula konnte überhaupt so lange in diesem schrecklichen Quadrat überleben.

Zabibi tanzte wie nie zuvor. In ihrer Schnelligkeit wirkten ihre Bewegungen für einen Zuschauer verschwommen. Die zustoßenden Köpfe verfehlten sie nur um Haaresbreite, aber sie verfehlten sie, während sie ihre wirbelnden Beine und scharfen Augen gegen die blitzartige Geschwindigkeit der beschuppten Dämonen einsetzte, die ihr Feind aus der leeren Luft beschworen hatte.

Irgendwo erhob sich eine dünne, wimmernde Musik, die sich mit dem Zischen der Schlangen mischte; sie erinnerte an den Nachtwind, der durch die leeren Augenhöhlen eines Totenschädels pfeift. Selbst in ihrer rastlosen Behendigkeit erkannte Zabibi, dass die Schlangen nicht länger aufs Geratewohl zustießen. Sie gehorchten den grässlichen Klängen der gespenstischen Musik. In schrecklichem Rhythmus schnellten sie auf sie zu, und zwangsweise passte auch ihr wirbelnder Körper sich ihrem Rhythmus an. Ihre verzweifelten Bewegungen wurden zu einem Tanz, mit dem verglichen selbst die wildeste Tarantella Zamoras gemessen gewirkt hätte. Voller Scham und Furcht hörte Zabibi das verhasste Gelächter ihres erbarmungslosen Peinigers.

»Der Tanz der Kobras, meine Schöne!«, rief Totrasmek höhnisch. »So tanzten vor Jahrhunderten die Jungfrauen im Opferritual vor Hanuman – doch an Schönheit und Geschmeidigkeit übertriffst du sie bei Weitem. Tanze, Mädchen! Tanze! Wie lange wird es dir noch gelingen, den Fängen der Giftigen zu entgehen? Allmählich wirst du ermüden. Deine behenden sicheren Füße werden stolpern, deine Beine nachgeben, deine Hüften sich langsamer wiegen. Und dann stoßen die Zähne in dein weiches Fleisch ...«

Der Vorhang hinter ihm bewegte sich plötzlich wie unter einer heftigen Bö – und Totrasmek schrie gellend. Seine Augen weiteten sich, und seine Hände griffen zuckend nach der Klinge, die plötzlich aus seiner Brust gedrungen war.

Die Musik erstarb. Das Mädchen schwankte vor Schwindel und schrie in Erwartung der tödlichen Fänge – doch da kräuselten nur noch vier harmlose Rauchschwaden vom Boden empor, während Totrasmek kopfüber vom Diwan fiel.

Conan trat hinter dem Vorhang hervor und wischte seine blutige Klinge ab. Hinter dem Stoff versteckt, hatte er das Mädchen verzweifelt zwischen den Rauchschwaden tanzen sehen, aber es war ihm klar gewesen, dass Zabibi sie als etwas ganz anderes sah. Da wusste er, dass er Totrasmek sofort töten musste.

Zabibi sank schwer atmend zu Boden, doch hastig erhob sie sich wieder, obgleich ihre Beine vor Erschöpfung bebten.

»Das Fläschchen«, keuchte sie. »Das Fläschchen!«

Totrasmek hielt es noch in seiner erstarrenden Hand. Ohne Zaudern entriss sie es seinen verkrampften Fingern und durchwühlte verzweifelt seine Kleidung.

»Was suchst du?«, fragte der Cimmerier.

»Einen Ring – er stahl ihn von Alafdhal. Er muss ihn an sich gebracht haben, während mein Liebster in seinem Wahn durch die Straßen streifte. Sets Teufel!«

Sie hatte sich überzeugt, dass der Priester ihn nicht bei sich trug. Und so fing sie an, das Gemach zu durchsuchen, zerriss den Diwanbezug und den doppelten Stoff der Vorhänge und schaute in alle Gefäße.

Schließlich hielt sie inne und strich eine feuchte Locke aus der Stirn.

»Ich vergaß Baal-pteor!«, murmelte sie.

»Er befindet sich mit gebrochenem Hals in der Hölle«, beruhigte Conan sie.

Sie verlieh ihrer Freude darüber lautstark Ausdruck, doch gleich darauf stieß sie sehr unmädchenhafte Verwünschungen aus.

»Wir können nicht hierbleiben. Das Morgengrauen

dürfte nicht mehr allzu fern sein, die Zeit, da die Unterpriester in den Tempel kommen. Wenn man uns hier mit den Leichen entdeckt, reißt uns das Volk in Stücke, da können auch die Turaner uns nicht helfen.«

Sie hob den Riegel der Geheimtür zum Tempelraum, und kurz darauf waren sie auf der Straße und entfernten sich eilig von dem leeren Platz mit dem Tempel, der an ein kauerndes Raubtier erinnerte.

In einer der nächsten Gassen blieb Conan stehen und legte seine schwere Hand auf die nackte Schulter seiner Begleiterin.

»Vergiss nicht – du hast mir etwas versprochen ...«

»Ich habe es nicht vergessen!« Sie befreite sich aus seinem Griff. »Aber zuerst müssen wir nach ... nach Alafdhal sehen.«

Bald danach öffnete der schwarze Sklave das Tor für sie. Der junge Turaner lag noch mit gebundenen Armen und Beinen auf dem Diwan. Er hatte die Augen geöffnet, und der Wahnsinn in ihnen war unverkennbar. Schaum stand ihm auf den Lippen. Zabibi schauderte.

»Öffne ihm den Mund«, bat sie Conan, und er tat es.

Das Mädchen leerte das Fläschchen in die Kehle des Besessenen. Die Wirkung war wundersam. Sofort beruhigte sich der Kranke. Die Augen verloren den irren Blick. Er schaute verwirrt zu Zabibi auf, aber es war offensichtlich, dass er sie erkannte. Plötzlich schlief er ein.

»Wenn er erwacht, wird er wieder völlig normal sein«, wisperte sie und gab dem stummen Sklaven einen Wink.

Mit einer tiefen Verbeugung überreichte er ihr einen kleinen Lederbeutel und legte ihr einen Seidenumhang über die Schultern. Ihr Benehmen hatte sich verändert, als sie Conan bat, ihr aus dem Gemach zu folgen.

In einem Torbogen, der zur Straße führte, wandte sie

sich ihm zu und richtete sich in einer neuen majestätischen Haltung auf.

»Ich muss dir jetzt die Wahrheit gestehen«, sagte sie. »Ich bin nicht Zabibi, ich bin Nafertati. Und er ist nicht Alafdhal, ein kleiner Hauptmann der Wache, sondern Jungir Khan, der Satrap von Zamboula.«

Conan schwieg, sein narbiges dunkles Gesicht war unbewegt.

»Ich belog dich, weil ich es nicht wagte, irgendjemandem die Wahrheit zu erzählen. Wir waren allein, als Jungir Khan dem Wahnsinn verfiel. Niemand wusste es außer mir. Wäre bekannt geworden, dass der Statthalter von Zamboula verrückt geworden ist, hätte es sofort Aufruhr und Revolution gegeben, so wie Totrasmek, der auf unsere Vernichtung hinarbeitete, es geplant hatte.

Du verstehst jetzt also sicher, dass ich dir nicht die Belohnung geben kann, die du dir erwartet hast. Die Konkubine des Satrapen ist nicht ... kann nicht die deine sein. Bitte nimm diesen Beutel mit Gold.«

Sie reichte ihm das Ledersäckchen, das sie sich von dem Sklaven hatte geben lassen.

»Geh jetzt. Und wenn die Sonne am Himmel steht, dann komm zum Palast. Ich werde dafür sorgen, dass Jungir Khan dich zum Hauptmann seiner Wache macht. Doch insgeheim wirst du deine Befehle von mir annehmen. Dein erster Auftrag ist, mit einem Trupp zum Tempel Hanumans zu marschieren, angeblich, um nach Spuren des Mörders zu suchen. In Wirklichkeit aber, um den Stern von Khorala zu finden. Er muss irgendwo in den Gemächern Totrasmeks versteckt sein. Wenn du ihn hast, bring ihn zu mir. Du hast meine Erlaubnis, jetzt zu gehen.«

Der Cimmerier nickte und schritt von dannen. Das

Mädchen blickte ihm nach. Es ärgerte sie ein wenig, weil nichts an seiner Haltung verriet, dass er wütend über ihr Benehmen war.

Als er um eine Ecke gebogen war, warf er einen Blick über die Schulter. Dann änderte er die Richtung und beschleunigte seinen Schritt. Kurze Zeit später hatte er den Stadtteil erreicht, in dem sich der Pferdemarkt befand. Dort hämmerte er an eine Tür, bis aus einem Fenster ein bärtiger Mann schaute und erbost nach dem Grund der Störung fragte.

»Ich brauche ein Pferd«, erklärte Conan. »Das flinkste, das Ihr habt.«

»Ich öffne des Nachts mein Tor nicht«, brummte der Rosshändler.

Conan ließ die Münzen im Beutel klingeln.

»Sohn eines Hundes!«, fluchte er. »Verdammt, seht Ihr denn nicht, dass ich weiß bin und allein? Kommt herunter, ehe ich Euch das Tor einschlage!«

Kurz darauf ritt Conan auf einem Fuchshengst zum Haus von Aram Baksh.

Er bog von der Straße in den Weg, der zwischen der Herberge und dem Palmenhain lag, doch hielt er am Tor nicht an. Er ritt zur Nordostecke der Mauer, dann an der Nordseite weiter bis kurz vor die Nordwestecke. Hier wuchsen zwar keine Bäume in Mauernähe, wohl aber ein paar hohe Büsche. Er band sein Pferd fest und wollte gerade auf den Sattel steigen, als er murmelnde Stimmen hörte.

Er nahm den Fuß wieder aus dem Steigbügel und schlich zur Ecke, um sich umzusehen. Drei Männer schritten auf der Straße in Richtung Palmenhain dahin. Ihrer Haltung nach waren es Neger. Sie blieben stehen, als er sie leise anrief, und drückten sich beim Anblick seines im Mondschein schimmernden Schwertes aneinander. Die Gier nach Menschenfleisch stand in ihre Augen geschrieben, aber sie wussten auch, dass sie mit ihren drei Keulen nicht gegen seine mächtige Klinge ankamen, und Conan wusste es ebenfalls.

»Wohin geht ihr?«, fragte er sie.

»Zu unseren Brüdern, um ihnen zu sagen, dass sie das Feuer in der Grube löschen können«, war die missmutige Antwort. »Aram Baksh versprach uns einen Mann, aber er log. Wir fanden einen Bruder tot im Fallengemach. Wir werden heute Nacht hungrig nach Hause gehen müssen.«

»Das glaube ich nicht.« Conan lächelte. »Aram Baksh wird euch einen Mann geben. Seht ihr diese Tür?«

Er deutete auf ein kleines eisenbeschlagenes Portal in der Mitte der Westmauer.

»Wartet dort. Ihr werdet einen Mann bekommen.«

Wachsam zog Conan sich aus der Reichweite der Keulen zurück, dann bog er um die Ecke. Bei seinem Pferd angelangt, vergewisserte er sich, dass die Schwarzen ihm nicht heimlich nachgeschlichen waren. Dann kletterte er auf den Sattel, beruhigte den Hengst und richtete sich auf, um nach der Mauerkrone zu greifen, zu der er sich hochzog. Er blickte sich kurz um. Die Herberge stand an der Südwestecke der Umzäunung, den Rest nahmen Haine und Gärten ein. Zu sehen war niemand. Das Haus war dunkel und still, und er wusste, dass alle Türen und Fenster geschlossen und verriegelt waren.

Er wusste auch, dass Aram Baksh in einem Zimmer schlief, das auf den zypressenumsäumten Pfad zur Tür in der Westmauer führte. Wie ein Schatten glitt er zwischen den Bäumen hindurch, und wenige Augenblicke später klopfte er leise an die Tür des Gemachs.

»Was ist los?«, erkundigte sich eine schläfrige Stimme.

»Aram Baksh!«, zischte Conan. »Die Schwarzen kommen über die Mauer!«

In Herzschlagschnelle öffnete sich die Tür. Mit nichts als einem Hemd angetan, stand der Wirt mit einem Dolch auf der Schwelle.

Er streckte den Hals aus, um den Warner sehen zu können.

»Was ist das für eine ... *Ihr!*«

Conans Finger würgten seinen Schrei ab. Ineinander verschlungen stürzten die Männer zu Boden, und der Cimmerier entriss seinem Feind das Messer. Die Klinge blitzte im Sternenlicht, Blut spritzte. Grauenvolle Geräusche entrangen sich den Lippen, aus denen Blut quoll. Conan riss Aram Baksh auf die Beine, und wieder tat der Dolch sein Werk. Ein großer Teil des Bartes fiel auf den Boden.

Seinen Gefangenen an der Kehle packend – denn auch ohne oder nur mit halber Zunge kann ein Mann schreien –, stapfte Conan den von Zypressen beschatteten Pfad entlang zur eisenbeschlagenen Tür in der Außenmauer. Mit einer Hand hob er den Riegel, riss die Tür auf und warf den Wirt in die Arme der wartenden schwarzen Aasgeier.

Ein schrecklicher, vom eigenen Blut abgewürgter Schrei entrang sich des Zamboulaners Kehle, doch in der stillen Herberge rührte sich niemand. Die Menschen dort waren an Schreie außerhalb der Mauer gewöhnt. Aram Baksh wehrte sich wie ein Wahnsinniger, und seine angstverzerrten Augen flehten verzweifelt um Conans Beistand, doch er las kein Erbarmen im Gesicht des Cimmeriers. Conan dachte an die vielen bedauernswerten Menschen, die ein Opfer der Habgier dieses Burschen geworden waren.

Zufrieden zerrten die Neger ihn die Straße entlang und spotteten über seine unverständlichen Laute. Wie sollten sie auch in der halb nackten, blutigen Gestalt mit dem seltsam gestutzten Bart Aram Baksh erkennen? Conan blickte der kleinen Gruppe nach, bis sie zwischen den Palmen verschwunden war. Dann schloss er die Tür hinter sich, kehrte zu seinem Pferd zurück und ritt westwärts, der offenen Wüste entgegen. Um den finsteren Palmenhain machte er einen weiten Bogen.

Nach einer Weile holte er aus seinem Gürtel einen Ring, dessen funkelnder Stein die Sterne geradezu erblassen ließ. Er hielt ihn hoch, um ihn zu bewundern, und drehte ihn nach allen Seiten. Das Gold im Beutel klingelte angenehm am Sattelknauf, als verspräche es ihm noch größeren Reichtum.

»Wie gut, dass ich die beiden sofort erkannte und wusste, dass es Nafertati und Jungir Khan waren!«, murmelte er. »Auch den Stern von Khorala erkannte ich sofort. Sie wird toben, falls sie je dahinterkommt, dass ich ihn Jungir Khan vom Finger nahm, als ich ihn mit seinem Schwertgürtel band. Aber erwischen können sie mich nicht, nicht mit meinem Vorsprung!«

Er blickte zurück auf den schattendunklen Palmenhain, aus dessen Mitte ein roter Schein wuchs. Ein Gesang erhob sich zu den Sternen, aus dem wilde Befriedigung klang. Ein grässlicher Laut mischte sich darunter, eine verzweifelt schreiende Stimme, die keiner Worte mehr fähig war. Eine Weile verfolgten diese Geräusche Conan noch, während er weiter westwärts ritt.

AUS DEN KATAKOMBEN

I

DER SCHÄDEL AUF DEM FELSEN

DIE FRAU IM SATTEL zügelte ihr müdes Pferd. Mit hängendem Kopf und weit gespreizten Beinen stand es da, als wäre ihm selbst das rote Lederzaumzeug mit den Goldtroddeln zu schwer. Die Frau zog den gestiefelten Fuß aus dem silbernen Steigbügel und schwang sich aus dem goldverzierten Sattel. Sie befestigte den Zügel an der Astgabel eines jungen Baumes, dann stemmte sie die Hände in die Hüften und sah sich um.

Die Gegend hier war nicht sehr einladend. Gigantische Bäume umzingelten wie Wachtposten den kleinen Teich, aus dem ihr Pferd gerade getrunken hatte. Das Buschwerk unter dem düsteren Zwielicht der ineinander verschlungenen Zweige schränkte die Sicht ein. Die festen Schultern der Frau zuckten in unwillkürlichem Frösteln. Verärgert fluchte sie.

Hochgewachsen war sie, mit vollem Busen und langen Beinen. Ihre geschmeidige Gestalt strahlte ungewöhnliche Kraft aus, ohne dass dies jedoch den Reiz ihrer Weiblichkeit gemindert hätte. Ja, trotz ihrer Haltung und Kleidung war sie ganz Frau. Sie trug ein seidenes, pludriges Beinkleid, das etwa eine Handbreit über den Knien endete und von einer breiten, als Gürtel dienenden Seidenschärpe gehalten wurde. Die Stiefel aus weichem Leder mit weiten Schäften reichten bis kurz unter die Knie. Ein am Hals offenes Hemd mit breitem Kragen und bauschigen Ärmeln vervollständigte ihre Kleidung. An einer wohlgeformten Hüfte hing ein gerades, zweischneidiges Schwert und an der anderen ein langer Dolch. Ihr widerspenstiges Goldhaar, das in Schulterhöhe gerade geschnitten war, hielt ein Band aus rotem Satin zusammen.

Gegen den Hintergrund des düsteren, wuchernden Waldes gab sie ungewollt ein bizarres, nicht recht stimmiges Bild ab. Das weite Meer, hohe Masten und flatternde Möwen als Hintergrund hätten besser gepasst, denn ihre Augen waren von der Farbe der See. Und so war es auch richtig, denn sie war Valeria von der Roten Bruderschaft, und sie hatte sich einen Namen gemacht. Wo immer Seeleute sich trafen, machten Geschichten und Balladen über sie die Runde.

Sie bemühte sich, durch das stumpfgrüne Dach der Äste den Himmel zu erspähen, der ja schließlich darüber sein musste, doch vergebens. Mit einem leisen Fluch gab sie es auf.

Das Pferd ließ sie an der Astgabel angebunden, während sie ostwärts stapfte und hin und wieder zum Teich zurückblickte, um sich der Richtung zu vergewissern. Die Stille des Waldes bedrückte sie. Keine Vögel sangen in den hohen Zweigen, und kein Rascheln im Unterholz verriet die Anwesenheit des üblichen kleinen Waldgetiers. Meilenweit war sie nun schon durch diese brütende Stille geritten.

Am Teich hatte sie ihren Durst gestillt, doch jetzt begann der Hunger sie zu quälen. Sie hielt Ausschau nach Früchten, denn seit sie den kargen Proviant in ihren Satteltaschen verzehrt hatte, waren Früchte ihre einzige Nahrung gewesen.

Vor sich sah sie nach einer Weile Felsen, der sich zerklüftet zwischen den Bäumen erhob. Sein Gipfel war zwischen den dicht belaubten Baumkronen nicht zu sehen. Möglicherweise ragte er darüber hinaus – und wenn sie ihn erklomm, konnte sie vielleicht erkennen, was jenseits dieses Waldes lag, durch den sie nun schon so viele Tage geritten war – falls er nicht endlos weiterführte.

Eine natürliche Rampe zog sich schräg die steile Felswand hoch. Sie folgte ihr, und nachdem sie etwa fünfzig Fuß weit gekommen war, erreichte sie den Laubgürtel, mit dem die Bäume den Felsen umgaben. Die Stämme selbst waren ihm nicht sehr nah, doch die Enden der unteren Zweige stießen gegen ihn und verhüllten ihn mit ihren Blättern. Sie tastete sich durch dieses Laubhindernis, und eine Weile konnte sie weder unter noch über sich etwas erkennen, bis sie endlich blauen Himmel erspähte. Kurz darauf tauchte sie ins Freie – in heißen Sonnenschein –, und unter ihr erstreckte sich das Laubdach.

Sie stand auf einem breiten Sims, der sich in etwa gleicher Höhe mit den Baumwipfeln befand, und von hier ragte wie ein Spitzturm der Gipfel des Felsens in die Höhe. Doch nicht ihm widmete sie ihre Aufmerksamkeit. In dem Teppich verwelkter und verrottender Blätter war ihr Fuß gegen etwas Hartes gestoßen. Sie schob das Laub zur Seite und legte so das Gerippe eines Menschen frei. Erfahrenen Blickes studierte sie das ausgeblichene Skelett. Es wies keine gebrochenen Knochen auf, und auch sonst keinerlei Spuren von Gewalt. Der Mann musste eines natürlichen Todes gestorben sein. Doch sie konnte sich nicht vorstellen, weshalb jemand einen kahlen Felsen erklomm, um hier auf sein Ende zu warten.

Sie kletterte die spitzturmähnliche Felszacke hoch und schaute nach allen Seiten bis zum Horizont. Das Walddach, das von hier wie dumpfgrüner Erdboden aussah, war von oben genauso undurchdringlich für das Auge wie von unten. Nicht einmal den Teich vermochte sie zu sehen, an dem sie ihr Pferd zurückgelassen hatte. Sie blickte nordwärts, in die Richtung, aus der sie gekommen war, doch sie sah nichts als ein leicht bewegtes Meer grüner Kronen und einen vagen blauen Strich weit in der Ferne, die Gebirgskette, die sie vor Tagen überquert hatte, ehe der Wald sie verschlang.

Im Osten und Westen fehlte lediglich der bläuliche Strich, doch ansonsten bot sich ihr genau die gleiche Aussicht. Erst als sie sich südwärts wandte, erstarrte sie und hielt den Atem an. Etwa eine Meile in dieser Richtung lichtete sich der Wald und machte abrupt einer mit Kakteen übersäten Ebene Platz. Und inmitten dieser Wüste erhoben sich die Mauern und Türme einer Stadt. Valeria fluchte erstaunt. Es fiel ihr schwer, ihren Augen zu trauen. Über den Anblick einer menschlichen Siedlung jeder anderen Art – bienenstockähnliche Hütten der Schwarzen oder Felsbehausungen der geheimnisumwitterten braunen Rasse, die der Legende nach in diesem unerforschten Gebiet leben sollte – hätte sie nicht weiter gestaunt. Aber viele Wochenmärsche vom nächsten Vorposten der Zivilisation entfernt auf eine befestigte Stadt zu stoßen, war doch allzu verwunderlich.

Ihre um die Felszacke geklammerten Hände begannen zu schmerzen, also ließ sie sich wieder auf den Sims hinab und runzelte unentschlossen die Stirn. Von weit her war sie gekommen – aus dem Söldnerlager nahe der Grenzstadt Sukhmet mitten im ebenen Grasland, wo wilde Abenteurer vieler Rassen die stygische Grenze gegen Horden von Plünderern bewachten, die manchmal wie rote Wogen von Darfar hereinbrandeten. Ihre Flucht hatte sie blindlings in ein Land gehetzt, über das sie nichts wusste. Und nun kämpfte der Wunsch, direkt zu dieser Stadt in der Ebene zu reiten, gegen ihren Instinkt, der ihr zur Vorsicht riet und sie mahnte, einen weiten Bogen um diese Stadt zu machen und ihre einsame Flucht fortzusetzen.

Das Rascheln von Blättern unter ihr riss sie aus ihren Gedanken. Wie eine Katze wirbelte sie herum und griff nach ihrem Schwert, doch dann blieb sie ruhig stehen und blickte auf den Mann vor sich.

Er war fast ein Riese von Wuchs, mit geschmeidig spielenden Muskeln unter der sonnengebräunten Haut. Seine Kleidung unterschied sich nicht sehr von ihrer, nur trug er statt einer Schärpe um die Taille einen breiten Ledergürtel, an dem Breitschwert und Dolch hingen.

»Conan, der Cimmerier!«, rief die Frau. »Was machst *du* auf meiner Fährte?«

Der Barbar grinste, und wildes Feuer, wie jede Frau es verstehen musste, brannte in seinen Augen, die über ihre vollendete Figur wanderten und kurz auf dem das Hemd straffenden Busen und der weißen Haut zwischen Pluderhosen und Stiefelschäften hängen blieben.

»Kannst du dir das denn nicht denken?«, fragte er lachend. »Gab ich meiner Bewunderung für dich nicht deutlich genug Ausdruck, seit ich dich zum ersten Mal sah?«

»Bei einem Zuchthengst wäre es nicht offensichtlicher gewesen«, antwortete sie verächtlich. »Doch nie hätte ich erwartet, dich so fern der Fleischtöpfe und Bierfässer Sukhmets wiederzusehen. Bist du mir wirklich aus Zarallos Lager gefolgt, oder hat man dich aus dem Lager gepeitscht, weil man erkannte, was du für ein Gauner bist?«

Er lachte über ihre Unverschämtheit und spannte die mächtigen Armmuskeln.

»Du weißt genau, dass Zarallo gar nicht genügend Buben zusammenbrächte, um mich aus dem Lager zu peitschen«, sagte er grinsend. »Natürlich bin ich dir gefolgt. Und zu deinem Glück, Mädchen. Indem du den Stygier erdolcht hast, brachtest du dich um Zarallos Gunst und Schutz und wirst nun von den Stygiern als Verbrecherin gesucht.«

»Das weiß ich alles«, erwiderte sie stumpf. »Aber was hätte ich denn tun sollen? Du weißt doch, wie es dazu kam.«

»Sicher«, antwortete Conan. »Wäre ich dabei gewesen, hätte ich ihn selbst erstochen. Aber wenn eine Frau schon in einem Kriegslager mit Männern haust, muss sie mit dergleichen rechnen.«

Valeria stampfte heftig auf und fluchte.

»Warum können Männer mich nicht leben lassen wie ihre männlichen Kameraden?«

»Das dürfte ja offensichtlich sein!« Wieder brannten seine Augen vor Bewunderung. »Aber es war klug von dir zu fliehen. Die Stygier hätten dir bei lebendigem Leib

die Haut abziehen lassen. Der Bruder des Offiziers folgte dir, zweifellos schneller als du dachtest. Er war gar nicht weit hinter dir, als ich ihn einholte. Und sein Pferd war schneller als deines. Noch ein paar Meilen, und er hätte dich erwischt und dir die Kehle durchgeschnitten.«
»Und?«, fragte sie.
»Und was?«
»Was ist mit dem Stygier?«
»Na, was glaubst du wohl?«, entgegnete er ungeduldig. »Ich habe ihn natürlich getötet und den Geiern zum Fraß überlassen. Das hielt mich allerdings auf, und ich hätte fast deine Spur verloren, als du durch das felsige Vorgebirge geritten bist – sonst hätte ich dich schon längst eingeholt.«
»Und jetzt bildest du dir wohl ein, du könntest mich zu Zarallos Lager zurückschleppen?«, erkundigte sie sich höhnisch.
»Du redest daher wie eine Närrin«, knurrte Conan. »Komm, leg dein Wildkatzenbenehmen bei mir ab. Ich bin nicht wie dieser Stygier, den du erdolcht hast, und das weißt du auch.«
»Ja, ein Vagabund bist du mit leeren Taschen.«
Er lachte herzhaft. »Und was bist du? Du hast ja nicht einmal ein Kupferstück, dass du dir einen Flicken für deine durchgescheuerte Hose kaufen könntest. Deine Verachtung täuscht mich nicht. Du weißt, dass ich größere Schiffe und mehr Männer befehligt habe als du in deinem ganzen Leben. Und dass meine Taschen leer sind – nun, das sind sie bei einem echten Abenteurer fast immer. Ich habe in den großen Seehäfen genug Gold gelassen, um eine Galeone zu füllen. Auch das dürfte dir bekannt sein!«
»Und wo sind jetzt deine feinen Schiffe und die kühnen Männer, die du befehligt hast?«, fragte sie spöttisch.

»Zum größten Teil auf dem Meeresgrund«, antwortete er grinsend. »Die Zingarier versenkten mein letztes Schiff an der Küste Shems – deshalb schloss ich mich Zarallos Freien Getreuen an. Aber als wir zur Grenze von Darfar marschierten, sah ich, dass das kein Leben für mich war. Niedriger Sold, saurer Wein – ganz abgesehen davon, dass ich mir nichts aus schwarzen Frauen mache. Und nur sie kamen in unser Lager in Sukhmet – mit Ringen in der Nase und zugefeilten Zähnen – pah! Warum hast du dich eigentlich Zarallo angeschlossen? Vom Meer nach Sukhmet ist es ein weiter Weg.«

»Der Rote Ortho wollte mich zu seiner Konkubine machen«, antwortete sie mürrisch. »Ich sprang eines Nachts über Bord und schwamm an Land, als wir in Küstennähe ankerten – unweit von Zabhela an der Küste Kushs war es. Dort erzählte ein shemitischer Kaufmann, dass Zarallo mit seinen Freien Getreuen südwärts gekommen war, um die darfarische Grenze zu bewachen. Was hätte sich mir Besseres bieten können? Ich nahm die nächste ostwärts ziehende Karawane und erreichte schließlich Sukhmet.«

»Es war reiner Wahnsinn, dass du südwärts geflohen bist«, bemerkte Conan. »Aber andererseits auch klug, denn Zarallos Patrouillen kamen überhaupt nicht auf den Gedanken, dich in dieser Richtung zu suchen. Nur der Bruder des von dir Getöteten stieß zufällig auf deine Fährte.«

»Und was hast du jetzt vor?«, erkundigte sie sich.

»Nun, wir sollten uns westwärts halten«, meinte er. »So weit südlich war ich bereits, doch so weit östlich noch nicht. Wenn wir gen Westen reiten, erreichen wir in ein paar Tagen die offene Savanne, wo die Herden der Schwarzen weiden. Ich habe Freunde dort. Dann können wir zur Küste weiterreiten und zusehen, dass wir ein Schiff finden. Mir hängt der Dschungel zum Hals heraus.«

»Dann mach dich nur auf den Weg«, riet sie ihm. »Ich habe andere Pläne.«

»Sei nicht töricht!« Seine Stimme klang zum ersten Mal leicht gereizt. »Du kannst schließlich nicht ewig weiter durch diesen Wald irren.«

»Das kann ich sehr wohl, wenn es mir Spaß macht.«

»Du hast doch etwas im Sinn!«

»Und wenn schon, es geht dich nichts an!«, fauchte sie.

»Oh doch«, widersprach er. »Bildest du dir vielleicht ein, ich reite jetzt allein weiter, nachdem ich dir so weit gefolgt bin? Sei vernünftig, Mädchen, ich habe doch keine bösen Absichten.«

Er machte einen Schritt auf sie zu, da sprang sie zurück und zog ihr Schwert.

»Zurück, Barbarenhund! Oder ich spieß dich auf wie ein Schwein!«

Zögernd blieb er stehen und sagte: »Möchtest du, dass ich dir das Spielzeug wegnehme und dich damit versohle?«

»Worte! Angeberei!«, spottete sie. Ihre kühnen Augen funkelten wie Sonnenschein auf blauem Wasser.

Er wusste, dass seine Drohung tatsächlich nicht viel mehr war, denn keinem Mann würde es mit bloßen Händen gelingen, Valeria von der Roten Bruderschaft zu entwaffnen. Er runzelte die Stirn. Ein Chaos von Gefühlen tobte in ihm. Er war wütend, und doch amüsierte er sich über ihre Haltung und bewunderte ihren Kampfgeist. Heiß strömte ihm das Blut durch die Adern. Es drängte ihn danach, das Mädchen in die Arme zu schließen, sie heftig an sich zu drücken, aber andererseits wollte er ihr auch nicht wehtun. Er schwankte zwischen dem Verlangen, sie wild zu schütteln, um sie zur Vernunft zu bringen, und dem, sie zärtlich zu liebkosen. Aber er wusste auch, wenn er ihr zu nahe käme, würde ihr Schwert sich in sein Herz bohren. Zu viele Männer hatte er Valeria in Grenzscharmützeln und Tavernenraufereien töten sehen, als dass er sie unterschätzt hätte. Er wusste, dass sie schnell und wild wie eine Tigerin war. Natürlich könnte er sein Breitschwert ziehen und sie entwaffnen, indem er ihr die Klinge aus der Hand schlug, aber allein schon der Gedanke, mit dem Schwert gegen eine Frau vorzugehen, selbst wenn er nicht die Absicht hatte, sie zu verwunden, widerstrebte ihm zutiefst.

»Verdammt, Mädchen!«, fluchte er hilflos. »Ich werde dir ...«

Er wollte auf sie losstürmen, denn seine wütende Leidenschaft ließ ihn alle Vorsicht vergessen, und sie machte sich zum tödlichen Stoß bereit. Doch etwas Überraschendes bereitete dieser gleichzeitig lächerlichen und durchaus gefährlichen Szene ein jähes Ende.

»Was ist das?«

Valeria stieß die Worte hervor, aber beide zuckten gleichzeitig zusammen, und Conan wirbelte wie eine Raubkatze herum. Das mächtige Schwert in seiner Hand blitzte. Ein panikerfülltes Wiehern war zu hören – und gleich darauf durch Mark und Bein dringende Todesschreie. Es waren ihre Pferde! Und mit diesen Schreien vernahmen die beiden Lauschenden das Knacken und Bersten von Knochen.

»Löwen haben unsere Pferde angefallen!«, rief Valeria.

»Von wegen Löwen!«, schnaubte Conan mit funkelnden Augen. »Hast du vielleicht einen Löwen brüllen hören? Ich nicht! Und hör doch nur, wie die Knochen zermalmt werden – nicht einmal ein Löwe könnte so viel Lärm machen, wenn er ein Pferd tötet.«

Er rannte die natürliche Rampe hinunter, und Valeria folgte ihm. Die Witterung eines Abenteuers ließ sie beide ihre persönliche Auseinandersetzung vergessen. Die Schreie verstummten, während sie durch das grüne Laubwerk rings um den Felsen tauchten.

»Ich sah dein Pferd neben dem Teich angebunden«, sagte Conan und eilte dabei fast lautlos weiter, sodass sie sich nun nicht mehr wunderte, wie er sie auf dem Sims hatte überraschen können. »Ich band meines gleich daneben an und folgte den Spuren deiner Stiefel. Vorsichtig, jetzt!«

Das Blätterdach lag nun über ihnen. Sie starrten hinunter in das jadegrüne Dämmerlicht. Die Stämme der mächtigen, kaum hundert Meter entfernten Bäume wirkten verschwommen und gespenstisch.

»Die Pferde müssten hinter dem Dickicht dort drüben sein«, flüsterte Conan. »Horch!«

Valeria hatte bereits gehört, worauf er sie aufmerksam machen wollte. Ein eisiger Schauder lief ihr über den Rücken, und so legte sie unwillkürlich schutzsuchend die Hand auf den muskulösen Arm des Cimmeriers. Unverkennbar hörten sie hinter dem Dickicht das Bersten von Knochen, das Reißen von Fleisch und lautes Kauen und Schmatzen.

»Fressende Löwen machen andere Geräusche«, flüsterte Conan. »Irgendetwas verschlingt unsere Pferde, aber kein Löwe – Crom!«

Das Reißen und Kauen verstummte plötzlich. Conan fluchte leise. Ein Wind war aufgekommen und trug ihre Witterung geradewegs zu dem Dickicht, hinter dem der Pferdefresser verborgen war.

»Da kommt es!«, murmelte Conan und hob sein Schwert.

Das Dickicht erbebte und krachte. Valeria klammerte sich noch heftiger an Conans Arm. Zwar kannte sie sich im Dschungel nicht aus, aber sie wusste, dass kein bekanntes Tier das Unterholz so erschüttern konnte.

»Es muss groß wie ein Elefant sein«, flüsterte Conan und sprach aus, was auch sie dachte. »Was, zum Teufel ...« Verblüfft hielt er inne.

Der Schädel eines Albtraumungeheuers schob sich durch das Dickicht. Weit geöffnete Kiefer entblößten Reihen geifernder, gelber Hauer. Über dem klaffenden Rachen runzelte sich eine saurierähnliche Schnauze. Riesige Augen, gleich denen eines Pythons, nur tausendmal größer, starrten reglos auf die beiden wie versteinerten Menschen. Blut besudelte die lappigen, schuppenüberzogenen Lippen und sickerte aus dem gewaltigen Maul.

Den Kopf, der größer als ein Krokodilschädel war, hielt ein langer, schuppiger Hals mit Reihen von Sägezahnzacken. Der Rumpf, der Dornenbüsche und Schößlinge platt walzte, war wie eine gewaltige Tonne auf lächerlich kurzen Beinen. Der weißliche Bauch schleifte fast über den Boden. Der Rücken dagegen, ebenfalls mit mächtigen Sägezahnzacken, war so hoch, dass Conan selbst auf Zehenspitzen stehend diese nicht hätte berühren können. Den langen Stachelschwanz, der einem gigantischen Skorpion Ehre gemacht hätte, zog das Ungeheuer hinter sich her.

»Schnell, den Felsen wieder hoch!«, zischte Conan und schob das Mädchen vor sich her. »Ich glaube nicht, dass das Monstrum klettern kann, aber wenn es sich auf die Hinterbeine stellt, könnte es uns erreichen ...«

Unter Krachen und Bersten der Schößlinge trampelte das Ungeheuer durchs Unterholz. Wie Laub im Wind flohen die beiden die Rampe wieder hoch. Ehe Valeria in das grüne Dach der Bäume ringsum eintauchte, warf sie einen hastigen Blick zurück. Genau wie Conan vorhergesagt hatte, richtete sich das Monstrum auf den Hinterbeinen auf. Der Anblick erfüllte sie mit Panik. Aufrecht stehend wirkte das Untier noch gigantischer als vorher. Sein Schädel stieß durch die Baumkronen. Da packte Conan Valeria am Handgelenk. Sie wurde durch das Laubwerk gezerrt und wieder hinaus in den Sonnenschein, gerade als das Ungeheuer mit einer Wucht, die den Felsen erschütterte, mit den Vorderbeinen gegen das Gestein prallte.

Hinter den Fliehenden schob sich der Schädel krachend durch die Zweige, und einen schreckerfüllten Augenblick lang sahen sie die Albtraumfratze mit flammenden Augen und klaffendem Rachen zwischen dem dichten Laub. Gleich darauf klappten die Kiefer, glücklicherweise in leerer Luft, hinter ihnen zusammen. Da zog das Untier den Schädel zurück und verschwand aus ihrer Sicht, als wäre es in einem Teich versunken.

Als sie zwischen den Zweigen, die die Felswand streiften, hindurchspähten, sahen sie es auf seinen Hinterbeinen am Fuß des Felsen kauern und reglos zu ihnen heraufstieren.

Valeria erschauderte.

»Wie lange, glaubst du, wird es dort unten sitzen bleiben?«

Conan stieß mit dem Fuß nach dem Totenschädel auf dem Sims.

»Der Bursche muss hier heraufgeklettert sein, um diesem Ungeheuer – oder einem ähnlichen – zu entkommen. Vermutlich ist er verhungert, denn seine Knochen sind unbeschädigt. Das Untier muss ein Drache sein. Du kennst ja sicher auch die Legenden der Schwarzen, die von Drachen berichten? Wenn es einer ist, wird er nicht von hier weichen, bis wir beide tot sind.«

Valeria blickte ihn entsetzt an; ihren Groll hatte sie längst vergessen. Sie kämpfte mit aller Willenskraft gegen ihre Panik an. Wie viele Male hatte sie ihren Mut, ja ihre Tollkühnheit in heftigen Kämpfen auf See und Land bewiesen, auf den blutgetränkten Decks von Kriegsschiffen, im Sturm auf befestigte Städte und auf den zertrampelten Sandstränden, wo die wilden Burschen der Roten Bruderschaft einander die Dolche in die Brust stießen, wenn sie um die Führerschaft kämpften. Doch ihre gegenwärtige Lage ließ ihr das Blut in den Adern gerinnen. Den Todesstreich in einer Schlacht fürchtete sie nicht, doch es erfüllte sie mit Panik, hilflos hier auf einem kahlen Felsen zu sitzen, ohne etwas tun zu können, belagert von einem Ungeheuer aus der Urzeit, das nicht weichen würde, bis sie verhungert waren.

»Es muss doch irgendwann mal weg, um zu fressen und zu saufen«, meinte sie.

»Dazu braucht es nicht weit zu gehen«, gab Conan zu bedenken. »Außerdem hat es sich ja gerade erst den Bauch mit unseren Pferden vollgeschlagen. Und wie eine Schlange wird es jetzt eine lange Zeit ohne Futter und Wasser auskommen. Nur sieht es so aus, als dächte es gar nicht daran, nach seiner ausgiebigen Mahlzeit zu schlafen, wie Schlangen es tun. Na ja, zumindest kann es nicht hier heraufklettern.«

Conan wirkte absolut nicht beunruhigt. Er war ein Barbar, und als solchem war ihm die gleiche Geduld gegeben wie allen Geschöpfen der Wildnis. Im Gegensatz zu jemandem, der in der Zivilisation aufgewachsen war, blieb er auch in einer solchen scheinbar ausweglosen Situation kühl und beherrscht.

»Können wir nicht in die Baumkronen klettern und wie Affen über die Äste fliehen?«, fragte Valeria verzweifelt.

Conan schüttelte den Kopf. »Das habe ich auch schon überlegt, aber die Zweige, die den Felsen berühren, sind nicht kräftig genug. Sie würden unter unserem Gewicht schnell brechen. Außerdem befürchte ich, dass dieser

Teufel dort unten jeden Baum mitsamt den Wurzeln ausreißen könnte.«

»Sollen wir hier auf unseren Hintern herumsitzen, bis wir verhungern?«, rief sie wütend und trat nach dem Totenkopf, sodass er den Sims entlangrollte. »Ich denke gar nicht daran! Ich werde wieder hinuntersteigen und dieser Bestie den Schädel abschlagen ...«

Conan hatte sich auf einem Felsvorsprung am Fuß der spitzturmähnlichen Zacke niedergelassen. Mit kaum verhohlener Bewunderung blickte er zu ihren funkelnden Augen und der angespannten, vor Erregung zitternden Figur auf. Da ihm jedoch klar war, dass sie im Augenblick vor keiner Wahnsinnstat zurückschrecken würde, brummte er nur barsch: »Setz dich her.« Er packte sie am Handgelenk und zog sie auf sein Knie. Sie war zu überrascht, um sich zu wehren, als er ihr das Schwert aus der Hand nahm und in die Scheide zurückschob. »Bleib sitzen und beruhige dich. Du würdest nur den guten Stahl an seinen Schuppen zerbrechen. Wie einen Happen würde er dich verschlingen oder dich mit seinem Schwanz wie ein Ei zerbrechen. Wir werden schon noch einen Ausweg finden, aber bestimmt nicht, wenn wir uns ihm in den Rachen werfen.«

Sie antwortete nicht, aber sie versuchte auch nicht, seine Arme von ihrer Taille zu lösen. Sie hatte Angst, und das war für Valeria von der Roten Bruderschaft ein völlig neues Gefühl. Also blieb sie auf dem Knie ihres Gefährten – oder war er ihr Gefangenenwärter? – sitzen, und zwar mit einer Fügsamkeit, die Zarallo verblüfft hätte; der wäre der Meinung gewesen, dass sie eine Teufelin aus dem Serail der Hölle sein musste.

Conan spielte sanft mit den blonden Locken des Mädchens und schien keinen anderen Gedanken zu kennen, als sie für sich zu erobern. Weder das Gerippe zu seinen Füßen, noch das lauernde Ungeheuer störten ihn offenbar, jedenfalls galt sein Interesse ungeteilt dem Mädchen.

Valerias Blick wanderte über das Laubdach unter ihnen, und sie entdeckte ein paar farbige Flecken in dem Grün.

Früchte waren es, kugelrund und dunkelrot hingen sie an einem Baum, dessen breite Blätter von einem besonders saftigen Grün waren. Da wurde sie sich ihres Hungers und Durstes bewusst, obwohl sie durchaus nicht durstig gewesen war, ehe sie festgestellt hatte, dass sie hier auf diesem Felsen gefangen saßen.

»Verhungern müssen wir jedenfalls nicht«, sagte sie erleichtert. »Das Obst dort können wir erreichen, ohne dass der Drache uns erwischt.«

Conans Blick folgte ihrem deutenden Finger.

»Wenn wir diese Früchte essen, brauchen wir den Drachen nicht mehr zu fürchten«, sagte er. »Die Schwarzen von Kush nennen sie ›Derketa-Äpfel‹. Derketa ist die Todesgöttin. Wenn du etwas von ihrem Saft trinkst oder auch nur einen Tropfen davon auf deine Haut bekommst, bist du tot, ehe du den Fuß des Felsens erreichen kannst.«

»Oh!«

Erschrocken schwieg sie. Es schien keinen Ausweg aus ihrer Lage zu geben, dachte sie düster. Sie jedenfalls sah keinen, und Conan war offenbar nur an ihrer schlanken Taille und den blonden Locken interessiert. Wenn er sich wirklich einen Plan ausdachte, sah man es ihm zumindest nicht an.

»Wenn du lange genug deine Hände von mir nehmen würdest, um die Felszacke hochzuklettern, würdest du etwas Überraschendes sehen«, sagte sie.

Er warf ihr einen fragenden Blick zu, dann befolgte er

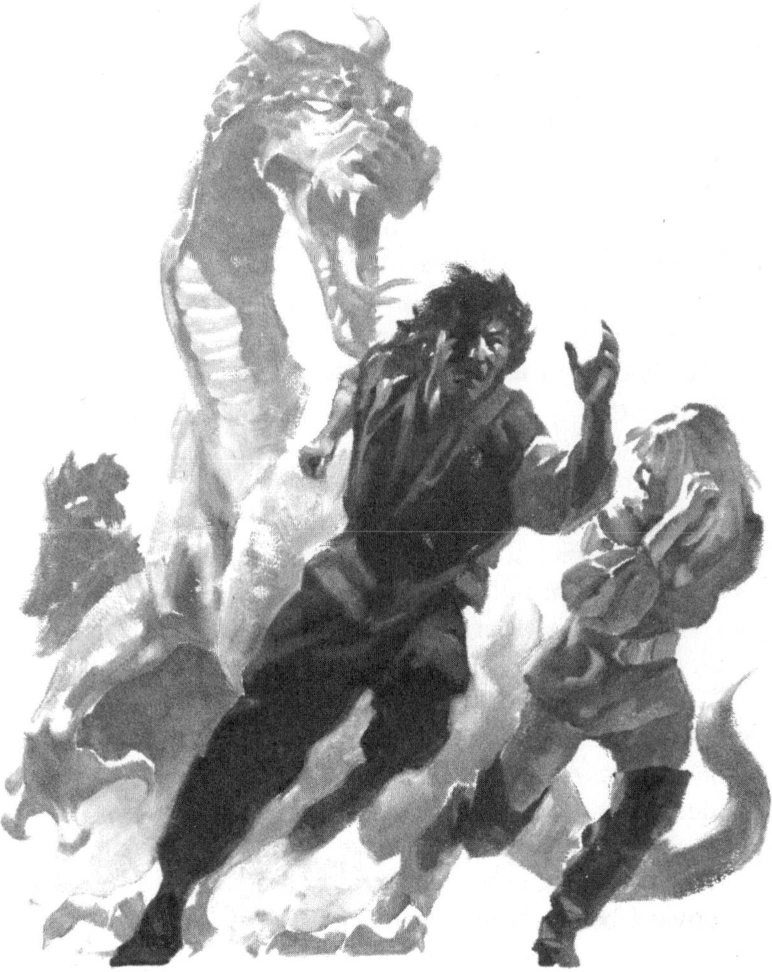

schulterzuckend ihren Rat. Er klammerte sich an die turmähnliche Spitze und spähte über den Wald. Eine lange Weile stand er dort wie eine Bronzefigur.

»Es ist tatsächlich eine befestigte Stadt«, murmelte er schließlich. »Wolltest du dorthin, als du versucht hast, mich allein zur Küste zu schicken?«

»Ich hatte sie selbst erst entdeckt, kurz bevor du hierherkamst«, antwortete sie. »Ich wusste nichts davon, als ich Sukhmet verließ.«

»Wer hätte gedacht, dass es hier eine Stadt geben könnte? Ich glaube nicht, dass die Stygier je so weit vorgedrungen sind. Wären die Schwarzen imstande, eine solche Stadt zu errichten? Ich sehe keine Herden auf der Ebene, keine Äcker, keine Menschen.«

»Wie könntest du das auch aus dieser Entfernung erkennen?«, fragte sie ein wenig spöttisch.

Er zuckte lediglich die Schultern und kehrte auf den Sims zurück.

»Leider können die Stadtbewohner uns hier nicht helfen – und sie täten es möglicherweise auch gar nicht, selbst wenn sie dazu in der Lage wären. Die Menschen der Schwarzen Länder sind Fremden gegenüber gewöhnlich feindselig eingestellt. Vermutlich würden sie uns – ohne uns überhaupt anzuhören – mit Speeren spicken ...«

Abrupt hielt er inne und blieb stumm stehen, als hätte er vergessen, was er hatte sagen wollen. Sein nachdenklicher Blick ruhte auf den roten Kugelfrüchten, die aus dem Laubwerk leuchteten.

»Speere!«, murmelte er. »Wie dumm von mir, dass ich nicht schon eher daran dachte! Das beweist wieder einmal, dass eine schöne Frau einen Mann um den Verstand bringen kann.«

»Wovon redest du eigentlich?«, erkundigte sich Valeria. Ohne ihre Frage zu beantworten, kletterte er zu dem Laubgürtel hinunter und blickte durch ihn hindurch. Das Ungeheuer kauerte unten und lauerte immer noch mit der unerschöpflichen Geduld des Reptils auf sie. So mochte einer seiner Art zu den in Höhlen hausenden Urmenschen hochgefunkelt haben. Conan verfluchte die Bestie ohne jede Erregung und begann, möglichst lange Zweige abzuschneiden. Das Rascheln der Blätter machte das Ungeheuer unruhig. Es richtete sich auf, peitschte mit dem Schwanz und knickte junge Bäume, als wären sie Zahnstocher. Conan beobachtete es wachsam aus den Augenwinkeln, und gerade, als Valeria schon glaubte, der Drache würde hochschnellen und sich auf den Cimmerier stürzen, zog der Barbar sich zurück und kletterte mit den abgeschnittenen Zweigen wieder zum Sims hoch. Drei schlanke Zweige waren es, etwa sieben Fuß lang, aber nicht viel dicker als sein Daumen. Auch einige der festen Lianen hatte er mitgebracht.

»Zweige, zu leicht für Speerschäfte, und Ranken, nicht dicker als Seile«, bemerkte er und deutete auf das Laubwerk um den Felsen. »Sie tragen unser Gewicht nicht – aber zusammen ... Wie schon die aquilonischen Renegaten sagten, wenn sie in die cimmerischen Berge kamen, um eine Armee zur Eroberung ihres eigenen Landes zusammenzustellen: ›Einigkeit macht stark.‹ Aber wir kämpfen immer nur stamm- und clanweise.«

»Was zum Teufel hat das mit diesen Stecken zu tun?«, fragte Valeria verwirrt.

»Du wirst es bald sehen.«

Er verkeilte seinen Dolch mit dem Schaft in den gebündelten Zweigen und band die Ranken fest herum. Als er fertig war, hatte er einen kräftigen Speer.

»Wozu soll das gut sein?«, fragte Valeria. »Du hast doch selbst gesagt, dass keine Klinge durch seine Schuppen dringen kann ...«

»Er ist nicht überall mit Schuppen gepanzert«, antwortete Conan. »Es gibt nicht nur eine Weise, dem Panther das Fell abzuziehen.«

Er kehrte an den Rand des Blätterdachs zurück und stieß die Klinge vorsichtig durch einen Derketa-Apfel. Als er den Speer zurückzog, achtete er darauf, dass ihn kein Tropfen des Saftes berührte, der von der Klinge tropfte. Er deutete auf den blauen Stahl, der nun mit dunkelpurpurnen Flecken behaftet war.

»Ich weiß natürlich nicht, ob es auch bei diesem Ungeheuer wirken wird«, sagte er. »Aber jedenfalls ist auf der Klinge jetzt genügend Gift, um einen Elefanten umzubringen. Na ja, wir werden sehen.«

Valeria folgte ihm dichtauf, als er erneut zum Laubdach hinunterstieg. Die in Gift getauchte Klinge hielt er von sich weg, als er den Kopf durch die Zweige steckte und zu dem Ungeheuer hinunterrief.

»Worauf wartest du denn, du schändliche Brut zweifelhafter Eltern?«, war eine seiner milderen Beleidigungen, mit denen er das Untier überhäufte. »Streck doch deinen hässlichen Schädel wieder hier herauf, du langhalsiges Scheusal – oder möchtest du, dass ich hinunterkomme und dir einen Tritt in den Hintern versetze?«

Noch viel mehr dergleichen folgte und manches mit Worten, die sogar Valeria erstaunten, obwohl sie auf Piratenschiffen viel gehört und allerlei gewohnt war. Die Beschimpfung verfehlte ihre Wirkung auf das Ungeheuer auch nicht. Genau wie ein andauernd bellender Hund von Natur aus stillere Tiere beunruhigt und in Wut bringt, so erweckt die laute Stimme eines Menschen in manchen

Raubtieren Furcht und in anderen rasende Wut. Plötzlich und mit erschreckender Flinkheit stellte sich das Monstrum auf die Hinterbeine und reckte den Hals gewaltig, um an dieses lärmende Menschlein heranzukommen, dessen Stimme die Stille seines uralten Reiches störte.

Aber Conan hatte die Entfernung genau abgeschätzt. Etwa fünf Fuß unter ihm krachte der Furcht einflößende Schädel wild, aber ohne sein Ziel zu erreichen, durch das Laubdach. Und während der gewaltige Rachen weit aufklaffte, stieß Conan seinen Speer seitlich zwischen den Kiefern hindurch und trieb ihn mit aller Kraft tiefer, bis der Dolch bis zum Griff in Fleisch, Sehnen und Knochen steckte.

Sofort schlossen sich die Kiefer zuckend. Sie durchtrennten das Astbündel und rissen Conan fast zu sich herab. Er wäre auch gefallen, hätte das Mädchen hinter ihm ihn nicht verzweifelt am Schwertgürtel festgehalten. Conan klammerte sich hastig an eine Felszacke und bedankte sich mit einem Grinsen bei Valeria.

Unten wälzte sich das Ungeheuer wie ein Hund, dem Pfeffer ins Auge gestreut wurde. Es schüttelte den Schädel, tapste hin und her und öffnete immer wieder seinen Rachen so weit es ging. Schließlich gelang es ihm mit seiner gewaltigen Vorderpranke, den Schaft zur Seite zu drücken und so den Dolch herauszureißen. Dann warf es seinen Schädel mit klaffendem Rachen, aus dem Blut quoll, hoch und stierte mit so intensiver Wut und fast intelligenten Augen hinauf, dass Valeria erzitterte und ihr Schwert zog. Die Schuppen auf dem Rücken und entlang den Flanken färbten sich von Rostbraun zu einem leuchtenden Tiefrot. Am schlimmsten waren die Laute, die das bisher stumme Tier plötzlich von sich gab. Nichts dergleichen war je auf der Erde gehört worden.

Mit rauem, rasselndem Gebrüll warf sich der Drache gegen den Felsen, gegen die Zitadelle seiner Feinde. Immer wieder stieß sein Schädel durch die Zweige und schnappte nach diesen Menschlein, doch jedes Mal klappten die Kiefer in leerer Luft zusammen. Sein ganzes ungeheures Gewicht schmetterte er gegen den Felsen, sodass er von unten bis oben vibrierte. Dann umklammerte er ihn aufrecht stehend mit den Vorderbeinen wie ein Mensch und versuchte, ihn wie einen Baum auszureißen.

Dieser Ausbruch urweltlicher Wut ließ das Blut in Valerias Adern stocken, doch Conan, der dem Primitiven selbst noch sehr nahe war, empfand nichts weiter als verständnisvolles Interesse. Für den Barbaren gab es zwischen ihm und anderen Menschen und den Tieren keine solche Kluft wie in Valerias Vorstellung. Das Ungeheuer unter ihnen war für den Cimmerier lediglich ein anderes Wesen, das sich von ihm hauptsächlich durch sein Äußeres unterschied. Er gestand ihm Eigenschaften zu, die seinen eigenen nicht fremd waren; er sah in seiner Wut das Gegenstück zu seinem Grimm und in seinem Gebrüll etwas Ähnliches wie seine Flüche und Verwünschungen, mit denen er es zuvor bedacht hatte. Da er eine gewisse Artverwandtschaft mit allen wilden Kreaturen, also auch mit Drachen, empfand, war es ihm unmöglich, den gleichen Ekel und dieselbe Furcht vor dem Unbekannten zu verspüren wie Valeria beim Anblick dieser Wildheit.

Ruhig beobachtete er das Monstrum und machte Valeria auf die verschiedenen Veränderungen aufmerksam, die ihm in Stimme und Benehmen der Bestie auffielen.

»Das Gift beginnt zu wirken«, sagte er überzeugt.

»Das glaube ich nicht.« Für Valeria war es unvorstellbar, dass irgendetwas, auch wenn es noch so tödlich war, diesem Koloß aus Muskeln und Wildheit etwas anhaben könnte.

»Hörst du denn nicht den Schmerz in seiner Stimme?«, fragte Conan. »Zuerst war er lediglich wütend über das Brennen in seinem Rachen. Nun spürt er die Schärfe des Giftes. Schau! Er taumelt. In kurzer Zeit wird er nichts mehr sehen. Was habe ich gesagt?«

Plötzlich hatte der Drache sich torkelnd umgedreht und bahnte sich krachend einen Weg durch das Unterholz.

»Läuft er davon?«, erkundigte sich Valeria ungläubig.

»Er will zum Teich!« Conan sprang in plötzlicher Eile auf. »Das Gift macht ihn durstig. Komm schnell! Er wird zwar bald blind werden, aber er findet auch allein mit seinem Geruchssinn zum Felsen zurück. Wenn er dann wittert, dass wir noch hier sind, bleibt er unten sitzen, bis er verreckt. Und vielleicht lockt er mit seinem Gebrüll andere seiner Art herbei. Komm!«

»Dort hinunter?«, fragte Valeria entsetzt.

»Natürlich! Wir machen uns auf den Weg zu der Stadt. Vielleicht schlagen sie uns dort die Köpfe ab, aber sie ist trotzdem unsere einzige Chance. Und es könnte sein, dass wir unterwegs noch vielen Drachen in die Pranken laufen, aber hierzubleiben wäre der sichere Tod. Und wenn wir warten, bis er tot ist, sitzen möglicherweise bereits Dutzende weiterer unten, um uns den Garaus zu machen. Folge mir!«

Flink wie ein Affe rannte er die Rampe hinunter. Er hielt nur an, um seiner weniger behenden Gefährtin hinunterzuhelfen, die sich bis zu diesem Zeitpunkt eingebildet hatte, dass sie es mit jedem Mann aufnehmen konnte, wenn es darum ging, das Takelwerk eines Schiffes hochzuklettern oder eine Steilwand zu erklimmen.

Sie erreichten die grüne Düsternis unter den Zweigen und glitten schweigend ganz hinunter auf den Waldboden, aber Valerias Herz pochte so laut, dass sie Angst hatte, man könnte es in weiter Entfernung noch hören. Ein lautes Gurgeln und Schlürfen hinter dem dichten Unterholz deutete an, dass der Drache am Teich trank.

»Sobald sein Bauch voll ist, wird er zurückkommen«, prophezeite Conan. »Es kann Stunden dauern, bis das Gift ihn umbringt – wenn es für ihn überhaupt tödlich ist.«

Weit jenseits des Waldes ging die Sonne am Horizont unter. Im Wald herrschte düsteres Zwielicht aus Schatten und vereinzelten helleren Flecken. Conan fasste Valeria am Handgelenk und zog sie mit sich vom Fuß des Felsens fort. Er war leiser als die Brise zwischen den Baumstämmen, doch Valeria hatte das Gefühl, dass ihre weichen Lederstiefel im ganzen Wald zu hören waren.

»Ich glaube nicht, dass er einer Fährte folgen kann«, meinte Conan, »aber wenn der Wind ihm unseren Körpergeruch zuträgt, wird er der Witterung folgen.«

»Gebe Mitra, dass der Wind uns verschont!«, flüsterte Valeria. Ihr Gesicht war ein bleiches Oval in der Düsternis. Mit der freien Hand umklammerte sie ihr Schwert, aber der mit Rossleder bespannte Griff erweckte zum ersten Mal in ihrem Leben ein Gefühl der Hilflosigkeit in ihr.

Sie hatten den Waldrand noch nicht erreicht, als sie ein Krachen und Bersten hinter sich hörten. Valeria biss sich auf die Unterlippe, um einen Schreckensschrei zu unterdrücken.

»Er ist uns auf der Spur!«, zischte sie entsetzt.

Conan schüttelte den Kopf.

»Er hat uns auf dem Felsen nicht gewittert, deshalb irrt er jetzt durch den Wald, in der Hoffnung, unsere Witterung wieder aufzunehmen. Komm, wir haben nur eine Möglichkeit: Wir müssen die Stadt erreichen! Er könnte jeden Baum ausreißen, auf den wir klettern. Wenn nur kein Wind aufkommt ...«

Sie rannten so lautlos wie möglich weiter, bis der Wald sich zu lichten begann. Das bedrohliche Knacken und Bersten war immer noch irgendwo hinter ihnen zu hören.

»Dort ist die Ebene schon!«, sagte Valeria erleichtert.

»Noch ein Stück und wir ...«

»Crom!«, fluchte Conan.

»Mitra!«, wisperte Valeria.

Aus dem Süden kam ihnen Wind entgegen. Er trug ihre Witterung in den dunklen Wald hinter ihnen. Fast sofort erhob sich ein ohrenbetäubendes Gebrüll. Das bisher in seiner Richtung unberechenbare Krachen wurde nun zielsicher, als der Drache wie ein Orkan geradewegs auf die Stelle zustürmte, von der die Witterung seiner Feinde kam.

»Lauf!«, knurrte Conan, dessen Augen wie die eines Wolfes in der Falle funkelten. »Das ist das Einzige, was wir tun können!«

Seemannsstiefel sind nicht gerade zum Sprinten geeignet, und Piraten haben nicht viel Gelegenheit zum Langlauf. Nach einer achtel Meile keuchte Valeria bereits und begann zu schwanken, während das Ungeheuer das dichte Unterholz bereits verlassen hatte, wie dem dröhnenden Poltern seiner schweren Schritte zu entnehmen war.

Conans muskulöser Arm legte sich um die Taille des Mädchens und hob es halb vom Boden, sodass ihre Füße ihn kaum noch berührten. Wenn es ihm gelang, noch eine Weile schneller als das Ungeheuer zu laufen, würde der Wind sich vielleicht drehen. Aber der Wind hielt an, und ein schneller Blick über die Schulter verriet Conan, dass das Untier wie ein von einem Orkan getriebenes Kriegsschiff auf sie zustürmte und sie gleich eingeholt haben würde. Er warf Valeria mit solcher Kraft von sich, dass sie ein gutes Dutzend Fuß entfernt unter dem nächsten Baum zusammensackte, und wirbelte selbst herum, mitten in den Weg des herandonnernden Drachen.

Conan war sicher, dass sein Ende gekommen war, und so handelte er rein nach Instinkt. Er warf sich mit voller Wucht gegen den grässlichen Schädel, der sich ihm entgegenstreckte, und hieb wie wild mit der Klinge auf ihn ein. Er spürte, wie das Schwert tief in die die mächtige Schnauze einhüllenden Schuppen drang – und dann schleuderte ihn der gewaltige Aufprall fünfzig Fuß durch die Luft, wobei er sich mehrmals überschlug. Er landete halb betäubt und atemlos auf dem Boden.

Wie er in diesem Zustand wieder auf die Beine kam, hätte nicht einmal er selbst zu erklären vermocht. Der Gedanke, dass Valeria benommen und hilflos fast direkt vor dem tobenden Ungeheuer lag, musste ihm wohl die Kraft dazu gegeben haben. Jedenfalls stand er mit dem Schwert in der Hand über ihr, noch ehe er keuchend seinen Atem wiedergewonnen hatte.

Sie lag noch, wohin er sie geworfen hatte, versuchte aber sich aufzusetzen. Weder die reißenden Hauer noch die trampelnden Beine hatten sie berührt. Conan musste eine Schulter oder ein Vorderbein getroffen haben, denn das blinde Ungeheuer war weitergestürmt und hatte in seinen plötzlichen Todesschmerzen die Opfer vergessen, deren Witterung es gefolgt war. Geradeaus trampelte es, bis sein jetzt tief hängender Schädel gegen einen riesigen Baum auf seinem Weg prallte. Die Wucht entwurzelte den Baum, an dem das Untier sich offenbar den Schädel zerschmettert hatte. Jedenfalls fielen Baum und Drache gemeinsam auf den Boden, und die verwirrten Menschen sahen, wie die Zweige und Blätter durch den Todeskampf der Kreatur, die sie bedeckten, geschüttelt wurden – und dann war alles ruhig.

Conan half Valeria auf, und sie rannten leicht taumelnd weiter. Kurze Zeit später kamen sie hinaus ins ruhige Dämmerlicht der baumlosen Ebene.

Der Cimmerier hielt kurz an und blickte auf den schwarzen Wald zurück. Kein Blatt bewegte sich, kein Vogel zwitscherte. Er stand so still wie gewiss schon damals, als der Mensch noch nicht geboren war.

»Komm«, murmelte Conan und griff nach der Hand seiner Gefährtin. »Jetzt geht es ums Ganze. Wenn uns weitere Drachen aus dem Wald verfolgen ...«

Er brauchte den Satz nicht zu Ende zu führen.

Die Stadt schien nun viel weiter entfernt, als es vom Felsen aus den Anschein erweckt hatte. Valerias Herz klopfte so stark, dass sie glaubte, es müsse zerspringen. Bei jedem Schritt erwartete sie, wieder das Krachen und Bersten zu hören und eine weitere Albtraumkreatur auf sie zustürmen zu sehen. Doch nichts störte die Stille des Unterholzes.

Nachdem sie die erste Meile hinter dem Wald zurückgelegt hatten, atmete Valeria ein wenig freier. Ihr unbekümmertes Selbstvertrauen kehrte allmählich zurück. Die Sonne war inzwischen untergegangen, und Dunkelheit breitete sich auf der Ebene aus. Nur die Sterne, die die Kakteen in gedrungene Gespenster verwandelten, erhellten sie ein wenig.

»Keine Herden, keine Äcker«, murmelte Conan. »Wovon leben diese Städter?«

»Vielleicht sind die Rinder nachts in Ställen«, meinte

Valeria, »und die Felder und Weiden sind auf der anderen Seite der Stadt.«

»Vielleicht«, brummte Conan. »Ich habe von der Felsspitze aus jedoch nichts gesehen.«

Der Mond ging hinter der Stadt auf und zeichnete in seinem gelben Glühen scharfe Umrisse. Unwillkürlich erschauderte Valeria. So schwarz, wie die Stadt sich nun im Mondschein abhob, wirkte sie gespenstisch und unheilvoll.

Vielleicht empfand Conan das Gleiche, denn er blieb stehen, schaute sich um und bestimmte: »Wir rasten hier. Es hat keinen Sinn, nachts an den Toren zu pochen. Man würde uns vermutlich nicht einlassen. Außerdem haben wir ein wenig Schlaf dringend nötig. Wir müssen ausgeruht sein, wenn wir die Stadt betreten, denn wir haben ja keine Ahnung, wie man uns empfangen wird. Erholt sind wir besser in der Lage zu kämpfen oder zu fliehen.«

Er schritt voraus zu einer Kaktusgruppe, die einen Ring bildete – das kam in den südlichen Wüsten häufig vor. Mit dem Schwert schnitt er eine Öffnung und winkte Valeria zu. »Hier werden wir zumindest vor Schlangen sicher sein«, brummte er.

Ängstlich blickte sie zu der schwarzen Linie, wo sich etwa sechs Meilen entfernt der Wald erhob.

»Und was ist, wenn ein Drache aus dem Wald kommt?«

»Wir halten Wache«, antwortete er, ohne darauf einzugehen, was sie in einem solchen Fall tatsächlich tun würden. Er starrte auf die Stadt, die noch ein paar Meilen entfernt war. Von keinem der über die Mauer ragenden Türme schien Licht. Geheimnisvoll umrahmte der Mondschein die dunklen Bauwerke.

»Leg dich nieder und schlaf. Ich übernehme die erste Wache«, wandte sich Conan an das Mädchen.

Valeria zögerte und blickte ihn ein wenig unsicher an, aber er setzte sich lediglich mit überkreuzten Beinen in die Öffnung, den Rücken ihr zugewandt, und blickte hinaus auf die Ebene. Das Schwert hatte er über die Knie gelegt. Ohne ein weiteres Wort legte sie sich auf den Sand innerhalb des stachligen Rings.

»Weck mich auf, wenn der Mond im Zenit steht«, bat sie.

Er antwortete nicht, noch schaute er in ihre Richtung. Ihr letzter Eindruck vor dem Einschlafen war seine muskulöse Gestalt, die sich reglos wie eine Bronzestatue im Sternenlicht abhob.

II

Im Glitzern der Feuersteine

Valeria erwachte und zuckte zusammen, als sie das Grau der Morgendämmerung bemerkte, das sich über die Ebene stahl.

Sie rieb sich die Augen und setzte sich auf. Conan kauerte neben einem Kaktus. Er schnitt die dicken Blätter ab und entfernte eifrig die Stacheln.

»Du hast mich nicht geweckt«, beschwerte sie sich. »Du hast mich die ganze Nacht schlafen lassen!«

»Du warst müde«, antwortete er. »Und dein Hintern hat dir sicher auch wehgetan nach dem langen Ritt. Ihr Piraten seid das Reiten ja nicht gewohnt.«

»Und wie ist es mit dir?«, fragte sie.

»Ich war Kozak, ehe ich Pirat wurde«, erklärte er. »Die Kozaki leben geradezu im Sattel. Ich schlafe zwischendurch wie ein Panther, der einem Wild auflauert. Meine Ohren halten Wache, während meine Augen schlafen.« Tatsächlich wirkte der riesenhafte Barbar so ausgeruht, als hätte er die ganze Nacht tief und fest in einem Seidenbett geschlafen. Nachdem er die Stacheln entfernt und die zähe Haut abgezogen hatte, streckte er dem Mädchen ein dickes, saftiges Kaktusblatt entgegen.

»Lass es dir schmecken«, brummte er. »Es ist dem Wüstennomaden Nahrung und Getränk zugleich. Ich war einmal Häuptling der Zuagir – Wüstenräuber, die Karawanen ausplündern.«

»Gibt es etwas, das du noch nicht gewesen bist?«, fragte das Mädchen halb spöttisch, halb fasziniert.

»Ja, zum Beispiel Herrscher eines hyborischen Königreichs«, antwortete er grinsend und biss von seinem Kaktusblatt ab. »Aber ich habe geträumt, ich wäre einer – und vielleicht wird der Traum einmal wahr. Warum sollte ich kein König werden?«

Valeria schüttelte staunend den Kopf über seine gelassene, kühne Ambition, dann machte sie sich daran, das Kaktusblatt zu verzehren. Es war von angenehmem Geschmack und voll kühlen, durststillenden Saftes. Conan hatte sein frugales Mahl inzwischen beendet. Er wischte sich die Finger im Sand ab, dann fuhr er sich durch die dicke schwarze Mähne, schnallte den Schwertgürtel fest und sagte: »Brechen wir auf. Wenn die Menschen in der Stadt uns die Kehle durchschneiden wollen, sollen sie es lieber jetzt tun, ehe die glühende Hitze einsetzt.«

Für ihn hatte sein schwarzer Humor keine tiefere Bedeutung, doch Valeria fühlte, dass der Scherz sehr wohl prophetisch sein mochte. Sie knüpfte die Schärpe fester, die ihr als Schwertgürtel diente, und sah sich um. Die Schrecken der Nacht waren vergangen und vergessen. Die brüllenden Drachen des fernen Waldes erschienen ihr nun wie ein verschwommener Traum. Ihr Schritt war leicht und unbeschwert, als sie sich dem Cimmerier anschloss. Was immer auch vor ihnen liegen mochte, ihre Gegner würden Menschen sein, keine Albtraumwesen. Und Valeria von der Roten Bruderschaft war bisher noch keinem Menschen begegnet, vor dem sie sich gefürchtet hätte.

Conan beobachtete sie, während sie in ihren Stiefeln mit demselben elastischen Schritt wie er selbst neben ihm herlief.

»Wenn man dich so marschieren sieht«, sagte er, »würde man glauben, du kommst aus den Bergen, nicht von einem Schiff. Du musst Aquilonierin sein. Selbst der glühenden Darfarsonne gelingt es nicht, deine weiße Haut zu bräunen. So manche Prinzessin würde dich sicher darum beneiden.«

»Ich stamme aus Aquilonien«, antwortete sie. Seine Komplimente ärgerten sie heute weniger als gestern. Im Gegenteil, sie freute sich über seine ehrliche Bewunderung. Sie wäre wütend gewesen, wenn ein anderer Mann ihre Wache mit übernommen und sie hätte schlafen lassen, denn sie hatte es noch nie gemocht, wenn jemand auf ihr Geschlecht Rücksicht nahm. Aber bei Conan war es merkwürdigerweise anders. Sie fand es sehr anständig von ihm, dass er ihre Furcht nicht ausgenutzt hatte. Er ist eben etwas Besseres als die anderen, dachte sie.

Die Sonne ging über der Stadt auf und tauchte die Türme in grelles Rot.

»Schwarz im Schein des Mondes gestern Nacht«, brummte Conan, und aus seinen Augen sprach der uralte Aberglaube des Barbaren. »Und rot wie Blut im Glanz der Sonne heute Morgen. Mir gefällt diese Stadt nicht.«

Trotzdem marschierten sie weiter, und Conan machte Valeria darauf aufmerksam, dass aus dem Norden keine Straße zur Stadt führte.

»Keine Herden haben die Ebene auf dieser Seite der Stadt zertrampelt«, sagte er. »Kein Pflug hat hier seit Jahren die Erde berührt, ja vielleicht seit Jahrhunderten nicht. Aber schau, früher einmal wurde das Land bestellt.«

Valeria sah die alten Bewässerungsgräben, auf die er deutete. Stellenweise waren sie mit sandiger Erde gefüllt und von Kakteen überwuchert. Sie runzelte verwirrt die Stirn, während ihr Blick über die Ebene wanderte, die sich rings um die Stadt bis zum Rand des Waldes erstreckte, der sie wie ein gewaltiger, in der Ferne verschwimmender Ring umgab. Weiter reichte das Auge nicht.

Verunsichert blickte sie auf die Stadt. Keine Helme oder Lanzenspitzen schimmerten auf der Brustwehr, keine Fanfaren schmetterten, kein »Wer da?« erschallte von den Wachttürmen. Eine Stille, absolut wie die des Waldes, lastete auf der Stadt.

Die Sonne stand hoch am östlichen Horizont, als sie vor dem mächtigen Tor in der Nordmauer, im Schatten des hohen Walles, standen. Rost überzog den Eisenbeschlag der mächtigen bronzenen Torflügel. Dichte Spinnweben hingen an den Angeln, der Schwelle und um den Knauf.

»Es wurde seit Jahren nicht mehr geöffnet!«, rief Valeria.

»Eine tote Stadt!«, brummte Conan. »Deshalb waren die Bewässerungsgräben überwuchert und keine Felder bestellt.«

»Aber wer hat sie erbaut? Wer lebte hier? Wo sind ihre früheren Bewohner? Warum haben sie die Stadt verlassen?«

»Das lässt sich von hier aus schlecht sagen. Vielleicht hat ein Stamm verstoßener Stygier sie errichtet? Aber vermutlich doch nicht. Es ist keine stygische Bauweise. Vielleicht wurden die Bewohner durch Feinde oder eine Seuche ausgerottet?«

»In diesem Fall liegen ihre Schätze möglicherweise unter Staub und Spinnweben verborgen unberührt in der Stadt«, meinte Valeria hoffnungsvoll, als die Instinkte ihres Berufs in ihr erwachten, aber auch die Neugier der Frau. »Können wir das Tor öffnen? Gehen wir hinein und sehen uns um!«

Conan betrachtete zweifelnd das mächtige Tor. Er drückte die Schultern dagegen und stieß mit der ganzen Kraft seiner gewaltigen Muskeln. Mit einem scharrenden Knarren rostiger Angeln öffnete sich das Tor schwerfällig. Conan richtete sich auf und zog das Schwert. Valeria blickte über seine Schulter, und ein Laut des Erstaunens entrang sich ihr. Vor ihnen lag nicht eine offene Straße, ein freier Platz oder Hof, wie zu erwarten gewesen wäre, sondern eine breite, lange Halle, die sich in der Ferne verlor. Diese Halle war von ungeheurem Ausmaß. Der Boden war aus seltsamem roten Stein, der zu quadratischen Fliesen geschnitten war. Er glühte, als spiegelten sich Flammen in ihm. Die Wände waren aus glänzendem grünen Stein.

»Das ist Jade, oder ich will ein Shemit sein!«, murmelte Conan.

»Doch nicht in einer solchen Menge!«, entgegnete Valeria.

»Ich habe genug von khitaischen Karawanen geraubt, um diesen Edelstein zu kennen!«, versicherte er ihr. »Es ist Jade!«

Die gewölbte Decke war aus Lapislazuli und mit Mustern aus großen grünen Steinen verziert, die glitzerten, als wären sie giftig.

»Grüne Feuersteine«, erklärte Conan. »So nennt man sie in Punt, wo man behauptet, sie seien die versteinerten Augen jener vorgeschichtlichen Reptilien, die den Alten als ›Goldene Schlangen‹ bekannt waren. Sie glühen im Dunkeln wie Katzenaugen. Bei Nacht erhellen sie die Halle, aber mit einem ungemein gespenstischen Licht. Sieh dich um, vielleicht finden wir irgendwo Juwelen.«

»Bitte schließ die Tür«, bat Valeria Conan. »Ich möchte nicht gern von einem Drachen durch diese Halle verfolgt werden.«

Conan grinste. »Ich glaube nicht, dass die Drachen jemals den Wald verlassen.«

Aber er tat, worum sie ihn gebeten hatte. Doch der Riegel ließ sich nicht mehr vorschieben, er war gebrochen.

»Ich habe mich also nicht getäuscht – ich hörte etwas krachen, als ich gegen das Tor drückte. Die Bruchstelle ist frisch. Der Rost hatte den Riegel schon fast zerfressen. Wenn die Bewohner die Stadt verlassen hätten, hätten sie das Tor doch bestimmt nicht von innen verriegelt.«

»Zweifellos gingen sie durch ein anderes Tor«, meinte Valeria.

Sie fragte sich, wie viele Jahrhunderte vergangen waren, seit das Tageslicht durch das mächtige Tor Einlass in die Halle gefunden hatte. Aber irgendwie gelangte der Sonnenschein herein, und bald sahen sie auch, wo. Hoch oben in der Kuppeldecke befanden sich schmale Öffnungen, die mit etwas Durchsichtigem – vermutlich irgendeiner Art Kristall – verschlossen waren. In den Schatten dazwischen funkelten grüne Steine wie die Augen jagender Katzen. Und unter den Füßen der beiden Menschen glomm der Boden in wechselnden Flammentönen. Es war, als schreite man über den Höllenboden, über dem gespenstische Sterne glitzerten.

Drei Galerien reihten sich übereinander entlang der Längswände der Halle.

»Ein dreistöckiges Haus«, brummte Conan. »Und diese Halle reicht bis zum Dach. Sie ist so lang wie die Straße. Wenn ich mich nicht täusche, befindet sich am hinteren Ende eine Tür.«

Valeria zuckte die weißen Schultern.

»Deine Augen sind offenbar besser als meine, obgleich ich mir immer eingebildet habe, scharfe Augen zu haben.«

Aufs Geratewohl gingen sie durch eine offene Tür und kamen durch eine Reihe leerer Gemächer mit dem gleichen Steinboden wie in der Halle und Wänden aus Jade oder Marmor, Elfenbein und Chalzedon, alle mit bronzenen, silbernen oder goldenen Friesen versehen. An den Decken befanden sich die Feuersteine, und ihr Licht wirkte so gespenstisch, wie Conan es beschrieben hatte. In diesem unheimlichen Licht sahen die Eindringlinge wie Geister aus.

Manche der Gemächer hatten keine solche Feuersteine und waren deshalb so dunkel wie der Schlund der Hölle. Conan und Valeria vermieden es, sie zu betreten, und hielten sich an die beleuchteten Räume.

Spinnweben hingen in den Ecken, aber es lag nicht sonderlich viel Staub auf dem Boden und auch nicht auf den Tischen und Stühlen aus Marmor, Jade oder Karneol, die sie in den Gemächern entdeckten. Da und dort lagen auch Teppiche aus Seide, wie sie in Khitai bekannt und die so gut wie unzerstörbar waren. Nirgends jedoch gab es Fenster oder Türen, die sich zu einer Straße oder einem Hof öffneten. Die vorhandenen führten lediglich in einen weiteren Innenraum.

»Wieso kommen wir zu keiner Straße?«, beschwerte sich Valeria. »Dieser Palast, oder was immer dieses Bauwerk hier ist, muss so groß sein wie das Serail des Königs von Turan.«

»An einer Seuche sind sie offenbar nicht gestorben«, sagte Conan, der über das Rätsel dieser leeren Stadt nachdachte. »Denn sonst wären wir sicher längst auf Gebeine gestoßen. Vielleicht begann irgendetwas hier sein Unwesen zu treiben, das die Bewohner verjagte. Vielleicht ...«

»Vielleicht! Zur Hölle mit dem Vielleicht!«, unterbrach ihn Valeria aufgebracht. »Wir werden es nie erfahren. Sieh dir diese Friese an. Sie stellen zweifellos Menschen dar. Welcher Rasse, glaubst du, gehörten sie an?«

Conan musterte sie und schüttelte den Kopf.

»Solche Menschen habe ich noch nie gesehen. Aber sie haben etwas Fremdartiges an sich. Sie könnten aus dem Osten gekommen sein – aus Vendhya möglicherweise, oder aus Kosala.«

»Warst du vielleicht König von Kosala?«, fragte sie und tarnte ihre brennende Neugier mit Spott.

»Nein, aber Häuptling der Afghuli, die in den Himelianischen Bergen, jenseits der Grenzen Vendhyas, zu Hause sind. Sie sind den Kosalern sehr ähnlich. Aber weshalb sollten Kosaler so weit im Westen eine Stadt errichten?«

Die abgebildeten Gestalten waren die schlanker Männer und Frauen mit olivfarbener Haut und fein geschnittenen, exotischen Zügen. Sie trugen schleierfeine Gewänder mit viel kunstvollem Schmuck und waren hauptsächlich feiernd, tanzend oder bei der Liebe dargestellt.

»Zweifellos Menschen aus dem Osten«, brummte Conan. »Doch woher genau, weiß ich nicht. Sie müssen ein erstaunlich friedliches Leben geführt haben, sonst wären auch Kampfszenen abgebildet. Komm, steigen wir die Stufen hoch.«

Aus dem Gemach, das sie gerade betreten hatten, führte eine elfenbeinerne Wendeltreppe nach oben. Sie stiegen bis zum dritten Stock hoch und kamen in einen großen Raum, offenbar hinter der obersten Galeriereihe. Schmale Fenster oder vielmehr mit dünnem Kristall bedeckte Schlitze ließen das Tageslicht ein, in dessen Schein die Feuersteine bleich blinkten. Ein Blick durch die Türen offenbarte weitere, ähnlich erhellte Gemächer. Eine Tür führte zu einer weiteren Galerie, unter der sich aber eine viel kleinere Halle befand als die, durch die sie vom Stadttor aus gekommen waren.

»Zur Hölle!«, fluchte Valeria verärgert und setzte sich auf eine Jadebank. »Die Leute, die die Stadt verlassen haben, scheinen all ihre Kleinodien mit sich genommen zu haben. Ich habe keine Lust mehr, endlos durch diese kahlen Räume zu irren.«

»Alle oberen Gemächer sind hell«, sagte Conan. »Ich wollte, wir könnten ein Fenster finden, durch das die Stadt sich überblicken lässt. Schauen wir doch durch die Tür dort drüben!«

»Geh du allein«, brummte Valeria. »Ich bleibe hier und ruhe meine schmerzenden Füße aus.«

Conan verschwand durch die Tür gegenüber. Valeria lehnte sich mit hinter dem Kopf verschränkten Händen an die Wand und streckte die gestiefelten Beine aus.

Diese stillen Gemächer und Hallen mit ihren grünen Feuersteinen und den glühenden, blutroten Bodenfliesen begannen sie zu deprimieren. Sie wollte, sie würden endlich einen Ausgang aus diesem Labyrinth finden, der sie auf eine Straße brachte. Sie dachte darüber nach, was sich wohl in den vergangenen Jahrhunderten hier alles abgespielt hatte, welcher Rätsel und Gräueltaten diese glitzernden Steine an der Decke Zeuge gewesen sein mochten.

Ein schwaches, verstohlen klingendes Geräusch riss sie aus ihren Überlegungen. Mit dem blanken Schwert in der Hand stand sie auf den Füßen, noch ehe ihr klar geworden war, was sie aufgescheucht hatte. Conan war noch nicht zurückgekommen, aber sie wusste, dass nicht er es gewesen war, den sie gehört hatte.

Das Geräusch war von irgendwo jenseits der zur Galerie führenden Tür gekommen. Lautlos schlich sie in ihren weichen Lederstiefeln auf die Galerie und spähte durch die durchbrochene Brüstung hinunter.

Ein Mann stahl sich durch die Halle.

Sie empfand es als Schock, einen Menschen in dieser vermeintlich ausgestorbenen Stadt zu sehen. Sie kauerte sich hinter die steinerne Balustrade und beobachtete durch das kunstvoll verschlungene Muster den Schleichenden.

Der Mann ähnelte den auf den Friesen abgebildeten Menschen in keiner Weise. Er war etwa mittelgroß, sehr dunkel, doch nicht negroid, nackt, wenn man von einem seidenen Lendentuch absah, das seine muskulösen Hüften nur teilweise bedeckte, und von dem handbreiten Ledergürtel um seine schmale Taille. Sein schwarzes Haar hing in glatten Strähnen bis zur Schulter und verlieh ihm ein wildes Aussehen. Er wirkte hager, obgleich er kräftige

Muskeln hatte, die sich besonders stark an den Armen und Beinen abzeichneten, doch fehlte ihm das Fleischpolster, das seiner Gestalt eine ansprechende Symmetrie verliehen hätte – nein, er war so dürftig gebaut, dass es fast abstoßend wirkte.

Aber es war gar nicht so sehr seine äußere Erscheinung, welche die ihn beobachtende Frau beeindruckte. Er schlich geduckt dahin und drehte den Kopf wachsam von einer Seite zur anderen. Die breite Klinge in der Rechten zitterte und verriet so die grauenvolle Angst, die ihn erfüllte. Als er den Kopf ein wenig drehte, sah sie die wilden, verstörten Augen zwischen den ins Gesicht hängenden Strähnen seines schwarzen Haares.

Er bemerkte sie nicht. Auf Zehenspitzen glitt er durch die Halle und verschwand durch eine offene Tür. Einen Moment später vernahm sie einen abgewürgten Schrei, und dann herrschte wieder Stille.

Die Neugier quälte Valeria so stark, dass sie über die Galerie huschte, bis sie zu einer Tür genau über der kam, durch die der Mann getreten war. Sie öffnete sich zu einer weiteren, kleineren Galerie rings um ein großes Gemach.

Dieses Gemach befand sich im zweiten Stockwerk, und seine Decke war nicht so hoch wie die der Halle. Nur die Feuersteine erhellten es, und ihr gespenstisches grünes Glühen drang nicht durch die Schatten unterhalb der Galerie.

Valeria riss die Augen weit auf. Der Mann, den sie beobachtet hatte, war noch im Gemach.

Mit dem Gesicht lag er auf einem dunkelroten Teppich genau in der Mitte des Raumes. Er hatte die Arme weit ausgebreitet, und sein Krummsäbel lag ein wenig entfernt von ihm.

Sie wunderte sich, weshalb er sich überhaupt nicht

rührte. Doch dann verengten sich ihre Augen zu Schlitzen, als sie bemerkte, dass das Rot des Teppichs unter und neben ihm von anderer Tönung war.

Sie zitterte ganz leicht, als sie sich dichter an die Balustrade kauerte und sich bemühte, die Schatten unter der Galerie zu durchdringen, doch vergebens.

Plötzlich betrat jemand die Szene dieses grimmigen Dramas. Es war ein Mann, der dem ersten ähnelte, und er war durch eine Tür gegenüber der gekommen, die zur Halle führte.

Seine Augen leuchteten auf beim Anblick des Mannes auf dem Boden, und er sagte etwas mit Stakkatostimme, das wie »Chicmec!« klang. Doch der auf dem Boden rührte sich nicht.

Der eben erst eingetroffene Mann trat schnellen Schrittes zum ersten, beugte sich über ihn, packte ihn an den Schultern und drehte ihn um. Ein würgender Schrei entrang sich ihm, als der Kopf des anderen zurückfiel und nun zu erkennen war, dass der Hals von einem Ohr zum anderen aufgeschnitten war.

Der Mann ließ die Leiche zurück auf den blutbefleckten Teppich fallen. Er zitterte wie ein Blatt im Wind. Sein Gesicht war aschgrau vor Furcht. Zur Flucht bereit, erstarrte er plötzlich und stierte so reglos wie ein Statue mit aufgerissenen Augen quer durch das Gemach.

Im Schatten unter der Galerie begann ein gespenstisches Licht zu erglühen und anzuschwellen – ein Licht, das nicht von den Feuersteinen kam. Ein eisiger Schauder lief über Valerias Rücken, als sie es beobachtete: Wenn auch nur vage in dem pulsierenden Leuchten zu erkennen, schwebte hier ein Schädel – ein Menschenschädel und doch irgendwie erschreckend missgestaltet – und schien dieses gespenstische Licht auszustrahlen. Er hing offenbar körperlos in leerer Luft, aus Nacht und Schatten heraufbeschworen, und allmählich wurde er immer deutlicher. Ja, er war menschlich und doch nicht das, was sie unter menschlich verstand.

Der Mann stand absolut reglos, vor Grauen gelähmt, und starrte auf die Erscheinung. Sie löste sich aus den Schatten der Wand und ein eigener, grotesker Schatten begleitete sie. Langsam wurde er als mannesähnliche Gestalt erkennbar, deren Nacktheit weiß wie gebleichte Gebeine schimmerte. Der Totenschädel auf ihren Schultern grinste augenlos inmitten seines unheiligen Scheines, und der Mann gegenüber wirkte wie gebannt und vermochte seinen Blick nicht von dieser Furcht einflößenden Gestalt zu nehmen. Der Krummsäbel drohte den kraftlosen Fingern zu entgleiten, und sein Gesicht wirkte wie das eines Mannes, dem ein Zauberer seinen Willen aufzwingt.

Da wurde Valeria klar, dass nicht allein die Furcht ihn lähmte. Eine teuflische Eigenschaft dieses pulsierenden Glühens hatte ihn der Kraft zu denken und zu handeln beraubt. Obgleich sie sicher und unbemerkt ein Stockwerk höher war, spürte auch sie vage die unbeschreibliche Ausstrahlung der gespenstischen Erscheinung, die eine Bedrohung für den Verstand darstellte.

Das furchterregende Knochenwesen näherte sich seinem Opfer. Endlich rührte sich der Mann – doch nur, um seinen Säbel fallen zu lassen und auf die Knie zu sinken. Mit einer Hand bedeckte er die Augen und erwartete den Streich der Klinge, die nun in der Hand der Erscheinung glomm, als sie sich über ihn erhob wie das Bild des Todes, der über die Menschheit triumphiert.

Valeria folgte dem Impuls ihres ungestümen Wesens. Geschmeidig wie eine Katze schwang sie sich über die

Brüstung und landete hinter der schrecklichen Gestalt auf federnden Ballen. Bei dem sanften Aufprall ihrer weichen Stiefel wirbelte die grässliche Erscheinung herum, doch noch während der Drehung traf sie die scharfe Klinge des Mädchens. Wilde Freude erfüllte Valeria, als sie spürte, wie die Schneide tief in Fleisch und Knochen drang.

Die Erscheinung schrie gurgelnd auf und ging mit gespaltenen Schultern, Brustkorb und Rücken zu Boden. Im Fallen löste sich der glühende Totenschädel und rollte davon. Ein dunkles, im Tod verzerrtes Gesicht kam zum Vorschein, das von einer Mähne schwarzen Haares umrahmt war. Unter der furchterregenden Maske hatte sich also ein Mensch befunden, ein Mann ähnlich dem, der gebückt auf dem Boden kniete.

Als er den knochenberstenden Schlag und den abgewürgten Schrei gehört hatte, hatte er aufgeblickt, und nun starrte er mit wildem Staunen auf die weißhäutige Frau, die mit blutbesudeltem Schwert über der Leiche stand. Er taumelte hoch und stammelte verwirrt bei diesem Anblick, der ihm fast den Verstand raubte. Valeria staunte, als ihr bewusst wurde, dass sie ihn verstand. Er bediente sich des Stygischen, wenn auch eines Dialekts, der ihr nicht vertraut war.

»Wer seid Ihr? Woher kommt Ihr? Was macht Ihr hier in Xuchotl?« Und dann fuhr er sich fast überschlagend fort, ohne auf eine Antwort zu warten: »Aber Ihr müsst uns wohlgesinnt sein – ob nun Göttin oder Teufelin, was macht das schon aus! Ihr habt den Brennenden Schädel getötet! Es steckte also nur ein Mensch dahinter! Wir glaubten, *sie* hätten einen Dämon aus den Katakomben herbeibeschworen. *Hört!*«

Er hielt in seinem Wortschwall inne, erstarrte und spitzte sichtlich die Ohren. Doch Valeria hörte nichts.

»Wir müssen weg von hier, schnell!«, flüsterte er. »*Sie* sind westlich der großen Halle. Sie haben uns möglicherweise umzingelt und schleichen sich an!«

Mit krampfhaftem Griff, den zu lösen ihr schwerfiel, packte er ihr Handgelenk.

»Wen meinst du mit *sie*?«, erkundigte sich Valeria.

Er starrte sie verständnislos an, als könne er nicht begreifen, dass sie das nicht wusste.

»Sie?«, wiederholte er zerstreut. »Nun – die Menschen von Xotalanc. Der Clan des Mannes, den Ihr getötet habt. Sie, die am Osttor leben.«

»Du willst doch nicht sagen, dass diese Stadt bewohnt ist?«, rief das Mädchen überrascht.

»Natürlich!« Er zitterte in seiner Verängstigung und Ungeduld. »Kommt doch! Beeilt Euch! Wir müssen nach Tecuhltli zurück!«

»Wo ist denn das?«, fragte sie.

»Das Viertel am Westtor.« Wieder umklammerte er ihr Handgelenk und zog sie zur Tür, durch die er gekommen war. Schweißtropfen perlten auf seiner dunklen Stirn, und aus seinen Augen sprach übermächtige Angst.

»Warte doch!«, fauchte sie und entriss ihm ihren Arm. »Lass deine Finger von mir, oder ich spalte dir den Schädel. Worum geht es hier überhaupt? Wer bist du? Wohin willst du mich mitnehmen?«

Mit aller Willenskraft rang er um Fassung. Er schaute sich nach allen Richtungen um und redete so schnell, dass seine Worte sich erneut überschlugen.

»Ich bin Techotl von Tecuhltli. Ich und dieser Mann, der mit durchschnittener Kehle hier liegt, kamen in die Hallen des Schweigens, um einige der Xotalancas in einen Hinterhalt zu locken. Aber wir wurden getrennt, und als ich nach ihm suchte, fand ich ihn hier tot. Der Brennende Schädel hat ihn umgebracht, genau wie er mich ermordet hätte, hättet Ihr ihn nicht getötet. Aber vielleicht war er nicht allein. Andere von Xotalanc haben sich vielleicht hierhergeschlichen! Selbst die Götter erbleichen, wenn sie dem Geschick jener einen Gedanken widmen, die in die Gewalt der Xotalancas geraten.«

Bei diesen Worten erbebte er wie im Schüttelfrost, und seine dunkle Haut wurde fahlgrau. Valeria betrachtete ihn stirnrunzelnd. Sie spürte, dass es nicht nur leere Worte waren, aber sie ergaben keinen Sinn für sie.

Sie wandte sich dem Schädel zu, der immer noch pulsierend glühte. Sie streckte den Fuß aus, um ihn mit der Zehenspitze anzustoßen, als Techotl ganz erschrocken aufschrie: »Nicht berühren! Ihr dürft ihn nicht einmal ansehen! Wahnsinn und Tod lauern in ihm. Die Hexer von Xotalanc verstehen sein Geheimnis; sie fanden ihn in den Katakomben, wo die Gebeine der schrecklichen Könige bleichen – der Könige, die in den finsteren Jahrhunderten vergangener Zeit über Xuchotl herrschten. Blickt einer ihn an, der sein Geheimnis nicht kennt, so stockt ihm das Blut in den Adern, und sein Verstand schwindet. Ihn zu berühren, führt zu Wahnsinn und Tod.«

Valeria zog die Brauen zusammen und betrachtete den Mann unsicher. Er war keine sehr beruhigende Erscheinung mit seiner hageren Gestalt, den knotigen Muskeln und den zerzausten Haarsträhnen. Hinter der Furcht in seinen Augen glitzerte ein seltsames Licht, wie sie es bei einem Mann mit gesundem Geist noch nie gesehen hatte. Aber in seiner Sorge um sie schien er es ehrlich zu meinen.

»Kommt!«, flehte er sie an und streckte erneut die Hand nach ihr aus. Doch dann erinnerte er sich an ihre Warnung und zog sie hastig wieder zurück. »Ihr seid fremd hier. Wie Ihr hierhergekommen seid, weiß ich nicht. Doch wäret Ihr eine Göttin oder Dämonin, die gekommen ist, den Tecuhltli zu helfen, würdet Ihr all das wissen, was Ihr mich gefragt habt. Ihr müsst von jenseits des großen Waldes sein; von dort kamen auch unsere Vorfahren. Auf jeden Fall aber seid Ihr ein Freund, sonst hättet Ihr nicht meinen Feind getötet. Bitte, kommt schnell, ehe die Xotalancas uns entdecken und umbringen.«

Von seinem erregten, abstoßenden Gesicht blickte Valeria auf den gespenstischen Totenschädel, der schwelend und glühend in der Nähe des Toten lag. Er erschien ihr wie ein Schädel aus einem Traum, zweifellos menschlich und doch in seinen Umrissen beunruhigend missgestaltet. Der Lebende, dem dieser Schädel einst gehört hatte, musste fremdartig, ja monströs gewirkt haben. Der Lebende? Dieser Schädel schien immer noch zu leben, über eine eigene Art von Leben zu verfügen. Seine Kiefer öffneten sich und schnappten plötzlich zu. Die augenlosen Höhlen starrten sie an. Sein Leuchten wurde stärker, trotzdem wuchs der Eindruck, dass das nur ein Albtraum war. Ja, es war ein Traum, das ganze Leben war ein Traum. Glücklicherweise riss Techotls drängende Stimme Valeria aus dem düsteren Abgrund zurück, in den sie zu versinken drohte.

»Blickt ihn nicht an! Blickt den Schädel nicht an!« Die besorgte Stimme klang, als käme sie aus unendlicher Ferne.

Valeria schüttelte wie ein Löwe ihre Mähne. Ihre Augen wurden wieder klar. Techotl sagte zitternd: »Als er noch einem Lebenden gehörte, beherbergte er das schreckliche Gehirn eines Zauberers! Doch selbst jetzt noch steckt eine Art Leben, ein magisches Feuer in ihm, das er aus dem äußeren Sternenraum anzieht.«

Mit einem Fluch sprang Valeria geschmeidig wie ein

Panther – und der Schädel zersprang unter ihrem Schwert zu flammenden Knochenstücken. Irgendwo in diesem Raum oder im Nichts oder auch bloß in den Tiefen ihres Bewusstseins schrie eine unmenschliche Stimme ihren Schmerz und ihre Wut hinaus.

Techotls Hand zupfte sie am Arm, und er stammelte aufgeregt: »Ihr ha-abt ihn zerbro-ochen. Ihr habt ihn vernichtet. Selbst die Schwarze Magie Xotalancs kann ihn nun nicht mehr zusammenfügen! Kommt jetzt! Kommt schnell!«

»Aber ich kann nicht weg!«, protestierte sie. »Ein Freund ist hier ...«

Das Zucken seiner Augen ließ sie innehalten. Panikerfüllt starrte er an ihr vorbei. Sie wirbelte herum, gerade als vier Männer durch vier verschiedene Türen hereinstürmten und auf das Paar in der Mitte des Raumes zukamen.

Sie ähnelten den anderen, die sie bisher gesehen hatte. Sie hatten die gleichen knotigen Muskeln an den ansonsten dürren Gliedmaßen, das gleiche strähnige blauschwarze Haar, den gleichen leicht irren Blick der großen Augen. Sie waren wie Techotl bewaffnet und gekleidet, doch auf die Brust hatte ein jeder von ihnen einen weißen Totenschädel gemalt.

Es gab keine Herausforderung, keine Kampfrufe. Wie blutdurstige Tiger sprangen die Männer von Xotalanc ihre Gegner an. Techotl stellte sich ihnen mit der Wut der Verzweiflung. Er duckte sich unter dem Hieb einer breiten Klinge, packte den, der sie schwang, und warf ihn zu Boden, wo sie in tödlichem Schweigen miteinander rangen.

Die anderen drei drangen auf Valeria ein. Ihre seltsamen Augen funkelten rot wie die von tollwütigen Hunden.

Sie tötete den ersten, der in ihre Reichweite kam, noch ehe er seine Klinge zu schwingen vermochte – ihr langes, gerades Schwert spaltete ihm den Schädel. Dem Stoß des zweiten wich sie seitwärts aus, während sie gleichzeitig den Hieb des dritten parierte. Ihre Augen blitzten, und ihre Lippen lächelten erbarmungslos. Wieder war sie ganz Valeria von der Roten Bruderschaft, und das Summen des Stahles klang wie Brautgesang in ihren Ohren.

Ihr Schwert stieß vorbei an einer Klinge, die ihre Attacke zu parieren versuchte, und bohrte sich sechs Zoll tief durch einen Ledergürtel in den Bauch des Gegners. Der Mann japste schmerzerfüllt und ging in die Knie, aber sein etwas größerer Kamerad bedrängte das Mädchen in wildem Schweigen mit einem wahren Hagel von Hieben, sodass sie nicht dazu kam, selbst anzugreifen. Kühl wich sie ein wenig zurück und parierte. Sie wusste, dass sie nur auf ihre Chance zu warten brauchte, denn lange konnte der Bursche diesen heftigen Angriff nicht durchhalten. Sein Arm würde ermüden, ihm musste der Atem ausgehen, er würde langsamer werden, und dann war es so weit, ihm die Klinge ins Herz zu stoßen. Ein schneller Seitenblick verriet ihr, dass Techotl auf der Brust seines Gegners kniete und sich bemühte, sein Handgelenk aus dessen Griff zu befreien, um ihm den Dolch in die Brust zu stoßen.

Schweiß glänzte auf der Stirn des Mannes ihr gegenüber. Seine Augen waren wie brennende Kohlen. So sehr er auch auf sie einhieb, es gelang ihm nicht, ihre Deckung zu brechen oder sie zu umgehen. Sein Atem kam bereits in heftigen Stößen, und er schlug nur noch blindlings zu. Sie wollte einen Schritt zurück machen, um das Schwert zum tödlichen Hieb zu schwingen, als ihre Beine plötzlich mit eisernem Griff umschlungen wurden. Sie hatte den Verwundeten auf dem Boden vergessen.

Auf den Knien kauernd hatte er beide Arme um ihre Beine gelegt. Sein Kamerad sah es und krächzte triumphierend. Er versuchte nun, von der linken Seite an sie heranzukommen. Valeria zerrte und riss wild, konnte sich jedoch nicht befreien, es sei denn, sie würde ihr Schwert nach unten stoßen, doch im gleichen Augenblick würde der Krummsäbel des größeren Mannes ihr den Schädel spalten. Der Verwundete schlug ihr wie ein Raubtier die Zähne in den nackten Schenkel.

Mit der Linken fasste sie sein langes Haar und zwang den Kopf zurück, sodass die rollenden Augen und weißen Zähne zu ihr hochschauten. Der größere Xotalanca brüllte und sprang. Mit ganzer Kraft hieb er auf sie ein. Durch den anderen behindert, parierte sie den Krummsäbel, dabei glitt ihr Schwert ab, und die flache Klinge prallte gegen ihren Kopf, dass sie Funken vor ihren Augen sprühen sah. Sie taumelte. Schon hob sich der Krummsäbel erneut. Der Xotalanca brüllte triumphierend – da tauchte plötzlich eine riesenhafte Gestalt hinter ihm auf, und Stahl glitzerte wie ein bläulicher Blitz. Der Triumphschrei des Dunkelhäutigen erstarb. Mit bis zur Kehle gespaltenem Schädel sackte er auf den Boden.

»Conan!«, keuchte Valeria erfreut. Mit wilder Wut wandte sie sich dem Xotalanca zu, dessen Haar sie noch in der Linken hielt. »Höllenhund!«, fauchte sie. Ihre Klinge durchtrennte seinen Hals. Der blutüberströmte geköpfte Rumpf fiel zurück auf die Fliesen. Den Schädel schleuderte Valeria von sich.

»Was, zum Teufel, geht hier vor?« Conan stand über der Leiche des Mannes, den er getötet hatte. Das Breitschwert hielt er in der Hand. Er blickte sich verwundert um.

Techotl erhob sich von dem zuckenden letzten Xotalanca und schüttelte die roten Tropfen von seinem Dolch. Er selbst blutete aus einem Stich im Schenkel. Mit weit aufgerissenen Augen starrte er Conan an.

»Was hat das alles zu bedeuten?«, fragte Conan erneut, der sich noch nicht ganz von seiner Überraschung erholt hatte, Valeria hier in einem wilden Kampf mit diesen phantastischen Gestalten zu sehen, und das in einer Stadt, die er für verlassen gehalten hatte. Als er von seiner ziellosen Suche in den oberen Räumen zurückgekehrt war und Valeria nicht mehr in dem Gemach vorgefunden hatte, in dem er sie zurückgelassen hatte, war er den an seine erstaunten Ohren dringenden Kampfgeräuschen gefolgt.

»Fünf tote Hunde!«, rief Techotl. Gespenstische Begeisterung sprach aus seinen flammenden Augen. »Fünf Erschlagene! Fünf rote Nägel für die schwarze Säule. Den Göttern des Blutes sei gedankt!«

Hoch streckte er die leicht zitternden Arme aus. Dann spuckte er mit verzerrtem Gesicht auf die Leichen, trampelte auf ihre Köpfe und hüpfte gespenstisch frohlockend umher. Seine neuen Verbündeten betrachteten ihn erstaunt. Conan fragte auf Aquilonisch: »Wer ist dieser Irre?«

Valeria zuckte die Schultern.

»Er sagte, er heißt Techotl. Seinen Worten war zu entnehmen, dass sein Clan in einem Viertel dieser verrückten Stadt wohnt, und ihre Feinde im entgegengesetzten. Vielleicht sollten wir mit ihm gehen. Er scheint freundlich zu sein, und ganz offensichtlich ist der andere Clan das nicht.«

Techotl hatte aufgehört herumzuhüpfen, lauschte mit schräg gelegtem Kopf wie ein Hund, und wieder zeichnete sich Furcht auf seinem abstoßend hässlichen Gesicht ab.

»Kommt jetzt!«, wisperte er. »Wir haben genug geschafft! Fünf tote Hundesöhne! Mein Clan wird euch willkommen heißen. Meine Leute werden euch ehren! Doch kommt jetzt! Es ist weit bis nach Tecuhltli. Jeden Augenblick können die Xotalancas in einer Zahl eintreffen, die selbst für eure Schwerter zu groß wäre.«

»Führe uns«, brummte Conan.

Sofort stieg Techotl eine Treppe zur Galerie hoch und bedeutete den anderen, ihm zu folgen. Die beiden mussten sich beeilen, um ihm dicht auf den Fersen bleiben zu können. Auf der Galerie angekommen, rannte er durch eine Tür Richtung Westen und dann von Gemach zu Gemach, von denen jedes entweder durch hohe Fensterschlitze oder die grünen Feuersteine erhellt wurde.

»Was ist das nur für ein Ort?«, murmelte Valeria leise.

»Das weiß Crom!«, antwortete Conan. »Aber Menschen dieser Rasse habe ich bereits gesehen. Sie leben um den Zuadsee, nahe der Grenze nach Kush. Sie stammen von Stygiern ab, die sich mit einer anderen Rasse vermischten, welche vor Jahrhunderten aus dem Osten kam und in ihnen aufging. Tlazitlans nennen sie sich. Ich möchte jedoch wetten, dass nicht sie es waren, die diese Stadt erbauten.«

Techotls Unruhe wurde nicht geringer, obwohl der Raum mit den Toten nun bereits weit zurücklag. Immer wieder legte er den Kopf schräg, um zu lauschen, und starrte mit brennenden Augen durch jede Türöffnung, an der sie vorbeikamen.

Unwillkürlich schauderte Valeria. Sie fürchtete keinen menschlichen Gegner, aber der rot glühende Boden unter den Füßen, die gespenstischen Steine über dem Kopf und die lauernden Schatten dazwischen sowie die Verstohlenheit und Furcht ihres Führers erweckten ein bedrückendes Gefühl in ihr, und sie glaubte nun schon fast selbst, überall einen Hinterhalt nicht menschlicher Gegner zu spüren.

»Sie sind möglicherweise zwischen uns und Tecuhltli!«, flüsterte Techotl einmal. »Wir müssen sehr vorsichtig sein, weil sie uns vielleicht auflauern.«

»Warum verlassen wir diesen verdammten Palast nicht und laufen auf den Straßen weiter?«, fragte Valeria.

»Es gibt keine Straßen in Xuchotl«, antwortete er. »Auch keine Höfe oder offene Plätze. Die ganze Stadt ist als ein einziger gewaltiger Palast unter einem riesigen Dach erbaut. Einer Straße am nächsten kommt noch die Große Halle, die die Stadt vom Nord- zum Südtor durchquert. Die einzigen Türen zur Außenwelt sind die Stadttore, durch die seit fünfzig Jahren kein Lebender mehr getreten ist.«

»Wie lange lebst du schon hier?«, fragte Conan.

»Ich wurde in der Burg von Tecuhltli vor fünfunddreißig Jahren geboren. Noch nie setzte ich einen Fuß vor die Stadt. Bei den Göttern, schweigen wir nun lieber. Die Hallen mögen voll dieser lauernden Teufel sein. Olmec wird euch alles erklären, wenn wir erst in Tecuhltli sind.«

Also schlichen sie stumm weiter, unter den grünen Feuersteinen und über die flammenden Fliesen. Valeria schien es, als flohen sie durch die Hölle, geführt von einem dunkelhäutigen, langhaarigen Gnom.

Und doch war es Conan, der sie zurückhielt, als sie ein ungewöhnlich breites Gemach durchqueren wollten. Seine an die Wildnis gewöhnten Ohren waren noch schärfer als die von Techotl, die durch die lebenslangen Kämpfe in diesen stillen Korridoren geschärft waren.

»Du meinst, dass einige eurer Feinde uns irgendwo unterwegs auflauern könnten?«

»Sie streifen zu allen Zeiten durch diese Räume«, antwortete Techotl, »genau wie wir auch. Die Hallen und Gemächer zwischen Tecuhltli und Xotalanc sind umstrittenes Niemandsland. Wir nennen diesen Teil hier die Hallen des Schweigens. Weshalb fragt Ihr?«

»Weil in dem Raum vor uns Menschen sind«, antwortete Conan. »Ich hörte Stahl gegen Stein scharren.«

Wieder erzitterte Techotl heftig, und er musste die Zähne zusammenbeißen, damit sie nicht klapperten.

»Vielleicht sind es deine Freunde?«, meinte Valeria.

»Wir dürfen kein Risiko eingehen«, keuchte Techotl. Er glitt durch eine Tür links von ihnen in ein Gemach, in dem eine elfenbeinerne Wendeltreppe in die dunkle Tiefe führte.

»Über sie kommt man zu einem unbeleuchteten Korridor unter diesen Räumen«, zischte er. Dicke Schweißperlen glänzten auf seiner Stirn. »Möglicherweise lauern sie auch dort, und es ist nur ein Trick, uns dorthin zu locken. Aber wir wollen hoffen, dass sie ihren Hinterhalt nur in den oberen Räumen legten. Kommt, beeilt euch!«

Lautlos wie Phantome huschten sie die Treppe hinunter und kamen zu einem Korridorschlund so schwarz wie die Nacht. Eine kurze Weile blieben sie lauschend davor stehen, ehe sie eintraten. Als sie ihn entlangschlichen, prickelte Valerias Haut zwischen den Schultern in Erwartung eines Schwertstoßes aus dem Dunkeln. Hätte Conan nicht eine Hand um ihren Arm gelegt, wäre es unmöglich für sie gewesen, genau zu sagen, wo ihre beiden Begleiter sich aufhielten, denn die zwei waren ebenso wenig zu hören wie eine sich anschleichende Katze. Die Dunkelheit hier war absolut. Mit der ausgestreckten Hand konnte sie eine Wand ertasten, und hin und wieder spürte sie eine Tür. Der Korridor erschien ihr endlos.

Plötzlich erstarrten sie, als hinter ihnen ein Geräusch zu vernehmen war. Ein Schauder lief über Valerias Rücken, denn sie erkannte es als das leise Schließen einer Tür. Also befanden sich Menschen hinter ihnen im Korridor. Während sie sich noch mit diesem Gedanken beschäftigte, stolperte sie über etwas, das sich wie ein menschlicher Schädel anfühlte. Erschreckend laut klappernd rollte es über den Steinboden.

»Lauft!«, japste Techotl mit hysterisch klingender Stimme und raste schon wie ein fliegendes Gespenst den Korridor hinunter.

Conan legte einen Arm um Valerias Taille und zog sie mit sich hinter ihrem Führer her. Der Cimmerier sah in der Finsternis nicht besser als sie, aber ein sicherer Instinkt lenkte ihn. Ohne seine Hilfe wäre sie gestolpert oder gegen die Wand getaumelt. Und so rasten sie den Gang hinunter, während die Schritte der Verfolger immer lauter wurden, denn sie holten offenbar auf. Plötzlich keuchte Techotl: »Hier ist die Treppe! Mir nach. Schnell!«

Seine Hand schoss aus der Dunkelheit und legte sich um Valerias, als sie blindlings die Stufen hochstolperte. Sie fühlte sich die Wendeltreppe halb hochgezogen, halb gehoben, nachdem Conan sie losgelassen und sich umgedreht hatte, als seine Ohren und sein Instinkt ihm verrieten, dass ihre Gegner ihnen dicht auf den Fersen waren. *Und er hörte nicht nur Schritte menschlicher Füße!*

Etwas wand sich die Stufen hoch, etwas, das leicht raschelnd über den Stein glitt und von dem irgendwie Grabeskälte ausging. Conan stieß sein mächtiges Schwert hinab und spürte, wie die Klinge durch etwas drang, das aus Fleisch und Knochen bestehen mochte, dann prallte der Stahl gegen den Stein der Treppe. Etwas berührte seinen Fuß, worauf er vor Kälte schier erstarrte, und dann wurde die Stille durch ein schreckliches Umsichpeitschen und -hauen gebrochen, und ein Mann schrie in Todespein auf. Im nächsten Moment raste Conan die Wendeltreppe weiter hoch und schoss durch die offene Tür an ihrem Ende.

Valeria und Techotl waren bereits hindurch. Hastig schlug der Tecuhltli sie hinter ihm zu und schob einen Riegel vor – den ersten, den Conan in diesem endlosen Palast sah, seit sie ihn durch das Nordtor betreten hatten.

Dann rannte Techotl durch das gut beleuchtete Gemach, in das sie von der Treppe gekommen waren. Als sie die gegenüberliegende Tür erreichten, schaute Conan über die Schulter zur anderen Tür zurück. Sie ächzte und gab bereits leicht nach unter dem ungeheuren Druck von außen.

Obgleich weder seine Geschwindigkeit noch seine Vorsicht nachließen, wirkte Techotl jetzt doch ruhiger und sicherer. Man sah ihm an, dass er in vertrautes Gebiet, in Rufweite von Freunden gekommen war.

Aber Conan weckte seine Furcht erneut, indem er fragte: »Was war das für eine Kreatur, gegen die ich auf der Treppe gekämpft habe?«

»Die Männer von Xotalanc«, antwortete Techotl, ohne sich umzudrehen. »Ich sagte doch, dass es hier von ihnen nur so wimmelt.«

»Es war kein Mann!«, brummte Conan. »Es war etwas, das kroch und eiskalt war. Das spürte ich, als ich es streifte. Ich glaube, ich habe es durchtrennt. Es stürzte auf unsere Verfolger hinab und muss jemanden in seinem Todeskampf erschlagen haben.«

Techotl zuckte zurück. Sein Gesicht war erneut aschgrau. Am ganzen Leibe zitternd beschleunigte er seinen Schritt wieder.

»Das war der Kriecher! Ein Ungeheuer, das *sie* aus den Katakomben geholt haben, damit es ihnen helfen möge. Welcher Art es genau ist, wissen wir nicht, aber diejenigen von unseren Leuten, die es getötet hat, sahen schrecklich aus, als wir sie fanden. In Sets Namen, beeilt euch. Wenn sie es auf unsere Fährte ansetzten, wird es uns bis zum Tor von Tecuhltli folgen!«

»Das bezweifle ich«, brummte Conan. »Ich glaube nicht, dass es meinen Hieb auf der Treppe überlebt hat.«

»Schnell! Schnell! Beeilt euch!«, drängte Techotl, ohne auf seine Worte zu achten.

Sie rannten durch eine Reihe grün beleuchteter Gemächer, quer durch eine breite Halle und blieben vor einem gewaltigen Bronzetor stehen.

»Das ist Tecuhltli!«, erklärte Techotl außer Atem.

III

Ein Volk in Fehde

Techotl hämmerte mit den Fäusten an die Tür, dann drehte er sich halb um, damit er die Halle im Auge behalten konnte.

»So mancher wurde noch hier an dieser Tür erschlagen, als er sich bereits in Sicherheit wähnte«, sagte er.

»Weshalb öffnen sie nicht?«, fragte Conan.

»Sie betrachten uns durch das Auge«, antwortete Techotl. »Sie machen sich zweifellos Gedanken über euch.« Laut rief er: »Mach auf, Excelan! Ich bin es, Techotl, mit Freunden aus der großen Welt jenseits des

Waldes!« Er wandte sich wieder an seine neuen Verbündeten. »Sie werden öffnen.«

»Hoffentlich schnell!«, brummte Conan grimmig. »Ich höre etwas auf die Halle zukriechen.«

Wieder färbte sich des Tecuhltlis Gesicht aschfahl. Mit verzweifelter Heftigkeit hämmerte er erneut an die Tür und rief schrill: »Macht endlich auf! Der Kriecher ist hinter uns her!«

Noch während er hämmerte und brüllte, schwang die gewaltige Bronzetür lautlos zurück. Quer über den Eingang hing eine dicke Eisenkette und darüber hoben sich Speerspitzen. Die grimmigen Gesichter dahinter musterten sie eindringlich. Dann fiel die Kette. Techotl griff nervös nach den Armen seiner neuen Freunde und zerrte sie geradezu über die Schwelle. Ein Blick über die Schulter in dem Augenblick, als das Tor sich schloss, zeigte Conan am entgegengesetzten Ende der düsteren Halle etwas Schlangenähnliches, das langsam, wie unter großen Schmerzen aus einer Tür kroch. Der grässliche, blutbefleckte Schädel schwankte wie betrunken. Dann hatte sich das Tor geschlossen.

In dem rechteckigen Raum, in den sie gekommen waren, wurden schwere Riegel vor die Tür geschoben und die Kette wieder befestigt. Zweifellos war die Tür so massiv, dass sie selbst mehreren gleichzeitig auf sie einstürmenden Rammböcken widerstehen konnte. Vier Männer hielten hier Wache. Sie hatten das gleiche strähnige schwarze Haar wie Techotl und dieselbe Hautfarbe. Bewaffnet waren sie mit Speeren, die sie in den Händen hielten, und mit Krummsäbeln an ihren Seiten. In der Wand neben der Tür befand sich eine kompliziert wirkende Anordnung von Spiegeln. Conan nahm an, dass sie das »Auge« darstellten, das Techotl erwähnt hatte. Mit ihrer Hilfe konnte man durch einen schmalen Wandschlitz mit Kristallscheibe nach draußen blicken, ohne selbst bemerkt zu werden. Die vier Posten betrachteten die beiden Fremden sichtlich staunend, doch sie stellten keine Fragen, und Techotl gab ihnen auch keine Erklärung. Seine Haltung verriet nun Selbstvertrauen. Es war, als hätte er beim Übertreten der Schwelle seine Furcht und Unentschlossenheit wie einen Umhang abgelegt.

»Kommt!«, wandte er sich an seine neuen Freunde.

Conan blickte zum Tor.

»Was ist mit diesen Burschen, die uns verfolgten? Werden sie nicht versuchen, das Tor zu stürmen?«

Techotl schüttelte den Kopf.

»Sie wissen, dass sie das Portal des Adlers nicht aufbrechen können. Sie werden mit ihrem kriechenden Ungeheuer nach Xotalanc zurückkehren. Kommt jetzt, ich bringe euch zu den Herrschern von Tecuhltli.«

Einer der vier Posten öffnete die Tür gegenüber dem Tor. Sie kamen in eine Halle, die wie die meisten Räume auf diesem Stockwerk sowohl durch schlitzähnliche Oberlichter als auch schimmernde Feuersteine erhellt wurde. Doch im Gegensatz zu allen bisherigen Räumlichkeiten merkte man dieser Halle an, dass sie bewohnt war. Samtbehänge schmückten die glänzenden Jadewände, und auf den Elfenbeinstühlen, Bänken und Diwanen lagen satinbezogene Kissen.

Die Tür am Ende dieser Halle war kunstvoll verziert. Eine Wache stand davor. Ohne jede Förmlichkeit stieß Techotl sie auf und bat seine Freunde, in den großen Raum dahinter zu treten, in dem etwa dreißig dunkelhäutige Männer und Frauen bei ihrem Anblick erstaunt von Diwanen aufsprangen.

Die Männer, mit Ausnahme eines einzigen, waren alle

vom gleichen Typus wie Techotl. Auch die Frauen hatten die merkwürdigen Augen, doch sie waren auf ihre Art durchaus anziehend. Sie trugen Sandalen, goldene Brustschalen und kurze Seidenröcke, gehalten von edelsteinbesetzten Gürteln. Ihre gerade geschnittenen schwarzen Haare reichten bis zu den bloßen Schultern, schmale silberne Stirnreifen schmückten sie.

Auf einem breiten Elfenbeinthron auf einem Jadepodest saßen ein Mann und eine Frau, die sich ein wenig von den anderen unterschieden. Er war ein Riese mit ungewöhnlich mächtiger Brust und den Schultern eines Stiers. Im Gegensatz zu allen anderen hatte er einen dichten blauschwarzen Bart, der bis fast zu seinem breiten Gürtel wallte. Bekleidet war er mit einem purpurnen Seidengewand, das bei jeder Bewegung schillerte. Aus den weiten, bis zu den Ellbogen zurückgestreiften Ärmeln ragten dicke, sehnige Arme. Am Stirnband, das das blauschwarze dicke Haar zusammenhielt, glitzerten Juwelen.

Die Frau neben ihm war genau wie die anderen erstaunt aufgesprungen, als die Fremden das Zimmer betraten. Nachdem sie Conan flüchtig betrachtet hatten, blieb ihr Blick mit brennender Eindringlichkeit auf Valeria ruhen. Die Frau war hochgewachsen und schlank und bei Weitem die schönste der dunkelhäutigen Frauen. Sie war noch spärlicher bekleidet als die anderen. Statt eines Rockes trug sie lediglich einen breiten Streifen mit Goldfäden durchzogenen Purpurstoffes, der am Gürtel befestigt war und bis über die Knie fiel. Ein weiterer Streifen bedeckte das Gesäß. Ihre Brustschalen und der Stirnreif waren dicht mit Edelsteinen besetzt. Ihre Augen, als einzige unter all denen der übrigen Dunkelhäutigen, wirkten normal, ohne diesen Ausdruck brütenden Irrsinns. Nach ihrem ersten Aufschrei öffnete sie die Lippen nicht mehr. Angespannt ließ sie keinen Blick von Valeria.

Der Mann auf dem Elfenbeinthron war ruhig sitzen geblieben.

»Prinz Olmec.« Techotl verbeugte sich tief mit ausgestreckten Armen und nach oben gerichteten Handflächen. »Ich bringe Verbündete aus der Welt jenseits des Waldes. Im Gemach Tezcotis mordete der Brennende Schädel meinen Kameraden Chicmec ...«

»Der Brennende Schädel!«, raunten die Anwesenden verängstigt.

»Ja. Ich betrat das Gemach und fand Chicmec mit durchschnittener Kehle. Ehe ich zu fliehen vermochte, kam der Brennende Schädel auf mich zu. Als ich zu ihm hochblickte, stockte mein Blut, und das Mark meiner Knochen drohte zu schmelzen. Ich vermochte weder zu kämpfen noch zu fliehen, ich konnte nur hilflos auf den Todesstreich warten. Doch da sprang diese weißhäutige Frau von der Galerie herab und schlug den Brennenden Schädel mit ihrem Schwert nieder. Dabei stellte sich heraus, dass es nur ein Hundesohn von Xotalanc war mit weißer Farbe auf der Haut und dem lebenden Schädel eines alten Zauberers über dem Kopf. Jetzt ist der Brennende Schädel in viele Stücke zerschlagen, und der Kerl, der ihn trug, ist tot.«

Eine unbeschreiblich wilde Begeisterung sprach aus diesem letzten Satz, und die gespannt Lauschenden murmelten aufgeregt.

»Wartet!«, rief Techotl. »Das ist nicht alles. Während ich mit der Frau sprach, überfielen uns vier Xotalancas! Einen tötete ich – die Wunde in meinem Schenkel beweist, wie wild dieser Kampf war. Zwei tötete die Frau.

Aber wir waren in arger Bedrängnis, als dann dieser Mann herbeistürmte und den Schädel des vierten spaltete. Ja! Fünf rote Nägel dürfen in die Rachesäule geschlagen werden!«

Er deutete auf einen Ebenholzpfeiler hinter dem Podest. Hunderte roter Punkte zeichneten sich auf dem glänzenden Holz ab – die roten Köpfe schwerer Kupfernägel.

»Fünf rote Nägel für fünf besiegte Xotalancas!«, rief Techotl triumphierend. Die wilde Begeisterung der Zuhörer machte ihre Gesichter beinah unmenschlich.

»Wer sind diese Leute?«, erkundigte sich Olmec. Seine Stimme klang wie das tiefe Grollen eines fernen Stieres. Keiner in Xuchotl schien wirklich laut zu sprechen. Es war, als hätte sich die Stille der leeren Hallen und verlassenen Gemächer auf sie übertragen.

»Ich bin Conan, ein Cimmerier«, antwortete der Barbar kurz. »Diese Frau ist Valeria von der Roten Bruderschaft, eine aquilonische Piratin. Wir sind Fahnenflüchtige einer Armee an der Darfargrenze weit im Norden und versuchen uns zur Küste durchzuschlagen.«

In ihrer Hast überschlugen sich die Worte der Frau auf dem Podest fast.

»Ihr werdet die Küste nie erreichen. Es gibt kein Entkommen aus Xuchotl. Ihr werdet den Rest eures Lebens in dieser Stadt bleiben müssen!«

»Was soll das heißen?«, knurrte Conan. Er legte die Hand um den Schwertgriff und stellte sich so, dass er sowohl den Thron als auch den Rest des Raumes im Auge behalten konnte. »Wollt Ihr damit andeuten, dass wir Gefangene sind?«

»Nein, das meinte sie nicht«, warf Olmec ein. »Wir sind eure Freunde und würden euch nicht gegen euren Willen zurückhalten. Wir fürchten nur, dass andere Umstände euer Verlassen der Stadt unmöglich machen werden.«

Sein Blick flog zu Valeria, aber er senkte schnell die Augen und deutete auf seine Gefährtin. »Das ist Tascela, eine Prinzessin der Tecuhltli. Doch genug der Worte. Tischt unseren Gästen auf. Zweifellos sind sie hungrig und durstig und auch müde von ihrem langen Weg.«

Er deutete auf einen kunstvoll geschnitzten Elfenbeintisch. Nachdem Conan und Valeria einen schnellen Blick gewechselt hatten, setzten sie sich. Den Cimmerier quälte Misstrauen. Seine eisblauen Augen sahen sich wachsam um, und seine Hand bleib nahe bei seinem Schwert. Doch eine Einladung zu Speis und Trank konnte er nie ablehnen. Sein Blick wanderte immer wieder zu Tascela, doch die Prinzessin hatte nur Augen für die weißhäutige Piratin.

Techotl hatte sich einen Streifen Seide um die Schenkelwunde gebunden. Er ließ sich nun an der Tafel nieder, um seine neuen Freunde zu bedienen. Er erachtete es als Ehre, sich ihrer anzunehmen, und kostete die Speisen und Getränke, die seine Artgenossen in goldenen Gefäßen herbeitrugen, ehe er sie seinen Gästen vorsetzte. Während sie sich stärkten, blieb Olmec stumm auf seinem Elfenbeinthron sitzen und beobachtete sie unter den buschigen schwarzen Brauen hervor. Tascela saß wieder neben ihm. Sie hatte das Kinn auf die Hände gestützt, und die Ellbogen ruhten auf ihren Knien. Ihre dunklen Augen, in denen ein geheimnisvolles Feuer zu brennen schien, ließen keinen Blick von Valerias geschmeidiger Gestalt. Ein dunkles hübsches Mädchen hinter ihr fächerte ihr mit Straußenfedern in bedächtigem Rhythmus Kühlung zu.

Zu essen gab es eine den beiden Abenteurern unbekannte exotische Frucht, die sehr gut schmeckte, und zu trinken einen milden Rotwein mit angenehmer Note.

»Ihr seid von sehr weit hergekommen«, sagte Olmec schließlich. »Ich habe die Bücher unserer Väter gelesen. Aquilonien liegt jenseits der Lande der Stygier und Shemiten und noch hinter Argos und Zingara, und Cimmerien viel weiter nördlich als Aquilonien.«

»Wir haben beide ruheloses Blut in den Adern«, antwortete Conan gleichmütig.

»Wie es euch gelungen ist, durch den Wald zu kommen, ist mir ein Rätsel«, gestand Olmec. »In alten Zeiten schafften tausend Krieger es kaum, sich einen Weg durch all seine Gefahren zu schlagen.«

»Wir stießen auf ein kurzbeiniges Ungeheuer von der Größe eines Mastodons«, sagte Conan gleichmütig wie zuvor und reichte Techotl seinen Weinkelch, der ihn mit sichtlicher Freude nachfüllte. »Doch als wir es getötet hatten, hielt uns nichts mehr auf.«

Der Kelch entglitt Techotls zitternder Hand. Wieder einmal nahm seine dunkle Haut eine aschgraue Tönung an. Olmec sprang halb auf und starrte Conan mit weiten Augen an. Ein ehrfurchtsvolles Seufzen entrang sich den Lippen der anderen. Einige sackten auf die Knie, als wären ihre Beine nicht mehr imstande sie zu tragen. Nur Tascela schien die Worte des Cimmeriers nicht gehört zu haben. Conan blickte sich verwirrt um.

»Was habt ihr denn? Weshalb starrt ihr uns so an?«

»Ihr ... ihr habt den Drachengott getötet?«

»Gott? Ich habe einen Drachen getötet. Und warum nicht? Er hatte die Absicht, uns zu verschlingen.«

»Aber Drachen sind unsterblich!«, rief Olmec. »Sie können sich zwar untereinander umbringen, doch noch nie hat ein Mensch einen Drachen getötet! Die tausend Krieger unserer Vorfahren, die sich nach Xuchotl durchkämpften, vermochten ihnen nichts anzuhaben. An ihren Schuppen brachen ihre Klingen, als wären sie morsche Zweige!«

»Wenn eure Vorfahren auf die Idee gekommen wären, ihre Speere in den giftigen Saft der Derketa-Äpfel zu tauchen«, sagte Conan mit vollem Mund kauend, »und sie ihnen in die Augen oder Rachen oder sonstwohin zu stoßen, wo sie keine Schuppen haben, hätten sie festgestellt, dass die Drachen nicht weniger sterblich sind als irgendwelches Schlachtvieh. Der Kadaver liegt am Rand der Bäume, gerade noch im Wald. Wenn ihr mir nicht glaubt, braucht ihr ihn euch nur anzusehen.«

Olmec schüttelte den Kopf, doch nicht aus Unglauben, sondern staunend.

»Der Drachen wegen suchten unsere Vorfahren Zuflucht in Xuchotl«, erklärte er. »Sie wagten es nicht mehr, den Wald am anderen Ende der Ebene zu durchqueren. Viele Dutzende von ihnen wurden von den Ungeheuern gerissen und verschlungen, ehe sie die Stadt erreichen konnten.«

»Dann waren es nicht eure Väter, die Xuchotl erbauten?«, fragte Valeria.

»Die Stadt war schon sehr alt, als sie in dieses Land kamen. Wie lange sie schon gestanden hatte, wussten nicht einmal ihre degenerierten Bewohner.«

»Seid ihr vom Zuadsee?«, fragte Conan.

»Ja. Vor etwas mehr als einem halben Jahrhundert erhob sich ein Stamm der Tlazitlans gegen den König von Stygien. Da diese Tlazitlans in der Schlacht geschlagen wurden, flohen sie südwärts. Viele Wochen irrten sie über Grasland, Wüsten und Berge, bis sie schließlich – tausend Krieger mit ihren Frauen und Kindern – zu dem gewaltigen Wald kamen.

Dort fielen die Drachen über sie her und zerrissen so manchen. Also floh der vom Pech verfolgte Stamm vor ihnen und erreichte endlich die Ebene, in deren Mitte sich die Stadt Xuchotl erhob.

Sie schlugen ihr Lager vor der Stadt auf, da sie nicht wagten, die Ebene zu verlassen, denn das Brüllen der gegeneinander kämpfenden Ungeheuer war furchterregend, und es war aus allen Teilen des Waldes zu hören. In die Stadt hinein konnten sie nicht. Ihre Bewohner hatten die Tore verschlossen und schossen von der Brustwehr Pfeile auf die Stammesbrüder.

Und so waren die Tlazitlans in der Ebene gefangen, als wäre der Wald ringsum ein gewaltiger Wall – denn in den Wald wollte kein Einziger mehr.

Des Nachts kam heimlich ein Sklave der Stadtbewohner in das Lager, einer unseres eigenen Blutes, der vor längerer Zeit, als er noch ein junger Mann gewesen war, mit einem Trupp Krieger in den Wald gezogen war. Die Drachen hatten alle seine Kameraden verschlungen, aber er war bis zur Stadt gelangt, wo man ihn zum Sklaven machte. Sein Name war Tolkemec.« Olmecs Augen flammten bei der Erwähnung dieses Namen auf, und einige der anderen murmelten Flüche und spuckten auf den Boden. »Er versprach, ein Tor für den Stamm zu öffnen, und verlangte lediglich, dass man ihm alle Stadtbewohner, die gefangen genommen wurden, auslieferte.

Im Morgengrauen öffnete er das Tor. Die Krieger stürmten in die Stadt, und bald floss in den Hallen von Xuchotl Blut. Nur einige hundert Bewohner hatte die Stadt damals noch, die letzten und längst entarteten einer einst großen Rasse. Tolkemec erzählte, dass sie vor undenkbarer Zeit aus dem Osten gekommen waren, aus Alt-Kosala, als die Vorfahren der heutigen Bewohner Kosalas aus dem Süden einmarschierten und die Ureinwohner vertrieben. Diese wanderten weit westwärts, bis sie diese waldumschlossene Ebene fanden, in der ein Stamm Schwarzer hauste.

Sie versklavten die Schwarzen und machten sich daran, eine Stadt zu erbauen. Aus den Bergen im Osten brachten sie Jade und Marmor und Lapislazuli, auch Gold, Silber und Kupfer. Riesige Elefantenherden versorgten sie mit Elfenbein. Als die Stadt errichtet war, töteten sie alle ihre schwarzen Sklaven. Und ihre Magier wandten einen schrecklichen Zauber an, um die Stadt zu schützen. Durch Hexerei brachten sie die Drachen zurück, die einst in diesem verlorenen Land gehaust hatten und deren gigantische Skelette sie im Wald gefunden hatten. Diesen Gebeinen verliehen sie neues Fleisch, und die lebenden Ungeheuer stapften wieder über die Erde, wie sie es getan hatten, als diese noch jung war. Aber die Magier verhängten einen Zauber über sie, dass sie den Wald nicht verlassen konnten und nie in die Ebene kamen.

Viele Jahrhunderte lebten die Menschen von Xuchotl in ihrer Stadt, bestellten die fruchtbare Ebene, bis ihre weisen Männer einen Weg fanden, Früchte in der Stadt wachsen zu lassen – eine Frucht, die nicht in Erde gepflanzt wird, sondern ihre Nährstoffe der Luft entnimmt. Von da an kümmerten sie sich nicht mehr um die Bewässerungsgräben und widmeten sich nur noch dem Nichtstun in Luxus, bis sie verweichlichten und entarteten. Sie waren längst eine sterbende Rasse, als unsere Vorfahren durch den Wald in die Ebene kamen. Ihre Zauberer waren gestorben, und das Volk hatte die alte Magie vergessen. Sie vermochten weder durch Hexerei noch mit dem Schwert mehr zu kämpfen.

Nun, unsere Väter töteten die Bewohner von Xuchotl,

alle, außer etwa hundert, die sie lebend Tolkemec auslieferten, der ihr Sklave gewesen war. Viele Tage und Nächte folterte er sie, und ihre schrecklichen Schreie hallten im Gemäuer wider.

Eine Weile lebten die Tlazitlans friedlich in der Stadt unter der Herrschaft der Brüder Tecuhltli, Xotalanc und Tolkemec. Tolkemec hatte sich ein Mädchen des Stammes zur Frau genommen, und da er viele der Fertigkeiten der Xuchotlaner kannte – und natürlich auch, weil er das Tor geöffnet hatte –, regierte er mit den Brüdern, die die Führer des Aufstands gewesen waren und auch die Flucht geleitet hatten.

Ja, ein paar Jahre lebten alle friedlich in der Stadt. Sie taten nicht viel mehr als essen und trinken und lieben – und Kinder aufziehen. Es war nicht nötig, die Ebene zu bestellen, denn Tolkemec wusste, wie man die Früchte ohne Erde züchten konnte. Außerdem hatte der Tod der Xuchotlaner den Zauber gebrochen, der die Drachen im Wald zurückhielt, und so kamen sie jede Nacht und brüllten vor den Toren der Stadt. Ihr ständiger Kampf untereinander färbte die Ebene rot mit ihrem Blut, und da geschah es, dass ...« Er biss sich auf die Lippen und stockte kurz, ehe er fortfuhr. Valeria und Conan spürten, dass er fast etwas gestanden hätte, das nicht für ihre Ohren gedacht war, weil er es für unklug hielt.

»Fünf Jahre lebten sie in Frieden. Dann ...« Olmecs Augen ruhten kurz auf der schweigenden Frau an seiner Seite. »... nahm Xotalanc ein Mädchen zum Weib, das sowohl Tecuhltli als auch der alte Tolkemec begehrten. In seiner Leidenschaft raubte Tecuhltli sie ihrem Mann. Doch sie ging willig mit ihm. Um Xotalanc zu ärgern, schlug Tolkemec sich auf Tecuhltlis Seite. Xotalanc verlangte sein Weib zurück. Der Rat des Stammes bestimmte, dass die Entscheidung der Frau überlassen werden sollte. Sie beschloss, bei Tecuhltli zu bleiben. In seinem Grimm versuchte Xotalanc, sie sich mit Gewalt zurückzuholen. So kam es zwischen den Anhängern der beiden Brüder zum Kampf in der Großen Halle.

Blut wurde auf beiden Seiten vergossen. Aus dem Streit wurde eine Fehde, aus der Fehde offener Krieg. Es bildeten sich drei Seiten: Tecuhltli, Xotalanc und Tolkemec, alle mit ihren Anhängern. Bereits in Friedenszeiten hatten sie die Stadt untereinander aufgeteilt. Tecuhltli wohnte im Westviertel der Stadt, Xotalanc im Ostviertel, und Tolkemec mit seiner Familie am Südtor.

Grimm, Groll und Eifersucht führten zu Blutvergießen, Schändung und Mord. Nachdem die Klinge einmal gezogen war, gab es keine Umkehr mehr, denn Blut schrie nach Blut, und jeder Greueltat folgte unmittelbar die Rache. Tecuhltli kämpfte gegen Xotalanc, und Tolkemec unterstützte zuerst den einen, dann den anderen, und verriet jede Seite, wie er es für seine eigenen Zwecke am vorteilhaftesten fand. Tecuhltli und seine Leute zogen sich in das Viertel um das Westtor zurück, wo wir jetzt noch leben. Xuchotl ist in seinem Grundriss oval. Tecuhltli, das nach seinem Herrscher benannt wurde, befindet sich am westlichen Ende des Ovals. Die Menschen hier verbarrikadierten alle Türen, die das Viertel mit dem Rest der Stadt verbanden, außer jeweils einer Tür auf jedem Stockwerk, die leicht verteidigt werden konnte. Dann begaben sie sich in die unterirdischen Gänge der Stadt und errichteten eine Mauer, die das westliche Ende der Katakomben vom Rest abteilte. In diesen Katakomben sind die Leichen der alten Xuchotlaner bestattet und auch die der in der Fehde getöteten Tlazitlans. Die Tecuhltli hausten nun hier wie in einer belagerten Burg, von der aus sie immer wieder Ausfälle und Raubzüge unternahmen.

Auf ähnliche Weise befestigten die Xotalancas das Ostviertel der Stadt, und Tolkemec tat das Gleiche mit seinem Viertel am Südtor. Der mittlere Teil der Stadt blieb unbewohnt. Die leeren Hallen und Gemächer dort wurden zum Schlachtfeld und zu einem Gebiet finsterer Schrecken.

Tolkemec bekriegte beide Clans. Er war ein Ungeheuer in Menschengestalt, schlimmer als Xotalanc. Er kannte viele Geheimnisse der Stadt, die er den anderen nicht verraten hatte. In den Grüften beraubte er die Toten ihrer grauenvollen Geheimnisse – Geheimnisse alter Könige und Zauberer, die die von unseren Vorfahren getöteten degenerierten Xuchotlaner nicht mehr gekannt hatten. Doch seine ganze Magie nutzte ihm nichts, als wir von Tecuhltli eines Nachts seine Burg stürmten und alle seine Anhänger niedermachten. Ihn selbst marterten wir viele Tage.«

Seine Stimme wurde leiser, und seine Augen glänzten bei der angenehmen Erinnerung. »Ja, wir hielten ihn am Leben, bis er um den Tod wie um eine Braut flehte. Schließlich brachten wir ihn lebend aus der Folterkammer und warfen ihn in ein Verlies, damit die Ratten an ihm nagen konnten, während er starb. Irgendwie gelang es ihm, aus diesem Verlies zu entkommen. Er schleppte sich in die Katakomben. Zweifellos starb er dort, denn der einzige Weg aus dem Tecuhltli-Teil der Gruft führt durch Tecuhltli, und den nahm er nicht. Seine Gebeine wurden nie gefunden, und daher sind die Abergläubischen unter uns überzeugt, dass sein Geist noch bis zum heutigen Tag in den Grüften spukt und zwischen den Gerippen der Toten wimmert. Zwölf Jahre sind es her, seit wir ein Ende machten mit Tolkemecs Leuten, aber die Fehde zwischen Tecuhltli und Xotalanc hält immer noch an und wird auch nie enden, ehe nicht der letzte von der einen oder anderen Seite tot ist.

Vor fünfzig Jahren raubte Tecuhltli Xotalancs Weib. Ein halbes Jahrhundert dauert die Fehde also bereits. Keiner von uns in diesem Raum kennt etwas anderes, außer Tascela, und wir werden den Frieden wohl auch nie kennenlernen.

Wir sind eine sterbende Rasse, genau wie jene Xuchotlaner, die von unseren Vorfahren getötet wurden, es gewesen waren. Als die Fehde begann, lebten Hunderte in jedem Viertel. Nun gibt es von uns Tecuhltli nicht mehr, als ihr hier vor euch seht, und die Männer, die die vier Türen bewachen. Vierzig sind wir nur noch, insgesamt. Wie viele Xotalancas noch leben, wissen wir nicht, aber ich bezweifle, dass ihr Clan zahlenmäßig stärker ist als unserer. Seit fünfzehn Jahren wurden uns keine Kinder mehr geboren, und auch unter den Xotalancas haben wir keine gesehen.

Wir sterben, doch ehe wir unseren letzten Atemzug tun, wollen wir noch so viele der Xotalancas töten, wie die Götter es gewähren.«

Mit seltsam blitzenden Augen erzählte Olmec lange von dieser schrecklichen Fehde, die in den stillen Gemächern und düsteren Hallen im Schein der grünen Feuerjuwelen ausgetragen wurde, auf den Fußböden, die wie Höllenfeuer glühten und die häufig von dem dunkleren Rot des Blutes überzogen wurden. In diesem langen Gemetzel war eine ganze Generation zugrunde gegangen. Xotalanc war tot, lange schon. Eine Klinge hatte ihn in einem grimmigen Kampf auf einer Elfenbeintreppe durchbohrt. Auch Tecuhltli war tot. Ihm hatten die aufgebrachten Xotalancas, denen es gelungen war, ihn gefangen zu nehmen, die Haut bei lebendigem Leib abgezogen. Ohne sichtbare Gefühlsregung berichtete Olmec von grauenvollen Scharmützeln in dunklen Korridoren, von Hinterhalten auf Wendeltreppen und von blutiger Schlächterei. Mit einem roten Glimmen in den tiefen, dunklen Augen erzählte er von Männern und Frauen, die lebend gehäutet, verstümmelt und zerstückelt worden waren, von Gefangenen, die man auf so furchtbare Weise gemartert hatte, dass selbst den barbarischen Cimmerier Unbehagen beschlich. Kein Wunder, dass Techotl bei dem Gedanken, gefangen genommen zu werden, am ganzen Leib gezittert hatte! Und doch hatte er sich in Gefahr begeben, um zu töten, wenn es möglich war, denn ein Hass hatte ihn getrieben, der stärker war als seine Furcht. Olmec erzählte weiter von dunklen, geheimnisvollen Dingen, von Schwarzer Magie und Hexerei in der Finsternis der Katakomben, von grässlichen Kreaturen, die als furchterregende Verbündete aus der Dunkelheit heraufbeschworen worden waren. In dieser Beziehung waren die Xotalancas im Vorteil, denn in den östlichen Katakomben lagen die Gebeine der größten Zauberer des alten Xuchotlan mit ihren unbeschreiblichen Geheimnissen.

Valeria lauschte angespannt. Die Fehde war zu einer schrecklichen elementaren Gewalt geworden, die die Menschen von Xuchotl unaufhaltsam in den Untergang trieb, sie zum Aussterben verdammte. Sie beherrschte ihr ganzes Leben. Sie waren in diese Fehde hineingeboren und erwarteten, darin zu sterben. Nie verließen sie ihre befestigte Burg, außer um sich in die Hallen des Schweigens zu stehlen, die zwischen den beiden Festungen lagen, um zu töten oder getötet zu werden. Manchmal kehrten sie von einem Überfall mit verzweifelten Gefangenen zurück oder mit grässlichen Beweisen ihres Sieges. Manchmal kehrten sie überhaupt nicht wieder oder nur als verstümmelte Leichenteile, die der Sieger vor die verriegelte Bronzetür geworfen hatte. Das Leben dieser Menschen war ein einziger Albtraum: vom Rest der Welt abgeschlossen, wie tollwütige Ratten in der gleichen Falle gefangen, einander seit Jahren abschlachtend und durch die sonnenlosen Korridore schleichend, um zu verstümmeln, zu martern und zu morden.

Während Olmec erzählte, spürte Valeria die brennenden Augen Tascelas auf sich. Die Prinzessin schien überhaupt nicht zu hören, was Olmec sagte. Ihr Gesichtsausdruck spiegelte keineswegs die wilde Wut oder die teuflische Begeisterung der anderen wider, wenn er Siege oder Niederlagen beschrieb. Die Fehde, die für ihre Clansbrüder zur Besessenheit geworden war, berührte sie offenbar nicht. Valeria empfand ihren Gleichmut abstoßender als Olmecs unverhohlene Blutrünstigkeit.

»Und wir können die Stadt nicht verlassen«, sagte Olmec. »Seit fünfzig Jahren hat keiner sie verlassen, außer ...« Wieder unterbrach er sich im letzten Augenblick.

»Selbst wenn die Bedrohung durch die Drachen nicht wäre«, fuhr er fort, »würden wir, die wir in der Stadt geboren wurden und aufgewachsen sind, es nicht wagen, sie zu verlassen. Nie haben wir auch nur einen Fuß außerhalb ihrer Mauern gesetzt. Wir sind an den offenen Himmel und die nackte Sonne nicht gewöhnt. Nein, wir wurden in Xuchotl geboren und werden in Xuchotl sterben.«

»Nun«, brummte Conan, »mit eurer Erlaubnis werden wir die Gefahr der Drachen auf uns nehmen. Eure Fehde geht uns nichts an. Wenn ihr uns das Westtor zeigt, machen wir uns wieder auf den Weg.«

Tascela krallte die Nägel in die Handflächen und öffnete die Lippen, doch noch ehe sie ein Wort herausbrachte, sagte Olmec: »Es wird bald dunkel. Wenn ihr bei Nacht durch die Ebene zieht, werdet ihr ganz sicher von den Drachen aufgespürt.«

»Wir haben die Ebene vergangene Nacht durchquert und im Freien geschlafen, ohne von irgendwelchen Drachen entdeckt zu werden«, entgegnete Conan.

Tascela lächelte freudlos. »Ihr werdet es nicht wagen, Xuchotl zu verlassen!«

Conan blickte sie mit instinktiver Feindseligkeit an, aber sie achtete nicht auf ihn. Auch jetzt ruhten ihre Augen auf Valeria.

»Oh, ich glaube, sie wagen es sehr wohl«, warf Olmec ein. »Aber hört zu, Conan und Valeria. Die Götter müssen euch zu uns geschickt haben, weil sie den Tecuhltli zum Sieg verhelfen wollen! Ihr seid Kämpfer von Beruf und aus Berufung – warum kämpft ihr nicht für uns? Wir haben Schätze in Hülle und Fülle – kostbare Edelsteine sind hier so alltäglich, wie Pflastersteine in den großen Städten der Welt. Manche davon brachten die Xuchotlaner aus Kosala mit. Andere, wie die Feuersteine, fanden sie in den Bergen im Osten. Helft uns, ein Ende mit den Xotalancas zu machen, dann geben wir euch an Juwelen, was ihr mitzunehmen vermögt.«

»Und werdet ihr uns helfen, die Drachen zu töten?«, fragte Valeria ihrerseits. »Mit in Gift getauchten Pfeilen könnten dreißig Mann alle diese Ungeheuer im Wald umbringen.«

»Ja«, versicherte ihr Olmec sofort. »Wir haben jahrelang nur Mann gegen Mann gekämpft und so vergessen, wie man mit Pfeil und Bogen umgeht, aber wir können es wieder lernen.«

»Was meinst du?«, wandte Valeria sich an Conan.
»Wir sind beide Vagabunden mit leeren Taschen«, antwortete er. »Ich töte auch Xotalancas, wenn es sein muss.«
»Dann seid ihr also einverstanden?«, erkundigte sich Olmec erfreut, während Techotl vor Begeisterung zappelte.
»Ja. Wie wär's, wenn ihr uns nun Gemächer zuteilen würdet, wo wir schlafen können, damit wir morgen ausgeruht für den Kampf sind.«
Olmec nickte und winkte. Techotl und eine Frau führten die beiden Abenteurer durch eine Tür links von der Thronplattform in einen Korridor. Valeria warf einen Blick über die Schulter und sah Olmec, das Kinn auf eine Faust gestützt, ihnen nachstarren. Seine Augen brannten in einem seltsamen Licht. Tascela lehnte sich auf dem Thron zurück und flüsterte ihrer Leibmagd Yasala etwas zu, die sich vornübergebeugt hatte, das Ohr ganz nahe den Lippen der Prinzessin.
Der Korridor war nicht so breit wie die bisherigen, durch die sie in diese Palaststadt gekommen waren, aber sehr lang. Endlich blieb die Frau stehen, öffnete eine Tür und ließ Valeria eintreten.
»Einen Augenblick«, brummte Conan. »Wo schlafe ich?« Techotl deutete auf eine Tür schräg gegenüber, ein Stück weiter den Gang abwärts. Conan zögerte und schien protestieren zu wollen, da lächelte Valeria ihm spöttisch zu und schloss die Tür vor seiner Nase. Er brummte etwas Unfreundliches über Frauen im Allgemeinen und folgte Techotl den Korridor hinunter.
In dem prunkvollen Gemach, das man ihm zugewiesen hatte, blickte er zu den Oberlichtschlitzen hoch. Manche waren breit genug, einem schmalen Mann Durchlass zu gewähren, wenn er das Glas entfernte.

»Warum kommen die Xotalancas nicht über die Dächer und zerbrechen diese Oberlichter?«, fragte er.

»Sie lassen sich nicht zerbrechen«, versicherte ihm Techotl. »Außerdem sind die Dächer schwer zu erklimmen. Die meisten sind Spitztürme, Kuppeln oder steile Giebel.« Bereitwillig beschrieb er die »Burg« der Tecuhltli. Wie der Rest der Stadt hatte sie drei Stockwerke oder vielmehr drei Galeriereihen mit Türmen, die sich über das Dach erhoben. Jedes Stockwerk hatte seinen Namen, ja sogar jedes einzelne Gemach, jede Halle und jede Treppe in der Stadt – so wie in einer normalen Stadt die Straßen und Plätze bezeichnet sind. In Tecuhltli hießen die Stockwerke Adlergalerie, Affengalerie, Tigergalerie und Schlangengalerie, obgleich Letztere das Parterre war und keine eigentliche Galerie darstellte. Das oberste Stockwerk war die Adlergalerie.

»Wer ist eigentlich Tascela?«, erkundigte sich Conan. »Olmecs Weib?«

Techotl erschauderte und schaute sich hastig um, ehe er antwortete.

»Nein. Sie ist ... Tascela! Sie war Xotalancs Weib – die Frau, die Tecuhltli raubte und derentwegen die Fehde begann.«

»Was redest du da?«, knurrte Conan. »Die Frau ist bezaubernd schön und jung. Du willst doch nicht behaupten, dass sie schon vor fünfzig Jahren jemandes Weib war?«

»Ja. Ich schwöre es! Sie war bereits erwachsen, als die Tlazitlans den Zuadsee verließen. Nur weil der König von Stygien sie als seine Konkubine begehrte, rebellierten Xotalanc und sein Bruder und flohen schließlich in die Wildnis. Sie ist eine Hexe, die das Geheimnis der ewigen Jugend kennt.«

»Und was ist es?«, erkundigte sich Conan.

Wieder erschauderte Techotl.

»Fragt mich nicht. Ich wage nicht darüber zu sprechen. Selbst für Xuchotl ist es zu grauenvoll!«

Er drückte einen Finger an die Lippen und verließ Conans Gemach.

IV

Der Duft des schwarzen Lotus

Valeria nahm ihre Schärpe ab und legte sie mit dem Schwert in seiner Hülle auf das Bett. Sie bemerkte, dass die Türen Riegel hatten.

»Wohin führen diese Türen?«, erkundigte sie sich.

»Diese in anschließende Gemächer«, antwortete die Frau und deutete auf die Türen links und rechts. »Die dort«, es war eine kupferbeschlagene Tür gegenüber der, durch die sie gekommen waren, »auf einen Korridor, von dem eine Treppe in die Katakomben führt. Doch fürchtet Euch nicht, niemand kann Euch hier etwas zuleide tun.«

»Wer fürchtet sich?«, fauchte Valeria. »Es interessiert mich nur, in welchem Hafen ich vor Anker gehe. Nein, ich möchte nicht, dass du am Fuße meines Bettes schläfst. Ich bin es nicht gewohnt, dass man mich bedient – zumindest nicht, dass Frauen mich bedienen. Du darfst dich jetzt zurückziehen.«

Als sie allein in ihrem Gemach war, schob Valeria die Riegel vor alle Türen, schlüpfte aus den Stiefeln und räkelte sich wohlig auf dem Bett. Sie nahm an, dass Conan auf der anderen Korridorseite genauso gut untergebracht war wie sie, aber es schmeichelte ihrer weiblichen Eitelkeit, ihn sich vorzustellen, wie er sich finster brummend allein auf sein Bett warf; sie grinste schadenfroh, während sie es sich für die Nacht bequem machte.

Draußen hatte sich bereits die Dunkelheit herabgesenkt. In den Räumen von Xuchotl blinkten die grünen Feuersteine wie die Augen großer Katzen. Irgendwo zwischen den dunklen Türmen wimmerte der Wind wie eine arme Seele. Durch die düsteren Gänge schlichen verstohlen Gestalten wie körperlose Schatten.

Abrupt erwachte Valeria. Im schwachen, smaragdgrünen Glühen der Feuersteine sah sie eine schattenhafte Gestalt sich über sie beugen. Zunächst glaubte sie, diese Erscheinung wäre ein Teil des Traumes, den sie gehabt hatte. Darin hatte sie, wie in Wirklichkeit auch, auf dem Bett in diesem Gemach gelegen – und über ihr hatte eine gewaltige schwarze Blüte pulsiert; so groß war sie gewesen, dass sie die Zimmerdecke vollständig verbarg. Der exotische Duft, der von ihr ausgegangen war, hatte sie angenehm müde gemacht, sie in einen herrlichen Schlaf versetzt. Sie sank gerade in duftende Wolken unvorstellbaren Glücks, als etwas ihr Gesicht berührte. So überempfindsam waren ihre drogenbeeinflussten Sinne, dass die sanfte Berührung ihr wie ein heftiger Schlag vorkam; sie wurde rau aus dem wunderbaren Schlaf gerissen und war sofort hellwach. Und da sah sie, dass keine titanische Blume sich über sie beugte, sondern eine dunkelhäutige Frau.

Die Frau drehte sich geschmeidig um, doch ehe sie davonlaufen konnte, war Valeria bereits auf den Füßen und hatte sie am Arm gepackt. Sie wehrte sich kurz wie eine Wildkatze, doch als sie erkannte, dass sie gegen die viel stärkere Piratin keine Chance hatte, ergab sie sich. Valeria riss die Frau herum, um ihr ins Gesicht sehen zu können. Mit der freien Hand hob sie ihr Kinn und erkannte sie als die mürrische Yasala, Tascelas Leibmagd.

»Warum, zum Teufel, hast du dich über mich gebeugt? Was hast du da in der Hand?«

Die Frau antwortete nicht, aber sie versuchte etwas von sich zu werfen. Valeria drehte ihr den Arm um, und das Ding fiel auf den Boden – es war eine schwarze exotische Blume auf einem jadegrünen Stängel. Tatsächlich war die Blüte so groß wie ein Frauenkopf, aber natürlich im Vergleich zur übertriebenen Vision ihres Traumes winzig.

»Schwarzer Lotus!«, knirschte Valeria zwischen den Zähnen. »Die Blüte, deren Duft in tiefen Schlaf versetzt. Du hast versucht, mich zu betäuben! Wenn du mein Gesicht nicht versehentlich mit einem Blütenblatt gestriffen hättest, wäre es dir auch gelungen. Warum hast du es getan? Was hattest du vor?«

Yasala schwieg mit mürrischem Gesicht. Mit einem grimmigen Fluch wirbelte Valeria sie herum, zwang sie auf die Knie und verdrehte ihr den Arm auf dem Rücken.

»Sag es, oder ich drehe dir den Arm aus dem Gelenk!«

Yasala wand sich vor Schmerzen, als die Piratin ihren

Arm zwischen den Schulterblättern hochzog, doch sie schüttelte nur heftig den Kopf.

»Schlampe!« Valeria stieß sie von sich, sodass sie der Länge nach auf den Boden fiel. Mit blitzenden Augen starrte die Piratin auf sie. Furcht und die Erinnerung an Tascelas brennenden Blick rührten sich in ihr und verstärkten ihren tigerhaften Instinkt der Selbsterhaltung. Diese Menschen hier waren dekadent, und ihnen war Abartigkeit jeglicher Weise zuzutrauen. Aber Valeria spürte, dass noch mehr vorging, etwas Entsetzliches, das viel schlimmer als übliche Entartung war. Furcht und Abscheu vor dieser gespenstischen Stadt überwältigten sie. Ihre Bewohner waren geistig nicht normal, sie begann sogar daran zu zweifeln, ob sie überhaupt echte Menschen waren. Wahnsinn schwelte in den Augen aller, außer in den grausamen, rätselhaften Augen Tascelas – sie verbargen Geheimnisse, die viel schrecklicher als Wahnsinn waren.

Valeria hob den Kopf und lauschte angespannt. Xuchotl war so still, als wäre es wirklich eine ausgestorbene Stadt. Die grünen Steine tauchten das Gemach in einen albtraumhaften Schein, in dem die Augen der Frau auf dem Boden mit unheimlichem Glitzern zu ihr hochstarrten. Ein Hauch Panik vertrieb das letzte bisschen Mitleid aus Valerias wilder Seele.

»Weshalb hast du versucht mich zu betäuben?«, fragte sie. Sie griff nach dem schwarzen Haar der Frau und riss ihr den Kopf zurück, damit sie ihr in die Augen sehen konnte. »Hat Tascela dich geschickt?«

Yasala schwieg. Valeria fluchte heftig und schlug die Frau erst auf eine, dann auf die andere Wange. Die Schläge hallten in dem Gemach wider, aber die Frau gab keinen Laut von sich.

»Warum schreist du nicht?«, fragte Valeria wütend. »Hast du Angst, dass dich jemand hören könnte? Vor wem fürchtest du dich? Vor Tascela? Olmec? Conan?«

Yasala schwieg. Sie kauerte auf dem Boden und beobachtete die Piratin mit dem bösartigen Blick eines Basilisken. Ihr trotziges Schweigen stachelte Valerias Wut erst recht an. Sie drehte sich um und riss mehrere Kordeln von den Vorhängen.

»Verdammte Schlampe!«, knirschte sie zwischen den Zähnen. »Ich werde dich nackt über das Bett binden und dich auspeitschen, bis du damit herausrückst, weshalb du hierhergekommen bist und wer dich geschickt hat.«

Yasala schwieg weiter und wehrte sich auch nicht, als die Piratin ihr wütend die Kleider vom Leibe riss. Dann war eine ganze Weile nichts zu hören als das Zischen der Seidenkordeln und ihr Aufschlag auf nackter Haut. Yasala konnte weder ihre festgebundenen Arme noch Beine bewegen. Ihr Leib wand sich und bebte unter der Züchtigung, ihr Kopf drehte sich im Rhythmus der Hiebe von einer Seite zur anderen. Die Zähne hatte sie in die Unterlippe gebissen, aus der mit der Zeit Blut sickerte. Aber sie schrie ihre Schmerzen nicht hinaus.

Jeder Hieb hinterließ eine blutunterlaufene Strieme, denn Valeria schlug mit aller Kraft ihrer kampfgehärteten Muskeln zu und mit der Erbarmungslosigkeit eines Lebens, in dem Schmerz und Qualen alltäglich waren – und mit dem Zynismus, den nur eine Frau einer anderen Frau gegenüber empfinden konnte. Yasala musste körperlich und seelisch mehr erdulden, als wenn der stärkste Mann sie ausgepeitscht hätte.

Dieser weibliche Zynismus war es schließlich, der Yasala die Lippen öffnete.

Ein Wimmern entrang sich ihr. Valeria hielt mit erhobenem Arm inne und strich sich eine feuchte blonde Strähne aus der Stirn. »Nun, wirst du endlich reden?«, erkundigte sie sich. »Aber wenn du es vorziehst, kann ich auch die ganze Nacht weitermachen!«

»Erbarmen!«, wisperte die Frau. »Ich werde jetzt reden.«

Valeria durchschnitt ihre Kordeln um Arm- und Fußgelenke. Yasala sank auf das Bett, aber die Berührung war für ihre offenen Striemen unerträglich, also legte sie sich halb auf eine Hüfte und stützte sich auf einen Arm. Sie zitterte am ganzen Körper.

»Wein«, bat sie mit trockenen Lippen und deutete mit bebender Hand zu dem goldenen Pokal auf einem Elfenbeintischchen. »Bitte gebt mir zu trinken. Die Schmerzen schwächten mich. Wenn ich getrunken habe, werde ich Euch alles erzählen.«

Valeria griff nach dem Kelch, und Yasala erhob sich auf unsicheren Beinen, um ihn entgegenzunehmen. Sie hob ihn den Lippen entgegen – dann schüttete sie seinen Inhalt der Aquilonierin ins Gesicht. Valeria taumelte rückwärts. Sie schüttelte den Kopf und rieb sich die brennende Flüssigkeit aus den Augen. Durch einen Tränenschleier sah sie Yasala durch das Gemach laufen, den Riegel der bronzebeschlagenen Tür zurückziehen und auf den Korridor hinauslaufen.

Mit gezogenem Schwert und Mordlust im Herzen sauste die Piratin ihr nach.

Aber Yasala hatte einen Vorsprung und rannte mit der Flinkheit einer Frau, die bis zum Rand des Wahnsinns ausgepeitscht worden war. Sie bog um eine Ecke. Als die Piratin sie erreichte, sah sie nur einen leeren Gang vor sich, an dessen Ende eine Tür klaffte. Ein klammer Modergestank schlug ihr entgegen. Valeria erschauderte.

Das musste die Tür sein, die zu den Katakomben führte. Yasala suchte Zuflucht bei den Toten.

Valeria blieb an der Tür stehen und blickte die Steintreppe hinunter, die sich bald in absoluter Schwärze verlor. Es handelte sich hier offenbar um einen Schacht, der geradewegs in die Katakomben führte, ohne einen Ausgang zu den unteren Stockwerken. Wieder erschauderte Valeria bei dem Gedanken an die Tausende von Leichen, die in ihren verrottenden Gewändern in den steinernen Grüften ruhten. Nein, sie beabsichtigte nicht, sich diese Stufen hinunterzutasten. Zweifellos kannte Yasala jede Biegung und jeden Winkel der unterirdischen Räume.

Sie drehte sich wütend um, als ein schluchzendes Schreien aus der Tiefe an ihre Ohren drang. Die Worte waren kaum zu verstehen, aber zweifellos war es die Stimme einer Frau.»Hilfe! In Sets Namen, Hilfe! Ahhh!« Die Stimme verklang, doch Valeria glaubte ein unheimliches Kichern zu hören.

Ihre Härchen auf Armen und Nacken stellten sich auf. Was war Yasala in der Finsternis dort unten zugestoßen? Zweifellos war es ihre Stimme gewesen, die so flehentlich geschrien hatte. Wer hatte ihr aufgelauert? War es den Xotalancas gelungen, in die Katakomben der Tecuhltli einzudringen? Aber Olmec hatte ihnen doch versichert, dass die Trennmauer vom Feind nicht durchbrochen werden konnte. Außerdem hatte das unheimliche Kichern keineswegs geklungen, als käme es von einem Menschen.

Valeria rannte den Gang zurück. Sie nahm sich nicht die Zeit, die Tür zur Treppe zu schließen. Wohl aber verriegelte sie die bronzebeschlagene Tür in ihrem Gemach. Sie schlüpfte in ihre Stiefel und band sich die Seidenschärpe um, die ihr als Waffengürtel diente. Sie war entschlossen, Conan aus dem Schlaf zu reißen und ihn zu überreden – wenn er überhaupt noch lebte –, sich mit ihr einen Weg aus dieser Stadt der Teufel zu schlagen.

Doch noch ehe sie die Tür zum Gang erreichte, hallte ein schriller Schmerzensschrei durch die Räume. Danach waren Laufschritte zu hören und das Klirren von Klingen.

V

ZWANZIG ROTE NÄGEL

ZWEI KRIEGER SASSEN IM WACHRAUM der Adlergalerie. Sie unterhielten sich gleichmütig, waren jedoch wachsam wie gewohnt. Ein Angriff auf die massive Bronzetür war zwar immer möglich, doch seit vielen Jahren war keiner mehr versucht worden.

»Die Fremden sind mächtige Verbündete«, sagte einer. »Ich glaube, Olmec wird schon morgen gegen den Feind vorgehen.«

Er sprach, wie ein Soldat im Krieg es tun mochte. In der

Miniaturwelt von Xuchotl stellte eine Handvoll Krieger eine ganze Armee dar, und die leeren Räume zwischen den Burgen war die Front.

Der andere dachte eine Weile schweigend nach. Schließlich murmelte er: »Angenommen, wir vernichten die Xotalancas, was dann, Xatmec?«

»Nun«, erwiderte Xatmec, »dann schlagen wir für jeden von ihnen einen roten Nagel in die Rachesäule. Die Gefangenen werden wir verbrennen oder ihnen die Haut abziehen und sie vierteilen.«

»Ich meine danach.« Der andere ließ nicht locker. »Nachdem wir sie alle getötet haben. Es wird ungewohnt sein, keinen Feind mehr zu haben. Mein ganzes Leben kämpfte ich gegen die Xotalancas. Was bleibt, wenn die Fehde beendet ist?«

Xatmec zuckte die Schultern. Seine Gedanken hatten sich nie mit mehr als der Vernichtung des Gegners beschäftigt – er kannte nichts anderes.

Plötzlich erstarrten die beiden bei einem plötzlichen Lärm vor dem Tor.

»Schnell zur Tür, Xatmec!«, zischte der, der zuletzt gesprochen hatte. »Ich werde durchs Auge blicken!«

Mit dem Säbel in der Hand lehnte sich Xatmec an die Bronzetür und strengte die Ohren an, um zu hören, was draußen vorging. Sein Kamerad schaute in den Spiegel. Unwillkürlich wich er erschrocken zurück. Ein größerer Trupp drängte sich vor der Tür. Grimmige, dunkelhäutige Männer waren es. Merkwürdigerweise hielten sie ihre Säbel mit den Zähnen und ihre Finger steckten sie in die Ohren. Einer, der einen Federkopfputz trug, setzte eine Art Hirtenflöte an die Lippen, und gerade, als der Tecuhltli Alarm schlagen wollte, fing er an zu pfeifen.

Der Warnschrei erstarb in der Kehle des Postens, als

das dünne, ungewöhnliche Flöten durch die Bronzetür und an seine Ohren drang. Wie versteinert lehnte er an der Tür. Sein Gesicht wirkte wie eine lauschende Maske.

Der andere Posten, der weiter von der Quelle des Flötens entfernt war, spürte jedoch das Grauen, die schreckliche Bedrohung in dem unheimlichen Pfeifen. Wie Finger schienen die Töne an seinem Gehirn zu zupfen und ihm fremdartige Gefühle aufzuzwingen, die ihn in den Wahnsinn jagen wollten. Mit aller Willenskraft brach er den Bann und brüllte eine Warnung mit gellender Stimme, die er nicht als seine eigene erkannte.

Währenddessen wurde das Flöten zu einem unerträglichen Schrillen, das wie ein Dolch in die Ohren stach. Xatmec wimmerte in unbeschreiblicher Pein, und der Wahnsinn griff nach ihm. Er riss die Kette los, schwang die Tür auf und raste mit erhobenem Säbel hinaus in die Halle, ehe sein Kamerad ihn aufzuhalten vermochte. Dutzende Klingen schlugen ihn nieder, und über seine verstümmelte Leiche quollen die Xotalancas mit einem blutrünstigen Schrei in den Wachraum – einem Schrei, der dröhnend von den Wänden widerhallte.

Benommen von dem Schock über das völlig Unerwartete, sprang der andere Posten dem Feind mit stoßbereitem Speer entgegen. Die schreckliche Zauberei, die er soeben miterlebt hatte, vergaß er in der furchtbaren Erkenntnis, dass der Feind in Tecuhltli eingefallen war. Doch es wurde ihm nur noch bewusst, dass seine Speerspitze in einen dunkelhäutigen Bauch drang, denn schon zerschmetterte ein Säbel seinen Schädel, während immer mehr der wildäugigen Krieger in den Wachraum eindrangen.

Schreie und Waffenklirren holten Conan aus dem Schlaf. Er sprang hoch und griff nach dem Schwert, riss dann die Tür auf und schaute mit funkelnden Augen in den Korridor hinaus, als Techotl wie ein Wahnsinniger herbeigeschossen kam.

Mit kaum noch menschlicher Stimme kreischte er: »*Die Xotalancas sind in Tecuhltli eingedrungen!*«

Und während Conan durch den Korridor rannte, stürmte Valeria aus ihrem Gemach.

»Was, zum Teufel, ist los?«, rief sie.

»Techotl sagt, die Xotalancas sind in der Burg«, brüllte Conan ihr hastig zu. »Dem Lärm nach dürfte es stimmen.«

Mit Techotl dicht auf ihren Fersen, rasten sie zum Throngemach, wo sich ihnen eine Szene wie im blutigsten Albtraum bot. Zwanzig Männer und Frauen mit flatterndem schwarzen Haar und auf die Brust gemalten weißen Totenschädeln kämpften wie die Wilden mit den Tecuhltli. Die Frauen beider Seiten fochten nicht weniger wahnsinnig als ihre Männer, und schon jetzt lagen Tote in diesem Raum und der anschließenden Halle.

Olmec, der außer einem Lendentuch nackt war, kämpfte vor dem Thron, und gerade als die Abenteurer hereinkamen, rannte Tascela mit einem Säbel in der Hand aus einem inneren Gemach herbei.

Xatmec und sein Kamerad waren tot, also konnte niemand den Tecuhltli sagen, wie ihre Feinde in die Burg gelangt waren. Genauso wenig wusste jemand, wie es zu diesem plötzlichen Angriff gekommen war. Die Verluste der Xotalancas waren größer gewesen und ihre Lage verzweifelter, als die Tecuhltli geahnt hatten. Die Vernichtung ihres schuppenbewehrten Verbündeten und des Brennenden Schädels – auch die Neuigkeit, die sie von einem Sterbenden erfahren hatten, dass geheimnisvolle, weißhäutige Menschen sich mit ihren Feinden verbündet hatten – hatte sie in ihrer Verzweiflung zu dem Entschluss geführt, den Feind anzugreifen, ehe er über sie herfiel, und ihn mit sich in den Tod zu nehmen.

Als die Tecuhltli sich von ihrem ersten Schock erholt hatten, hatten sie den Gegner in den Thronraum gedrängt und den Boden mit ihren Leichen übersät, denn sie kämpften mit nicht weniger Wildheit. Auch die Torwachen aus den unteren Geschossen waren herbeigeeilt und hatten sich in den Kampf gestürzt. Es war ein Todeskampf wie unter tollwütigen Wölfen. Vor und zurück drängten die Gegner einander; von der Tür zum Thronpodest zischten Klingen und drangen tief in dunkelhäutiges Fleisch; Blut spritzte; Füße tänzelten oder stapften über den roten Steinboden, auf dem sich Lachen tieferen Rotes ausbreiteten; Elfenbeintische zerschellten, Stühle zersplitterten, herabgerissene Samtbehänge färbten sich rot. Es war der blutige Höhepunkt blutiger fünf Jahrzehnte – und jeder fühlte es.

Das Ende war vorherzusehen. Die Tecuhltli waren an Zahl fast doppelt so stark wie die Angreifer, und die Tatsache, dass ihre weißhäutigen Verbündeten sie unterstützten, verlieh ihnen zusätzlichen Mut.

Die beiden Weißen hatten sich mit der Vernichtungskraft eines Orkans ins Getümmel gestürzt. Allein an Körperkraft wog Conan drei Tlazitlans auf, und trotz seines Gewichts war er wendiger als jeder von ihnen. Mit der Sicherheit und Tödlichkeit eines grauen Wolfes unter einer Meute Straßenköter kämpfte er sich durch das Gemenge, und die Toten, die er zurückließ, verrieten seine Spur.

Valeria kämpfte lächelnd und mit blitzenden Augen an seiner Seite. Sie war stärker als jeder Durchschnittsmann und dazu weit flinker und wilder. Das Schwert in ihrer

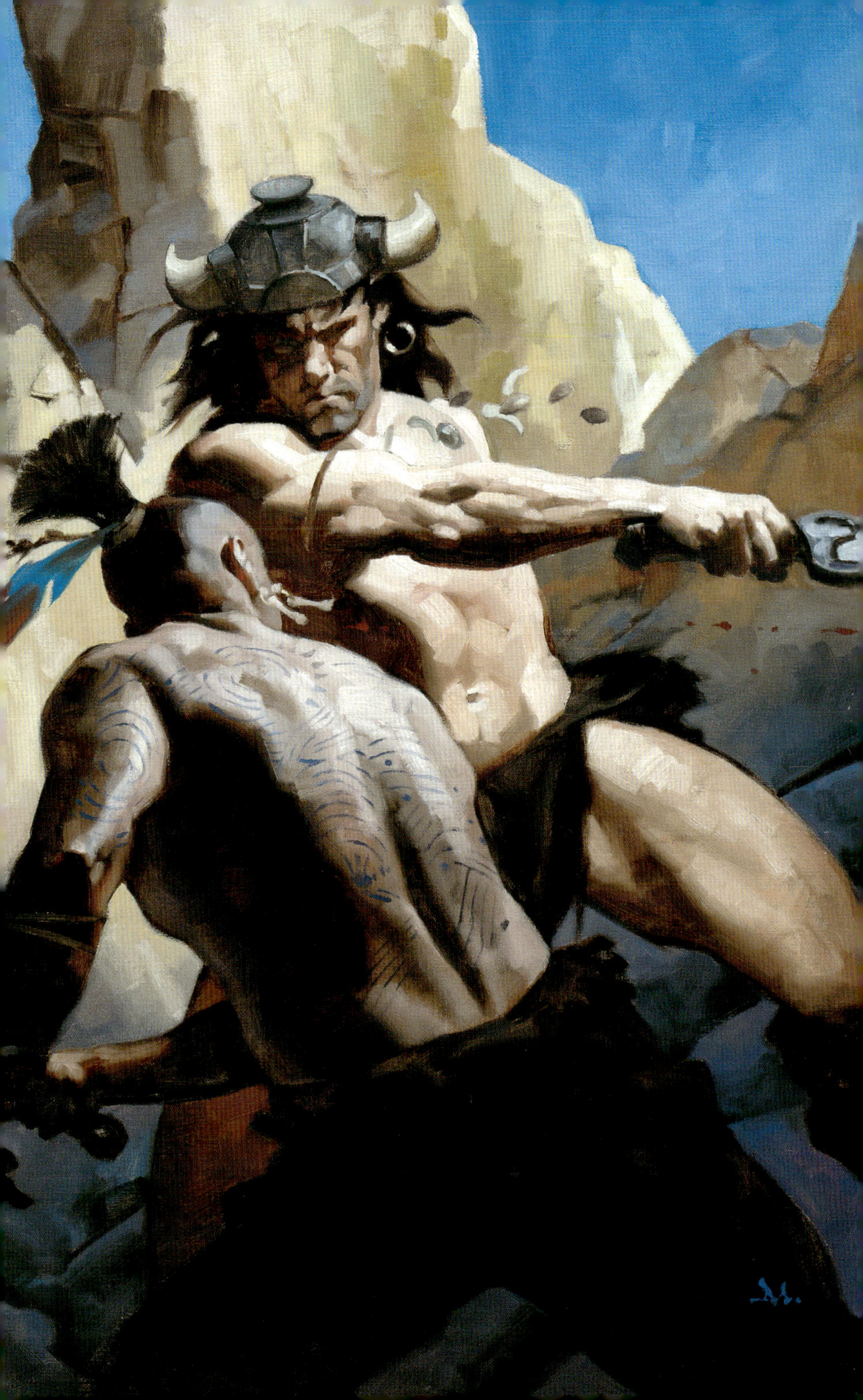

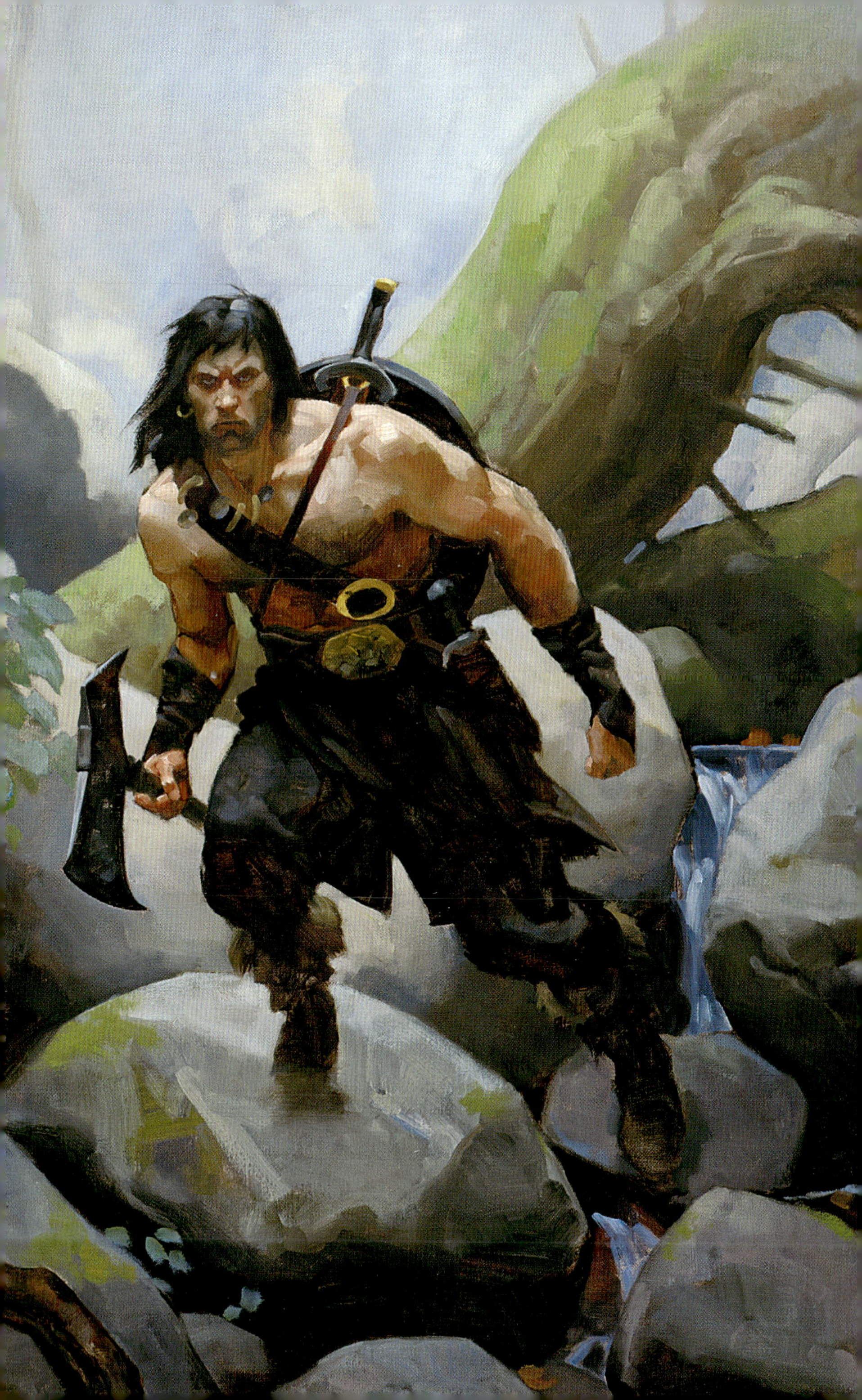

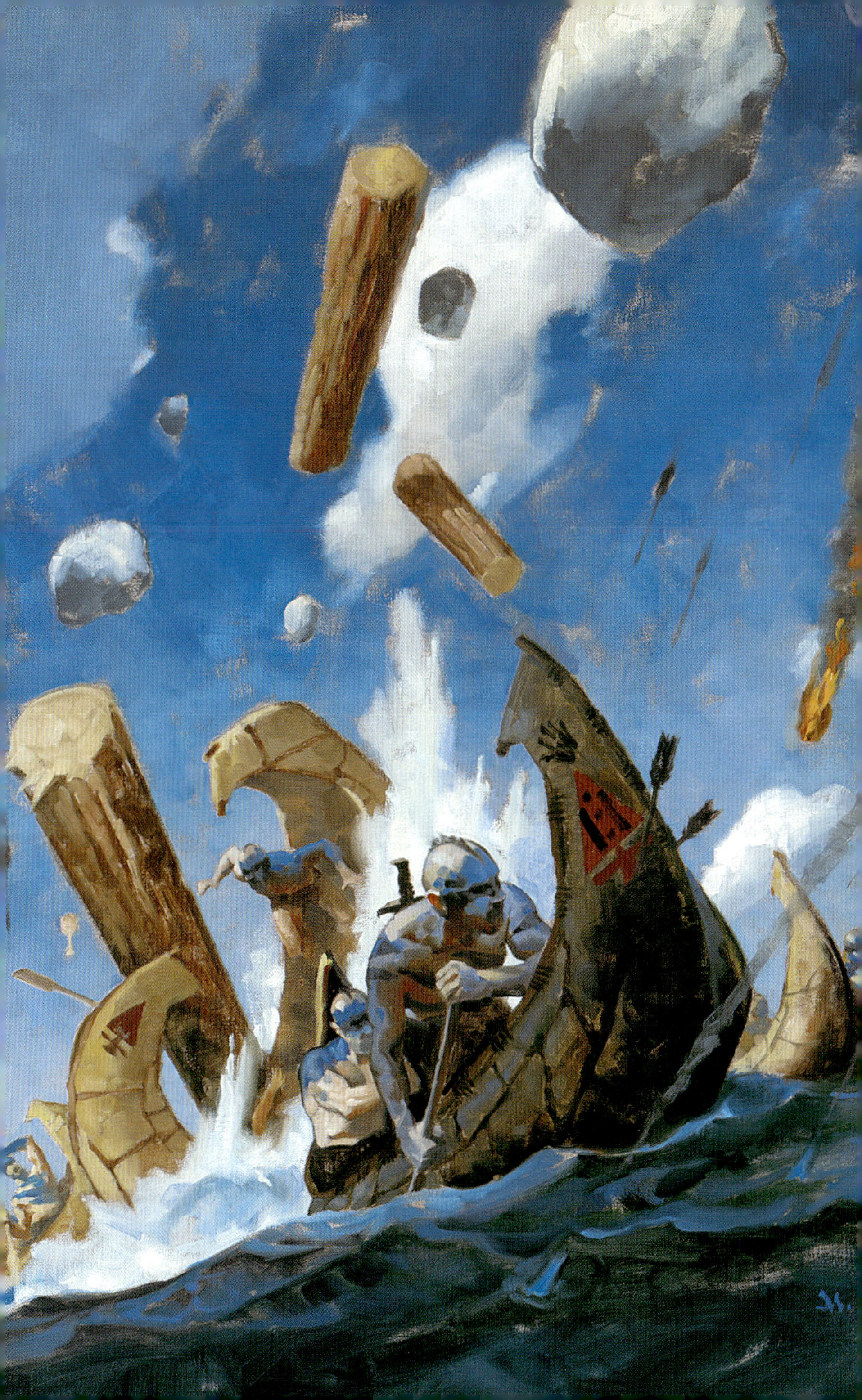

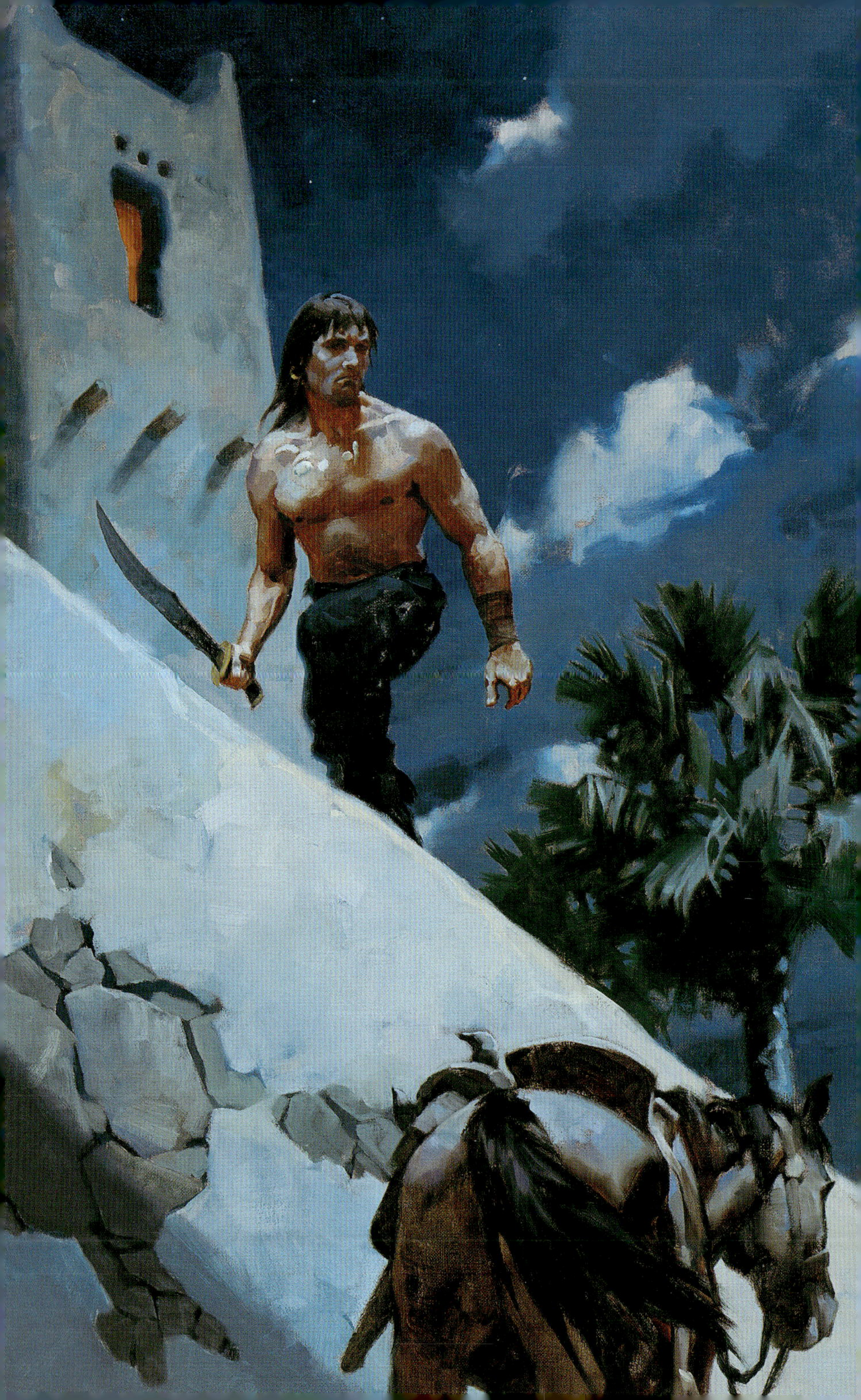

Hand schien über ein eigenes Leben zu verfügen. Während Conan jeden Widerstand durch seine Körperkraft brach, durch die Macht seiner Hiebe, die Speerschäfte brachen, Schädel spalteten und bis zum Brustbein vordrangen, bestach Valeria durch ihre Fechtkunst, die ihre Gegner verwirrte, ehe sie ihnen den Gnadenstoß gab. Immer wieder ließen Krieger, die ihre schwere Klinge gegen sie schwangen, ihr Leben, weil die Piratin schneller war als sie. Conan, der über alle hinausragte, stapfte nach links und rechts schlagend durch das Gemenge. Valeria dagegen war wie ein unfassbares Phantom, das bei jeder Bewegung zustach. Während die Waffen der Feinde sie immer verfehlten und durch leere Luft schnitten, fand ihre Klinge stets ihr Ziel, und die Gegner starben mit ihrem spöttischen Lachen in den Ohren.

Die wie wahnsinnig Kämpfenden achteten weder auf das Geschlecht noch die Verfassung ihrer Gegner. Die fünf Frauen der Xotalancas waren bereits niedergemetzelt, ehe Conan und Valeria sich ihren Verbündeten anschlossen. Wann immer ein Mann oder eine Frau zu Boden ging, war sofort ein Gegner bereit, die Kehle des Opfers zu durchschneiden oder dessen Schädel zu zertrampeln.

Von Wand zu Wand, von Tür zu Tür wogten die Wellen der Kämpfenden und ergossen sich in die anschließenden Räume, bis schließlich nur noch die Tecuhltli und ihre weißhäutigen Verbündeten hoch aufgerichtet im Thronraum standen. Die Überlebenden blickten einander düster an, wie nach dem Jüngsten Gericht oder der Vernichtung der Welt. Breitbeinig standen sie da, die Hände um die blutbesudelten Waffen, zum größten Teil verwundet. Ihre Augen wanderten über die verstümmelten Leichen von Freund und Feind. Ihnen fehlte die Kraft zu brüllen, nur ein tierisches Heulen entrang sich ihren Lippen. Es war kein menschliches Triumphieren, sondern das Heulen eines Rudels tollwütiger Wölfe, die zwischen den Kadavern ihrer Opfer herumstapften.

Conan fasste Valeria am Arm und drehte sie herum.

»Du hast eine Stichwunde in der Wade«, knurrte er.

Sie blickte an sich hinab, und jetzt erst wurde ihr ein Stechen in den Beinmuskeln bewusst. Ein Sterbender hatte ihr mit letzter Kraft den Dolch in die Wade gestoßen.

»Du siehst selbst nicht ganz unbeschädigt aus«, antwortete sie lachend.

Er schüttelte die Hände, dass das Blut umherspritzte.

»Es ist nicht mein eigenes Blut«, brummte er. »Nur einen Kratzer habe ich da und dort. Nichts, worüber man sich Gedanken machen müsste. Aber deine Wade muss verbunden werden.«

Olmec stieg über die Leichen. Mit den nackten, blutbesudelten Schultern, den schwarzen Bart rotbefleckt, sah er aus wie ein Ghul. Seine Augen blitzten rot, wie Flammen, die sich auf schwarzem Wasser spiegeln.

»Wir haben gesiegt!«, krächzte er benommen. »Die Fehde ist beendet! Die Hundesöhne von Xotalanc sind tot! Oh, wenn wir wenigstens einen Gefangenen hätten, dem wir die Haut abziehen könnten! Aber es tut gut, ihre toten Gesichter zu betrachten! Zwanzig tote Kerle! Zwanzig rote Nägel für die schwarze Säule!«

»Ihr solltet Euch jetzt um Eure Verwundeten kümmern«, riet Conan ihm. »Komm, Mädchen, lass mich dein Bein sehen.«

»Warte!« Sie wehrte ungeduldig seine Hand ab. Die Kampfeslust brannte noch heiß in ihr. »Woher wollen wir wissen, dass es alle sind? Vielleicht hatten die hier nur einen Plünderzug im Sinn.«

»Für einen solchen Angriff würden sie ihre Kräfte nicht vergeuden«, versicherte ihr Olmec und schüttelte den Kopf. Offenbar kehrte ein wenig seines klaren Verstandes zurück. Ohne seine purpurne Robe wirkte er weniger wie ein Prinz, eher wie ein abstoßendes Raubtier. »Ich würde meinen Kopf darauf wetten, dass wir sie alle getötet haben. Sie waren weniger, als wir dachten, und sie müssen verzweifelt gewesen sein. Aber wie gelang es ihnen, hier einzudringen?«

Tascela kam auf sie zu. Sie wischte den Säbel an ihrem nackten Oberschenkel ab und streckte ihnen etwas entgegen, das sie der Leiche des gefiederten Anführers der Xotalancas abgenommen hatte.

»Die Flöte des Wahnsinns«, erklärte sie. »Von einem Krieger erfuhr ich, dass Xatmec den Xotalancas das Tor öffnete und von ihnen niedergemetzelt wurde, als sie in den Wachraum stürmten. Dieser Krieger wollte gerade den Wachraum von der inneren Halle aus betreten. Er sah, was geschah, und hörte die letzten gespenstischen Klänge der Flöte, die ihm just die Seele erstarren ließen. Tolkemec erwähnte diese Flöte, die irgendwo – wie die Xuchotlaner behauptet hatten – mit den Gebeinen des alten Zauberers, der sie einst benutzt hatte, in den Katakomben verborgen lag. Die Xotalancas müssen sie gefunden und ihr Geheimnis erfahren haben.«

»Jemand sollte sich nach Xotalanc begeben, um nachzusehen, ob noch irgendjemand am Leben geblieben ist. Wenn mir einer den Weg weist, werde ich es tun«, erbot sich Conan.

Olmecs Blick wanderte über die Überlebenden seines Clans – es waren gerade noch zwanzig, und von ihnen lagen mehrere stöhnend auf dem Boden. Tascela war die einzige der Tecuhltli, die ohne Verwundung davongekommen war, und das, obwohl sie wie eine Wildkatze gekämpft hatte.

»Wer begleitet Conan nach Xotalanc?«, fragte Olmec.

Techotl humpelte herbei. Seine Hüftwunde war wieder aufgerissen und blutete, und er hatte eine weitere Verletzung, eine Schnittwunde quer über die Rippen, davongetragen.

»Ich!«, rief er.

»Nein, du musst deine Wunden versorgen«, protestierte Conan. »Und du kommst genauso wenig mit, Valeria, denn es wird nicht mehr lange dauern, dann ist dein Bein steif.«

»Ich führe Euch«, meldete sich ein Krieger, der gerade einen Stoffstreifen um eine Wunde am Unterarm verknotete.

»Gut, Yanath. Begleite den Cimmerier. Und du ebenfalls, Topal.« Olmec deutete auf einen weiteren Mann, dessen Verletzungen unerheblich waren. »Doch zuerst helft ihr mir, die Verwundeten auf die Diwane zu legen, damit wir uns ihrer annehmen können.«

Das war schnell getan. Als sie sich bückten, um eine mit einer Streitkeule betäubte Frau aufzuheben, streifte Olmecs Bart Topals Ohr. Conan hatte das Gefühl, dass der Prinz dem Krieger etwas zuflüsterte, aber er war nicht sicher. Eine kurze Weile später stapfte er mit seinen beiden Begleitern durch die Halle.

An der Tür blickte Conan zu dem Schlachtfeld zurück, wo die Toten auf dem schwelenden Boden lagen, die blutbefleckten dunklen Gliedmaßen in einer letzten Anstrengung verkrampft, die dunklen Gesichter zu Masken des Hasses erstarrt, während die glasigen Augen zu den Feuersteinen hochstierten, die die grausige Szene in ihr düsteres Licht tauchten. Die Lebenden bewegten sich benommen zwischen den Toten. Conan hörte Olmec einer

Frau zurufen, dass sie Valerias Wunde verbinden sollte. Die Piratin folgte der Frau in ein anschließendes Gemach, und Conan sah, dass sie bereits ein wenig hinkte.

Wachsam führten die beiden Tecuhltli Conan durch die Halle jenseits der Bronzetür und durch ein im grünen Licht schimmerndes Gemach nach dem anderen. Sie sahen niemanden, hörten nicht den geringsten Laut. Nachdem sie die Große Halle durchquert hatten, die die Grenze zwischen der nördlichen und südlichen Hälfte der Stadt darstellte, erhöhten sie ihre Vorsicht, da sie sich feindlichem Gebiet näherten. Aber auch hier waren die Gemächer und Hallen leer. Schließlich erreichten sie eine mächtige Bronzetür, ähnlich dem Adlertor der Tecuhltli. Vorsichtig öffneten sie sie – ohne Widerstand schwang sie auf. Fast ehrfürchtig blickten sie in die grün beleuchteten Gemächer dahinter. Seit fünfzig Jahren hatte kein Tecuhltli sie betreten, außer als Gefangener, der seinem grausamen Ende entgegensah. Nach Xotalanc zu kommen, war das Furchtbarste, das einem Tecuhltli widerfahren konnte. Allein der Gedanke daran war seit ihrer frühesten Kindheit schlimmer als jeder Albtraum. Und so war für Yanath und Topal diese bronzene Tür das Höllentor.

Sie wichen zurück, und wahnsinnige Furcht brannte in ihren Augen. Conan ging an ihnen vorbei, hinein nach Xotalanc.

Furchtsam folgten sie ihm. Als sie über die Schwelle traten, starrten sie wild um sich. Doch nur ihr keuchender Atem brach die Stille.

Sie waren in einen rechteckigen Wachraum gekommen, ähnlich dem hinter dem Adlertor, und wie dort führte von ihm eine Halle zu einem breiten Gemach, das das Gegenstück zu Olmecs Thronraum war.

Conan spähte durch die Halle mit ihren Teppichen, Diwanen und Wandbehängen und lauschte angespannt. Er hörte nicht den leisesten Laut, und irgendwie wirkten die Räume leer. Er glaubte nicht, dass irgendwelche Xotalancas hier zurückgeblieben waren.

»Kommt!«, brummte er und machte sich auf den Weg durch die Halle.

Er war noch nicht weit gekommen, als ihm auffiel, dass nur Yanath ihm folgte. Er wirbelte herum und sah, wie Topal mit schreckverzerrtem Gesicht stehen geblieben war und eine Hand ausstreckte, als wollte er etwas abwehren. Seine weit aufgerissenen Augen starrten wie gebannt auf etwas, das hinter einem Diwan hervorragte.

»Was, zum Teufel!«, fluchte Conan. Da sah er, worauf Topal stierte, und verspürte ein leichtes Prickeln zwischen den Schulterblättern. Ein monströser Schädel ragte hinter dem Diwan hervor, ein Reptilschädel, so groß wie der Kopf eines Krokodils, mit leicht gebogenen Fängen, die über den Unterkiefer hingen. Aber die Kreatur wirkte unnatürlich schlaff, und die grässlichen Augen waren glasig.

Conan spähte hinter den Diwan. Es war eine gigantische Schlange, die tot dahinter lag, aber eine, wie er sie nie zuvor gesehen hatte. Selbst jetzt noch umgaben sie die Kälte und der Geruch tiefer schwarzer Erde, und ihre Schuppenhaut zeigte einen nicht beschreibbaren Farbton, der sich jeweils mit dem Winkel, aus dem man sie betrachtete, veränderte. Eine klaffende Wunde am Hals verriet, woran sie eingegangen war.

»Das ist der Kriecher!«, wisperte Yanath.

»Das ist die Kreatur, auf die ich an der Treppe eingeschlagen habe«, brummte Conan. »Nachdem sie uns zum Adlertor verfolgte, hat sie sich hierhergeschleppt, um zu verrecken. Wie konnten die Xotalancas so ein Untier nur unter Kontrolle halten?«

Die Tecuhltli schüttelten sich.

»Sie brachten den Kriecher von den schwarzen Tunnels *unter* den Katakomben herauf. Sie deckten Geheimnisse auf, die den Tecuhltli verborgen blieben.«

»Jedenfalls ist er jetzt tot, und offenbar hatten sie keine weiteren, sonst hätten sie sie mitgebracht, als sie eure Burg überfielen. Kommt jetzt.«

Die beiden Dunkelhäutigen hielten sich dicht hinter ihm, als er durch die Halle schritt und die silberverzierte Tür am anderen Ende öffnete.

»Wenn wir auf diesem Stockwerk niemanden finden, steigen wir zu den anderen hinunter. Wir werden Xotalanc vom Dach bis zu den Katakomben durchsuchen. Wenn es wie Tecuhltli ist, sind alle Räume beleuchtet – was, zum Teufel!«

Sie hatten den Thronraum erreicht. Hier standen die gleiche Jadeplattform, der gleiche Elfenbeinthron, die gleichen Diwane, Stühle, Teppiche und Behänge wie im Thronraum von Tecuhltli. Nur die schwarze Säule mit den roten Nägeln hinter dem Thronpodest fehlte, dafür gab es das, was Conan zu seinem Ausruf veranlasst hatte.

An der Wand hinter dem Thron hingen Reihe um Reihe glasgeschützte Regale, und von diesen Regalen starrten Hunderte von Menschenköpfen, perfekt präpariert, die glasigen Augen auf die erschrockenen Eindringlinge gerichtet.

Topal stieß eine Verwünschung aus, Yanath dagegen blickte sie stumm an, und das Feuer des Wahnsinns flackerte in seinen weit aufgerissenen Augen. Conan runzelte die Stirn, er wusste, wie wenig fehlte, um einen Tlazitlan völlig in den Wahnsinn zu treiben.

Plötzlich deutete Yanath mit zitterndem Finger auf die grauenvollen Relikte.

»Das ist der Kopf meines Bruders!«, flüsterte er. »Und dort der jüngere Bruder meines Vaters! Und im Regal darüber der älteste Sohn meiner Schwester!«

Ohne Tränen zu vergießen, begann er zu weinen, bis heftiges Schluchzen seinen ganzen Körper schüttelte. Er nahm den Blick nicht von den Köpfen. Sein Schluchzen wurde allmählich schriller und ging in ein schrecklich gellendes Gelächter über, und daraus wurde schließlich ein fast unerträgliches Schrillen. Yanath hatte ohne Zweifel den Verstand verloren.

Conan legte eine Hand auf seine Schulter. Als hätte diese Berührung eine Sperre in seiner Seele gelöst, schrie Yanath, wirbelte herum und stieß mit dem Säbel nach dem Cimmerier. Conan parierte den Schlag, und Topal versuchte, Yanaths Arm festzuhalten. Doch dem Besessenen gelang es auszuweichen, und, während Schaum auf seine Lippen trat, den Säbel durch Topals Leib zu stoßen. Topal sackte ächzend zusammen, und Yanath wirbelte mehrmals um seine eigene Achse, dann rannte er zu den Regalen. Gotteslästerlich fluchend schlug er mit der Klinge auf das Glas ein.

Conan sprang ihn von hinten an, in der Hoffnung, ihn zu überraschen und entwaffnen zu können. Aber der Wahnsinnige drehte sich um und warf sich wie eine verlorene Seele kreischend auf ihn. Conan wurde klar, dass Yanath unheilbar wahnsinnig war. Er wich seitwärts aus, und als der Besessene an ihm vorbeischoss, schwang er das Schwert, sodass es Schulterbein und Brust durchdrang. Der Tote fiel neben seinem sterbenden Kameraden zu Boden.

Conan beugte sich über Topal, dem zweifellos nur

noch ein paar röchelnde Atemzüge vergönnt waren. Es wäre sinnlos, das aus der grauenvollen Wunde sprudelnde Blut stillen zu wollen.

»Es bleibt dir nicht mehr viel Zeit, Topal«, brummte Conan. »Möchtest du, dass ich deinen Leuten noch etwas von dir ausrichte?«

»Beug dich tiefer«, krächzte Topal. Conan tat es – und umfasste einen Herzschlag später das Handgelenk des Mannes, als Topal versuchte, ihm den Dolch in die Brust zu stoßen.

»Crom!«, fluchte der Cimmerier. »Hat auch dich der Wahnsinn gepackt?«

»Olmec befahl es!«, keuchte der Sterbende. »Ich weiß nicht, warum. Als wir die Verwundeten auf die Diwane hoben, flüsterte er mir zu, Euch auf dem Rückweg nach Tecuhltli zu töten ...« Mehr brachte Topal nicht mehr heraus.

Mit gerunzelter Stirn blickte Conan verwirrt auf den Toten hinunter. Was sollte das bedeuten. War auch Olmec wahnsinnig? Waren alle Tecuhltli verrückter, als er gedacht hatte? Schulterzuckend stapfte er durch die Halle und aus der Bronzetür. Die toten Tecuhltli ließ er vor den glasig auf sie starrenden Augen ihrer toten Clanbrüder liegen.

Conan brauchte keinen Führer, um durch das Labyrinth zurückzufinden. Der Orientierungssinn des Barbaren führte ihn unfehlbar den gleichen Weg zurück, den sie gekommen waren. Er war wachsam wie zuvor, hielt das Schwert in der Hand. Mit scharfen Augen spähte er in jeden schattenverhangenen Winkel, denn nun hatte er Schlimmes von seinen bisherigen Verbündeten zu befürchten, nicht von den Geistern der getöteten Xotalancas.

Er hatte die Große Halle durchquert und die darunterliegenden Gemächer betreten, als er etwas vor sich hörte – etwas, das röchelte und keuchte und sich mit seltsam schleifenden Geräuschen bewegte. Einen Herzschlag später sah Conan einen Mann über den flammenden Boden auf ihn zukriechen, der eine tiefrote Spur hinterließ. Es war Techotl. Aus einer klaffenden Brustwunde, auf die er eine Hand gedrückt hatte, strömte Blut. Mit der anderen Hand zog er sich über den Boden.

»Conan«, rief er würgend. »Conan! Olmec hat sich der gelbhaarigen Frau bemächtigt!«

»Darum also hat er Topal befohlen, mich zu töten!«, murmelte Conan und kniete sich neben den Mann, der – wie ihm seine Erfahrung verriet – nicht mehr lange zu leben hatte. »Olmec ist nicht so verrückt, wie ich dachte.«

Techotls tastende Finger krallten sich in Conans Arm. Im kalten, lieblosen und schrecklichen Leben der Tecuhltli hatten seine Bewunderung und Zuneigung für die Fremden aus der Außenwelt ihm eine Wärme geschenkt, die seinen Stammesbrüdern völlig fehlte, da ihre einzigen Gefühle Hass, Blutdurst und der Drang nach sadistischer Grausamkeit waren.

»Ich versuchte es zu verhindern«, fuhr Techotl nach einem Blutsturz schwach fort. »Aber er stach mich nieder. Er hielt mich für tot, doch ich konnte mich davonstehlen. Oh Set, wie weit bin ich in meinem eigenen Blut gekrochen! Passt auf Euch auf, Conan. Möglicherweise hat Olmec Euch einen Hinterhalt gestellt. Tötet Olmec! Er ist ein Ungeheuer!

Nehmt Valeria und flieht! Fürchtet euch nicht, den Wald zu durchqueren. Olmec und Tascela logen, was die Drachen betrifft. Sie brachten einander schon vor langer Zeit gegenseitig um; nur der Stärkste überlebte. Seit zwölf Jahren gab es nur noch diesen einen Drachen – und da Ihr ihn getötet habt, gibt es im Wald nichts mehr, das Euch etwas anhaben könnte. Dieser Drache war der Gott, den Olmec verehrte. Ihm brachte er Menschenopfer dar: die ganz Alten und die Säuglinge, die er ihm gebunden von der Mauer aus zum Fraß vorwarf. Beeilt Euch! Olmec hat Valeria ins Gemach der ...«

Sein Kopf sank auf den Boden. Er war tot, ehe er zu Ende sprechen konnte.

Conan sprang hoch. Seine Augen funkelten wie Gletscherfeuer. Olmec war gar nicht so dumm; er wusste, wie er die Fremden benutzen konnte. Sie hatten ihm geholfen, den Feind zu schlagen, und nun ... Er hätte ahnen müssen, was hinter der Stirn dieses entarteten schwarzbärtigen Teufels vorging!

Alle Vorsicht missachtend rannte der Cimmerier jetzt weiter. Hastig rechnete er nach, mit wie vielen Gegnern er zu rechnen hatte. Einschließlich Olmec hatten einundzwanzig Tecuhltli den Wahnsinnskampf im Thronraum überlebt. Seither waren drei gestorben, also blieben achtzehn. In seinem brennenden Grimm fühlte Conan sich imstande, es allein mit dem ganzen Clan aufnehmen zu können.

Glücklicherweise gewann die Schläue der Wildnis Oberhand über seine blinde Wut. Er erinnerte sich der Warnung Techotls. Ja, es war durchaus möglich, dass der Prinz ihm einen Hinterhalt stellen würde, für den Fall, dass es Topal nicht gelungen war, seinen Befehl erfolgreich durchzuführen. Bestimmt würde Olmec erwarten, dass er auf demselben Weg, den sie genommen hatten, auch zurückkehrte.

Conan blickte zu einem Oberlicht hoch, unter dem er gerade vorbeikam, und sah verschwommenen Sternenschein. Der Morgen war also noch nicht angebrochen. Die Ereignisse der Nacht waren in einer verhältnismäßig kurzen Zeitspanne geschehen.

Er verließ den direkten Weg und stieg eine Wendeltreppe zum nächsten Stockwerk hinunter. Er wusste zwar nicht, wo dort das Tor zur Burg war, aber er würde es zweifellos finden. Allerdings hatte er noch keine Ahnung, wie er hineingelangen konnte, denn er war überzeugt, dass auch dieses Tor, wie alle Türen nach Tecuhltli, schon aus reiner Gewohnheit verriegelt sein würde. Doch irgendwie würde er einen Weg finden.

Mit dem Schwert in der Hand eilte er lautlos durch ein Labyrinth fahlgrün beleuchteter oder dunkler Gemächer und Hallen. Er musste Tecuhltli schon nahe sein, als ein Laut ihn abrupt anhalten ließ. Sofort wusste er, dass ein Mensch ihn verursacht hatte, der sich trotz eines würgenden Knebels bemerkbar machen wollte. Er kam von irgendwo links vorne. In diesen gespenstisch stillen Räumen hallte jeder Laut weit.

Conan bog nach links ab und suchte den Raum, aus dem der würgende Laut immer wieder kam. Schließlich spähte er durch eine Tür auf eine grausige Szene. In der Kammer vor ihm stand eine Art eiserne Streckbank auf dem Boden. Eine riesenhafte Gestalt war ausgestreckt darauf gebunden. Ihr Kopf ruhte auf einem Kissen aus Eisendornen, die dort, wo sie bereits in den Hinterkopf drangen, blutbefleckt waren. Eine seltsame geschirrähnliche Vorrichtung war um den Schädel befestigt, aber so, dass das Lederband den Hinterkopf nicht vor den Dornen schützte. Eine feine Kette verband das Geschirr mit einem Mechanismus, der eine große Eisenkugel über der haarigen Brust des Gefangenen hielt. Solange es diesem gelang, sich ruhig zu verhalten, bewegte die Eisenkugel sich nicht. Doch wenn die Eisendornen solche Qualen verursachten, dass er den Kopf hob, senkte die Kugel sich ein wenig. Mit der Zeit würden die schmerzenden Nackenmuskeln nicht mehr imstande sein, den Kopf in seiner unnatürlichen Lage zu halten, und er musste zurück auf die Dornen fallen. Es war offensichtlich, dass die Kugel ihn langsam, aber sicher zermalmen würde. Das Opfer war geknebelt. Seine großen schwarzen Augen starrten wild auf den staunend an der Tür stehenden Conan. Der Mann auf dem Martergerät war Olmec, der Prinz der Tecuhltli.

VI

Tascelas Augen

»Warum hast du mich in diese Kammer gebracht, um mir das Bein zu verbinden?«, fragte Valeria scharf. »Hättest du das nicht genauso gut im Thronraum machen können?«

Sie saß auf einem Diwan und hatte das verletzte Bein darauf ausgestreckt, das die Tecuhltlifrau mit Seidenstreifen umwickelt hatte. Valerias blutbeflecktes Schwert lag neben ihr.

Valeria hatte bei ihren Worten finster die Brauen zusammengezogen. Die Frau hatte sie stumm und geschickt versorgt, aber Valeria hatten weder die fast zärtliche Berührung der schmalen Finger, die sich viel Zeit ließen, gefallen, noch der Ausdruck der schwarzen Augen.

»Sie haben die restlichen Verwundeten in die anderen Gemächer geschafft«, antwortete die Frau mit der sanften Stimme aller Tecuhltlifrauen, die nicht zu ihrem Wesen passte, denn sie waren ganz offenbar nicht weniger grausam und blutrünstig als die Männer. Es war auch noch gar nicht lange her, da hatte Valeria gerade diese Frau hier gesehen, als sie eine Kriegerin der Xotalancas erstach und einem verwundeten Xotalanca die Augäpfel zertrampelte.

»Die Toten werden sie hinunter in die Katakomben tragen«, fuhr sie fort, »damit ihre Geister nicht in die oberen Gemächer fliehen und dort hausen werden.«

»Glaubst du denn an Geister?«, erkundigte sich Valeria.

»Ich weiß, dass der Geist Tolkemecs in den Katakomben spukt«, antwortete die Frau erschaudernd. »Einmal sah ich ihn, als ich mich in einer Gruft zwischen den Gebeinen einer toten Königin versteckte. Er kam in Gestalt eines Greises mit wallendem, weißem Bart, langem weißem Haar und Augen, die in der Dunkelheit leuchteten. Es war ohne Zweifel Tolkemec; ich erkannte ihn, denn als Kind sah ich ihn ganz genau, als er gefoltert wurde.«

Ihre Stimme wurde zum angsterfüllten Wispern. »Olmec lacht darüber, aber ich weiß sicher, dass Tolkemecs Geist in den Katakomben spukt! Olmec und die anderen behaupten, es seien Ratten, die das Fleisch von den neu Verstorbenen fressen – aber ernähren sich nicht auch Ghuls von Leichen? Wer weiß …«

Sie blickte erschrocken auf, als ein Schatten über den Diwan fiel. Valeria schaute hoch und sah Olmec sie anstarren. Der Prinz hatte Arme, Oberkörper und den blutbesprenkelten Bart gewaschen, doch sich noch nicht angezogen. Seine nackte, dunkle Haut mit den sich darunter wölbenden Muskeln strahlte eine tierhaft grausame Kraft aus. Die tief liegenden, schwarzen Augen brannten in noch wilderem Feuer als bisher, und seine Finger schienen unkontrolliert zu zucken, als er an seinem dichten, blauschwarzen Bart zupfte.

Er blickte die Frau durchdringend an. Wortlos erhob sie sich und verließ die Kammer. An der Tür warf sie noch einen Blick auf Valeria zurück, der voll boshaften Hohnes war.

»Sie hat keine gute Arbeit geleistet«, brummte der Prinz, der sich über den Verband gebeugt hatte. »Lasst mich sehen ...«

Mit einer Behendigkeit, die bei seiner Statur erstaunte, fasste er Valerias Schwert und schleuderte es durch den Raum. Im nächsten Augenblick war er dabei, sie in seine Arme zu reißen.

Seine Attacke war zwar schnell und unerwartet gekommen, aber Valeria war kaum langsamer. Noch während er nach ihr griff, hielt sie schon den Dolch in der Hand und stach nach seinem Hals. Mehr durch Glück als Geschicklichkeit bekam er ihr Handgelenk zu fassen – und ein wilder Ringkampf begann. Sie wehrte sich mit Fäusten, Füßen, Knien, Zähnen und Nägeln, mit all der Kraft ihres geschmeidigen Körpers und der Erfahrung im Zweikampf, die sie an Land und auf See als Piratin gewonnen hatte. Doch all das nutzte ihr nichts gegen seine brutale Kraft. Sie verlor ihren Dolch gleich im ersten Augenblick, und danach war sie nicht mehr in der Lage, ihrem gigantischen Angreifer entscheidende Verletzungen zuzufügen.

Das Brennen seiner gespenstischen schwarzen Augen

änderte sich nicht. Ihr Ausdruck erfüllte sie mit Wut, die durch sein spöttisches, auf seinen bärtigen Lippen wie eingemeißeltes Lächeln noch verstärkt wurde. All der grausame Zynismus, der dicht unter der Fassade einer überkultivierten und degenerierten Rasse schlummert, sprach aus diesen Augen und diesem Lächeln. Zum ersten Mal in ihrem Leben erwachte in Valeria Furcht vor einem Mann. Ihr war, als kämpfte sie gegen eine Naturgewalt. Seine eisenharten Arme unterbanden ihre Gegenwehr so mühelos, dass lähmende Panik sie zu erfüllen begann. Was sie auch tat, Olmec schien keine Schmerzen zu empfinden. Nur einmal, als sie ihre weißen Zähne so heftig in sein Handgelenk stieß, dass es zu bluten begann, zuckte er zusammen. Und dann schlug er sie so brutal mit der Handfläche auf die Schläfe, dass Sterne vor ihren Augen blitzten und ihr Kopf auf die Schulter sackte.

Ihr Hemd war in diesem Kampf aufgerissen worden. Mit zynischer Grausamkeit rieb er seinen drahtigen Bart über ihre bloßen Brüste, sodass er die weiße Haut aufschürfte. Ein Wut- und Schmerzensschrei entrang sich Valerias Lippen. Ihre verzweifelte Gegenwehr nutzte ihr nichts. Sie wurde entwaffnet und keuchend auf den Diwan gepresst, und es störte Olmec absolut nicht, dass ihre Augen ihn wie die einer gefangenen Tigerin anfunkelten.

Einen Augenblick später trug er sie auf seinen Armen aus der Kammer. Sie wehrte sich nicht mehr, aber ihre schwelenden Augen verrieten, dass zumindest ihr Geist ungebrochen war. Sie hatte nicht um Hilfe geschrien. Sie wusste, dass Conan nicht in Hörweite war, und sie glaubte nicht, dass irgendjemand in Tecuhltli sich gegen den Prinzen stellen würde. Nichtsdestoweniger fiel ihr auf, dass Olmec auf leisen Sohlen dahinschlich und den Kopf schräg legte, als lauschte er, ob er vielleicht verfolgt wurde.

Er kehrte nicht zum Thronraum zurück, sondern schleppte sie durch eine Tür gegenüber der, durch die er eingetreten war, durchquerte das Gemach dahinter und stahl sich in die nächste Halle. Nun war Valeria überzeugt, dass er befürchtete, jemand wäre mit dieser Entführung nicht einverstanden. Also warf sie den Kopf zurück und schrie aus Leibeskräften.

Das brachte ihr einen Schlag ein, der sie halb betäubte. Und nun beschleunigte Olmec seinen Schritt.

Aber ihr Schrei war gehört worden. Valeria verdrehte sich fast den Kopf und sah durch die Tränen und funkelnden Sterne vor den Augen, dass Techotl ihnen hinterherhinkte.

Mit einem wütenden Knurren wirbelte Olmec herum und klemmte sich seine Gefangene sehr unfein unter einen Arm, wo sie sich wand und wild wie ein Kind um sich schlug, ohne dass sie damit etwas erreichte.

»Olmec!«, protestierte Techotl. »So gemein kannst du doch nicht sein, dass du so etwas tust! Sie ist Conans Gefährtin! Sie half uns im Kampf gegen die Xotalancas und ...«

Wortlos ballte Olmec die mächtige Pranke und schlug den verwundeten Krieger nieder. Dann bückte er sich, ließ sich dabei überhaupt nicht von seiner wild um sich schlagenden Gefangenen stören, zog Techotls Säbel aus der Scheide und stieß ihn dem Betäubten in die Brust. Er riss die Waffe zurück, warf sie achtlos von sich und floh weiter durch die Halle. Er sah das dunkle Gesicht der Frau nicht, die ihm, hinter einem Türbehang versteckt, vorsichtig nachblickte. Nach kurzer Zeit ächzte Techotl, taumelte benommen auf die Füße und torkelte wie ein Betrunkener davon, dabei rief er krächzend Conans Namen.

Olmec stieg eine elfenbeinerne Wendeltreppe hinab,

überquerte mehrere Korridore und blieb schließlich in einem großen Gemach stehen, dessen Türen mit dickem Samt verkleidet waren – alle außer einer: einer schweren Bronzetür, ähnlich dem Adlertor im oberen Geschoss. Er deutete darauf und brummte: »Das ist eine von Tecuhltlis Außentüren. Zum ersten Mal seit fünfzig Jahren ist sie unbewacht. Aber wir brauchen sie auch nicht mehr zu bewachen, die Xotalancas sind alle tot.«

»Dank Conan und mir, du gemeiner Hund!«, fauchte Valeria zitternd vor Wut. »Conan wird dir die Kehle aufschlitzen!«

Olmec machte sich nicht die Mühe, ihr zu erklären, dass des Cimmeriers Kehle inzwischen bereits auf seinen geflüsterten Befehl hin aufgeschlitzt war. Sein Zynismus war viel zu groß, als dass es ihn auch nur im Geringsten interessiert hätte, was sie dachte oder von ihm hielt. Seine brennenden Augen verschlangen sie beinah und ließen keinen Blick von dem Weiß ihres Fleisches, wo das im Kampf zerrissene Hemd und Beinkleid es großzügig offenbarten.

»Vergiss Conan«, sagte er heiser. »Olmec ist der Herr von Xuchotl. Es gibt kein Xotalanc mehr und auch keine Fehde. Wir werden unser weiteres Leben mit Trinken und Lieben verbringen. Trinken wir als Erstes.«

Er setzte sich an einen Elfenbeintisch und zog sie auf seine Knie. Wie ein dunkelhäutiger Satyr mit einer weißen Nymphe in den Armen sah er aus. Ohne auf ihr unnymphisches Fluchen zu achten, hielt er sie mit einem muskelstarken Arm um ihre Taille, während er mit der anderen Hand einen Krug mit Wein heranzog, der auf dem Tisch stand.

»Trink!«, befahl er und drückte den Krug an ihre Lippen, als sie ihr Gesicht abzuwenden versuchte.

Die Flüssigkeit ergoß sich brennend über ihre Lippen und spritzte auf den nackten Busen hinunter.

»Dein Gast mag deinen Wein nicht, Olmec«, sagte eine kühle spöttische Stimme.

Olmec zuckte zusammen. Furcht spiegelte sich in seinen flammenden Augen. Langsam drehte er den mächtigen Schädel und starrte Tascela an, die aufreizend, mit einer Hand an der wohlgeformten Hüfte, in der Tür stand. Valeria entwand sich dem eisernen Griff und drehte sich zu ihr um. Als ihre Augen Tascelas brennendem Blick begegneten, lief ein kalter Schauder über ihren Rücken. Bisher unbekannte Gefühle quälten die stolze Seele der Piratin in dieser Nacht. Gerade erst hatte sie gelernt, einen Mann zu fürchten, nun wusste sie plötzlich, wie es war, eine Frau zu fürchten.

Olmec saß nun völlig reglos. Seine dunkle Haut nahm einen fahlgrauen Ton an. Tascela brachte ihre andere Hand zum Vorschein, die sie hinter dem Rücken versteckt hatte. Sie hielt einen goldenen Kelch.

»Ich dachte mir schon, dass sie von deinem Wein nicht erbaut sein würde, Olmec«, sagte die Prinzessin mit sanfter Stimme. »Deshalb brachte ich ein wenig von meinem – von dem, den ich vom Zuadsee mit mir nahm –, du verstehst doch, Olmec?«

Schweiß perlte plötzlich auf Olmecs Stirn. Seine Muskeln wurden schlaff. Valeria riss sich vollständig los und brachte den Tisch zwischen sich und ihn. Obgleich die Vernunft ihr riet, aus diesem Gemach zu laufen, so schnell sie konnte, hielt etwas sie hier wie gebannt fest.

Mit schwingenden Hüften näherte sich Tascela dem Prinzen. Ihre Stimme war weich, ja zärtlich, aber ihre Augen funkelten. Ihre schlanken Finger strichen sanft über seinen Bart.

»Du bist selbstsüchtig, Olmec«, sagte sie lächelnd. »Du wolltest unseren schönen Gast für dich allein haben, obgleich du wusstest, dass ich mich dieser Frau anzunehmen gedachte. Du hast dich wahrhaftig nicht richtig benommen, Olmec!«

Einen Augenblick lang legte sie die Maske ab. Tascelas Augen blitzten, ihr Gesicht war verzerrt, und ihre Finger legten sich mit unbeschreiblicher Kraft um seinen Bart und rissen eine ganze Handvoll des dicken Haares aus. Dieser Beweis übernatürlicher Kraft war kaum schlimmer als die flüchtige Offenbarung der teuflischen Wut, die hinter der sanften Fassade tobte.

Brüllend taumelte Olmec hoch und blieb wie ein tapsiger Bär stehen. Seine gewaltigen Pranken öffneten und schlossen sich fast krampfartig.

»Schlampe!« Seine dröhnende Stimme hallte von den Wänden wider. »Hexe! Teufelin! Tecuhltli hätte dir vor fünfzig Jahren den Hals umdrehen sollen! Heb dich hinweg! Zu viel ließ ich mir von dir bereits gefallen! Diese weißhäutige Frau ist mein! Hinweg mit dir, ehe ich dich töte!«

Die Prinzessin lachte und schlug ihm die blutige Bartsträhne ins Gesicht. Ihr Lachen war gnadenloser als das Klirren von Schwertern.

»Früher fanden deine Lippen andere Worte für mich, Olmec«, spöttelte sie. »Früher sprachst du von Liebe. Ja, einst warst du mein Liebster, und weil du mich geliebt hast, schliefst du in meinen Armen unter dem verzaubernden Lotus – und gabst dadurch die Ketten in meine Hand, die dich versklavten. Du weißt, dass du mir nicht widerstehen kannst. Du weißt, dass ich dir nur in die Augen zu blicken brauche mit jener mystischen Kraft, die ein stygischer Priester mich vor langer, langer Zeit lehrte, und schon bist du hilflos. Du erinnerst dich an die Nacht unter dem schwarzen Lotus, der sich sanft über uns wiegte, obgleich keine irdische Brise ihn bewegte. Wieder riechst du wie damals diesen verzaubernden Duft, der sich wie eine Wolke über dir erhob, um dich zu versklaven. Du kommst nicht gegen mich an. Du bist mein Sklave, so wie du es in jener Nacht warst – und wie du es sein wirst, solange du lebst, Olmec von Xuchotl!«

Ihre Stimme war zum Murmeln eines Bächleins geworden, das durch sternenfunkelnde Dunkelheit plätschert. Sie beugte sich zu dem Prinzen vor und legte ihre langen schmalen Finger weit gespreizt auf seine Brust. Seine Augen verloren ihren Glanz, seine mächtigen Hände fielen schlaff an seine Seiten.

Mit einem boshaften, grausamen Lächeln hob Tascela den Goldkelch an seine Lippen.

»Trink!«

Willenlos gehorchte der Prinz. Sofort löste sich der Schleier vor seinen Augen, wilde Wut sprach aus ihnen und bei der Erkenntnis seiner Lage schreckliche Angst. Er öffnete den Mund weit, doch kein Laut drang heraus. Einen Moment taumelte er auf weichen Knien, dann sackte er schlaff auf den Boden.

Das riss Valeria aus ihrer Erstarrung. Sie drehte sich um und rannte zur Tür; doch mit einem Sprung, der einem Panther Ehre gemacht hätte, erreichte Tascela sie vor ihr. Valeria schlug mit der Faust, in der alle Kraft ihres geschmeidigen Körpers steckte, nach ihr. Der Hieb hätte einen kräftigen Mann zu Boden gestreckt, aber er traf die Prinzessin nicht. Sie wich mit einer behenden Drehung aus und packte die Piratin am Handgelenk. Im nächsten Moment hatte sie auch Valerias Linke gefasst. Mit einer Hand hielt Tascela beide Handgelenke ihrer Gefangenen zusammen und band sie ungerührt mit einer Seidenkordel, die sie aus ihrem Gürtel zog. Valeria hatte gedacht, sie hätte in dieser Nacht bereits das Schlimmste an Demütigung durch Olmecs Behandlung erlebt, doch was sie jetzt empfand, war nichts gegen die bisherige Schmach. Immer war Valeria geneigt gewesen, mit Verachtung auf ihre Geschlechtsgenossinnen hinabzusehen, deshalb war es für sie nun um so bestürzender, von einer Frau wie ein hilfloses Kind behandelt zu werden. Sie wehrte sich kaum, als Tascela sie auf einen Stuhl zwang, ihre gebundenen Hände zwischen den Knien nach unten zog und an den Stuhl fesselte.

Gleichmütig stieg die Prinzessin über Olmec zur Bronzetür, zog den Riegel zurück und öffnete sie. Ein Korridor wurde sichtbar.

»Auf diesem Gang«, wandte sie sich zum ersten Mal an ihre Gefangene, »ist ein Raum, der früher als Folterkammer benutzt wurde. Als wir uns nach Tecuhltli zurückzogen, nahmen wir die meisten Geräte mit, doch eines davon war zum Befördern zu schwer. Es funktioniert noch, es dürfte jetzt gerade recht kommen.«

Olmec schien zu verstehen, worauf sie anspielte. Die Angst in seinen Augen wuchs. Tascela trat wieder zu ihm, bückte sich und fasste ihn am Haar.

»Er ist nur zeitweilig gelähmt«, bemerkte sie nebenbei. »Er kann hören, denken und fühlen – oh ja, und erst recht alles spüren!«

Nach diesen bedeutungsvollen Worten wandte sie sich zur Tür. Den schweren Riesen zog sie mit einer Mühelosigkeit hinter sich her, die die Piratin erschreckte. Ohne zu zögern zerrte sie ihn den Korridor entlang und verschwand schließlich mit ihm durch eine Tür, hinter der kurz darauf das Rasseln von Eisen zu hören war.

Valeria fluchte leise und zog, die Beine gegen den Stuhl gestemmt, an ihren Banden. Aber die Seidenkordel gab nicht nach.

Nach einer Weile kehrte Tascela allein zurück. Ein gedämpftes Stöhnen klang aus der Kammer, deren Tür sie hinter sich geschlossen, aber nicht verriegelt hatte. Tascela war kein gewöhnlicher Mensch, auch regten sich keinerlei menschliche Instinkte oder Gefühle in ihr.

Valeria beobachtete benommen die Frau, in deren schlanken Händen jetzt ihr Geschick ruhte.

Tascela packte sie am blonden Haar und zwang so Valerias Kopf zurück. Gleichmütig blickte sie ihr ins Gesicht. Aber das Glitzern ihrer Augen war alles andere als gleichmütig.

»Ich habe dich ausgewählt, um dir eine große Ehre zu erweisen«, sagte sie. »Du wirst Tascela die Jugend wiedergeben. Oh, da schaust du? Gewiss, ich sehe jung aus, doch ich spüre bereits, wie die träge Kälte des nahenden Alters sich durch meine Adern stiehlt. Tausendmal zuvor habe ich es schon gespürt. Ich bin alt, so alt, dass ich mich nicht mehr an meine Kindheit erinnern kann. Doch einst war ich ein schönes junges Mädchen, und ein Priester Stygiens liebte mich. Er schenkte mir das Geheimnis der Unsterblichkeit und der ewigen Jugend. Er starb – durch Gift, wie man sagte. Doch ich lebte in meinem Palast am Ufer des Zuadsees, ohne dass die schwindenden Jahre mich berührten. Dann kam die Zeit, da ein König von Stygien mich begehrte. Mein Volk duldete es nicht, es rebellierte und brachte mich hierher in dieses Land. Olmec nannte mich Prinzessin, obwohl ich nicht von königlichem Geschlecht bin. Aber ich bin mächtiger als jede Prinzessin. Ich bin Tascela, der deine herrliche Jugend ihre eigene zurückgeben wird!«

Valeria schluckte. Das Geheimnis um diese Frau war schlimmer als jede Entartung, mit der sie gerechnet hatte.

Die größere Frau löste die Fesseln um die Handgelenke der Aquilonierin und zog sie auf die Füße. Doch nicht vor der ungeheuren Körperkraft beugte sich Valeria; nicht sie war es, die sie zur hilflosen Gefangenen machte – sondern die brennenden, den Willen lähmenden Augen Tascelas.

VII

ER KOMMT AUS DER FINSTERNIS

»NA, WER HÄTTE DAS GEDACHT!«
 Conan blickte den Mann auf dem Foltergerät finster an.
»Wie zum Teufel kommst *du* auf dieses Ding?«
 Unverständliche Laute drangen durch den Knebel. Conan bückte sich und zog ihn dem anderen aus dem Mund. Der Gefangene brüllte vor Schrecken auf, denn durch die heftige Bewegung sackte die Eisenkugel so tief herab, dass sie die breite Brust fast berührte.
»Um Sets willen, seid vorsichtig!«, bat Olmec.

»Warum?«, entgegnete Conan. »Es ist mir völlig gleichgültig, was mit dir geschieht! Ich wollte nur, ich hätte die Zeit hierzubleiben und zuzusehen, wie dieser niedliche Ball dir die Eingeweide herausdrückt! Aber ich bin in Eile. Wo ist Valeria?«

»Bindet mich los!«, flehte Olmec ihn an. »Ich werde Euch alles sagen.«

»Sag es mir zuvor!«

»Nein!« Der Prinz weigerte sich und schob verbissen das Kinn vor.

»Gut.« Conan setzte sich auf eine Bank in der Nähe. »Ich werde sie auch so finden, nachdem ich mir das Vergnügen gegönnt habe abzuwarten, wie du zerquetscht wirst. Ich glaube, ich kann es beschleunigen, indem ich die Schwertspitze ein wenig in deinem Ohr drehe«, fügte er hinzu und streckte die Klinge aus.

»Wartet!« Nun quollen die Worte aus den aschgrauen Lippen des Gefangenen. »Tascela hat sie mir weggenommen. Ich war nie etwas anderes als eine Marionette in Tascelas Händen.«

»Tascela?«, schnaubte Conan und spuckte aus. »Oh, diese schmutzige ...«

»Nein, nein!«, keuchte Olmec. »Es ist viel schlimmer, als Ihr glaubt. Tascela ist alt – viele Jahrhunderte alt. Sie verlängert ihr Leben und ihre Jugend, indem sie beides schönen jungen Mädchen in einem Ritual nimmt. Das ist einer der Gründe, weshalb unser Clan so geschrumpft ist. Sie wird Valerias Lebensessenz aufnehmen und selbst in neuer Kraft und Schönheit erblühen.«

»Sind die Türen verriegelt?«, erkundigte sich Conan und strich mit dem Daumen über die Schwertschneide.

»Ja, aber ich weiß, wie man nach Tecuhltli hineingelangen kann – über einen Weg, den nur Tascela und ich kennen. Und sie wird mich für gefangen und hilflos und Euch für tot halten. Wenn Ihr mich losbindet, schwöre ich Euch, dass ich Euch helfen werde, Valeria zu befreien. Ohne mich kommt Ihr nicht in die Burg hinein; selbst wenn Ihr mir das Geheimnis durch Folterung entringen würdet, könntet Ihr nichts damit anfangen. Befreit mich, dann schleichen wir uns hinein und töten Tascela, ehe sie ihren Zauber wirken ... ehe sie uns mit ihren Augen bannen kann. Ein Messer, in den Rücken geschleudert, müsste sie unerwartet treffen. Auf diese Weise hätte ich sie längst schon töten sollen, doch ich befürchtete immer, dass die Xotalancas uns ohne ihre Hilfe überwältigen würden. Aber auch sie brauchte meine Hilfe, nur deshalb ließ sie mich so lange leben. Doch jetzt ist keiner mehr auf den anderen angewiesen, und nun muss einer von uns beiden sterben. Ich schwöre Euch, wenn wir die Hexe umgebracht haben, wird niemand Euch und Valeria zurückhalten. Meine Leute werden mir gehorchen, sobald Tascela tot ist.«

Conan beugte sich vor und durchschnitt die Fesseln des Prinzen. Olmec glitt vorsichtig unter der gewaltigen Eisenkugel zur Seite und erhob sich. Er schüttelte den Kopf wie ein Stier und fluchte wild, als er die von den Eisendornen verursachten Wunden an seinem Hinterkopf betastete. Schulter an Schulter boten die beiden Männer ein beeindruckendes Bild ursprünglicher Kraft. Olmec war so groß wie Conan, doch schwerer, und er erschien irgendwie abstoßend und auf unbeschreibbare Weise monströs, ganz im Gegensatz zu dem kraftvollen, muskulösen Cimmerier, der auf seine Weise anziehend wirkte und eine innere Reinheit ausstrahlte. Conan war aus dem blutigen, zerfetzten Hemd geschlüpft und bot so die mächtigen Muskeln offen dem Blick dar. Seine kräftigen

Schultern waren so breit wie die von Olmec, aber von besserem Wuchs, und die gewaltige, geschwellte Brust verlief in edlen Linien zur schmaleren, festen Taille und dem flachen, harten Bauch, während Olmecs Bauch sich vorwölbte. Conan hätte ein Bronzestandbild sein können, das urwüchsige Kraft symbolisierte. Olmecs Haut war dunkler, von Natur aus, nicht lediglich sonnenverbrannt wie des Cimmeriers. War Conan eine Gestalt aus der Frühzeit der Menschheit, so war Olmec ein vormenschliches Wesen aus der Finsternis der Urzeit.

»Geh voraus!«, befahl der Cimmerier. »Und bleib vor mir, ich traue dir nicht über den Weg.«

Olmec drehte sich um und schritt vor ihm her. Die Hand, die er an seinen gestutzten Bart legte, zitterte. Er führte Conan nicht zum Bronzetor, da er natürlich annahm, dass Tascela es verriegelt hatte, sondern zu einem ganz bestimmten Gemach, direkt an der Grenze nach Tecuhltli.

»Dieses Geheimnis wurde seit fünfzig Jahren streng gehütet«, brummte er. »Nicht einmal unsere eigenen Leute wussten davon, und die Xotalancas stießen auch nie darauf. Tecuhltli ließ diese Geheimtür ohne das Wissen anderer einbauen und tötete, nachdem sie vollendet war, die Sklaven, die er für diese Arbeit ausgewählt hatte. Er brauchte diese Geheimtür, weil er befürchtete, eines Tages von Tascela ausgesperrt zu werden, deren Leidenschaft für ihn schon nach kurzer Zeit in Hass umgeschlagen war. Doch sie entdeckte die Geheimtür und verbarrikadierte sie, während er eines Tages auf einem Plünderzug war. Als er von Xotalancas verfolgt wurde, konnte er nicht mehr in die Burg hinein. Die Feinde nahmen ihn gefangen und zogen ihm bei lebendigem Leib die Haut ab. Ich stieß auf die Geheimtür, als ich einmal

Tascela nachspionierte, die sie benutzte, als sie nach Tecuhltli zurückkehrte.«

Er drückte auf eine goldene Verzierung an der Wand. Ein Paneel schwang zur Seite und offenbarte eine Elfenbeintreppe, die nach oben führte.

»Diese Treppe befindet sich zwischen zwei Innenwänden«, erklärte Olmec. »Wenn man ihr folgt, kommt man zu einem Turm auf dem Dach, und von dort braucht man nur eine der normalen Treppen zu den verschiedenen Gemächern zu nehmen. Beeilt Euch!«

»Nach dir!«, versicherte ihm Conan spöttisch und spielte bedeutungsvoll mit dem Schwert. Olmec zuckte die Schultern und betrat die Treppe. Sofort folgte der Cimmerier ihm, und die Tür schloss sich hinter ihm. Mehrere Feuersteine hoch über ihren Köpfen beleuchteten die Treppe mit ihrem gespenstischen Schein.

Sie stiegen hoch, bis sie sich über dem dritten Stock befanden; dann kamen sie in einen runden Turm, an dessen Kuppeldecke die Feuersteine glimmten. Durch Fenster aus unzerbrechlichen Kristallscheiben, die mit einem goldenen Gitter verziert waren – die ersten Fenster, wenn man die Oberlichter nicht zählte, die Conan in Xuchotl sah –, bot sich Conan ein Blick auf hohe Giebel, Kuppeln und Türme, die sich dunkel gegen den Sternenhimmel abhoben. Das also waren die Dächer von Xuchotl!

Olmec achtete nicht auf die Fenster. Er rannte eine der mehreren in die Tiefe führenden Treppen hinunter. Schon nach wenigen Stufen endete sie an einem schmalen, kurvenreichen Korridor, und sie kamen zu einer weiteren, sehr steilen Treppe. Hier blieb Olmec stehen.

Gedämpft, aber unverkennbar drang von unten ein Schrei an ihre Ohren, ein Schrei, der eine Mischung aus

Wut, Angst und Schmach war. Conan erkannte Valerias Stimme.

In dem wilden Grimm, den dieser Schrei in ihm weckte, und durch seine Überlegungen, welche Art von Bedrohung wohl der Grund dafür gewesen sein mochte, vergaß Conan Olmec. Er eilte an ihm vorbei die Treppe hinunter. Doch ein Instinkt warnte ihn, gerade als der Prinz seine gewaltige Faust auf ihn hinabsausen ließ.

Der Schlag war auf Conans Hinterkopf gerichtet, doch da der Cimmerier herumwirbelte, traf er ihn nur an der Halsseite. Jeden schwächeren Mann hätte er das Leben gekostet. Conan taumelte zurück, doch fast im gleichen Moment ließ er sein in dieser Enge nutzloses Schwert los, packte Olmecs ausgestreckten Arm und riss so den Prinzen im Fallen mit sich. Kopfüber stürzten sie um sich schlagend die Stufen hinunter. Noch ehe sie unten aufkamen, hatten Conans kräftige Finger Olmecs Kehle gefunden und legten sich um sie.

Hals und Schulter des Barbaren waren wie betäubt von dem heftigen Hieb des Prinzen, der mit aller Kraft der mächtigen Arm- und Schultermuskeln geführt worden war. Doch das tat seiner Wildheit keinen Abbruch. Wie eine Bulldogge hielt er den anderen fest, während sie durchgeschüttelt wurden und auf jeder Stufe heftig aufprallend die Treppe hinunterrollten, bis sie schließlich an ihrem Fußende mit einer solchen Gewalt gegen eine Elfenbeintür schlugen, dass sie zersplitterte und sie hindurchbrachen. Olmec war zu diesem Zeitpunkt bereits tot, denn die eisernen Finger seines Gegners hatten ihn erwürgt, und im Fallen hatte er sich obendrein das Genick gebrochen.

Conan erhob sich. Er schüttelte die Elfenbeinsplitter ab und wischte sich Blut und Staub aus den Augen.

Er war geradewegs in den Thronraum gelangt. Außer ihm befanden sich hier noch fünfzehn weitere Personen. Die erste, die er sah, war Valeria. Ein seltsamer schwarzer Altar stand vor dem Thronpodest. Sieben schwarze Kerzen standen auf ihm in goldenen Haltern. Dicker, grüner, ekelerregend süßer Rauch stieg in Spiralen auf, die sich nahe der Decke zu einer dicken Wolke vereinten und einen gespenstischen Bogen über dem Altar bildeten. Auf dem Altar lag Valeria splitternackt. Ihre weiße Haut bildete einen auffallenden Kontrast zu dem glänzenden, pechschwarzen Gestein. Sie war nicht gefesselt. Mit ausgestreckten Armen lag sie in voller Länge auf dem Altar. An seinem Kopfende kniete ein junger Mann, der ihre Handgelenke festhielt. Am Fußende kniete eine junge Frau und umklammerte die Fußgelenke der Piratin. So war es ihr unmöglich, sich aufzurichten.

Elf Männer und Frauen der Tecuhltli knieten in einem Halbkreis um den Altar. Ihre Augen glitzerten erwartungsvoll.

Tascela saß auf dem Elfenbeinthron. Aus bronzenen Räucherschalen kräuselte Rauch empor, der ihre nackten Glieder wie zärtliche Finger umschmeichelte. Sie saß nicht still, sie wand sich genüsslich wie in einem Sinnestaumel.

Seltsamerweise änderte das Krachen der berstenden Tür, als die beiden Leiber in den Thronsaal rollten, nichts an der gespenstischen Szene. Die knienden Männer und Frauen widmeten der Leiche ihres Herrschers und dem Mann, der sich aus den Splittern erhob, lediglich einen flüchtigen gleichgültigen Blick, dann wandten sie sich erneut mit lüsternen Augen der sich hilflos auf dem Altar windenden weißen Gestalt zu. Tascela blickte Conan nur spöttisch an, lachte kurz höhnisch auf und ließ sich weiter von den duftenden Rauchschwaden liebkosen.

»Schlampe!« Conan sah rot. Seine Hände ballten sich zu eisenharten Fäusten, als er auf sie zustapfte. Doch schon nach wenigen Schritten krachte etwas laut, und Stahl biss in seine Wade. Die Zähne einer eisernen Falle hatten sich um sein Bein geschlossen und hielten ihn fest. Nur die angespannten Wadenmuskeln retteten Waden- und Schienbein davor, gebrochen zu werden. Die verfluchte Falle war ohne Warnung aus dem Boden geschossen. Jetzt, da er darauf achtete, sah er die Vertiefungen im Boden, in denen die Falle gut getarnt gelegen hatte.

»Dummkopf!« Tascela lachte. »Hast du dir eingebildet, ich würde keine Vorkehrungen gegen deine mögliche Rückkehr treffen? Jede Tür in diesem Raum ist durch Fallen geschützt. Bleib ruhig stehen und sieh zu, wie das Geschick deiner hübschen Gefährtin sich erfüllt. Danach werde ich über deines entscheiden.«

Instinktiv fuhr Conans Hand an den Gürtel, doch die Scheide daran war leer. Das Schwert lag auf der Treppe hinter ihm, und sein Dolch war im Wald geblieben, wo der Drache ihn sich aus dem Rachen gerissen hatte. Der Stahl in seinem Bein fühlte sich wie glühende Kohle an, doch der Schmerz war nicht so heftig wie die Wut, die in ihm tobte. Wie ein Wolf steckte er im Fangeisen. Hätte er sein Schwert gehabt, er hätte sich das Bein abgehauen und wäre über den Boden zu Tascela gekrochen, um sie umzubringen. Valerias Augen wandten sich ihm stumm flehend zu. Das und seine eigene Hilflosigkeit überschwemmten sein Gehirn mit Wellen roten Wahnsinns.

Er ließ sich auf das Knie seines freien Beines fallen und bemühte sich, die Finger zwischen die Zähne des Eisens zu zwängen, um es zu öffnen. Blut füllte seine Fingernägel, doch die einzelnen Teile des Fangeisens schlossen sich in einem engen Kreis rund um die Wade, sodass die

Finger nichts auszurichten vermochten. Jedes Mal, wenn sein Blick auf Valerias nackten Leib fiel, wuchs seine Wut.

Tascela beachtete ihn nicht mehr. Lässig erhob sie sich und blickte von einem ihrer Untertanen zum anderen. »Wo sind Xamec, Zlanath und Techic?«, fragte sie.

»Sie sind nicht aus den Katakomben zurückgekehrt, Prinzessin«, antwortete ein Mann. »Wie wir anderen trugen sie die im Kampf Gefallenen in die Grüfte. Seither sahen wir sie nicht mehr. Vielleicht hat Tolkemecs Geist sie geholt.«

»Schweig, Narr!«, fauchte Tascela. »Es gibt keinen Geist!«

Sie stieg vom Podest hinunter. Ihre Finger spielten mit dem goldenen Knauf eines feinen Dolches. Ihre Augen brannten in versengendem Höllenfeuer. Neben dem Altar blieb sie stehen und durchbrach mit lauter Stimme die Stille, die wieder eingesetzt hatte.

»Dein Leben wird mich erneut jung machen, weiße Frau. Ich werde mich über deinen Busen beugen und meine Lippen auf deine drücken. Und langsam – ah, ganz langsam – steche ich diesen Dolch in dein Herz, damit dein Leben, das dem sterbenden Leib entflieht, in mich dringt, mich in neuer Jugendkraft erblühen lässt und mein eigenes Leben ... verlängert.«

Langsam wie eine Schlange, die sich ihrem erstarrten Opfer nähert, beugte sie sich durch den kräuselnden Rauch über die reglose Frau, die in ihre glühenden dunklen Augen starrte – Augen, die immer größer und tiefer zu werden schienen, wie Monde zwischen wallenden Wolken.

Die Knienden bohrten in ihrer Erregung die Fingernägel in ihre Handflächen und hielten den Atem an in Erwartung des blutigen Höhepunkts. Conans wildes Keuchen, während er sich aus der Falle zu befreien versuchte, war der einzige Laut im Thronraum.

Aller Augen waren starr auf den Altar und die weiße Gestalt gerichtet. Selbst ein Donnerschlag hätte den Bann nicht gebrochen – aber ein leises Kichern schaffte es, dass alle herumwirbelten. So leise dieses Kichern war, es bewirkte, dass sich jedem die Härchen im Nacken aufstellten. Mit weit aufgerissenen Augen sahen alle, über wessen Lippen es gekommen war.

In der Tür links vom Thronpodest stand ein Albtraumwesen: ein Mann mit verfilztem, langem Weißhaar und nicht weniger verfilztem weißem Bart, der ihm weit über die Brust hing. Schmutzige Fetzen bedeckten die Gestalt nur unvollständig. Die halb nackten Gliedmaßen wirkten seltsam unnatürlich. Die Haut war anders als die eines normalen Menschen. Sie wirkte irgendwie *schuppig*, als hätte dieser Mann lange Zeit unter Bedingungen gelebt, wie sie für Menschen nicht gedacht waren. An den Augen, die durch die wirren Haarsträhnen blitzten, war nichts Menschliches mehr – schimmernde Scheiben waren sie, unbewegt, ohne jegliche Spur von Gefühl und Vernunft. Der Mund war weit offen, doch keine verständlichen Worte drangen aus ihm, lediglich ein irres Kichern.

»Tolkemec!«, flüsterte Tascela mit fahlgrauem Gesicht, während die anderen ihn nur stumm vor Entsetzen anstarrten. »Also kein Aberglaube, kein Geist! Bei Set! Du hast tatsächlich zwölf Jahre in völliger Dunkelheit gehaust – zwölf Jahre zwischen den Gebeinen der Toten. Von welch schrecklichem Fleisch hast du dich ernährt? Welch furchtbares Leben hast du in der ewigen Nacht geführt? Ich verstehe jetzt, weshalb Xamec, Zlanath und Techic nicht aus den Katakomben zurückkehrten. Doch warum hast du so lange gewartet? Hast du in der schwarzen Tiefe etwas gesucht? Eine Geheimwaffe, von der du wusstest, dass sie dort verborgen war? Und hast du sie schließlich gefunden?«

Das grässliche Kichern war Tolkemecs einzige Antwort, als er mit einem langen Satz in den Raum sprang – einem so langen, dass er die verborgene Falle an der Tür nicht berührte. War das Zufall gewesen, oder hatte er sich der Hinterlist der Bewohner von Xuchotl erinnert? Er war nicht wahnsinnig im Sinne des Wortes, er war nur ganz einfach nicht mehr wirklich menschlich, weil er eine so lange Zeit fern jeglicher Gemeinschaft gehaust hatte. Nur ein dünner, in Hass gebetteter Faden der Erinnerung und der Drang nach Vergeltung hatten ihn noch mit der Menschheit verbunden, von der er abgeschnitten gewesen war, und ihn in der Nähe jener Menschen lauern lassen, die er in seiner Rachsucht so sehr hasste. Ja, nur dieser dünne Faden hatte ihn davor zurückgehalten, durch die schwarzen Korridore und unterirdischen Gewölbe zu rasen, die er vor langer Zeit entdeckt hatte, und immer weiter, bis zu seinem Tod, durch sie zu stürmen.

»Du hast etwas Verborgenes gesucht!«, flüsterte Tascela und wich vor ihm zurück. »Und du hast es gefunden! Du hast die Fehde nicht vergessen. In all den Jahren der Finsternis hast du sie nicht vergessen!«

In der dürren Hand Tolkemecs hatte sie einen jadegrünen Stab bemerkt, an dessen einem Ende ein roter Knauf, wie ein Granatapfel geformt, glühte. Sie sprang hastig zur Seite, als er diesen Stab wie einen Speer vorstieß und eine Feuerzunge aus dem Granatapfelknauf schoss. Sie verfehlte Tascela, aber die Frau, die Valerias Fußgelenke hielt, befand sich in ihrer Bahn. Sie traf sie zwischen den Schulterblättern. Ein Knistern und Zischen war zu hören, dann drang die Flammenzunge vorne aus der Brust wieder hervor und schlug Funken sprühend gegen den schwarzen Altar. Die Frau kippte zur Seite. Sie schrumpfte und verdorrte noch im Fallen zur Mumie.

Valeria rollte sich auf der anderen Seite vom Altar und kroch auf allen vieren zur Wand, denn im Thronraum des toten Olmec war die Hölle ausgebrochen.

Der Mann, der Valerias Hände gehalten hatte, starb als Nächster. Er hatte sie losgelassen und versucht, sich in Sicherheit zu bringen, doch er hatte noch keine sechs Schritte zurückgelegt, da sprang Tolkemec mit einer für seinen Zustand unglaublichen Behendigkeit vor ihn, sodass er sich zwischen ihm und dem Altar befand. Wieder schnellte die rote Flammenzunge vor. Der Tecuhltli stürzte leblos zu Boden, nachdem die Flamme blaue Funken sprühend vom Altar zurückgeprallt war.

Und dann begann das Gemetzel erst richtig. Laut schreiend rannten die Tecuhltli durch den Thronraum, rempelten einander an, stolperten und fielen. Zwischen ihnen sprang und hüpfte Tolkemec herum und teilte den Tod aus. Durch die Türen konnten sie nicht entkommen, denn offenbar hatte ihr Metallbeschlag den gleichen Effekt wie der mit Metall durchzogene Stein des Altars: Er warf die Teufelsflamme zurück und vollendete so ihren Kreislauf. Wann immer Tolkemec einen Mann oder eine Frau zwischen sich und den Altar oder eine Tür drängen konnte, richtete er den Stab auf sein Opfer. Er traf dabei keine Auswahl, sondern streckte sie nieder, wie er sie erwischte, während er wild herumhüpfte, mit flatternden Fetzen herumwirbelte und sein schrilles Kichern die Schreie seiner Opfer übertönte. Rund um den Altar und an den Türen fielen die Tecuhltli wie welke Blätter. Mit dem Mut der Verzweiflung stürzte sich ein Krieger mit erhobenem Dolch auf den Alten, doch auch er hauchte sein Leben aus, ehe er ihm nahe genug kam. Die anderen erfüllte jedoch eine solche Panik, dass sie gar nicht an Widerstand dachten.

Der letzte Tecuhltli außer Tascela war gefallen, als sie den Cimmerier und das Mädchen, das bei ihm Schutz gesucht hatte, erreichte. Tascela bückte sich und drückte auf eine Stelle im roten Boden. Sofort löste sich das Fangeisen von der blutenden Wade und sank in den Boden zurück.

»Töte ihn, wenn du kannst!«, keuchte sie und drückte Conan einen wuchtigen Dolch in die Hand. »Ich habe keinen Zauber gegen ihn.«

Knurrend sprang der Cimmerier vor die beiden Frauen, ohne in seiner Kampfeslust auf das verwundete Bein zu achten. Tolkemec kam auf sie zu. Seine wilden Augen funkelten, doch beim Anblick der Klinge in Conans Hand zögerte er. Ein grimmiges Spiel begann, als Tolkemec versuchte, Conan zu umkreisen und ihn so zwischen sich und den Altar oder eine Tür zu bekommen, während der Cimmerier sich bemühte, das zu verhindern und ihm seinerseits den Dolch zwischen die Rippen zu stoßen. Angespannt und mit angehaltenem Atem beobachteten die zwei Frauen die beiden.

Es war kein Laut zu hören, außer dem leichten Scharren sich schnell bewegender Füße. Tolkemec sprang und hüpfte nicht mehr herum. Ihm war klar, dass dieser Mann es ihm nicht so leicht machen würde wie die Tecuhltli, die schreiend und fliehend gestorben waren. In dem eisigen Funkeln der blauen Augen las er die tödliche Entschlossenheit des Barbaren, die seiner in nichts nachstand. Wenn der eine sich bewegte, tat der andere es mit ihm, als hielten unsichtbare Bande sie zusammen. Aber kaum merklich kam Conan immer näher an seinen Gegner heran. Schon spannte er die Muskeln zum Sprung, als

Valeria warnend aufschrie. Einen flüchtigen Moment lang war eine Bronzetür genau hinter Conan. Die rote Flamme schnellte vor. Sie versengte Conans Hüfte, als er sich zur Seite warf, doch mit derselben Bewegung schleuderte er den Dolch. Der alte Tolkemec ging zu Boden – nun wahrhaftig tot. Nur der Dolchgriff in seiner Brust vibrierte noch leicht.

Tascela machte einen langen Satz, doch nicht auf Conan zu, sondern zu dem wie ein Lebewesen glimmenden Stab auf dem Boden. Sofort sprang auch Valeria mit einem Dolch in der Hand, den sie einem Toten entrissen hatte. Die mit aller Kraft geschwungene Klinge spießte die Prinzessin der Tecuhltli auf. Tascela, der die Dolchspitze aus der Brust ragte, schrie gellend auf, dann stürzte sie tot auf den Boden. Valeria stieß sie mit dem Absatz zur Seite.

»Ich musste es tun, um meine Selbstachtung wiederzugewinnen«, erklärte sie Conan keuchend, der sie über die schlaffe Leiche hinweg anblickte.

»Damit ist die Fehde beendet«, brummte er. »Das war vielleicht eine Nacht! Wo bewahrten diese Leute ihre Vorräte auf? Ich bin verdammt hungrig!«

»Lass dich erst einmal verbinden!«, mahnte Valeria. Sie riss von einem Seidenvorhang einen Streifen ab, wand ihn sich um die Hüften und verknotete ihn an der Taille. Dann besorgte sie sich schmalere Streifen, die sie geschickt um Conans offene Wade band.

»Verschwinden wir von hier«, schlug er vor. »Ich kann schon laufen, die Wunde ist nicht so schlimm. Es ist bereits Morgen außerhalb dieser verfluchten Stadt. Ich habe genug von Xuchotl. Es ist gut, dass diese Brut sich selbst ausgerottet hat. Ich will nichts von ihren verdammten Edelsteinen, denn wer weiß, ob nicht ein Fluch an ihnen haftet.«

»Du hast recht, es gibt genug sauberes Plündergut auf der Welt für dich und mich«, sagte Valeria und richtete sich auf. In ihrer makellosen Schönheit stand sie vor Conan.

Heißes Verlangen funkelte in des Cimmeriers Augen. Und diesmal wehrte sie sich nicht, als er sie heftig in die Arme schloss.

»Es ist ein langer Weg zur Küste«, sagte sie nach einer Weile.

»Was macht das schon?« Er lachte. »Es gibt nichts, was wir nicht schaffen könnten. Wir werden Decksplanken unter den Füßen haben, ehe die Stygier ihre Häfen für den Sommer öffnen. Und dann machen wir Beute wie nie zuvor!«

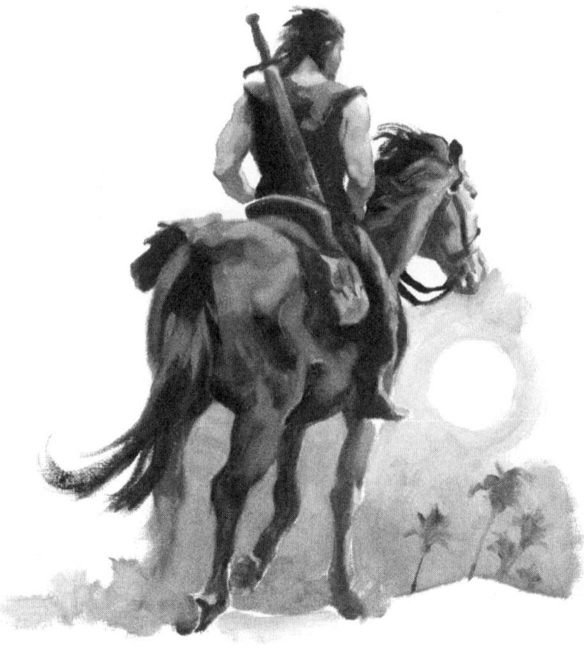

VERMISCHTE SCHRIFTEN

Robert E. Howard

Notizen ohne Titel

DIE WESTMARK: zwischen den Bossonischen Marschen und der piktischen Wildnis gelegen. Provinzen: Thandara, Conawaga, Oriskonie, Schohira. Politische Situation: Oriskonie, Conawaga und Schohira wurden durch königliche Statthalter regiert. Jede Provinz stand unter der Jurisdiktion eines Barons der westlichen Marschen, die direkt östlich der Bossonischen Marschen liegen. Diese Barone waren nur dem König von Aquilonien verantwortlich. Theoretisch gehörte ihnen das Land, und sie erhielten einen gewissen Prozentsatz von den Erträgen. Dafür stellten sie Soldaten, um die Grenze gegen die Pikten zu verteidigen, bauten Festungen und Städte, ernannten Richter und andere offizielle Beamte. Tatsächlich war ihre Macht nicht so absolut, wie es den Anschein hatte. In Scanaga, der größten Stadt von Conawaga, gab es eine Art Obersten Gerichtshof, über den der Richter den Vorsitz führte, der direkt vom König von Aquilonien eingesetzt worden war, und unter gewissen Umständen hatte ein Beklagter das Recht, vor diesem höheren Gericht Rechtsmittel einzulegen. Thandara war die südlichste Provinz, Oriskonie die nördlichste und am dünnsten besiedelte. Conawaga lag südlich von Oriskonie, und südlich von Conawaga lag Schohira, die kleinste der Provinzen. Conawaga war die größte, reichste und am dichten besiedeltste, und die einzige, in der sich Patrizier mit Landbesitz angesiedelt hatten. Thandara war noch am ehesten eine

Pionierprovinz. Ursprünglich hatte es nur ein Fort mit diesem Namen am Streitrossfluss gegeben, das auf den direkten Befehl des Königs von Aquilonien gebaut und mit Soldaten des Königs bemannt worden war. Nachdem die Pikten die Provinz Conajohara erobert hatten, zogen die dortigen Siedler nach Süden und besiedelten das Land um die Festung herum. Sie hielten das Land mit Waffengewalt, bekamen keinen Königsbrief und brauchten auch keinen. Sie erkannten keinen Baron als Herrscher an. Ihr Gouverneur war lediglich ein Militärführer, den sie aus ihrer Mitte wählten; ihre Wahl wurde immer dem König von Aquilonien vorgelegt und von ihm gebilligt. Es wurden keine Truppen nach Thandara geschickt. Sie bauten Forts oder vielmehr Blockhäuser, die sie selbst mit Männern besetzten, und stellten Kompanien aus militärisch gedrillten Kämpfern zusammen. Sie befanden sich im Dauerkrieg mit den Pikten. Als in Aquilonien der Bürgerkrieg tobte und der Cimmerier Conan nach der Krone griff, stellte sich Thandara sofort auf Conans Seite, verweigerte König Namedes die Untertanentreue und schickte Conan eine Botschaft, in der man ihn bat, ihren gewählten Gouverneur zu bestätigen, was der Cimmerier auch sofort tat. Das versetzte den Kommandanten eines Forts in den Bossonischen Marschen in große Wut, und er marschierte mit seinen Männern in Thandara ein, um es zu verwüsten. Aber die Grenzbewohner traten ihm an der Grenze entgegen und fügten ihm eine schreckliche Niederlage zu, nach der es keinen Versuch mehr gab, sich mit Thandara anzulegen. Aber die Provinz war isoliert, durch ein Gebiet unbewohnter Wildnis von Schohira getrennt, und hinter ihr lag Bossonien, wo die meisten Menschen dem König die Treue hielten. Der Baron von Schohira ergriff Conans Partei und schloss sich seinem Heer an, aber er verlangte von Schohira keine weiteren Abgaben, da hier in der Tat jeder Mann gebraucht wurde, um die Grenze zu verteidigen. Doch in Conawaga gab es viele Königstreue, und der Baron von Conawaga ritt höchstpersönlich nach Scandaga und verlangte, dass die Bewohner eine Streitmacht aufstellten, die König Namedes unterstützen sollte. In Conawaga brach ein Bürgerkrieg aus. Der Baron wollte alle anderen Provinzen unterwerfen und sich zu ihrem Gouverneur aufschwingen. In der Zwischenzeit hatten die Bewohner von Oriskonie den von ihrem Baron ernannten Gouverneur vertrieben und kämpften erbarmungslos gegen die Königstreuen in ihrer Mitte.

Wölfe jenseits der Grenze

Fassung A

1. Kapitel

DUMPFER TROMMELSCHLAG WECKTE MICH. Ich lag reglos inmitten der Büsche, zwischen denen ich Zuflucht gesucht hatte, strengte die Ohren an, um seine Herkunft zu deuten, denn in den Tiefen des Waldes sind solche Laute trügerisch. Ringsum herrschte Stille. Über mir bildeten die mit Schlingpflanzen überwucherten Dornenranken ein dichtes Dach, und darüber breitete sich das düstere Astgewölbe des großen Baumes aus. Nicht ein Stern leuchtete durch das Blätterwerk. Tief am Himmel hängende Wolken schienen auf die Baumwipfel zu drücken. Es gab keinen Mond. Die Nacht war so finster wie der Hass einer Hexe.

Gut für mich. Ich konnte meine Feinde nicht sehen, sie mich aber auch nicht. Aber das Flüstern der unheilvollen Trommel stahl sich durch die Nacht: Bumm-bumm-bumm! Ein monotoner, gleichmäßiger Laut, der an fürchterliche Geheimnisse zu rühren schien. Der Laut war unmissverständlich. Nur eine Trommel auf der Welt lockte dieses tiefe, bedrohliche, düstere Donnern hervor: die Kriegstrommel der Pikten, jener bemalten Wilden, die die Gebiete jenseits der Grenzen der Westmark heimsuchten.

Und ich hielt mich jenseits dieser Grenze auf, allein und in einem Dornenbusch in der Mitte des großen Waldes verborgen, in dem diese nackten Wilden seit Anbeginn der Zeit herrschten.

Jetzt hatte ich den Ursprung lokalisiert; die Trommel

schlug südwestlich meiner Position, und anscheinend nicht weit entfernt. Schnell schnallte ich den Gürtel enger, lockerte Streitaxt und Messer in ihren perlenverzierten Scheiden, spannte meinen schweren Bogen und vergewisserte mich, dass der Köcher aus Rehleder mit den Pfeilen an meiner linken Hüfte hing – ertastete alles in der undurchdringlichen Finsternis –, dann kroch ich aus dem Busch und schlich vorsichtig in Richtung der Trommel.

Ich glaubte nicht, dass es um mich ging. Hätten die Waldmenschen mich entdeckt, hätten sie diese Entdeckung mit einem Dolchstoß in die Kehle verkündet und nicht durch Trommelschlag in der Ferne. Aber das Dröhnen einer Kriegstrommel hatte eine Bedeutung, die kein Waldläufer ignorieren konnte. Ihr düsteres Wummern war eine Warnung und eine Drohung, es versprach den Untergang für die weißhäutigen Invasoren, deren einsam gelegene Hütten und mit der Axt geschlagene Lichtungen die seit undenklichen Zeiten bestehende Einsamkeit der Wildnis bedrohten. Es bedeutete Feuer und Tod und Folter, Flammenpfeile, die Sternschnuppen gleich aus dem mitternächtlichen Himmel fielen, Streitäxte, die die Schädel von Männern, Frauen und Kindern spalteten.

Und so schlich ich durch die Finsternis des nächtlichen Waldes, ertastete meinen Weg vorbei an den mächtigen Bäumen, kroch manchmal auf Händen und Knien, und gelegentlich schlug mir das Herz bis zum Hals, wenn eine Ranke über mein Gesicht oder die ausgestreckte Hand strich. Denn in diesem Wald gab es Riesenschlangen, die sich manchmal von den hohen Bäumen herabhängen ließen und so ihre Opfer erlegten. Aber die Wesen, die ich suchte, waren schlimmer als jede Schlange, und als die Trommel lauter wurde, schlich ich so behutsam wie auf blankgezogenen Schwerterklingen voran. Dann sah ich ein rotes Schimmern zwischen den Bäumen und hörte das Gemurmel wilder Stimmen unter dem Grollen der Trommel.

Welch seltsame Zeremonie auch unter den schwarzen Bäumen stattfand, man musste damit rechnen, dass sie ringsum Posten aufgestellt hatten, und ich wusste, wie still und reglos ein Pikte stehen konnte, wie er selbst im Zwielicht fast unsichtbar mit den Pflanzen des Waldes verschmelzen konnte, bis sich seine Klinge in das Herz seines Opfers bohrte. Der Gedanke, in der Dunkelheit mit solch einem grimmigen Posten zusammenzustoßen, verschaffte mir eine Gänsehaut, und ich zog das Messer und hielt es ausgestreckt vor mir. Aber ich wusste, dass nicht einmal ein Pikte mich in der Finsternis unter dem dichten Laubdach und dem bewölkten Himmel sehen konnte.

Das Licht tanzte und flackerte und entpuppte sich als Feuer, vor dem sich schattenhafte Umrisse bewegten wie schwarze Teufel vor den roten Flammen der Hölle. Und dann hockte ich in einem dichten Unterholz aus Erlen und Dornenranken und schaute auf die baumumringte Lichtung und die Gestalten dort.

Da waren vierzig oder fünfzig Pikten, nackt bis auf ihre Lendenschurze und Furcht einflößend bemalt; sie kauerten im Halbkreis um das Feuer und wandten mir den Rücken zu. Die Falkenfedern in ihren dichten schwarzen Mähnen verrieten mir, dass sie zum Falkenclan oder zu den Skondagas gehörten. In der Mitte der Lichtung stand ein primitiver Altar aus aufgeschichteten Steinen, und dieser Anblick ließ mich erschaudern. Denn ich kannte diese Piktenaltäre auf leeren und verlassenen Lichtungen, vom Feuer versengt und blutverschmiert, aber niemand vermochte genau zu sagen, wofür man sie benutzte, nicht einmal die ältesten Grenzsiedler. Aber ich wusste instinktiv, dass ich nun Zeuge der schrecklichen Geschichten werden würde, die man sich über sie und die federgeschmückten Schamanen erzählte, die sie benutzten.

Einer dieser Teufel tanzte zwischen dem Feuer und dem Altar – ein langsamer, schlurfender Tanz, der seine Federn schwanken ließ, aber im flackernden Feuerschein blieben mir seine Züge verborgen.

Zwischen ihm und dem Halbkreis aus kauernden Kriegern stand ein Mann, der offensichtlich kein Pikte war. Er war so groß wie ich – die Pikten sind eine kleinwüchsige Rasse –, und seine Haut leuchtete hell im Feuerlicht. Aber er war mit Lendenschurz und Mokassins bekleidet, und in seinem Haar steckte eine Falkenfeder, daher wusste ich, dass er ein Socandaga sein musste, einer dieser weißen Wilden, die in kleinen Stämmen im großen Wald hausen und für gewöhnlich gegen die Pikten Krieg führen, manchmal aber auch im Frieden mit ihnen leben. Pikten gehören zur weißen Rasse, aber sie haben dunkle Augen und schwarze Haare und eine dunkle Haut, und die Menschen der Westmark würden weder sie noch die Socandagas als »Weiße« bezeichnen. Dafür qualifizieren sich nur Männer mit hyborischem Blut.

Drei Pikten zerrten einen Mann in den Kreis des Feuerscheins – einen anderen Pikten, den sie nackt und blutbeschmiert auf den Altar warfen, und der an Händen und Füßen gebunden war.

Dann tanzte der Schamane weiter, webte komplizierte Muster um den Altar und den Mann, der darauf lag, und der Krieger, der die Trommel schlug, verfiel in Raserei. Von einem Ast, der in die Lichtung hineinreichte, fiel eine der großen Schlangen, von denen ich sprach. Der Feuerschein beleuchtete ihre Schuppen, als sie auf den Altar zuglitt; ihre Perlaugen glitzerten, und ihre gespaltene Zunge schnellte unentwegt vor und zurück. Aber die Krieger zeigten keine Furcht, obwohl sie ganz dicht an einigen von ihnen vorbeikroch. Und das war seltsam, denn für gewöhnlich sind diese Schlangen das Einzige, was die Pikten fürchten.

Die Riesenschlange schob den Schädel hoch über den Altar; sie und der Schamane starrten sich über den zitternden Körper des Gefangenen hinweg an. Der Schamane wand Körper und Arme, bewegte aber kaum die Füße, und als er tanzte, tanzte auch die große Schlange, pendelte und schlängelte sich wie verzaubert. Und dann stieg sie höher und wand sich um den Altar und den Gefangenen darauf, bis dessen Körper unter den schimmernden Schuppen verschwand und nur noch sein Kopf zu sehen war. Der große Schlangenschädel pendelte ganz dicht darüber.

Dann stieß der Schamane einen schrillen Schrei aus und schleuderte etwas ins Feuer, und eine große grüne Rauchwolke stieg auf und wälzte sich über den Altar, bis sie alles einhüllte. Aber in der Mitte dieser Wolke beobachtete ich ein grauenvolles Wirbeln, und einen Augenblick lang konnte ich Mann und Schlange nicht auseinanderhalten. Ein schaudernder Seufzer ging durch die versammelten Pikten, es klang wie das Ächzen des Windes in nächtlichen Zweigen.

Dann verzog sich der Rauch, und Mann und Schlange lagen schlaff auf dem Altar. Ich hielt beide für tot. Aber der Schamane zerrte sie von den Steinen und ließ sie zu Boden fallen, er durchschnitt die Riemen, die den Mann fesselten, und nahm seinen Tanz wieder auf, dieses Mal von einem Singsang begleitet.

Und der Mann bewegte sich. Aber er erhob sich nicht. Sein Kopf schwankte von einer Seite zur anderen, und ich sah, wie seine Zunge vor- und zurückstieß. Bei Mitra, er fing an, sich wie eine große Schlange auf dem Bauch vom Feuer fortzuschlängeln!

Und die Schlange wurde plötzlich von Zuckungen geschüttelt, bog den Hals und stieg beinahe senkrecht in die Höhe. Sie fiel wieder zurück, versuchte es aber immer wieder, so grauenvoll wie ein Mann, der aufstehen und aufrecht gehen wollte, nachdem man ihn seiner Gliedmaßen beraubt hatte.

Und das wilde Heulen der Pikten zerriss die Nacht. Übelkeit stieg in mir auf, und ich kämpfte gegen den Drang an, mich übergeben zu müssen. Ich hatte Geschichten über diese grässliche Zeremonie gehört. Der Schamane hatte die Seele des gefangenen Feindes auf die Schlange übertragen, sodass sein Feind während seiner nächsten Reinkarnation im Körper der Schlange hausen musste.

Und so wanden sie sich voller Qualen Seite an Seite, Mann und Schlange, bis ein Schwert in den Händen des Schamanen aufblitzte und beide Köpfe zusammen fielen – und bei den Göttern, es war der Leib der Schlange, der kurz zuckte und dann still lag, und der Leib des Mannes, der sich umherwälzte und zusammenrollte wie eine enthauptete Schlange.

Dann sprang der Schamane auf, wandte sich dem Kreis der Krieger zu und warf den Kopf zurück; er heulte wie ein Wolf, der Feuerschein fiel auf sein Gesicht, und ich erkannte ihn. Und dieses Erkennen schwemmte jeden Gedanken an die Gefahr fort, in der ich mich befand, genau wie die Erinnerung an meine Mission. Denn der Schamane war der alte Garogh von den Falken, der meinen

Freund, John Galters Sohn, bei lebendigem Leib verbrannt hatte.

Von blindwütigem Hass getrieben, handelte ich beinahe instinktiv – riss den Bogen hoch, legte einen Pfeil ein und schoss, alles in einer einzigen Bewegung. Das Feuerlicht war unsicher, aber die Entfernung war nicht zu groß. Doch er bewegte sich in dem Augenblick, in dem ich die Sehne losließ. Der alte Garogh kreischte wie eine Katze und schwankte zurück, und seine Krieger heulten vor Erstaunen, als plötzlich ein Pfeil in seiner Schulter zitterte. Der hochgewachsene hellhäutige Krieger fuhr herum, und bei Mitra, er war ein Weißer!

Der Schock dieser Überraschung lähmte mich einen Augenblick lang und bedeutete beinahe mein Ende. Denn die Pikten sprangen sofort auf und stürzten sich panthergleich in den Wald; sie kannten die allgemeine Richtung, aus der der Pfeil gekommen war, vielleicht sogar die genaue Position. Dann streifte ich mit einem Ruck die Lähmung ab, die mein Erstaunen und Entsetzen hervorgerufen hatte, sprang auf und rannte los, huschte an den Bäumen vorbei, die ich mehr durch Instinkt als durch alles andere mied, denn es war so finster wie zuvor. Aber ich wusste, dass die Pikten in der Dunkelheit meine Fährte nicht finden würden, sondern ebenso blind durch die Nacht rasten wie ich.

Ich rannte nach Süden, und dann ertönte hinter mir ein schreckliches Heulen, dessen blutdürstige Rachsucht selbst das Blut eines Waldläufers zu Eis erstarren lassen konnte. Vermutlich hatten sie meinen Pfeil aus der Schulter des Schamanen gezogen und entdeckt, dass er von einem weißen Mann stammte.

Aber ich floh weiter, mein Herz hämmerte vor Furcht und Aufregung nach dem Grauen des Albtraumes, den ich erlebt hatte. Und dass ein weißer Mann, ein Hyborier, dort als willkommener und offensichtlich geehrter Gast gestanden hatte, war so ungeheuerlich, dass ich mich fragte, ob das Ganze nicht nur ein böser Traum gewesen war. Denn noch nie zuvor hatte ein Weißer eine piktische Zeremonie gesehen, es sei denn als Gefangener oder als Spion, so wie ich. Und ich vermochte nicht zu sagen, was das zu bedeuten hatte, aber der Gedanke flößte mir Entsetzen und böse Vorahnungen ein und erschütterte mich.

Und dieses Entsetzen führte dazu, dass ich nicht so aufmerksam wie sonst war; ich suchte Schnelligkeit auf Kosten der Lautlosigkeit und prallte gelegentlich gegen einen Baum, dem ich mit mehr Sorgfalt hätte ausweichen können. Und es war bestimmt der Lärm dieser Fehler, der den Pikten auf meine Spur brachte, denn in der Finsternis konnte er weder mich noch meine Spuren gesehen haben.

Aber sobald er sich auf ein Dutzend Schritte angeschlichen hatte, fand er mich durch die leisen Geräusche, die ich machte, und stürzte sich wie ein Teufel aus der schwarzen Nacht auf mich. Ich erfuhr von seiner Gegenwart zuerst durch das schnelle und leise Aufprallen seiner nackten Füße auf dem Boden und fuhr herum, konnte aber nicht einmal seine Umrisse ausmachen. Doch er muss mich wahrgenommen haben, denn sie können wie Katzen im Dunkeln sehen. Allerdings hat er mich sicher nicht deutlich erkannt, denn er lief selbst in das Messer, mit dem ich blindlings zustieß, und sein Todesschrei hallte wie eine Unheil verkündende Klage durch den Wald, als er zu Boden ging. Ihm antwortete ein Chor wilder Schreie hinter mir. Und ich drehte mich um, rannte so schnell ich konnte, und vertraute auf mein Glück, mir in der Finsternis nicht den Schädel an einem Baumstamm einzuschlagen.

Ich floh durch diesen Wald wie eine von Dämonen gejagte, verdammte Seele, bis die Schreie leiser wurden und hinter mir verstummten, denn bei einem Wettlauf kann kein Pikte mit den langen Beinen eines weißen Waldläufers mithalten. Schließlich entdeckte ich einen Schimmer weit vor mir zwischen den Bäumen, und ich wusste, es war das Licht des ersten Außenpostens von Schohira.

2. Kapitel

Bevor ich mit dieser Chronik der blutigen Jahre fortfahre, wäre es vielleicht angebracht, etwas über mich und den Grund zu erzählen, warum ich die piktische Wildnis allein und nachts durchstreifte.

Mein Name ist Gault Hagars Sohn. Ich wurde in der Provinz Conajohara geboren. Als ich fünf Jahre alt war, setzten die Pikten über den Schwarzen Fluss, stürmten Fort Tuscelan und erschlugen alle bis auf einen Mann, dann trieben sie alle Siedler der Provinz nach Osten über den Donnerfluss zurück. Conajohara wurde nie zurückerobert, sondern wurde wieder Teil des Dschungels, wo nur wilde Tiere und wilde Menschen hausen. Die Bewohner von Conajohara verteilten sich über die ganze Westmark, siedelten sich in Schohira, Conawaga oder Oriskonie an, aber viele von ihnen zogen nach Süden und ließen sich in der Nähe von Fort Thandara nieder, einem einsamen Außenposten am Streitrossfluss. Meine Familie war unter ihnen. Später gesellten sich andere Siedler zu ihnen, denen die älteren Provinzen zu dicht besiedelt waren, und schließlich entstand daraus die Provinz Thandara. Man nannte sie die Freie Provinz Thandara, denn sie war kein Lehen der Lords wie die anderen Provinzen, da ihre Siedler sie ohne Hilfe der Adligen der Wildnis abgerungen hatten. Wir zahlten keine Steuern an die Barone jenseits der Bossonischen Marschen, die das Land durch einen königlichen Freibrief für sich beanspruchten. Unser Gouverneur wurde durch keinen Lord eingesetzt, wir wählten ihn selbst, aus unserer Mitte, und er war nur dem König verantwortlich. Wir besetzten die Forts mit unseren eigenen Männern und ernährten uns im Frieden wie im Krieg selbst. Und Mitra weiß, der Krieg war ein Dauerzustand, denn unsere Nachbarn waren die wilden Pikten der Panther-, Alligator-, und Otterstämme, und zwischen uns gab es keinen Frieden.

Aber wir hatten Erfolg, und es interessierte uns wenig, was östlich der Marschen in dem Königreich geschah, aus dem unsere Großväter gekommen waren. Aber schließlich bekamen wir die Auswirkungen eines Ereignisses in Aquilonien bei uns in der Wildnis zu spüren. Die Kunde vom Bürgerkrieg kam, und ein einfacher Krieger entriss der uralten Dynastie den Thron. Funken dieser Feuersbrunst setzten die Grenzregion in Brand, Nachbar wandte sich gegen Nachbar und Bruder gegen Bruder. Und so eilte ich allein durch die Wildnis, die Thandara von Schohira trennte, mit einer Botschaft, die möglicherweise das Schicksal der ganzen Westmark verändern konnte.

Ich überquerte den Dolchfluss in der frühen Morgendämmerung, watete durch das seichte Wasser und wurde von einem Posten am anderen Ufer gerufen.»Bei Mitra!«, rief er,»du musst etwas Wichtiges zu erledigen haben, wenn du das Falkenterritorium durchquerst, statt die längere Straße zu nehmen.«

Thandara wurde von den anderen Provinzen durch die

Kleine Wildnis östlich von uns getrennt, aber dort gab es keine Pikten, dafür aber eine Straße, die in die Bossonischen Marschen führte und dann weiter in die anderen Provinzen.

Dann verlangte er von mir, dass ich ihm vom Stand der Dinge in Thandara berichtete, denn er schwor, dass sie in Schohira nichts Genaues wussten, aber ich sagte ihm, dass ich nur wenig gehört hatte, da ich lange in der piktischen Wildnis auf Erkundung gewesen sei, und fragte ihn, ob sich Hakon Stroms Sohn im Fort aufhielt. Denn ich wusste nicht, wie sich die Ereignisse in Schohira entwickelten, und wollte die Situation kennen, bevor ich etwas sagte.

Er sagte mir, er sei nicht im Fort, sondern in der Stadt namens Schondara, die ein paar Meilen östlich vom Fort lag.

»Ich hoffe, Thandara schlägt sich auf Conans Seite«, sagte er mit einem Fluch, »denn ich sage dir offen heraus, das wäre politisch klug für uns. Genau in diesem Augenblick liegt unser Heer jenseits von Schondara und erwartet den Angriff von Baron Brocas von Torh, und wir wären alle dort, müssten wir nicht die verfluchten Pikten im Auge behalten.«

Ich erwiderte nichts darauf, aber ich war überrascht, denn Brocas war der Lord von Conawaga und nicht von Schohira, dessen Patron Lord Thespius von Kormon war. Mir war bekannt, dass Thespius in Aquilonien in dem dort tobenden Bürgerkrieg kämpfte, und es wunderte mich, dass Brocas es nicht tat.

Ich lieh mir im Fort ein Pferd und ritt weiter nach Schondara, einer für ein Grenzdorf recht ansehnlichen Stadt, mit ordentlichen Holzhäusern, von denen einige bemalt waren. Aber es gab weder einen Graben noch eine Palisade darum, was ich seltsam fand. Wir in Thandara bauen unsere Gebäude als Festungen, und in unserer ganzen Provinz gibt es nichts, das man als Dorf bezeichnen könnte.

In der Taverne sagte man mir, dass Hakon Stroms Sohn zum Orklaybach geritten war, wo die Miliz von Schohira ihr Lager aufgeschlagen hatte, aber in Kürze zurückkehren würde. Da ich müde und hungrig war, aß ich eine Mahlzeit im Gemeinschaftsraum, dann legte ich mich in eine Ecke und schlief. Was ich noch immer tat, als Hakon Stroms Sohn gegen Sonnenuntergang zurückkehrte.

Er war ein großer Mann, sehnig und mit breiten Schultern wie die meisten Westländer, und er trug genau wie ich ein Jagdhemd aus Wildleder, fransenbesetzte Hosen und Mokassins.

Als ich mich ihm vorstellte und sagte, ich hätte eine Botschaft für ihn, musterte er mich genau und bat mich, an einem Tisch in der Ecke Platz zu nehmen, wo der Gastwirt uns Lederbecher mit Ale servierte.

»Wie lautet die Botschaft?«, fragte er.

»Habt ihr nichts über den Stand der Dinge in Thandara gehört?«

»Nichts Konkretes, nur Gerüchte.«

»Nun gut. Das ist die Botschaft, die ich dir von Brant Dragos Sohn überbringe, dem Gouverneur von Thandara, und dem Rat der Hauptmänner. Thandara hat sich auf Conans Seite gestellt und steht bereit, seinen Freunden zu helfen und seine Feinde zu vernichten.«

Dies ließ ihn lächeln und seufzen, als wäre er erleichtert, und er packte meine braune Hand warmherzig mit seinen schwieligen Fingern.

»Gut!«, rief er aus. »Das hat mir einen Zweifel genommen. Wir wussten, dass es wichtig sein würde, wie sich Thandara entscheidet. Unsere Feinde stehen auf allen Seiten, und wir haben uns vor einem Überfall aus dem

Süden durch das Falkenland gefürchtet, falls Thandara Namedides die Treue halten sollte.«

»Welcher Mann aus Thandara könnte Conan vergessen?«, sagte ich. »Ich war noch ein Kind in Conajohara, aber ich erinnere mich an ihn, als er ein Waldläufer und Kundschafter dort war. Als sein Reiter nach Thandara kam und uns berichtete, dass Conan nach dem Thron gegriffen hat und uns um unsere Unterstützung bat – er bat uns nicht um Freiwillige, sagte, er wüsste, dass alle unsere Männer dazu benötigt würden, die Grenze zu bewachen –, gaben wir ihm nur einen Satz mit auf die Reise. ›Sag Conan, wir haben Conajohara nicht vergessen.‹ Später kam Baron Attalius durch die Marschen, um uns zu vernichten, aber wir haben ihn in der Kleinen Wildnis in einen Hinterhalt gelockt und sein Heer in Stücke gehauen. Die Langbogen seiner Bossonier waren nutzlos; wir bedrängten sie aus Verstecken hinter den Bäumen und Büschen, dann stürzten wir uns mit Streitäxten und Messern auf sie. Wir trieben ihre Reste über die Grenze, und ich glaube nicht, dass sie es wagen werden, Thandara noch einmal anzugreifen.«

»Ich wünschte, ich könnte das Gleiche für Schohira sagen«, sagte er grimmig. »Baron Thespius hat uns wissen lassen, dass wir uns selbst entscheiden könnten – er hat Conans Partei ergriffen und sich der Rebellenarmee angeschlossen. Aber er hat kein Aufgebot verlangt.

Doch er hat die Truppen aus dem Fort abgezogen, und wir haben es mit unseren eigenen Waldläufern bemannt. Dann ist Brocas gegen uns marschiert. Mindestens neun von zehn in Schohira sind für Conan, und die Königstreuen haben sich entweder still verhalten oder sind nach Conawaga geflohen, mit dem Schwur, zurückzukehren und uns die Kehlen durchzuschneiden. In Conawaga haben Brocas und die Landbesitzer sich zu Namedides bekannt, und die Menschen, die Conan unterstützen, haben Angst, für ihn öffentlich Partei zu ergreifen.«

Ich nickte. Ich war vor der Revolte in Conawaga gewesen und kannte die dortigen Bedingungen. Es war die größte, reichste und am dichtesten besiedelte Provinz der Westmark, und allein dort gab es eine vergleichsweise große Klasse von Landbesitzern, die dafür Titel vorweisen konnte.

»Nachdem Brocas die Revolte unter seinen eigenen Leuten niedergeworfen hat«, sagte Hakon, »will er Schohira unterdrücken. Ich glaube, dieser verfluchte Narr will die ganze Westmark als Namedides' Vizekönig beherrschen. Er hat sein Heer aus aquilonischen Soldaten, bossonischen Bogenschützen und Königstreuen aus Conawaga an die Grenze geführt; dort lagern sie bei Coyaga, zehn Meilen jenseits des Orklagaflusses. Wir wissen, wann er gegen uns marschieren wird. Ventrium, wo unser Heer lagert, ist voller Flüchtlinge aus den östlichen Territorien, die er verwüstet hat.

Wir fürchten ihn nicht. Er muss den Orklaga überqueren, um uns angreifen zu können, und wir haben das Westufer befestigt und die Straße blockiert, der seine Kavallerie folgen muss. Wir sind in der Unterzahl, aber wir werden es ihm schwer machen.«

»Damit kommen wir zu meiner Mission«, sagte ich. »Der Gouverneur von Thandara hat mich befugt, die Dienste von hundertfünfzig thandaranischen Wildhütern anzubieten. Niemand wird uns aus Aquilonien angreifen, und wir können so viele Männer in unserem Krieg mit den Panther-Pikten entbehren.«

»Gut!«, rief er aus. »Wenn der Kommandant des Forts das hört ...«

»Was?«, warf ich ein. »Bist nicht *du* der Kommandant?«
»Nein. Das ist mein Bruder Dirk Stroms Sohn.«
»Hätte ich das gewusst, hätte ich ihm meine Botschaft überbracht«, sagte ich. »Aber Brant Dragos Sohn hat dich für den Kommandanten gehalten. Doch das macht ja nichts.«
»Noch einen Becher Ale«, meinte Hakon, »und wir brechen zum Fort auf, damit Dirk deine Worte selbst hören kann.«
Und mir wurde klar, dass Hakon in der Tat nicht der Mann war, der einen Außenposten befehligen konnte; er war zwar ein tapferer Mann und stark, aber auch zu leichtsinnig und tollkühn.
»Was ist mit eurem Landadel?«, wollte ich wissen. Zwar gab es in Schohira davon weniger als in Conawaga, aber es gab sie.
»Sind über die Grenze gegangen und haben sich Brocas angeschlossen«, antwortete er. »Alle bis auf Lord Valerian. Seine Güter grenzen an diese Stadt, die der anderen Lords liegen im Osten. Er ist geblieben und hat seine Gefolgsleute und seine Leibwache aus Gundermännern fortgeschickt und versprochen, friedlich in seinem Gutshaus zu bleiben und sich auf keine Seite zu schlagen. Abgesehen von ein paar Dienern lebt er allein auf dem Gut südlich der Stadt. Keiner weiß, wo seine Kämpfer hingegangen sind. Aber er hat sie fortgeschickt. Wir waren erleichtert, als er seine Neutralität verkündete, denn er gehört zu den wenigen Weißen, auf die die wilden Pikten hören. Wäre es ihm eingefallen, sie aufzustacheln, damit sie unsere Grenzen angreifen, hätten wir große Probleme gehabt, uns gegen sie auf der einen und Brocas auf der anderen Seite zu verteidigen.
Unsere nächsten Nachbarn, die Falken, sind Valerian in

großer Freundschaft zugetan, und die Wildkatzen und Schildkröten sind ihnen nicht feindlich gesinnt. Es heißt, er könnte sogar die Wolfs-Pikten besuchen und lebendig zurückkehren.«

Falls das der Wahrheit entsprach, war das in der Tat sehr seltsam, denn die Wildheit der miteinander verbündeten Clans, die die Wölfe genannt wurden, war allgemein bekannt. Sie lebten im Westen jenseits der Jagdgründe der unbedeutenderen Stämme, die er genannt hatte. Größtenteils blieben sie der Grenze fern, aber es war in Schohira eine allgegenwärtige Befürchtung, sie könnten in das Land einfallen.

Hakon schaute auf, als ein hochgewachsener Mann in weiten Hosen, Stiefeln und einem scharlachroten Umhang den Schankraum betrat.

»Da ist Lord Valerian«, sagte er.

Ich starrte in seine Richtung und sprang auf die Füße.

»Dieser Mann?«, rief ich aus. »Ich habe diesen Mann vergangene Nacht jenseits der Grenze gesehen, im Lager der Falken, bei der Opferung eines Kriegsgefangenen!«

Valerian wurde aschfahl. »Sei verflucht!«, stieß er wild hervor. »Du lügst!«

Er schleuderte den Umhang zur Seite und griff nach dem Schwert. Aber bevor er die Klinge ziehen konnte, stand ich vor ihm und rang ihn zu Boden, wo er wie ein Tier knurrte und nach meiner Kehle schnappte; als das scheiterte, griff er mit beiden Händen nach meinem Hals. Dann erscholl Fußgetrappel, und Männer zerrten uns auseinander, hielten den Adligen fest, der blass vor Wut keuchte und noch immer mein Halstuch gepackt hielt.

»Wenn das stimmt ...«, setzte Hakon ein.

»Es stimmt!«, rief ich aus. »Seht dort! Er hatte noch keine Zeit, die Farbe von seiner Brust zu waschen.«

Während der Rangelei waren sein Wams und sein Hemd aufgerissen worden, und auf seiner Brust zeichnete sich schwach, aber deutlich das Symbol des Totenschädels ab, das die Pikten nur dann anbringen, wenn sie Krieg gegen die Weißen führen wollen. Er hatte versucht, es sich von der Haut zu waschen, aber piktische Farbe haftete fest.

»Schafft ihn in den Kerker«, sagte Hakon. Seine Lippen waren schmal und weiß.

»Gib mir mein Halstuch zurück«, sagte ich, aber seine Lordschaft spuckte mich an und schob das Tuch unter sein Gewand.

»Wenn du es zurückbekommst, wird man es als Henkersschlinge um deinen Rebellenhals binden«, knurrte er, und dann ergriffen ihn die Männer und brachten ihn fort.

3. Kapitel

Im Fort fanden wir einen Mann, der sich bereit erklärte, eine Botschaft nach Thandara zu bringen, wo er Verwandte hatte, also sagte ich, ich würde in Schohira bleiben. Kundschafter meldeten, dass Brocas noch immer vor Coyaga lagerte und keine Anstalten zeigte, gegen uns zu ziehen, was mich zu dem Schluss kommen ließ, er warte darauf, dass Valerian seine Pikten gegen die Grenze führte, um die freien Männer von Schohira in die Zange zu nehmen. Valerian war in den Kerker gesperrt worden – ein kleines Holzgebäude –, und es gab nur noch einen Gefangenen da, in der Zelle neben ihm, den man wegen Trunkenheit und öffentlicher Rauferei eingesperrt hatte.

Ich schlief in der Taverne, in einem Raum im ersten Stock. In der Nacht erwachte ich, weil jemand mein Fenster aufstieß, und setzte mich in meinem Bett auf, verlangte zu wissen, wer da war. Im nächsten Augenblick stürzte sich etwas aus der Dunkelheit auf mich, und dann legte sich ein Stück Stoff um meinen Hals und schnürte mir die Luft ab. Ich griff nach meiner Axt und führte einen Hieb, und die Kreatur fiel. Als ich Licht gemacht hatte, sah ich ein unförmiges affenähnliches Geschöpf auf dem Boden liegen und erkannte es als einen *Chakan*, einen jener Halbmenschen, die tief in den Wäldern hausten und wie Bluthunde Fährten erschnüffeln können. Er hielt noch immer mein Halstuch in seinen unförmigen Händen, und da wusste ich, dass Lord Valerian ihn auf meine Spur gesetzt hatte.

Hakon und ich eilten zum Kerker und fanden den Wächter mit durchschnittener Kehle vor. Der Lord war verschwunden. Der Trunkenbold in der Nebenzelle war vor Angst fast gestorben, aber er erzählte uns, dass eine schwarze Frau, die bis auf einen Lendenschurz nackt gewesen war, auf den Wächter zugetreten war und ihm in die Augen geschaut hatte. Er war daraufhin in eine Trance verfallen. Dann zog ihm die Frau das Messer aus dem Gürtel, schnitt ihm damit die Kehle durch und befreite Lord Valerian. Und da war auch eine schreckliche Monstrosität gewesen, die sie begleitete, sich aber im Hintergrund hielt. Also wussten wir, dass die Mischlingsfrau seine piktische Geliebte war, durch die er Macht über die Pikten hatte; einige sagten, sie sei die Tochter des alten Goragh. Der Trunkenbold hatte so getan, als würde er schlafen, also hatten sie ihn leben lassen. Aber er hatte gehört, dass sie zu einer Hütte am Luchsfluss wollten, ein paar Meilen von der Stadt entfernt, um dort die Gefolgsleute und Gundermänner zu treffen, die sich dort verborgen hatten; dann wollten sie über die Grenze, um die Falken und Wildkatzen und Schildkröten zu holen, damit sie uns die Kehlen durchschneiden konnten.

Aber die Frau hatte ihm gesagt, dass diese Stämme keinen Kampf wagen würden, bevor sie den Zauberer im Geistersumpf befragt hatten, und er hatte gesagt, er würde dafür sorgen, dass der Zauberer ihnen sagte, sie sollten kämpfen.

Also flohen sie. Dann weckte Hakon ein Dutzend Männer, und wir folgten ihnen und fanden die Gundermänner in der Hütte am Luchsfluss, wo wir die meisten von ihnen erschlugen. Auch ein paar unserer Männer wurden getötet, aber Lord Valerian und ein Dutzend andere konnten fliehen.

Wir folgten ihnen, und bei Scharmützeln töteten wir einige; schließlich waren bis auf Hakon und mich alle unsere Männer tot. Wir folgten Valerian über die Grenze bis in ein Lager der Kriegsstämme in der Nähe des Geistersumpfs, wo die Häuptlinge den Zauberer befragen wollten, einen prä-piktischen Schamanen.

Valerian schlich sich heimlich in den Sumpf, um dem Schamanen seine Instruktionen zu geben, und Hakon wartete auf dem Pfad, um Valerian zu töten, während ich mich in das Lager stahl, um den Zauberer zu töten. Aber der Zauberer nahm uns beide gefangen; er gab seine Zustimmung zu dem Krieg und überließ ihnen eine grauenvolle Magie, die sie gegen den weißen Mann einsetzen sollten, und die Stämme stürmten mit lautem Kriegsgeheul auf die Grenze zu. Doch Hakon und ich entkamen und töteten den Zauberer; wir folgten ihnen, kamen rechtzeitig, um ihre Magie gegen sie zu wenden und sie zu besiegen.

Wölfe jenseits der Grenze

Fassung B

1. Kapitel

DUMPFER TROMMELSCHLAG WECKTE MICH. Ich lag reglos inmitten der Büsche, zwischen denen ich Zuflucht gesucht hatte, strengte die Ohren an, um seine Herkunft zu deuten, denn in den Tiefen des Waldes sind solche Laute trügerisch. Ringsum herrschte Stille. Über mir bildeten die mit Schlingpflanzen überwucherten Dornenranken ein dichtes Dach, und darüber breitete sich das düstere Astgewölbe des großen Baumes aus. Nicht ein Stern leuchtete durch das Blätterwerk. Tief am Himmel hängende Wolken schienen auf die Baumwipfel zu drücken. Es gab keinen Mond. Die Nacht war so finster wie der Hass einer Hexe.

Gut für mich. Ich konnte meine Feinde nicht sehen, sie mich aber auch nicht. Aber das Flüstern der unheilvollen Trommel stahl sich durch die Nacht: Bumm-bumm-bumm! Ein monotoner, gleichmäßiger Laut, der an fürchterliche Geheimnisse zu rühren schien. Der Laut war unmissverständlich. Nur eine Trommel auf der Welt lockte dieses tiefe, bedrohliche, düstere Donnern hervor: die Kriegstrommel der Pikten, jener bemalten Wilden, die die Gebiete jenseits der Grenzen der Westmark heimsuchten.

Und ich hielt mich jenseits dieser Grenze auf, allein und in einem Dornenbusch in der Mitte des großen Waldes verborgen, in dem diese nackten Wilden seit Anbeginn der Zeit herrschten.

Jetzt hatte ich den Ursprung lokalisiert; die Trommel

schlug südwestlich meiner Position, anscheinend nicht weit entfernt. Schnell schnallte ich den Gürtel enger, lockerte Streitaxt und Messer in ihren perlenverzierten Scheiden, spannte meinen schweren Bogen und vergewisserte mich, dass der Köcher aus Rehleder mit den Pfeilen an meiner linken Hüfte hing – ertastete alles in der undurchdringlichen Finsternis –, dann kroch ich aus dem Busch und schlich vorsichtig in Richtung der Trommel.

Ich glaubte nicht, dass es um mich ging. Hätten die Waldmenschen mich entdeckt, hätten sie diese Entdeckung mit einem Dolchstoß in die Kehle verkündet und nicht durch Trommelschlag in der Ferne. Aber das Dröhnen einer Kriegstrommel hatte eine Bedeutung, die kein Waldläufer ignorieren konnte. Ihr düsteres Wummern war eine Warnung und eine Drohung, es versprach den Untergang für die weißhäutigen Invasoren, deren einsam gelegene Hütten und mit der Axt geschlagene Lichtungen die seit undenklichen Zeiten bestehende Einsamkeit der Wildnis bedrohten. Es bedeutete Feuer und Tod und Folter, Flammenpfeile, die Sternschnuppen gleich aus dem mitternächtlichen Himmel fielen, Streitäxte, die die Schädel von Männern, Frauen und Kindern spalteten.

Und so schlich ich durch die Finsternis des nächtlichen Waldes, ertastete meinen Weg vorbei an den mächtigen Bäumen, kroch manchmal auf Händen und Knien, und gelegentlich schlug mir das Herz bis zum Hals, wenn eine Ranke über mein Gesicht oder die ausgestreckte Hand strich. Denn in diesem Wald gab es Riesenschlangen, die sich manchmal von den hohen Bäumen herabhängen ließen und so ihre Opfer erlegten. Aber die Wesen, die ich suchte, waren schlimmer als jede Schlange, und als die Trommel lauter wurde, schlich ich so behutsam wie auf blankgezogenen Schwerterklingen voran. Dann sah ich ein rotes Schimmern zwischen den Bäumen und hörte das Gemurmel wilder Stimmen unter dem Grollen der Trommel.

Welch seltsame Zeremonie auch unter den schwarzen Bäumen stattfand, man musste damit rechnen, dass sie ringsum Posten aufgestellt hatten, und ich wusste, wie still und reglos ein Pikte stehen konnte, wie er selbst im Zwielicht fast unsichtbar mit den Pflanzen des Waldes verschmelzen konnte, bis sich seine Klinge in das Herz seines Opfers bohrte. Der Gedanke, in der Dunkelheit mit solch einem grimmigen Posten zusammenzustoßen, verschaffte mir eine Gänsehaut, und ich zog das Messer und hielt es ausgestreckt vor mir. Aber ich wusste, dass nicht einmal ein Pikte mich in der Finsternis unter dem dichten Laubdach und dem bewölkten Himmel sehen konnte.

Das Licht tanzte und flackerte und entpuppte sich als Feuer, vor dem sich schattenhafte Umrisse bewegten wie schwarze Teufel vor den roten Flammen der Hölle. Und dann hockte ich in einem dichten Unterholz aus Erlen und Dornenranken und schaute auf die baumumringte Lichtung und die Gestalten, die sich dort bewegten.

Da waren vierzig oder fünfzig Pikten, nackt bis auf ihre Lendenschurze und Furcht einflößend bemalt; sie kauerten im Halbkreis um das Feuer und wandten mir den Rücken zu. Die Falkenfedern in ihren dichten schwarzen Mähnen verrieten mir, dass sie zum Falkenclan oder zu den Onayagas gehörten. In der Mitte der Lichtung stand ein primitiver Altar aus aufgeschichteten Steinen, und dieser Anblick ließ mich erschaudern. Denn ich kannte diese Piktenaltäre auf leeren und verlassenen Lichtungen, vom Feuer versengt und blutverschmiert, und auch wenn ich noch nie eines der Rituale beobachtet hatte, für die man sie benutzte. Doch ich hatte Geschichten über sie gehört – von Männern, die Gefangene der Pikten gewesen waren oder sie auspionierten, so wie ich sie nun ausspionierte.

Ein mit Federn geschmückter Schamane tanzte zwischen Feuer und Altar; es war ein unbeschreiblich grotesker, schlurfender Tanz, der die Federn wippen ließ. Sein Züge wurden von einer scharlachroten, grinsenden Maske verborgen, die wie das Antlitz eines Waldteufels aussah.

In der Mitte des Halbkreises aus Kriegern kauerte einer von ihnen mit der großen Trommel zwischen den Knien, und seine geballten Fäuste entlockten ihr das dumpfe, grollende Dröhnen, das wie ferner Donner klang.

Zwischen den Kriegern und dem tanzenden Schamanen stand ein Mann, der offensichtlich kein Pikte war. Denn er war so groß wie ich, und seine Haut leuchtete hell im Feuerlicht. Aber er war mit Lendenschurz und Mokassins bekleidet, und sein Körper war bemalt. In seinem Haar steckte eine Falkenfeder, daher wusste ich, dass er ein Ligureaner sein musste, einer dieser hellhäutigen Wilden, die in kleinen Stämmen im großen Wald hausen und für gewöhnlich gegen die Pikten Krieg führen, manchmal aber auch im Frieden mit ihnen leben. Ihre Haut ist so weiß wie die eines Aquiloniers. Pikten gehören zur weißen Rasse, aber sie haben dunkle Augen, schwarze Haare und eine dunkle Haut, und die Menschen der Westmark würden weder sie noch die Ligureaner als »Weiße« bezeichnen. Dafür qualifizieren sich nur Männer mit hyborischem Blut.

Drei Pikten zerrten einen Mann in den Kreis des Feuerscheins – einen anderen Pikten, der nackt und blutbeschmiert war. In seinem zerzausten Haar steckte eine

Feder, die ihn als Angehörigen des Rabenclans auswies, gegen den die Falkenmänner unaufhörlich Krieg führten. Seine Wächter warfen ihn an Händen und Füßen gebunden auf den Altar, und ich sah im Feuerschein, wie sich seine Muskeln anspannten und wanden, als er vergeblich versuchte, die Riemen zu sprengen, die ihn fesselten.

Dann tanzte der Schamane weiter, webte komplizierte Muster um den Altar und den Mann, der darauf lag, und der Krieger, der die Trommel schlug, verfiel in Raserei, hämmerte wie vom Teufel besessen darauf ein. Plötzlich fiel eine der großen Schlangen, von denen ich sprach, von einem Ast, der in die Lichtung hineinreichte. Der Feuerschein beleuchtete ihre Schuppen, als sie auf den Altar zuglitt; ihre Perlaugen glitzerten und ihre gespaltene Zunge schnellte unentwegt vor und zurück. Aber die Krieger zeigten keine Furcht, obwohl sie ganz dicht an einigen von ihnen vorbeikroch. Und das war seltsam, denn für gewöhnlich sind diese Schlangen das einzig Lebendige, was die Pikten fürchten.

Die Riesenschlange schob den Schädel hoch über den Altar; sie und der Schamane starrten sich über den zitternden Körper des Gefangenen hinweg an. Der Schamane wand Körper und Arme, bewegte aber kaum die Füße, und als er tanzte, tanzte auch die große Schlange, pendelte und schlängelte sich wie verzaubert. Hinter der Maske des Schamanen ertönte ein seltsames Heulen, das sich anhörte wie der Wind, wenn er durch das trockene Ried der Marschen pfeift. Und dann stieg das große Reptil höher, wand sich um den Altar und den Gefangenen, bis dessen Körper unter den schimmernden Schuppen verschwand und nur noch sein Kopf zu sehen war. Der schreckliche Schlangenschädel pendelte ganz dicht darüber.

Das Heulen des Schamanen steigerte sich zu einem Kreischen teuflischen Triumphs, und er schleuderte etwas ins Feuer. Eine große grüne Rauchwolke stieg auf und wälzte sich über den Altar, bis sie alles einhüllte. Aber in der Mitte dieser Wolke beobachtete ich ein grauenvolles Wirbeln, und einen Augenblick lang konnte ich Mann und Schlange nicht auseinanderhalten. Ein schaudernder Seufzer ging durch die versammelten Pikten, es klang wie das Ächzen des Windes in nächtlichen Zweigen.

Dann verzog sich der Rauch, und Mann und Schlange lagen schlaff auf dem Altar. Ich hielt beide für tot. Aber der Schamane packte den Hals der Schlange und zog ihren schlaffen Körper von dem Altar; er ließ das gewaltige Reptil zu Boden gleiten. Dann stieß er den Körper des Mannes von den Steinen, sodass er neben dem Ungeheuer zu liegen kam, und durchschnitt die Riemen, die den Mann fesselten.

Er nahm seinen Tanz wieder auf, dieses Mal begleitet von einem Singsang, während er wie ein Verrückter mit den Armen wedelte. Und der Mann bewegte sich. Aber er erhob sich nicht. Sein Kopf schwankte von einer Seite zur anderen, und ich sah, wie seine Zunge vor- und zurückstieß. Bei Mitra, er fing an, sich wie eine große Schlange vom Feuer *fortzuschlängeln*, auf dem Bauch!

Und die Schlange wurde plötzlich von Zuckungen geschüttelt, bog den Hals und stieg beinahe senkrecht in die Höhe. Sie fiel wieder zurück, versuchte es aber immer wieder, so grauenvoll wie ein Mann, der aufstehen und aufrecht gehen wollte, nachdem man ihn seiner Gliedmaßen beraubt hatte.

Und das wilde Heulen der Pikten zerriss die Nacht. Übelkeit stieg in mir auf, und ich kämpfte gegen den Drang an, mich übergeben zu müssen. Ich hatte Geschichten über diese grässliche Zeremonie gehört. Mit finsterster Zauberei aus der Vorzeit, die den Tiefen dieses schwarzen, urzeithaften Waldes entsprungen war, hatte der Schamane die Seele des gefangenen Feindes auf die Schlange übertragen. Es war die Rache eines Unmenschen. Und das Gebrüll der blutdürstigen Pikten war wie das Toben aller Dämonen der Hölle.

Und so wanden sich die Opfer voller Qualen Seite an Seite, Mann und Schlange, bis ein Schwert in den Händen des Schamanen aufblitzte und beide Köpfe zusammen fielen – und bei den Göttern, es war der Leib der Schlange, der kurz zuckte und dann still lag, und der Leib des Mannes, der sich umherwälzte und zusammenrollte wie eine enthauptete Schlange. Eine todbringende Schwäche überfiel mich, denn welcher weiße Mann hätte sich eine so schwarze Teufelei unberührt ansehen können? Und diese bemalten Wilden, die mit Kriegsfarben beschmiert heulten und Drohgebärden machten, das grässliche Ende ihres Feindes triumphierend feierten, sie erschienen mir nicht länger als Menschen, sondern als verderbte Unholde der schwarzen Welt, die man nur die Pflicht haben konnte zu erschlagen.

Der Schamane sprang auf und wandte sich dem Kreis der Krieger zu; er riss die Maske herunter, warf den Kopf zurück und heulte wie ein Wolf. Der Feuerschein fiel auf sein Gesicht, und ich erkannte ihn. Und dieses Erkennen ersetzte alle Bestürzung und Abscheu durch einen roten Schleier der Wut, und jeder Gedanke an die Gefahr, in der ich mich befand, wurde genauso fortgeschwemmt wie die Erinnerung an die Mission, für die ich die Verantwortung trug. Denn der Schamane war der alte Teyanoga von den Süd-Falken, der meinen Freund, John Galters Sohn, bei lebendigem Leib verbrannt hatte.

Von blindwütigem Hass getrieben, handelte ich beinahe instinktiv – riss den Bogen hoch, legte einen Pfeil ein und schoss, alles in einer einzigen Bewegung. Das Feuerlicht war unsicher, aber die Entfernung war nicht zu groß. Der alte Teyanoga kreischte wie eine Katze und schwankte zurück, und seine Krieger heulten vor Erstaunen, als plötzlich ein Pfeil in seiner Brust zitterte. Der hochgewachsene hellhäutige Krieger fuhr herum, und zum ersten Mal konnte ich sein Gesicht sehen – und bei Mitra, er war ein Weißer!

Der Schock dieser Überraschung lähmte mich einen Augenblick lang und bedeutete beinahe mein Ende. Denn die Pikten sprangen sofort auf und stürzten sich panthergleich in den Wald, auf der Suche nach dem Feind, der den Pfeil abgeschossen hatte. Sie hatten bereits den Rand der Büsche erreicht, als ich mit einem Ruck die Lähmung abstreifte, die mein Erstaunen und Entsetzen hervorgerufen hatte. Ich sprang auf und rannte los, huschte an den Bäumen vorbei, die ich mehr durch Instinkt als durch alles andere mied, denn es war so finster wie zuvor. Aber ich wusste, dass die Pikten in der Dunkelheit meine Fährte nicht finden würden, sondern ebenso blind durch die Nacht rasten wie ich.

Ich rannte nach Norden, und hinter mir erscholl ein schreckliches Heulen, dessen blutdürstige Rachsucht selbst das Blut eines Waldläufers zu Eis erstarren lassen konnte. Vermutlich hatten sie meinen Pfeil aus der Brust des Schamanen gezogen und entdeckt, dass er von einem weißen Mann stammte. Das würde sie mit noch größerem Blutdurst hinter mir herstürmen lassen.

Ich floh weiter, mein Herz pochte vor Furcht und Aufregung nach dem Grauen des Albtraumes, den ich erlebt hatte. Und dass ein weißer Mann, ein Hyborier, dort als willkommener und offensichtlich geehrter Gast gestanden hatte – denn er war bewaffnet gewesen; ich hatte Dolch und Axt an seinem Gürtel gesehen –, war so ungeheuerlich, dass ich mich fragte, ob das Ganze nicht nur ein böser Traum gewesen war. Denn noch nie zuvor hatte ein Weißer den Tanz der Verwandelten Schlange gesehen, es sei denn als Gefangener oder als Spion, so wie ich. Und ich vermochte nicht zu sagen, was das zu bedeuten hatte, aber der Gedanke flößte mir Entsetzen und böse Vorahnungen ein und erschütterte mich.

Und dieses Entsetzen führte dazu, dass ich nicht so aufmerksam wie sonst war; ich suchte Schnelligkeit auf Kosten der Lautlosigkeit und prallte gelegentlich gegen einen Baum, dem ich mit mehr Sorgfalt hätte ausweichen können. Und es war bestimmt der Lärm dieser Fehler, der den Pikten auf meine Spur brachte, denn in der Finsternis konnte er weder mich noch meine Spuren gesehen haben.

Hinter mir ertönten keine Rufe mehr, aber ich wusste, dass die Pikten wie Wölfe durch den Wald hetzten, sich in einem breiten Halbkreis ausbreiteten und ihn im Laufen durchkämmten. Dass sie meine Spur aufgenommen hatten, bewies ihr Schweigen, denn sie heulen nur dann, wenn sie sicher sind, dass ihr Opfer dicht vor ihnen ist und sie sich seiner sicher sind.

Der Krieger, der meine Fluchtgeräusche gehört hatte, konnte nicht zu der Gruppe gehören, denn dafür war er ihnen viel zu weit voraus. Er muss ein Späher gewesen sein, der den Wald durchstreifte, um zu verhindern, dass seine Brüder vom Norden her überrascht wurden.

Nun, er hörte mich in der Nähe laufen und stürzte sich wie ein Teufel aus der schwarzen Nacht auf mich. Ich erfuhr von seiner Gegenwart zuerst durch das schnelle und leise Aufprallen seiner nackten Füße auf dem Boden und fuhr herum, aber ich konnte nicht einmal seine Umrisse ausmachen, sondern nur die leisen Schritte hören, die in der Finsternis unsichtbar auf mich zukamen.

Sie können wie Katzen im Dunkeln sehen, und ich weiß, dass er mich gut genug wahrnahm, um mich aufzuspüren, auch wenn ich zweifellos nur ein vager Schemen in der Dunkelheit war. Aber meine blindlings nach oben gerissene Axt prallte gegen sein Messer, und er lief selbst in meine Klinge; sein Todesschrei hallte wie eine Unheil verkündende Klage durch den Wald, als er zu Boden ging. Ihm antwortete ein Chor wilder Schreie im Süden, nur wenige hundert Meter entfernt, und sie rannten durchs Gebüsch, hechelnd wie Wölfe, die ihrer Beute sicher waren.

Ich hetzte jetzt mit aller Kraft weiter und vertraute auf mein Glück, mir in der Finsternis nicht den Schädel an einem Baumstamm einzuschlagen.

Ich floh durch diesen Wald wie eine von Dämonen gejagte, verdammte Seele, bis die Schreie zuerst in ihrem blutdürstigen Triumph immer schriller, dann von Zorn erfüllt leiser wurden und hinter mir verstummten, denn bei einem Wettlauf kann kein Pikte mit den langen Beinen eines weißen Waldläufers mithalten. Natürlich bestand das Risiko, dass sich andere Kundschafter oder Kriegstrupps vor mir befanden, die mir den Weg abschneiden konnten, aber dieses Risiko musste ich eben eingehen. Schließlich entdeckte ich einen hellen Schimmer in der Ferne, der nur das beleuchtete Fort Kwanyara sein konnte, der südlichste Vorposten von Schohira.

2. Kapitel

Bevor ich mit dieser Chronik der blutigen Jahre fortfahre, wäre es vielleicht angebracht, etwas über mich und den Grund zu erzählen, warum ich die piktische Wildnis allein und nachts durchstreifte.
Mein Name ist Gault Hagars Sohn. Ich wurde in der Provinz Conajohara geboren. Als ich fünf Jahre alt war, setzten die Pikten über den Schwarzen Fluss, stürmten Fort Tuscelan und erschlugen alle bis auf einen Mann, dann trieben sie alle Siedler aus der Provinz nach Osten über den Donnerfluss zurück. Conajohara wurde nie zurückerobert, sondern wurde wieder Teil des Dschungels, in dem nur wilde Tiere und wilde Menschen hausen. Die Bewohner von Conajohara verteilten sich über die ganze Westmark, siedelten sich in Schohira, Conawaga oder Oriskawny an, aber viele von ihnen zogen nach Süden und ließen sich in der Nähe von Fort Thandara nieder, einem einsamen Außenposten am Streitrossfluss. Meine Familie war unter ihnen. Später gesellten sich andere Siedler zu ihnen, denen die älteren Provinzen zu dicht besiedelt waren, und schließlich entstand daraus die Provinz Thandara. Man nannte sie die Freie Provinz Thandara, denn sie war im Gegensatz zu den anderen Provinzen kein königliches Lehen für die großen Lords östlich der Marschen; sie war von diesen Pionieren ohne die Hilfe des aquilonischen Adels der Wildnis abgerungen worden. Wir zahlten keine Steuern an einen Baron. Unser Gouverneur wurde durch keinen Lord eingesetzt, wir wählten ihn selbst, aus unserer Mitte, und er war nur dem König verantwortlich. Wir besetzten und bauten die Forts mit unseren eigenen Männern und ernährten uns im Frieden wie im Krieg selbst. Und Mitra weiß, der

Krieg war ein Dauerzustand, denn unsere Nachbarn waren die wilden Pikten der Panther-, Alligator-, und Otterstämme, und zwischen uns gab es keinen Frieden.

Aber wir hatten Erfolg, und es interessierte uns wenig, was östlich der Marschen in dem Königreich geschah, aus dem unsere Großväter gekommen waren. Aber schließlich bekamen wir die Auswirkungen eines Ereignisses in Aquilonien bei uns in der Wildnis zu spüren. Die Kunde vom Bürgerkrieg kam, ein einfacher Krieger entriss der uralten Dynastie den Thron. Funken dieser Feuersbrunst setzten die Grenzregion in Brand, Nachbar wandte sich gegen Nachbar und Bruder gegen Bruder. Und weil sie Ritter mit funkelndem Stahl auf den Ebenen von Aquilonien bekämpften, eilte ich allein durch die Wildnis, die Thandara von Schohira trennte, mit einer Botschaft, die möglicherweise das Schicksal der ganzen Westmark verändern konnte.

Fort Kwanyara war ein kleiner Vorposten, ein Blockhaus, das von einer Palisade umgeben wurde, direkt am Ufer des Dolchflusses. Die Standarte hob sich flatternd vom bleichen Rosa des Morgenhimmels ab, und mir fiel auf, dass es nur das Wappen der Provinz war. Die königliche Standarte mit der goldenen Schlange war nicht zu sehen. Das mochte viel oder auch gar nichts bedeuten. Wir von der Grenze kümmern uns nicht um überflüssige Gebräuche und Etikette, die den Rittern jenseits der Marschen so wichtig sind.

Ich überquerte den Dolchfluss in der frühen Morgendämmerung, watete durch das seichte Wasser und wurde von einem Posten am anderen Ufer gerufen – einem hochgewachsenen Mann in der Lederkleidung eines Wildhüters. Als er erfuhr, dass ich aus Thandara kam, rief er: »Bei Mitra! Du musst etwas Wichtiges zu erledigen haben, wenn du die Wildnis durchquerst, statt die längere Straße zu nehmen.«

Thandara war von den anderen Provinzen getrennt, zwischen ihr und den Bossonischen Marschen lag die Kleine Wildnis, aber eine sichere Straße verlief mitten durch sie zu den Marschen und dann weiter in die anderen Provinzen, aber sie war lang und mühsam.

Dann verlangte er von mir, dass ich ihm vom Stand der Dinge in Thandara berichtete, aber ich sagte ihm, ich wüsste nicht viel, da ich gerade erst von einer langen Erkundung ins Land der Ottermänner zurückgekehrt sei. Das war eine Lüge, aber ich wusste ja nicht, auf welcher Seite Schohira im Bürgerkrieg stand, und beabsichtigte nicht, vorher meine Position preiszugeben. Dann fragte ich ihn, ob sich Hakon Stroms Sohn in Fort Kwanyara aufhielt, und er verriet mir, dass er nicht im Fort, sondern in der Stadt namens Schondara war, die ein paar Meilen östlich vom Fort lag.

»Ich hoffe, Thandara schlägt sich auf Conans Seite«, sagte er mit einem Fluch, »denn ich sage dir offen heraus, das wäre politisch klug für uns. Und es ist mein verfluchtes Pech, das mich hier bei einer Handvoll Wildhüter hält, die die Grenze bewachen und nach umherstreifenden Pikten Ausschau halten. Ich würde meinen Bogen und mein Jagdhemd dafür geben, jetzt bei unserem Heer zu sein, das vor Thenitea am Ogahafluss liegt und den Angriff durch Brocas von Torh und seine verdammten Renegaten erwartet.«

Ich erwiderte nichts darauf, aber ich war überrascht. Das waren in der Tat Neuigkeiten. Denn der Baron von Torh war der Lord von Conawaga und nicht von Schohira, dessen Patron Lord Thasperas von Kormon war.

»Wo ist Thasperas?«, fragte ich. Der Wildhüter antwor-

tete etwas brüsk: »In Aquilonien, wo er für Conan kämpft.«
Aus schmalen Augen blickte er mich an, als wäre ihm der Gedanke gekommen, ich könnte ein Spion sein.

»Gibt es in Schohira einen Mann mit so guten Verbindungen zu den Pikten, dass er nackt und bemalt unter ihnen haust und an ihren blutigen Zeremonien teilnimmt ...«

Das Gesicht des Schohiraners verzerrte sich vor Wut, und ich hielt inne.

»Sei verdammt«, keuchte er, als verlöre er gleich die Beherrschung. »Warum kommst du her und beleidigst uns so?«

Und tatsächlich galt es in der Westmark als schlimme Beleidigung, einen Mann als Renegaten zu bezeichnen, obwohl das so gar nicht meine Absicht gewesen war. Aber ich erkannte, dass dieser Mann nichts von dem Renegaten wusste, den ich gesehen hatte, und da ich ihm auch nichts davon erzählen wollte, sagte ich einfach, er hätte mich missverstanden.

»Ich habe dich sehr wohl verstanden«, sagte er und zitterte noch immer vor Wut. »Wäre da nicht deine dunkle Haut und der Akzent des Südens, würde ich dich für einen Spion aus Conawaga halten. Aber Spion oder nicht, du hast kein Recht, die Männer von Schohira derart zu beleidigen. Wäre ich nicht hier auf Posten, würde ich meinen Waffengürtel ablegen und dir zeigen, wie die Männer von Schohira sind.«

»Ich will keinen Streit«, sagte ich. »Aber ich gehe jetzt nach Schohara, wo es dir nicht schwerfallen dürfte, mich zu finden, falls das dein Wunsch ist.«

»Ich werde kommen«, stieß er ergrimmt hervor. »Ich bin Storm Groms Sohn, und man kennt mich in Schohira.«

Ich ließ ihn weiter patrouillieren und beobachtete, wie er Messergriff und Axtschaft berührte, als würde es ihn in den Fingern jucken, ihre Schärfe an meinem Kopf auszuprobieren, und ich schlug einen weiten Bogen um das Fort, um anderen Spähern und Posten aus dem Weg zu gehen. Denn in diesen bewegten Zeiten konnte man leicht in Verdacht kommen, ein Spion zu sein. Tatsächlich hatte Storm Groms Sohn angefangen, solche Gedanken in seinem schwerfälligen Verstand zu wälzen, bevor er sich von seiner Wut über die angebliche Beleidigung hatte ablenken lassen. Und nachdem er sich mit mir gestritten hatte, würde es seine persönliche Ehre nicht erlauben, mich als Spion zu verhaften – selbst wenn er zu dieser Meinung gekommen war. In normalen Zeiten wäre niemand auf die Idee gekommen, einen weißen Mann anzuhalten und zu befragen, der über die Grenze kam – aber im Augenblick war alles in Aufruhr. Das konnte ja auch nicht anders sein, wenn der Schutzherr von Conawaga in das Herrschaftsgebiet seiner Nachbarn eindrang.

Mehrere hundert Meter um das Fort herum waren die Bäume in alle Richtungen gefällt worden, die eine grüne Mauer bildeten. Ich hielt mich an diesen Wall, als ich das Fort umging, und begegnete niemandem, nicht einmal, als ich auf mehrere Pfade stieß, die vom Fort fortführten. Ich mied Lichtungen und Bauernhöfe, ging nach Osten, und die Sonne stand noch nicht hoch am Himmel, als ich die Dächer von Schondara vor mir erblickte.

Der Wald endete eine knappe halbe Meile vor der Stadt, die für eine Grenzstadt recht hübsch war, mit schönen Blockhäusern, von denen einige sogar bemalt waren. Es gab auch ein paar Fachwerkhäuser, wie wir sie in Thandara nicht kannten, aber weder einen Graben noch eine Palisade um die Stadt, was ich seltsam fand. Wir in

Thandara bauen unsere Gebäude als Festungen und als Unterkunft, und in unserer ganzen Provinz gibt es nichts, das man als Dorf bezeichnen könnte, aber jede Hütte ist ein Fort.

Rechts vom Dorf stand mitten auf einer Wiese ein Fort mit Palisade und Graben; es war etwas größer als Fort Kwanyara, aber ich entdeckte nur wenige Köpfe auf den Wehrgängen, ein paar mit Helmen, andere nur mit Hüten. Und an der Standarte flatterte bloß der Falke von Schohira mit seinen ausgebreiteten Schwingen. Und ich fragte mich, warum Schohira nicht Conans Banner zeigte, wenn es sich schon für ihn entschieden hatte – den goldenen Löwen auf schwarzem Feld, die Standarte des Regiments, das er als Söldnergeneral von Aquilonien befehligt hatte.

Links am Waldrand erhob sich ein großes Steinhaus mit Gärten und Obsthainen. Das war das Gut von Lord Valerian, dem reichsten Landbesitzer im westlichen Schohira. Ich hatte den Mann noch nie zu Gesicht bekommen, aber mir war bekannt, dass er reich und mächtig war. Doch das Herrenhaus wirkte jetzt verlassen.

Auch die Stadt wirkte leer und verlassen, obwohl es genügend Frauen und Kinder gab, und es erweckte für mich den Anschein, als hätten die Männer ihre Familien hier in Sicherheit gebracht. Ich sah wenige kampffähige Männer. Mir folgten viele misstrauische Blicke, aber niemand sprach mich an. Allerdings beantworteten die Leute knapp meine Fragen.

In der Taverne hockten nur ein paar alte Männer und Krüppel an den bierfleckigen Tischen und unterhielten sich in gedämpftem Tonfall. Alle verstummten, als ich in meiner abgetragenen Lederkleidung im Türrahmen stehen blieb, und jeder starrte mich an.

Ein noch bedeutungsvolleres Schweigen setzte ein, als ich mich nach Hakon Stroms Sohn erkundigte. Der Wirt erklärte mir, Hakon sei kurz nach Sonnenaufgang nach Thenitea geritten, wo sich das Lager der Miliz befand, aber er würde bald zurückkehren. Da ich müde und hungrig war, aß ich eine Mahlzeit in der Schankstube und fühlte die fragenden Blicke, dann legte ich mich in einer Ecke auf ein Bärenfell, das mir der Wirt geholt hatte, und schlief. Was ich noch immer tat, als Hakon Stroms Sohn gegen Sonnenuntergang zurückkehrte.

Er war ein großer Mann, sehnig und mit breiten Schultern wie die meisten Westländer, und er trug genau wie ich ein Jagdhemd aus Wildleder, fransenbesetzte Hosen und Mokassins. Er wurde von einem halben Dutzend Wildhütern begleitet, und sie setzten sich auf eine Bank an der Tür und beobachteten ihn und mich über die Ränder ihrer Alebecher.

Als ich mich ihm vorstellte und sagte, ich hätte eine Botschaft für ihn, musterte er mich genau und bat mich, an einem Tisch in der Ecke Platz zu nehmen, wo der Gastwirt uns schäumendes Ale in Lederbechern servierte.

»Habt ihr nichts über den Stand der Dinge in Thandara gehört?«, fragte ich.

»Nichts Konkretes, nur Gerüchte.«

»Nun gut. Das ist die Botschaft, die ich dir von Brant Dragos Sohn überbringe, dem Gouverneur von Thandara, und dem Rat der Hauptmänner. Dieses Zeichen soll mich legitimieren.« Ich tauchte den Finger in das schäumende Ale und malte ein Symbol auf den Tisch, das ich sofort wieder verwischte. Er nickte, in seinen Augen leuchtete Interesse.

»So lautet die Botschaft, die ich überbringe«, sagte ich.

»Thandara hat sich auf Conans Seite gestellt und steht bereit, seinen Freunden zu helfen und seine Feinde zu vernichten.«

Dies ließ ihn lächeln und seufzen, als wäre er erleichtert, und er ergriff meine braune Hand warmherzig mit seinen schwieligen Fingern.

»Gut!«, rief er aus. »Aber ich hatte auch nichts anderes erwartet.«

»Welcher Mann aus Thandara könnte Conan vergessen?«, sagte ich. »Ich war noch ein Kind in Conajohara, aber ich erinnere mich an ihn, als er ein Waldläufer und Kundschafter dort war. Als sein Reiter nach Thandara kam und uns berichtete, dass sich Poitain erhoben hat und Conan nach dem Thron griff und uns um unsere Unterstützung bat – er bat uns nicht um Freiwillige für sein Heer, sondern nur um unsere Loyalität –, gaben wir ihm nur einen Satz mit auf die Reise. ›Wir haben Conajohara nicht vergessen.‹ Später kam Baron Attalius durch die Marschen, um uns zu vernichten, aber wir haben ihn in der Kleinen Wildnis in einen Hinterhalt gelockt und sein Heer in Stücke gehauen. Und jetzt brauchen wir in Thandara wohl keine Invasion mehr zu fürchten.«

»Ich wünschte, ich könnte das Gleiche für Schohira sagen«, sagte er grimmig. »Baron Thasperas ließ uns wissen, dass wir frei entscheiden könnten – er hat Conans Partei ergriffen und sich der Rebellenarmee angeschlossen. Aber er hat kein Aufgebot verlangt. Nein, er weiß genauso gut wie Conan, dass die Westmark jeden Mann braucht, um ihre Grenze zu verteidigen.

Doch er hat die Truppen aus dem Fort abgezogen, und wir haben es mit unseren eigenen Waldläufern bemannt. Es ist auch bei uns zu einigen kleinen Auseinandersetzungen gekommen, vor allem in Städten wie Coyaga, wo die Großgrundbesitzer wohnen, denn einige von ihnen hielten zu Namedides. Nun, einige dieser Königstreuen sind mit ihrem Gefolge entweder nach Conawaga geflohen oder haben sich ergeben und ihr Wort gegeben, neutral zu bleiben, so wie Lord Valerian von Schondara. Die geflohenen Königstreuen haben geschworen, zurückzukehren und uns die Kehlen durchzuschneiden. Und jetzt ist Lord Brocas über die Grenze marschiert.

In Conawaga haben Brocas und die Großgrundbesitzer sich zu Namedides bekannt, und wir haben grauenvolle Geschichten gehört, wie sie das einfache Volk behandelt haben, das Conan unterstützt.«

Ich nickte, denn das überraschte mich nicht. Conawaga war die größte, reichste und am dichtesten besiedelte Provinz der Westmark, und allein dort gab es eine vergleichsweise große Klasse von Landbesitzern, die dafür Titel vorweisen konnte – was es in Thandara nicht gibt und mit Mitras Gnade auch niemals geben wird.

»Es ist eine offene Invasion, mit dem Ziel, alles zu erobern«, sagte Hakon. »Brocas befahl uns, Namedides die Treue zu schwören. Ich glaube, dieser verfluchte Narr will die ganze Westmark als Namedides' Vizekönig beherrschen. Mit seinem Heer aus aquilonischen Soldaten, bossonischen Bogenschützen, Königstreuen aus Conawaga und Renegaten aus Schohira lagert er bei Coyaga, zehn Meilen jenseits des Ogahaflusses. Wir wissen, wann er gegen uns marschieren wird. Thenitea ist voller Flüchtlinge aus den östlichen Territorien, die er verwüstet hat.

Wir fürchten ihn nicht. Er muss den Ogaha überqueren, um uns angreifen zu können, und wir haben das Westufer befestigt und die Straße blockiert, der seine Kavallerie folgen muss.«

»Damit kommen wir zu meiner Mission«, sagte ich.

»Ich bin befugt, die Dienste von hundertfünfzig thandaranischen Wildhütern anzubieten. Wir in Thandara sind alle einer Meinung und kämpfen auch nicht gegeneinander. Wir können so viele Männer in unserem Krieg mit den Panther-Pikten entbehren.«

»Das wird eine gute Nachricht für den Kommandanten von Fort Kwanyara sein!«

»Was?«, warf ich ein. »Bist nicht *du* der Kommandant?«

»Nein. Das ist mein Bruder Dirk Stroms Sohn.«

»Hätte ich das gewusst, hätte ich ihm meine Botschaft überbracht«, sagte ich. »Aber Brant Dragos Sohn hat dich für den Kommandanten von Kwanyara gehalten. Doch das macht ja nichts.«

»Noch einen Becher Ale«, meinte Hakon, »und wir brechen zum Fort auf, damit Dirk deine Worte selbst hören kann. Es ist eine wahre Plage, ein Fort zu befehligen. Ich habe lieber einen Trupp Kundschafter unter mir.«

Und mir wurde klar, dass Hakon in der Tat nicht der Mann war, der einen Außenposten befehligen konnte; er war zwar ein tapferer Mann und stark, aber auch zu leichtsinnig und tollkühn.

»Ihr habt nicht sehr viele Männer, um die Grenze zu bewachen«, meinte ich. »Was ist mit den Pikten?«

»Sie halten Frieden, wie sie geschworen haben«, antwortete er. »Seit einigen Monaten herrscht Frieden an der Grenze, wenn man von den üblichen kleinen Zusammenstößen zwischen Angehörigen beider Rassen absieht.«

»Valerians Herrenhaus sieht verlassen aus.«

»Lord Valerian lebt, abgesehen von ein paar Dienern, allein dort. Keiner weiß, wo seine Waffenträger hingegangen sind. Aber er hat sie fortgeschickt. Ohne sein Ehrenwort hätten wir es für nötig gehalten, ihn unter Arrest zu stellen, denn er ist einer der wenigen Weißen, auf den die

Pikten hören. Wäre es ihm eingefallen, sie gegen uns aufzuhetzen, würde es uns schwerfallen, uns gegen sie auf einer und Brocas auf der anderen Seite zu verteidigen.

Die Falken, Wildkatzen und Schildkröten hören zu, wenn Valerian spricht, und er hat sogar die Dörfer der Wolfs-Pikten besucht und ist lebendig zurückgekommen.«

Falls das der Wahrheit entsprach, war das in der Tat sehr seltsam, denn die Wildheit der miteinander verbündeten Clans, die die Wölfe genannt werden, war allgemein bekannt. Sie lebten im Westen jenseits der Jagdgründe der unbedeutenderen Stämme, die er genannt hatte. Größtenteils blieben sie der Grenze fern, aber es war in Schohira eine allgegenwärtige Befürchtung, sie könnten in das Land einfallen.

Hakon schaute auf, als ein hochgewachsener Mann in weiten Hosen, Stiefeln und einem scharlachroten Umhang den Schankraum betrat.

»Da ist Lord Valerian«, sagte er.

Ich starrte in seine Richtung und sprang auf die Füße.

»Dieser Mann?«, rief ich aus. »Ich habe diesen Mann vergangene Nacht jenseits der Grenze gesehen, im Lager der Falken, beim Tanz der Verwandelten Schlange!«

Valerian hörte mich und wirbelte aschfahl zu mir herum. Seine Augen blitzten wie die eines Panthers.

Auch Hakon sprang auf.

»Was sagst du da?«, rief er. »Lord Valerian hat uns sein Ehrenwort gegeben ...«

»Das ist mir egal«, rief ich aus und schritt zu dem hochgewachsenen Adligen herüber. »Ich hatte mich unter einer Lärche verborgen und habe ihn ganz deutlich gesehen. Dieses Raubvogelgesicht ist unverkennbar. Ich sage euch, er war da, nackt und bemalt wie ein Pikte ...«

»Du lügst, verdammt«, brüllte Valerian, schleuderte den Umhang zur Seite und griff nach dem Schwert. Aber bevor er die Klinge ziehen konnte, stand ich vor ihm und rang ihn zu Boden, wo er mit beiden Händen nach meiner Kehle griff und wie ein Verrückter fluchte. Dann erscholl Fußgetrappel, und Männer zerrten uns auseinander, hielten den Adligen fest, der blass vor Wut keuchte und noch immer mein Halstuch gepackt hielt, das er mir beim Kampf abgerissen hatte.

»Lasst mich los, ihr Hunde«, tobte er. »Nehmt eure schmutzigen Bauernpfoten von mir! Ich schlage diesem Verleumder den Schädel ein ...«

»Wenn das stimmt ...«, setzte Hakon ein.

»Es stimmt!«, rief ich aus. »Seht dort! An seiner Brust!«

Während der Rangelei waren sein Wams und sein Hemd aufgerissen worden, und auf seiner Brust zeichnete sich schwach, aber deutlich das Symbol des Totenschädels ab, das die Pikten nur dann anbringen, wenn sie Krieg gegen die Weißen führen wollen. Er hatte versucht, es sich von der Haut zu waschen, aber piktische Farbe haftete fest.

»Entwaffnet ihn«, sagte Hakon. Seine Lippen waren schmal und weiß.

»Gib mir mein Halstuch zurück«, sagte ich, aber seine Lordschaft spuckte mich an und schob das Tuch unter sein Gewand.

»Wenn du es zurückbekommst, wird man es als Henkersschlinge um deinen Rebellenhals binden«, knurrte er.

Hakon wirkte unentschlossen.

»Lasst ihn uns ins Fort bringen«, sagte ich. »Übergebt ihn in die Obhut des Kommandanten. Dass er am Tanz der Schlange teilgenommen hat, lässt Schlimmes ahnen. Diese Pikten trugen Kriegsbemalung. Das Zeichen auf seiner Brust bedeutet, dass er an dem Krieg, für den sie tanzten, teilnehmen wollte.«

»Großer Mitra! Das ist doch unvorstellbar!«, rief Hakon aus. »Ein Weißer, der diese bemalten Teufel auf seine Freunde und Nachbarn hetzt?«

Der Lord schwieg. Er stand zwischen den Männern, die ihn festhielten, außer sich vor Wut, die schmalen Lippen zu einem Knurren verzogen. Und in seinen Augen brannte das Höllenfeuer. In diesem Blick glaubte ich das Flackern des Wahnsinns zu erkennen.

Aber Hakon blieb unentschlossen. Er wagte es nicht, Valerian freizulassen, aber er fürchtete auch die Wirkung, die es auf die Menschen haben würde, wenn sie sahen, dass man einen Lord als Gefangenen zum Fort führte.

»Sie werden den Grund wissen wollen«, meinte er. »Und wenn sie erfahren, dass er mit Pikten in Kriegsbemalung im Bund ist, könnte das eine Panik auslösen. Lasst ihn uns ins Gefängnis sperren, bis wir Dirk geholt haben. Er soll ihn befragen.«

»In einer Situation wie dieser ist ein Kompromiss gefährlich«, erwiderte ich entschieden. »Aber es ist deine Entscheidung. Du hast hier den Befehl.«

Also brachten wir den Lord zur Hintertür hinaus, und da es inzwischen dunkel geworden war, erreichten wir das Gefängnis ungesehen, zumal die meisten Leute ohnehin in ihren vier Wänden blieben. Das Gefängnis war eine kleine Blockhütte, ein Stück abseits von der Stadt, mit vier Zellen. Nur eine davon war belegt, mit einem Fettwanst, den man über Nacht wegen Trunkenheit und Rauferei eingesperrt hatte. Er starrte unseren Gefangenen an. Lord Valerian sagte kein Wort, als Hakon hinter ihm die Gittertür schloss und einen seiner Männer als Wächter abstellte. Aber in seinen dunklen Augen loderte ein dämonisches Feuer, als würde er uns hinter der Maske seines bleichen Gesichts mit teuflischem Triumph auslachen.

»Du stellst bloß einen Mann als Wächter ab?«, fragte ich Hakon.

»Wozu mehr?«, erwiderte er. »Valerian kann nicht ausbrechen, und es gibt niemanden, der ihn befreien würde.«

Ich fand, dass Hakon zu vieles auf die leichte Schulter nahm, aber schließlich war es ja nicht meine Sache, also schwieg ich.

Hakon und ich gingen zum Fort, wo ich mit Dirk Stroms Sohn sprach, der nicht nur den Befehl über das Fort hatte. In Abwesenheit von Jon Stroms Sohn, dem von Lord Thasperas eingesetzten Gouverneur, der jetzt die Miliz von Thenitea befehligte, trug er auch die Verantwortung für die Stadt. Er wirkte ausgesprochen ernst, nachdem er meine Geschichte gehört hatte, und sagte, er würde Lord Valerian sofort befragen, sobald es seine Pflichten erlaubten. Allerdings glaubte er kaum, dass der Lord etwas sagen würde, denn er kam aus einer sturen und hochmütigen Sippschaft. Er war sehr froh über die Männer, die Thandara ihm anbot, und schlug vor, einen Kurier mit der Botschaft zu schicken, dass er mit Freuden akzeptierte – falls ich eine Weile in Schohira bleiben wollte, was mir in der Tat gelegen kam. Ich kehrte mit Hakon in die Taverne zurück, denn wir wollten dort übernachten und am Morgen nach Thenitea reisen. Kundschafter hielten die Schohiraner über Brocas' Bewegungen auf dem Laufenden, und Hakon, der sie an diesem Tag in ihrem Lager besucht hatte, sagte, Brocas würde keinerlei Anstalten machen, gegen uns zu ziehen. Das ließ mich sofort vermuten, dass er vermutlich abwartete, bis Valerian seine Pikten zur Grenze geführt hatte. Aber trotz allem, was ich ihm erzählt hatte, war Hakon noch immer nicht überzeugt. Er glaubte noch immer, dass Valerian den Pikten einen Freundschaftsbesuch abgestattet hatte, so wie schon oft in der Vergangenheit. Aber ich wies ihn darauf hin, dass man keinem Weißen, ganz egal, wie freundlich er mit den Pikten verkehrte, jemals erlaubt hatte, an einer Zeremonie wie dem Tanz der Schlange teilzunehmen; dazu musste man ein Blutsbruder des Clans sein.

3. Kapitel

Ich erwachte plötzlich und setzte mich im Bett auf. Mein Fenster stand offen, sowohl der Laden als auch die Glasscheiben, um etwas von der nächtlichen Kühle hineinzulassen. Es war ein Zimmer im ersten Stock, und es stand kein Baum in Fensternähe, der einem Dieb hätte Einlass gewähren können. Aber ein Geräusch hatte mich geweckt, und als ich jetzt zum Fenster starrte, entdeckte ich, dass sich eine große missgestaltete Gestalt vor dem Sternenhimmel abzeichnete. Ich schwang die Beine aus dem Bett und verlangte zu wissen, wer der Eindringling war, während ich nach meiner Streitaxt tastete. Aber das Monstrum stürzte sich mit Furcht einflößender Schnelligkeit auf mich. Bevor ich überhaupt aufstehen konnte, legte sich etwas um meinen Hals und schnürte mir die Luft ab. Eine grässliche Fratze schob sich direkt vor mein Gesicht, aber in der Dunkelheit konnte ich nur zwei flammend rote Augen und einen spitzen Schädel ausmachen. Raubtiergeruch stieg mir in die Nase.

Ich packte eines der Handgelenke der Kreatur; es war so haarig wie das eines Affen und wies eiserne Muskeln auf. Aber dann bekam ich den Schaft meiner Axt zu fassen, riss ihn hoch und spaltete den hässlichen Schädel mit einem mächtigen Hieb. Er fiel von mir runter, und ich sprang würgend und keuchend auf. Am ganzen Leib zitternd fand ich Feuerstein, Stahl und Zunder und zündete eine Kerze an. Dann betrachtete ich die Kreatur vor mir auf dem Boden.

Sie hatte annährend die Gestalt eines Menschen, war aber missgebildet und verwachsen, wies einen dichten Haarwuchs auf. Die Nägel wuchsen lang und schwarz wie Raubtierkrallen, und der kinnlose Schädel mit der niedrigen Stirn ähnelte dem eines Affen. Die Kreatur war ein *Chakan*, eines dieser halb menschlichen Wesen, die in der Tiefe der Wälder hausten.

Da pochte es laut an meiner Tür, und Hakon verlangte zu wissen, was der Lärm zu bedeuten hatte, also bat ich ihn herein. Er stürmte mit der Axt in der Hand ins Zimmer und riss beim Anblick des Wesens auf dem Boden die Augen weit auf.

»Ein *Chakan*!«, wisperte er. »Ich habe sie gesehen, tief im Westen, wie sie schnüffelnd im Wald unsere Spuren verfolgten – diese verdammten Bluthunde! Was hat er denn da in seiner Pranke?«

Es lief mir kalt über den Rücken, als ich das Halstuch in den Klauen der Bestie sah – das Halstuch, das sie wie eine Henkersschlinge um meinen Hals hatte schlingen wollen.

»Ich habe gehört, dass die piktischen Schamanen diese Kreaturen fangen, zähmen und dazu abrichten, ihre Feinde aufzuspüren«, sagte er langsam. »Aber wie sollte Lord Valerian an einen von ihnen herankommen?«

»Das weiß ich nicht«, erwiderte ich. »Aber er hat der Bestie das Halstuch gegeben, und es hat meine Fährte aufgenommen und wollte mich erwürgen. Lass uns zum Gefängnis gehen, und zwar schnell!«

Hakon weckte seine Wildhüter, und wir eilten dorthin. Der Wächter lag mit durchschnittener Kehle vor der offenen Tür von Valerians Zelle. Hakon stand wie zu Stein erstarrt, und eine leise Stimme ließ uns herumfahren. Das bleiche Gesicht des Trunkenboldes starrte uns aus der Nebenzelle an.

»Er ist weg«, sagte er. »Lord Valerian ist weg. Vor einer Stunde weckte mich ein Geräusch. Ich sah eine seltsame dunkle Frau aus den Schatten kommen und zu dem Wächter gehen. Er hob den Bogen und befahl ihr, dort stehen zu bleiben, aber sie lachte ihn bloß aus und starrte ihm in die Augen, und dann sah er aus, als hätten sich seine Sinne verwirrt. Er starrte wie verblödet ins Leere – und bei Mitra, sie zog ihm sein Messer aus dem Gürtel und schnitt ihm damit die Kehle durch. Er fiel tot zu Boden. Sie nahm ihm den Schlüssel ab und öffnete die Tür, und Valerian kam heraus und lachte wie ein Teufel aus der Hölle, dann küsste er sie, und sie lachte mit ihm. Und sie war nicht allein. *Etwas* lauerte in den Schatten hinter ihr – irgendein Monstrum, das nie ins Licht der Laterne trat.

Ich hörte, wie sie sagte: ›Am besten bringen wir den Fettsack in der Nachbarzelle um‹, und bei Mitra, ich war vor Angst halb tot. Aber Valerian meinte, ich sei völlig betrunken, und ich hätte ihn für diese Worte küssen können. Also gingen sie, und dabei sagte er, er würde ihren Gefährten auf eine Mission schicken, und dann würden sie zu der Blockhütte am Luchsfluss gehen und dort seine Gefolgsleute treffen, die sich im Wald versteckt hätten, seit er sie aus dem Herrenhaus fortschickte. Er sagte, Teyanoga würde dort zu ihnen stoßen. Sie würden die Grenze überqueren und die Pikten holen, damit sie uns allen die Kehlen durchschneiden.«

Hakons Gesicht war vor Zorn gerötet, wie im Laternenlicht zu sehen war.

»Wer ist diese Frau?«, fragte ich neugierig.

»Seine Geliebte, ein Halbblut«, antwortete er. »Zur einen Hälfte Piktin und zur anderen Ligurierin. Ich habe von ihr gehört. Sie nennen sie die Hexe von Skandaga. Ich habe sie selbst nie zu Gesicht bekommen, habe nie die Geschichten geglaubt, die man über sie und Lord Valerian raunte. Aber sie entsprechen offenbar der Wahrheit.«

»Ich war der Ansicht, ich hätte den alten Teyanoga getötet«, murmelte ich. »Der alte Schurke muss wirklich vom Glück gesegnet sein – ich habe den Pfeil aus seiner Brust herausragen sehen. Und nun?«

»Wir müssen zu der Hütte am Luchsfluss gehen und sie alle töten«, sagte Hakon. »Wenn sie die Pikten auf die Grenze loslassen, ist hier der Teufel los. Wir können keine Männer aus dem Fort oder der Stadt entbehren. Wir sind genug. Ich weiß nicht, wie viele Männer sich am Luchsfluss aufhalten, und es ist mir auch egal. Wir werden sie überraschen.«

Wir brachen auf der Stelle im Sternenlicht auf. Alles war still, hinter den Fenstern flackerten Lichter. Im Westen ragte der finstere Wald in die Höhe, stumm, wie ein Relikt der Urzeit, eine lauernde Gefahr für alle, die sich in ihn hineinwagten.

Wir gingen in einer Reihe, die gespannten Bogen in der Linken, die Streitäxte in der Rechten. Unsere Mokassins verursachten keinen Laut im taufeuchten Gras. Wir verschmolzen mit dem Wald und kamen zu einem Pfad, der sich zwischen Eichen und Erlen hindurchwand. Ab hier hielten wir etwa fünfzehn Schritte Abstand voneinander. Hakon führte uns an, und schließlich kamen wir zu einer grasigen Senke und sahen Licht aus den Spalten der Fensterläden einer Blockhütte sickern. Hakon ließ uns anhalten und gab seinen Männern flüsternd den Befehl, hier zu warten, dann schlichen wir beide uns näher heran, um sie auszukundschaften. Wir überraschten einen Posten – einen schohiranischen Renegaten, der unser Anschleichen hätte hören müssen, was aber offenbar der Wein verhindert hatte. Ich werde nie das wilde zufriedene Zischen vergessen, das Hakons zusammengebissenen Zähnen entschlüpfte, als er dem Schurken das Messer ins Herz rammte. Wir verbargen die Leiche im hohen Gras, schlichen zur Hüttenwand und wagten es, einen Blick durch einen Spalt zu werfen. Da war Valerian, in dessen Augen noch immer ein wildes Funkeln lag, und ein dunkelhäutiges Mädchen von rassiger Schönheit, die nur mit einem braunen Lendenschurz und perlenbestickten Mokassins bekleidet war. Ihre schwarze Haarmähne wurde von einem ungewöhnlich geschmiedeten Goldreifen zusammengehalten. Und dann war da noch ein halbes Dutzend Renegaten aus Schohira, finstere Burschen mit den wollenen Hosen und Wämsern von Bauern, in deren Gürteln kurze Säbel steckten. Außerdem waren da noch drei wild aussehende Waldläufer in Lederkleidung und ein halbes Dutzend Gundermänner, kräftig gebaute Soldaten mit blonden, kurz geschnittenen Haaren, die von Stahlkappen bedeckt wurden. Sie trugen Kettenhemden und blank polierte Beinschienen, Schwerter und Dolche. Gundermänner sind blonde Menschen mit heller Haut, stahlblauen Augen und einem Akzent, der sich sehr von den Bewohnern der Westmark unterscheidet. Sie waren mutige, disziplinierte und skrupellose Kämpfer, die bei den Großgrundbesitzern an der Grenze als Wächter sehr beliebt waren.

Sie lachten und unterhielten sich angeregt; Valerian

prahlte mit seiner Flucht und schwor, dem verfluchten Thandaraner einen Besucher geschickt zu haben, der ihm die Drecksarbeit abnehmen würde. Die Renegaten blickten finster und belegten ihre ehemaligen Freunde nur mit Flüchen und Verwünschungen. Die Waldläufer schwiegen und lauschten aufmerksam, die Gundermänner waren sorglos und freundlich, aber diese Freundlichkeit konnte kaum die abgrundtiefe Grausamkeit verbergen, die ihre Natur war. Und das Mischlingsmädchen, das sie Kwarada nannten, lachte und scherzte mit Valerian, den das alles auf grimmige Weise zu amüsieren schien. Und Hakon bebte vor Wut, als wir uns anhören mussten, wie er die Pikten aufstacheln und über die Grenze führen wollte, um den Schohiranern in den Rücken zu fallen, während Brocas von Coyaga aus angriff.

Dann vernahmen wir leise Schritte und drückten uns an die Wand; wir beobachteten, wie sich die Tür öffnete und sieben Pikten eintraten, schreckliche Gestalten voller Farbe und Federn. Ihr Anführer war der alte Teyanoga, der einen Verband um die Brust hatte, und ich erkannte, dass sich mein Pfeil bloß in die sehnigen Brustmuskeln gebohrt hatte. Und ich fragte mich unwillkürlich, ob der alte Teufel wohl wirklich ein Werwolf war, der nicht von normalen Waffen getötet werden konnte, wie er prahlte und was viele glaubten.

Hakon und ich verhielten uns ganz still. Wir hörten, wie Teyanoga verkündete, dass Falken, Wildkatzen und Schildkröten keinen Angriff jenseits der Grenze wagen würden, solange es kein Bündnis mit den mächtigen Wölfen gab, denn sie hegten die Befürchtung, dass die Wölfe ihr Land überfielen, während sie gegen die Schohiraner kämpften. Die drei schwächeren Stämme würden die Wölfe am Rand des Geistersumpfes treffen und dort einen Rat abhalten, und die Wölfe würden tun, was ihnen der Zauberer des Sumpfes befahl.

Also sagte Valerian, dass sie sich zum Geistersumpf begeben und versuchen würden, den Zauberer dazu zu überreden, die Wölfe zu beeinflussen, sich den anderen anzuschließen. In diesem Augenblick bedeutete mir Hakon, zurückzuschleichen und die anderen zu holen, und mir wurde klar, dass er angreifen wollte, obwohl wir in der Unterzahl waren, aber die grässliche Verschwörung, deren Zeuge wir geworden waren, hatte mich so sehr in Wut versetzt, dass ich genauso darauf versessen war wie er. Ich holte die anderen Männer, und sobald uns Hakon kommen hörte, sprang er auf, rannte zur Tür und schlug sie mit seiner Streitaxt ein.

Im gleichen Augenblick schlugen andere von uns die Fensterläden ein und schossen Pfeile in den Raum, trafen ein paar Männer, und zündeten die Hütte an.

Drinnen brach Verwirrung aus, und sie versuchten erst gar nicht, die Hütte zu verteidigen. Die Kerzen wurden gelöscht, aber das Feuer sorgte für schwaches Licht. Sie stürmten zur Tür hinaus, und einige von ihnen wurden dort erschlagen und andere später, als wir mit ihnen rangen. Aber schließlich flohen alle Überlebende in den Wald, Gundermänner, Renegaten und Pikten. Doch Valerian und das Mädchen befanden sich noch immer in der Hütte. Dann kamen sie heraus, und das Mädchen lachte und schleuderte etwas auf den Boden, das zerplatzte und uns mit stinkendem Rauch blendete, durch den sie entkamen.

In dem verzweifelten Handgemenge waren alle unsere Männer bis auf vier ums Leben gekommen, aber wir nahmen sofort die Verfolgung auf und schickten nur einen der Verwundeten zurück, um die Stadt zu warnen.

Die Fährte führte in die Wildnis.

Der Schwarze Fremde

Exposé A

CONAN DER CIMMERIER, der rachsüchtig einen piktischen Kriegstrupp verfolgte, der die aquilonischen Siedlungen am Schwarzen Fluss überfallen und dort gemordet hat, wurde von den Pikten gefangen genommen und in ihre Heimat weit im Westen verschleppt. Der wilde Cimmerier tötete den Häuptling und entkam, floh in Richtung Westen, verfolgt von den rasenden Pikten. Er brachte sie von der Spur ab und entdeckte einen Pfad, der eine Klippe hinaufführte; dort entdeckte er eine Höhle, in der ein großer Ebenholztisch stand, an dem Tote saßen. Er betrat die Höhle und kämpfte sofort um sein Leben.

An einem breiten Strand, an den ein tiefer Wald angrenzte, stand das Heim eines Edelmannes aus Zingara, der mit seinem Diener und seiner Nichte geflohen war und dort Schutz gesucht hatte. Seine Gefolgsleute hatten Blockhütten gebaut und mit einer Palisade umgeben. Keiner wagte sich weit in den Wald hinein, weil sie die wilden Pikten fürchteten. Aber die Nichte saß im Sand südlich des Vorgebirges, das sich jenseits der Bucht erhob, als ihre Gefährtin, eine blonde ophirische Waise, die sie aufgenommen hatte, angerannt kam. Sie war nackt und das Wasser tropfte von ihrem Körper, weil sie in den Ozean gesprungen war. Sie rief, dass ein Schiff kam. Das Mädchen aus Zingara entdeckte es, als es einen niedrigen Hügel emporstieg, und eilte mit dem jüngeren Mädchen zum Fort, wie sie es nannten. Der Adlige rief sofort seine

Gefolgsleute von den Fischerbooten und den kleinen Feldern am Waldrand und hisste die Flagge von Zingara. Das Schiff segelte in die Bucht und hisste die Flagge der Barachan-Piraten. Ein Zingaraner erkannte das Schiff als das eines bekannten Piraten. Die Piraten kamen an Land und griffen die Festung an. Sie hatten die Palisade beinahe überwunden, als ein anderes Schiff in Sicht kam und die Flagge von Zingara hisste. Aber der Pirat hatte es bereits als das Schiff eines zingaranischen Freibeuters erkannt. Weil er befürchtete, zwischen zwei Feinden gefangen zu werden, brachte er seine Männer an Bord und segelte die Küste hinauf.

Der Zingaraner ankerte und kam mit den meisten seiner Männer an Land, aber der Adlige misstraute ihm und verweigerte ihm die Erlaubnis, seine Männer im Inneren der Palisade unterzubringen. Sie kampierten am Strand, der Zingaraner sandte ihnen Wein, und der Freibeuter kam in den Saal des Edelmannes. Er erzählte dem Freibeuter, dass sein Schiff in einem Sturm untergegangen sei, und dass die ständig wachsende Bedrohung durch die Pikten es unumgänglich machte, seine Leute fortzubringen. Der Freibeuter bot an, sie alle mitzunehmen im Austausch für einen Schatz, der seinen Worten zufolge in der Umgebung versteckt worden war – und für die Hand der Nichte. Der Edelmann verweigerte das wütend und bestritt, etwas über den Schatz zu wissen. Der Freibeuter erzählte dann von einem Schatz, der vor Jahrhunderten oder mindestens einem Jahrhundert von einem Piraten versteckt worden war. Er bot an, seine Männer würden den Gefolgsleuten des Edelmannes dabei helfen, den Schatz zu finden. Dann würden sie wegsegeln, zu einem fremden Hafen, wo er die Nichte heiraten und sein wildes Leben aufgeben würde. Während sie stritten, stahl sich die Nichte fort und fand heraus, dass sich das junge ophirische Mädchen hinausgeschlichen hatte und zum Strand zurückgekehrt war, wo sie einen kostbaren Armreif fand. Sie brachte sie in den Bankettsaal, und das Mädchen informierte den Edelmann darüber, dass sie beobachtet hatte, wie ein schwarzer Mann in einem seltsamen Fahrzeug am Strand gelandet war. Der Edelmann schien sofort wie vom Wahnsinn ergriffen und ließ das Mädchen grausam auspeitschen, bis er erkannte, dass es die Wahrheit sagte. Dann willigte er in die Bedingungen ein, die der Freibeuter gestellt hatte. Die Nichte nahm die Kleine und zog sich entsetzt in ihr Zimmer zurück; sie und das Mädchen wollten aus Verzweiflung in den Wald fliehen, als sie vor der Tür verstohlene Schritte hörten, die sie ängstigten. Das Mädchen behauptete, es sei der schwarze Mann, den sie hatte an Land kommen sehen. Vor der Morgendämmerung kam ein schrecklicher Sturm auf, der das Schiff des Freibeuters an die Felsenküste warf.

Bei Einbruch der Morgendämmerung, der Sturm ließ gerade nach, trafen sich ein Pirat und ein Fremder ein Stück die Küste hinauf am Strand. Der Fremde tötete ihn und nahm ihm eine Karte ab.

Der Edelmann schwor, der schwarze Fremde hätte den Sturm heraufbeschworen. Der Freibeuter sagte, seine Männer würden ein neues Schiff bauen. Aber in diesem Augenblick segelte der Pirat in die Bucht und verlangte eine Unterredung. Von einer Landzunge geschützt hatte er den Sturm überstanden. Er glaubte, ein Zingaraner hätte seinen Schiffskameraden getötet und die Karte gestohlen; er bot ihnen einen Handel an: Wenn sie ihm die Karte gaben, würde er so viele von ihnen wie möglich mitnehmen und sie an einem sicheren Ort wieder an

Land setzen. Während sie stritten, trat Conan ein und sagte ihnen, er hätte den Mann getötet und die Karte gestohlen und dann vernichtet. Er brauchte sie nicht mehr, weil er den Schatz gefunden hatte. Er bot Folgendes an: Er und die Kapitäne würden den Schatz holen und ihre Männer am Strand zurücklassen. Sie würden ihn gerecht teilen. Der Pirat hatte nur noch wenige Vorräte. Der Edelmann würde ihnen Proviant geben, der Pirat würde Conan auf dem Schiff mitnehmen. Den Edelmann und den Freibeuter würde man zurücklassen, damit sie ihr Schiff bauen konnten. Nach langem Gezerre begaben sich die Seeleute und Conan durch den Wald zu der Höhle, die er entdeckt hatte; dort hoffte er, sie in das Giftgas zu locken, mit dem sie gefüllt war, aber einer der Männer des Edelmannes war ihnen vorausgeeilt und wurde dort tot aufgefunden. Der Pirat beschuldigte Conan zu versuchen, ihn und den Freibeuter aus dem Weg zu schaffen, um sein Schiff und seine Mannschaft an sich zu reißen. In dem folgenden Kampf griffen die Pikten an, von dem schwarzen Fremden aufgestachelt, der einen Pikten ermordet und ihm eine Goldkette umgehängt hatte, die der schwarze Mann in der Nacht zuvor im Fort dem Edelmann gestohlen hatte.

Conan tat sich mit den anderen zusammen, und sie kämpften sich den Weg zum Fort frei, wo sie dann von Hunderten kreischender Pikten belagert wurden. Der schwarze Mann mischte sich unter sie und tötete einen Freibeuter, woraufhin Freibeuter und Piraten sich aufeinanderstürzten und die Pikten über die Mauer drangen. Conan, der in den Saal lief, um die Mädchen zu retten, entdeckte den Edelmann von einem Balken baumeln, während der schwarze Mann hämisch zusah. Er schleuderte einen Stuhl und riss das Unwesen zu Boden, dann schnappte er sich die Mädchen und suchte in einer Ecke der Palisade Zuflucht. Der Pirat und der Freibeuter wurden in dem blutigen Massaker getötet. Conan konnte mit den Mädchen entkommen und floh mit dem Piratenschiff, das in einer Bucht an der Küste ankerte.

Der Schwarze Fremde

Exposé B

CONAN DER CIMMERIER, der in den Wäldern in der Nähe der Westküste der piktischen Wildnis von den Wilden verfolgt wurde, sucht in einer Höhle Zuflucht, die die Leichen von Tranicos, einem Piratenadmiral, und seinen elf Kapitänen beherbergt – und den Schatz, den sie dort vor hundert Jahren versteckt haben.

Nicht weit von der Höhle entfernt steht eine kleine Siedlung an der Küste, die von Graf Valenso Korzetta gegründet wurde, einem zingaranischen Edelmann, der in dieses karge Land floh, um einem geheimnisvollen Feind zu entkommen. Die Zerstörung seiner Galeone in einem Sturm hat die ganze Gruppe an dieser Stelle stranden lassen.

Strom, ein barachanischer Pirat, der den Schatz von Tranicos sucht, trifft in der Bucht ein. Er glaubt, dass Valenso den Schatz besitzt, und greift das Fort an. Mitten in dem Kampf segelt ein anderes Schiff in die Bucht, das von dem Schwarzen Zarono kommandiert wird, einem Freibeuter, der ebenfalls dem Schatz nachjagt. Strom befürchtet an zwei Fronten kämpfen zu müssen, segelt fort und sucht in einer mehrere Meilen entfernten Bucht Schutz.

Zarono schließt einen Waffenstillstand mit Valenso und macht ihm in der Nacht im Fort ein Angebot, nachdem er erfahren hat, dass Valenso nichts über den Schatz des Tranicos weiß, von dem Strom und Zarono glauben, dass er in der Nähe der Bucht versteckt ist. Zarono schlägt vor, dass er und der Graf sich miteinander verbünden, den Schatz holen und dann auf Zaronos Schiff in ein zivilisiertes Land segeln. Als Gegenleistung erwartet Zarono die Hand von Valensos Nichte Belesa zur Heirat. Der Graf weigert sich wütend, als Tina, Belesas junger Schützling, ihm von einem seltsamen schwarzen Mann erzählt, der aus dem Meer gestiegen ist und im Wald Zuflucht gesucht hat. Valenso wird fast verrückt vor Angst und willigt in Zaronos Angebot ein, trotz der entsetzten Proteste seiner Nichte.

Später in der Nacht sieht Belesa den schwarzen Mann, der durch die Korridore des Forts schleicht, und erkennt, dass er kein menschliches Wesen ist.

Ein Sturm, heraufbeschworen von der Magie des schwarzen Mannes, zerstört Zaronos Schiff.

Die Menschenfresser von Zamboula

Exposé

CONAN, DER BEI EINEM umherstreifenden Stamm von Zuagirs, shemitischen Nomaden, gelebt hat, kam nach Zamboula, einer seltsamen Stadt an der umkämpften Grenze zwischen Stygien und den hyrkanischen Domänen. Zamboula wurde von Stygiern, Shemiten und vielen Mischlingen bewohnt und von Hyrkaniern beherrscht. Dort herrschte ein Satrap, ein gewisser Jungir Khan, unterstützt von hyrkanischen Soldaten. In und um die Stadt herum gab es viele Oasen mit Palmenhainen. Conan wollte im Gasthaus von Aram Baksh übernachten. Ein shemitischer Stammesangehöriger warnte ihn, dass man andere Wüstenbewohner und Reisende, die die Nacht in Arams Haus verbracht hatten, nie wieder gesehen hatte. In dem Haus wurden nie Leichen gefunden, aber jenseits des Stadtrandes – die Stadt hatte keine Mauer – gab es eine Senke mit einer Feuergrube, in der man verkohlte Menschenknochen gefunden hatte. Der Shemite hielt Aram für einen Teufel in Menschengestalt, der mit den Dämonen der Wüste verkehrte. Conan hörte nicht auf die Warnung und ging zu Arams Haus, das sich am Stadtrand befand. Aram gab ihm ein Zimmer, das auf eine Straße hinausführte, die zwischen Palmenhainen direkt in die Wüste führte. In der Nacht wurde Conan durch das verstohlene Öffnen der Tür geweckt, er sprang auf und tötete einen hünenhaften schwarzen Sklaven, der sich ins Zimmer geschlichen hatte. Er war ein Sklave und Kannibale aus Darfar im tiefen Süden, und Conan begriff, dass Aram seine Gäste an diese Bestien verkaufte. Er ging zur Straße in der Absicht, die Taverne durch eine andere Tür zu betreten und Aram zu töten, dabei entdeckte er drei Schwarze, die mit einem gefangenen Mädchen die Straße entlangschlichen. Er griff sie an und tötete sie, dann versteckte er sich mit dem Mädchen, während eine große Gruppe, die zu der Kochgrube jenseits des Stadtrandes unterwegs war, an ihnen vorbeieilte. Das Mädchen erzählte ihm, sie sei Tänzerin im Tempel von Hanuman, würde einen jungen hyrkanischen Soldaten lieben und von Totrasmek begehrt, dem Priester Hanumans, einem Stygier. Sie sagte, der Priester hätte den jungen Soldaten mit Magie in den Wahnsinn getrieben und versucht, sie zu töten. Auf der Flucht vor ihm war sie von den Schwarzen gefangen genommen worden, die nachts durch die Straßen schlichen und alle fraßen, die sie in die Hände bekamen. Als sie verstummte, stürzte sich der dem Wahnsinn verfallene Soldat auf sie, und Conan schlug ihn besinnungslos und fesselte ihn. Dann lud er ihn sich auf die Schulter und folgte ihr zu einem Haus in der Stadt, wo ein Negersklave (kein Kannibale) sich des besinnungslosen Soldaten annahm, den sie nach einem Ring und einem großen Juwel durchsucht hatte – das Einzige, was er ihr nicht geben wollte. Sie hatte ihm die Droge verabreicht, die ihr der Priester gegeben hatte; sie sollte ihn in Schlaf versetzen, damit sie das Juwel stehlen konnte. Aber sie hatte ihn in den Wahnsinn getrieben. Sie überredete Conan, ihr dabei zu helfen, den Priester zu töten. Sie gingen zum Tempel von Hanuman und betraten ihn; sie versuchte, die Geheimtür hinter der Götterstatue zu öffnen, aber eine Hand packte sie am Haar und zerrte sie hindurch. Ein grässlicher Zwerg schleifte sie vor Totrasmek, der sie nackt zwischen vier Kobras tanzen ließ, die aus Rauch hervorgezaubert wurden. Conan, der auf einem anderen Weg in das Geheimgemach eindringen wollte, tötete einen hünenhaften Henker, kam durch einen Vorhang und tötete Totrasmek. Das Mädchen durchsuchte ihn, nachdem Conan den Zwerg getötet hatte, konnte aber das Juwel nicht finden. Dann verriet sie Conan, dass sie eine berühmte Kurtisane der Stadt war, und der junge Soldat war in Wirklichkeit Jungir Khan, der Satrap. Sie kehrten zurück und trafen ihn benommen, aber geistig wieder gesund an, und sie sagte Conan, er sollte seine Belohnung am nächsten Morgen im Palast abholen. Er kehrte in Arams Haus zurück und lieferte den Herbergsbesitzer den Negern aus, aber vorher schnitt er ihm die Zunge heraus, damit er nicht reden konnte. Dann ging er in die Wüste, denn er hatte das Mädchen und den Soldaten sofort erkannt, und er hatte das Juwel gestohlen, das sie gesucht hatte.

Aus den Katakomben

Entwurf

DIE FRAU IM SATTEL zügelte das erschöpfte Pferd. Mit hängendem Kopf und gespreizten Beinen stand es da, als wäre die Last des roten Zaumzeugs mit den vergoldeten Quasten zu schwer. Die Frau zog einen Stiefel aus dem silbernen Steigbügel und schwang sich aus dem goldverzierten Sattel. Sie knotete die Zügel am Ast eines Baumes fest und drehte sich um, die Hände in die Hüften gestemmt, und betrachtete die Umgebung.

Die Gegend war nicht einladend. Riesige Bäume umringten den kleinen Teich, an dem ihr Pferd gerade getrunken hatte. Dichtes Unterholz behinderte ihren Blick. Die Frau zuckte mit den Schultern, dann fluchte sie.

Sie war hochgewachsen, hatte lange Glieder, einen vollen Busen und kräftige Schultern, die auf ungewöhnliche Kraft hinwiesen, ohne ihre Weiblichkeit zu schmälern. Trotz ihrer Kleidung und Ausrüstung war sie eine heißblütige Frau. Ihre Kleidung passte nicht zu ihrer derzeitigen Umgebung. Statt Rock trug sie kurze, weite Seidenhosen, die eine Handbreit über ihren Knien endeten und von einer breiten Schärpe gehalten wurden, die als Gürtel diente. Stiefel mit breiten Stulpen aus weichem Leder reichten fast bis zu den Knien. Ein Seidenhemd mit tiefem Ausschnitt, breitem Kragen und weiten Ärmeln komplettierte ihre Aufmachung. An der einen wohlgerundeten Hüfte trug sie ein Schwert mit gerader, beidseitig geschliffener Klinge, an der anderen einen langen

Dolch. Ihre goldblonde Haarmähne hatte Schulterlänge und wurde von einem goldfarbenen Tuch gebändigt.

Unbewusst stellte sie sich vor dem Hintergrund des düsteren, wilden Waldes in Pose und bot ein bizarres, unpassendes Bild. Sie hätte unter weißen Wolken, Masten und kreisenden Möwen stehen sollen. Ihr ungezähmter Blick hatte die Farbe des Meeres. Und dort hätte sie sein sollen, denn sie war Valeria von der Roten Bruderschaft, deren Taten von Liedern und Balladen besungen wurden, wo immer sich Seefahrer versammelten.

Sie ging ein paar Schritte, um eine Lücke im düsteren grünen Dach der gebogenen Äste zu finden und einen Blick auf den Himmel zu werfen, gab es aber dann mit einem gemurmelten Fluch auf.

Sie ließ das Pferd dort stehen und ging nach Osten, sah gelegentlich zu dem Teich zurück, um sich den Weg genau einzuprägen. Die Stille des Waldes bedrückte sie. Keine Vögel sangen in den luftigen Zweigen, es gab auch kein Rascheln im Unterholz, das auf die Gegenwart von Kleintieren hindeutete. Sie erinnerte sich, dass diese Stille sie schon seit vielen Meilen umgeben hatte. Schon beinahe einen ganzen Tag lang war sie in einem Reich absoluter Stille geritten, die nur die Geräusche ihrer Flucht durchbrochen hatten.

Voraus erhob sich ein dunkler Felsvorsprung, dessen Gestein Feuerstein ähnelte und der dem äußeren Anschein nach in einer zerklüfteten Klippe endete, die zwischen den Bäumen in die Höhe stieg. Der Gipfel wurde von dem Blätterdach verborgen. Vielleicht reichte er wirklich über die Bäume hinaus, und sie konnte von dort oben sehen, was sich jenseits davon befand – falls es überhaupt etwas anderes gab als diesen scheinbar endlosen Wald, durch den sie seit so vielen Tagen geritten war.

Ein schmaler Weg bildete eine natürliche Rampe, die nach oben führte. Nach etwa fünfzig Schritten konnte sie den Boden wegen der Blättermasse nicht länger sehen. Die Baumstämme standen an dem Felsvorsprung weniger dicht, aber die kleineren Äste hüllten sie mit ihrem Blattwerk ein. Sie stieg weiter durch das Grün, ohne nach oben oder unten sehen zu können, aber schließlich wurden die Blätter weniger, und sie kam auf einen plateauähnlichen Gipfel und sah die Baumwipfel, die sich unter ihr erstreckten. Von ihrem Blickpunkt aus wirkte das Blätterdach wie ein fester Boden, von oben so undurchdringlich wie von unten. Sie schaute nach Westen, in die Richtung, aus der sie gekommen war. Dort wogte nur der grenzenlose grüne Ozean; ein undeutlicher hellblauer Strich in der Ferne deutete die Bergkette an, die sie vor Tagen durchquert hatte, bevor sie in diese Blätterwüste eingetaucht war.

Im Norden und Süden bot sich der gleiche Ausblick, obwohl in diesen Richtungen die blaue Silhouette der Bergkette fehlte. Sie wandte sich nach Osten und erstarrte plötzlich, da sie mit dem Fuß gegen etwas in der Blätterschicht gestoßen war, die das Plateau bedeckte. Sie trat ein paar der Blätter zur Seite und sah das Skelett eines Mannes. Sie ließ einen erfahrenen Blick über die ausgebleichten Überreste schweifen, entdeckte aber keine gebrochenen Knochen oder andere Anzeichen von Gewalt. Der Mann schien eines natürlichen Todes gestorben zu sein, aber sie konnte sich nicht vorstellen, warum er auf diesen mühsam zu erklimmenden Berg gestiegen war, um zu sterben.

Sie erklomm die Felsspitze und schaute nach Osten. Und erstarrte. Im Osten lichtete sich der Wald nach ein paar Meilen und endete dann abrupt, ging in eine flache

Ebene über, auf der nur ein paar verkrüppelte Bäume wuchsen. Und in der Mitte dieser Ebene erhoben sich die Mauern und Türme einer von Menschenhand errichteten Stadt. Die Frau stieß einen überraschten Fluch aus. Das war unglaublich. Es hätte sie nicht überrascht, andersartige menschliche Siedlungen zu finden – die bienenkorbähnlichen Hütten der Schwarzen oder die Felsenhäuser der geheimnisvollen braunen Rasse, die den Legenden zufolge einen Teil dieser unerforschten Region bewohnt hatten. Aber es war eine Überraschung, eine von Mauern umringte Stadt zu entdecken, hier, so viele Tagesmärsche von den letzten Außenposten jeder Zivilisation entfernt.

Ästeracheln hinter ihr riss sie aus ihren Gedanken. Sie fuhr herum wie eine Raubkatze, griff nach ihrem Schwert; dann hielt sie mitten in der Bewegung inne und starrte den Mann vor ihr mit weit aufgerissenen Augen an.

Er war ein hochgewachsener, kräftig gebauter Mann, beinahe schon ein Hüne. Seine Kleidung ähnelte der ihren, nur dass er einen breiten Ledergürtel statt einer Stoffschärpe trug. Daran hingen Breitschwert und Dolch.

»Conan, der Cimmerier!«, rief die Frau aus. »Wieso hast *du* mich verfolgt?«

Er grinste schmal, und in seinen wilden blauen Augen funkelte ein Glitzern, das jeder Frau vertraut war, als ihr Blick über ihre prächtige Figur glitt, auf der Wölbung ihrer großartigen Brüste unter dem dünnen Hemd verharrte und dann auf dem Streifen weißer Haut zwischen Hose und Stiefeln.

»Zum Teufel, Mädchen«, lachte er, »weißt du das nicht? Habe ich meine Bewunderung für dich nicht klargemacht, seit ich dich das erste Mal gesehen habe?«

»Ein Hengst hätte nicht deutlicher sein können«, erwiderte sie verächtlich. »Aber ich hätte nie damit gerechnet, dir so weit von den Alefässern und Fleischtöpfen entfernt zu begegnen. Bist du mir wirklich von Zarallos Lager aus gefolgt, oder hat man dich dort weggejagt?«

Er lachte über ihre Verachtung und ließ den mächtigen Bizeps spielen.

»Du weißt doch, dass Zarallo nicht genug Männer hat, um mich aus dem Lager jagen zu können.« Er grinste. »Natürlich bin ich dir gefolgt. Und sei froh darüber, Mädchen! Als du diesen Kerl niedergestochen hast, hat dich das Zarallos Freundschaft gekostet, und du hast dir den Hass des Bruders zugezogen.«

»Ich weiß«, erwiderte sie finster. »Aber was hätte ich denn tun sollen? Du weißt doch, was er gemacht hat.«

»Sicher«, stimmte er ihr zu. »Wäre ich da gewesen, hätte ich ihn selbst niedergestochen. Aber wenn eine Frau das Leben eines Mannes führen muss, dann muss sie mit solchen Dingen eben rechnen.«

Valeria stampfte mit dem Fuß auf und fluchte.

»Warum lassen mich die Männer nicht das Leben eines Mannes führen?«

Wieder verschlang Conan sie mit den Blicken.

»Verflucht, Mädchen, das ist doch offensichtlich! Aber es war klug von dir, aus dem Lager zu fliehen. Zarallo hätte dir die Haut abgezogen. Der Bruder des Kerls ist dir gefolgt, und zwar schneller, als du geglaubt hast. Er war nicht weit hinter dir, als ich ihn einholte. Er hatte ein besseres Pferd als du. Er hätte dich wenige Meilen später eingeholt und dir die Kehle durchgeschnitten.«

»Und?«, wollte sie wissen.

»Was, und?« Er schien verblüfft zu sein.

»Was ist aus ihm geworden?«

»Was wohl?«, sagte er. »Ich habe ihn natürlich getötet

und seinen Kadaver den Geiern überlassen. Das hat mich allerdings aufgehalten, und ich hätte deine Spur in den Bergausläufern beinahe verloren. Sonst hätte ich dich schon vor langer Zeit eingeholt.«
»Und jetzt willst du mich zu Zarallos Lager zurückschleifen?« Sie verzog höhnisch den Mund.
»Du kennst mich besser«, erwiderte er. »Komm schon, Mädchen, sei nicht so kratzbürstig. Ich bin nicht wie dieser Kerl, den du niedergestochen hast, und das weißt du.«
»Ein Herumtreiber ohne jeden Pfennig«, verspottete sie ihn.
Er lachte sie aus.
»Und was bist du? Du hast nicht genug Geld, um dir eine neue Hose zu kaufen. Du kannst mich mit deiner Verachtung nicht täuschen. Du kennst meinen Ruf. Du weißt, dass ich größere Schiffe und mehr Männer befehligt habe als du. Und was das mangelnde Geld angeht – welchem Seeräuber passiert das nicht von Zeit zu Zeit? Ich bin in meinem Leben schon tausendmal reich gewesen, und ich werde mich wieder in Beute wälzen. Ich habe in den Häfen dieser Welt genug Gold verschleudert, um eine Galeone damit zu füllen. Das weißt du auch.«
»Wo sind die prächtigen Schiffe und die tapferen Männer unter deinem Befehl jetzt?«, höhnte sie.
»Größtenteils auf dem Meeresgrund und in der Hölle«, erwiderte er fröhlich. »Die königliche Flotte von Zingara hat mein letztes Schiff vor Toragis versenkt – ich habe Valadelad gebrandschatzt, aber sie haben mich erwischt, bevor ich die Barachan-Inseln erreichen konnte. Ich war der einzige Mann an Bord, der entkommen konnte. Darum habe ich mich Zarallos Freien Gefährten angeschlossen. Aber das Gold ist knapp und der Wein schlecht – und

schwarze Frauen gefallen mir nicht. Und es kamen keine anderen in unser Lager an der Grenze von Darfar. Mit Ringen in den Ohren und spitz zugefeilten Zähnen, brr! Warum hast du dich Zarallo angeschlossen?«

»Ortho der Rote hat den Kapitän getötet, mit dem ich segelte, und unser Schiff übernommen«, antwortete sie mürrisch. »Der Hund wollte mich zu seiner Geliebten machen. Ich sprang in der Nacht über Bord und schwamm an Land, als wir vor der kushitischen Küste ankerten. Das war in der Nähe von Zabhela. Dort lernte ich einen shemitischen Händler kennen, der auch Männer für Zarallo rekrutierte. Er erzählte mir, dass Zarallo mit seinen Freien Gefährten nach Süden gezogen war, um die Grenze von Darfar für die Stygier zu bewachen. Ich schloss mich einer Karawane nach Osten an und erreichte schließlich das Lager.«

»Und jetzt haben wir beide Zarallo verlassen«, bemerkte Conan. »Es war verrückt, einfach nach Süden zu reiten, so wie du es getan hast – aber es war auch klug, denn Zarallos Patrouillen sind nie auf die Idee gekommen, in dieser Richtung nach dir zu suchen. Nur der Bruder des Mannes, den du getötet hast, nahm diesen Weg und fand deine Fährte.«

»Und was hast du jetzt vor?«, wollte sie wissen.

»Im Wald nach Westen abbiegen«, antwortete er. »Ich bin schon so weit im Süden gewesen, aber noch nie so weit im Osten. Einige Tagesreisen nach Westen werden uns zu den offenen Savannen bringen, wo die schwarzen Stämme leben. Dort habe ich Freunde. Wir gehen zur Küste und finden ein Schiff. Ich habe die Nase voll vom Dschungel.«

»Dann mach dich auf den Weg«, riet sie ihm. »Ich habe andere Pläne.«

»Sei keine Närrin«, erwiderte er und zeigte zum ersten Mal Gereiztheit. »Du kannst in diesem Wald nicht überleben.«

»Das habe ich schon ... länger als eine Woche.«

»Aber was hast du vor?«

»Das geht dich nichts an«, fauchte sie.

»Doch, das tut es«, antwortete er ruhig. »Ich bin dir so weit gefolgt – glaubst du, ich kehre mit leeren Händen um? Sei vernünftig, Mädchen; ich werde dir nicht wehtun.«

Er machte einen Schritt auf sie zu, und sie sprang zurück und riss das Schwert aus der Scheide.

»Bleib zurück, Barbarenhund! Ich spieße dich auf wie ein Schwein!«

Er blieb zögernd stehen.

»Soll ich dir dieses Spielzeug abnehmen und dir damit wie einem Kind den Hintern versohlen?«

»Worte!«, spottete sie, und in ihrem verwegenen Blick lag ein Funkeln, das an das Glitzern der Sonne auf blauem Wasser erinnerte. Er wusste, dass kein Mann Valeria von der Bruderschaft mit bloßen Händen entwaffnen konnte. Er runzelte die Stirn; ein Chaos von Gefühlen tobte in ihm. Er war wütend und zugleich amüsiert und voller Bewunderung. Es drängte ihn danach, diesen prächtigen Körper in seine starken Arme zu reißen, und doch wollte er dem Mädchen auf gar keinen Fall wehtun. Er war hin- und hergerissen zwischen dem Verlangen, sie zu schütteln, und dem, sie zu liebkosen. Ihm war klar, dass ihr Schwert sich in sein Herz bohren würde, wenn er noch einen Schritt näher kam. Er hatte Valeria zu viele Männer umbringen sehen, um sich irgendwelche Illusionen zu machen. Er wusste, dass sie so schnell und wild wie eine Tigerin angriff. Er konnte das Breitschwert ziehen und sie entwaffnen, ihr die Klinge aus der Hand schlagen, aber er verabscheute den Gedanken, das Schwert gegen eine Frau zu erheben, selbst wenn er sie nicht verletzen wollte.

»Sei verflucht, Mädchen«, rief er erbost aus. »Ich werde dir ...« Er setzte sich in Bewegung, seine Wut machte ihn verwegen, und sie machte sich zum Zustoßen bereit, als sie plötzlich unterbrochen wurden.

»*Was ist das?*«

Beide zuckten zusammen, und Conan wirbelte wie eine Raubkatze herum, sein Schwert sprang wie von selbst in seine Hand. Valeria wich zurück. Im Wald ertönte grauenhaftes Wiehern – die Schreie zu Tode erschrockener oder Qualen leidender Pferde. In diese Schreie mischte sich das Krachen berstender Knochen.

»Löwen verschlingen die Pferde!«, rief Valeria.

»Löwen, zum Teufel«, schnaubte Conan mit blitzenden Augen. »Hast du Löwengebrüll gehört? Ich auch nicht! Hör doch, wie die Knochen brechen – nicht einmal ein Löwe könnte ein Pferd mit so viel Lärm töten. Komm – aber bleib hinter mir.«

Er eilte die Rampe hinunter, und sie folgte ihm; ihre Fehde war vergessen nach dem Kodex der Abenteurer, sich gegen eine gemeinsame Gefahr zu verbünden.

Sie tauchten in die Blättermauer ein und arbeiteten sich durch den grünen Schleier in die Tiefe. Im Wald war wieder Stille eingekehrt.

»Ich habe dein Pferd an dem Teich angebunden gefunden«, murmelte er und schritt so lautlos dahin, dass sie sich nicht länger fragte, wie er sie auf dem Felsen hatte überraschen können. »Ich habe meines daneben festgebunden und bin deinen Stiefelspuren gefolgt. Aufgepasst, jetzt!«

Sie hatten den Blättergürtel hinter sich gelassen und starrten in die tiefer gelegenen Teile des Waldes. Über ihnen breitete sich das grüne Dach als dunkler Baldachin aus. Unter ihnen sickerte gerade genug Sonnenlicht durch, um ein graues Zwielicht zu verbreiten. Die riesigen Baumstämme keine hundert Schritte entfernt erschienen geisterhaft und verschwommen.

»Die Pferde müssten hinter diesem Dickicht sein«, flüsterte Conan und machte nicht mehr Laute als eine durch die Äste streifende Brise. »*Hör doch!*«

Valeria hatte es bereits vernommen, und ein Schauder kroch durch ihre Adern, sodass sie unbewusst eine weiße Hand auf den muskulösen braungebrannten Arm ihres Gefährten legte. Jenseits des Dickichts ertönte das laute Krachen von Knochen und das lärmende Zerfetzen von Fleisch.

»Löwen würden keine solchen Geräusche machen«, flüsterte Conan. »Etwas frisst unsere Pferde, aber es ist kein Löwe – sieh dort!«

Der Lärm hörte plötzlich auf, und Conan fluchte leise. Eine aufkommende Brise wehte ihnen direkt von der Stelle entgegen, an der das geheimnisvolle Ungeheuer verborgen war.

Das Unterholz geriet plötzlich in Bewegung, und Valeria fasste Conans Arm fester. Sie hatte keine Ahnung vom Dschungel, aber sie wusste, dass kein Tier, das sie je zu Gesicht bekommen hatte, das Unterholz auf diese Weise hätte erschüttern können.

»Ein Elefant würde nicht so viel Lärm machen«, murmelte Conan und sprach ihren Gedanken laut aus. »Was zum Teufel ...« Seine Stimme verstummte im verblüfften Schweigen unglaublichen Erstaunens.

Ein Schädel aus einem entsetzlichen Albtraum bohrte

sich durch das Dickicht. Grinsende Kiefer entblößten Reihen schleimtriefender gelber Fangzähne; über dem aufklaffenden Rachen erstreckte sich eine saurierähnliche Schnauze. Riesige Augen, wie die einer Kobra, nur tausendmal größer, starrten reglos auf die wie versteinert dastehenden Menschen. Blut verschmierte die schuppigen, schlaffen Lippen und tropfte von dem gewaltigen Rachen. Der Schädel auf dem langen schuppigen Hals wurde weiter ausgestreckt, und ihm folgte der Körper eines Titanen, der Baumschösslinge und Dornschöße zermalmte, ein riesiger, reptilienhafter Torso auf lächerlich kurzen Beinen. Der weißliche Bauch schleifte beinahe über den Boden, während der Knochenkamm auf dem Rücken so hoch reichte, dass Conan selbst auf Zehenspitzen ihn nicht hätte erreichen können. Ein drachenähnlicher Schwanz schleifte hinter der Monstrosität her.

»Zur Klippe rauf, schnell!«, fauchte Conan und stieß das Mädchen hinter sich. »Ich hoffe, der Teufel kann nicht klettern, aber er kann sich auf seine Hinterbeine aufrichten und uns erreichen ...«

Der Drache bahnte sich krachend einen Weg durch das Unterholz und die kleinen Bäume und stellte sich, wie von Conan vorhergesagt, auf die kurzen, massiven Hinterbeine, um derart heftig mit den Vorderbeinen aufzuprallen, dass der ganze Felsen vibrierte. Die Flüchtenden hatten kaum die Blätterschicht durchbrochen, als der Riesenschädel hindurchschoss und der mächtige Kiefer mit dem laut hallenden Aufeinanderprallen riesiger Fangzähne zuschnappte. Aber sie waren außer Reichweite und starrten auf die albtraumhafte Visage, die von grünen Blättern eingerahmt wurde. Dann wurde der Kopf zurückgezogen, und als sie einen Moment später an den Ästen vorbeischauten, die den Felsen berührten, sahen sie, wie das Ungeheuer dort hockte und unbeweglich zu ihnen hinausstarrte.

Valeria erschauderte.

»Was glaubst du, wie lange er dort hocken bleibt?«

Conan trat gegen den Schädel auf dem blätterbedeckten Felsboden.

»Dieser Bursche muss hier raufgestiegen sein, um ihm zu entkommen. Er ist hier verhungert. Das Ungeheuer wird da nicht verschwinden, bevor wir tot sind. Die Schwarzen haben mir Legenden über diese Ungeheuer erzählt, aber ich habe sie zuvor nicht geglaubt.«

Valeria sah ihn ausdruckslos an, ihren Groll hatte sie längst vergessen. Sie rang einen Anflug von Panik nieder. In wilden Schlachten auf See und an Land hatte sie ihren tollkühnen Wagemut tausendmal bewiesen, auf den von Blut rutschigen Decks von Kriegsschiffen, bei der Erstürmung von Stadtmauern und auf den zertrampelten Sandstränden, wo sich die Männer der Roten Bruderschaft bei ihren Machtkämpfen verbissen einander mit den Dolchen aufschlitzten. Sie war nicht bei ihrer langen Flucht aus dem Lager an der Grenze zu Darfar verzagt, nicht in dem sanft gewellten Grasland oder den lebensfeindlichen Wäldern. Aber was ihr nun gegenüberstand, ließ ihr Blut erstarren. Ein Säbelhieb in der Hitze der Schlacht bedeutete nichts, aber untätig und hilflos auf einem Felsen sitzen zu müssen, während der Hungertod nahte, belagert von einem monströsen Überbleibsel eines vergessenen Zeitalters – der Gedanke erzeugte Panik in ihr.

»Er muss doch einmal gehen, um zu trinken und zu fressen«, meinte sie hilflos.

»Da hat er es nicht weit«, gab Conan zu bedenken. »Er ist flink wie ein Hirsch; er hat sich gerade den Bauch mit unseren Pferden vollgeschlagen und kann wie eine echte

Schlange lange Zeit ohne Essen und Trinken auskommen. Aber er schläft nicht wie eine richtige Schlange.«

Conan sprach absolut ungerührt. Er war ein Barbar, und die unermessliche, schreckliche Geduld der Wildnis und ihrer Kinder war Teil seiner Seele. Er konnte eine derartige Situation so ertragen, wie es einer in der Zivilisation aufgewachsenen Person unmöglich war.

»Können wir nicht in die Bäume klettern und über die Äste hinweg fliehen?«, fragte sie verzweifelt.

Er schüttelte den Kopf. »Daran habe ich schon gedacht. Die Äste da reichen bis zum Felsen, aber sie sind zu leicht. Äste, die zu leicht für Speerschäfte sind und Schlingpflanzen kaum dicker als Schnüre. Sie würden unter unserem Gewicht brechen. Und ich glaube, dass der Teufel jeden Baum entwurzeln könnte.«

»Sollen wir also auf unserem Hintern sitzen, bis wir verhungert sind?«, rief sie wütend. »Das lasse ich nicht zu! Ich gehe jetzt da runter und hacke ihm den verdammten Schädel ab ...«

Conan hatte sich gemütlich auf eine Felserhebung gesetzt. Bewundernd schaute er in ihre blitzenden Augen und auf den angespannten, bebenden Körper, aber da er erkannte, dass sie in dieser Stimmung zu jeder Verrücktheit fähig war, ließ er seine Bewunderung nicht durchklingen.

»Setz dich«, knurrte er, schnappte sich ihr Handgelenk und zog sie auf seine Knie herunter. Er nahm ihr das Schwert ohne jeden Widerstand aus der Hand und schob es in seine Scheide zurück. »Sitz still und beruhige dich. An diesen Schuppen zerbrichst du bloß deinen Stahl. Irgendwie werden wir hier schon rauskommen. Aber nicht, indem wir uns verschlingen lassen.«

Darauf erwiderte sie nichts, hatte aber auch keine Einwände gegen seinen um ihrer Taille gelegten Arm. Sie hatte Angst, und das war ein neues Gefühl für Valeria von der Roten Bruderschaft. Also blieb sie mit einer Fügsamkeit auf den Knien ihres Gefährten – oder war es ihr Gefangenenwärter? – hocken, die Graf Zarallo verblüfft hätte, denn er hatte sie als Teufelin aus dem Harem der Hölle bezeichnet.

Conan spielte sanft mit den blonden Locken und schien sich nur für seine Eroberung zu interessieren. Weder das Skelett zu seinen Füßen noch das unter ihm lauernde Untier schien ihm auch nur im Mindesten etwas auszumachen.

Die ruhelosen Blicke des Mädchens schweiften durch das Geäst und verharrten auf einer scharlachroten Frucht, die ihr schon zuvor aufgefallen war. Sie ähnelte der Frucht, die sie während ihrer Flucht im Wald gefunden und gegessen hatte. Sie wurde sich ihres Hungers und ihres Dursts bewusst, was sie allerdings beides nicht gestört hatte, bevor ihr klar geworden war, dass sie nicht von dem Felsen steigen konnte, um Essen und Wasser zu finden.

»Wir müssen nicht verhungern«, sagte sie. »Da sind Früchte.«

Conan blickte in die Richtung, in die sie zeigte.

»Wenn wir das essen, können wir auf den Biss des Drachens verzichten«, knurrte er. »Die Schwarzen aus Kush nennen sie die Äpfel der Derketa. Derketa ist die Königin der Toten. Trink nur eine Kleinigkeit von ihrem Saft oder komm damit auch nur in Berührung, und du bist tot, bevor du den Gipfel wieder erklommen hast.«

»Oh!« Sie verfiel in bestürztes Schweigen. Es schien keinen Ausweg aus ihrer schlimmen Lage zu geben. Da fiel ihr etwas ein, und sie richtete Conans Aufmerksamkeit auf den Blick nach Osten. Er erklomm den turmähnlichen Gipfel und schaute über das Blätterdach.

»Das ist wirklich eine Stadt«, murmelte er. »Wolltest du da hin, als du versucht hast, mich allein zur Küste zu schicken?«

Sie nickte.

»Nun, wer hätte gedacht, hier eine Stadt zu finden? Soweit ich weiß, sind die Stygier nie so weit gekommen. Könnten das Schwarze sein? Ich sehe keine Herden auf der Ebene, kein Anzeichen von Ackerbau, es ist auch niemand unterwegs.«

»Wie willst du das auf diese Entfernung erkennen können?«, wollte sie wissen.

Er zuckte mit den Schultern und stieg wieder herunter. Plötzlich fluchte er. »Warum in Croms Namen ist mir das nicht schon früher eingefallen?«

Ohne ihre Frage zu beantworten, begab er sich zu dem Blattgürtel und starrte zwischen den Ästen in die Tiefe. Die Bestie hockte noch dort und beobachtete den Felsen mit ihrer schrecklichen Reptiliengeduld. Conan schleuderte ihr einen Fluch entgegen und fing dann an, Äste zu schneiden. Schließlich hatte er drei schlanke, etwa sieben Fuß lange Schäfte, von denen keiner dicker als sein Daumen war.

»Für Speerschäfte sind die Äste zu leicht, und die Schlingpflanzen sind nicht dicker als Schnüre«, wiederholte er seine vorherige Bemerkung. »Aber Einigkeit macht stark – das haben schon die aquilonischen Renegaten uns Cimmeriern gesagt, als sie in die Hügel kamen, um ein Heer aufzustellen, mit dem sie ihr eigenes Land erobern wollten. Aber wir kämpfen nur als Clan und als Stamm.«

»Was, zum Teufel, hat das mit den Stöcken zu tun?«, wollte sie wissen.

»Warte ab, dann wirst du es sehen.« Er schnitt die Ranken zurecht, legte die Schäfte zusammen und klemmte an einem Ende seinen Langdolch dazwischen. Mit den Schlingpflanzen band er alles zu einem kompakten Bündel zusammen, und als er fertig war, hielt er einen durchaus stabilen Speer von sieben Fuß Länge in der Hand.

»Was soll das bringen?«, fragte sie. »Du hast mir doch gesagt, dass nicht einmal eine Schwertklinge durch diese Schuppen ...«

»Er hat nicht überall Schuppen«, erwiderte Conan. »Einen Panther kann man auf mehr als eine Weise häuten.«

Er ging an den Rand des Blättergürtels, hob den Speer und bohrte ihn vorsichtig in einen von Derketas Äpfeln, hielt sich dabei seitwärts, damit ihn die purpurnen Tropfen aus der angeschnittenen Frucht nicht treffen konnten. Er zog die Dolchklinge zurück und zeigte Valeria, dass der blaue Stahl von einer dunkelpurpurnen Schicht bedeckt wurde.

»Ich weiß nicht, ob das funktioniert oder nicht«, sagte er. »Da ist genug Gift dran, um einen Elefanten auf der Stelle umzubringen, aber ... Nun, wir werden ja sehen.«

Valeria hielt sich dicht hinter ihm, als er in die Blätter eintauchte. Er hielt den vergifteten Speer vorsichtig weg vom Körper, stieß den Kopf durch die Blätter und brüllte das Ungeheuer an.

»Worauf wartest du, du hässlicher Nachkomme zweifelhafter Eltern?«, lautete eine seiner zivilisierteren Beschimpfungen. »Streck deinen hässlichen Schädel wieder hier herauf, du langhalsiger Bastard – oder soll ich runterkommen und ihn von deinem illegitimen Rückgrat treten?«

Davon kam noch eine Menge mehr – einiges davon so farbig, dass Valeria ihn trotz ihres Unterrichts in Seefahrerflüchen verblüfft anstarrte. Und es hatte eine Wirkung auf die Bestie. So wie das unaufhörliche Kläffen eines Hundes eher stille Tiere in Wut bringt, weckte die donnernde Stimme eines Mannes in einigen Raubtieren Furcht und in anderen rasende Wut. Unvermittelt stieg das saurierhafte Untier mit erschreckender Schnelligkeit auf die kräftigen Hinterbeine und ließ den langen Hals nach vorn peitschen, um den lautstarken Pygmäen zu erwischen, dessen Lärm die urtümliche Stille seines schrecklichen Reiches störte.

Aber Conan hatte die Entfernung richtig eingeschätzt. Etwa fünf Fuß unter dem Barbaren krachte der mächtige Schädel mit furchtbarer Gewalt durch das Blattwerk. Und als der monströse Rachen wie der einer Riesenschlange aufklaffte, trieb Conan seinen Speer in die roten Falten des Kiefergelenks. Er rammte mit der Kraft beider Arme nach unten, bohrte die lange Dolchklinge tief in Fleisch und Muskeln.

Die Kiefer schnappten sofort zusammen, durchtrennten den dreifachen Schaft und beförderten Conan beinahe vom Felsen. Tatsächlich wäre er unweigerlich gestürzt, hätte das Mädchen hinter ihm nicht mit verzweifelter Schnelligkeit nach seinem Schwertgurt gegriffen. Er krallte sich an einem Felsvorsprung fest und grinste sie dankbar an.

Unten am Boden warf sich der Drache umher wie ein Hund, der Pfeffer in die Augen bekommen hatte. Er warf den Kopf von einer Seite zur anderen und riss den Rachen immer wieder so weit auf, wie er nur konnte. Schließlich gelang es ihm, die riesige Vorderpranke auf den Schaft zu stemmen und die Dolchklinge herauszureißen. Er erkannte, was ihm da zu schaffen gemacht hatte, warf den Schädel zurück, riss den blutspritzenden Rachen auf und starrte mit einer solch konzentrierten und beinahe intelligenten Wut zu dem Felsen hinauf, dass Valeria erbebte und das Schwert herausriss.

Mit einem wilden Brüllen warf sich das Ungeheuer gegen den Felsen, der die Zitadelle seiner Feinde war. Immer wieder krachte der schwere Schädel durch die Blätter und schnappte erfolglos nach ihnen. Es prallte immer wieder gegen den Stein, bis der von unten bis oben vibrierte. Und es erhob sich auf die Hinterbeine, packte den Felsen wie ein Mensch mit den Vorderbeinen und versuchte die unmögliche Tat zu vollbringen, ihn aus dem Erdboden zu reißen.

Diese Zurschaustellung urweltlicher Wut ließ das Blut in Valerias Adern erstarren, aber Conan, der dem Primitiven selbst noch sehr nahe war, verspürte lediglich ein fasziniertes Interesse. Für den Barbaren existierte keine Kluft zwischen ihm, anderen Menschen und anderen Tieren, wie sie in Valerias Vorstellungswelt existierte. Für Conan war die Bestie da unten bloß eine Lebensform, die sich lediglich in der Gestalt von ihm unterschied. Er gestand ihr Eigenschaften zu, wie er sie auch hatte, und ihr Gebrüll war lediglich etwas Ähnliches wie seine Flüche und Verwünschungen, mit denen er sie belegt hatte. Da er eine Verwandtschaft mit allen wilden Kreaturen empfand, selbst mit Drachen, war es ihm einfach unmöglich, das Übelkeit erregende Entsetzen zu empfinden, das Valeria beim Anblick des tobenden Ungeheuers überfiel.

Er sah ganz ruhig zu und kommentierte die gewissen Veränderungen, die in Stimme und Handlungen der Bestie eintraten.

»Das Gift fängt an zu wirken«, sagte er überzeugt.

»Das glaube ich aber nicht.« Valeria erschien der Gedanke völlig abwegig, dass etwas Tödliches eine Wirkung auf diesen Koloss aus Muskeln und Wut haben könnte.

»Da liegt Schmerz in seiner Stimme«, verkündete Conan. »Zuerst war er bloß wütend wegen der Stiche in seinem Rachen. Jetzt spürt er den Biss des Giftes. Sieh nur! Er taumelt! In ein paar Minuten wird er blind sein. Was habe ich dir gesagt?«

Denn plötzlich wandte sich der Drache schwankend ab und krachte durch das Unterholz.

»Läuft er fort?«, fragte Valeria unbehaglich.

»Er läuft zum Teich. Das Gift macht ihn durstig. Komm! Er wird blind sein, wenn er zurückkommt, falls er zurückkommt. Aber wenn er es zum Fuß des Felsvorsprungs zurückschafft und uns riecht, dann wird er da sitzen, bis er tot ist, und sein Gebrüll könnte andere seiner Art anlocken. Lass uns gehen!«

»Nach unten?« Valeria war entsetzt.

»Sicher. Wir laufen zur Stadt! Vielleicht laufen wir in Tausende dieser Bestien hinein, aber hierzubleiben, das bedeutet den sicheren Tod. Runter mit dir, aber schnell! Folge mir!«

Er kletterte so flink wie ein Affe den Felsen hinunter, blieb nur stehen, um seiner Gefährtin zu helfen, die sich eingebildet hatte, es mit jedem Mann in der Takelage eines Schiffes oder beim Erklimmen einer Steilwand aufnehmen zu können.

Sie erreichten den Erdboden lautlos, auch wenn Valeria das Gefühl hatte, dass man ihr Herzklopfen meilenweit hören konnte. Kein Laut kam aus dem Wald, abgesehen von einem grässlichen Schlürfen und Gurgeln, ein Hinweis, dass der Drache am Teich trank.

»Er wird zurückkommen, sobald sein Bauch voll ist«, murmelte Conan. »Es kann Stunden dauern, bis das Gift gewirkt hat.«

Irgendwo jenseits des Waldes sank die Sonne dem

Horizont entgegen. Im Wald herrschte düsteres Zwielicht aus dunklen Schatten und vereinzelten hellen Flecken. Conan ergriff Valerias Handgelenk und zog sie mit sich vom Fuß des Felsens fort. Er machte weniger Lärm als ein Windstoß zwischen den Bäumen, aber Valeria hatte das Gefühl, dass ihre weichen Stiefel ihre Flucht in den Wald hinausschrien.

»Ich glaube nicht, dass er einer Fährte folgen kann«, murmelte Conan. »Es weht kein Wind. Er könnte uns riechen, wenn ihm der Wind entgegenbläst.«

»Möge Mitra geben, dass kein Wind aufkommt«, hauchte sie. Mit der freien Hand umklammerte sie ihr Schwert, aber der mit Rossleder bespannte Griff erweckte in ihr bloß ein Gefühl der Hilflosigkeit.

Bis zum Waldrand war es etwas mehr als eine Meile. Sie hatten den größten Teil der Distanz zurückgelegt, als hinter ihnen ein Krachen ertönte. Valeria biss sich auf die Lippe, um einen Schreckensschrei zu unterdrücken.

»Er ist uns auf der Spur!«, flüsterte sie entsetzt.

Conan schüttelte den Kopf.

»Er hat uns auf dem Felsen nicht gewittert, und er stürmt blindlings durch den Wald und versucht unsere Fährte aufzunehmen. Komm schon! In diesem Wald gibt es für uns keine Sicherheit. Er könnte jeden Baum niederreißen, auf den wir klettern. Lauf zu der Ebene! Wenn er unsere Fährte nicht aufnimmt, schaffen wir es! Die Stadt ist unsere einzige Chance!«

Sie eilten weiter, bis sich der Wald zu lichten begann. Die Bäume hinter ihnen waren ein undurchdringlicher schwarzer Ozean aus Schatten. Noch immer ertönte das bedrohliche Krachen hinter ihnen, als der Drache blindlings seinen Kurs beibehielt.

»Da ist die Ebene!«, keuchte Valeria. »Noch ein Stück, und wir sind ...«

»Crom!«, fluchte Conan.

»Bei Mitra!«, wisperte Valeria.

Im Osten war Wind aufgekommen! Er blies über sie hinweg direkt in den finsteren Wald. Augenblicklich erschütterte ein grauenvolles Brüllen die Bäume. Das wahllose Niedertrampeln der Büsche verwandelte sich in ein zielgerichtetes Krachen, als sich der Drache wie ein Wirbelsturm auf genau die Stelle stürzte, von der der Geruch kam.

»Lauf!«, knurrte Conan. Seine Augen blitzten wie die eines Wolfes in der Falle. »Mehr können wir nicht tun!«

Seemannsstiefel waren nicht zum Rennen geeignet, und das Leben einer Piratin bereitete einen nicht auf einen Wettlauf vor. Nach fünfzig Metern keuchte Valeria und schwankte, und hinter ihnen löste ein donnernder Sturm das Bersten von niedergetrampelten Unterholz ab, als die Bestie aus dem Dickicht brach.

Conans muskulöser Arm legte sich um die Taille der Frau und hob sie beinahe in die Höhe; ihre Füße berührten kaum noch den Boden, als sie mit einer Geschwindigkeit getragen wurde, die sie selbst kaum zustande gebracht hätte. Ein schneller Blick über die Schulter verriet Conan, dass das Ungeheuer sie fast erreicht hatte, es raste heran wie ein vom Orkan getriebenes Kriegsschiff. Er stieß Valeria mit einer Gewalt von sich, die sie ein Dutzend Schritte unter den nächsten Baum taumeln ließ, und wirbelte in den Weg des herandonnernden Titanen.

Der Cimmerier war fest von seinem Ende überzeugt und handelte dem Instinkt nach. Er warf sich der schrecklichen Fratze entgegen, die auf ihn niederzuckte. Er sprang in die Höhe, hieb wie eine Raubkatze um sich, fühlte die

Klinge tief in die Schuppenhaut der mächtigen Schnauze eindringen – dann stieß ihn ein schrecklicher Aufprall fort und schleuderte ihn fünfzig Schritte weit durch die Luft. Der Aufprall raubte ihm die Luft und die halbe Kraft.

Wie der benommene Barbar wieder auf die Füße kam, hätte nicht einmal er zu sagen vermocht. Aber er dachte nur an das wie betäubt daliegende Mädchen, das fast im Weg des dahinstürmenden Ungeheuers lag, und noch bevor er wieder richtig Atem geschöpft hatte, stand er mit dem Schwert in der Hand über ihr.

Sie lag da, wo er sie hingeworfen hatte, und kämpfte sich gerade in eine sitzende Position hoch. Aber der Drache hatte sie nicht angegriffen. Offenbar hatte Conan eine Schulter oder ein Vorderbein getroffen, und die blinde Bestie stürmte in der plötzlichen Agonie ihrer Todeszuckungen weiter und vergaß ihre Opfer. Mit gesenktem Schädel donnerte sie weiter und krachte gegen einen riesigen Baum, der ihr den Weg versperrte. Der Zusammenstoß entwurzelte den Baum und musste das Gehirn in dem hässlichen Drachenhaupt zerschmettert haben. Baum und Bestie stürzten zusammen, und die benommenen Menschen sahen, wie die Todeszuckungen des Ungeheuers die Äste und Zweige schüttelten, die es bedeckten – und dann war alles ruhig.

Conan hob Valeria auf die Füße, und gemeinsam rannten sie weiter nach Osten. Wenige Augenblicke später betraten sie das stumme Zwielicht der baumlosen Ebene.

Conan verharrte einen Augenblick lang und schaute zurück zu dem finsteren Wald hinter ihm. Nicht ein Blatt regte sich, kein Vogel zwitscherte. Er stand so still wie zu der Zeit, als es noch kein Tierleben gegeben hatte.

»Komm«, murmelte Conan und ergriff die Hand seiner

Gefährtin. »Dieser Wald könnte voller Teufel sein. Wir versuchen unser Glück in der Stadt auf der Ebene.«

Mit jedem Schritt, der sie von dem finsteren Wald fortbrachte, atmete Valeria ein Stück freier. Jeden Augenblick rechnete sie damit, Unterholz brechen zu hören und einen weiteren gigantischen Albtraum auf sie zustürmen zu sehen. Aber nichts störte die Stille des Waldes.

Nach der ersten Meile atmete Valeria leichter. Die Sonne war untergegangen, und Dunkelheit hüllte die Ebene ein; die Sterne am Himmel spendeten etwas Licht, das die Kakteen in verkrümmte Geister verwandelte.

»Kein Vieh, keine Felder«, murmelte Conan. »Wovon ernähren sich die Menschen?«

»Vielleicht sind die Felder und Weiden auf der anderen Seite der Stadt«, meinte Valeria.

Der Mond stieg über der Stadt empor und zeichnete mit seinem gelblichem Schimmer die Konturen von Mauern und Türmen nach. Valeria erschauderte. Das Licht verlieh der seltsamen Stadt ein unheilvolles Aussehen.

Vielleicht hatte Conan einen ähnlichen Eindruck, denn er blieb stehen, schaute sich um und sagte: »Wir bleiben hier. Es hat keinen Sinn, mitten in der Nacht an ihre Tore zu klopfen. Vermutlich würden sie uns gar nicht einlassen. Außerdem sind wir müde, und wir wissen nicht, wie sie uns empfangen. Ein paar Stunden Ruhe, und wir sind in einem besseren Zustand, um zu kämpfen oder zu fliehen.«

Er führte sie zu einem Kakteenfeld, das einen Ring bildete – ein oft gesehenes Phänomen in den Wüsten des Südens. Mit dem Schwert hackte er eine Öffnung frei und bedeutete Valeria, dort einzutreten.

»Auf jeden Fall sind wir dort sicherer vor Schlangen.«

Sie schaute furchtsam zu dem schwarzen Strich zurück, der den sechs Meilen entfernten Wald markierte.

»Und angenommen, ein Drache kommt aus dem Wald?«
»Wir halten Wache«, sagte er, obwohl er keinen Vorschlag machte, was sie im Fall eines Angriffs tun sollten.
»Leg dich hin und schlaf. Ich übernehme die erste Wache.«
Sie zögerte, aber er setzte sich mit untergeschlagenen Beinen in die Öffnung, das Gesicht der Ebene zugewandt, das Schwert auf den Knien. Ohne jede weitere Bemerkung legte sie sich inmitten des stacheligen Rings in den Sand.
»Weck mich auf, wenn der Mond im Zenit steht«, befahl sie. Er antwortete weder, noch sah er in ihre Richtung. Ihr letzter Eindruck vor dem Einschlafen war seine reglose Gestalt, so starr wie eine Bronzestatue, die sich vor den niedrig stehenden Sternen abzeichnete.

KAPITEL

VALERIA ERWACHTE MIT EINEM RUCK und sah, dass sich die graue Morgendämmerung über die Wüste stahl.
Sie setzte sich auf, rieb sich die Augen. Conan hockte neben einem Kaktus, schnitt die dicken Stängel ab und entfernte die Stacheln.
»Du hast mich nicht geweckt«, beschwerte sie sich. »Du hast mich die ganze Nacht schlafen lassen!«
»Du warst müde«, erwiderte er. »Nach dem langen Ritt muss dein Hinterteil ganz wund gewesen sein. Ihr Piraten seid nicht an Pferderücken gewöhnt.«
»Und was ist mit dir?«, gab sie zurück.
»Ich war Kozak, bevor ich Pirat wurde«, sagte er. »Die leben im Sattel. Ich döse Augenblicke wie ein Panther, der neben dem Wildpfad auf sein Wild wartet. Meine Ohren bleiben wach, während meine Augen schlafen.«

Und tatsächlich schien der hünenhafte Cimmerier so frisch zu sein, als hätte er die ganze Nacht in einem vergoldeten Bett geschlafen. Nachdem Conan die Dornen entfernt und die zähe Schale abgezogen hatte, reichte er dem Mädchen ein dickes, saftiges Kaktusblatt.

»Iss das. Für einen Wüstenbewohner ist das Essen und Trinken zugleich. Ich war einst ein Anführer der Zuagir – Wüstenmänner, die davon leben, dass sie Karawanen ausplündern.«

»Gibt es irgendwas, was du noch nicht gemacht hast?«, wollte das Mädchen halb spöttisch, halb fasziniert wissen.

»Ich war noch nie der König eines hyborischen Königreichs«, sagte er mit breitem Grinsen und nahm einen riesigen Bissen Kaktus. »Aber selbst davon habe ich geträumt. Eines Tages könnte ich es vielleicht werden. Warum nicht?«

Sie schüttelte ungläubig den Kopf und stürzte sich auf das Kaktusfleisch. Es schmeckte nicht einmal schlecht und war voller kühler, durststillender Flüssigkeit. Conan beendete seine Mahlzeit, wischte sich die Hände im Sand ab, fuhr sich mit den Fingern durch die dichte, schwarze Mähne, rückte den Schwertgurt zurecht und sagte: »Nun, lass uns gehen. Wenn die Stadtbewohner uns die Kehle durchschneiden wollen, dann können sie es genauso gut auch jetzt tun, bevor die Hitze des Tages hereinbricht.«

Er dachte sich nichts bei seinem schwarzen Humor, aber Valeria war klar, dass der Scherz durchaus prophetisch sein konnte. Sie berührte ihren Schwertgriff, als sie aufstand. Die Angst der vergangenen Nacht war vergessen. Die brüllenden Drachen des fernen Waldes verblassten wie ein Traum. Schwung lag in ihrer Bewegung, als sie neben ihrem Gefährten einherschritt. Welche Gefahren auch immer auf sie warteten, ihre Feinde würden

Männer sein. Und Valeria von der Roten Bruderschaft hatte noch nie das Gesicht eines Mannes gesehen, das sie gefürchtet hätte.

Conan sah sie an, als sie mit weit ausholenden Schritten, die mühelos mit den seinen mithielten, an seiner Seite ging.

»Du läufst mehr wie ein Bergnomade, nicht wie ein Seemann«, sagte er. »Du musst Aquilonierin sein. Die Sonnen von Darfar haben deine weiße Haut nicht bräunen können.«

»Ich komme aus Aquilonien«, erwiderte sie. Seine Komplimente stimmten sie nicht länger wütend. Seine offensichtliche Bewunderung gefiel ihr. Von Conan dem Cimmerier begehrt zu werden, war eine Ehre für jede Frau, selbst für Valeria von der Roten Bruderschaft.

Die Sonne stieg hinter der Stadt auf, gab den Türmen einen unheilvollen scharlachroten Anstrich.

»Schwarz im Mondlicht«, grunzte Conan; der abgrundtiefe Aberglaube des Barbaren verschleierte seinen Blick. »Blutrot in der Sonne in der Morgendämmerung. Mir gefällt diese Stadt nicht.«

Aber sie gingen weiter, und Conan wies darauf hin, dass von Westen keine Straße in die Stadt führte.

»Auf dieser Seite der Stadt ist kein Vieh über die Ebene getrampelt«, sagte er. »Diese Erde ist seit Jahren von keinem Pflug mehr berührt worden – vielleicht seit Jahrhunderten. Keine Spuren im Staub. Aber sieh – einst hat man diese Ebene bebaut.«

Valeria sah die uralten Bewässerungsgräben und die schon vor langer Zeit ausgetrockneten Flussbetten. Die Ebene erstreckte sich auf jeder Stadtseite bis zum Waldrand, der sie in einem weiten Ring einschloss. Der Blick reichte nicht über diesen Ring hinaus.

Die Sonne stand hoch am Osthimmel, als sie an der Westmauer im Schatten der hohen Brustwehr vor dem großen Tor standen. Die Stadt lag so still da wie der Wald, dem sie entkommen waren. Rost befleckte die Eisenbeschläge des schweren Bronzetors. Dicke Spinnenweben funkelten an Simsen und Scharnieren.

»Das ist seit Jahren nicht mehr geöffnet worden«, rief Valeria eingeschüchtert von der brütenden Stille des Ortes.

»Eine tote Stadt«, grunzte Conan. »Darum waren die Gräben verfallen und die Ebene unberührt.«

»Aber wer hat sie gebaut? Wer hat hier gelebt? Warum haben sie sie verlassen?«

»Wer vermag das schon zu sagen? In den Wüsten der Welt gibt es überall verlassene, geheimnisvolle Städte. Vielleicht hat sie ein umherstreifender stygischer Nomadenstamm vor langer Zeit erbaut. Vielleicht auch nicht. Das sieht nicht sehr nach stygischem Baustil aus. Vielleicht wurden sie von ihren Feinden ausgelöscht, oder eine Seuche hat sie ausgerottet.«

»In diesem Fall könnten ihre Schätze dort drinnen noch immer Staub und Spinnenweben sammeln«, sagte Valeria. Die räuberischen Instinkte ihrer Profession erwachten in ihr, angestoßen von weiblicher Neugier. »Können wir das Tor öffnen? Lass uns reingehen und uns ein bisschen umsehen.«

Conan musterte das schwere Tor zweifelnd, aber er stemmte seine massige Schulter dagegen und drückte mit der ganzen Kraft seiner muskulösen Waden und Oberschenkel. Das Tor gab unter dem Kreischen verrosteter Angeln nach und schwang ächzend auf. Instinktiv zog Conan das Schwert und schaute hinein. Valeria drängte sich an ihn, um ihm über die Schulter zu blicken. Beide zeigten Überraschung.

Sie blickten nicht wie erwartet auf eine offene Straße oder einen Hof. Das geöffnete Tor führte in eine lange, breite Halle, die kein Ende fand und deren Konturen schließlich in der Ferne verschwammen. Sie war mindestens hundertfünfzig Fuß breit und noch höher. Der Boden bestand aus seltsamen mattroten Steinfliesen, die zu glühen schienen, als würden sie Flammen widerspiegeln. Die Wände bestanden aus einer seltsam transparenten grünen Substanz.

»Jade, oder ich bin ein Shemite!«, fluchte Conan.

»Nicht in dieser Menge!«, protestierte Valeria.

»Ich habe khitanischen Karawanen genug davon gestohlen, um zu wissen, wovon ich spreche«, versicherte er.

Die Decke war kuppelförmig und aus einer Substanz wie Lapislazuli, geschmückt mit großen grünen Steinen, die einen giftigen Schimmer verbreiteten.

»Grüne Feuersteine«, sagte Conan. »So nennen die Bewohner von Punt sie. Angeblich sollen sie die versteinerten Augen von Goldenen Schlangen sein. Sie glühen im Dunkeln wie Katzenaugen. Diese Halle wird von ihnen nachts erhellt, aber es ist eine unheimliche, geisterhafte Beleuchtung. Sehen wir uns um. Vielleicht finden wir eine Schatulle mit Juwelen.«

Sie traten ein und ließen das Tor einen Spalt geöffnet. Valeria fragte sich, wie viele Jahrhunderte vergangen waren, seit Tageslicht in den großen Raum gefallen war.

Aber von irgendwoher kam Licht herein, und sie erkannte die Quelle. Es fiel durch mehrere offen stehende Türen an den Seitenwänden. In den dazwischenliegenden Schatten blinzelten die grünen Juwelen wie die Augen wütender Katzen. Der unheimliche Boden unter ihren Füßen glühte flammenfarben – als würde man über den Boden der Hölle gehen, während am Firmament böse Sterne funkelten.

»Ich vermute, dieser Gang führt bis zum Osttor quer durch die Stadt«, meinte Conan. »Ich glaube am anderen Ende ein Tor erkennen zu können.«

Valeria zuckte mit den weißen Schultern.

»Deine Augen sind besser als meine, obwohl ich unter den Seeräubern als scharfäugig gelte.«

Sie wählten irgendeine Tür und durchquerten eine Reihe leerer Gemächer, die den gleichen Boden wie die Halle aufwiesen. Die Wände waren aus derselben grünen Jade oder Marmor oder Elfenbein. Friese aus Bronze, Gold oder Silber schmückten sie. In einige der Decken waren die grünen Feuersteine eingesetzt, in anderen fehlten sie. Überall standen Tische und Stühle aus Marmor, Jade oder Lapislazuli herum. Aber nirgendwo fanden sie Fenster oder Türen, die sich auf Straßen oder Höfe öffneten. Jede Tür führte nur in ein weiteres Gemach oder Saal. Einige der Gemächer waren dank eines Systems aus Oberlichtschlitzen – milchige, aber durchsichtige Scheiben aus einer kristallartigen Substanz – heller als andere.

»Warum finden wir keine Straße?«, maulte Valeria. »Dieser Palast, oder wo auch immer wir sind, muss so groß wie der Palast des Königs von Turan sein.«

»Sie können nicht an einer Seuche gestorben sein«, sagte Conan und sann über das Geheimnis der leeren Stadt nach. »Sonst würden wir Skelette finden. Vielleicht wurde die Stadt von Geistern heimgesucht, und alle sind gegangen. Vielleicht ...«

»Vielleicht, vielleicht!«, unterbrach Valeria ihn. »Das werden wir nie ergründen. Sieh dir diese Friese an. Sie stellen Menschen dar.«

Conan musterte sie und schüttelte den Kopf.

»Solche Menschen sind mir noch nie begegnet. Aber sie haben etwas Östliches an sich – vielleicht Vendhya oder Kosala.«

»Warst du König in Kosala?«, fragte sie und versteckte ihr eindeutiges Interesse hinter Spott.

»Nein. Aber ich war Kriegshäuptling der Afghulis, die im Himelianischen Gebirge jenseits der Grenzen von Vendhya hausen. Diese Leute hier könnten Kosalaner sein. Aber warum zum Teufel sollten Kosalaner so weit im Westen eine Stadt bauen?«

Die Friese porträtierten schlanke Männer und Frauen mit olivfarbener Haut und feingeschnittenen Zügen. Sie trugen lange Gewänder und viel juwelenbesetzten Schmuck.

»Aus dem Osten, auf jeden Fall«, sagte Conan. »Aber ich weiß nicht woher. Lass uns diese Treppe hinaufgehen.«

Bei der Treppe, die er meinte, handelte es sich um eine Wendeltreppe aus Elfenbein, die mitten in dem Gemach, durch das sie gerade gingen, in die Höhe führte. Sie stiegen die Stufen hinauf und kamen in ein größeres Gemach, das ebenfalls keine Fenster hatte. Ein grünlicher Deckenschlitz ließ Dämmerlicht hinein.

»Verflucht!« Valeria warf sich angewidert auf eine Jadebank. »Die Bewohner müssen ihre sämtlichen Schätze mitgenommen haben. Ich habe keine Lust mehr, hier ziellos umherzuwandern.«

»Werfen wir mal einen Blick durch diese Tür da«, schlug Conan vor.

»Sieh du nach«, erwiderte Valeria. »Ich bleibe hier sitzen und ruhe meine Füße aus.«

Conan verschwand durch die Tür. Valeria lehnte sich mit hinter dem Kopf verschränkten Händen zurück und streckte die Beine aus. Die stillen Räume und Korridore mit ihren funkelnden grünen Feuersteinen und den glühenden, blutroten Bodenfliesen fingen an, sie zu bedrücken. Sie wünschte, sie würden den Weg aus dem Labyrinth finden, in das sie geraten waren, und auf eine Straße kommen. Müßig fragte sie sich, wie viele dunkle Füße in den vergangenen Jahrhunderten wohl verstohlen über den flammenden Boden gehuscht waren und wie viele Grausamkeiten und Geheimnisse diese glitzernden Steine an der Decke wohl gesehen hatten.

Ein leises Geräusch riss sie aus ihren Gedanken. Sie stand mit dem Schwert in der Hand da, bevor ihr überhaupt bewusst wurde, was sie alarmiert hatte. Conan war nicht zurückgekehrt, und sie wusste, dass sie nicht ihn gehört hatte.

Der Laut war von irgendwo jenseits einer Tür gekommen, die der gegenüberlag, durch die der Cimmerier verschwunden war. Lautlos glitt sie auf den weichen Ledersohlen zu der Tür und warf einen Blick hindurch. Sie führte zu einer Galerie an der Wand, die auf eine Halle hinunterblickte. Sie schlich zu der Balustrade und schaute zwischen den Pfeilern hindurch.

Ein Mann schlich durch die Halle.

Der unerwartete Schock, einen Fremden in einer verlassenen Stadt zu sehen, brachte beinahe einen Fluch über Valerias Lippen. Er war mittelgroß und hatte eine sehr dunkle Haut, wenn auch nicht negroid. Bis auf einen knappen Lendenschurz, der kaum seine muskulösen Hüften bedeckte, und einen breiten Ledergürtel um die Taille war er nackt. Sein langes schwarzes Haar hing in langen Strähnen bis zu seinen Schultern. Er wirkte hager, obgleich seine Arme und Beine sehr muskulös waren. Seinen Gliedern fehlte jede Symmetrie.

Aber es war weniger sein körperliches Erscheinungsbild, das seine Beobachterin beeindruckte, sondern sein

Verhalten. Er schlich geduckt, warf ständig Blicke nach links und rechts. Die gekrümmte Klinge in seiner rechten Hand bebte; offenbar fürchtete er sich, schüttelte sich im Würgegriff eines namenlosen Schreckens. Dass er eine unvermittelt drohende Gefahr fühlte, war offensichtlich. Als er den Kopf drehte, sah sie das Aufblitzen wild blickender Augen zwischen den Haarsträhnen. Er glitt auf den Zehenspitzen durch die Halle und verschwand in einer offenen Tür, blieb vorher stehen und warf einen wilden fragenden Blick um sich. Einen Augenblick später hörte sie einen würgenden Aufschrei, gefolgt von Stille.

Wer war der Kerl? Wovor fürchtete er sich in dieser leer stehenden Stadt? Von diesen und ähnlichen Fragen gequält handelte Valeria impulsiv. Sie eilte die Galerie entlang, bis sie zu einer Tür kam, die ihrer Ansicht nach in ein Gemach über dem Raum führte, in dem der dunkelhäutige Fremde verschwunden war. Zu ihrer Freude kam sie auf eine ähnliche Galerie wie die, die sie gerade verlassen hatte, und eine Treppe führte in das Gemach hinunter.

Dieser Raum war nicht so gut beleuchtet wie einige der anderen. Die Anordnung des Oberlichts sorgte dafür, dass eine Ecke des Raumes im Schatten verborgen blieb. Valerias Augen weiteten sich. Der Mann befand sich noch immer in dem Gemach.

Er lag mit dem Gesicht auf einem scharlachroten Teppich. Sein Körper war erschlafft, die Arme weit ausgebreitet. Das Schwert mit der breiten Spitze lag neben seiner Hand.

Sie fragte sich, warum er so reglos dort lag. Dann kniff sie die Augen zusammen, als ihr Blick auf den Teppich fiel, auf dem er lag. Unter und um ihn herum wies der Teppich eine etwas andere Färbung auf – ein helleres, intensiveres Rot ...

Sie ging hinter der Balustrade in die Hocke, zitterte leicht. Plötzlich betrat eine weitere Gestalt die stumme Bühne dieses Schauspiels. Er war ein Mann, der dem ersten ähnelte, und er kam durch eine Tür, die der gegenüberlag, durch die der andere eingetreten war. Beim Anblick des Mannes auf dem Boden weiteten sich seine Augen, und er stieß etwas in einer stakatohaften Stimme aus. Der andere rührte sich nicht.

Der Mann durchquerte den Raum eilig, griff nach der Schulter der reglos daliegenden Gestalt und drehte sie um. Ein erstickter Schrei entfuhr ihm. Der Kopf kippte zurück und entblößte einen Hals, der von einem Ohr zum anderen durchgeschnitten war.

Er ließ die Leiche in die Blutpfütze auf dem Teppich zurückfallen und richtete sich auf, zitterte wie ein Blatt im Wind. Sein Gesicht war zu einer furchterfüllten Maske erstarrt. Aber bevor er etwas tun konnte, erstarrte er schon wieder.

In der von Schatten verhüllten Ecke glomm ein geisterhaftes Licht auf und wurde größer. Ein eisiger Schauder fuhr über Valerias Rücken. Denn in dem Glühen schwebte – wenn auch nur schwer wahrzunehmen – ein Menschenschädel. Ein Schädel mit lodernden grünen Augen. Er hing dort wie ein abgetrennter Kopf, der zusehends mehr Konturen annahm.

Der Mann stand wie ein Standbild da und starrte die Erscheinung an. Das Ding löste sich von der Wand und schälte sich aus den Schatten; eine menschenähnliche Gestalt wurde sichtbar, deren nackter Torso und Glieder weißlich in der Farbe gebleichter Knochen schimmerten. Der Totenschädel auf ihren Schultern leuchtete noch immer in dem unheilvollen Schein, und der Mann, der davor stand, schien nicht dazu in der Lage zu sein, den Blick abwenden zu können. Er stand völlig reglos da, das Schwert in seiner Hand baumelte herab, seine Züge wirkten wie die eines Mannes, der von einem Zauberbann gefangen war.

Die Erscheinung bewegte sich auf ihn zu, und plötzlich ließ er das Schwert fallen, schlug die Hände vor die Augen und wartete wie betäubt auf den Hieb der Klinge, die in der Hand des geisterhaften Knochenmannes schimmerte und sich jetzt über ihn hob wie der Tod persönlich, der über die Menschheit triumphierte.

Valeria folgte dem Impuls ihres ungestümen Wesens. Geschmeidig setzte sie über die Balustrade hinweg und landete hinter der Gestalt auf dem Boden. Die fuhr beim Aufprall ihrer weichen Stiefel katzengleich herum, aber noch bevor sie die Bewegung vollendet hatte, schoss Valerias rasiermesserscharfe Klinge nach vorn, spaltete die Schulter und blieb im Brustbein stecken. Die Erscheinung schrie röchelnd auf und stürzte zu Boden, dabei löste sich der phosphoreszierende Totenschädel, rollte über den Boden und enthüllte einen Kopf mit langen Haaren und ein dunkles Gesicht, das im Tod verzerrt war. Unter der schrecklichen Maskerade befand sich ein Mensch, ein Mann, der dem ähnelte, der auf dem Boden kniete.

Der Aufschrei und das Geräusch des Hiebes ließen den Mann aufschauen, und nun starrte er mit ungläubigem Erstaunen die weißhäutige Frau an, die mit blutigem Schwert über der Leiche stand.

Er kam taumelnd auf die Füße und stammelte vor sich hin, als hätte die Überraschung seinen Verstand verwirrt. Die Erkenntnis, dass sie ihn verstehen konnte, erstaunte sie. Er stotterte auf Stygisch, auch wenn ihr der Dialekt unvertraut war.

»Wer seid Ihr? Wo kommt Ihr her? Was macht Ihr in Xuchotl?« Er wartete ihre Antwort nicht ab, sondern fuhr mit sich fast überschlagender Stimme fort.»Aber Ihr seid eine Freundin. Eine Freundin oder eine Göttin! Göttin, Teufelin, das macht keinen Unterschied! Ihr habt den Leuchtenden Schädel erschlagen! Er war doch nur ein ganz gewöhnlicher Mann! Wir hielten ihn für einen Dämon, den *sie* aus den Katakomben unter der Stadt heraufbeschworen haben! Hört!«

Er erstarrte wieder, strengte die Ohren mit schmerzhafter Intensität an; Valeria hörte nichts.

»Wir müssen uns beeilen«, wisperte er.»Sie sind überall um uns herum. Vielleicht sind wir sogar schon von ihnen umzingelt. Sie könnten sich genau in diesem Augenblick an uns heranschleichen!«

Er packte ihr Handgelenk mit schmerzhaftem Griff, den zu lösen ihr schwerfiel.

»Wen meinst du mit *sie*?«, verlangte sie zu wissen.

Er starrte sie einen Augenblick lang verständnislos an, so wie man einen Fremden anstarrt, der über alltägliche Dinge nicht Bescheid weiß.

»Sie?«, wiederholte er unbestimmt.»Nun – die Menschen von Xecalanc! Der Clan des Mannes, den Ihr getötet habt! Sie, die am Nordtor leben.«

»Willst du damit sagen, in dieser Stadt leben Menschen?«, rief sie ungläubig aus.

»Natürlich! Natürlich!« Er wand sich förmlich vor nervöser Ungeduld.»Kommt! Kommt schnell! Wir müssen nach Tecuhltli zurückkehren!«

»Wo zum Teufel ist das dann?«, fragte sie.

»Das Gebiet am Südtor!« Er hielt sie wieder am Handgelenk gepackt und drängte sie, ihm zu folgen. Von seiner dunklen Stirn tropften große Schweißperlen. In seinen Augen loderte nackte Angst.

»Warte mal«, knurrte sie und schüttelte seinen Griff ab.

»Behalte deine Finger bei dir, oder ich spalte dir den Schädel! Worum geht es hier überhaupt? Wer bist du? Wohin willst du mich bringen?«

Er erbebte, warf Blicke in alle Richtungen und sprach so schnell und so furchterfüllt, dass seine Worte abgehackt und beinahe nicht zu verstehen waren.

»Ich heiße Techotl. Ich gehöre zu den Tecuhltli. Der Mann, der da mit durchschnittener Kehle liegt und ich, wir kamen in das Umstrittene Territorium, um aus dem Hinterhalt ein paar Xecalanc zu überfallen. Aber wir wurden getrennt, und ich fand ihn mit durchtrenntem Hals. Der Hund, der den Schädel trug, muss das getan haben. Aber vielleicht war er nicht allein. Andere könnten aus Xecalanc heranschleichen! Die Götter selbst erschaudern, wenn sie hören, was diese Dämonen mit ihren Gefangenen anstellen!«

Er zitterte wie im Schüttelfrost, und seine dunkle Haut wurde bei diesem Gedanken aschfahl. Valeria starrte ihn stirnrunzelnd an. Sie spürte, dass es nicht nur leere Worte waren, aber für sie ergab das alles keinen Sinn.

»Kommt!«, bettelte er, griff nach ihrer Hand und zuckte zurück, als ihm wieder ihre Warnung einfiel. »Ihr seid eine Fremde. Ich weiß nicht, wie Ihr hergekommen seid, aber wenn Ihr eine Göttin wärt, die uns Tecuhltli helfen will, würdet Ihr über alles Bescheid wissen, was sich in Xuchotl abspielt. Ihr müsst von jenseits des großen Waldes kommen. Aber Ihr seid unsere Freundin, oder Ihr hättet nicht den Hund mit dem Leuchtenden Schädel getötet! Kommt schnell, bevor sich die Xecalanc auf uns stürzen und uns töten!«

»Aber ich kann nicht gehen«, antwortete sie. »Ich habe einen Freund, der hier irgendwo ...«

Das Aufblitzen seiner Augen unterbrach sie, als er mit

einem entsetzten Ausdruck an ihr vorbeistarrte. Sie fuhr herum. Vier Männer stürmten durch die Türen des Gemachs auf sie zu.

Sie sahen genau wie die anderen aus, die Valeria bereits gesehen hatte – aus ansonsten hageren Gliedmaßen traten Muskelstränge hervor; sie wiesen das gleiche strähnige blauschwarze Haar auf, und in ihren starr blickenden Augen glitzerte der Wahnsinn. Sie waren bewaffnet und bekleidet wie der Mann, der sich Techotl nannte, aber sie hatten sich einen weißen Totenschädel auf die Brust gemalt.

Es ertönten weder Herausforderungen noch Schlachtrufe. Die Männer von Xecalanc warfen sich wie blutdurstige Tiger auf ihre Feinde. Techotl stellte sich ihnen mit der Wut der Verzweiflung entgegen, parierte den Hieb einer gekrümmten Klinge und rang mit ihrem Träger, riss ihn mit sich zu Boden, wo sie in mörderischem Schweigen umherrollten und rangen.

Die anderen drei umringten Valeria; in ihren seltsamen Augen schimmerte blanke Mordlust.

Sie tötete den ersten, der in Reichweite kam; ihre lange gerade Klinge schlug sein Krummschwert nach unten und spaltete seinen Schädel. Sie trat zur Seite, um dem Hieb eines anderen zu entgehen, noch während sie die Klinge des dritten mit dem Schwert abwehrte. Ein gnadenloses Lächeln umspielte ihre Lippen. Wieder war sie Valeria von der Roten Bruderschaft, und das Klirren ihres Stahls klang in ihren Ohren wie ein Brautlied.

Ihr Schwert schoss an einer Klinge vorbei, die sie zu parieren versuchte, und bohrte sich sechs Zoll tief in einen von Leder geschützten Leib. Der Mann stöhnte und sackte in die Knie. Sein Gefährte warf sich in wildem Schweigen auf sie, seine Augen waren wie die eines tollwütigen Hundes. In einem Wirbelwind aus Stahl ließ er Schlag um Schlag herabregnen, so wild, dass Valeria keine Gelegenheit zum Gegenangriff hatte. Sie setzte kühl zurück, parierte die wilden Hiebe und beobachtete ihren Gegner. Diesen verbissenen Schlaghagel konnte er nicht lange durchhalten. Er würde müde und schwächer werden, würde zögern – und in diesem Augenblick würde sich ihre Klinge sauber in sein Herz bohren. Ein Seitenblick verriet ihr, dass Techotl auf der Brust seines Feindes hockte, versuchte, dem Griff des anderen um sein Handgelenk zu entkommen und den Dolch in seinen Körper zu rammen.

Schweiß trat auf die Stirn des Mannes vor ihr, seine Augen glühten wie Kohlen. So sehr er sich auch bemühte, er konnte ihre Deckung nicht durchbrechen. Sie trat zurück, um ihn aus der Reserve zu locken – und ein eiserner Griff legte sich um ihre Hüften. Sie hatte den Verwundeten am Boden vergessen.

Er hockte auf den Knien und hielt sie in einem nicht zu sprengenden Griff. Sein Kamerad krächzte triumphierend und attackierte sie nun von der linken Seite. Valeria zerrte und riss wie wild, aber es war vergeblich. Ein schneller Hieb nach unten hätte sie von der klammernden Bedrohung befreit, aber in diesem Augenblick würde der Krummsäbel des größeren Mannes ihr den Schädel zerschmettern. Der Verwundete klammerte sich fest und schlug ihr wie ein Raubtier die Zähne in den Oberschenkel.

Sie griff mit der linken Hand nach unten und verkrallte sie in seinen langen Haaren, zwang seinen Kopf zurück, sodass die weißen Zähne und die rollenden Augen zu ihr hochblickten. Der hochgewachsene Xecalanc stieß einen wilden Schrei aus und sprang. Schlug hart zu. Unbeholfen parierte sie, und der Hieb schmetterte die flache Seite ihrer Klinge auf ihren Schädel und ließ sie Sterne sehen. Sie taumelte. Wieder fuhr das Schwert in die Höhe, mit einem leisen, raubtierhaften Triumphschrei – da tauchte plötzlich eine riesige Gestalt hinter dem Xecalanc auf, und Stahl glitzerte wie ein blauer Blitz. Der Schrei des Xecalanc verstummte, er brach zusammen wie ein Stier unter dem Schlächterbeil. Sein Hirn spritzte aus einem Schädel, der bis zum Hals gespalten war.

»Conan!«, keuchte Valeria. Mit wilder Wut wandte sie sich dem Xecalanc zu, der sie noch immer umklammerte und dessen Haar sie hielt. »Höllenhund!« Ihre Klinge zischte durch die Luft und vollendete den Bogen. Der Körper sackte zusammen, Blut spritzte nach oben. Sie warf den abgetrennten Kopf quer durch den Raum.

»Was zum Teufel ist hier los?« Conan stand über der Leiche des Mannes, den er getötet hatte, das Breitschwert noch immer in der Hand. Er blickte sich erstaunt um. Techotl erhob sich von dem leblosen letzten Xecalanc, schüttelte rote Tropfen von seinem Dolch. Der Tecuhltli blutete aus einer tiefen Wunde an der Hüfte.

Er starrte Conan wild mit zusammengekniffenen Augen an.

»Was ist das alles hier?«, wollte Conan erneut wissen. Er hatte sich noch immer nicht ganz von seiner Überraschung erholt, einen wilden Kampf in der Mitte einer Stadt zu finden, die er für verlassen und unbewohnt gehalten hatte. Als er von seiner ziellosen Suche in den oberen Gemächern zurückgekehrt war und Valeria nicht mehr vorgefunden hatte, war er dem unerwarteten Kampflärm gefolgt. Erstaunt hatte er das Mädchen in einer wilden Auseinandersetzung mit diesen seltsamen Gestalten vorgefunden.

»Fünf tote Xecalanc!«, rief Techotl aus. In seinen zusammengekniffenen Augen leuchtete eine grässliche Freude. »Fünf Tote! Den Göttern seid Dank!« Er streckte die zitternden Hände in die Höhe, dann verzerrte sich sein Gesicht zu einer unheiligen Begeisterung; er spuckte die Leichen an und trat auf sie ein. Seine neuen Verbündeten betrachteten ihn erstaunt. Conan fragte auf Aquilonisch: »Wer ist der Verrückte?«

Valeria zuckte mit den Schultern.

»Er sagt, er heißt Techotl. Seinem Gestammel nach zu urteilen lebt sein Clan an einem Ende dieser verrückten Stadt, und diese anderen am gegenüberliegenden Ende. Vielleicht sollten wir mit ihm gehen. Er scheint freundlich zu sein.«

Techotl hatte seinen Freudentanz beendet und wandte sich den beiden zu; auf seinem abstoßenden Antlitz rang Triumph mit Furcht.

»Kommt jetzt hier weg!«, wisperte er. »Kommt! Kommt mit mir! Mein Clan wird euch willkommen heißen! Fünf tote Hunde! Seit Jahren haben wir nicht mehr so viele Teufel auf einmal getötet, ohne einen Mann zu verlieren – nein, einen haben wir verloren, aber wir haben fünf erschlagen! Mein Clan wird euch ehren! Aber kommt! Es ist weit bis nach Tecuhltli. Jeden Augenblick können die Xecalancas in einer Stärke kommen, die selbst euren Schwertern überlegen ist!«

»Na gut«, grunzte Conan. »Zeig uns den Weg.«

Techotl drehte sich sofort um und durchquerte das Gemach, bedeutete ihnen hektisch, ihm zu folgen; sie taten es und mussten sich beeilen, um mithalten zu können.

»Was für eine Art von Ort kann das hier nur sein?«, murmelte Valeria leise.

»Das weiß Crom allein«, antwortete Conan. »Aber Leute

wie er sind mir schon zuvor begegnet. Am Ufer des Zuadsees lebt ein Stamm von ihnen. Sie stammen von Stygiern ab, die sich mit einer anderen Rasse verbunden haben, die Jahrhunderte zuvor aus dem Osten kam. Man nennt sie Tlazetlans. Aber jede Wette, dass sie diese Stadt nicht gebaut haben.«

Sie durchquerten eine Reihe von Gemächern und Korridoren, und Techotls Furcht schien nicht nachzulassen. Ständig drehte er sich um, schaute ängstlich nach hinten und lauschte nach Verfolgern.

»Sie könnten uns einen Hinterhalt legen!«, flüsterte er.

»Warum verlassen wir diesen infernalischen Palast nicht und nehmen die Straße?«, wollte Valeria wissen.

»Es gibt keine Straßen in Xuchotl«, antwortete er. »Keine Plätze oder offene Höfe. Alle Gebäude sind miteinander verbunden, alle unter einem großen Dach. Die einzigen Türen zur Außenwelt sind die Stadttore, durch die seit fünfzig Jahren niemand mehr getreten ist.«

»Wie lange lebt ihr hier?«, fragte Conan.

»Ich wurde in Tecuhltli geboren, und ich bin fünfunddreißig Jahre alt. Um der Götter willen, lasst uns schweigen! In diesen Korridoren könnten Teufel lauern. Olmec wird euch alles erklären, wenn wir Tecuhltli erreichen.«

Die grünen Feuersteine funkelten über ihnen, und der flammende Boden knisterte unter ihnen. Valeria kam es vor, als würden sie durch die Hölle fliehen, geführt von einem Kobold mit strähnigem Haar.

Sie eilten schnell und leise durch kaum erhellte Gemächer und gewundene Korridore, bis Conan sie anhielt.

»Du glaubst, ein paar von deinen Feinden könnten vor uns sein, um uns zu überfallen?«, sagte er.

»Sie schleichen zu allen Stunden durch diese Korridore«, antwortete Techotl. »Genau wie wir. Die Gemächer und Korridore zwischen Tecuhltli und Xecalanc sind freie Wildbahn, die keinem gehören. Warum fragst du?«

»Weil Männer in dem Gemach vor uns sind«, sagte Conan. »Ich habe Stahl gegen Stein schlagen hören.« Wieder schüttelte ein Beben Techotl; er biss die Zähne zusammen, damit sie nicht klapperten.

»Vielleicht sind es deine Freunde«, meinte Valeria.

»Dieses Risiko können wir nicht eingehen«, sagte er und handelte hektisch. Er wirbelte herum und führte sie eine Wendeltreppe hinunter in einen dunklen Korridor. Hier rannte er los.

»Es könnte ein Trick sein, um uns in die Falle zu locken«, zischte er. Dicke Schweißtropfen standen auf seiner Stirn. »Aber wir müssen hoffen, dass sie ihren Hinterhalt in den Gemächern über uns gelegt haben! Beeilt euch!«

Sie ertasteten sich ihren Weg den schwarzen Korridor entlang. Das Geräusch einer leise sich hinter ihnen öffnenden Tür trieb sie an. Männer hatten den Korridor betreten.

»Schnell!«, keuchte Techotl, einen Hauch von Hysterie in der Stimme, und rannte los. Conan und Valeria folgten ihm. Conan übernahm die Nachhut, während das schnelle Fußgetrappel immer näher kam. Ihre Verfolger kannten den Korridor besser als er. Unvermittelt wirbelte er herum und führte einen wilden Hieb in die Dunkelheit, fühlte, wie die Klinge etwas traf. Etwas stöhnte und stürzte. Im nächsten Augenblick überflutete Licht den Korridor, als Techotl eine Tür aufstieß. Conan folgte dem Tecuhltli und dem Mädchen durch die Tür, und Techotl rammte sie zu und schob einen Riegel vor – den ersten, den Conan an einer der Türen gesehen hatte.

Dann drehte er sich um und rannte quer durch das Gemach, während die Tür sich hinter ihnen unter einem gewaltigen Druck vorwölbte. Conan und Valeria folgten ihrem Führer durch eine Reihe gut beleuchteter Gemächer und eine Wendeltreppe hinauf. Dann ging es durch einen geräumigen Korridor. Sie blieben vor einer gewaltigen Bronzetür stehen, und Techotl sagte: »Das ist Tecuhltli!«

KAPITEL

ER KLOPFTE VORSICHTIG, trat dann zurück und wartete. Conan kam zu dem Schluss, dass die Leute auf der anderen Seite die Möglichkeit hatten zu sehen, wer davor stand. Die Tür schwang geräuschlos zurück und enthüllte eine schwere Kette, die über den Eingang gespannt war. Speere funkelten und wilde Gesichter musterten sie misstrauisch, bevor die Kette entfernt wurde.

Techotl ging voraus, und sobald Conan und Valeria drinnen waren, wurde die Tür geschlossen, dann legte man schwere Riegel vor und hängte die Kette wieder ein. Vier Männer standen da, die derselben dunkelhäutigen Rasse wie Techotl entstammten und die gleichen strähnigen Haare hatten; sie trugen Schwerter an der Hüfte und hielten Speere in den Händen. Sie betrachteten die Fremden mit Erstaunen, aber keiner stellte Fragen.

Sie waren in ein rechteckiges Gemach gekommen, das in eine große Halle führte. Einer der vier Wächter öffnete die Tür, und sie betraten die Halle, die genau wie die Wachstube durch schmale Schlitze in der Decke erhellt wurde, an deren Seiten die grünen Feuersteine glühten.

»Ich bringe euch zu Olmec, dem Prinzen von Tecuhltli«, sagte Techotl und führte sie auf direktem Weg in einen Korridor und dann weiter in ein weitläufiges Gemach, in dem etwa dreißig Männer und Frauen auf satinbespannten Sofas ruhten. Sie setzten sich auf und starrten die Ankömmlinge erstaunt an. Die Männer verkörperten den gleichen Typ wie Techotl, mit einer Ausnahme, und die Frauen waren ebenfalls dunkelhäutig und hatten ungewöhnliche Augen, waren auf eine seltsame dunkle Weise aber nicht einmal unattraktiv. Sie trugen Sandalen, goldene Brustschalen und fadenscheinige Seidenröcke, die von juwelenübersäten Gürteln gehalten wurden; ihre schwarzen Mähnen, die auf Schulterhöhe gerade geschnitten waren, wurden von Silberreifen gehalten.

Auf einem breiten Elfenbeinthron auf einem Jadepodest saßen ein Mann und eine Frau, die sich von den anderen unterschieden. Er war ein Hüne – so groß wie der Cimmerier und schwerer, mit einer gewaltigen Brust und Schultern wie ein Stier. Im Gegensatz zu den anderen Männern hatte er einen dichten, blauschwarzen Bart, der beinahe bis zu seinem goldenen Gürtel fiel. Er trug ein Gewand aus purpurfarbener Seide, die bei jeder Bewegung schillerte; ein weiter, bis zum Ellbogen zurückgezogener Ärmel enthüllte einen Unterarm, an dem die Muskelstränge hervortraten. Der Reifen, der seine dichten schwarzen Locken zurückhielt, war mit funkelnden Juwelen übersät.

Die Frau, die beim Anblick Valerias mit einem überraschten Ausruf aufsprang, war hochgewachsen und geschmeidig. Sie war bei Weitem die schönste Frau im Raum. Sie war sogar noch spärlicher bekleidet als die anderen, denn statt eines Rockes trug sie einen breiten Streifen mit Goldfäden durchzogenen Stoff, der an der Mitte ihres Gürtels befestigt war und bis unterhalb ihrer Knie fiel. Ein weiteres Stoffstück auf der Rückseite vervollständigte diesen Teil ihrer Kleidung. Ihre Brustschalen und der Reifen um ihre Schläfe waren mit Juwelen geschmückt.

Sie sprang auf, als die Fremden eintraten. Ihr Blick musterte kurz Conan und richtete sich dann mit brennender Intensität auf Valeria. Die Leute im Gemach erhoben sich und starrten sie an. Es waren junge Leute darunter, aber die beiden Fremden sahen keine Kinder.

»Prinz Olmec«, sagte Techotl und verneigte sich tief, die Arme ausgebreitet und die Handflächen nach oben gedreht. »Ich bringe Verbündete von der Außenwelt. Im Saal von Tezcoti hat der Lebende Schädel meinen Gefährten Chicmec getötet ...«

»Der Lebende Schädel«, keuchten einige auf.

»Ja! Ich fand Chicmec mit durchschnittener Kehle. Bevor ich fliehen konnte, kam der Lebende Schädel auf mich zu, und als ich seinen Blick erwiderte, stand ich wie gelähmt. Ich konnte mich nicht bewegen. Ich konnte nur auf den Schlag warten. Dann kam diese weißhäutige Frau und erschlug ihn, und siehe, es war nur ein Hund aus Xecalanc mit weißer Farbe auf der Haut und einer Maske auf dem Kopf! Wir haben vor Furcht vor ihm gezittert, hielten ihn für einen Dämon, den die Magie der Xecalancas aus den Katakomben beschworen hatte. Aber er war nur ein Mann, und jetzt ist er ein toter Mann!«

Unbeschreiblicher Jubel folgte den letzten Worten und wurde von der Menge mit wilden Ausrufen unterstützt.

»Aber wartet!«, rief Techotl aus. »Es kommt noch besser! Als ich mit der Frau sprach, griffen uns vier Xecalancas an – einen tötete ich; der Stich in meinem Oberschenkel beweist, wie verzweifelt der Kampf war. Zwei hat die Frau getötet! Aber wir wurden hart bedrängt, als dieser Mann dazukam und dem vierten den Schädel spaltete!

Jawohl! Fünf blutrote Nägel dürfen in die Rachesäule getrieben werden!«
Er zeigte auf eine Ebenholzsäule, die sich hinter dem Podest erhob. Dort funkelten Hunderte von roten Punkten – die hellroten Köpfe schwerer Nägel, die man in das schwarze Holz getrieben hatte.

»Ein roter Nagel für das Leben eines Xecalanca!«, rief Techotl aus, und die Gesichter der Zuhörer verzerrten sich in einer unmenschlichen Begeisterung.

»Wer sind diese Leute?«, fragte Olmec. Seine Stimme war wie das tiefe dumpfe Grollen eines Bullen. Keiner der Bewohner Xuchotls sprach laut. Es war, als hätten sie die Stille der leeren Korridore und verlassenen Gemächer in ihre Seelen aufgenommen.

»Ich bin Conan, ein Cimmerier«, antwortete der Barbar knapp. »Diese Frau hier ist Valeria von der Roten Bruderschaft. Wir sind Deserteure von einer Armee an der Grenze zu Darfar, weit im Norden, und wollen zur Küste.«

Die Frau auf dem Podest sprach hastig; ihr brennender Blick lag immer noch auf Valerias Gesicht.

»Ihr könnt die Küste nicht erreichen! Ihr müsst den Rest eures Lebens in Xuchotl verbringen! Es gibt kein Entkommen!«

»Was meint Ihr damit?«, knurrte Conan, legte die Hand auf den Schwertgriff und machte ein paar Schritte, um das Podest und den Raum gleichzeitig im Auge behalten zu können. »Wollt Ihr damit sagen, dass wir Gefangene sind?«

»Das meint sie nicht«, sagte Olmec schlichtend. »Wir sind eure Freunde. Wir würden euch nicht gegen euren Willen festhalten. Aber ich fürchte, andere Umstände werden es euch unmöglich machen, Xuchotl zu verlassen.« Sein Blick kam ebenfalls auf Valeria zu ruhen, und er wandte ihn schnell wieder ab.

»Diese Frau hier ist Tascela«, sagte er. »Sie ist Prinzessin von Tecuhltli. Aber bringt unseren Freunden zu essen und zu trinken. Zweifellos sind sie hungrig und müde von der Reise.«

Er zeigte auf einen Elfenbeintisch, und Conan und Valeria setzten sich, während Techotl sich bereitstellte, sie zu bedienen. Er schien es als Ehre und Privileg zu betrachten, sich um ihre Bedürfnisse zu kümmern. Die anderen Männer und Frauen beeilten sich, Essen und Trinken auf goldenem Geschirr zu bringen. Olmec saß schweigend auf seinem Elfenbeinthron und sah ihnen zu. Tascela saß neben ihm, das Kinn auf die Hände gelegt und die Ellbogen auf die Knie gestützt. Ihre dunklen, rätselhaften Augen, in denen ein geheimnisvolles Funkeln brannte, waren immer noch auf Valerias üppige Gestalt gerichtet.

Das Essen war den Wanderern unbekannt, es war irgendeine Frucht, die aber durchaus genießbar war, und der hellrote Wein hatte eine angenehme Blume.

»Wie ihr durch den Wald gekommen seid, ist mir ein Rätsel«, sagte Olmec. »In den Tagen der Vergangenheit konnten tausend Kämpfer seinen Gefahren nicht trotzen.«

»Wir sind einem kurzbeinigen Ungeheuer von der Größe eines Mastodons begegnet«, sagte Conan gleichmütig und streckte den Weinbecher aus, den Techotl mit offensichtlichem Vergnügen füllte. »Aber nachdem wir es getötet hatten, hatten wir Ruhe.«

Der Weinkrug entglitt Techotls Fingern und krachte zu Boden. Seine dunkle Haut wurde aschfahl. Olmec sprang auf die Füße, ein Abbild ungläubigen Erstaunens, und die anderen stießen ein leises Raunen der Ehrfurcht oder des Entsetzens aus. Conan sah sich verständnislos um.

»Was ist los? Was schaut ihr mich alle so an?«
»Ihr ... habt den Drachen erschlagen?«, stammelte Olmec.
»Warum nicht? Er wollte uns fressen. Es gibt kein Gesetz, das das Töten von Drachen verbietet, oder?«
»Aber Drachen sind unsterblich!«, rief Olmec aus. »Noch nie zuvor hat ein Mann einen Drachen töten können! Das ist keinem gelungen! Die tausend Krieger unserer Vorfahren, die sich den Weg nach Xuchotl freikämpften, konnten nichts gegen sie ausrichten! Ihre Schwerter zerbrachen wie Zweige an ihren Schuppen.«
»Wäre euren Vorfahren eingefallen, ihre Speere in den giftigen Saft von Derketas Äpfeln zu tauchen«, sagte Conan mit vollem Mund, »und sie in die Augen oder den Rachen zu stoßen, hätten sie erlebt, dass Drachen genauso wenig unsterblich sind wie alles andere auch. Der Kadaver liegt am Waldrand, östlich von der Stadt. Wenn ihr mir nicht glaubt, dann geht hin und seht ihn euch selbst an.«
Olmec schüttelte den Kopf. Er schien kaum glauben zu können, was er da hörte.
»Wegen der Drachen haben unsere Vorfahren in Xuchotl Schutz gesucht«, sagte er. »Sie haben sich nie wieder in die Wälder gewagt. Sie wurden dutzendweise von den Ungeheuern getötet und verschlungen, bevor sie die Stadt erreichen konnten.«
»Dann haben eure Vorfahren Xuchotl gar nicht gebaut?«, fragte Valeria.
»Diese Stadt war schon uralt, als sie in dieses Land kamen. Wie lange sie da schon stand, vermochten nicht einmal mehr ihre degenerierten Bewohner zu sagen.«
»Seid ihr vom Zuadsee?«, fragte Conan.
»Ja. Vor einem halben Jahrhundert revoltierte der Teil

eines Stammes von Tlazitlans gegen die stygischen Könige und erlitt in der Schlacht eine Niederlage. Sie flohen nach Süden, wanderten viele Wochen durch Wüste, Grasland und über Berge, und schließlich kamen sie in einen großen Wald, tausend Krieger mit ihren Frauen und Kindern.

In dem Wald stürzten sich die Drachen auf sie und fraßen viele von ihnen, also flohen die Leute in Panik und kamen schließlich zu der Ebene, wo sie die Stadt Xuchotl entdeckten.

Sie schlugen ihr Lager vor der Stadt auf und wagten es nicht, den Wald wieder zu betreten, denn in der Nacht ertönte der schreckliche Lärm von gegeneinander kämpfenden Ungeheuern. Aber sie blieben im Wald.

Die Bewohner der Stadt verriegelten die Tore und schossen von den Mauern Pfeile ab. Die Tlazitlans saßen auf der Ebene fest, als wäre der Waldring eine gewaltige Mauer. Es wäre Selbstmord gewesen, sich in den Wald zu begeben.

Dann kam nachts einer von ihrem Blut ins Lager, der vor langer Zeit als junger Mann mit einer Gruppe abenteuerlustiger Soldaten in den Wald gezogen war. Die Drachen hatten alle bis auf ihn getötet, und ihn hatte man in die Stadt gelassen. Sein Name war Tolkemec.« Die Erwähnung dieses Namens ließ ein Funkeln in seinen dunklen Augen aufleuchten, und einige der Leute murmelten irgendeinen Fluch und spuckten aus. »Er erklärte sich bereit, den Kriegern die Tore zu öffnen. Er bat lediglich darum, dass man ihm die Gefangenen überließ, die gemacht werden würden.

In dieser Nacht öffnete er die Tore. Die Krieger schwärmten hinein, und in den Korridoren von Xuchotl strömte das Blut. Nur ein paar hundert Menschen lebten hier, die degenerierten Nachkommen einer einst mächtigen Rasse. Tolkemec sagte, sie wären aus dem Osten gekommen, aus dem alten Kosala, als die Vorfahren der Kosalaner aus dem Süden kamen und sie vertrieben. Sie kamen nach Westen und bauten hier auf der Ebene eine Stadt. Dann veränderte sich nach Jahrhunderten das Klima, ein Wald wuchs, wo sich zuvor die sanften Hügel des Graslandes erstreckt hatten, und die Drachen kamen aus den Sümpfen im Süden, um die Bewohner der Stadt in dem Ring um die Ebene einzusperren, so wie wir heute eingesperrt sind.

Nun, unsere Väter töteten die Bewohner von Xuchotl, alle bis auf hundert, die man Tolkemec übergab, der ihr Sklave gewesen war, und viele Tage und Nächte lang hallten die qualvollen Schreie der Gefolterten durch die Korridore.

Eine Zeit lang lebten unsere Väter hier in Frieden. Tolkemec nahm ein Mädchen des Stammes zur Frau, und weil er die Tore geöffnet hatte und die Kunst kannte, den Wein von Xuchotl herzustellen und die Früchte zu züchten, die sie aßen – Früchte, die ihre Nahrung aus der Luft ziehen und die man nicht im Boden pflanzt –, teilte er mit den Brüdern Xotalanc und Tecuhltli, die die Rebellion und die Flucht angeführt hatten, die Herrschaft über den Stamm.

Ein paar Jahre lang lebten sie friedlich in der Stadt. Dann ...« Olmec warf der Frau, die stumm an seiner Seite saß, einen schnellen Blick zu. »Dann nahm sich Xotalanc eine Frau als Gemahlin. Tecuhltli begehrte sie ebenfalls, und Tolkemec, der Xotalanc hasste, half Tecuhltli, sie zu entführen; sie kam willig genug mit. Xotalanc verlangte sie zurück, und der Stammesrat entschied, dass man die Entscheidung der Frau überlassen sollte. Sie entschied sich, bei Tecuhltli zu bleiben. Aber Xotalanc war nicht damit einverstanden. Es gab Kämpfe, und mit der Zeit zerbrach der Stamm in drei Fraktionen: Die Anhänger von Tecuhltli und die Anhänger von Xotalanc hatten die Stadt bereits zwischen sich aufgeteilt. Tecuhltli gehörte der südliche Teil der Stadt, Xotalanc der nördliche, und Tolkemec lebte mit seiner Familie am Westtor.

Die Fraktion bekämpften sich bis aufs Blut, und Tolkemec schlug sich zuerst auf die eine und dann auf die andere Seite, verriet jede Fraktion, wie es ihm Spaß machte. Schließlich zog sich jede Seite an einen Ort zurück, der sich gut verteidigen ließ. Die Anhänger von Tecuhltli, die in den Gemächern und Gängen am südlichen Stadtende hausten, blockierten sämtliche Türen bis auf eine auf jeder Etage, die man leicht verteidigen konnte. Xotalanc tat das Gleiche, und Tolkemec ebenfalls. Aber wir von Tecuhltli überfielen Tolkemec eines Nachts und massakrierten seinen ganzen Clan. Tolkemec folterten wir viele Tage lang und warfen ihn schließlich in einen Kerker, wo er sterben sollte. Irgendwie gelang ihm die Flucht, und er schleppte sich in die Katakomben unter der Stadt, wo alle die Toten liegen, die je in der Stadt gestorben sind, ob nun Xuchotlans oder Tlazitlans. Dort ist er zweifellos gestorben, doch die Abergläubischen unter uns schwören, dass sein Geist die Katakomben bis zum heutigen Tag heimsucht und zwischen den Knochen der Toten sein schauriges Lied heult.

Die Fehde begann vor fünfzig Jahren, schon vor meiner Geburt. Bis auf Tascela wurden alle hier in diesem Gemach erst während dieser Fehde geboren. Die meisten haben durch sie auch den Tod gefunden. Wir sind eine sterbende Rasse. Als es anfing, war jede Fraktion Hunderte von Mitgliedern stark. Jetzt sind wir etwa noch vierzig

Männer und Frauen. Wir wissen nicht, wie viele Xotalancas es noch gibt, aber ich bezweifle, dass es mehr sind als wir. Seit fünfzehn Jahren hat es bei uns keinen Nachwuchs mehr gegeben, und da wir bei den Xotalancas keine Kinder getötet haben, wird es bei ihnen genauso sein. Wir sterben aus, aber wir hoffen, dass wir die alte Fehde vor unserem Tod noch siegreich beenden und die Reste unserer Feinde auslöschen können.«

Und Olmec erzählte mit einem Funkeln in seinen seltsamen Augen die Geschichte dieser grässlichen Fehde, die in stillen Gemächern und schwach erhellten Korridoren im Schein grüner Feuersteine ausgefochten wurde, auf Böden, die rot wie das Höllenfeuer glommen. Xotalanc war schon lange tot, war in einem verbissenen Kampf auf einer Elfenbeintreppe erschlagen worden. Tecuhltli war tot; die von rasender Wut erfassten Xotalancas, die ihn gefangen nahmen, hatten ihm bei lebendigem Leib die Haut vom Körper abgezogen.

Olmec erzählte von grauenhaften Kämpfen in finsteren Korridoren, von blutigen Scharmützeln im Funkeln der Feuersteine, von Hinterhalten, Verrat, Grausamkeiten, von Folter, die beide Seiten an hilflosen Gefangenen verübten, an Männern und Frauen, Folter, die so verderbt war, dass sich selbst der barbarische Cimmerier unbehaglich wand. Kein Wunder, dass Techotl bei dem Gedanken an Gefangenschaft gezittert hatte.

Valeria lauschte der Geschichte dieser grauenhaften Fehde gebannt. Die Menschen von Xuchotl waren besessen davon. Sie bildete den einzigen Grund für ihre Existenz. Sie füllte ihr ganzes Leben aus. Jeder erwartete, in diesem Kampf zu sterben. Sie blieben in ihren verbarrikardierten Vierteln, stahlen sich gelegentlich in das umstrittene Land der leeren Korridore und Gemächer, das zwischen den beiden entgegengesetzten Enden der Stadt lag. Manchmal kehrten sie mit vor Furcht stammelnden Gefangenen zurück oder mit grimmigen Siegestrophäen ihrer Kämpfe. Viele kehrten gar nicht zurück oder nur als abgeschlagene Köpfe, die man vor die verschlossenen Bronzetore warf. Das alles war außerordentlich abscheulich, diese Menschen, die abgeschnitten vom Rest der Welt wie tollwütige Ratten in der Falle lebten, im Laufe der Jahre einander abschlachteten, durch die sonnenlosen Korridore schlichen, um zu verstümmeln und zu morden.

Und während Olmec erzählte, spürte Valeria die brennenden Blicke von Tascela auf ihr ruhen.

»Und wir können die Stadt niemals verlassen«, sagte Olmec. »Seit fünfzig Jahren ist niemand vor das Tor getreten, ausgenommen vielleicht Feinde, die man gefesselt dem Drachen zum Fraß vorgeworfen hat. Und selbst das hat vor einigen Jahren aufgehört. Einst kam der Drache aus dem Wald, um vor der Stadtmauer zu brüllen. Wir, die wir hier geboren und aufgewachsen sind, hätten Angst, die Stadt zu verlassen, selbst wenn es den Drachen nicht geben würde.«

»Nun«, meinte Conan, »mit eurer Erlaubnis riskieren wir die Begegnung mit den Drachen. Eure Fehde geht uns nichts an, wir haben keine Lust, darin verwickelt zu werden. Wenn ihr uns den Weg zum Südtor zeigt, brechen wir auf.«

Tascelas Hände verkrampften sich zu Fäusten, und sie wollte etwas sagen, aber Olmec unterbrach sie. »Es ist fast Abend. Wartet wenigstens bis zum Morgen. Wenn ihr die Ebene heute Nacht überquert, werdet ihr bestimmt den Drachen zum Opfer fallen.«

»Wir haben sie letzte Nacht überquert, ohne auch nur

einen zu sehen«, erwiderte Conan. »Doch vielleicht wäre es besser, bis zum Morgen zu warten. Aber nicht länger. Wir wollen zur Westküste, und das ist ein Marsch von vielen Wochen, selbst wenn wir Pferde hätten.«

»Wir haben Juwelen«, bot Olmec an.

»Nun gut, hört zu«, sagte Conan. »Warum machen wir nicht Folgendes: Wir helfen euch, diese Xotalancas auszulöschen, und danach sehen wir alle zusammen, ob man diese Drachen nicht ausrotten kann.«

Man brachte sie zu prächtig ausgestatteten Gemächern, die von den Oberlichtschlitzen erhellt wurden.

»Warum kommen die Xotalancas nicht über die Dächer und zerschlagen das Glas?«, wollte Conan wissen.

»Das kann man nicht zerbrechen«, antwortete Techotl, der ihn in dieses Gemach begleitet hatte. »Davon abgesehen wäre es sehr schwer, über die Dächer zu klettern. Die bestehen hauptsächlich aus Türmen und Kuppeln und steilen Giebeln.«

»Wer ist diese Tascela?«, fragte Conan. »Olmecs Frau?«

Techotl erschauderte und schaute sich um, bevor er antwortete.

»Nein. Sie ist … Tascela! Sie war Xotalancs Gemahlin – die Frau, wegen der die Fehde ausbrach.«

»Was erzählst du da?«, sagte Conan. »Diese Frau ist jung und schön. Willst du mir erzählen, dass sie vor fünfzig Jahren schon erwachsen war?«

»Ja! Sie war bereits eine erwachsene Frau, als die Tlazitlans vom Zuadsee fortzogen. Sie ist eine Hexe, die das Geheimnis der ewigen Jugend kennt – aber es ist ein schreckliches Geheimnis. Ich wage nicht, mehr zu sagen.«

Und mit an die Lippen gelegtem Finger huschte er aus dem Gemach.

Valeria erwachte plötzlich auf ihrem Sofa. In ihrem Gemach gab es keine Feuersteine, aber es wurde von einem Juwel erhellt. In dem seltsamen dämmerungsähnlichen Schein der Feuersteine sah sie, wie sich eine schattenhafte Gestalt über sie beugte. Sie wurde sich einer köstlichen, sinnlichen Mattigkeit bewusst, die sich über sie ausbreitete, aber nicht wie natürlicher Schlaf. Etwas hatte ihr Gesicht berührt und sie geweckt.

Der Anblick der schlanken Gestalt machte sie auf der Stelle wach. Sie schwang sich vom Bett, selbst als sie die Gestalt als Yasala erkannte, Tascelas Zofe. Yasala wirbelte geschmeidig herum, aber Valeria schnappte sich ihr Handgelenk, bevor sie weglaufen konnte, und riss sie herum, bis sie sich von Angesicht zu Angesicht gegenüberstanden.

»Warum zum Teufel hast du dich über mich gebeugt? Was ist das da in deiner Hand?«

Die Frau gab keine Erwiderung, sondern versuchte, den Gegenstand fortzuwerfen. Valeria riss den Arm hoch, und das Ding fiel zu Boden – eine große, schwarze exotische Blüte an einem jadegrünen Stängel.

»Der schwarze Lotus!«, stieß Valeria zwischen den Zähnen hervor. »Du wolltest mich betäuben und hast mich nur zufällig geweckt, weil du mein Gesicht mit dieser Blüte berührt hast. Warum hast du das getan? Was sollte das?«

Yasala schwieg verstockt. Valeria wirbelte sie mit einem Fluch herum, zwang sie auf die Knie und verdrehte ihr den Arm auf den Rücken.

»Sag es mir, oder ich drehe dir den Arm aus dem Gelenk!«

Yasala wand sich gequält, als ihr der Arm schmerzhaft zwischen den Schulterblättern hochgezwungen wurde, aber ihre einzige Antwort war ein wildes Kopfschütteln.

»Schlampe!« Valeria stieß sie von sich. Sie landete auf dem Boden. Die Piratin beugte sich mit blitzenden Augen über sie. In ihr rührte sich die Furcht und die Erinnerung an Tascelas brennende Blicke, weckte ihren gnadenlosen Zorn und den tigerhaften Selbsterhaltungstrieb. Die Gemächer waren so still, als wäre Xuchotl tatsächlich eine verlassene Stadt. Ein Hauch Panik durchfuhr Valeria, machte sie völlig gnadenlos.

»Du bist mit bösen Absichten gekommen«, murmelte sie, und ihre Augen leuchteten auf, als ihr Blick auf die verstockte Gestalt mit ihrem gesenkten Kopf fiel. »Hier gibt es ein übles Geheimnis – Verrat oder Intrigen. Hat Tascela dich geschickt? Weiß Olmec, dass du gekommen bist?«

Keine Antwort. Valeria fluchte wild und schlug die Frau erst auf die eine Gesichtshälfte, dann auf die andere. Die Ohrfeigen hallten durch den Raum.

Valeria drehte sich um und riss mehrere Kordeln von einem Wandteppich.

»Stures Miststück!«, stieß sie zwischen zusammengebissenen Zähnen hervor. »Ich werde dir die Kleider vom Leib reißen und dich auf diese Liege fesseln, dann werde ich dich so lange mit meinem Schwertgurt peitschen, bis du mir sagst, was du hier wolltest. Warum schreist du nicht?«, fragte sie sardonisch. »Vor wem hast du Angst? Vor Tascela oder vor Olmec? Oder vor Conan?«

»Gnade«, flüsterte die Frau schließlich. »Ich sage alles.«

Valeria befreite sie. Yasala zitterte am ganzen Körper.

»Wein«, flehte sie und zeigte mit zitternder Hand auf den Pokal auf dem Elfenbeintisch. »Lass mich trinken – dann verrate ich es dir.« Sie erhob sich unsicher, als Valeria den Pokal holte. Sie nahm ihn entgegen, hob ihn an die Lippen – und schleuderte den Inhalt der Aquilonierin mitten ins Gesicht. Valeria taumelte zurück, wischte sich die brennende Flüssigkeit aus den Augen, und ihre verschwommene Sicht klärte sich gerade genug, dass sie sehen konnte, wie Yasala quer durch den Raum schoss, einen Riegel zurückwarf, die Tür aufriss und in den Korridor rannte. Die Piratin verfolgte sie sofort, das Schwert in der Hand und Mordlust im Herzen.

Die Frau bog um eine Ecke, und als Valeria sie erreichte, war da nur der leere Gang und eine offene Tür. Ein feuchter, modriger Geruch drang dort hervor, und Valeria fröstelte. Das musste die Tür sein, die zu den Katakomben führte. Yasala hatte sich dorthin geflüchtet.

Valeria näherte sich der Tür und blickte die Stufen hinab, die schnell in undurchdringlicher Finsternis verschwanden. Der Gedanke an die Tausenden von Leichen, die dort unten in ihren steinernen Nischen lagen, ließ sie frösteln. Sie hatte nicht die Absicht, sich dort durch die Dunkelheit zu tasten. Zweifellos kannte Yasala jeden Fußbreit der unterirdischen Gänge. Valeria zog sich verblüfft zurück, als ein schluchzender Aufschrei aus der Katakombe emporstieg. Ein paar leise Worte ertönten; die Stimme war die einer Frau. »Oh, Hilfe! Hilfe, in Sets Namen! Ahhh!« Die Stimme verklang, doch Valeria glaubte ein unheimliches Kichern zu hören.

Valeria bekam eine Gänsehaut. Was geschah mit Yasala dort unten in der Finsternis? Die Piratin hatte nicht den geringsten Zweifel, dass sie es war, die dort geschrien hatte. Aber was konnte ihr zugestoßen sein? Lauerte dort unten einer der Xotalancas? Olmec hatte ihr versichert, dass auch das Südende der Katakomben durch eine Mauer vom Rest getrennt worden war, die zu dick war, als dass ihre Feinde aus dieser Richtung durchbrechen konnten. Außerdem hatte das Kichern überhaupt nicht wie das eines Menschen geklungen. Valeria schloss die Tür und eilte den Korridor zurück. Sie erreichte ihr Gemach und schob den Riegel hinter ihr zu. Sie war entschlossen, zu Conan zu gehen und ihn dazu zu drängen, sich ihr in dem Versuch anzuschließen, sich den Weg aus dieser Stadt der Teufel freizukämpfen. Aber als sie nach der Tür griff, hallte ein schriller Schmerzensschrei durch die Gänge.

Kapitel

Der Lärm schreiender Männer und das Klirren von Stahl ließ Conan von seinem Lager hochschnellen, das Breitschwert in der Hand und sofort hellwach. Mit einem Satz war er an der Tür und riss sie auf, während im gleichen Augenblick Tuchotl mit blitzenden Augen hereinstürmte. Von seiner Klinge tropfte Blut, genau wie aus einem Schnitt in seinem Nacken.

»Die Xotalancas!«, krächzte er mit kaum menschlicher Stimme. »Sie haben die Tür aufgebrochen!«

Conan drängte sich an ihm vorbei und rannte den schmalen Korridor entlang, als Valeria aus ihrem Gemach kam.

»Was zum Teufel ist hier los?«, rief sie.

»Techotl sagt, die Xotalancas sind eingedrungen«, erwiderte er hastig. »Hört sich auch so an.«

Sie eilten in den Thronraum und stießen auf ein blutiges Bild. Etwa zwanzig Männer und Frauen mit wehendem schwarzen Haar und weißen Totenschädeln auf der Brust kämpften gegen eine etwas größere Anzahl von Tecuhltli. Die Frauen auf beiden Seiten kämpften genauso verbissen wie die Männer. Der Raum war bereits mit Leichen übersät, und die meisten von ihnen waren Tecuhltli.

Olmec war nackt bis auf den Lendenschurz und kämpfte vor seinem Thron, und als Conan und Valeria eintrafen, eilte gerade Tascela mit einem Schwert in der Hand aus einem der hinteren Gemächer herbei.

Der Rest war ein wirbelnder Albtraum aus Stahl. Die Fehde kam hier zu ihrem blutigen Ende. Die Verluste der Xotalancas waren größer und ihre Position verzweifelter gewesen, als die Tecuhltli gewusst hatten. Die von einem Sterbenden hervorgestoßene Nachricht, dass geheimnisvolle weißhäutige Verbündete zu ihren Feinden gestoßen waren, hatte sie in Raserei versetzt und sie alle zu einem wilden Angriff getrieben. Wie sie sich den Zugang nach Tecuhltli verschafft hatten, blieb bis nach der Schlacht ein Geheimnis.

Sie war lang und grausam. Die Überraschung hatte den Xotalancas geholfen, und sieben Tecuhltli lagen am Boden, bevor sie überhaupt begriffen hatten, dass ihre Feinde über sie gekommen waren. Aber sie waren den Xotalancas noch immer zahlenmäßig überlegen, und auch sie wurden von der Erkenntnis angetrieben, dass die tödliche Entscheidung bevorstand, und die Gegenwart ihrer Verbündeten machte ihnen Mut.

Bei einem Nahkampf dieser Art waren selbst drei Tlazitlans für Conan keine ebenbürtigen Gegner. Größer, stärker und schneller als sie bahnte er sich mit der vernichtenden Macht eines Orkans seinen Weg durch die brodelnde Masse. Valeria war so stark wie ein Mann, und ihre Schnelligkeit und Wildheit überwältigte jeden Gegner.

Unter den Xotalancas waren nur fünf Frauen, und die lagen breits mit durchgeschnittenen Kehlen am Boden, bevor Conan und Valeria in den Kampf eingriffen. Und schließlich gab es im Thronraum nur noch lebende Tecuhltli und ihre Verbündete, und die taumelnden, blutverschmierten Überlebenden stießen ein wildes Triumphgeheul aus.

»Wie sind sie nach Tecuhltli eingedrungen?«, brüllte Olmec und drohte mit dem Schwert.

»Es war Xatmec«, stammelte ein Krieger und wischte sich Blut von einem großen Schnitt quer über die Schulter. »Er hörte ein Geräusch und legte das Ohr an das Tor, während ich zu den Spiegeln ging, um einen Blick darauf zu werfen. Ich sah die Xotalancas vor dem Tor, und einer spielte auf einer Flöte – Xatmec lehnte wie erstarrt vor der Tür, als hätte ihn die Musik gelähmt, die durch das Holz drang.

Dann wurde die Musik zu einem unerträglichen Schrillen, und Xatmec schrie wie gepeinigt, riss das Tor auf und stürmte mit erhobenem Schwert hinaus. Ein Dutzend Klingen machte ihn nieder, und die Xotalancas schwärmten über seinen toten Körper in die Wachstube.«

»Die Flöte des Wahnsinns«, murmelte Olmec. »Sie waren in der Stadt versteckt – der alte Tolkemec hat öfter von ihnen gesprochen. Irgendwie haben die Hunde sie gefunden. In dieser Stadt ist eine mächtige Magie verborgen – wenn wir sie bloß finden könnten.«

»Sind das alle von ihnen?«, wollte Conan wissen.

Olmec zuckte mit den Schultern. Von seinen Leuten waren nur noch dreißig übrig. Einige Männer hämmerten zwanzig neue rote Nägel in die Ebenholzsäule.

»Ich weiß es nicht.«

»Ich gehe nach Xotalanc und sehe nach«, sagte Conan. »Nein, du nicht«, wandte er sich an Valeria. »Du hast eine Stichwunde im Bein. Du bleibst hier und lässt dich verbinden. Halt den Mund, ja? Wer führt mich dahin?«

Techotl hinkte herbei.

»Ich gehe!«

»Nein, du bist verwundet.«

Ein Mann meldete sich freiwillig, und Olmec befahl noch einem anderen, Conan zu begleiten. Ihre Namen waren Yanath und Topal. Sie führten Conan durch stille Gemächer und Korridore, bis sie zu der Bronzetür kamen, die die Grenze von Xotalanc darstellte. Sie drückten sacht dagegen, und sie öffnete sich. Ehrfürchtig starrten sie in die von grünem Licht erhellten Gemächer. Seit fünfzig Jahren hatte kein Mann von Tecuhltli mehr diese Gänge betreten, höchstens als Gefangener, der einem schrecklichen Ende entgegensah.

Conan trat ein, und sie folgten ihm. Sie fanden keine Lebenden, aber sie fanden Beweise der Fehde.

In einem Gemach standen Reihen von gläsernen Kästen. Und in diesen Kästen befanden sich perfekt erhaltene menschliche Köpfe – Dutzende von ihnen.

Yanath starrte sie an, ein wildes Leuchten in seinen brennenden Augen.

»Da ist der Kopf meines Bruders«, murmelte er. »Und der Sohn meiner Schwester, und der Bruder meines Vaters!«

Plötzlich verlor er die Beherrschung. Die geistige Gesundheit aller Tlazitlans hing am seidenen Faden. Heulend und mit Schaum vor dem Mund drehte er sich um und rammte das Schwert bis zur Parierstange in Topals Körper. Topal stürzte zu Boden, und Yanath wandte sich Conan zu. Der Cimmerier sah, dass der Mann hoffnungslos den Verstand verloren hatte; er trat zur Seite, und als der Verrückte an ihm vorbeiraste, teilte er einen Hieb aus, der Schulterknochen und Brust durchteilte und den Mann tot neben seinem sterbenden Opfer zu Boden fallen ließ.

Conan kniete neben Topal nieder und fing das Handgelenk des Mannes ab, als der mit letzter Kraft einen Dolch gegen die Brust des Cimmeriers führte.

»Crom!«, fluchte Conan. »Bist du auch verrückt?«

»Olmec befahl es«, keuchte der Sterbende. »Er befahl mir, dich auf dem Rückweg nach Tecuhltli zu töten ...«

Und auch Topal starb, mit dem Namen seines Clans auf den Lippen.

Conan erhob sich stirnrunzelnd. Dann drehte er sich um und eilte durch die Gänge und Gemächer nach Tecuhltli zurück. Sein barbarischer Orientierungssinn führte ihn mühelos den Weg zurück, den er gekommen war.

Und als er sich Tecuhltli näherte, wurde ihm bewusst, dass da jemand vor ihm war – jemand der keuchte und stöhnte und sich ziemlich lautstark vorwärtsbewegte. Conan sprang vor und sah Techotl, der ihm entgegenkroch. Der Mann blutete aus einem tiefen Schnitt in der Brust.

»Conan!«, rief er. »Olmec hat die blonde Frau gefangen genommen! Ich wollte ihn aufhalten, aber er hat mich niedergestochen. Er dachte, er hätte mich getötet! Tötet Olmec, nehmt sie und geht! Er hat Euch belogen! Es gab nur einen Drachen im Wald, und wenn Ihr den getötet habt, habt Ihr nichts zu befürchten bis zur Küste! Wir haben ihn viele Jahre als Gott angebetet und ihm Opfer gebracht! Beeilt Euch! Olmec hat sie ...«

Sein Kopf sackte herunter, und er starb.

Conan sprang auf, seine Augen glühten wie ein Feuer. Darum hatte Olmec Topal den Befehl gegeben, ihn zu töten! Er hätte wissen müssen, was im Kopf des schwarzbärtigen Prinzen vor sich ging. Ohne jede Vorsicht rannte er los, zählte in Gedanken seine Gegner. Es konnten nicht mehr als vierzehn oder fünfzehn sein. In seinem Zorn fühlte er sich dazu in der Lage, es allein mit dem ganzen Clan aufzunehmen.

Aber seine Erfahrung besiegte und kontrollierte seinen Berserkerzorn. Er würde nicht durch die Tür angreifen, durch die die Xotalancas gekommen waren. Er würde von einer höheren oder tieferen Ebene angreifen. Zweifellos würde ein halbes Jahrhundert der Gewohnheit sowieso dafür sorgen, dass alle Türen verschlossen und verriegelt waren. Als Topal und Yanath nicht zurückgekehrt waren, mochte das die Furcht entfacht haben, dass einige der Xotalancas überlebt hatten.

Er bewegte sich eine Wendeltreppe hinunter und hörte vor sich ein leises Stöhnen. Er trat vorsichtig ein und entdeckte vor sich eine hünenhafte Gestalt, die man auf einen streckbankähnlichen Rahmen geschnallt hatte. Eine schwere Eisenkugel baumelte über ihrer Brust. Der Kopf ruhte auf einem Bett aus Eisennägeln. Wenn das unerträglich wurde, hob der arme Teufel den Kopf – und ein an seinem Kopf befestigter Riemen bewegte die Eisenkugel. Jedes Mal, wenn er den Kopf hob, senkte sich die Kugel ein paar Zoll tiefer auf seine haarige Brust zu. Schließlich würde sie ihn zerquetschen. Der Mann war geknebelt, aber Conan erkannte ihn. Es war Olmec, Prinz der Tecuhltli.

Als Valeria in das Gemach zurückgekehrt war, das Olmec ihr zugeteilt hatte, folgte ihr eine Frau und verband den Stich in ihrer Wade. Die Frau ging wieder, und als ein Schatten über sie fiel, bemerkte Valeria Olmec, der auf sie herunterstarrte. Sie hatte ihr blutverschmiertes Schwert auf das Sofa gelegt.

»Die Frau hat schlechte Arbeit geleistet«, meinte der Prinz von Tecuhltli und beugte sich über den Verband. »Lass mich mal sehen …«

Mit einer Schnelligkeit, die für jemanden von seiner

Masse erstaunlich war, schnappte er sich ihr Schwert und warf es quer durch den Raum. Seine nächste Bewegung sollte sie in seine riesigen Arme reißen.

So schnell er war, sie war beinahe genauso schnell, denn als er sie packte, hielt sie ihren Dolch in der Hand und hieb mörderisch nach seinem Hals. Irgendwie schnappte er ihr Handgelenk, und ein wilder Ringkampf nahm seinen Anfang, in dem seine überlegene Kraft und Gewicht schließlich den Ausschlag gaben. Sie wurde auf das Sofa gedrückt und lag entwaffnet und keuchend dort; ihre Augen blitzten ihn an wie die Augen einer gefangenen Tigerin.

Obwohl Olmec der Prinz von Tecuhltli war, handelte er verstohlen und in Eile. Er fesselte und knebelte sie, dann trug er sie durch Korridore und Gänge in ein geheimes Gemach. Aber bevor er sein Vorhaben in die Tat umsetzen konnte, kam Tascela. Er versteckte das Mädchen und unterhielt sich mit Tascela; sie überredete ihn, mit ihr Wein zu trinken. Er tat es und war sofort gelähmt. Sie zerrte ihn in eine Folterkammer und schnallte ihn auf die Streckbank, auf der Conan ihn fand.

Dann trug sie Valeria zurück in den Thronraum, wo sich die Überlebenden versammelt hatten, nachdem sie die Leichen der Getöteten in die Katakomben gebracht hatten. Vier von ihnen waren nicht zurückgekehrt, und Männer flüsterten von Tolkemecs Geist. Sie bereitete sich darauf vor, Valeria das Blut aus dem Herzen zu saugen, um ihre Jugend zu erhalten.

In der Zwischenzeit hatte Conan Olmec befreit, der schwor, sich mit ihm zu verbünden. Olmec führte Conan zu einer Wendeltreppe, wo er ihn von hinten angriff. Als sie die Treppe hinunterrollten, verlor Conan das Schwert, aber er erdrosselte den Prinzen mit bloßen Händen.

Conans Bein war gebrochen, aber er humpelte in den Thronraum, wo er in eine Falle lief. Dann kam der alte Tolkemec aus den Katakomben, der alle Tecuhltli mit seiner Magie tötete, und während er ...

[Die Fassung endet hier; die letzte Seite des Manuskripts ist anscheinend verloren gegangen.]

Brief an P. Schuyler Miller

Lock Box 313
Cross Plains, Texas
10. März 1936

Lieber Mr. Miller,

ich fühlte mich in der Tat geehrt, dass Sie und Dr. Clark sich so sehr für Conan interessieren, dass Sie die Eckpunkte seiner Karriere und eine Karte seiner Länder ausgearbeitet haben. Beide sind überraschend akkurat, bedenkt man die ungenauen Daten, mit denen Sie arbeiten mussten. Ich habe die Originalkarte – also die, die ich gezeichnet habe, als ich über Conan zu schreiben anfing – irgendwo hier herumliegen, und ich werde sehen, ob ich sie finde, um sie Ihnen dann zukommen zu lassen, damit Sie einen Blick darauf werfen können. Sie schließt nur die Länder westlich von Vilayet und nördlich von Kush ein. Ich habe nie versucht, die Königreiche im Süden und Osten auf Karten festzuhalten, obwohl ich eine recht klare Vorstellung von ihrer Geographie im Kopf hatte. Doch wenn ich über sie schreibe, genieße ich ein gewisses Maß an Freiheit, da die Einwohner der westlichen hyborischen Nationen hinsichtlich der Völker im Süden und Osten ebenso unwissend waren wie die Bewohner des mittelalterlichen Europas in Bezug auf Afrika oder Asien. Wenn ich über die westlichen hyborischen Nationen schreibe, sehe ich mich auf unverrückbare Grenzen und Gebiete beschränkt. Wenn ich aber den Rest der Welt als Fiktion behandle, kann ich meiner Phantasie freien Lauf lassen. Nachdem ich also eine gewisse Vorstellung von Geographie und Ethnologie entwickelt habe, fühle ich mich genötigt, mich an sie zu halten, um die Stimmigkeit zu wahren. Meine Vorstellungen vom Osten und Süden sind dagegen weit weniger präzise und fixiert.

Was jedoch Kush angeht – das ist eines der schwarzen Königreiche südlich von Stygien, tatsächlich sogar das nördlichste, aber es hat der gesamten Küste ihren Namen gegeben. Wenn ein Hyborier also von Kush spricht, meint er für gewöhnlich nicht das Königreich selbst, das nur eines von vielen solcher Königreiche ist, sondern die ganze Schwarze Küste. Und er wird vermutlich jeden schwarzen Mann als Kushiten bezeichnen, egal, ob es nun ein Keshani, Darfari, Puntaner oder Kushit ist. Das ist völlig natürlich, da die Kushiten die ersten schwarzen Männer waren, mit denen die Hyborier in Kontakt kamen – Barachan-Piraten, die mit ihnen handelten oder sie überfielen.

Was Conans endgültiges Schicksal angeht – ehrlich gesagt kenne ich es nicht. Bei der Niederschrift dieser Geschichten hatte ich immer das Gefühl, sie weniger zu erschaffen als vielmehr seine Abenteuer zu Papier zu bringen, so wie er sie mir erzählte. Darum lassen sie so viel aus und folgen auch keiner chronologischen Reihenfolge. Der durchschnittliche Abenteurer, der zufällig ausgewählte Geschichten eines wilden Lebens erzählt, folgt nur selten einem ausgeklügelten Plan, sondern berichtet die Episoden durch Jahre und Raum getrennt, so wie sie ihm gerade einfallen.

Ihre Skizze folgt seiner Karriere ziemlich genau so, wie

ich sie mir vorgestellt habe. Die Unterschiede sind minimal. Wie Sie richtig geschlussfolgert haben, war Conan etwa siebzehn, als er in »Der Turm des Elefanten« ins Licht der Öffentlichkeit trat. Obwohl er noch nicht voll erwachsen war, war er reifer als der übliche zivilisierte Jugendliche in diesem Alter. Er wurde auf dem Schlachtfeld geboren, während eines Kampfes zwischen seinem Stamm und einer Horde einfallender Vanir. Das Land, das von seinem Clan beansprucht wurde, lag im Nordwesten von Cimmerien, aber Conan war von gemischtem Blut, auch wenn er ein reinrassiger Cimmerier war. Sein Großvater war Angehöriger eines südlichen Stammes, der wegen einer Blutfehde vor seinen eigenen Leuten geflohen und nach langer Wanderschaft bei den Leuten im Norden untergekommen war. In seiner Jugend hatte er vor seiner Flucht an vielen Überfällen auf die hyborischen Nationen teilgenommen, und vielleicht waren es seine Geschichten über diese verweichlichten Länder, die in dem Kind Conan den Wunsch weckten, sie zu sehen. Es gibt viele Dinge hinsichtlich Conans Leben, über die ich mir selbst nicht im Klaren bin. Zum Beispiel weiß ich nicht, wann er das erste Mal Menschen aus der Zivilisation begegnet ist. Es könnte in Venarium gewesen sein, oder er könnte auch davor irgendeiner Grenzstadt einen friedlichen Besuch abgestattet haben. In Venarium war er bereits ein ernst zu nehmender Gegner, auch wenn er erst fünfzehn war. Er war sechs Fuß groß und wog 180 Pfund, war aber noch lange nicht ausgewachsen.

Zwischen Venarium und seiner Ankunft in der Diebesstadt Zamora lag etwa die Zeitspanne von einem Jahr. Während dieser Zeit kehrte er zu den nördlichen Territorien seines Stammes zurück und machte seine erste Reise über die Grenzen Cimmeriens. Seltsamerweise ging sie nach Norden und nicht nach Süden. Ich bin mir nicht sicher, warum und wie, aber er verbrachte einige Monate bei einem Stamm der Æsir, kämpfte gegen Vanir und Hyperboräer und entwickelte einen Hass auf die Letzteren, der sein ganzes Leben lang anhielt und später seine Politik als König von Aquilonien beeinflusste. Er entfloh ihrer Gefangenschaft, kam nach Süden und fand den Weg nach Zamora rechtzeitig, um sein Debut auf den Magazinseiten zu geben.

Ich bin mir nicht sicher, ob das Abenteuer, das in »Der Rote Priester« geschildert wurde, sich in Zamora abspielte. Das Vorhandensein gegensätzlicher politischer Fraktionen lässt anderes vermuten, da Zamora eine absolute Despotie darstellte, in der abweichende politische Meinungen nicht toleriert wurden. Ich bin der Ansicht, dass es sich bei der Stadt um einen der kleinen Stadtstaaten handelte, die westlich von Zamora lagen, und Conan war direkt dorthin gegangen, nachdem er Zamora verlassen hatte. Kurz danach kehrte er für eine kurze Zeitspanne nach Cimmerien zurück, und gelegentlich stattete er seiner Heimat einen Besuch ab. Der chronologische Ablauf seiner Abenteuer ist in etwa so, wie Sie es erarbeitet haben, abgesehen davon, dass sie etwas mehr Zeit beansprucht haben. Conan war etwa vierzig, als er die Krone von Aquilonien an sich riss, und etwa fünfundvierzig bei den Ereignissen von »Die Stunde des Drachen«. Zu dieser Zeit hatte er keinen männlichen Erben, weil er sich nie darum gekümmert hatte, eine Frau formell zu seiner Königin zu machen. Und die Söhne seiner Konkubinen, von denen er einige hatte, wurden nicht als Thronerben anerkannt.

Ich glaube, er war viele Jahre lang König von Aquilonien. Seine Herrschaftszeit war turbulent und von Unruhen geprägt, als die hyborische Zivilisation ihren Höhepunkt erreicht hatte und jeder König imperiale Ambitionen verfolgte. Zuerst kämpfte er defensiv, aber ich bin der Meinung, dass er schließlich aus Gründen der Selbsterhaltung zu Kriegszügen gezwungen war. Ob es ihm gelang, ein weltumspannendes Reich zu erobern, oder er bei dem Versuch unterging, das vermag ich nicht zu sagen.

Er reiste weit, nicht nur vor seiner Zeit als König, sondern auch nach seiner Thronbesteigung. Er reiste nach Khitai und Hyrkanien und sogar in die weniger bekannten Regionen nördlich des Ersteren und südlich des Letzteren. Er besuchte sogar einen namenlosen Kontinent in der westlichen Hemisphäre und streifte über die davor liegenden Inseln. Wie viele dieser Streifzüge ihren Weg in die Magazine finden werden, kann ich nicht im Mindesten voraussagen. Ich fand Ihre Anmerkungen über die Funde auf der Jamal-Halbinsel höchst interessant, ich hatte davon noch nichts gehört. Zweifellos hatte Conan aus erster Hand Kontakt mit den Menschen, die diese dort beschriebene Kultur entwickelten, oder zumindest mit ihren Vorfahren.

Ich hoffe, Sie finden den Beitrag »Das hyborische Zeitalter« interessant. Ich lege eine Kopie der Originalkarte bei. Ja, Napoli hat bei Conan gute Arbeit geleistet, auch wenn er ihm manchmal romanische Züge verliehen hat, die meiner Meinung nach unpassend sind. Aber das ist nicht so gravierend, um sich deswegen zu beschweren.

Ich hoffe, die dargestellten Daten haben Ihre Fragen auf zufriedenstellende Weise beantwortet; ich bin gern bereit, über jede andere Phase zu diskutieren, die Sie interessiert, oder über weitere Einzelheiten in

Conans Karriere, in der hyborischen Geschichte und Geografie. Noch einmal vielen Dank für Ihr Interesse, und alles Gute für Sie und Dr. Clark.

Mit freundlichen Grüßen

Robert E. Howard.

PS:
Sie haben nicht erwähnt, ob Sie die Karte und die Chronologie zurückhaben möchten, also nehme ich mir die Freiheit, sie zu behalten, um sie einigen Freunden zu zeigen; bitte lassen Sie mich wissen, wenn ich sie Ihnen zurückschicken soll.

ANHANG

Hyborische Genesis, Teil III

Anmerkungen zur Entstehung der Conan-Erzählungen
von Patrice Louinet

Als Robert E. Howard *Salome, die Hexe* fertigstellte, war er vermutlich davon überzeugt, fast jede Conan-Geschichte verkaufen zu können, die er an *Weird Tales* schickte. 1934 gehörte er nach mehreren entbehrungsreichen Jahren, einschließlich der beiden Jahre am Anfang seiner Karriere, in denen er nicht eine Geschichte verkaufen konnte, zu den Stars des Magazins. *Salome, die Hexe* war – jedenfalls laut Herausgeber Farnsworth Wright – die »beste« der bis dahin eingeschickten Conan-Erzählungen. Lob für Howard und seine Conan-Abenteuer konnte man auf der Leserbriefseite fast jeder Ausgabe von *Weird Tales* finden, und – das bei weitem deutlichste Anzeichen – der Texaner war in zehn der zwölf Ausgaben von 1934 vertreten, wobei acht der Geschichten Conan als Helden hatten und die letzten vier die Titelgeschichte bildeten. Ein beeindruckender Rekord.

Howard hatte sich monatelang in Conan vertieft: *Der Schwarze Kreis* war im Februar und März geschrieben worden. *Die Stunde des Drachen* hatte er sofort im Anschluss begonnen und am 20. Mai an den britischen Verleger geschickt, der seine Romane in England publizieren wollte. *Salome, die Hexe* war Anfang Juni fertiggestellt worden. Howards einzige Verschnaufpause während dieser Monate war der kurze Besuch seines Kollegen E. Hoffmann Price im April gewesen. Anfang Juni nahm Howard dann seinen ersten Urlaub seit langer Zeit. Er

ließ seinen Brieffreund August Derleth später dann wissen, dass er »mehrere Wochen ununterbrochener Arbeit beendet hatte«, und erzählte ihm: »Ein Freund und ich haben einen kurzen Abstecher ins südliche New Mexico und in die westlichste Ecke von Texas gemacht; haben die Carlsbad-Höhle gesehen, ein Spektakel, das es auf diesem Planeten kein zweites Mal gibt, dann waren wir kurz in El Paso. Da war ich das erste Mal ...«
Der Freund war Truett Vinson, einer von Howards besten Freunden seit der High School, auf den wir später noch zu sprechen kommen werden. Die beiden Männer verließen Cross Plains, Howard Heimatstadt, Anfang Juni und waren eine Woche lang unterwegs. Dass es eine vergnügliche Reise war, bestätigt die Tatsache, dass sie in fast allen von Howards Briefen der folgenden Wochen erwähnt wurde; der Besuch der Carlsbad-Höhle in New Mexico war der Höhepunkt der kurzen Ferien. Howard war ganz besonders beeindruckt von dem Naturwunder und schwärmte lange darüber in den Briefen an seine Briefpartner, insbesondere an H. P. Lovecraft:

Ich kann die fantastischen Wunder dieser großen Höhle nicht beschreiben. Sie müssten sie selbst sehen, um sie schätzen zu können. Sie liegt hoch oben in den Bergen, und ich habe noch nie einen so blauen und klaren Himmel gesehen wie jenen, der sich titanisch über die gewundenen Pfade wölbt, die sich der Reisende hinaufquälen muss, um den Eingang der Höhle zu erreichen. Sie hat eine besonders tiefe blaue Färbung, die jeden Versuch einer Beschreibung zunichtemacht. Der Eingang zur Höhle ist riesig, aber verglichen mit den Dimensionen des Inneren ist er geradezu winzig. Man steigt beinahe endlos über sich windende Rampen in die Tiefe, etwa siebenhundert Fuß. Wir betraten sie um halb elf und kamen um vier wieder raus. Die englische Sprache ist nicht ausdrucksvoll genug, um die Höhle beschreiben zu können. Die Fotos vermitteln keine gute Vorstellung; sie verstärken die Farben; die Färbung ist in Wirklichkeit gedämpft, trübe und funkelt nicht. Aber sie vermitteln keine richtige Vorstellung von der Größe, von den komplizierten Mustern, die sich während der Jahrtausende in den Kalkstein eingegraben haben ... In der Höhle scheinen die Naturgesetze außer Kraft gesetzt zu sein; es ist eine Natur, die in ihrer überschäumenden Phantasie die Kontrolle verloren hat. Hunderte von Fuß in der Höhe wölbt sich die große Steindecke rauchig in dem Nebel, der ununterbrochen aufsteigt. Gewaltige Stalaktiten hängen von der Decke, in jeder vorstellbaren Form, als Spindeln, als Kuppeln, in lichtdurchlässigen Schichten, wie Eisgobelins. Wasser tropfte, baute im Verlauf der Jahrhunderte gigantische Säulen, hier und da funkelten Wasserpfützen grün und seltsam ... Wir gingen durch ein Wunderland fantastischer Riesen, über deren undenkliches Alter man lieber nicht nachdenken wollte.

Kurz nach seiner Rückkehr nach Cross Plains setzte sich Howard daran, eine neue Conan-Erzählung zu schreiben, *Die Diener von Bît-Yakin*. Die Geschichte ist nicht besonders denkwürdig, mit einem wenig überzeugenden Plot und einer langweiligen Heldin, aber ihr Schauplatz unterscheidet sich deutlich von anderen Conan-Abenteuern, da sie in einem riesigen Naturwunder voller Höhlen und unterirdischer Flüsse spielt; offensichtlich hatte der Besuch der Carlsbad-Höhle Howard dazu inspiriert. Wie er abschließend an Lovecraft schrieb: »Mein Gott, was für eine Geschichte könnten Sie nach einer solchen Forschungsexpedition schreiben! ... In dieser monströsen, in ewigem Zwielicht liegenden Unterwelt siebenhundertfünfzig Meter unter dem Erdboden erscheint *alles* denkbar. Hätte sich ein Ungeheuer aus den Schatten der Säulen erhoben und die Menge mit seinen krallenbewehrten anthropomorphen Hände bedroht: Ich glaube nicht, dass es irgendjemanden besonders überrascht hätte.« Vermutlich entschied Howard, dass er die Geschichte doch selbst schreiben konnte.

Das Ergebnis ist nicht besonders zufriedenstellend, aber es ebnete den Weg für größere Dinge, die da kommen sollten. Zum ersten Mal arbeitete Howard Elemente seiner eigenen Heimat in die Serie ein. Es war nur ein zögerlicher Versuch, sicher, nichtsdestotrotz ein wichtiger. Die Geschichte wird in keinem von Howards ausführlichen Briefen erwähnt, es sind auch keine Unterlagen ihrer Einsendung erhalten geblieben. Farnsworth Wright akzeptierte sie für 155 $, zahlbar bei Veröffentlichung in *Weird Tales*, und veröffentlichte sie in der Ausgabe vom März 1935. Es gibt einige Unklarheiten hinsichtlich des ursprünglichen Titels für die Geschichte. Sie erschien in *Weird Tales* zuerst unter dem Titel *Jewels of Gwahlur (Die Juwelen von Gwahlur)*. Howard schrieb drei Fassungen: die erste ist titellos, während die zweite und dritte den Titel *Die Diener von Bît-Yakin* tragen. Die dritte Fassung ist als Durchschlag der an *Weird Tales* geschickten Version erhalten geblieben, darum ist sie die definitive Version. Ein dritter Titel, *Teeth of Gwahlur (Die Zähne von Gwahlur)*, erscheint auf einer Liste, die lange nach Howards Tod unter seinen Papieren gefunden wurde (von der die Informationen über die Honorare stammen, die das Magazin gezahlt hat). Diese Liste wurde nicht von Howard selbst verfasst, obwohl sie offensichtlich auf einem Originaldokument Howards oder einer Reihe von Dokumenten beruht. Internen Beweisen zufolge hat es den Anschein, dass diese Liste lange nach der Veröffentlichung der Geschichte vorbereitet wurde und höchstwahrscheinlich als Liste der Arbeiten dienen sollte, die an *Weird Tales* verkauft worden waren, um nach seinem Tod festzustellen, was das Magazin Howards Erben schuldete. In der Auflistung seiner Verkäufe hat Howard für gewöhnlich die Titel der veröffentlichen Versionen angegeben, wie das bei diesem Dokument der Fall ist. *(The Slithering Shadow* statt *Xuthal of the Dusk* [deutscher Titel *Der wandelnde Schatten*], *Shadows in the Moonlight* statt *Iron Shadows in the Moon* [deutscher Titel *Schatten im Mondlicht*].) Es erscheint also ziemlich wahrscheinlich, dass es sich bei *Teeth* einfach um einen Fehler handelt; vielleicht dachte Howard selbst bei der Niederschrift des Titels nur an den Namen der Halskette in der Geschichte, und die spätere Abschrift übernahm den Fehler.

In den folgenden Wochen entschied sich Howard wieder einmal, mit Conan zu experimentieren. Der Versuch selbst resultierte nicht in einer vollendeten Erzählung, führte aber zu einer wichtigen Entwicklung der Serie. Wo *Die Diener von Bît-Yakin* sich bei einem Ort bediente, den Howard besucht hatte, entschied sich der Texaner dieses Mal für einen entschieden amerikanischen Schauplatz, auch wenn der Preis dafür der Verzicht auf den Cimmerier selbst war.

In der zweiten Hälfte des Jahres 1934 konnte man eine wachsende Distanzierung Howards zu seiner cimmerischen Schöpfung beobachten, insbesondere in seinen Unterhaltungen mit Novalyne Price, mit der er sich ab August regelmäßig traf. Im Oktober vertraute er ihr an,»dass ich Conan etwas leid werde … Man muss über dieses Land schreiben. Hier warten alle möglichen Geschichten.«

Der Autor, von dem sich Howard für diese neue Geschichte inspirieren ließ, gehörte zu seinen Lieblingsschriftstellern: Robert W. Chambers. Howards Bibliothek beinhaltete drei Romane dieses Autors, die sich mit der Amerikanischen Revolution beschäftigen: *The Maid-at-Arms* (1902), *The Little Red Foot* (1921) und *America, or the Sacrifice* (1924). Diese Romane sollten den Hintergrund und die Inspiration für Howards nächste Geschichte über das hyborische Zeitalter bieten: *Wölfe jenseits der Grenze*.

Im Laufe der Jahre sind eine Vielzahl verwirrender und falscher Informationen über Howards Verwendung von Chambers' Material aufgetaucht, bis der Howard-Forscher Rusty Burke das geradegerückt hat. Sämtliche Schlüsse, was das genaue Ausmaß dieses Einflusses angeht, entstammen Burkes Forschungen oder sind aus seiner Pionierarbeit abgeleitet.

Wie schon 1932, als er die Entscheidung getroffen hatte, *Das hyborische Zeitalter* zu schreiben, notierte sich Howard zuerst ein paar Einzelheiten, die ihm helfen sollten, sich besser in den Geschehnissen und Örtlichkeiten zurechtzufinden, über die er schreiben wollte (siehe *Vermischte Schriften: Notizen ohne Titel*). Es kann kein Zweifel darüber bestehen, dass Howard an Chambers' Romane dachte, als er das schrieb. Beinahe sämtliche Namen sind den Romanen fast buchstabengetreu entnommen: Schohira für Schoharie; Oriskawny für Oriskonie, Caughnawaga für Conawaga usw. Die in diesem Dokument entwickelten Situationen und Geschehnisse beschwören deutlich Chambers' Dramatisierung der amerikanischen Revolution herauf. Weitere von Chambers abgeleitete Namen sollten ihren Weg in *Wölfe jenseits der Grenze* finden.

Wölfe ist eines der interessantesten Fragmente, weil es

genau genommen keine Conan-Geschichte ist. Es war nicht das erste Mal, dass Howard versuchte, etwas anderes auszuprobieren, und wie wir noch sehen werden, war es auch nicht das erste Mal, dass er mit einer anderen Figur experimentierte, weil er anfing, den Bezug zu einer seiner Kreationen zu verlieren.

Kurz bevor er seinen Roman *Die Stunde des Drachen* schrieb, hatte Howard sich an einer anderen Geschichte versucht, in der Conan über weite Strecken der Erzählung nicht vorkommt. In diesem Fall war Conans Abwesenheit jedoch auf die ersten Kapitel einer Geschichte beschränkt, die als Roman entworfen worden war; wie das Exposé für die ganze Geschichte zeigt, war der Cimmerier als eine der führenden Figuren, wenn nicht sogar als der Protagonist der Handlung bestimmt. Die Situation kann man als Parallele zu *Salome, die Hexe* betrachten, wo der Cimmerier größtenteils hinter den Kulissen agiert. Aber bei *Wölfe jenseits der Grenze* ist die Situation entschieden anders, hier haben wir einen Ich-Erzähler, und Conan hat keinen Auftritt, auch wenn er im Verlauf der Geschichte mehrfach erwähnt wird.

Eine sehr ähnliche Situation hatte es ein paar Jahre früher in Howards Karriere gegeben, und das schafft einen interessanten Vergleich. 1926 erschuf Howard Kull den Atlanter, seinen ersten epischen Fantasy-Helden, über den der Texaner ein Dutzend Geschichten schrieb oder skizzierte. 1928 schien Howard aber anscheinend das Interesse an seiner Figur zu verlieren. Dann begann er ein sehr interessantes Fragment – das er nie vollendete –, in dem der Protagonist nicht Kull war, sondern sein Freund Brule, der Piktenkrieger, der sich in dieser Geschichte wesentlich von seinen früheren Auftritten unterschied. Kull wurde ein Nebendarsteller in seiner eigenen Serie, so wie es mit Conan in *Wölfe jenseits der Grenze* geschieht. Howard vollendete das Fragment nie, aber von diesem Augenblick an erfuhr die Figur Kull eine drastische Entwicklung. Es ist ziemlich bemerkenswert, dass es sich in beiden Fragmenten bei den im Hintergrund agierenden Charakteren um Barbaren handelt, die zu Königen zivilisierter Länder aufsteigen oder bereits aufgestiegen sind. Und in beiden Fragmenten sind die Ansichten der neuen Protagonisten ziemlich ähnlich, was die Politik betrifft. Vergleichen Sie das Folgende:

> Die Bewohner von Conajohara verteilten sich über die ganze Westmark, siedelten sich in Schohira, Conawaga oder Oriskawny an, aber viele von ihnen zogen nach Süden und ließen sich in der Nähe von Fort Thandara nieder ... Später gesellten sich andere Siedler zu ihnen, denen die älteren Provinzen zu dicht besiedelt waren, und schließlich entstand daraus die Provinz Thandara. Man nannte sie die Freie Provinz Thandara, denn sie war kein Lehen der Lords wie die anderen Provinzen, da ihre Siedler sie ohne Hilfe der Adligen der Wildnis abgerungen hatten. Wir zahlten keine Steuern an die Barone jenseits der Bossonischen Marschen, die das Land durch einen königlichen Freibrief für sich beanspruchten. Unser Gouverneur wurde durch keinen Lord eingesetzt, wir wählten ihn selbst, aus unserer Mitte, und er war nur dem König verantwortlich. Wir besetzten die Forts mit unseren eigenen Männern und ernährten uns im Frieden wie im Krieg selbst. Und Mitra weiß, der Krieg war ein Dauerzustand, denn unsere Nachbarn waren die wilden Pikten der Panther-, Alligator-, und Otterstämme, und zwischen uns gab es keinen Frieden. (aus *Wölfe jenseits der Grenze*)

»Wir von den Inseln sind von einem Blut, aber von vielen Stämmen, und jeder Stamm hat Bräuche und Traditionen, die nur ihm allein gehören. Wir alle erkennen Nial von den Tatheli als Hochkönig an, aber seine Herrschaft ist locker. Er mischt sich nicht in unsere Probleme untereinander ein und erlegt uns auch keine Tribute oder Steuern auf ... Er erlegt meinem Stamm, den Borni, keinen Tribut auf, auch keinem anderen Stamm. Er greift auch nicht ein, wenn zwei Stämme Krieg gegeneinander führen – es sei denn, ein Stamm vergreift sich an einem der drei, die unter seinem Schutz stehen ... Und wenn die Lemurier, die Kelten, eine andere fremde Nation oder Seeräuber uns angreifen, befiehlt er allen Stämmen, ihre Streitigkeiten zu vergessen und Seite an Seite zu kämpfen. Was eine gute Sache ist. Wenn er wollte, könnte er ein Tyrann sein, denn sein eigener Stamm ist sehr stark, und mit der Hilfe Valusiens könnte er tun, was er will; er weiß, dass er das zwar tun könnte, dass er mit seinen Stämmen und ihren Verbündeten alle anderen Stämme vernichten könnte, aber dann würde es nie wieder Frieden geben ...« (aus einem titellosen Kull-Fragment)

Hier gibt es mehr als nur oberflächliche Ähnlichkeiten. In beiden Fällen kann man den politischen Aufruhr, der mit der sozialen Situation seiner regulären Protagonisten Kull, König von Valusien, und Conan, zukünftiger König von Aquilonien verbunden ist, als das Spiegelbild eines vergleichbaren Aufruhrs interpretieren, der in Howards Psyche stattfand. In beiden Fällen erscheinen die Pikten – die bis dahin nur einmal in der Conan-Serie erwähnt wurden (in *Im Zeichen des Phönix*) – als der nötige Katalysator für eine Veränderung: Brule ist ein Pikte, und auch die Bedrohung, die die Pikten für die aquilonischen Siedler darstellen, ist der Auslöser für die Geschehnisse in *Wölfe jenseits der Grenze*. Die Pikten – die Wilden, die in Howards Universum stets präsent sind – zwingen Howards Charaktere, ihre wahre Natur zu enthüllen.

Wie schon das Kull-Fragment zuvor vollendete Howard auch *Wölfe jenseits der Grenze* nicht. Sein erster Entwurf endete als eine Mischung aus Erzählung und Exposé, während der zweite schlichtweg abgebrochen wurde. Möglicherweise basierte die Geschichte einfach zu sehr auf Chambers und stellte zu sehr eine nötige Übung dar, bevor Howard sich dieser neuen Phase in der Evolution seiner Helden mit ganzer Kraft widmen konnte.

Dass *Jenseits des Schwarzen Flusses* aus der Asche von *Wölfe jenseits der Grenze* geboren wurde, ist offensichtlich. Dieses Mal befreite sich Howard allerdings so gut wie völlig von Chambers' Einflüssen. Es gibt kein Plot-Element in *Jenseits des Schwarzen Flusses*, das sich zu Chambers zurückverfolgen lässt, und bloß ein paar Namen zeigen noch die ursprüngliche Verbindung (zum Beispiel wurde Conajohara aus *Wölfe* übernommen, und »Balthus« geht auf den »Baltus« aus *The Little Red Foot* zurück). *Jenseits des Schwarzen Flusses* ist purer Howard.

Diese Geschichte lag Howard ganz besonders am Herzen. Gegenüber August Derleth bemerkte er: »Ich wollte sehen, ob ich eine interessante Conan-Geschichte ohne Sex schreiben konnte.« Lovecraft gegenüber war er etwas eindeutiger; er schrieb, dass sein letzter Verkauf an *Weird Tales* eine »zweiteilige Conan-Erzählung war: ›Jenseits des Schwarzen Flusses‹ – eine Pioniergeschichte ... Ich habe mich dabei an einem ganz neuen Stil und Handlungsort versucht – habe die exotischen Handlungsorte wie verlorene Städte, verfallende Zivilisationen, goldene Kuppeln, Marmorpaläste, in Seide gekleidete Tänzerin-

nen und dergleichen aufgegeben und meine Geschichte vor dem Hintergrund der Wälder und Flüsse, Blockhütten und Außenposten, der in Wildleder gekleideten Siedler und bemalten Stammeskrieger spielen lassen.«
Aber es war Novalyne Price, der Howard seine Empfindungen über diese Erzählung ausführlich darlegte:

> Bob fing an zu reden. Aber er machte die Zivilisation nicht schlecht; stattdessen pries er die einfachen Dinge, die die Zivilisation zu bieten hatte: an Straßenecken herumzustehen, sich mit Freunden zu unterhalten; beim Spazierengehen die Sonne auf dem Gesicht zu spüren, einen treuen Hund an deiner Seite; mit deinem Schatz nach Kakteen zu suchen.
> [...]
> »Ich habe Wright vor ein paar Monaten so eine Geschichte verkauft.« Er drehte sich um und sah mich aufgeregt an. »Ich war verdammt überrascht, dass er sie genommen hat. Sie ist anders als meine anderen Conan-Geschichten ... kein Sex ... nur Männer, die gegen die Grausamkeit und die Wildheit kämpfen, die sie überwältigen könnten. Ich will, dass du sie liest, wenn sie herauskommt. Sie ist voll mit den kleinen wichtigen Dingen, die Männer den Glauben schenken, dass die Zivilisation es wert ist, für sie zu leben und zu sterben.«
> [...]
> Er fand das alles sehr aufregend, weil dies eine Geschichte über sein Land war – und sie war gekauft worden! Er sehnte sich danach, mehr über dieses Land zu schreiben, keine gewöhnliche Cowboy-Geschichte oder einen klassischen Western mit Schießereien, auch wenn es in diesem Land weiß Gott genug solche Geschichten gab, die darauf warteten, aufgeschrieben zu werden. Aber in seinem Her-

zen wollte er mehr als das sagen. Er wollte die einfache Geschichte seines Landes erzählen und die Entbehrungen, die die Siedler erdulden mussten, während sie verängstigten, zur Hälfte noch barbarischen Leuten entgegentraten – den Indianern, die an einer Lebensweise und einem Land festhalten wollten, das sie liebten ...»Aber ein Roman, der die Furcht die Siedler darstellt, während sie sich mit Gewalt eine neue Existenz aufbauen wollen, und die Furcht der Indianer, während sie versuchten, sich an einem zum Untergang verurteilten Land festzuklammern; weißt du, Mädchen, das alles würde verdammt noch mal der beste Roman sein, der jemals über das Leben an der Grenze im Südwesten geschrieben wurde.
[...]
Ich habe diese Geschichte ausprobiert, um zu sehen, was Wright damit machen würde. Ich hatte Angst, dass er sie nicht nehmen würde, aber er hat es getan! Bei Gott, er hat es getan!«

Jenseits des Schwarzen Flusses wird von vielen Howard-Forschern als seine beste Geschichte betrachtet, die seine ganze Philosophie einschließt: »Für die Menschheit ist Barbarei der natürliche Zustand ... Zivilisation ist unnatürlich. Sie ist eine Laune des Zufalls. Aber Barbarei wird schließlich immer die Oberhand behalten.«

Tatsächlich finden in der Geschichte alle Charaktere, die keine Barbaren sind, ihr Ende. Tiberias der Kaufmann, der als Inbegriff zivilisierter Dekadenz dargestellt ist, ist natürlich das erste Beispiel; er wird mit offensichtlicher Verachtung als ein Mann porträtiert, der entweder nicht willens oder einfach nicht fähig ist, seine zivilisierte Lebensweise dem Leben an der Grenze anzupassen. Aber selbst die Waldläufer, die in der Zivilisation geboren wurden, aber ihr Leben an der Grenze verbracht haben, können nicht darauf hoffen, dort zu überleben: »Sie waren Söhne der Zivilisation, die zu Halbbarbaren geworden waren. Conan dagegen war ein echter Barbar aus tausend Generationen von Barbaren. Sie hatten sich alles angeeignet, was ein Waldläufer brauchte, während er damit geboren war. Er übertraf sie sogar in der Sparsamkeit und Geschmeidigkeit seiner Bewegungen. Sie waren Wölfe, er ein Tiger.« Die Grenzläufer Balthus und Valannus sterben alle aus diesem Grund, und Howards Genie lag darin, seine Geschichte nicht den üblichen Genre-Konventionen zu opfern.

Es ist viel über die genaue Bedeutung des letzten Absatzes der Erzählung geschrieben worden. Die meisten schreiben die Erklärung fälschlicherweise Conan zu, als wäre das seine Meinung, dabei spricht dort ein namenloser Waldläufer. Dass die Barbaren am Ende immer triumphieren, ist einfach nur die Wiedergabe der Ereignisse, die sich gerade zugetragen haben: Nur Conan und die Pikten haben überlebt, weil das Überleben in ihrer Natur liegt. Dass Conan in der Tat mehr mit den Pikten gemeinsam hatte, gegen die er kämpfte, als mit den Aquiloniern, das hatte Howard schon früher in der Geschichte deutlich zum Ausdruck gebracht:

>»Doch eines Tages wird sich unter ihnen ein Mann erheben und dreißig oder vierzig Clans um sich sammeln, so wie es bei den Cimmeriern geschah, als die Gundermänner vor vielen Jahren versuchten, ihre Grenze nach Norden zu verschieben. Sie wollten die Marschen im Süden von Cimmerien kolonisieren. Aber sie rotteten ein paar kleine Clans aus und errichten das Grenzfort Venarium – nun, dir ist die Geschichte sicher bekannt.«

»Das ist sie allerdings«, antwortete Balthus sichtlich unangenehm berührt ... »Mein Onkel hielt sich in Venarium auf, als die Cimmerier die Mauern stürmten ... Die Barbaren fegten als rasende Horde von den Bergen herbei und überfielen Venarium ohne Warnung mit einer Wildheit, der keiner widerstehen konnte. Männer, Frauen und Kinder wurden ohne Ausnahme niedergemetzelt und Venarium dem Erdboden gleichgemacht; und jetzt ist es nur noch eine verkohlte Ruine. Die Aquilonier wurden über die Marschen zurückgetrieben und haben nie wieder versucht, cimmerisches Gebiet zu besiedeln. Ihr sprecht, als wüsstet Ihr gut Bescheid über Venarium. Wart Ihr vielleicht selbst dort?«

»Ja«, brummte der riesenhafte Mann. »Ich gehörte zu der Horde, die die Mauern stürmte ...«

[...]

»Dann seid Ihr ja ein Barbar!«, entfuhr es ihm.

Der andere nickte, ohne sich gekränkt zu fühlen.

»Ich bin Conan, ein Cimmerier.«

Die Bedeutung dieser Passage lag nicht nur darin, ein paar zusätzliche biografische Einzelheiten über den Cimmerier zu vermitteln, sondern um die Verbindung zwischen Conan und den Pikten deutlich hervorzuheben. Conan ist ein Barbar, der »so wild wie die Pikten, aber viel intelligenter ist«, und darum wird er überleben. Das Beharren auf Conans elementarer Natur, das hier viel deutlicher betont wird als in den vorherigen Geschichten über den Cimmerier, führte vermutlich dazu, dass sich Balthus als die Figur entwickelt, an der der Leser – und Howard – Anteil nehmen kann. Der Kritiker George Scithers hat einmal angemerkt, dass sich Howard zweifellos zusammen mit seinem Hund Patches selbst in der

Geschichte beschrieben hat, in Gestalt von Balthus und Reißer. Als Mensch der Zivilisation konnte Howard genauso wenig hoffen, im hyborischen Zeitalter überleben zu können, wie seine zivilisierten Charaktere. Die für die Pulp-Magazine üblichen Geschichten fanden in der Tat nur selten ein so düsteres Ende, bei dem die meisten Charaktere sterben und die Situation am Ende der Geschichte schlimmer als am Anfang ist. Howard machte hier wesentlich größere Anstrengungen, etwas auszusagen, als bloß eine weitere Conan-Erzählung seiner Bibliografie hinzuzufügen. Farnsworth Wright kaufte *Jenseits des Schwarzen Flusses* Anfang Oktober 1934. Es wurde 1935 in der Mai- und Juniausgabe von *Weird Tales* veröffentlicht, aber nicht auf dem Titel präsentiert. Entweder wollte Wright seine Titelbilder etwas abwechslungsreicher gestalten (er hatte auch der Story *Die Diener von Bît-Yakin* nicht das Titelbild zugestanden), oder aber er verzichtete darauf, weil keine halb nackte Heldin darin vorkam. Das Titelbild vom Mai 1935 zeigte allerdings keine unbekleidete Frau, und so wird die Frage unbeantwortet bleiben.

In den Monaten Oktober und November 1934 war Howard anscheinend zu sehr mit seiner Romanze mit Novalyne Price beschäftigt, um Zeit für neue Conan-Geschichten zu haben. Aber etwa zu dem Zeitpunkt, als *Jenseits des Schwarzen Flusses* akzeptiert wurde, erhielt Howard schlechte Neuigkeiten aus England. »Habe gerade einen Brief erhalten, der mich darüber informiert, dass der englische Verlag, der versprochen hatte, mein Buch zu veröffentlichen [den Roman *Die Stunde des Drachen*] in Konkurs gegangen ist. Typisch. Die Geschichte befindet sich nun in den Händen der Firma, die die Aktiva gekauft hat, aber ich habe nichts von ihnen gehört.« Allerdings wurde der Roman bald zurückgesandt. Vermutlich überarbeitete Howard ihn flüchtig und schickte ihn später in diesem Jahr an *Weird Tales*. Er erhielt bald die Nachricht, dass er angenommen worden war, vermutlich Anfang Januar 1935. Wright war anscheinend zufrieden, dass sich Howard wieder weniger experimentellen Geschichten zuwandte. »Wright sagt, es sei meine bis jetzt beste Conan-Erzählung.«

Als er im Dezember Lovecraft über den Verkauf von *Jenseits des Schwarzen Flusses* informierte und sich über deren ungewöhnlichen Ton ausließ, fügte er hinzu: »Eines Tages versuche ich, eine längere Geschichte im gleichen Stil zu schreiben, eine Fortsetzungsgeschichte in vier oder fünf Teilen.«

Anscheinend wartete er nicht lange, bevor er diese Fortsetzungsgeschichte schrieb. *Der Schwarze Fremde* gehört zu jenen von Howards Arbeiten, über die uns keine Informationen hinsichtlich ihrer Entstehung vorliegen. Dank Teilen von diversen Fassungen anderer Erzählungen, die auf den Rückseiten mehrerer Entwürfe zu finden sind, lässt sich das Entstehungsdatum auf Januar und/ oder Februar 1935 datieren. Auf den Rückseiten des Manuskripts von *Der Schwarze Fremde* finden sich mehrere Seiten von Erzählungen, die im Dezember 1934 und Anfang 1935 ausgearbeitet wurden. Man kann mit ziemlicher Sicherheit davon ausgehen, dass Howard die Arbeit an dieser Geschichte nach der Überarbeitung – und der Akzeptanz – von *Die Stunde des Drachen* aufnahm.

Der Schwarze Fremde war offensichtlich als eine Art Fortsetzung von *Jenseits des Schwarzen Flusses* konzipiert, trat Conan hier doch erneut gegen die Pikten an. Und wieder war es eine sehr experimentelle Geschichte, da der Cimmerier erst in der zweiten Hälfte seinen Auftritt hat. (Natürlich kommt er auch im ersten Kapitel vor, aber seine Identität wird dem Leser nicht enthüllt.) Die Erzählung *Der Schwarze Fremde* hat nie die kritische Aufmerksamkeit erhalten, die ihr zusteht, weil sie erst 1987 in ihrer Originalform veröffentlicht wurde, als Karl Edward Wagner sie in eine Anthologie aufnahm. In sämtlichen vorherigen Fassungen wurde die Erzählung gnadenlos verstümmelt und ergänzt. An der Oberfläche ist die Geschichte recht simpel; sie vermengt Elemente des Piratenabenteuers mit dem Kampf gegen die Indianer, aber man sollte nicht auf diese leichtfertige Weise über sie hinweggehen, wie es gelegentlich geschehen ist. *Der Schwarze Fremde* ist eine außerordentlich komplexe Geschichte, wenn man weiß, dass sie autobiografische Elemente aufweist – ob bewusst oder unbewusst –, und zwar weitaus umfassender als in allen bis dahin veröffentlichten Geschichten Howards.

Die Geschehnisse spielen an den Küsten des hyborischen Äquivalents der Vereinigten Staaten, zu einer Zeit, die ungefähr unserem siebzehnten Jahrhundert entspricht. Es ist die Geschichte einer Art früher Siedler auf einem Kontinent, der größtenteils noch immer von den wilden Stämmen dominiert wird, dem hyborischen Äquivalent der amerikanischen Ureinwohner. Im Vordergrund steht vielfach ein Kind, ein für eine Howard-Erzählung seltenes Geschehen. Tina bleibt für den Leser ein ziemliches Geheimnis: Sie wird präsentiert als »arme Waise, die sie [Belesa] auf der langen Seereise von der südlichen Küste ihrem brutalen Herrn weggenommen hatte«. Die wenigen Kinder, die in Howards Werk auftreten, teilen alle eine unglückliche Kindheit; sie sind alle Waisen oder wurden von ihren Eltern ausgesetzt, und Tina bildet da keine Ausnahme. In diesem Fall hat Belesa das Kind aber anscheinend adoptiert. In dem Wald um die Palisade der Siedler verbirgt sich ein geheimnisvoller schwarzer Mann.

»Bist du wie der Schwarze Mann, der in den Wäldern rings um uns herumspukt?«, fragte die Heldin von Nathaniel Hawthornes *Der scharlachrote Buchstabe* ihren Ehemann Roger Chillingworth. Hawthornes 1850 veröffentlichter Roman beinhaltet Motive, die eine erstaunliche Ähnlichkeit zu Howards Geschichte aufweisen. Bei beiden Geschichten geht es um eine Frau und ihr Kind (leiblich oder adoptiert), die gezwungen sind, in einer feindseligen Umgebung zu leben, die Opfer der Verachtung der Männer um sie herum sind. Zeitrahmen und Schauplatz sind sich erstaunlich ähnlich, und Pearl, Hawthornes junge Heldin, ist ein Kind, das genauso seltsam und weltentrückt wie Tina ist. In beiden Geschichten wird das Kind von einem mysteriösen schwarzen Mann erschreckt, der beinahe immer nur im Hintergrund erscheint. Es gibt hier zu viele Ähnlichkeiten, um das als einfachen Zufall abtun zu können. Hawthornes Roman gehörte nicht zu Howards Bibliothek, er wird auch in keinen der hinterlassenen Papieren erwähnt. Aber man kann mit einiger Sicherheit davon ausgehen, dass Howard Hawthorne gelesen hat, möglicherweise in der Schule: *Der scharlachrote Buchstabe* scheint eine Menge Hintergrundmaterial für *Der Schwarze Fremde* geboten zu haben, auch wenn die Geschehnisse selbst gar nichts miteinander zu tun haben.

Das alles lädt zu einer anderen Lesart der Geschichte ein, in der man Tina als vaterloses Kind sieht, das besonders sensibel auf die Gegenwart des schwarzen Mannes reagiert. Mit Howards Biografie vertraute Leser werden noch andere Überraschungen finden, denn in Hawthornes

Roman heißt Pearls Mutter Hester und der Vater, den sie nicht kennt, das Gegenstück zu Tinas schwarzem Mann, ist der blauäugige Arzt Roger Chillingworth. Howards Mutter hieß Hester, und sie war mit einem blauäugigen Arzt verheiratet.

Der Schwarze Fremde konnte anscheinend nicht an *Weird Tales* verkauft werden, obwohl es keine Unterlagen mehr gibt, die das bestätigen. Vielleicht begegnete Wright Howards Experimenten mit Unverständnis und lehnte zum ersten Mal seit vielen Monaten eine Conan-Geschichte ab, vermutlich im Februar oder März 1935. Howard entschied sich zu retten, was er konnte, und schrieb die Geschichte um. Er erfand eine neue Figur – Terence Vulmea, einen irischen Piraten –, um Conan zu ersetzen, entfernte sämtliche hyborischen Verweise und schickte die neue Geschichte unter dem Titel *Die Rote Bruderschaft* gegen Ende Mai 1935 an seinen Agenten Otis Adelbert Kline. Diese neue Version zirkulierte mehrere Jahre und wurde 1938 verkauft, aber das Magazin, in dem sie veröffentlicht werden sollte, wurde eingestellt, darum kam es erst 1976 zur Erstveröffentlichung.

Die nächste Conan-Geschichte sollte alles andere als experimentell sein. *Die Menschenfresser von Zamboula* wurde anscheinend im März 1935 geschrieben, den Geschichten nach zu urteilen, die auf den Rückseiten der ersten Fassung gefunden wurden. Es ist eine routinierte Geschichte, die etwa die Qualität jener Geschichten aufweist, die Howard gezwungenermaßen schreiben musste, wenn er dringend Geld brauchte. Umgeben von solchen Meisterwerken wie *Jenseits des Schwarzen Flusses*, *Der Schwarze Fremde* und später *Aus den Katakomben* schneidet sie mehr als schlecht ab. Anscheinend hat Howard den Schauplatz mehreren Abenteuergeschichten mit seinen Charakteren Kirby O'Donnell und Francis Xavier Gordon entliehen, die er zur gleichen Zeit schrieb und die im Nahen Osten spielten. Ein paar der Elemente entstammen den Prämissen einer unverkauften Detektivgeschichte, *Guests of the Hoodoo Room*, die sehr wahrscheinlich ein paar Monate vor der Conan-Geschichte entstand. In *Guests* gibt es ebenfalls Kannibalen, die arme Teufel in einem präparierten Hotelzimmer fangen. Die Handlung ist nicht besonders überzeugend, aber Howard wusste vermutlich, dass das Wright nicht daran hindern würde, die Geschichte zu akzeptieren. Die Szene, in der Zabibi/Nafertari nackt zwischen den Schlangen tanzt, scheint nur mit einer Absicht geschrieben worden zu sein: aufs Titelblatt zu kommen. Brundages Cover-Illustration für diese Geschichte ist in der Tat bemerkenswert. Dass sie den Cimmerier nicht zeigte, daran hatte sich Howard gewöhnt: von den neun *Weird Tales*-Titelbildern, die eine Conan-Geschichte illustrierten, wurde der Cimmerier selbst nur auf dreien porträtiert.

Am 22. Dezember 1934 präsentierte Howard Novalyne Price ein überraschendes Weihnachtsgeschenk. Sie erwartete ein Geschichtsbuch und bekam stattdessen eine Ausgabe von The *Complete Works of Pierre Louÿs*.

»Ein Buch über Geschichte?«, fragte ich überrascht.
 Er rutschte auf dem Stuhl herum und grinste. »Nun … ja. Eine Art Geschichtsbuch.«
[…]
Dann sagte Bob, das Buch würde sehr anschaulich unsere »dahinsiechende Zivilisation« beschreiben.
[…]
Nachdem Bob gegangen war, packte ich das Buch aus und sah es mir ganz genau an. Ich las die Beschreibung erneut

und versuchte sie zu verstehen: »Die Franzosen haben eine Gabe – die Fähigkeit, Verfall in Gold und die Maden der Fäulnis in zwitschernde Vögel der Poesie zu verwandeln. Wie dieses Buch demonstriert.«

Etwas später fragte Novalyne Howard nach dem Grund für dieses seltsame Geschenk:

»Bob, warum hast du mir dieses Buch von Pierre Louÿs geschenkt?«
Er fuhr herum und sah mich an. »Hat es dir nicht gefallen?«
»Es war etwas zu heftig für meinen Geschmack«, sagte ich defensiv. »Ich habe nicht viel davon gelesen.«
»Lies es ... Du hast ein behütetes Leben geführt. Du weißt nicht, wie es auf der Welt zugeht.«
Das ärgerte mich. »Solche Dinge will ich gar nicht wissen«, sagte ich hitzig. »Es kommt mir so vor, als würde das Wissen darüber die Welt keineswegs zu einem besseren Ort machen; es macht einen nur zu einem stummen Komplizen.«
»Man ist ein stummer Komplize, ob es einem gefällt oder nicht.« Er erwärmte sich für das Thema. »Weißt du, Mädchen, wenn eine Zivilisation verfällt und stirbt, dann haben Männer und Frauen nur noch eines im Sinn: ihre körperlichen Begierden zu stillen. Sie beschäftigen sich nur noch mit Sex. Es färbt ihr Denken, ihre Gesetze, ihre Religion – jeden Aspekt ihres Lebens.
[...]
Das will ich dir begreiflich machen, Mädchen. Männer hören auf, Unterhaltungsliteratur zu lesen, weil sie nur noch wahre Geschichten über die sexuellen Erlebnisse anderer Männer lesen wollen ... Vor ein paar Jahren hatte ich große

Probleme, Geschichten über … Sex zu verkaufen. Jetzt werde ich mich anstrengen müssen, wenn ich den Anschluss an den Markt schaffen will … Verflucht noch mal, Mädchen, egal, was du sehen oder hören wirst, es wird voller Sex sein. Genauso war es, als Rom unterging.
[…]
Mädchen, ich arbeite gerade an so einer Geschichte – ein Conan-Abenteuer. Hör mir zu. Bei einer sterbenden Zivilisation reicht die normale, allgemein akzeptierte Lebensweise nicht mehr, um den getriebenen unersättlichen Appetit der Kurtisanen und dann schließlich sämtlicher Leute zu befriedigen. Sie wenden sich dem Lesbentum und ähnlichen Dingen zu, um ihre Bedürfnisse zu befriedigen … Ich werde sie ›Das Rote Feuer der Leidenschaft‹ nennen.«

»Das Rote Feuer der Leidenschaft« war offensichtlich die Geschichte, die zu *Aus den Katakomben* werden sollte, aber Howard war noch nicht bereit, seine Idee zu Papier zu bringen. Ein paar Monate später, Ende April oder Anfang Mai, hatte Howard eine weitere Unterhaltung mit Novalyne über das Thema:

Bob gab zu, dass er noch nicht mit Conan fertig war. Es tat mir leid, das zu hören, denn nach dem wenigen zu urteilen, was ich überflogen hatte, hatte ich für Conan nicht viel übrig.
Bob sagte, er hätte eine Idee für eine Conan-Geschichte, die bald gereift wäre. Er war noch nicht so weit, um sie zu schreiben. Bis jetzt hatte er sich bloß ein paar Notizen gemacht und die Geschichte zur Seite gelegt, um sie in seinem Unterbewusstsein liegen zu lassen, bis sie sich voll entwickelt hatte.
»Worum geht es dabei?«, fragte ich.

»Ich glaube, dieses Mal werde ich sie zu einer der blutigsten Geschichten mit dem meisten Sex machen, die ich je geschrieben habe. Ich glaube nicht, dass sie dir gefallen würde.«
»Nicht, wenn sie blutig ist.« Ich sah ihn etwas verblüfft an. »Was meinst du mit ›eine der Geschichten mit dem meisten Sex‹?«
»Mein Gott. Meine Conan-Geschichten sind voller Sex.«
[...]
Ich konnte nicht begreifen, wo in den Conan-Abenteuern, die Bob mir zu lesen gegeben hatte, Sex gewesen sein sollte. Blut und Gemetzel, ja. Sex, nein.
»In deinen Conan-Abenteuern gibt es Sex?«, sagte ich ungläubig.
»Verflucht, ja. Das war sein Leben – trinken, herumhuren, kämpfen. Was gab es sonst für ihn?«

Aber *Aus den Katakomben* sollte noch ein paar Wochen lang nicht geschrieben werden.
Einer der Gründe dafür war *Weird Tales'* wackelige finanzielle Situation. Howard schrieb am 6. Mai 1935 an Farnsworth Wright: »Ich verabscheue es immer, einen Brief wie diesen zu schreiben, aber die blanke Not zwingt mich dazu. Kurz gesagt, es ist die dringende Bitte um Geld ... Wie Sie wissen, sind sechs Monate vergangen, seit *Der Schwarze Kreis* (die Geschichte, für die ich noch kein Geld erhalten habe) in *Weird Tales* erschienen ist. *Weird Tales* schuldet mir mehr als achthundert Dollar für bereits veröffentlichte Geschichten, die bei der Veröffentlichung bezahlt werden sollten – genug, um meine Schulden zu bezahlen und mir wieder auf die Beine zu helfen, könnte ich diese Summe auf einmal bekommen. Vielleicht ist das unmöglich. Ich will nicht unvernünftig sein;

ich weiß, die Zeiten sind für alle hart. Aber ich glaube nicht, dass ich unvernünftig bin, wenn ich Sie bitte, mir jeden Monat einen Scheck zu schicken, bis das Konto ausgeglichen ist. Ehrlich, bei dem jetzigen Zahlungstempo bin ich ein alter Mann, bevor alle Außenstände beglichen sind! Und ich brauche dringend Geld!« Howard brauchte wirklich dringend Geld, da sich die Gesundheit seiner Mutter auf alarmierende Weise verschlechterte und die Ausgaben für ihre medizinische Betreuung in die Höhe schossen.

Es war noch ein ernsthafter Zwischenfall in Howards Leben nötig, damit sich die Teile der Geschichte ergaben: Anfang des Sommers fing Novalyne Price an, mit einem von Howards besten Freunden auszugehen, mit Truett Vinson, aber ohne es ihm zu sagen. Howard entdeckte das ein paar Wochen später, gerade als er und Truett einen Ausflug nach New Mexico machten. Vinson und Howard waren eine Woche lang unterwegs, und wir können nur erahnen, was in diesen paar Tagen in Howard vorging.

Der Höhepunkt des Ausflugs war Lincoln, Schauplatz des berühmten blutigen »Lincoln County-Krieges«. Während dieses Besuchs fand Howard die letzten Elemente, die er brauchte, um *Aus den Katakomben* zu schreiben: Trotz der pseudoaztekischen Namen fanden Xuchotl und seine Bewohner ihren Ursprung nicht am Zuadsee, sondern in der kleinen Stadt in New Mexico. Der folgende Absatz aus dem Brief vom 23. Juli 1935 an Lovecraft ist lang, aber unverzichtbar, wenn man verstehen will, was Howard mit *Aus den Katakomben* erreichen wollte.

[Vinson und ich] kamen in das uralte Städtchen Lincoln, das wie der Geist einer blutbefleckten Vergangenheit umgeben von den kargen Bergen vor sich hin träumt. Walter Noble Burns, Autor von »Die Saga von Billy the Kid« hat über Lincoln gesagt: »Die Stadt ist gegen Ende des Lincoln County-Krieges eingeschlafen und niemals wieder erwacht. Sollte die Eisenbahn sie nicht mit der großen weiten Welt verbinden, wird sie tausend Jahre lang weiterschlummern. Lincoln sieht noch genauso aus, wie es Murphy und McSween und Billy the Kid kannten. Die Stadt ist ein Anachronismus, eine Art mumifizierte Stadt ...«

Ich habe keine bessere Beschreibung. Eine mumifizierte Stadt. Noch nie bin ich auf so lebendige Weise mit der Vergangenheit in Berührung gekommen, noch nirgendwo ist die Vergangenheit so realistisch, so begreifbar geworden. Es war, als würde man aus meinem Zeitalter in das Fragment eines älteren Zeitalters treten, das irgendwie überlebt hat ... Lincoln ist ein von Geistern heimgesuchter Ort; es ist eine tote Stadt, und doch findet darin ein Leben statt, das vor fünfzig Jahren gestorben ist ... Die Nachfahren alter Feinde leben in der kleinen Stadt friedlich nebeneinander; und doch habe ich mich gefragt, ob die alte Fehde wirklich tot ist, oder ob die Glut nur schwelt und durch einen sorglosen Atemzug wieder zu neuem Feuer angefacht werden könnte.

[...]

Die Gefühle, die Lincoln in mir erweckten, habe ich noch nie zuvor anderswo verspürt – eine Art Entsetzen war vorherrschend. Wenn es in dieser Hemisphäre einen von Geistern gequälten Ort gibt, dann Lincoln. Ich hatte das Gefühl, dass, sollte ich hier schlafen, die Geister der Ermordeten meine Träume heimsuchen würden. Die Stadt selbst erschien mir wie ein ausgebleichter, grinsender Totenschädel. Skelette schienen in der Erde unter meinen Füßen zu liegen. Und das ist keine Ausgeburt meiner Phantasie, soweit ich es verstanden habe. Gelegentlich bringt ein Pflug einen Schädel zum Vorschein. In Lincoln sind so viele Männer gestorben.

[...]

Lincoln ist eine von Geistern heimgesuchte Stadt – aber es ist nicht nur das Wissen, dass hier so viele Männer gestorben sind, was sie für mich so unheimlich macht. Ich habe viele Orte besucht, an denen der Tod massenhaft zugeschlagen hat ... Aber keiner dieser Orte hat mich jemals so berührt wie Lincoln. Ich habe sie nicht mit dem Schrecken wahrgenommen, den ich in Lincoln verspürte. Ich glaube, ich kenne den Grund dafür. Burns hat in seinem großartigen Buch, das die Fehde schildert, ein dominierendes Element völlig außer Acht gelassen, und das ist der geographische – oder vielleicht sollte ich sagen topographische – Einfluss auf die Bewohner. Ich glaube, dass die Geographie der Grund für die ungewöhnlich grausame und blutdürstige Weise ist, auf die die Fehde ausgefochten wurde, eine grausame Wildheit, die auf jeden Eindruck gemacht hat, der die Fehde und die ihr zugrunde liegende Psychologie ernsthaft untersucht hat. Das Tal, in dem Lincoln liegt, ist vom Rest der Welt isoliert. Große Wüsten und Berge trennen es vom Rest der Menschheit – Wüsten, die zu karg sind, um Leben zu ernähren. Die Menschen von Lincoln verloren den Kontakt zur Welt. So isoliert sie waren, nahmen ihre eigenen Probleme und ihre Beziehungen zueinander eine Signifikanz und Wichtigkeit an, die in keinem Verhältnis zu ihrer tatsächlichen Bedeutung stand. Eifersüchteleien und Groll wuchsen, nährten einander, bis sie monströse Ausmaße annahmen und in den blutigen Gräueltaten endeten, die selbst den harten Westen jener Zeit überraschten. Stellen Sie sich diese schmalen Täler vor, verborgen zwischen den unfruchtbaren Hügeln, isoliert von der Welt, wo ihre Bewohner gezwungenermaßen Seite an Seite lebten, hassten und gehasst wurden, und am Ende töteten und getötet wurden. An solch beschränkten, isolierten Stellen glimmen und lodern die Leidenschaften, nähren sich durch die Impulse, die sie hervorgebracht haben, bis sie ein Stadium erreicht haben, das sich Bewohner an vom Glück begünstigteren Orten kaum vorstellen können. Ich muss frei heraus gestehen, dass ich mir die Herrschaft des Schreckens, die dieses mit Blut getränkte Tal heimsuchte, nur mit einigem Entsetzen vorstellen konnte; Tage und Nächte angespannten Wartens; warten, bis das plötzliche Donnern der Pistolen die Spannung einen Augenblick lang zerbrach und Männer wie die Fliegen starben – und dann folgte wieder Stille, und die Anspannung hörte auf. Kein Mann, dem sein Leben lieb war, wagte etwas zu sagen; wenn mitten in der Nacht ein Schuss ertönte und ein Mensch vor Schmerzen schrie, wagte niemand, die Tür zu öffnen und nachzusehen, wer gestorben war. Ich stellte mir Menschen vor, die wie die Ratten in der Falle saßen, die voller Schrecken, Qualen und Blutvergießen kämpften; die tagsüber mit zusammengekniffenen Mündern und abgewandten Blicken ihrer Arbeit nachgingen, jeden Augenblick mit einer Kugel im Rücken rechneten, und die nachts zitternd hinter verschlossenen Türen lagen, auf verstohlene Schritte warteten, auf Blei, das plötzlich durch das Fenster gepfiffen kam. In Texas wurden Fehden für gewöhnlich im Offenen ausgekämpft, in der Weite des Landes. Aber die Natur von Bonito Valley entschied die Art der Fehde – begrenzt, konzentriert, furchtbar. Ich habe davon gehört, dass Menschen an isolierten Orten den Verstand verlieren können; ich glaube, dass der Lincoln County-Krieg vom Wahnsinn berührt war.

Nach der Rückkehr nach Cross Plains Ende Juni 1935 setzte sich Howard schließlich an seinen Schreibtisch, um die Geschichte niederzuschreiben, die sich über so viele Monate in seinen Gedanken entwickelt hatte. Falls der blutige Lincoln County-Krieg, seine Verwendung von Sex in den Conan-Geschichten, die besonders angespannte Situation zwischen Novalyne, Vinson und ihm selbst und die sich rapide verschlechternde Gesundheit seiner Mutter den unmittelbaren Hintergrund der neuen Erzählung bildeten, halfen mehrere Prototypen ebenfalls dabei, der Geschichte ihre Form zu geben.

Mehr als zwei Jahre zuvor hatte er *Der wandelnde Schatten* vollendet, das gerechtfertigterweise als eine Art Vorgänger von *Aus den Katakomben* betrachtet wird. Die Ankunft von Conan und einer Frau in einer Stadt, die vom Rest der hyborischen Welt abgeschnitten ist, in der sie es mit einer bösartigen Frau und dekadenten Bewohnern zu tun bekommen, ist das Grundgerüst beider Geschichten. *Schatten* ist eine zweitrangige Conan-Erzählung, vermutlich weil Howard als Schriftsteller noch die Erfahrung fehlte, um daraus zu machen, was sie verdient hätte. Die Heldin war geistlos und die Geschichte offensichtlich ausbeuterisch. Allerdings bemerkte Howard Clark Ashton Smith gegenüber, dass die Geschichte »in Wirklichkeit nicht so ausschließlich Schwertkämpfen gewidmet ist, wie die Vorschau vermuten lässt«.

Unter Howards Papieren fand sich ein Exposé für eine Detektivgeschichte mit Steve Harrison, das starke Ähnlichkeiten mit dem Conan-Abenteuer hat. Das Exposé ist nicht datiert, wurde aber vermutlich nur ein paar Monate vor der Conan-Erzählung geschrieben. »Es gab eine alte Fehde zwischen den Wiltshaws und den Richardsons, und in der Gegenwart sind das die letzten Nachkommen. Eine andere Familie, die Barwells, war in die Fehde verwickelt worden, bis die letzte Angehörige dieses Geschlechts, eine grimmige, hagere Frau, die, von den Richardsons und Wiltshaws verfolgt, fünfunddreißig Jahre zuvor mit ihrem Sohn im Säuglingsalter fortgegangen war und beiden Clans Rache geschworen hatte ... Schließlich hatte Harrison entdeckt, dass Dr. Ellis in Wirklichkeit Joe Barwell war, der vor Jahren in die Stadt zurückgekehrt war, um seine Rache zu üben ...«

Howard hatte kein Problem damit, die beiden Barwells aus dem Harrison-Exposé in der Person von Tolkemec zu verschmelzen. Eine weitere Figur aus dem Harrison-Exposé, Esau, ein »hochgewachsener, schlurfender Mann von großer, unbeholfener Kraft ... ein neurotischer Mann, so stark wie ein Stier«, war vermutlich die Inspiration für Olmec, »ein Hüne – so groß wie der Cimmerier und schwerer, mit einer gewaltigen Brust und Schultern wie ein Stier«; die Assoziation zu dem biblischen Esau verstärkt die Verbindung zu dem haarigen Olmec.

Aus den Katakomben ist das Gegenstück zu *Jenseits des Schwarzen Flusses*. Mit Letzterem schrieb Howard seine ultimative »Barbarei gegen Zivilisation«-Geschichte, mit der Erkenntnis, dass »Barbarei schließlich immer triumphieren wird«. Er behauptete auch: »Zivilisation ist unnatürlich«. *Aus den Katakomben* war die Geschichte, in der er dieses Motiv vertiefte. In all den Erzählungen, die er über dieses Thema geschrieben hatte, hatten seine Zivilisationen, Königreiche, Länder oder Städte die dekadente Phase des Verfalls nie bis zu ihrem bitteren Ende erleben dürfen. Einmal entzweit und darum geschwächt, wurden die zivilisierten Menschen systematisch von den Barbarenhorden ausgelöscht, die vor ihren Toren warteten. In *Jenseits des Schwarzen Flusses* übernahmen diese Rolle die Pikten; in *Die Bestie von Bal-Sagoth*, eine Erzählung aus dem Jahre 1930, die sehr ähnlich wie *Aus den Katakomben* konstruiert ist, sorgten die »roten Männer« für die Zerstörung. *Aus den Katakomben* sollte sich in dem Sinn von den anderen unterscheiden, dass kein Barbarenstamm vor den Toren Xuchotls lauerte. Zum ersten Mal in Howards Werk wird der Prozess der Zivilisation mit seinen dekadenten Phasen des Verfalls bis zu seinem unausweichlichen Ende durchgeführt. Xuchotl ist eine »unnatürliche« Stadt in dem Sinn, wie es in *Jenseits des Schwarzen Flusses* angedeutet wird. Zivilisiert zu sein heißt, der Natur und ihren Mächten vollständig entfremdet zu sein. Das ist der Grund, warum die Stadt nicht nur vom Rest der hyborischen Welt und ihren Barbarenstämmen abgeschnitten ist, sie ist auch von der Natur selbst getrennt, was genauso wichtig ist: Xuchotl ist vollständig gepflastert, ummauert und überdacht; das Licht ist künstlich und die Nahrung auch. Die Xuchotlaner essen »Früchte, die ihre Nahrung aus der Luft ziehen und die man nicht im Boden pflanzt«. Und die Xuchotlaner selbst wurden alle – mit Ausnahme von Tascela – in der Stadt geboren. Xuchotl ist der Inbegriff einer sterbenden Zivilisation, wie Howard sie sich vorstellte. Das ist der Ort, an dem »das Abnorme zum Normalen wird«, wie er es ausdrückte. Unter diesen Prämissen ist das Ende der Erzählung keine Überraschung. Wie schon in *Jenseits des Schwarzen Flusses* hatte Howard hier etwas auszusagen, und er war bereit, seinem eingeschlagenen Kurs bis zum Schluss zu folgen.

Aus den Katakomben ist eine so vielschichtige Geschichte, dass man sie im Rahmen dieses Essays unmöglich in all ihren Einzelheiten erforschen kann; beispielsweise könnte man viel über die Beziehung zwischen Conan und Valeria sagen. Es ist recht reizvoll, darin eine Parallele zu Howard und Novalyne Price zu sehen, die recht temperamentvoll war. Valeria von der Roten Bruderschaft ist in der Tat eine willkommene Abwechslung zu einigen von Howards eher passiven weiblichen Figuren. (Allerdings hatte er schon vor Valeria und seiner Begegnung mit Novalyne starke und interessante Frauen porträtiert, so wie Bêlit [in *Die Königin der schwarzen Küste*] und Sonya von Rogatino [in der historischen Abenteuergeschichte *Horde aus dem Morgenland*].) Es ist auch mehr als reizvoll, in Tascela, der Vampirin, die nicht sterben will und sich von jüngeren Frauen ernährt, die um Conans Aufmerksamkeit buhlt und darum auf Valeria eifersüchtig ist, ein fiktives Porträt von Howards Mutter zu sehen, die Novalyne Price von Anfang an feindlich gesonnen war. Olmec könnte man dann als Howards Vater sehen und die ganze Geschichte als Allegorie, in der Howard und Novalyne das sterbende Universum betreten, zu dem das Haus der Howards geworden war ...

Howard schickte *Aus den Katakomben* am 22. Juli 1935 an Farnsworth Wright. Am nächsten Tag schrieb er Clark Ashton Smith: »Habe Wright gestern eine dreiteilige Fortsetzungsgeschichte geschickt: ›Aus den Katakomben‹, von der ich sehr hoffe, dass sie ihm gefällt. Eine Conan-Geschichte, und bis jetzt die grimmigste, blutigste und gnadenloseste Geschichte der Serie. Vielleicht etwas zu rau, aber ich habe nur das dargestellt, was meiner ehrlichen Überzeugung nach die Reaktion bestimmter Arten von Leuten in den Situationen wäre, die den Plot der Geschichte bestimmen.« Lovecraft gegenüber bemerkte er später: »Die letzte Geschichte, die ich an *Weird Tales* verkauft habe – und die möglicherweise die letzte Fantasy-erzählung sein könnte, die ich je schreiben werde –, war eine Conan-Geschichte in drei Teilen, die vielleicht blutigste und mit dem meisten Sex versehene phantastische Geschichte, die ich je schrieb. Ich war recht unzufrieden mit meiner Darstellung sterbender Rassen in meinen Erzählungen, weil bei solchen Rassen die Degeneration so vorherrschend ist, dass man sie selbst in der Literatur nicht als Motiv und als Tatsache ignorieren kann, wenn die Literatur auch nur einen Hauch von Realismus haben sollte. Ich habe das in all den anderen Erzählungen ignoriert, weil das nun einmal ein Tabu ist, aber in dieser Geschichte habe ich es nicht ignoriert. Falls Sie sie lesen sollten, würde mich interessieren, wie Ihnen meine Handhabung des Lesbentums zugesagt hat.« (Es stellt sich die Frage, ob für Howard das »Lesbentum« wirklich das Zentralthema von *Aus den Katakomben* darstellte. Die Geschichte berührt das Thema nur wegen Tascelas vampirischer Natur, aber das war nach Le Fanus *Curmilla* nichts Neues mehr.)

Wie Howard erwähnte, wurde die Geschichte von *Weird Tales* akzeptiert, und das Magazin begann wenige Tage nach Howards Selbstmord mit ihrer Veröffentlichung und verkündete nach ihrem Ende die Nachricht seines Todes. Es war die letzte Conan-Geschichte.

Howards Interessen – und seine Produktion – waren in seinem letzten Lebensjahr zusehends westernorientiert, und er verfasste in dieser Periode keine Fantasy-Geschichte. Ein paar Wochen vor seinem Tod schrieb er, er würde darüber nachdenken, eine Fantasy-Erzählung zu schreiben. Zwei Entwürfe dieser unvollendeten phantastischen Geschichte – die im sechszehnten Jahrhundert in Amerika spielen sollte – wurden nach seinem Tod unter seinen Papieren gefunden, der Beweis, dass er die

Produktion von Fantasy nicht völlig aufgegeben hatte. Ob er nach einiger Zeit schließlich zu Conan zurückgekehrt wäre oder nicht, ist eine Frage, die unbeantwortet bleiben muss.

1935 schickte Howard durch seinen Agenten Otis Adelbert Kline mehrere Geschichten nach England. Der Empfänger war der Repräsentant von *Weird Tales* in England. Darunter befanden sich auch mehrere Conan-Geschichten, die am 25. September abgeschickt wurden: *Jenseits des Schwarzen Flusses*; *Salome, die Hexe* und *Die Diener von Bît-Yakin*. Vermutlich machte sich Howard keine großen Hoffnungen, denn er ließ aus *Weird Tales* ausgerissene Seiten schicken und keine Manuskripte. Aber daraus sollte sich auch nichts ergeben.

Howards letzte Beschäftigung mit Conan ereignete sich im März 1936, als die beiden Fans John D. Clark und P. Schuyler Miller ihm einen Brief schickten, in dem sie versuchten, eine Chronologie der Conan-Erzählungen herzustellen. Howards Antwort, die in diesem Band abgedruckt ist, ist für jeden an Conans »Biografie« interessierten Leser von essenziellem Wert, obwohl Howard die beiden Fans möglicherweise nicht ganz ernst nahm. So schrieb er beispielsweise, »und Conan machte seine erste Reise über die Grenzen Cimmeriens. Seltsamerweise ging sie nach Norden und nicht nach Süden. Ich bin mir nicht sicher, warum und wie, aber er verbrachte einige Monate bei einem Stamm der Æsir, kämpfte gegen Vanir und Hyperboräer.« Clark und Miller konnten unmöglich wissen, dass sich Howard hier auf *Ymirs Tochter* bezog, die zweite fertiggestellte Conan-Geschichte, die Wright aber abgelehnt hatte und die in ihrer ursprünglichen Form zu diesem Zeitpunkt noch unveröffentlicht war. Howard legte seinem Antwortbrief eine Karte bei, die eine Überarbeitung der Karte von 1932 darstellte; es sollte die letzte Arbeit sein, in der er sich mit Conan befasste.

Robert E. Howard beging am 11. Juni 1936 Selbstmord. Conan der Cimmerier ist jedoch noch immer unter uns. Trotz einiger schwieriger Jahre hat er überlebt und zeigt keine Zeichen irgendeiner Schwäche.

Die Langlebigkeit des Barbaren hätte Howard nicht überrascht.

Denn am Ende wird der Barbar immer triumphieren.

Veröffentlichungsnachweise

Die Texte zu dieser Ausgabe wurden von Patrice Louinet, Rusty Burke und Dave Gentzel bearbeitet, unter Mitarbeit von Glenn Lord. Der Wortlaut wurde entweder mit Howards Originalmanuskripten, deren Kopien Glenn Lord und die Cross Plains Public Library zur Verfügung stellten, oder mit der ersten publizierten Fassung abgeglichen, wenn das jeweilige Manuskript nicht verfügbar war. Sofern Exposés zu Howards Storys existierten, wurden sie ebenfalls überprüft, um eine größtmögliche Exaktheit zu gewährleisten. Wir haben alle Anstrengungen unternommen, Robert E. Howards Texte so werkgetreu wie möglich wiederzugeben.

Die Diener von Bît-Yakin
(The Servants of Bit-Yakin)
Der Text wurde von Howards Durchschlag übernommen, den Glenn Lord zur Verfügung stellte.
Erstveröffentlichung: *Weird Tales*, März 1935 (unter dem Titel *Jewels of Gwahlur*)
Dt. Erstveröffentlichung in: Robert E. Howard / L. Sprague de Camp: Conan der Krieger, 1983, unter dem Titel *Der Schatz von Gwahlur* (Heyne-Buch 06/3258)

Jenseits des Schwarzen Flusses
(Beyond the Black River)
Der Text wurde von Howards Durchschlag übernommen, den Glenn Lord zur Verfügung stellte.
Erstveröffentlichung: *Weird Tales*, Mai und Juni 1935

Dt. Erstveröffentlichung in: Robert E. Howard / L. Sprague de Camp: Conan der Krieger, 1983 (Heyne-Buch 06/3258)

Der Schwarze Fremde
(The Black Stranger)
Der Text wurde von Howards Originalmanuskript übernommen, aus den Beständen der Cross Plains Public Library. Erstveröffentlichung der Originalversion: *Echoes of Valor*, Tor, 1987. In gekürzter und ergänzter Fassung zuvor auch mehrfach erschienen unter dem Titel *The Treasure of Tranicos*.
Dt. Erstveröffentlichung in: Robert E. Howard / L. Sprague de Camp: Conan der Thronräuber, 1984, unter dem Titel *Der Schatz des Tranicos* [bearbeitete Fassung] (Heyne-Buch 06/3263)

Die Menschenfresser von Zamboula
(The Man-Eaters of Zamboula)
Der Text wurde von Howards Durchschlag übernommen, den Glenn Lord zur Verfügung stellte.
Erstveröffentlichung: *Weird Tales,* November 1935 (unter dem Titel *Shadows in Zamboula*)
Dt. Erstveröffentlichung in: Robert E. Howard / Lin Carter / L. Sprague de Camp: Conan der Wanderer, 1982 (Heyne-Buch 06/3236)

Aus den Katakomben
(Red Nails)
Der Text wurde aus *Weird Tales* übernommen, von den Ausgaben Juli, August/September und Oktober 1936 (dreiteilige Serie).
Dt. Erstveröffentlichung in: Robert E. Howard / L. Sprague de Camp: Conan der Krieger, 1983 (Heyne-Buch 06/3258)

Notizen ohne Titel
Der Text wurde von Howards Originalmanuskript übernommen, das Glenn Lord zur Verfügung stellte. Für die vorliegende Ausgabe wurden keine Änderungen vorgenommen.

Wölfe jenseits der Grenze, Fassung A
Der Text wurde von Howards Originalmanuskript übernommen, das Glenn Lord zur Verfügung stellte. Für die vorliegende Ausgabe wurden keine Änderungen vorgenommen.

Wölfe jenseits der Grenze, Fassung B
Der Text wurde von Howards Originalmanuskript übernommen, das Glenn Lord zur Verfügung stellte. Für die vorliegende Ausgabe wurden keine Änderungen vorgenommen.

Der Schwarze Fremde, Exposé A
Der Text wurde von Howards Originalmanuskript übernommen, das Glenn Lord zur Verfügung stellte. Für die vorliegende Ausgabe wurden keine Änderungen vorgenommen.

Der Schwarze Fremde, Exposé B
Der Text wurde von Howards Originalmanuskript übernommen, das Glenn Lord zur Verfügung stellte. Für die vorliegende Ausgabe wurden keine Änderungen vorgenommen.

Die Menschenfresser von Zamboula, Exposé
Der Text wurde von Howards Originalmanuskript übernommen, das Glenn Lord zur Verfügung stellte. Für die vorliegende Ausgabe wurden keine Änderungen vorgenommen.

Aus den Katakomben, Entwurf
Der Text wurde von Howards Originalmanuskript übernommen, das Glenn Lord zur Verfügung stellte.

Brief an P. Schuyler Miller
Der Text wurde übernommen aus *The Coming of Conan*, Gnome Press, 1950.

Karten des hyborischen Zeitalters

Die folgende Karte war ursprünglich Howards Brief an P. Schuyler Miller vom 10. März 1936 beigefügt. Wie von Howard angemerkt, handelt es sich um eine Kopie der Originalkarte des hyborischen Zeitalters, die der Texaner im März 1932 vorbereitet hatte (siehe »Conan 1«). Wie man allerdings eindeutig durch den Vergleich der verschiedenen Versionen sehen kann, hat Howard seine Karte bei der Kopie auf den neuesten Stand gebracht und mehrere Städte und Länder hinzugefügt, die in den Geschichten erwähnt wurden.

Modern Boundaries
Hyborian
Vanaheim
Asgard
Cimmeria
Border Kingdom
Gunderland
Marches
Sea
Pictish Wilderness
Westermarck
Bossonian
Nemedia
Belverus
Aquilonia
Tarantia
Ophir
Poitain
Zingara
Barachan Isles
Argos
Lands
Meadows cities
Messantia
Sea to Kush
Stygia

Tundras

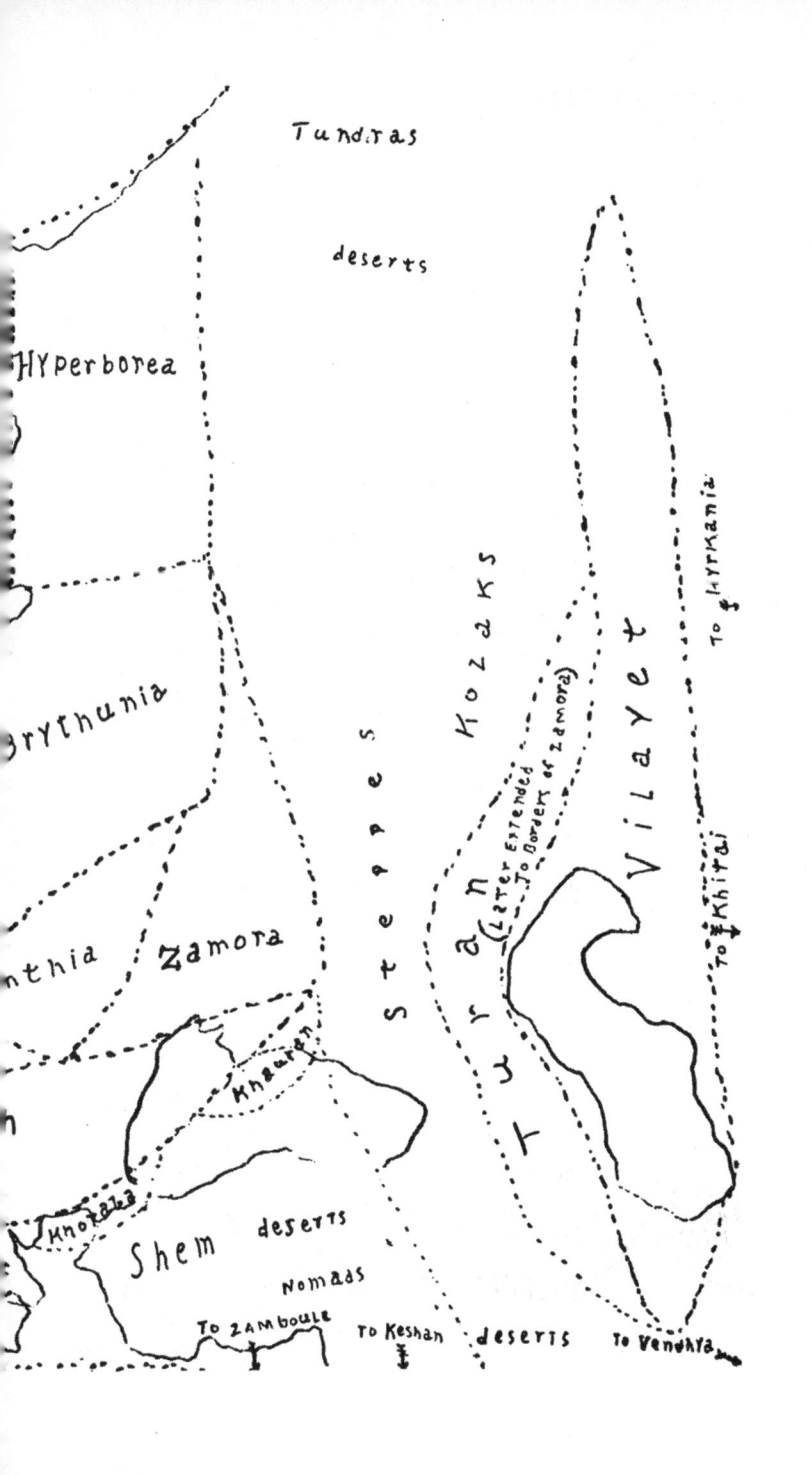

deserts

Hyperborea

Brythunia

Steppes

Kozaks

Turan (later extended to borders of Zamora)

Vilayet

To Hyrkania

To Khitai

Zamora

Khauran

Khoraja

Shem deserts

Nomads

To Zamboula

To Keshan

deserts

To Vendhya

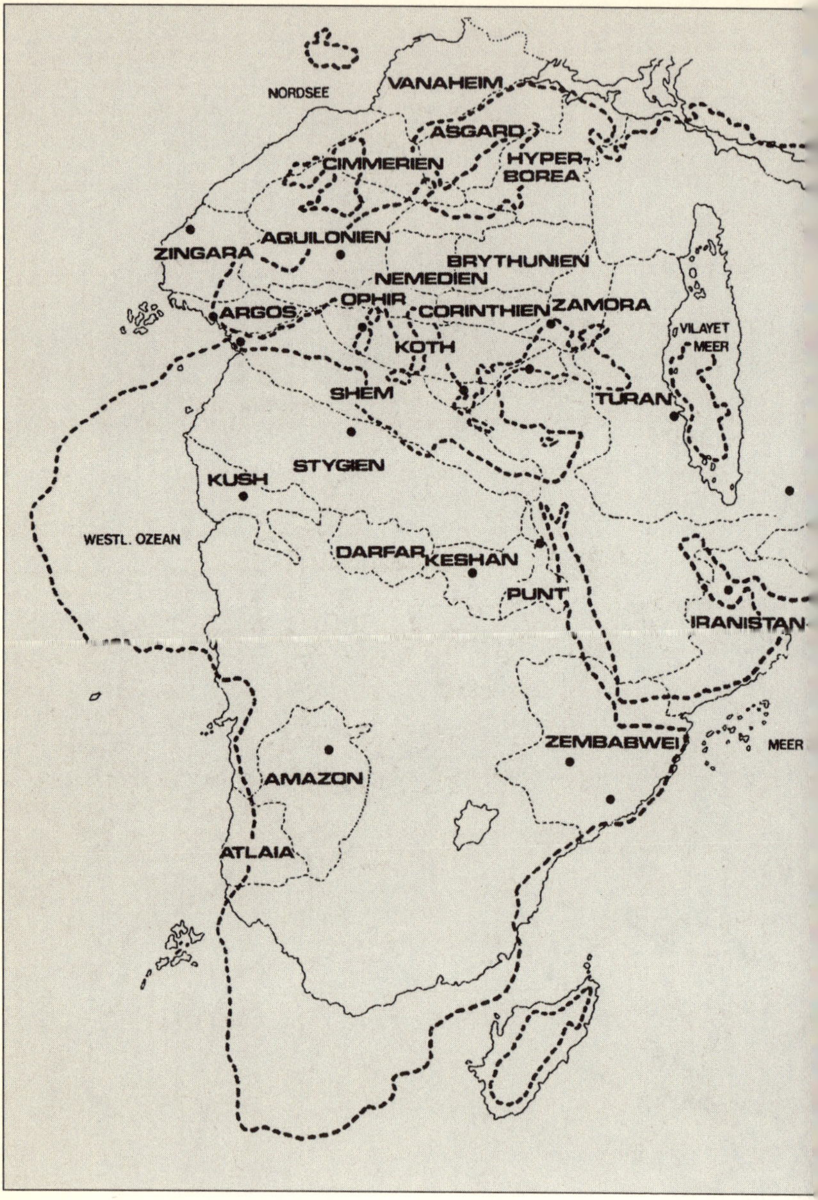
NORDSEE
VANAHEIM
ASGARD
CIMMERIEN
HYPERBOREA
AQUILONIEN
ZINGARA
BRYTHUNIEN
NEMEDIEN
OPHIR
ARGOS
CORINTHIEN
ZAMORA
VILAYET MEER
KOTH
SHEM
TURAN
STYGIEN
KUSH
WESTL. OZEAN
DARFAR
KESHAN
PUNT
IRANISTAN
ZEMBABWEI
MEER
AMAZON
ATLAIA

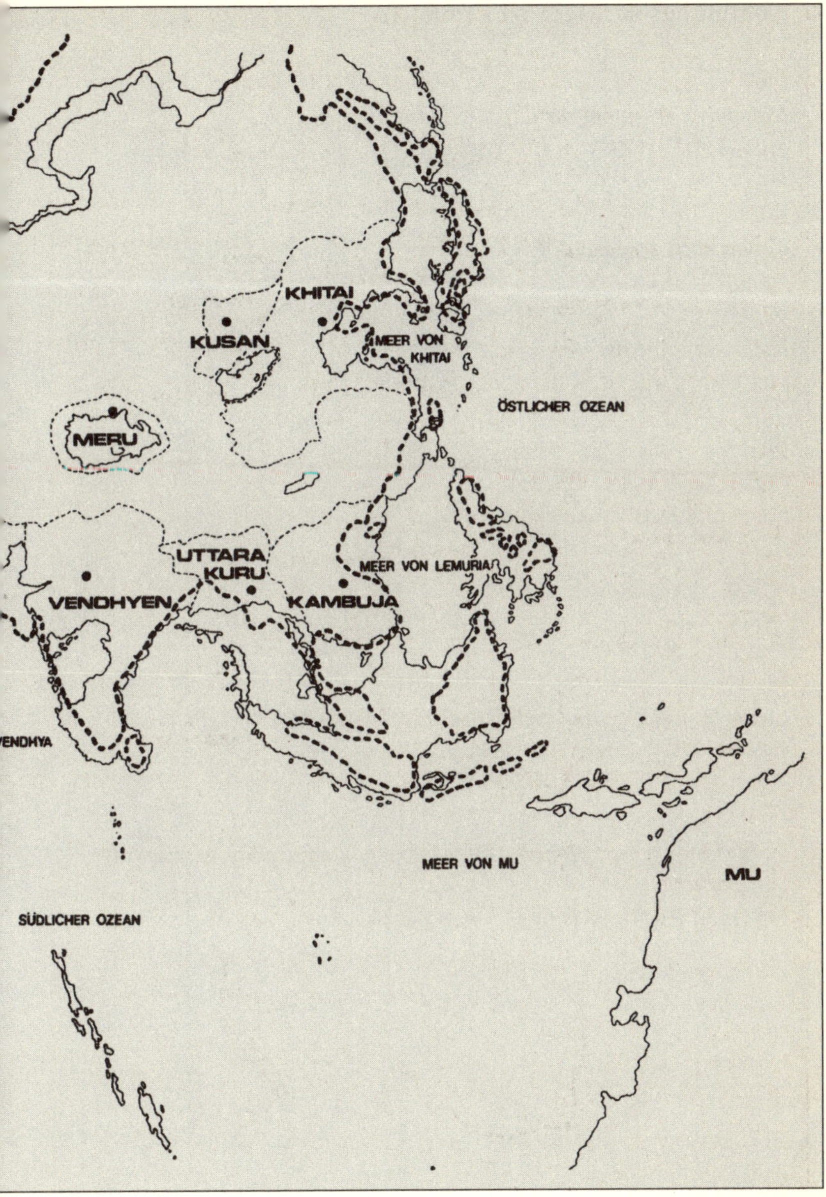

KHITAI
KUSAN
MEER VON
KHITAI
ÖSTLICHER OZEAN
MERU
UTTARA
KURU
MEER VON LEMURIA
VENDHYEN
KAMBUJA
VENDHYA
MEER VON MU
MU
SÜDLICHER OZEAN

Abbildungsnachweis der Farbtafeln

BILD 1
Mit einem Triumphgebrüll packte das Ungeheuer sie.
aus: »DIE DIENER VON BÎT-YAKIN«

BILD 2
Conan nach der Schlacht.

BILD 3
Nicht ein Wort fiel.
aus: »JENSEITS DES SCHWARZEN FLUSSES«

BILD 4
Conan der Berserkerkrieger.
aus: »DER SCHWARZE FREMDE«

BILD 5
Conan

BILD 6
Steine und größere Baumstammstücke flogen durch die Luft.
aus: »JENSEITS DES SCHWARZEN FLUSSES«

BILD 7
Er blickte sich kurz um. Die Herberge stand an der Südwestecke der Umzäunung.
aus: »DIE MENSCHENFRESSER VON ZAMBOULA«